庆祝厦门大学外文学院百年院庆
(1923—2023)

纪念林疑今先生诞辰一百一十周年
(1913—2023)

林疑今译著选集 中

《奥德河上的春天》

林疑今　王科一　译

厦门大学出版社
XIAMEN UNIVERSITY PRESS
国家一级出版社
全国百佳图书出版单位

图书在版编目(CIP)数据

林疑今译著选集. 中 / 林疑今,王科一译. -- 厦门：厦门大学出版社,2024.4
ISBN 978-7-5615-9325-7

Ⅰ. ①林… Ⅱ. ①林… ②王… Ⅲ. ①世界文学-作品综合集 Ⅳ. ①I11

中国国家版本馆CIP数据核字(2024)第047237号

责任编辑　王扬帆
责任校对　姚曼琳
美术编辑　李夏凌
技术编辑　许克华

出版发行　厦门大学出版社
社　　址　厦门市软件园二期望海路39号
邮政编码　361008
总　　机　0592-2181111　0592-2181406(传真)
营销中心　0592-2184458　0592-2181365
网　　址　http://www.xmupress.com
邮　　箱　xmup@xmupress.com
印　　刷　厦门集大印刷有限公司

开本　720 mm×1 020 mm　1/16
印张　29.5
字数　468千字
版次　2024年4月第1版
印次　2024年4月第1次印刷
定价　99.00元

本书如有印装质量问题请直接寄承印厂调换

厦门大学出版社
微信二维码

厦门大学出版社
微博二维码

林疑今（1948年）

出版说明

在本书的编辑过程中,对于一些并不符合当下汉语使用习惯和规范的用字等未作改动,旨在尽量保留作品的原貌,但对于某些明显的文字和逻辑悖误,作了必要的修改。另有个别文字删节,恳请谅解。

总　序

　　家父林疑今为我国20世纪著名英语翻译家,先后翻译了《西部前线平静无事》《永别了,武器》《奥德河上的春天》等19部世界名著,并创作了《旗声》等多部小说。家父先后在交通大学、沪江大学、复旦大学任教,1959年起在厦门大学任教,直至去世,时间长达30多年。

　　在厦门大学外文学院百年院庆之时,在学校、外文学院各级领导的关怀下,在家父生前学生的大力支持下,我们选择了他的《永别了,武器》《西部前线平静无事》等四本译著和《旗声》《无轨列车》两本著作,以及他主持编撰并执笔的、由高等教育部颁布的《英国文学史教学大纲(草案)》,集成《林疑今译著选集》(上、中、下)三册奉献给全国读者。

　　本书在收集整理过程中,得到学校图书馆特藏部的热情帮助,他们向全国高校和上海图书馆借阅图书,完成了各种图书的扫描和转化工作;在文字编辑和出版过程中,又得到厦门大学出版社的大力支持。在此,我们谨向厦门大学、厦门大学外文学院各级领导,家父的各位学生和厦门大学图书馆、厦门大学出版社,表示诚挚的谢意,并祝愿外文学院百尺竿头再创辉煌!

林梦海　林以撒　林梦如
2023年4月

目 录

奥德河上的春天

内容提要 ··· 005

第一部　近卫军少校 ······························ 007
　一 ··· 008
　二 ··· 016
　三 ··· 023
　四 ··· 028
　五 ··· 035
　六 ··· 042
　七 ··· 047
　八 ··· 054
　九 ··· 059
　十 ··· 066
　十一 ··· 071
　十二 ··· 080
　十三 ··· 087
　十四 ··· 092
　十五 ··· 096
　十六 ··· 101
　十七 ··· 108

十八	112
十九	118
二十	123
廿一	129
廿二	136
廿三	140
廿四	145
廿五	151

第二部　白旗 …… 157

一	158
二	164
三	171
四	178
五	186
六	195
七	201
八	208
九	212
十	216
十一	220
十二	227
十三	233
十四	239
十五	246
十六	253
十七	260

十八	266
十九	273
二十	279
廿一	284

第三部　直捣柏林 … 291

一	292
二	297
三	301
四	308
五	313
六	318
七	323
八	328
九	332
十	338
十一	344
十二	351
十三	356
十四	359
十五	367
十六	375
十七	381
十八	387
十九	390
二十	395
廿一	401

廿二	404
廿三	410
廿四	418
廿五	425
廿六	431
廿七	437
廿八	446
廿九	451

奥德河上的春天

埃·卡萨凯维奇

苏联文学译丛

奥德河上的春天

卡萨凯维奇 著

上海文艺联合出版社

奥德河上的春天

卡萨凯维奇 著
林 疑 今
王 科 一 译

上海文艺联合出版社

内容提要

本书是作者继《星》而完成的杰作，描写的是苏联红军解放德国的英勇事迹。书中不但反映了斯大林战略计划的无比优越，社会主义机械化部队排山倒海的无比威力，同时又以细腻的文笔，通过许多生动的人物形象，表现出在爱国主义和国际主义精神下培养出来的苏联男女是不可战胜的，而且这些人优良的政治品质和道德修养都可以作为我们在新社会里做人的榜样。就争取世界和平的意义来说，本书的最大价值就在于：通过纳粹匪徒的消灭，指出了侵略者的不可避免的悲惨下场，而全世界人民都将团结在苏联周围，反对战争，争取建立和平幸福的社会。本书由于具有高度的政治性和艺术性，曾荣获一九四九年斯大林文艺奖金。

第一部　近卫军少校

一

一个大雾弥漫的冬天早晨,乌鸦们就像莫斯科附近的乌鸦一般,正在沙嗄地叫个不停。正当这时候,大路拐弯的地方出现了一片整齐的小松树林,跟士兵们刚刚穿过的那个小树林一模一样。但是这里已经是德国了。

不过,这情形目前只有司令部知道。士兵们都是些没有带地图的普通人,把这伟大的时刻轻轻地错过了,一直到当天晚上才发现,原来已经进入了德国国境。

这时候,他们才仔细观看了一下德国的土地——这一片耕种得好好的土地,自从古代起,便依靠斯拉夫人的堡垒和俄罗斯人的刀剑的护卫,才没有受到东方野蛮人的侵略。他们看到整洁的树林和整齐的田野,中间点缀着村舍和仓房,栽植着花木和当作围篱的小树。这土地,外表上看来是这么平凡,竟会产生威胁全世界的灾祸,这实在叫人很难相信。

"原来你是这样子的!"一个矮胖的苏联士兵沉思地说——四年来他一直以抽象的敌对的"她"称呼德国,这算是第一次当面把"她"叫作"你"了。于是士兵们也想起了领导他们上这儿来的斯大林。他们一想起他,便你看看我,我看看你,眼睛张得大大的,为自己的无敌于天下的力量感到骄傲。

"原来我们是这样了不起的人!"

军队在大路上川流不息地行进着。步兵、大卡车、长筒大炮、短筒榴弹炮,都在往西方挺进着。这条浩浩荡荡的行列时时会停顿下来,因为有个司机手脚笨拙,总是会引起四面八方一片愤慨的呼喝。在前线拥挤的公路上,这种呼喝,本是平常的现象,只是在呼喝声中,原有的那种恼怒的声调,现在可没有了。现在人们相处得比较和气一些了。

队伍又开始走动了,路上响起了步兵们所发出的一片"向右转前进"的命令声;交通管制员挥动着旗子;要不是"我们到了德国啦"这几个字像酒一般冲上每一个人的头,像火一般在每一个人的眼睛里闪烁发亮,那么,一切都会显得非常平凡,而且相当沉闷了。

在这密密麻麻的人群中,如果有一位诗人的话,这么一大堆东西给他留下的许多印象,一定会叫他眼花缭乱的。

的确,这公路上的每一个人都很容易当上一个诗篇里的或一个故事里的英雄。为什么不描写描写那一小群出色的士兵呢?他们中间就有一位突出的、身材魁伟的中士。他那张脸给太阳晒得那么黑,使他的头发看上去好像是白的了,否则就是他的金黄色头发太鲜明,因此把他的脸衬托得黑黝黝的。

否则就描写描写那些愉快的炮兵吧?瞧他们正紧贴着大炮,就好像一群鸟栖息在一棵树上一般。

否则就描写描写这个瘦瘦的、年轻的电讯兵吧?瞧他拖着的那一圈电线,差不多是从莫斯科附近的村子里拖起,现在一直拖进了德国的领土。

否则就描写描写那些漂亮的、眼睛亮晶晶的护士们吧?瞧她们正自命不凡地高据在一辆满装着帐篷和医疗物品的卡车上。士兵们一看到她们总是肩膀一耸,胸膛往前一挺,眼睛一亮……

还有那边的公路上,出现了一辆汽车,车子里坐的是一位名将。汽车后面跟着一辆装甲运兵车,上面架着一挺大口径的机关枪,枪口威胁地朝天指着。干吗不描写描写这位将军,描写描写他那些无眠之夜,以及他所领导的许多著名的战役?

在这些人中间,每一个人都已经走过了两千公里的征途,完成了叫你不能相信的丰功伟绩。

士兵们注意到一个出奇的景象,于是大笑起来。

原来在那积雪融化了的、潮湿的公路上,有一部马车正疾驰而来。是的,果真是一部雅致的老式轿车,漆成紫色。车后突出着一些阶梯,好让那些穿号衣的侍从们攀立在后面。车门上闪烁着蓝金二色的徽章,徽章上是一个鹿头,鹿头上还画出了分支的鹿角,右面是一座城堡的锯齿形的雉堞,左面是一顶带有脸甲的钢盔,在这些东西的上面和下面,漆着一句拉丁文的格言:"为神为国。"①只不过坐在车夫的高座上的并不是什么伯爵的侍从,而是一位穿棉茄克的青年士兵,他正把舌头打得嗒嗒嗒响,好像一个地道的俄罗斯老车夫在赶着马:

---

① 原文为 Pro Deo et Patria,系贵族的家训。

"耶——嗬,宝贝马儿!"

士兵们用喊叫、口哨和笑话来招呼这部马车:

"嘿!那儿举行葬礼啊!"

"看啊!人家车上有死尸哩!"

"朋友们!博物馆运到了……"

那位"马车夫"竭力保持一种沉着自若的模样,但是他那没有胡须的、涨得红红的脸,已经在哆哆嗦嗦,差一点忍不住笑起来了。

这部奇怪的交通工具上的乘客们,原是碰巧凑在一起的。他们不是想追上自己的部队,就是遵照命令赶到新岗位上去。这辆马车是一个不大爱说话的、年轻的卓珂夫上尉在一个领主府邸的大门口发现的。一个原来在领主庄上干活的老波兰人说,他的男爵主人因为缺乏汽油,本来打算乘这部轿车往西方逃,但是他没有来得及这么办:俄国人的坦克已经开了过去——于是男爵只好化了装徒步逃走了。

卓珂夫答应去追赶那逃走的男爵,如果追到的话,还要教训他一顿。于是卓珂夫便驾着马车,预备赶上那个新指定给他的部队。本来有好些车子都是朝着那个方向走的,但是卓珂夫喜欢自由自在。半路上有两个士兵搭上了他的马车,越往前去,乘客就越多了。刚走了一公里,就有一位身材结实的年轻的女医生来搭车,看她的肩章是上尉官衔;再过了半个钟头,又有个少尉上车来,他的手包扎着,是刚刚出医院的。

大家刚开始谈话不久,就给一个新来的人打断了。那人是个宽肩膀、蓝眼睛的少校,他轻轻巧巧地跳上了马车的台阶。他朝着车上那些缎子装饰品幽默地瞟了一眼,开玩笑地说:

"红军向伯爵的宝眷致敬。"

谁也没有注意到女医生轻轻地喘了口气,灰色的大眼睛突然发亮,紧紧地盯着少校。连少校本人也没有注意到这一点。他只顾继续说话:

"我随便什么都乘过:船啦、木排啦、空橇啦、鹿车啦——但是从来就没乘过马车!现在我大可以尝尝这种车子的滋味了!"

他那生动的谈话里充满着愉快的幽默,立刻打破了车上原来的隔阂和忌讳——偶然凑在一起的人们本来就常常有所忌讳呀。大伙儿都笑了,友好地注意到旁人,好像儿童们共同做一种被禁止的游戏,给大人撞见了一样。少校的蓝眼睛里闪亮着友爱、快乐的光辉。他那种眼光往往会表达出这样的情绪:"你们坐在这儿的人,我都爱,不分性别、年龄和国籍,因为:你们虽然是陌生人,却都是我的朋友;我们虽然很疏远,然而你们都是我的亲戚,因为我们大家都是苏联人,我们共同担任着同一个任务。"眼睛里闪着这种光彩的人们,也就是儿童和士兵所爱戴的人们。

那些"封建"的马匹,给一位年轻的集体农庄庄员鞭打着,于是越来越欢快地奔驰着。少校差一点从座位上跌了下来,到这时候他才眼睛一瞟,看到了那位女客,喊道:

"且慢!是你吗,塔娘?"他紧紧地抓牢她的手,突然变得严肃了。

看到这两个人的巧遇,大家都觉得高兴,也许这两个人远在战前,远在那差不多叫人记不起的时候,就认识了吧。但是大伙儿又猜疑这两个人的关系,是不是带着一点罗曼蒂克的意味,因此大家讲了几句应酬的话(例如:"怎么啊?碰到老朋友了吗?""真巧!"等),然后,就知趣地转过脸去,让少校和女医生有机会好好儿谈谈,甚至接吻。

但是并没有接吻。近卫军少校塞尔盖·普拉东诺维奇·鲁宾佐夫跟医务队上尉塔嘉娜·符拉基米罗夫娜·柯尔佐娃已经是老相识了,然而他们的交情真是又凑巧又短暂:在那值得纪念的一九四一年,敌军从维耶兹马到莫斯科形成了一个大包围圈,他们俩在一块儿待了六天,共同突围而出。

鲁宾佐夫当时还是一个中尉。年纪很轻,最多二十二岁,即使在那种时候,他外表上也是愉快的,虽然他当时是花了很大的意志力,才能做到那样的。在那些艰苦的日子里,他认为表现得愉快乐观是青年团员的义不容辞的责任。

他和他那个排里的残余人员一起行军,时时刻刻都有一些和原来的部队失去了联系的个别战斗人员,或是一小群战斗人员,加入他队伍里来。在这些人中间,有的意气消沉,还有好多人还没习惯于战争的职务。他必须给他们打打气,叫他们安心,最后还得叫他们冒着重重危险,准备打仗。

有一次,他们在一块树林丛生的沼泽地上露营过夜,有一个人因为太疲倦了,轻轻地呻吟着,问道:

"但是,也许我们不能够突围呢?"

鲁宾佐夫当时正在用一把芬兰刀削着一根粗棍子。原来有个坦克人员双脚都受了伤,鲁宾佐夫正在替这个伤员做一个担架。他一听见这问题,便答道:

"哼,也许我们不能突围。"歇了片刻,他又突然补充了一句,"但是,问题不在这里。"

慌乱的怨叹声起来了。鲁宾佐夫故意用随随便便的口吻解释道:

"我们就在德军后方打游击好了。我们难道不能成为一个部队吗?我们甚至有我们自己的医生哩,"他朝塔娘点点头,"而且我们又有足够的武器。"

在那些艰苦的日子里,他打哪儿获得了那样的信心和坚定呢?他生长在黑龙江的森林地带,一贯坚强耐劳,善于开荒辟径,他懂得好多关于森林生活方面的有用的知识。但是根源并不在这里。中尉心里燃烧着一种绝对的信心,相信最后胜利一定是属于我们的,任何敌人都会给打垮。连那位塔娘,她本来由于长途行军,艰苦非常,再加上心里怪哀愁的,人差不多就要倒下来了,可是对于他这种信心有时也感到惊奇。

她刚刚从医学院毕业,便加入野战军服务,其实,她刚刚在一个团的救急站开始执行职务的时候,德军的坦克就已经突破防线,来进犯莫斯科了。

塔娘是他这一队人里面唯一的女性,年轻的中尉不久就对她特别关注,超出了一般的同情。

他可怜她,可怜得叫他自己心疼。她的脸是那么苍白,眼睛张得那么大,又是那么伤心,真叫他恨不得背起她来——背着她走过那一条条给秋雨印上了车辙的小径;小径上正烂泥淤塞,再加上潮湿的红色灌木丛,夹道梗塞。她默默地往前直走,不发一句怨言,看也不看旁边。就是她的沉默,她的在场,对于旁人起了良好的鼓舞作用。她自己当然不晓得这一点,但是鲁宾佐夫可知道,他有时候便拿这一点责备那些落在后边的人们:

"你们也该向这位姑娘学习学习……"

早上,池塘结了一层薄冰,天空阴沉得吓人。德国人就在附近。塔娘十分痛苦,她的双手冻得既不能梳头,又不能洗脸。她所有的思想好像都冻结了起来,没有冻结的只有这样一个思想:"哦,我多么难受啊!"但是,这位鲁宾佐夫中尉却天天用保险刀刮脸,眼露笑意地埋怨说,皮靴油用光了;他甚至还在溪边洗了洗上身。塔娘一看到这样洗澡,就冷得牙齿直发抖。

她事事都感激他：露营度夜时，他特地为她生起一堆小小的营火——另一方面，为了防止危险，他是严格禁止烧营火的呢；她感激他教她怎样保护自己的脚，感激他那么同情地望着她，而且时时刻刻地对她这么说：

"你很行，你可以当一个好战士。"

他为人活动积极，从来不疲倦，非常了解别人，他不仅鼓舞了塔娘，还鼓舞了每一个人。由于他的坚决和冷静，大家都开始感到比较镇静，比较有信心了。

他总是在黎明前带着两个人出去侦察。有一次他回来的时候，显得又阴沉又愁闷。据他说，邻近村子有苏联战俘，大多是受了轻伤的。他又发现凡是受了重伤的，都给德国人沿路杀害了。

"囚犯是有人看守着的，"他歇了片刻又说道，"但是卫兵一共只有十五个人。而且没有放哨。"

他用探问的目光望了望他身旁的人们，接下去说：

"讲到他们的通讯工具，只有一条电线……切断就完啦。"

沉默。突然有一个身披农夫羊皮袄、领子上镶着阿斯特拉汉羔子皮的人站到前面来。这个人一向是不声不响地、疲累地走着，眼睛瞪着自己脚下，不理睬旁人。

"不必牵涉到这种傻事情里面去，"他慢慢地、蛮有权威的样子说，"我们的力量够不上。你说——他们只有十五个人，我们大约有五十个人。不错。但是人家是正规军……是德国兵！"

中尉皱起眉头说：

"这又不是职工会。这是军事部队，尽管它是东拼西凑起来的。"

"你不必拿军队规则来教训我。我懂得比你多啦。"那人咬牙切齿地说。

"那更好办，"鲁宾佐夫心平气和地反驳道，"那么你应当知道，这支部队是由我指挥的，我的命令必须服从。"

"是谁委派你的？"那人发火了，"你知道我是谁吗？我是个上尉。"

鲁宾佐夫忽然纵声大笑起来。

"好，你到底是哪一种上尉啊？"他说，"你是一张羊皮，不是个上尉！"

披羊皮的人这一下给弄得垂头丧气了，但是他还是挑衅地问道：

"大概是你把我降级的吧?"

"那又何必呢?"鲁宾佐夫回答道,一面转过身去,补充了一句,"是你自己把自己降级的。"

他们救了那些俘虏,甚至比鲁宾佐夫所意料的还要容易。因为事出仓促,德国守卫们并没有抵抗。他们太相信自己了。他们的步枪都整整齐齐地堆在村苏维埃的入口,鲁宾佐夫把这些俘获的枪支分发给那些被解救出来的伤员,同时塔娘也给他们尽量加以治疗。

于是这一队人加快了速度向前行进,因为鲁宾佐夫害怕敌人追击。他们高兴地行军,仿佛战役刚刚开始,一面热烈地低声交谈着。谁也不想睡觉了。连那些最会诉苦的人,也不叫脚痛了。他们都夸耀着自己的胜利,同时对于中尉相当爱戴。对于好多人说来,那天夜里是他们战斗生活的真正开始。

第二夜,塔娘第一次看到了德国兵。

当时下着倾盆大雨。这队人赶到了一条公路附近。好些卡车在公路上开动。起初,塔娘并没有注意它们,毫不理会地往前走着,但是中尉的手立刻搭上了她的肩膀。

"躺下",他轻轻地说,"德国人!"

她心慌意乱地朝四下张望着。德国人在哪儿啊?一直等到她伏在地上的时候,她才明白那些卡车——那些点着明亮的头灯的普通运输车——原来装运的是德国人。几辆漆着黑十字的小型坦克出现了。喉音特别重的谈话声传到了塔娘的耳朵里。

这一切是那么陌生,那么荒谬,那么敌对,立刻使得塔娘又惊奇,又恐惧。她感到孤单愁闷,仿佛这些陌生的、引人憎恶的人影,把她跟她过去的一切生活、一切希望、一切梦想,整个儿切断了。她抓住鲁宾佐夫的手,好久不放开,一直抓到队伍重新走动为止。德军车辆上的头灯的闪光,微微照亮了中尉的脸庞。雨滴流遍了他的面颊。这位青年的脸,现在显得说不出的严肃和悲伤。

早上,他们终于抵达了他们自己的阵地。在那往集中地点去的路上,鲁宾佐夫走到塔娘跟前来,要求她告诉他在莫斯科的地址。

"也许我们将来有一天会碰头的。我上你家来喝杯茶。"

这个请求又叫她惊奇了,因为他又是以那种同样的信心来对待将来,对待那种有约会、有地址、有茶点的和平生活了。

她的地址？自从医学院毕业以后，塔娘就住在莫斯科姑母的家里。但是问题不在这里。

"但是我已经结婚啦。"她说。

当然，这并不是很聪明的回答。人家毕竟并没有向她求婚啊。

"我的地址当然可以给你。"她赶快补充了一句。

但是后来大家都忙作一团，塔娘忘记了自己的诺言。他们一到集中地点，她就给军官们包围了起来。军官们中间有好多医生。他们请她喝加糖的茶，开罐头肉给她吃。她身心温暖了，怀着满腔的会见母亲和丈夫的希望，于是不知怎么着，她就把这位英勇、愉快、仁爱而且在她生平最艰苦的六天里那么尽心尽意帮助过她的中尉，忘得干干净净了。

中尉在附近站了一会儿，便走开了，没有受到别人注意。事后她才晓得，他已经离开了，给调到另外一个部队里去了。她听到这样说，心里好不难过，真抱歉啊——连一句临别的感激话都没有说。

现在，事隔三年以后，这位中尉已经升为近卫军的少校，又坐在她身旁，同乘着一辆马车，在潮湿的柏油路上飞驰着。

二

这是一次惊奇的会晤,他们俩都很兴奋。

"你还是像从前那般愉快,"她说,"什么事情也不能叫你泄气。"

"你也像从前那么带着点儿哀愁,"他回答道,"但是长得更大了。"

"老一点了。"她笑道。

她露出了甜蜜蜜的笑容,又温暖又柔和,好像是对自己笑似的。她笑起来的时候,那双大眼睛差不多眯成了两条亮闪闪的缝,鼻子皱了起来,使她的脸出现了一种相当出人意料的温厚的表情。

就在这时候,他们听见上面那位"马车夫"用响亮兴奋的声音喊道:

"军官同志们!他们说我们到了德国了呢……"

鲁宾佐夫赶快朝四下望了望,然后打开了野战皮包,取出一张地图,摊在膝上。

"是的,我们到了德国啦。"他说,同时深深地吐了一口长气。

中尉拔出手枪,推开车门,朝天直放,把整盒子弹都放光了。"车夫"也开起步枪来。受惊的马匹跑得更快了。每个人都把头吊在窗口。草原、树林间的空地和灌木丛,飞驰而过;景色这么平凡,真叫大伙儿感到惊愕:

"看,那是菩提树!"

"山楂树!"

"苹果树!"

中尉打开了箱子,搜查了一下,懊恼地喊道:

"可惜没有伏特加!"

马车"主人"卓珂夫上尉一声不响地拿出一瓶伏特加来。一个士兵发窘地微笑着、抚摸着他那姜黄色的小胡子说:

"我们有点儿酒,军官同志们……如果你们不挑剔的话……东西相当蹩脚,可是劲头很大。施维洛波依①。"

---

① 一种浓烈的伏特加酒。

马车撇开了公路,在一些小冈上颠簸了一阵,不久便停在一丛树木之间了。"车夫"把那根大马鞭插在车夫座上,然后跟大伙儿一起喝酒。每个人都开始闹哄哄地谈起话来了,只有塔娘因为某种原因,却安安静静。她爬上了车夫的高座,身子缩成一团,相当哀愁地坐在那儿,带着恍恍惚惚的微笑,望着散在各处的树丛。她不愿意喝酒。

"现在不是喝酒的时候,"她说,一面把酒杯推开,"我也不晓得我们该怎么是好,也许我们应该为几年来阵亡的人们痛哭一场吧。"

大家都明白她讲得对。虽然他们仍旧喝酒,但是喝起来并不是谈笑风生,而是比较严肃。

他们首先是为斯大林的健康而干杯,接着是庆祝胜利,庆祝别洛露西亚第一方面军①的全体士兵。那个留着姜黄色小胡子的士兵,又提议来一次敬酒。"向我们的家属战线,向我们的老婆孩子致敬。"

"当然也包括丈夫,"他补充了一句,从眼角里瞟了塔娘一眼,"如果没有丈夫的话,我们也可以向未来的夫君致敬。"

塔娘说:

"但是且请你们想想看吧!那边就是一个德国村庄。我几乎不能相信,住在那儿的是德国人,就是那些危害了全世界的德国人,现在怎么办呢?放火烧掉那个地方吗?见一个杀一个吗?"

他们都沉默了。然后,他们听见了卓珂夫上尉的声音。

"干吗不?来吧,我们就这么干。"

这几句话是用镇静的声音讲出来的,使所有的人都把目光集中在卓珂夫身上。大家都瞧着他那张年轻的圆脸,直直的小鼻子和一对坚毅的灰色眼睛。他那双眼睛里闪耀着一个对于什么都不害怕的人的大胆自信。

鲁宾佐夫少校目光锐利地望着他,又挥了挥手。他这带着点儿轻蔑意味的随随便便的挥一挥手,也许比语言还足以说明问题。每个人都认识到,不得擅自离开,不得杀人放火,至少在这位近卫军少校的跟前不得这么做。卓珂夫也认识到这一点。他朝鲁宾佐夫敌对地瞪了一眼,嘴唇咬紧,不再开口了。

---

① 别洛露西亚第一方面军,后来同乌克兰第一方面军攻占柏林。

"德军还在拼命作战哩，"鲁宾佐夫冷淡地说，"你还有机会在战斗中表现你的勇敢。"

塔娘出来打圆场，和解地说："我们还是走吧。"

他们回到马车上去，一会儿，那辆马车便辚辚地开进村子里去了。他们迎头看到一张大幅的标语，张贴在镇公所那所小屋子的墙上。

　　西格 奥戴 西伯利亚！①

鲁宾佐夫把这条相当晦涩难解的口号大声翻译出来，这显然是戈贝尔②最近的新发明。

"嘿，德国鬼子竟然用我们的西伯利亚来恐吓他们自己人，"姜黄色胡子几乎有点生气地说，"但是我的愿望正是活到胜利，可以回到我的西伯利亚去找伐西里萨·卡波夫娜和那些孩子。"

"马车夫"把车子停在一幢屋子门前。那是一所漂亮的砖屋，门廊高高的，屋子里又静又黑，还有腐烂的气味。"马车夫"正在解下马具的当儿，其余的人就喧闹地分散到那些阴冷的房间里去，好奇地窥探着那些黑暗的角落。

"马车夫"出现在屋门口。看他那副样儿很有心思。

"少校同志，仓房那边出了点岔子啦。"

他们走出去。黑暗的院落里有许多猪在用鼻子挖地皮找东西吃。仓房里堆满了木柴。在那黑压压的一大堆木柴后面，鲁宾佐夫用手电筒照出了五个上吊的人体的影子。

"该死！"他咒骂道，"砍下来！"于是他开始用刀乱砍着绳子。

尸体笨重地、砰砰地落在地上。中尉和卓珂夫也走进仓房里来。中尉大惊小怪地帮着忙。卓珂夫在一旁。他的烟卷儿在黑暗里亮着。

有两个人还有活气，一个是老妇人，一个是小姑娘。这两个人被抬进屋子里去。塔娘开始救治她们。不久，女孩子就坐在塔娘身边的沙发上，一只手擦

---

① 德语，意谓"胜利或是西伯利亚"。
② 戈贝尔是当时纳粹德国的宣传部长。

着自己的脖子,另一只手紧紧地抓牢这个陌生的女人。那老妇人看也不看身边那些沉默着的俄国人,就开始沉重地拖着脚走动,把那些乱丢在地板上的东西一件件拾起来。

鲁宾佐夫懂得一点德文,虽然他的字汇差不多全部限于军事方面,但是他还是能够询问一下那个老妇人。

事情大概是这样的:她的儿子本是当地的一名纳粹官员,没来得及撤退,于是在万分惊惶之下,决心叫自己全家人都上吊。昨天夜里,俄国坦克已经开过去了,而且从今天早上起,又有苏联部队陆续开过。这一家的主人眼见逃脱无路,便决心执行自己的计划。

"这些人还是人吗?"那个姜黄色小胡子的西伯利亚人嫌恶地问,一面把木柴加到火炉里去,"法西斯分子把谁都不当作一回事,甚至自己的亲生儿女也不例外。一定是那只卑鄙龌龊的猪亲自下手吊死她们的。"

"你的儿子,""马车夫"对老妇人解释说,一面用手指敲敲自己的前额,"他是个坏蛋……死了吗?一个人怎么能,"他嚷道,他大概以为嚷得越响,人家便越容易懂,"你瞧,"他朝那女孩子挥挥手,"把这样小的孩子,"他的手垂到地板上,"吊死,"他用手指指着自己的脖子。

老妇人开始给俄国人预备床铺。她做这件事的时候并不带一点儿奴颜婢膝的意味,她是刚刚从鬼门关活过来的,根本考虑不到向别人献媚的事。她这么做完全是出于理所当然——俄国人既然是战胜者,那就当然有权利要求战败者驯服。

但是,作为一个军人的鲁宾佐夫,可不能信赖德国人的太迟的驯服。因此,为了防备万一,他决定派人站岗防守。他辛辛苦苦地编好了一张轮班守望的时间表,编好了报警的信号,最后说:"你们索性都去睡吧,由我来站岗到天亮。横竖我今天夜里不睡。"

"我跟你一同站岗行不行?"塔娘从房间远远的一个角落里问。

"当然行!"鲁宾佐夫喊道。

仿佛事先约好一般,大家立刻散开,回到各人自己的地方,只留下鲁宾佐夫和塔娘两个人在桌子旁边逗留了一会儿。然后他们俩穿好衣服,开始值班守夜。

屋子里已经充满着一片轻微的鼾声。他们俩上街去以前,先把所有的房间巡视了一下。卓珂夫上尉睡在饭厅的长沙发上。他那圆脸儿在睡梦中显得很年轻,已经没有了他那特有的表情,那大胆的自信。中尉睡在隔壁房间里,他正在床上不安地翻来翻去。他是戴着那顶旧的冬帽睡的,他在睡梦中磨牙齿,喃喃地说着梦话。姜黄色胡子和"马车夫"睡在那张双人大床上。两人衣服都穿得好好的,靴子也没有脱,上边盖着各人自己的大衣,尽管他们的身子底下已经堆着一大堆毛毯。这两位士兵的大衣底下突出着一挺轻机枪和一支步枪,这两支枪哟,好像也睡着了。

在他们旁边的一张小床上,睡着那个德国小女孩子。

士兵们的枕戈待旦和斯巴达式的简单作风,叫鲁宾佐夫轻轻地笑了起来。——战争已经把他们磨炼得随时都在准备着迎接战斗啦。

鲁宾佐夫和塔娘走到外面院子里去。外面很黑,风又大,公路那边传来了步兵行军的沉重的脚步声,还有各种摩托车的喇叭声。大树底下有什么东西在走动。鲁宾佐夫用手电筒一照。原来是那个老妇人正在用一把铲子挖一个坑。

"她干吗要挖坑呀?"塔娘低声问道。

鲁宾佐夫走到老妇人跟前,跟她讲话,她滔滔不绝地、详细地讲了一大篇。鲁宾佐夫回到塔娘身边说:

"她在掘坟,公墓不收容自杀者的尸体①,你知道……她讲的意思大致如此吧。"

他们俩踱到街上去,沉默地站了一会儿。然后塔娘说:

"你现在的职务是什么?"

"师部的侦察官。我刚从军部回来。他们叫我去。要保送我上莫斯科的军事学校去读书。我差一点给他们弄走了。现在不作战到底而回到后方去,总有点可惜。特别是现在,战争已经接近尾声了。而且,我也不想丢下我那些侦察兵,大家已经处熟了呀。对我说来,我的师已经变成了我自己的家一样。

---

① 墓地多附属于教会,而自杀是违背教规的,灵魂必然沉沦,因此公墓不收容自杀者的尸体。

我费了相当大的劲才说服了军部里的人们。幸亏他们没有把我送走……否则我现在已经到了明斯克附近了……"他沉默了一会儿,然后又补充了一句,"而且我也就不会碰到你啦。"

谈起来,原来他们有好些共同的熟人。塔娘一度在军部的一个医院里工作过,认识了军部侦察处处长马里雪夫上校。她目前刚刚开了军医会议回来。她现在是沃罗比岳夫上校那一师的主任医官。

"我也认识你那位师长,"鲁宾佐夫说,"是一位优秀的司令员。但是我的师长谢里达将军甚至比他还要好。"

"噢,你们样样都是好的,"她微笑着,斜瞟了他一眼,轻柔地说,"在这可怕的战争中,你能平平安安地活到现在,真是太奇妙了。战争已经夺走了多少好人啊!特别是担任你这种职务的人。我见到了你,心里就很高兴。"沉默了半响以后,她又问道:

"你认识师团里的克拉西柯夫上校吗?"

"有点认识。"

他们俩沿着那幢在睡乡中的屋子的前院,慢慢地走着。她绊了一下;他扶住她的手臂,一扶住就不放她了。

"值班的时候可以这个样子吗?"她开玩笑地问。

"现在差不多就是和平时代了!"鲁宾佐夫想,"这是我四年来第一次陪女人散步啊!"

天空清澈无云,月亮从吹散的云朵后面露出脸来。月光照在一些房屋的白墙上——房屋上有黑色的横梁——又照着教堂的尖削的屋顶,他们不禁想起维耶兹马附近的树林——他们三年前躲避德军的那片树林。

"我有一种感觉,"他说,"我们好像在爬一座又高又陡的大山,爬了好久,现在总算挨近峰顶了……也许这个比喻太老生常谈了,可是……你从这峰顶上可以望得多么远啊!你可以开始用新的角度观看过去,同时再往前头看看,一切都像水晶一般通明透亮……现在我们真正知道了我们自己的力量和我们自己对于世界的意义了。我们长大了。我们仿佛已经成熟了……"他忸怩地笑了笑,"哼,真不容易说清楚。"

她留神地盯着他看,要晓得这个人是不是就是从前在一个寒冷的秋夜里,跟她一同站在斯摩棱斯克的一条古道上的那个中尉;从这个人身上,人们可以学会自信和勇敢。突然间,她羡慕起他手下的侦察兵以及一切跟他有来往的人来了。

"你听见那声音没有?"他出人意料地问道。

他们俩惊奇地对看着:附近有一阵呻吟声,就好像风儿在抚弄着粗大的琴弦。那是他们从童年时代就听熟了的一种老调子。原来是有人在弹奏着一首歌颂斯切潘·拉辛①的民歌②,可是他们辨别不出弹的是什么乐器。声音是从教堂里传来的。鲁宾佐夫和塔娘朝着教堂走去,不久就走到教堂屋前的宽阔的台阶上。他们走了进去。月光从那拱顶的窄窗口倾泻进来。在一滩明亮的月光里,有一个中士正坐在一个有栏杆的高台上弹风琴。底下有一群士兵站着听。

音乐停了,中士从座位上站起来。

"少校同志,我可以弹下去吗?"他用一种清脆的声调问道。

鲁宾佐夫给音乐陶醉得恍恍惚惚了,因此开头还不明白人家是在问他。等他明白了的时候,他只挥了挥手。然后他便和塔娘离开了教堂。

街上寒冷、刮风、肃静。

他们慢慢儿走回屋子里去。鲁宾佐夫突然问道:

"还有你的丈夫呢……他是在哪条前线上?"

"他牺牲了,"塔娘回答,"在四二年,"接着又冷淡地加上一句,"在斯大林格勒前线。"

她的声音所以会突然变成平淡无味,原来是大有含意的:请别为我难受吧,别浪费唇舌吧,别假装关心我的丈夫吧。

"就是这样啦!"她用随随便便的口吻说。

但是,当她瞥了一下鲁宾佐夫,看到他那个张皇失措的脸的时候,她就再也忍不住了。她用力咬住下唇——可惜要忍已经来不及了:泪水已经从眼睛里淌了下来,于是她转过脸去,差一点儿哭了出来。

---

① 斯切潘·拉辛于17世纪后半世纪领导俄国农民起义。
② "民歌"原文为"名歌"。

三

第二天清早，一长列的大卡车开进村子里来。有一辆卡车突然停住了，一个年轻的电讯队中尉下了车，他的名字叫做尼古尔斯基。他所关心的第一件事，就是愉愉快快地通知鲁宾佐夫说：

"你知道吗，近卫军少校，我们已经打进了德国本土啦？"

"我知道，"鲁宾佐夫笑着说，一面把脸儿转向塔娘。是应该走的时候了，但是他们还是恋恋不舍。

那个西伯利亚姜黄色胡子，从屋里走出来。他是刚刚醒过来的。他看见少校要走了，便说道：

"祝你前途顺利，少校同志。到柏林再见吧。"

"大概会那样吧。"鲁宾佐夫笑着说，一面紧握着那个士兵的大手。

他又用同样的气力去紧握塔娘的纤细的手指。她疼得缩回手去，埋怨地说：

"你怎么啦？我全靠这一只手给伤员们动手术哩……"

鲁宾佐夫难受极了。他心里暗暗咒骂自己的笨拙，一面爬上车去坐在司机身旁。中尉从后面跳上卡车，于是车子就开了。

"我真笨得像一头狗熊！"鲁宾佐夫懊恼地想道，"没跟她说一句话，也没向别人告别……她会把我看作怎样的人啊！"

他叹了口气。司机斜瞟了他一眼，会意地笑了笑。这些侦察兵呀，他们样样事都有时间做。师里每一个人都认识鲁宾佐夫。他的机巧勇敢差不多成了传奇啦。司机和尼古尔斯基中尉都断定近卫军少校一早上出来，并不光是为了跟这位美丽的、灰眼睛的女医生散散步。

在这当儿，卡车已经开上了一条公路的干线。卡车跟别的车辆的无尽头的行列杂在一起了，它的速度慢下来了。

鲁宾佐夫一边看着这平坦的郊野、铺雪的瓦屋和那栽种得整整齐齐的小树林在车窗外滑过去，一边在下意识里从军事技术的观点上考察了一下地形，但是他还是不住地想念着塔娘。他记起她的眼泪以及她落过泪以后所告诉他的动人的往事。她告诉他,她的丈夫是怎么牺牲的,她的母亲又是怎么死的。他回忆起这一切的时候,就不免要露出梦一般的、柔和的微笑,但他又立刻感觉到,这种笑是残酷的。"难道我果真为她丈夫的死感到高兴吗?我真想不到自己是这么下流!"

他竭力装出一副严肃的表情。

他与塔娘的会晤,特别是在战争就快要结束的这一天的会晤,对他说来,的确意味深长。

塔娘原是个老相识。这一点对鲁宾佐夫好像很重要。他们的关系不能归纳在轻率的"友谊"的范畴里——在前线上,男女之间常常有这种轻率鲁莽的"友谊",那叫他感到恶心,因此他便避免发生这种所谓"友谊"。

"一个老相识!"这几个字特别动听。鲁宾佐夫有时遇见一些女人,总是在她们面前感到难为情,原来女人们对男人们的企图实在太敏感了。而现在就是这几个字,叫他摆脱了这种难为情的感觉。

他整个时间都在想着塔娘,想到将来和她重逢,最后他们到达了一个村落,他这一师就在这个村子里歇了好几个钟头啦。

鲁宾佐夫在这儿立即给卷入了一种他所熟悉的气氛——一切军队司令部所共有的那种既喧闹而又不慌不忙的气氛。

师部的侦察兵驻扎在村子西郊的一幢刷白的大屋子里。

屋子里堆满了白色的羽毛褥子和各种大大小小的时钟。这些钟是那么沙嗄地报着钟点,好像要求到羽毛褥子上去睡觉似的。

在门的上方、在床铺的上方、在窗户上或窗户之间的墙上,悬挂着用韵文写成的大字格言,用古代的哥德式连写字体印在硬纸板上——这些格言,大抵讲的是知足常乐,或是家居清福胜过世俗的虚荣等。诗句的下面挂着两张笑嘻嘻的德国兵的照片——显然是屋主人的儿子——照片上的背景是欧洲各国首都的街道和广场:哥本哈根啦,海牙啦,布鲁塞尔啦,巴黎啦。看来这一对儿子倒不懂得知足常乐呢!

军队里消息传播得快:侦察兵已经知道队长回来了。他们来迎接他;虽说他们是沉默寡言的人,很少流露出内心的情感,但是鲁宾佐夫还是看得出,他们看到他回来了就感到高兴。

他们中间有司务长服罗宁,一位有名的侦察员,人长得又黑又小,敏捷伶俐,脸蛋儿很机智,好像狐狸的脸一般;沉着的上士米特罗金,他为人有自知之明;年轻的梅歇尔斯基上尉,侦察连连长;还有中士齐比岳夫,他是鲁宾佐夫的勤务兵,为人沉默而古怪。

冷淡的翻译官阿甘涅斯扬,就像经常一般,不刮胡子,懒得多动,一屁股坐在羽毛褥子上。但是他一看到鲁宾佐夫,立即跳起身来。近卫军少校体会到他这番跳起床来的牺牲很大,连忙叫他"稍息",于是翻译官松了口气,又在羽毛褥子上坐下。

"原来你不上军事学校了吗?"梅歇尔斯基不大好意思地问。

"不去啦,等到战后再说吧。"鲁宾佐夫说。

问题一个接一个地提出来了:军部里有什么消息? 在这战役的其他段落上,德国人在干些什么?

大家兴高采烈,心情上好像度假日似的。有一个侦察兵边说边兴奋地挥着手臂:

"你看见一路上的景况吗,少校同志? 真伟大得惊人! 那么多人! 那么多炮! 现在德国栽跟斗了,尽管全欧洲都给它效过劳。"

"终于算到了,"司务长服罗宁满意地叹了口气,然后又突然加上一句道,"这就是说,近卫军少校同志,用锥子和槌子干活的时间也快到了。"

服罗宁是个无比勇敢的侦察员,荣获了五次勋章;在鲁宾佐夫的心目中,他跟补鞋匠的锥子和槌子是格格不入的。鲁宾佐夫笑了笑,自从作战以来,他第一次想到了每个士兵过去的职业。

"伟大"的服罗宁原来是个鞋匠,米特罗金是个熔炼工人;齐比岳夫曾在第聂伯河上看守浮标;那不修边幅、老发怨言、心地善良的阿甘涅斯扬,原来是位艺术批评家;至于梅歇尔斯基上尉,他还不曾有过职业,战争爆发的时候,刚刚中学毕业。

只有鲁宾佐夫在战前就是正规军人。

"喂,朋友们,"他说,用笑话掩饰着自己的情感,"诸位现在既然还在当兵,还没有做鞋匠,那么就请你们把师里的一些新鲜事告诉我吧。"

但是,就在这当儿,鲁宾佐夫的助手安东尤克少校的愁眉不展的脸在门口出现了。他为人一向不很达观,现在特别显得阴沉。他有了失望的心情就要显露在脸上。他本以为队长一调入军事学校,他自己就可以升一级了。

安东尤克少校对于规则章程都能背出来,他在军队里已经待了一个长时期,为人作风极好。他从前当过骑兵,对这件事感到荣耀。说到侦察方面,他学习了一些特别的课程,于是也自以为在这方面是个大专家。

他对鲁宾佐夫的态度是很复杂的。对于近卫军少校的许多高尚品质,当然他也不是闭眼不看。但是鲁宾佐夫有些地方,别人认为是优点,他却认为是缺陷。比方说,安东尤克会叹惜:鲁宾佐夫对待侦察兵怎么那么随便,就像对待平辈同志似的呢?再说,他认为鲁宾佐夫跟阿甘涅斯扬学习德文,不免有失体统;一个堂堂的指挥员,让一个部下把他当作小学生似的来教,那真太不像话了。总括一句话,他认为鲁宾佐夫身上"平民"气息太浓厚,而"平民"气息在安东尤克看来,就等于"次货"。他一发现梅歇尔斯基上尉私下在写诗,他便真的瞧不起他了。

关于这一切,鲁宾佐夫都知道。有时候他一笑了之,偶尔也感到气恼。但是近卫军少校只消把声音提高一点,安东尤克立刻就把气势收敛了一些。一般说来,他只看得起会发脾气的上司。鲁宾佐夫老是这么说起他:

"要是你不对他嚷——他什么都不干……他以为别人都同他一样。"

可是现在鲁宾佐夫正为了进军德国和跟塔娘的会晤而大感高兴,没有去理会安东尤克的板面孔。他细心地研究着一张地图,图上详细地画着敌军沿库多河的防御工事。侦察兵挤在队长的周围,满意地抽着土烟丝,等待着命令。有一件事他们是知道的:这个不知疲劳的少校一定会找出事来叫他们做!果然不出所料,他想了一会儿,便站起身来,在房间里踱来踱去,然后说道:"好!有仗要打!照我想,我们可以派一个侦察小队前去侦察一下库多河沿岸的堡垒。你们知道,这就是那著名的东线长城①的一段。梅歇尔斯基,你去叫大家预备好。由你带队去好了。我要去向将军汇报。"他又转过身来对翻译官说:"有俘虏没有?"

"有。"

---

① 东线长城就是德国军队的东防线,因坚固而宣称为城墙。

"你侦讯过他们没有?"

"侦讯过,稍为问过一下。"

"你问起过他们关于库多河的情况吗?"

"没有!"翻译官认了错道。

鲁宾佐夫责备地望了安东尤克一眼,但是没说什么,只是戴上帽子,出去找师长去了。

四

师长谢里达少将的师部所在地的那幢屋子附近,非常喧闹。显然有什么大人物到了,大门口停着一辆汽车,一辆装甲运兵车,车上架着一挺大口径的机关枪。参谋官员们手里拿着档案,不断从屋子里跑进跑出,样子非常狼狈,甚至有点惊吓。其中有一个官员向鲁宾佐夫咬咬耳朵,低声说:

"你知道谁上这儿来了吗?西佐克雷罗夫!"

事实上,师长的来客是军事委员会的委员乔琪·尼古莱耶维奇·西佐克雷罗夫中将。鲁宾佐夫犹豫了一下,随即走上台阶。

入口的门廊上挤满了人。坐在里面的都是西佐克雷罗夫的联络官和副官,他的卫队里的轻机枪手,以及师部里召唤来的军官。这里很安静。听得见门后有低低的人声。

不,现在去拜访师长可不是时候。鲁宾佐夫倚着门柱,心里盘算着:要是军委要找侦察员谈话,那么,他的报告应该怎么措词呢?

门开了,师政治部主任普洛特尼柯夫上校出现在门槛上。

"派人去找鲁宾佐夫来。"他对师部里的一个军官说。

"我已经来啦。"

"啊!进来吧!"

里面那间半暗半明的大房间里非常安静。靠里头的一个角落里,有一位灰头发、瘦身材、披着一件将军大衣的人坐在一张长沙发上。师长谢里达少将在他的对面立正站着。一位陌生的少将(看他的肩章,大概属于坦克部队的)和另外两个上校站在远一点的地方。

鲁宾佐夫本打算先向师长汇报,后来一感觉到房间里气氛紧张,又看见师长显然是为了什么事挨了骂,使他全心全意地感到同情,于是他便挨在墙边"立正"着。

他所听见的第一个字是"马车"。他惊奇地注意倾听。

"是的,甚至乘马车,"军委说,"他们什么车辆都搭乘……今天我在路上,不得不喝住了一种类似有篷马车的车辆,一共三部,装满着你的步兵,塔拉斯

·彼得罗维奇。"

他沉默了一会儿,然后接着说下去,声调比较温和一些了,但在鲁宾佐夫听起来却多少有点狡诈:"而且还不只是你的军队……"他仔细看了谢里达一眼,激恼地说,"坐下,你干吗站着?"

塔拉斯·彼得罗维奇·谢里达少将坐了下来,但是西佐克雷罗夫本人却站了起来,开始一边说一边踱来踱去:

"进军顺利迅速是一桩好事,但是也有它的缺点。在发动攻势中,过分热心的司令员,往往会忘记了纪律。现在部队里出现了一种天不怕地不怕的态度,自以为我们是多么勇敢,什么都难不住我们……在敌人的境地,这种态度可能发展成为极不愉快的走极端的现象。你们大家的行动举止,都好像喝醉了似的,当然,你们会这么想:我们已经进了德国……但是德国的占领,必须像过去夺取大卢加①一般。必须先经过战斗的啊!"

"他们喊我来干什么呀?"鲁宾佐夫想道,一边推测,一边懊恼自己也犯了搭乘马车的错误。"他们不至于知道我也犯了这错误吧!"

他把军委打量了一下,他对这位军委从前只是闻名,现在才是初次见面。他注意到,西佐克雷罗夫的眼睛是那么深陷、聪明,而且非常疲乏。

人家一通知他说侦察人员到了,西佐克雷罗夫便转过身来,以认真的目光估量了少校一下。难道他已经知道乘马车的事了吗?鲁宾佐夫又想,脸孔有点涨红了。

但是在这方面并没有一点儿问题。

"你在黑暗中辨得清路吗?"

"摸得清,将军同志。"

"你的师长告诉我说,你新近到过一个坦克阵形的总部……"

"是的,两天前。"

"那么领我去吧。"

鲁宾佐夫顾虑地说:

"我们和坦克部队之间的地方,有德方的一群群散兵游勇。那边的前线还

---

① 苏联军事重镇。

不巩固。将军同志,我自己去走一趟好了,我会带一位坦克部队的人回来见你。我很快就回来。"

西佐克雷罗夫又认真地对这个侦察人员望了一下,多少带着点儿开玩笑的声调回答道:

"我倒也乐意听从你的命令,少校同志,但是讨厌的是,我想亲自去看看坦克部队。"

鲁宾佐夫窘坏了,说道:

"我明白了,将军同志。"

"至于德方的散兵游勇或者是那些维尔沃尔夫①,"西佐克雷罗夫接下去说,"照我想,我们不必怕他们。德国人喜欢听命令。他们的行动很少是自作主张的。至于聪明一点的人,也明知再干下去没有多大意思了。你是不是很忙?"

"只有批准侦察计划和侦讯俘虏两件事。"

"一个钟头内办得完吗?"

"行。"

"那么你还有一个钟头可以自己支配,"将军看看手表,突然转身对师长说,"还有你的女儿呢?她一定不再跟你在一起了吧?"

师长的十三岁的女儿维茄,差不多时时都跟她父亲在一起的。在战争的初期,她的母亲就给德国炸弹炸死了。

这女孩子跟着士兵们在战役和战争的苦难中长大起来,因此熟识地图和各种军器。正像她父亲开玩笑所说的,她是读"步兵野战手册卷一"而识字的。

师长跟自己的小姨子曾经不断地通讯。等到双方商议好了的时候,进攻维斯杜拉河的攻势又发动了②。既然没有时间处理私事,维茄只好仍旧留在师里。

她是个奇怪的女孩子,很聪明,身体可不大健壮。她记性真好,对于地名、

---

① 德文 werwolf,原指半人半狼的妖怪,此处指纳粹匪帮的一种特务组织。
② 维斯杜拉河在波兰首都华沙之南,1945年正月,红军为挽救西线的英美盟军,提前在此发动大攻势,以一百五十多个师和大量炮兵以及空军投入战斗,结果大胜。

战略高地的号码、师部炮兵队以及其他部队的细节,她都记得烂熟,时常提醒她父亲。有时候参谋人员跟师长谈话,记不起去年这一师所在地的地名,于是维茄的轻轻的小声音,便从一个角落里响了起来,未尝不带有一点儿滑稽的沾沾自喜。

"爸爸,那是在靠树林西边的地方,在扎基巴南边两公里。"

她虽然懂得了这许多对于她完全没有用的知识,但是,像她这样年龄的女孩子正常应该感到兴趣的事物,她却不懂得了。

这样出奇的事,自然人家不会不注意到,于是难怪军委也知道维茄的存在。

师长沉默地走到另外一个房间去叫维茄。

一个脸孔苍白的女孩子走了进来。她眼睛睁得大大的,黑头发修剪得像是男孩,穿一件卡其布裙,上身是一件制服。她安静、端庄,故意装得镇定。但是军委从一些小地方看出她实在是慌张的。她那个瘦削的左肩有轻微的扭动。她走到军委跟前来,介绍自己说:

"我就是维茄。"

她觉察到鲁宾佐夫也在场,便对他友好地笑了一笑。军委也留意到这一点;他心里想,这个侦察员真是个讨人喜欢的人物呀。

鲁宾佐夫在隔壁房间里向师长报告侦察计划的时候,西佐克雷罗夫中将便跟维茄交谈起来了。他以一种对待成人的尊重的口气对她说:

"现在你该回莫斯科去读书啦。战事就快结束,一个人应该想到将来。"

"我要等到攻下柏林再说,将军同志,"维茄严肃地说,"柏林一定怪有趣的!"

"但是,你还是应该离开这里。"

"不过我在这里一样读书啊,加林少校和尼古尔斯基中尉教我读一点儿书。"

"一点儿?"将军反驳道,"一点儿——太少了。"

"我明白,"维茄同意道,她慌乱起来了,"不过只是暂时的计划。"

"还有,你不妨害你父亲作战吗?"西佐克雷罗夫问,斜睨了一下师长。

"恰恰相反,"维茄答道,"我会帮助他。"她惆怅地微笑了一下,也没有特别对谁笑,"他忘记了什么,我就会提醒他。"

大家都笑了起来,只有西佐克雷罗夫是例外。

"好,这很好。不过,请准备好,立即回到第二梯队去①!你看,现在这种运动战,师本部常常陷于困难的境地……什么危险都会发生,就好像那一次你跟你父亲碰上了德国兵一样。对不对?"

"是的,就在泗宾的外郊。"

"你看啊,这太危险了。"

谢里达少将带着困窘的笑容说道:

"你明白吗,维茄?没有法子想,军委的命令必须服从。"

在这当儿,鲁宾佐夫的侦察计划已经被批准,便回到自己部队里去了。他给安东尤克作了必要的指示以后,便跟阿甘涅斯扬和齐比岳夫一同到拘留俘虏房的仓房那儿去。

俘虏们正坐在干草上,用军用盒子喝汤。鲁宾佐夫等着他们吃完晚饭;一边等一边跟他的勤务兵低声谈话:

"你最近怎么样?马匹都好吗?"

"相当好。"齐比岳夫回答道。

他那张方脸,就像往常一样,既镇定又宁静。但是鲁宾佐夫很了解他的勤务员,知道他在为什么事心焦。齐比岳夫终于说道:

"他们都在说,德军是因为肚子问题才支持不下去的。但是我发觉这儿不知道有多少牛和猪。这叫你怎么解释呢?"

鲁宾佐夫蛮有兴趣地望望他。齐比岳夫感到愁闷不解的问题显然也叫其他所有的侦察兵愁闷不解。德国农家的院里果然挤满了猪和良种的花斑牛。

"问题并不是这么简单,"鲁宾佐夫想了一会儿才回答道,"光天化日下猪仔到处跑,你可不能吃它们,况且德国人也不能任意宰猪。这是布格河上的一个俘房对我说的……哼,情形倒是这样的:你张眼一看,到处是食粮,但是你再深刻地看一看,你就会发觉,原来不是食粮,而是军需品。"

---

① 红军擅长运用纵深的梯队配备,攻守如意。梯队是现代战争中的一种阵形,周密掌握各兵种的协同动作。

齐比岳夫停下来想了一想，估量了一下这种议论的说服力。然后他又说：

"大概是这样的吧。德国要是肯打仗的话，还可以打上十年。他们有充足的粮食，样样都有……这就是说，打败他们的既不是饥饿，也不是美国炸弹。打败他们的是我们。"

齐比岳夫果真挖掘出了问题的根源，鲁宾佐夫感激地对他笑着。

鲁宾佐夫爱护他的勤务员，虽然这勤务员脾气古怪。齐比岳夫谈论起别人来，总是目空一切，评论起别人的长短来就好像自己的意见准没有错儿似的。你要从这个沉思的、不爱说话的士兵口里听到称赞别人的话，可真不容易。

谈到鲁宾佐夫，他总是这么说：

"那才真正算得上一个人。"

谈到安东尤克，他既不喜欢，心里对他也不敬重，因此说起他来就那么干脆：

"那算不上一个人。"

侦察兵们有时故意取笑他，一会儿问问他对这个人的看法，一会儿又问问他对那个人的看法：

"齐比岳夫，照你看，他算得上人还是算不上人？"

不错，你要取笑他吧，那是相当危险的，他一发起火来，脾气可坏透了。

阿甘涅斯扬开始把俘虏一个个喊出来。

这些俘虏，有两个有趣的特点，立刻猛然引起了鲁宾佐夫的注意。第一，这些德国人是属于各个不同的战线的，有的还属于后方卫戍军。正规军、特种军、后备军、公安部队都混杂在一起，这一点反映出了德国军队的士气低落和慌乱。第二，这些德国兵，被俘虏不到几小时，就失去了军人气概，暴露出了各人在战前所干的老本行的真面目来：其中有小官吏、店老板、手艺人、工人以及农民等等。在这一点上，他们跟战争早期的俘虏大不相同。从前他们被俘虏以后，仍然不失为一个军人呀。

这些新俘虏显然已经充分认识到：德国给打垮了。不过，并不是全部俘虏都是这样的。被击溃的第二十五步兵师的一个上士，名字叫做赫尔默特·许瓦伯，他阴沉沉地眨着他那疯狂的小眼睛，别人问他对于战争前途的看法，他是这样回答的：

"在矿山的黑暗的竖坑里，"他预言般地说，一面翘起一只污秽的手指，"正在制造一种威力极大的武器……它将会拯救德国。"

一个瘦削的德国人，站在许瓦伯背后，气愤地、轻蔑地用德国话说：

"他全疯了，这老傻瓜！"

战俘们中间起了一阵低声的口角，显然这并不是第一次啦。鲁宾佐夫发现许瓦伯是孤立的，大多数战俘都在取笑他，其余的人都垂头丧气地不声不响，少校发现这一点，感到很满意。

关于库多河上的防御工事，俘虏们所了解的情况，大部分都是传说。不过，就是这些零零碎碎的情报，鲁宾佐夫还是细心地记录了下来。

军事委员所限定的一个钟头快要完了。少校留下阿甘涅斯扬在仓房里继续盘问战俘，自己带着勤务员去找师长。

师长那儿已经在忙着起程了。手提轻机枪的侍卫们，已经在忙着登上装甲卡车，在长凳子上坐下来。他们让出一个位子给齐比岳夫。

西佐克雷罗夫走出屋子。他朝着四面望望，一看见这位侦察人员，便对他点点头。然后他向谢里达和普洛特尼柯夫告了别，走上车子。

"走吧！"他说。

鲁宾佐夫坐在司机的旁边，军委、军委的上校副官，还有坦克部队的少将，都坐在车后。

车子沿着柏油路疾驰着，稍为有点摇晃。在路拐弯的地方，它追上了一部慢慢儿爬着的、套着四匹马的轿车。

鲁宾佐夫朝军委偷偷瞟了一眼。将军正闭着眼睛。汽车追过了那部倒运的马车。鲁宾佐夫可以打赌说，这部马车就是卓珂夫的那玩意儿。但是他辨别不清楚了，因为汽车一闪而边，太匆促了，况且暮色已经开始笼罩下来。

五

果真就是那一部马车。现在车上的乘客,只剩下卓珂夫上尉和那个留着姜黄胡子的西伯利亚人。西伯利亚人高踞在赶车的座位上当车夫,其余那些同车的人们都在当天早上分别回到自己的部队里去了。

卓珂夫往后靠着坐,恶狠狠地抽着烟。他发觉鲁宾佐夫坐在那部大汽车里,一想起他就有说不出的激恼:又是那个少校……。好一个说教者的典型……我们认识这种人……。他不能饶恕鲁宾佐夫那轻蔑的手势和刺伤人的言语,而且还当着一个女人的面说那样的话!他这宝贝,卓珂夫想道,一定是个后方的英雄……时时在笑……救德国人……笨蛋。

卓珂夫要去报到的那个团部已经在附近了。团部所驻扎的那个村子出现在下一个拐弯儿的地方。

"快一点!"卓珂夫嚷道。

姜黄胡子挥鞭抽马。

团部设在一幢人字瓦屋顶的长形屋子里。屋前有三棵多节的古槲树。卓珂夫把马车停在槲树旁,以敏捷的步伐走过哨兵跟前;哨兵对于这奇怪的交通工具表示惊讶,他也不理睬。入口的门廊上,坐着和站着好些勤务兵、通讯兵和书记等等。他一挤而过,一直走到一个小房间。一个很矮的少校正在打电话。桌上坐着一个书记和一个电话接线生。卓珂夫意气扬扬地行了个礼。

"上尉卓珂夫听候指使。"

"……喂,维谢恰柯夫,"少校对着话筒嚷道,"占领那个村子!你说他们在开枪,你这是什么意思啊?……难道你还盼望人家派军乐队来迎接你吗?"少校把话机放下,对电话接线生说:

"给我接上'百合花'……我们来看看这朵可爱的白花在那边搞得怎么样。"

然后他转向卓珂夫,把文件接过来,说道:

"唔?"

这家伙怪,卓珂夫想道,难道他果真就是参谋长!

"是当连长的吗?"少校问。

"对。"

"当了好久啦?"

"两年。"

"相当长久啊,"少校说,一面向接线生挥挥手,叫她跟"百合花"说话说得轻些,接着又向卓珂夫问道,"为什么这么久?"

卓珂夫瞪起那双叫人看不透的灰眼睛来盯着少校,好像一个深海潜水夫,从潜水服下面瞪起眼睛来盯着一株水底的植物。

"我不知道。"

少校咧嘴一笑。

"唔,唔?那么谁知道呢?"

"上级知道。"卓珂夫说。

少校哼了一声,走到另外一间房里去。

"那是谁?"卓珂夫断然地问书记。

"团司令员。"

"喂,这家伙不坏吧?"

"谁?少校同志?"书记觉得惊奇,这人怎么对参谋长采取这么随随便便的态度,"苏联英雄,米加耶夫少校。人不错……"

少校回来了,终于对那捉摸不住的白色的"百合花"讲话了。讲完以后又转过身来对书记说:

"把卓珂夫上尉登记为第二步枪连连长。那是个什么玩意儿啊?"他突然对那辆停在窗外的马车发生了兴趣。

"那是我的。"卓珂夫说。

米加耶夫大笑起来。

"原来你就是伯爵!我明白了!哼,你可以把你的老爷车留下来!我们交给你带领的是一个步兵连,不是一个摩托化连……。还得记住一点——我们缺少一位营长。如果你行的话——我们将来就让你当营长。"

"我现在的职位很不错啦。"卓珂夫说。

"去你的吧,你这怪物!"少校假装生气的样子。

"好的。"卓珂夫用忧郁的声调回答道,一面转过身来,又一次地把手举到帽边,意气扬扬、满不在乎地行了个礼。

他打开房门的时候,米加耶夫少校从背后喊他:

"你知道第二连在哪儿吗?"

"我找得到。"卓珂夫简单地说了一声,便走了出去。

卓珂夫是诺夫高洛得人。他早年就没有了父亲,跟着母亲住在郊外一间小木房里长大的。他哥哥在列宁格勒一家工厂做工。战争开始的时候,卓珂夫才十九岁,刚刚从当地的师范学校里毕业出来,正在跟邻家一个姑娘谈恋爱。他的女朋友伐雅·普洛科洛娃是个白皮肤、亮眼睛的姑娘,原是他的同学,准备于一九四一学年度开头就开始教书。卓珂夫呢,他预备上列宁格勒哥哥那儿去,要在那儿进一座专门学院。

战争打破了这一切计划,卓珂夫把小木屋的窗子用木板封起来了,告别了伐雅,由母亲陪送到车站。

到了列宁格勒,卓珂夫立即应召从军。伐雅天天写信给他,一直到德军占领了诺夫高洛得才音讯断绝。卓珂夫所属的那个部队给调到加里宁前线去了。接着是不断地打仗打下去,于是卓珂夫一开头就以冷静和勇敢而出人头地了。他不久便给调进了一个初级军官学校。事实上,他并没有学习多久,因为学员们都给调上穆耳曼斯克前线去作战了,不过卓珂夫还是得到了军官的官衔,指挥一个排,他受了重伤。一年以后,他在西北线上作战的时候,从报纸上看到女教员伐雅·普洛科洛娃——游击队的侦察兵——被德寇在诺夫高洛得的列宁街上绞死了。

后来他又从列宁格勒得到消息,说他的老母亲在冬天里饿死了。她连坟墓都没有,因为她死在街上,是由陌生人埋葬的。他的哥哥也因为德寇一颗炮弹打进了他的车间,给打死了。

全家人只有卓珂夫一个还活着。

这些不幸,的确把这个青年打击得太厉害了,使他难受得要命。于是战争就变成了他全部生活的寄托,变成了生活的主要意义。他想的、谈的,都是战争。时间一天天过下去,他开始觉得自己孤单单地在世界上简直是一种荣耀。

这对于我有什么关系呢？我就是孤单单的一个人。他时常想到这一点。每逢士兵们收到家信，或是带着丰富的情感、微笑、叹息或埋怨而谈起他们的家庭时，卓珂夫总是瞧不起他们，仿佛这些家庭关系贬低了他们的身份，使他们变成次货了。

在作战中，他的无限的勇敢使他变得比别人杰出。他对于德国人的憎恨——包括德国战俘在内——是谁都知道的。由于他的勇敢，上级多多体谅他，加上他又遭遇到那么多不幸，他们私下也很可怜他。然而上司们还是必须谨慎地对待他，有时候他实在太莽撞了！他违背了一切条例，老是给士兵们带头，不过他这么做的结果，往往反而弄得控制不住他这一连的士兵。

由于这些原因，卓珂夫到现在还是一个连长。虽然他嘴巴上装得满不在乎，其实心里好不难受。这次他离开了米加耶夫少校走到自己马车跟前的时候，心中也是闷闷不乐，板着一副阴沉沉的脸。

马车周围已经围着一些士兵。他们正带着惊奇和消遣的神情仔细看这部马车。姜黄胡子正在讲解这部古旧车子的构造上的细节，他所讲的都是昨天刚从鲁宾佐夫那儿听来的。他把车上的拉丁文格言翻译成"为了信仰、沙皇和祖国"。

姜黄胡子发觉卓珂夫还要往前赶路，而他自己那一师却屯扎在左边，他便把不久以前跟鲁宾佐夫说过的那句话重复了一遍：

"我们在柏林见吧？"

"活下去再说。"卓珂夫说。

姜黄胡子把行军囊往肩上一摔，走开，"活下去"。

"有没有到第一营去的？"卓珂夫问那些士兵。

有的。走出了一个营部的通讯员，还有一个团部的电讯兵。他们爬上马车，坐在软软的有垫子的座位上，在车上愉快地摇晃着。半关的门上，那只纹章上的鹿，好像因为看到了外国兵竟然以战胜者的姿态闯进了它的祖国，击败了腓力得烈克大帝那著名的波美拉尼亚掷弹兵[①]，而惊慌地屈背抵角。

[①] 腓力得烈克大帝于18世纪后半世纪任普鲁士王，称霸欧洲。波美拉尼亚原是普鲁士北部的一省。

第一营营长维谢恰柯夫,住在另外一个村落的最后一幢房子里。他已经知道新连长要到了。米加耶夫已经用电话通知过他。米加耶夫也许在电话里暗示过这位雄赳赳的上尉性格上有些古怪吧。不管有没有暗示,营长老远就看到那部马车了,可是他没有说什么。

维谢恰柯夫是个麻脸的高个子,行动有点笨拙。但是他的服装却是特别整洁:干干净净的白领,擦得亮光光的长筒靴。

原来他是新结婚的。在马车上的时候,卓珂夫便听到通讯员说起营长夫人格拉莎的事。

人们管格拉莎叫做第一营的母亲,实在叫得对。她是位看护。爱清洁已经成为她的癖好,但是士兵们总觉得爱清洁的骨子里还有一种说不出的、更深入的东西。

维谢恰柯夫自从跟格拉莎结了婚以来,遭遇了好些麻烦。团里的党支部已经开会讨论过这两个人的问题。在战时,特别是在一个步枪营里,建立家庭是不大对的。不过维谢恰柯夫和格拉莎终于破了一次例。

师政治部曾经派指导员加林少校来调查这件事。加林狠不起心来拆散他们俩,因为他们俩实在相亲相爱。营里每个人,每个士兵,都明白这一点。

加林和维谢恰柯夫的政治助手谈了一下,又跟党组织员谈了一下。这件事本是清清楚楚:军官们是不允许自由散漫的。战争就是战争。格拉莎和营长必须分开。但是加林又觉得这个结论有点儿不妥当。因为这不是前线上通常那种胡调,实实在在是爱情。他通宵在那儿考虑他所调查的结果,到末了还是什么都没有写就回师政治部去了。加林心里想,一发动攻势,人们就会把这件事忘了。于是这事情一直拖到现在。

格拉莎当时虽然不在房间里,但是营长身上那么整整洁洁,处处流露出女性气息。不久,格拉莎本人出现了。

她是个又魁伟又强壮的女人,约莫有二十七岁,长得一双粗腿,头发直得像亚麻,她像维谢恰柯夫一样,有点麻脸,面颊儿又结实又绯红。

但是你只消朝这个壮大的女人眼睛里一望,你就会看到一种难得的、仁爱的表情,叫你感到奇怪。你只消看看她那张小嘴巴,看看她那红面颊上的小酒窝,你就会忘掉她那不优雅的缺陷。这儿所透露的比肉体的美丽更有价值——透露出了一颗美丽的灵魂。

卓珂夫也有点感觉到这一点。

格拉莎开始忙着弄东西给新来的军官吃,一面把他当作老相识似的告诉他说,这儿有一座德国人开的配药铺,她曾花了半天工夫搜索,找出了好些药品和相当多的纱布。这件事叫她很开心,因为医务营和先头部队离得相当远。

"他们的生活是很清洁的,"她谈起德国人来了,"只是他们的灵魂显然不很干净。他们很害怕我们!这就是做贼心虚啦。"

第一营刚刚夺取了一个大村子,俘获了两部修理好的坦克和十辆摩托卡车。这些车辆现在就放在营长住所的附近。德军撤退到一个小冈上的小树林里,从那儿开迫击炮。每隔五分钟,空中就有沙嗄的爆炸声。雷田里的地雷一忽儿在右面爆炸,一忽儿在左面爆炸。每一次爆炸以后,维谢恰柯夫就轻轻地咒骂,威吓着那看不见的敌人说:

"等着瞧吧……瞧你们明儿早上的神气吧。"

"我们还不如把他们打走吧。"卓珂夫带着半询问的语气说。

"我们的人累啦,"维谢恰柯夫回答道,"他们三天没睡觉了……让他们休息一下。你可以到你自己部队里去。就在那边那个村子里,在河对岸。在北面的界线上。人家会指给你看的。你那一连人不多,所有的排长都不能作战了。另外一方面,你却有一个反坦克炮队和一个迫击炮队。你的火力是足够的。"

"务必叫士兵们脱了靴子过夜,"告别的时候格拉莎这么叮嘱卓珂夫,"还有,最好叫他们上澡堂去洗洗澡。"她恳求地望着维谢恰柯夫。

"你又在啰嗦你那澡堂了!"维谢恰柯夫摇了摇头,"士兵们需要的是睡觉,不是蒸气浴。"

卓珂夫走了。

他挥起鞭子,对着男爵那几匹马狠狠地一抽,于是马车便轻快地渡过了河。河水深达马腹,把车上的绸垫子也溅湿了。

就在村口上,在一座给打毁了的桥边,躺着一个苏联士兵的尸体。他遍身溅满了异国的烂泥,披着灰大衣躺在那儿,眼睛直瞪着异国的上空。

这是卓珂夫在德国第一次看到苏联兵的尸体。多么悲惨的命运啊：经历了那么多战役，尝尽了长途的艰苦，临到最后目标就快要达到的当儿，竟牺牲了！像任何的青年一样，卓珂夫立刻联系到自己，说不定自己也会遭到同样的命运呢。

六

德军在维斯杜拉河上的防线，一度无比顽强。凡是经历过战争的人都知道，一个步枪连突破了这样顽强的防线以后，会受到多大的损失。突破以后，追击起敌人来，步兵连就不再会牺牲掉这么多人了；只不过偶尔有个别人被杀害，有人或是受伤或是生病。但是连的人数总是越来越少，任务却始终不变，少数人仍旧要完成原来多数人的任务。现在一个人要抵上六个人打仗。没有人落在后边或是生病。你才不容易叫他们任何人遭到死伤呢。他们是死不了的人啦。

这并不是说，保住了命的士兵，就是最优秀的士兵。有一度，他们跟那些和他们并肩作战而倒下去了的人们是一式一样的。但是现在，他们的宝贵的战争经验丰富起来了，于是他们便成为最优秀的士兵了。

第二连现在一共只有二十个这种"死不了"的精兵了。他们人数的稀少，另有特殊原因。在当时的突破过程中，这一团兵由前线的最右翼进攻，士兵们当然不晓得这一点。在渡河的时候，邻近的战线上的部队立刻转向北面去。因此这一团兵——包括第二连在内——向前挺进的时候，右翼就暴露了。敌人从摩特林要塞开炮轰他们，在他们前边撤退的敌人，同时又向他们开火，使他们受到严重的损失。

虽然这一天并不是卓珂夫作战的第一天，可是眼看交给他的这一连人数这么少，他不禁怔了一下。"他们简直叫我当班长啦！"他愤愤地想道。

兵士们带着毫不掩饰的兴趣，凝视着他们的这位新连长驾着一部出奇的车子大模大样地渡过河来。他那果决的风度，他那冷静的灰眼睛，他那十足的自信的神气，给他们留下了深刻的印象。

"排长呢？"他问那些列队站在他面前的士兵，仿佛对于这一连的情形，他一点儿都不知道似的。

一个高个子的司务长对他行了个礼，毫不犹豫地回答道：

"没有排长啦，上尉同志。现在只剩下了我这个司务长，还有两个班长：上士斯里文科，中士果戈贝雷采。最后的一位排长巴撒克少尉，在勃鲁姆堡的争夺战中挂了彩。上等兵舍米格拉夫现在执行军需官的职务。连的党组织员是斯里文科上士。打报告的是连的司务长戈登诺夫。"

"大家脱掉靴子,"卓珂夫冷冷地命令,"去睡一睡。"

但是并不是每一个人都睡得着。二十一岁的上等兵舍米格拉夫,在进入德国这件大事的刺激下,兴奋得睡不着。

昨天晚上,党组织员斯里文科召开了一次简短而动人的士兵大会谈论这个题目,当时舍米格拉夫大为激动。因此他跑进村外一家修理场去忙了半天。他在那里面找到一把锉,动手工作起来。他从工场出来的时候,叹了口气,责备地看着自己的手,对党组织员说:

"窍门忘记得精光了……我现在还算得上什么机工啊?人家连第三级工匠都不会叫我当啦。"

"你会慢慢儿重新摸熟起来的,"斯里文科安慰他说,"你起初当兵也不大行,现在瞧你,剽悍得像一头狮子啦!其实,比你对机工的职务熟悉得多了。"

但是舍米格拉夫心里仍旧难过,他的双手就是不听话。他在村子里闲逛着,往各个屋子里东张西望。他走访了炮兵和迫击炮手,告诉他们新连长到了。他在一座荒凉的屋子里找到一件党卫军的新制服,上面还挂着一颗铁十字勋章。他回到连里就把这个发现告诉了卓珂夫。

"烧光那幢房子。"卓珂夫说。

党组织员斯里文科惊奇地扬起眉毛,镇静地回答道:

"你一烧,全村都给照亮了。那一来德国人就会谢谢你啦。"

"什么,怕德国人?"卓珂夫狠狠地责问道,但是他并没有坚持自己的意见。

两个炮兵人员,一个是反坦克炮队队长,一个是迫击炮队的少尉,听到了舍米格拉夫的报讯,现在来拜访了。他们各人把各人的装备——当时军队里称呼各单位的一般惯用语——的情况,告诉了新连长。他们缺少军火——现有数量只有规格的一半,后方又相隔很远,不过他们已经答应明天早上把新的供应品运到。

村子浸浴在月光中。连里的人大多数在睡觉。只有村子那一头的战壕里有哨兵在坐着守夜,有的守着机关枪,有的挨着反坦克炮——眼睛窥望着树木的朦胧的轮廓,同时又在大衣袖子底下偷抽着大卷的土烟。这些枪炮只偶尔回答一下德方的迫击炮,为的是节省军火。

卓珂夫送走了炮兵以后,便爬上司务长替他预备好的床。聚在院落里的几个士兵开始低声地交换着他们对新连长的意见。

"看上去人很果断。"果戈贝雷采说,他是个黑黑的高个子,留着一撮向上翘的、黑黑的小胡须。

"可是很鲁莽!"舍米格拉夫补充道。

每个人的眼睛都转到斯里文科身上,原来他们非常重视党组织员的意见呢。但是斯里文科为了避免做出草率的结论,便说道:

"等着瞧吧。"

戈登诺夫因为连长新到任,决定晚饭打一次牙祭。他曾经设法从营本部领了三十个人喝的伏特加来——因为只不过一星期以前,连部的名册上还有三十个人呢。司务长又看见一个仓房里有些鸡,是原来的物主逃亡时留下的,于是便命令士兵彼邱金说:

"抓三只来炸一炸,但是可不许开枪,免得吵醒我们的上尉。"(他已经称呼上尉为"我们的"上尉,这表示他已经承认卓珂夫是这个连的大家庭里的成员啦。)

鸡炸好了,戈登诺夫走去喊醒卓珂夫。

"上尉同志,晚饭做好了。"

卓珂夫立即一跃而起,开始穿上长筒靴。他一觉察到人家为什么把他喊醒,连忙把靴子踢开,准备不吃饭了,但看到炸鸡和盛在光洁的玻璃酒杯里的伏特加——司务长才懂得这一套呢——便又记起自己整天没吃东西,于是便坐下来吃晚饭。

士兵们的鼾声从墙后面传过来。村街上的脚步回响声跟卫兵的呼喝声夹杂在一起。村子里住满了电讯兵、工兵和医务营的勤务兵。还有车子的辚辚声;大概是团军需站送来的火药。

住在隔壁屋子里的三个师部侦察兵,走了进来。他们本来是在一个瞭望哨上守望——瞭望哨就设在村边的一个阁楼上——现在刚刚下班。他们坐下来烤火。

有敲门声。又有一小队师部侦察兵到了,带头的是连长梅歇尔斯基。两

位连长互相自我介绍了一下。梅歇尔斯基听了一下那些观察德军的侦察兵们的报告,然后对他们说:

"你们知道,朋友们,近卫军少校已经回来了,"他蛮有礼貌地对卓珂夫解释说,"我们讲的是我们的侦察长。他们要保送他上军事学校,但是他不去。"

这个侦察连连长,是个相当有礼貌的书呆子气的典型。卓珂夫认为在前线上拘泥礼节是多余的,可是对于梅歇尔斯基这种出奇的习惯,他还是宽容下去,因为他一向尊重侦察兵。

梅歇尔斯基和他的部下烤暖了以后便站了起来。一听说他们要到德国的后方去,卓珂夫便向梅歇尔斯基问道:

"你跟他们一道去吗?"

"当然啰。"梅歇尔斯基回答。

卓珂夫走到门廊下,看着侦察兵出发,一直到看不见他们为止。上士斯里文科也站在门廊上。

"你在干什么——守卫?"卓珂夫问。

"不是,上尉同志,只是睡不着。"斯里文科沉默了一会儿,然后又说,"我的女儿在这儿,上尉同志。"

"在哪儿?"

"谁知道!……在德国。是他们把她带到这里来的。政治部一公布我们已经到了德国,我便睡不着。"他笑了一下,好像原谅自己的弱点似的,"我这愚蠢的旧脑袋里总是在想,我的女儿或许跟我只相隔有半俄里,就在附近某一个领主家里,或者就在隔壁村子里。"

"德国是个大地方啊。"卓珂夫说。

"这我也知道,但是我还是睡不着。今天有一个德国人告诉我说,附近一个领地上有好些俄国姑娘在干活。替一个地主干活。上那儿去是一条笔直的大路。让我去看看,上尉同志,至少叫我安安心。"

他们走了进去,卓珂夫望了下地图。那片领土是在西北两公里外。

"怎么办呢?"卓珂夫说,"你单独去不行,派人跟你一起去吧——眼前连里的人已经太少了……有人说,德国兵现在分成小队行动,好像打游击……"

斯里文科轻蔑地笑着。

"算了吧,上尉同志!我怎么也不相信他们会打游击。德国人才不搞这一套。德国人小心谨慎,他知道小刀子没法子劈柴。这儿有什么地方藏得住游击队呢?树林子又清楚又整齐,道路又是笔直的……不,你不必为我担心这事,我自己去就行了……。"

这些理由显然是再三思考过的,使卓珂夫很感动。他犹豫了一会儿就准许这位党组织员走了。

斯里文科拿起一挺轻机关枪,又把每个口袋里装了一颗手榴弹,然后困窘地笑道:

"谢谢,上尉同志。你用不着告诉他们……"他朝隔壁士兵睡觉的房间挥挥手,"我一个钟头以内就回来,"接着用乌克兰语把话儿说完,"——不然人家会以为我发痴呢,原来党组织员是这么一个老傻瓜!"

他敬了个礼,走出去。

卓珂夫刚刚要躺下去,门突然给推开了,梅歇尔斯基上尉冲进屋子里来。他浑身是泥土。

"你的电话在哪儿?"他问道,"我有个重要消息要告诉营部。敌人在撤退。我一直爬到他们的阵地。他们在撤退。我告诉你的话都是确确实实的。"

他们打电话给营部,营部再把消息传递给团部和师部。

这一师兵在睡意朦胧中动起来了。

卓珂夫喊醒他的士兵们。他们疲乏得动都不能动了,在黎明的寒气中颤抖着。

"你现在走了吧。"卓珂夫问梅歇尔斯基。

"是的,他们在等我。再见,上尉同志。"

这位侦察人员的那种少不了的彬彬有礼,又一次叫卓珂夫惊奇。卓珂夫走到院落里去站了一会儿,听着梅歇尔斯基逐渐消失的脚步声。接着,他又转过身来对着他那集合在一起的全连士兵。

兵士们走出院落。村子里已经到处是人、货车和卡车。卡车轰隆隆地往前开,汽车揿着喇叭,人们的身上发出一片军用食盒的嘎嘎声。

七

斯里文科沿着柏油路的边上缘——大踏步地往前走,他那钉着铁钉的后跟叮叮响。他愈往前走就愈感觉到有可能在这领地找到他的女儿或者说是"陶契姑",这是他用乌克兰语对她的叫法。不过,在他心灵的最深处,仿佛是在一座小小的岛上,坐着另外一个怀疑的斯里文科,正在责骂做梦的斯里文科,叫他别以为事事都是可能的。

"哼,斯里文科,你是个怪家伙,"那个怀疑的斯里文科正在对他说,讽刺地冷笑着,"难道你果真相信,嘉丽亚就在这领主的府上?你年过四十,是个熟悉人生的矿工,现在竟忽然开始相信在这敌人的境地里,在那成千的领主府邸和乡村里,你可以这么随随便便就碰上你的女儿……你还是回到你伙伴们那儿去吧,回到床上去吧……"

但是斯里文科仍旧固执地走下去。他记起了他的嘉丽亚。德国人打来的时候,她才十六岁。她刚刚读完七年级。她是个好看的姑娘,长得又高又黑。但是她父亲认为她最可爱的还是她的脑子:细致,稍微带点儿戏弄揶揄的意味,当着大家的面,可又把这种癖性隐藏在一种谦虚的缄默中,这对于她的年龄说来,是最适宜不过的了。斯里文科爱跟他女儿谈话,随时都可以从谈话中发觉她的新的品质:例如通人情,意志坚强,特别有才能等等。不过他并没有溺爱她,对她其实相当严格。

斯里文科懊恼地想起从前待她的态度,现在看来,似乎是不公平的吹毛求疵。她跟伏洛加·阿克雷姆契克的恋爱,本是孩子间的小事情,他自己当初实在不该那么小题大做,那男孩子人又好又愉快,终于在战争中阵亡了。

战事发展到顿巴斯来的时候,斯里文科参加了一个共产党员营,在斯大林诺拦阻敌军。在这次战役中,斯里文科受了伤,连夜由一部破烂的卡车送进陆军医院。

他身体复原以后,当然就大可以把他那本来的煤矿工人的身份说明白。这么一说,他就可以不必参军。当时后方很需要矿工,至少在加拉甘达是这样的。斯里文科并没有真正隐瞒自己的职务。他只不过根本没有提起它。他当时不了解战争,以为这么做,人家一定会派他到他所想去的地方,派到伏罗希洛夫城去。他到了那儿就可以把德军赶出他所热爱的顿巴斯。但是结果失望了;他们派他到一个高射炮部队里去,地点是在一个遥远的哥萨克村里,那儿有石油库。夜里,斯里文科恋慕地望着草原上那一望无际的秋空,心里渴念着西方,渴念着他那煤矿,他那幢小房子。但是他发觉到每个人都有自己的乡园,既然现在每个人都在共同地为祖国作战,那么也就是为每个人的家乡作战,他一体会到这一点,心头便很轻松了。

后来,顿巴斯解放了,斯里文科于第二次受伤以后(那时候他已经在步兵队里),设法回去探望了一下他原来的煤矿。他跨过家门的门槛,在房间的正中央站着,把他那"老女人"拥抱了好久。他虽然不懂得她为什么那么痛哭,但是他猜得出原因。他不敢多问,但是他知道这跟嘉丽亚有关系,因为嘉丽亚没有在屋子里。屋子好像又空虚又没生气。

到末了,邻人们跑了进来,他听到了嘉丽亚的遭遇,于是他开始安慰"老女人",而且当然还答应她说,他一到德国,立刻就去找他们的"陶契姑",一面说一面犹豫地笑笑。"老女人"虽然不相信他,可是没有说什么,只顾静悄悄地哭。

现在他果真到了德国。他还活着!而且他的女儿就在那儿,在一公里开外。

他加快脚步。

接着他又起了一个悲伤的念头,他拼命要挣脱它,可是挣脱不了:"我的女儿呀,她长得美丽。哪个男子见了她不要望一眼?谁不对她甜蜜蜜地笑?要是这么一个姑娘做了奴隶可怎么办呢?何况当主人的又是德国鬼子?……"

领主的府邸出现了。是一幢大屋子,四面围着厚厚的石墙,简直像一座堡垒。那弯拱的大门,也像堡垒的门一样。大门是用粗大的木材做成的,上面钉着铁闩,旁边的小门紧紧地关闭着。

斯里文科举起他那钉着铁钉的皮靴来踢门,一面嚷道:

"开门!"

一条狗恶狠狠、气冲冲地吠了起来。

响起了仓皇的脚步声。脚步在小门里停住,一会儿便折回去了。斯里文

科挥起步枪的枪柄,敲打着小门说:

"开门!……有个苏联兵到了!"

脚步更加慌乱了。门里边不只是一个人。终于有一个德国人的声音,在小门后面胆怯怯地用德国话问道:

"干什么?"

"温新齐,温新齐①,开门啊,我叫你开门!"

小门打开了。

斯里文科面前站着一个病态的德国老人,手里提着一盏灯。相距不远的地方,就在马房门口,蹲着两个人影子。他们忽然抬起双手来,向斯里文科慢慢走来。他看出这两个是德国兵。

"完蛋啦。"他们说。

"当然完蛋啦。"斯里文科说。

为了安全,他运用士兵的机智了。"等一等,伙伴们!"他对着门外那静默的暗夜喊道。但是他这么做,与其说是要使德国人相信外边有军队,倒不如说是在安慰自己当兵的良心。

"只有两个人?"他问,用手指轮流戳着这两个士兵。

"两个,两个,只有两个。"老头儿喃喃地说。

"向后转!"斯里文科命令道,握着轻机枪,准备好射击。

德国人明白他的意思,转身走过那宽大的院落,院落里堆着粪和干草,此外又塞满了大马车,车上搭着高高的木条子。

他们走进主人的屋子。走到门廊,斯里文科喝道:"停步!"

"枪呢?"他问,把一只手搭在机关枪的枪柄上,"就是这种东西,枪,在哪儿?"

"没有。"有一个士兵用波兰语回答。

"没有武器,"另外一个回答,"维日西穆新。"他挥动手臂说明,好像是把什么东西扔出去似的。

"丢掉了……"斯里文科翻译道。

---

① "温新齐"系德文,意谓"战胜者"。

对付这两个瘦长的、红发的德国兵的最好的办法,也许就是扭开轻机枪扫掉他们算数。但是斯里文科可不能那么做——并不是害怕上级,尽管上级禁止这种强暴行为,反正谁也不会知道。

不,斯里文科不能够这么做,因为那样做会违反了他自己的原则。

他走到一道门边,推开门。他喊老头儿过来,同时借着灯光,看到里面有一只大灶,地上砌着大砖,还有几只铜锅。两扇窗子都装上了百叶窗。斯里文科向这两个士兵指着厨房的门。他们爽爽快快地走进去,斯里文科随手把门带上,指着门上的钥匙洞说:

"把它锁上。"

老头儿急忙往外边跑,他的脚步声在这空屋子里隔得远远的楼梯上回响着。最后他带回来一把锁匙,把厨房门锁上了。

于是斯里文科问道:

"俄国人在哪儿?"

这句话老头儿可听不懂啦,静站在那儿,他那鸟儿一般的灰白的小头倾斜在一边。后来他弄懂了,开始挥舞着手臂。

"走啦,走啦,走啦!"他用德国话嘎声地说。

他们走啦。他们给赶到西方去了。

"还有你的主人呢?主人?男爵呢?伯爵呢?"

老头儿终于听懂了,又一次挥着手臂说:

"走啦,也走啦!"

他滑稽地顿着脚,好像说:跑了,溜掉了。

"那么你是替他看管财产的吧?"斯里文科问,"那么好吧……你的女人和孩子呢?'金得尔'①呢?"

老头儿在前头领路,斯里文科跟着。他们离开了主人的屋子。院落的尽头有一所小木房,紧贴着墙,好像是一个燕子窝。

他们走了进去。斯里文科看见一些妇女们的给吓坏了的脸。一个老妇人,三个女儿。

---

① "金得尔"系德文,意谓孩子。

斯里文科心中突然起了一种不好的念头。他聚精会神地盯着那三个德国女儿,盯了好久。

"原来俄国姑娘走了,俄国孩子走了,往西走了,"他怨声怨气地说,"好的,那么,德国孩子也得往那边走,朝东走,大踏步朝东走……"

随后他又惊奇了。德国妇女显然听得懂这个比方,然而她们却以为这就是命令。女孩子们跟母亲交换了几句话以后,就开始收拾动身。她们甚至没有什么大惊小怪的忙乱。她们把衣服卷在一个包袱里。母亲也没有哭。她们好像都认为这件事是公正的。从前是俄国姑娘被赶走,现在轮到德国妇女了。只有最年轻的那一个在发抖,不过她却竭力在约束自己,生怕俄国人误会她怀着不应该有的不满,生怕因此招惹俄国人生气。然后她们就停在那儿等待。

她们看起来怪可怜,当斯里文科弄明白了她们干什么的时候,不禁猝然纵声大笑。他笑得那么善良,露出了一口洁白的牙齿。只有心地高贵的人才会这么仁爱地大笑,连德国妇女也认识到这一点。她们怀着惊奇和希望的心情看着这笑哈哈的俄国兵。他挥着手臂说:

"不是西伯利亚……活见鬼。"

接着他又感觉到自己太宽容了,因此就带着威胁的声势对那些德国女人嘘着,那些妇女本来已经开始欢乐地喊喊喳喳谈起来了,一听见这凶狠的嘘声,立刻平静了下来。他对他自己说:"他们赶走了你的女儿,洗劫了你的屋子,难道你反而可怜她们吗?"

但是,他又望了望她们那红红的大手,看上去是一向做繁重的庄稼工作的,于是他心里果真可怜她们了:难道她们就是奴隶的驱使人吗?难道她们就是那伙盗匪吗?

斯里文科上士就是带着这些想法回到连队去的,他押着他所俘获的两个德国兵走着。

连队已经不在那儿了。

师部已经转移到村子里来了。电讯兵拖着电线走,一边打呵欠一边轻轻地咒骂:

"到了这儿还在逃,"有一个人这么说,"到了他本国的国土上还在逃……要跑到哪儿才停住啊?连睡觉的机会都不给你,这个鬼子!"

斯里文科把那两个德国兵交给侦察兵——侦察兵已经接收了两个钟头前第二连所住宿的那幢屋子。然后他安安静静朝西出发,去寻找他自己那一团人,他不慌不忙,就像平常一个有经验的老兵,知道自己不会迟到似的。

路上有一部汽车赶上了他,车上坐着普洛特尼柯夫上校和加林少校。上校一认出那个在路边走的士兵就是他手下一个连里的党组织员,便停下车子。

"我带你走好了。关于打进了德国的问题,你开过会没有?"普洛特尼柯夫问。

"开过了,上校同志,"斯里文科回答,接着又补充一句说,"我已经培养了三个士兵入党,但是党委会到现在还没找他们谈话。"

"是的,总是挤不出时间来,"普洛特尼柯夫惭愧地说,"我们老是在前进、前进。仿佛连这件事也有缺点似的!"他张大着口,和蔼可亲地笑着。沉默了一会儿以后,斯里文科又问道。

"对于这些德国人怎么办呢,上校同志?"

这问题出于普洛特尼柯夫意料之外,他朝加林瞥了一眼,然后问斯里文科:

"你怎么想法呢?"

"照我想呀,"斯里文科慢吞吞地说,一面摸着黑色的小胡髭,"我们现在对他们必须宽容一点。我的意思是指德国平民。简直不要把他们看作德国人……只看作人民好了。"

普洛特尼柯夫纵声大笑。

"这就是恰到好处的做法!他做得恰到好处!"他转向加林说,声音放低了一些,好像不愿意让斯里文科听到称赞似的。接着他又转向党组织员说,"你的态度是对的。要保持这种态度。"

随后普洛特尼柯夫开始跟加林谈论关于维谢恰柯夫跟格拉莎的事。关于这案子,师团催着要求最后的决定。加林热烈地坚持说,硬把两个相爱的人拆散是不公平的。

"当然,我本人也同情他们,"普洛特尼柯夫说,"不过呢,你这结论必须彻底考虑一下。还有你呢,你上师部去做什么?"他突然转向斯里文科说。

"我押了几个俘虏到师部去,"斯里文科回答,后来为了说老实话,他又补充了一句,"同时也为了寻找我的女儿。"

为了回答上校那询问的目光,斯里文科用抱歉的声调说明道:

"我的女儿,她就在德国。他们把她从顿巴斯赶到这儿来的。只可惜在那幢领主的府邸里一个人都没有了,他们把她们又往西赶走了。"

普洛特尼柯夫上校的脸变得烦乱阴沉。他话也不答,开始凝视着公路。

在公路上,在潮湿的晨雾中,疲乏的人们和车子排成队,朝西方伸展着。一部战地邮车开过了,载走了士兵们的书信,接着来的是一些卸下了军火的空卡车。潮雪在下着。光秃秃的树枝摇晃着。士兵们的帽子在风中鼓扑着,像船帆一般。

人们沉默地往前走。邻近起了机关枪声,到了十字路口,斯里文科请求他们停车——因为车子要往右转开到团部去。他跳下车来,告了别,往那机枪声特别猛烈的地方走去。

八

当汽车把卓珂夫的马车丢在老远的后面以后,近卫军少校才掉过头去望望中将。西佐克雷罗夫仍旧那么坐着,闭着眼睛。"累死了。"鲁宾佐夫同情地想道。就在这当儿,西佐克雷罗夫带着一种几乎觉察不到的表情——或者是由于生气,或者是由于顽强——把头往后一摔,睁开眼睛,转向那位坐在他身边的坦克部队少将说:

"你从乌拉尔那边来,走了好久吧?"

少将想不到人家会问他这问题,怔了一下才答道:

"四天。我们领了配备,他们立即把我们装上运兵火车。"

"整个旅程只花了四天?"

"是的。"

"他们遵照斯大林同志的命令,替我们开辟了一条'绿色街道'。"那个坦克少将补充了一句,咧开嘴微笑。

西佐克雷罗夫的脸一亮,突然转向鲁宾佐夫说:

"你知道什么是'绿色街道'吗,少校?"

鲁宾佐夫张张手臂,表示不理解,于是西佐克雷罗夫开始解释:

"它是一条铁路线,整条线上只开绿灯。每个分叉点上都有强大的火车头,烧好了炉子在等待着。每到下一个交叉点,立即接上新的火车头,运兵火车于是一闪而过,路线上都开了绿灯,打着绿旗在等待着。全线上没有一盏红灯,没有一次停顿——全线绝对没有其他车辆。这才叫做组织啊!"

"检查员们,"少将骄傲地接下去说,"就在飞跑的列车上检查车子。那不是铁路旅行——简直是在飞,这是最高统帅的命令!到现在我还有点迷迷糊糊……"

大家沉默下来。他们经过一些荒凉的村落,除了汪汪叫的狗和一些没人看管的牛以外,就渺无人烟了。风卷起湿雪打在车窗上。一会儿,他们到了一个小城,城里有石子铺成的横街小道,有两层楼的房屋,屋子都是高高的瓦屋顶。西佐克雷罗夫问道:

"我们的卫队呢？在后边不太远吧？"

副官从后面的车窗望出去——望不见什么装甲运兵车。"我们等一等吧！"西佐克雷罗夫说。

司机把车子停在一块小方场上。西佐克雷罗夫打开车门，下了车。别的人跟在他后面，他向四周打量了一下，把他心里想的东西讲出声来：

"这大概是沃罗比岳夫的阵地吧。"

鲁宾佐夫好奇地窥望着这个黑暗的方场和房屋的轮廓。塔娘就在沃罗比岳夫的师里面服务，因此，这个沉浸在黑暗中的小城，对于鲁宾佐夫来说，就好像特别值得注意。

这是个相当平凡而沉闷的小城，充满着夜间的各种沙沙声和其他的声音。院落里有马叫声、脚步声，以及士兵们的抑低了的声音，还夹杂着哨兵们遥远的查问口令声。

西佐克雷罗夫在人行道上沉思地踱来踱去，他那坚定的脚步声在狭窄的方场上震响着。他终于在方场的中央停下步来，那儿有一座高高的纪念碑，他就站在纪念碑的暗影下。中将扭开手电筒一照，大家都看见一只飞翔的铁鹰停落在一个石台上，下面石头上刻着"1870—1871"字样，旁边环绕着铁的花圈。

中将关了手电筒说：

"感恩的市民们，谨向色当胜利者致敬①……这么一个小小的城镇，还这么大模大样……"

路拐弯的地方出现了汽车的头灯。装甲运兵车开到方场上来，照亮了一切——镇公所的尖削的屋顶、积雪盖顶的喷水池，以及纪念碑上的铁鹰。头灯立刻灭了。率领着轻机枪手的中尉，在黑暗中显露出身影来。鲁宾佐夫从中尉的肩膀后面瞥见了齐比岳夫的脸。

中将问道："我们太快吗？"

"还是慢一点好。"中尉承认道。

"就这么办吧！"中将说。

---

① 色当战役：法军于1870年向普鲁士军投降，从那以后，德国代替法国称霸欧洲。

大家都笑,只有中尉不笑。他年纪很轻,认为执行重要任务的时候不应该笑。况且,他对于"就这么办吧"这些暧昧不明的字眼,感到不满。因此,他还是站在那儿等候一个明确的回答。

"我们开得慢一点好了。"西佐克雷罗夫解释道。

他们都回到车上的座位上去。车子开了。

"抽烟的人就抽吧。"西佐克雷罗夫忽然说。

坦克部队的少将和上校副官都高兴地点起烟来。借着烟卷的火光和车子的仪器板上各种器械的夜光针盘的发光,鲁宾佐夫转过身来便又觉察到军委半闭着眼睛,看那样子不是在思考,就是在打瞌睡。不,他不是在打瞌睡。过了一会儿,他振作一下,讲起话来,好像是继续一场开了头的会话似的:

"但是德国人仍旧相信希特勒的宣传。你看看那些乡村,差不多一个人也没有了。德国无线电台成天价乱叫,说俄国人的侵略多么恐怖,号召平民往西撤退。平民们果真跑了。我们的情报人员,正在把这场仓皇逃跑的可怕的详情报告进来。人民冻死饿死。希特勒显然下定了决心至少要把他的半壁江山一同拖进深渊,同归于尽。他就好像一个食人生番的酋长,把活生生的人硬拖进他的坟墓里去,希望阴间也有他的臣民……"静默了一会儿,西佐克雷罗夫又说,"现在我们又到了波兰国境了……"

汽车正在一条湿路上疾驰着,沿路留下车胎的印迹。一卷一卷的雪,在车辆头灯的光亮中疾转着,仿佛一被光亮照着就惊恐地往旁边奔窜,让那新卷起的雪来代替它们的位置。鲁宾佐夫紧张地朝黑暗里窥望着,怕错过了向右拐弯的地方。他虽然熟悉这条路,但是上一次是白天乘着车子开到坦克部队这儿来的。夜间的一切都好像大不相同,据他估计,现在早该拐弯了;先是一幢小教堂,接着穿过一座小树林,然后向右急转。但是现在既找不到小教堂,又找不到小树林。他瞧了瞧那速度针盘——他们已经旅行了六十八公里;在动身前,鲁宾佐夫已经对照过距离啦,这是他的惯例。"我们总不至于错过那拐弯的地方吧?"

就像往常一般,夜间在不熟的路上行走,东西都好像失去了任何特别的标志。甚至路也显得宽了,路边的树木也显得比白天高了。鲁宾佐夫安慰自己说:我们一定没有到达拐弯的地方,因为车子开得慢;司机怕跟装甲兵车上的机枪手们失去联系。但是现在速度针盘已经指在七十七公里上。鲁宾佐夫这下可真着急了。

"速度针怎么样?是在走吧?"他向司机问道,外表上装得满不在乎。

"那不过装装样子,"司机低声回答,"早就该修理啦,但是我总是挤不出时间。我们老是在行军……"

鲁宾佐夫松了口气,斜瞟了中将一眼。中将直望着大路的前头。他的鼻梁上已经有了一条深深的皱纹。

期待了好久的那个教堂飞过去了。鲁宾佐夫说:"向右转。"

一个小城镇出现了。一进城,鲁宾佐夫就庆幸自己养成了一种计算街道的好习惯,最难的事儿莫过于在城里找路,常常必须从后街兜过去。经验和本能固然救了鲁宾佐夫,使他差不多每一次都能"感觉"到该拐弯的地方。但是在这一方面,近卫军少校也有他自己的"办法";他有一种不知不觉中计算拐弯的习惯。右边第五条街,接着是左边第三条街,接着是左边第一条街,于是你又兜上了大道。第五还是第六?是第五,那边街角上有一块里程碑和一根折断的灯柱。

"向右拐弯。"他对司机说。

车子转了弯,开到第三条街。鲁宾佐夫命令"向左"拐弯,接着又是一声"向右"。他相当自满地这么做,补偿了刚才一场惊慌。房屋越来越少,接着完全消失了。他们穿过一座森林。

"这条路你走过几趟?"中将突然问道。

"一趟。"

"真好记性,"军委称赞了他一番,又问道,"你跟塔拉斯·彼得罗维奇相处多久啦?"

"一年半。"

"那么说,向维斯杜拉河和布格河间组织白天袭击的,原来就是你啦。"

"是我。"

"那一次的事我还记得。那是一次聪明的战役。你是不是党员?"

"是。"

"你战前做什么的?"

"中尉。"

"啊,原来你是个正规的军官!"

"是的。"

"如果你是个正规的军官,也许你应该在高一级的司令部工作了吧……一个人把军事眼界扩大一点,总没有什么坏处的……"他歇了一下,带着一阵异样的好奇心等待鲁宾佐夫的回答。

鲁宾佐夫摇摇头说:

"不,中将同志,还是让我在原来的师里干到战争结束吧。"

军委的健谈以及他对这个不认识的军官的大感兴趣,叫他的副官觉得惊奇。副官当然也知道西佐克雷罗夫将军看起人来很精密。西佐克雷罗夫也会爱别人,只不过他的爱不是露骨的,而是深入的,一点儿也不感情用事。有的人甚至还以为他残酷无情哩。

西佐克雷罗夫知道人家怕他,这一点有时叫他好不难过。他所以喜欢鲁宾佐夫,正因为这青年完全不像他的上司们那样害怕将军,那种害怕实在是可鄙的。这就是说,他是老实而尽职的,西佐克雷罗夫断定道。

"你考虑考虑吧,"他说,"我可以跟马里雪夫讲一声。"

"不,中将同志,别跟他讲。你一提,他就会当做命令,他们立刻就要调动我……"

"随你的便吧。"中将相当心平气静地说,又把眼睛闭拢来。

"我们好像到啦。"司机说。

车子开进一个大村庄。虽然完全天黑了,但是你可以感觉得到村庄里到处是人。车子还没有停妥,就有一个人的脸在车窗外出现了,有一个路栅往上空吊了起来,让车子开进去。穿着白羊皮短褂子的哨兵们立正,几个人在挥动手臂;到处是手电筒的闪光,听得见有低低的谈话声。车子停了。

九

  人们在等待着军委的来到。车边有十个人在立正。一个结实的汉子,戴着一顶高加索皮帽,大声地、清晰地说:

  "立——正!中将同志……"

  西佐克雷罗夫不耐烦地打断他:

  "让我来介绍一个坦克旅的旅长。他直接从乌拉尔赶来增援你们。准备接受这个新的旅吧。"

  将军们迅速地走到屋子里去。门儿砰砰地关起;一会儿便安静了下来。

  鲁宾佐夫不晓得怎么办才好。他已经完成了任务,不晓得下一步应当怎么做:跟军委走进去呢,还是跟着司机留在车子里。他选择了一个折中的办法:下了车,在围墙旁边踱来踱去。

  轻机枪手们爬下装甲卡车,开始像马车夫那般,用戴着手套的粗笨的大手敲拍着胁旁取暖。年轻的中尉站在运兵卡车附近,又机警又严峻,等待其他的命令。齐比岳夫悄悄地溜到近卫军少校身边来,一声不响地抽着烟,他那烟卷的黄色火光,照亮了他那轻机枪的鼓形筒。不久司机也下了车,他也燃起一支烟,走近鲁宾佐夫说道:

  "少校同志,原来你在黑暗中看得见东西,像猫一般,是吗?这是一种难得的本领。我给军委开车已经有一年半了——他差不多时时刻刻都乘着车子走——我真盼望能够有你这种本领……你是同时使用地图呢,还是单凭记忆力?"

  鲁宾佐夫没有来得及回答。有个军官快步向他们走来,大声问道:

  "哪一位是军委机枪队的队长?"

  中尉静悄悄地走上前来。

  "把你的人带到那间小屋子里去。叫他们烤烤火,吃晚饭,那边一切都准备好了。还有侦察兵少校在哪儿?"

  "在这儿。"鲁宾佐夫回答道。

  "跟我来。"

鲁宾佐夫跟着那军官，走进西佐克雷罗夫将军刚刚走进去的那栋大屋子。他们走过一些半暗半明的走廊，走进一间灯光明亮的大房间。那房间里的一些无线电机旁边坐有十来个女接线生。她们正在收电报，把一长列的数字记录在纸上。她们每个人的身旁都有一位军官在坐着，或者是神经紧张地踱来踱去。

房间里很热，因为生着好几只火光熊熊的炉子。军官们简捷地下着一道道命令：

"跟彼得洛夫联系一下。"

"问他为什么不汇报一下他邻近部队的近况？"

"他们到了兰得斯堡没有？"

"再问问德军在哪儿反攻！"

"跟俯冲机联系一下！"

有时候听得见这样的话语：

"该死！……吩咐他完成他的任务！"

"发报：'汽油就要送到了。'"

陪着鲁宾佐夫的那个军官走开了，少校身子贴着墙壁，怕妨碍别人的工作。虽然工作紧张，那些女接线生还设法向客人好奇地瞥了一眼，又拍拍自己的头发。

有位中校在阅读一张数字表，愉快地喊道：

"沙摩埃洛夫已经抵达兰得斯堡了！我就去报告！"

他扣好制服，消失在隔壁房间里。

大部分军官都时时刻刻拿着一张张纸头走到隔壁房间去，差不多立刻就折回来。

陪着鲁宾佐夫的那个军官不久又出现了。

"军委请你吃晚饭。"

鲁宾佐夫跟着军官走。隔壁房间有好些参谋人员坐在大桌子旁边，桌上放着摊开的地图，军官们正在地图上标出坦克阵地的变化。作为步兵人员的鲁宾佐夫，对于这些坦克司令部的工作人员，觉得有某种程度的羡慕。在这司令部，就是一个钟头内所发生的种种变化，步兵连梦想都梦想不到！不过坦克如果没有步兵搭配，也起不了多大作用。

将军们的大衣都放在一间房间里，有的挂着，有的随便放着。

"脱下你的外衣吧。"那军官对鲁宾佐夫低语道。鲁宾佐夫听从了那人的话，然后又把隔壁房间的门打开一半。坦克部队的官长和空军将领们坐在一张晚餐桌上。一共十个人。

军委踱来踱去，心里老是在考虑着战局。攻势进行得很顺利。但是根据参谋长塞尔盖也夫斯基将军的报告看来——这人的报告向来慎重，不轻易做出结论——再根据他跟那些随同作战部队一同进攻的坦克指挥员们在无线电上的会话看来，西佐克雷罗夫发现战局一个钟头比一个钟头来得复杂。首先，坦克冲到前面去太远了，跟步兵相隔有五十到一百公里。向东德突破的坦克旅既损失了坦克，又损失了人力。交通线已经有一部分被某几师精锐的德军破坏了。军火及燃料的供应情况已经很困难。德国空军炸毁了一个摩托纵队。最大的困难在于许多坦克旅的汽油已经用完，而油车还来不及从后方基地装运新的油来。

"为什么还不来？"西佐克雷罗夫问，突然在塞尔盖也夫斯基面前站住。

塞尔盖也夫斯基站起身，但是并没有回答。

"难道你不知道吗？"西佐克雷罗夫问，"那么我就说给你听。你一直把一件顶重要的任务，把石油的供应问题交给部下去做，有时候甚至干脆交给司机。你打发走了油车，便想也不再去想它了。但是，你早该指派重要的参谋人员跟着油车走。"

他又开始踱来踱去，然后又问道：

"你喊了加列林没有？"

"喊了，将军同志。"塞尔盖也夫斯基回答道。

加列林将军是个炮兵师的师长，那个师正带着巨炮到前线来。师长现在在隔壁村子里过夜。这边已经派了一个军官去喊醒他，叫他到这儿来。他来了，是个大个子，红红的面颊，淡赤黄色头发，是个相当活泼有精神的人。他大声报了名以后，就站住不动，等待军委的问话。

"你那边情况好吧，加列林？"西佐克雷罗夫安静地问。

"谢谢，将军同志！"加列林笑着回答，"一切都安排好了。重炮已经准备着轰击柏林。一切都得严格遵守时间表。士兵们都急于跟步兵一同推进。天一亮我就继续挺进。"

"了不起的人们!"西佐克雷罗夫说,接着又说了一遍,"了不起的人们!"

他开始踱来踱去,然后又停下来问道:

"你有汽油没有?"

"有的是!"加列林快乐地喊道,"足够用到柏林。引擎里都装满了油。"

"坐下来吃晚饭吧。"西佐克雷罗夫邀请他说。

加列林脱下外衣,往桌上一坐,用一双红红的、大大的手抓起刀叉。

"讲起汽油,"西佐克雷罗夫继续说下去,"全部,你明白,全部,每一滴要交出来,交给坦克部队。"

加列林放下叉子,毫无办法地凝视着军委,他立刻沉下了脸。

"那么我呢?我怎么办?"他带着发抖的声调问道,大家都同情这个愉快的大个子——三言两语之间,就突然从欢乐的峰顶跌落到绝望的深渊。

"吩咐油车准备好,"西佐克雷罗夫对塞尔盖也夫斯基说,"叫他们拿着加列林的命令,到他的师里去运油。下命令吧,"他转向加列林,"你就这样写:凭条子即将本师部汽油移交给坦克部队油车。理由:奉军事委员会命令。签字。你跟我一同吃晚饭,饭后请回去亲自检查你的命令执行得怎么样。"

塞尔盖也夫斯基的脸上亮起来了。他高高兴兴地拿起加列林的字据就往外跑,几乎像一个小学生似的蹦蹦跳跳。加列林仍旧坐在桌上,脸色非常阴郁。他吃不下东西了,只是以呆板板的目光盯着台布。他们都沉默着。军委也沉默着。他几乎没吃什么,不久便从坐椅上站起来问道:

"新的旅还没有到吗?那个从乌拉尔来的旅。谁去接的?"

"贝里岳佐夫中校。"

"距离下火车的车站有多远?"

"六十公里。"

他望了望加列林,又转开身去对坦克部队的将领们说:

"损坏的坦克必须在战场上修理好,重新编到队里来,这方面你们有丰富的经验。在你们的阵形中,装配员现在是中心人物。在这方面,有突出贡献的人应给推荐出来,接受'苏联英雄'的称号。"最后他转向加列林说,"我看得出我已经败了你的胃口,那么好吧,回到你自己的师里去检查一下命令执行得怎么样。你们炮兵人员的本位主义我是知道的。大概他们不情愿把汽油交出来吧。你最好亲自去检查一下。"

加列林喃喃地说了一声"好",便披上外衣走了。

每个人都在听着。外边响起了加列林的气冲冲的声音:

"开车!走!你睡着了不成?"

军委格格地笑了,但是没说什么。

塞尔盖也夫斯基走进来说,已经派油车去装油了。

"我们将来有时间可以再谈一次,"西佐克雷罗夫简洁地说,"谈谈你的供应人员。"他听了一下——远处有马达的吼声。

"坦克旅在行动中。"塞尔盖也夫斯基说。

过了一分钟,那个跟西佐克雷罗夫一同乘车来的少将走进了房间。他报告说,他那一旅已经抵达,正在森林里集合。

"我们到无线电间去吧。"西佐克雷罗夫说。

他们都站了起来,好像是听从命令似的,大伙儿都跟着西佐克雷罗夫和塞尔盖也夫斯基到另外一间房间去。

房间里又剩下鲁宾佐夫一个人了,他又起了一种不舒服的感觉:觉得人家不需要他,他的在场是可有可无的。门又半开了,坦克部队的那个中校又来招呼他,半开玩笑地说:"你怎么老是落在后边?军委每次都问起你。"

鲁宾佐夫很感动,因为军委老是军务倥偬,居然还有时间想到一个不大认识的少校,这种关怀实在是难得的。他跟着旁人一起走。将军们挤在一个小房间里。西佐克雷罗夫并不在那儿,房间里是一阵紧张的沉寂。

"他在跟斯大林同志讲话。"门口站着的一个人低声说道。

有人看了看表。不知道怎么着,每个人都跟着他这么做,连鲁宾佐夫也不例外。时间晚了,或者不如说太早了——现在是早上四点钟。他们彼此交换着目光,人人的眼睛里都表现着同样快乐的想法:斯大林在工作。

西佐克雷罗夫终于来了。他扫视了一下在场的人们,一面说道:

"我所奉到的指示是这样的:不惜任何代价向奥德河进兵,要在奥德河上夺取一个根据地。不要攻取设防的城镇,要兜过这些城镇往前走。斯乃得睦尔、德属喀朗、兰得斯堡、库斯特林等等地方,都应该兜过去。这些据点可以让步兵去攻取。你们的任务是:毁灭这些设防区域的近郊的德寇后备军,切断德军的防线,而最紧要的是,向奥德河挺进。根据情报,希特勒和他的参谋部已经陷于极端混乱的状态。"

他歇了片刻,随后又说了一些话,把大家的注意力都吸引住了。

"而且你们必须知道,陷于极端混乱状态的不光光是希特勒的参谋部,以前我们给杀得血流如水时,那些人想尽办法拖延,迟迟不开辟第二战场,现在这些人又在拼命往前赶了……今天你们每一位坦克兵,每位装配员和供应员,都尽了一份力在创造政治历史,这一点是不难理解的。"

"现在我们看看乌拉尔的军队;再不要多久,我们就可以回去了。"西佐克雷罗夫立刻改变了话题,接着又看到了鲁宾佐夫,对他点点头。

"你跟我们待到早上好不好?"塞尔盖也夫斯基问道,"休息休息。"

"不,我得向军委会去汇报。而且,照我想,你也该把你的司令部往西移了。"

"是的,将军同志。"

西佐克雷罗夫转过脸来对大家说:

"你们解散吧,同志们。"

将军们都告了别,走了,只剩下塞尔盖也夫斯基。西佐克雷罗夫就在他们方才吃晚饭的房间里慢慢儿踱步。沉默了半晌以后,塞尔盖也夫斯基神经质地揉皱了一张碰巧落到他手里的卷着的地图,一面用一种变调的声音说:

"将军同志,近卫军中尉西佐克雷罗夫死得像个英雄。他的坦克突破了一个河道的渡口,后来……"

"他们已经在电话上把详细情形告诉了我。"西佐克雷罗夫用疲乏的声调说。

"事情发生在前天十六点三十分。我立刻吩咐他们通知你。"

"他们已经通知过我。"过了一会儿,西佐克雷罗夫说,"不晓得他们对你说过没有,我请求团部暂时别通知我莫斯科的太太?"

"说过了,将军同志,"塞尔盖也夫斯基的那张略带麻点的大脸扭搐了一会儿,"关于这件事,已经下了一道命令。"

他们不声不响地披上外衣,走到外边街上去。外边又刮风又潮湿。车子的引擎在浓浓的晨雾中喀喇喇响。机枪手们已经上了装甲卡车。年轻的中尉在将军的车边立正。他一看见将军,便把手举到帽边行礼,报告说:

"装甲运兵车已经准备好走了。"

西佐克雷罗夫问道:

"坦克部队待你们不错吗?他们请你吃了一顿吧?"

"他们请我们吃了一顿。"中尉回答道,还是非常严肃的样子。

"那么走吧。"

十

塞尔盖也夫斯基所俘获的"和耳契"牌汽车走在最前头,跟在后边的是乌拉尔坦克旅旅长的"恩加"牌汽车、军委的汽车以及装甲运兵车。

鲁宾佐夫仍旧坐在司机身旁,虽然现在用不着他看路了。

他在坦克部队里所见所闻的一切——从乌拉尔直达德国的"绿色街道"、坦克突破时那非常的威力和速度、西佐克雷罗夫从遥远的波兰村庄跟斯大林的谈话、最后还有西佐克雷罗夫将军丧子消息的突然透露——都深深地感动了他,而且这些事情之间,好像都有着不可分离的密切联系。甚至将军对于他那些机枪手的关注,对于鲁宾佐夫的殷勤款待,都好像有某种非常重要的意义,而且好像跟斯大林,跟我们进攻时无可抵抗的威力都有直接的联系。

少校的思绪给一片雄壮的"乌啦"声打断了。车子停下来。车子已经开到森林中的一块空地,那儿停着好多坦克。坦克的炮塔上有红旗在飞扬。坦克手们戴着新的皮盔,在车子面前立正着,排成一条直线,动也不动一下。前面站着一个高个儿的坦克手,手里拿着一面展开的大红旗。枞树上的积雪,因为大家叫喊声的震动,纷纷洒落。

西佐克雷罗夫慢慢地下了车,开始用一种清晰而镇静的声音讲话,这声音虽然是叫人意想不到得嘹亮,但是听起来仍旧是和蔼的、漫谈式的:

"坦克手同志们!我来简短地讲一讲,因为时间不允许,你们就快要出发。我刚刚和斯大林同志通过电话。摆在诸位面前的是一件最最重要的任务:要在最短的时间里进攻到柏林的市郊。"

森林里响遍了雷一般的喝彩声和"乌啦"声。西佐克雷罗夫歇了一会儿,再接着说下去:

"你们的同志们,已经从维斯杜拉河向前飞跃了一大步。你们从乌拉尔山沿着斯大林的'绿色街道'到达这里,必须跟他们共同完成这个任务。军委会相信你们一定能够担负起这个任务,因为你们是属于共产党的军队,属于斯大林的军队,是不怕艰困的人们。你们是坦克兵——是工人部队的攻城槌。现在工人阶级第一次在历史上夺取了政权,能够建立了一支不可轻视的武装力量,不怕敌人任何军事政治上的勾结联盟。你们现在就要开始你们的光荣而艰苦的战役了。军事委员会祝诸位成功。"

"我可以接下去吗?"塞尔盖也夫斯基问。

"接下去。"

军委坐上车,于是他们开走了。他们后边响起一片引擎的吼声,震动着森林,弄得积雪洒落在坦克上、装甲运兵车上、"喀秋莎"上和自动推进炮上。

在分手之①前,塞尔盖也夫斯基将军把一张卷起来的地图塞在鲁宾佐夫手里。

"给军委的。"他低声说。

当西佐克雷罗夫向坦克兵告别的时候,鲁宾佐夫趁机看了一下这张地图。这张五万分之一的地图上画出了一个有风车和树林的小地区。它的正中间有一个红铅笔画的小十字架,绘图的人在小十字架上写道:"一九四五年二月二日,近卫军中尉西佐克雷罗夫·安得烈·乔琪也维奇,埋葬在此地。"

车辆在湿雪上发出一片轻轻的飕飕声。天亮一些了。鲁宾佐夫斜瞟了军委一眼,看见他又是闭住眼睛睡着。

西佐克雷罗夫竭力不去想到自己的儿子。这就是说,他时时都在想。他不久便发觉到这一点,但是仍旧像以前一样,极力想想其他重要的事情来分分心:例如想一想汽油的供应呀,坦克和空军的同时发动呀,还有想到步兵往前推进的必要,免得远远落在坦克的后边等等。

但是他那独生子的阵亡哟——这个念头总是少不了从其他乱纷纷的念头中浮现出来。有时候会有那么一两秒钟,丧子的念头会挤掉其他一个思想,可怕地、毕露无遗地呈现出来,盘踞在他的心头。在这种时刻,将军忍不住哼一声,但是他立即睁开眼来,转向他的副官说:

"别忘记,我们一到,就以我的名义下命令,立刻把汽油供应给加列林。"

"对。"上校回答。

"现在我们走到德国领土上了,"西佐克雷罗夫接下去说,"甚至连我们自己还没十分体会到这个事实的重大意义……重要的并不只是我们的武器的胜

---

① 原文中"之"为"以"。

利,还有我们精神的胜利,我们的思想方式,我们教育人民的制度,我们的历史发展路线的胜利。人们不禁想起一九一八年,当时强大的德意志帝国——其实比现在希特勒的帝国弱小得多了——怎么威胁着我们那年轻的苏联。当时列宁和斯大林坚持跟德国缔结和约……乌拉基米尔·伊里奇管它叫'不幸的和约'……我们的领袖们都同意了这个和约,因为他们明白,当时最主要的事情是保卫和巩固我们的苏维埃祖国,建立社会主义,这就是说,建立一种可以保证我们胜过任何敌人的制度……我们现在果然到德国了。"

将军从这些思考中找到了力量。它们提醒他是一个大政党的工作者,在任何情况下,他都不应该忘记这一点。

将军痛苦地皱着眉头想道:"在我目前的处境中,实在不容易保持一个镇定而清醒的领袖身份,摆脱世间的一切不幸。将军们都难于……至于将军的夫人们呢?"——他这么一想,就突然想起了自己的妻子。

当安得烈从坦克学校受训完毕的时候,安娜·康士坦丁诺夫娜曾经羞怯地请求她丈夫把儿子留在他身边。"让他跟你在一起,"她红着脸说,"因为你身边毕竟总该有些副官吧。"她很知道丈夫的为人,因此为儿子的事开口怪不好意思。果然不出所料,他生气了,责备她说:"但是你必须知道,安娜,我永远不会同意的。而且你自己也知道得很清楚,安得烈本人也不愿意在一个将军背后躲避战争,更不必说是躲在他父亲的背后……"

现在他对于自己当初的这个回答,是否懊恼呢?不!

然而,现在一想起妻子,他就怪难受,而面对着一个母亲的哀伤,他也很难替自己辩护。

西佐克雷罗夫咬紧牙根,勉强睁开眼睛。天已经大亮。他们经过了那个竖立着一座纪念"色当胜利者"的纪念碑的城镇。货车的行列沿公路伸展着。车子发出一片轻轻的辗轧声。将军一看到鲁宾佐夫那金黄头发的头,便又想起了自己的儿子。

"少校,你那一师要负责包围斯乃得睦尔要塞,"他说,"这是所谓东长城中最坚固的防御工事之一,拟订侦察计划的时候得记住这一点。"歇了一会儿,他又补充说,"你夜间寻路的本事行很。你真不愧为一个侦察兵。"

车子开到一个村子,就是昨天晚上师部所驻扎的那个村子。司机开慢了车子。鲁宾佐夫把那张卷成一卷的地图放在司机身旁，朝将军那边点点头。司机会意地低下头来。

"替我问候谢里达和普洛特尼柯夫。"西佐克雷罗夫说，一面握了握少校的手。

鲁宾佐夫下了车，看见齐比岳夫也同时跳下了装甲运兵车。鲁宾佐夫抬起手敬礼，一直等到两部车子都开了过去。车子终于看不见了。

齐比岳夫说：

"轻机枪手们告诉了我关于他的事。告诉了我关于他儿子的事……真好汉……"他相当简短而安静地说，"这才算是个人。"

他们走进村子里去，但是师部早已经离开了。师团的电讯兵们拿着一圈一圈的电线在雪铺的田野上走来走去。他们对鲁宾佐夫等人说，他那一师在黎明时出发了，师部已经往西迁移，移到另外一个村落里去了。

鲁宾佐夫决心看看侦察兵昨天驻扎过的屋子，说不定还有人留下来。他们走了进去。屋子又空又冷，羽毛褥子还搁在那儿，时钟以同样的的嗒嗒声在走动着。

"哼，我们到路上去搭搭车子吧。"鲁宾佐夫说。

就在那时候，他发觉靠里边的角落里，有一个人睡在一张羽毛褥子上。

"你瞧，有人留下来了。"齐比岳夫说着，便往那个盖着毛毯的人走去。

一张惊慌的怪脸露了出来。原来是个德国老头儿，戴着眼镜，脸没有刮，头上还包着一条女人的头巾。头巾上还戴着一顶破破烂烂的黑帽子。他一看见侦察兵，便立即跳起来，脱下帽子，有礼貌地鞠了一躬。齐比岳夫咧开嘴笑了。从这德国人叽里咕噜的话里，鲁宾佐夫明白了这人原来是这屋子的主人。前几天他给当时的情况吓倒了，躲到森林里去。现在一切都安静了，他才回家来。

"雨尔密斯特尔。"德国人说，一忽儿指指自己，一忽儿又指指那些时钟。

"造钟的。"鲁宾佐夫翻译给他的勤务听。

"这么说来，他也是个工人啦。"齐比岳夫不再笑了，反而从口袋里掏出一块面包来。

"但凯雄，但凯雄！"德国人谢谢他。

"该死,去你的!"齐比岳夫喷了一下鼻子,模仿德国人道谢时那种奴颜婢膝的腔调,他显然有点懊恼方才不该那么慷慨大方。

侦察兵们走了,但是那制造时钟的仍旧站在那儿咀嚼面包,一面用他那莫明其妙的语言喃喃自语着。

十一

俄国人走得看不见了,那德国人还站在那儿听了一会儿,然后低下身坐到羽毛褥子上去,坐了好久,动也不动一下。

他脸上那种过分惊惶和装傻的表情消失了。但是即使现在,他的同事们也很难认出这个衣装古怪的老流浪汉就是集团军总部情报局 R 字特务处的康拉德·文克尔(第二一七号 F)。

当他看见俄国人进来的时候,他本想暴露自己的身份,自首。后来又改变了主意,因为想到自首后的遭遇,可又吓死了,结果就假装是这屋子的主人。他冒充制钟匠的原因,一方面因为看到屋子里有好多钟表,另一方面因为在三星期来的流浪生涯中,他屡次看到俄国人优待劳动人民。

他变得沮丧混乱。他从前的猜想现在已变成了惊人的现实:德国给打败了。然而这还不是他完全绝望的主要原因。因为既成事实比军事失败还要糟。文克尔同时代的德国人的希望和梦想都破碎了。

康拉德·文克尔一生都住在但泽。这个所谓"自由市"的德国人民,深深受到希特勒匪帮宣传的煽动,不断地受到赫斯、卢森堡、波尔等人的宣传员的唆使,加上又对他们的竞争者波兰人充满了憎恨,于是他们就变成疯狂的狭隘爱国主义者了。文克尔的父亲是个聪明而好疑的人,曾经对儿子们作过小心的规劝,但是家里年幼的一辈——康拉德、雨果、伯尔拿等——反而在希特勒的青年团和党卫军的队伍里趾高气扬,大喊"希特勒万岁",宣扬德意志在欧洲的伟大使命。这些本来相当安静而又喜欢读书的青年,逐渐变成希特勒式的莽撞傻小子,中了谎言的毒害。

这些善于奉迎的、贫血的、细长的青年,为人热心,可又相当腐化,他们开始自以为是无敌于天下的、可以吓服人的、勇猛的"金毛兽"①。崇拜暴力变成他们的人生哲学。妄自尊大狂已经变成了国家的一种主义;从哥尼斯堡到提

---

① "金毛兽":纳粹荒谬的优秀人种学说,以为金发白脸的雅里安人是世界上最优秀的民族。

罗尔,所有的年青傻小伙子都着了魔似的。

在这一切的狂乱中,身为大哥的康拉德(一九三八年他已经二十五岁了)的确也有些疑惧。有好些事他不喜欢。他也听见人家传说过党卫军的暴行、集中营、大规模集体枪决以及流配充军。他尽量不要把这些事实调查得过分精密——否则就太危险啦。他对于政府当局本有一种典型小市民式的信仰,使他不可能有过分的疑惧。一旦国家总理——他的威望极大,甚至在外国也有权威(提到外国,康拉德心里对于最高领袖希特勒的威望,始终还有点不大相信)——一旦教授们、科学家们、作家们、年老的国家大臣们,例如冯·布洛姆堡和冯·纽拉斯(老的比新的可靠,名望也高些),一旦国防军将领,甚至连那位邀请希特勒执政的兴登堡都说:"这是必要的。"那还有什么可以疑惧的呢?

为着德意志的利益,就必须消灭整个整个的国家民族——有什么办法想呢?非杀人不可。要达到目标,就不能不走这一步。人要欺侮人吗?那又算得了什么事?天生就有该受骗的傻瓜哩。

康拉德·文克尔这一类的人,就以这一些思想来压住了良心的声音——良心会偶尔对他们低声讲出一些不愉快的话。当然,打仗由别人去打,那是再好不过的事。但是现在非他们自己打仗不可了。

雨果、伯尔拿和康拉德,一个一个地从了军。不过伯尔拿作战并不长久,他的两条腿都给炸掉了,只得回到家里,从此大大起了怀疑:战争究竟是不是解决争端的上策呢?康拉德起初服役于法兰克博士的克拉科总部(法兰克是当时波兰所在地的总督),他对于波兰文的知识现在倒很可以派用场了——他本来非常瞧不起这种语文的。一九四四年夏天,在最后一次"总动员"中,他给调到一个集团军的总部做情报工作。他受了短期间谍工作的训练,后来就在德军的后方从事反间谍活动。德军退守维斯杜拉战线这件事,当然叫他心里很不安。报纸上说什么俄军经过这样一次推进以后,就没有什么力量进攻了——作为一个间谍,他知道这些全是谎话。不过他却相信维斯杜拉防线的巩固和不可击破。三星期以前,当德军还守住维斯杜拉时,康拉德·文克尔再也想不到这些强壮的防御部队经不起俄军一击就垮。这次攻击实在也是很厉害。当俄国人进攻的时候,有些参谋人员恰巧在前线或前线附近,他们事后把惊人的细节讲了出来。苏联炮队和空军把路上的一切障碍都一扫而空。

一月十三日，文克尔在集团军总部碰到弟弟雨果。新近他弟弟的十字架勋章上又加上了橡叶勋章。他因公事上总部来。

一月十四日，他们听见远远的一阵有力的炮声①。

"开始了！"康拉德说，面孔发青。

雨果听了一下，摇摇头说：

"即使俄军在什么地方突破的话，我们一定可以从布洛姆堡到波茨南的防线上以及在西利西亚那儿拦住他们，那边地势最宜防守……"

不过雨果对最高领袖一字不提；他完全依靠军事当局呢。

"我们的将领们都是些有经验的人，"他说，一面匆匆扣好制服，"他们会组织新的防守阵地。好吧，再会。我走啦。希望我们会再见。"

不到两个钟头，大家就知道俄军突破了前线一大段地方。但是当时文克尔还以为局势并不十分紧急。

距离德意志还远着哩。俄国人不久就会累乏的。无论如何，"东长城"——沿着德国的旧疆界建立起来的一大片坚固的要塞——可以阻止俄军进入帝国的重要心脏地带。

同时，总部疑虑起来了，到了晚上，就形成急迫的发狂的局面了。一辆辆卡车上装满着各色各样的东西。整块地方都在骚动中。

波恩上校把文克尔喊了去。谈话是在地下室里进行的，因为俄国空军好像已经发现了总部的所在地，差不多不断地轰炸着这村子。文克尔奉命换上平民服装，带一架无线电往和恩扎尔兹去——这是一个波兰城市，原名因诺夫洛克罗夫。他的任务是发电报，报告俄军的进展情况和兵力情况。密码——照旧，上校递给文克尔一张身份证，证上的名字是夫拉蒂斯拉夫·华列夫斯基，是华沙的一个地产经纪人。他要化装成一个华沙的难民，寄居在和恩扎尔兹一个波兰店商家里，那人也是个德国特务，会照应他的。上校又说，附近有一个城，名叫亚尔特培尔干（波兰城名，原名泗宾，德军占领后又改了德国式名

---

① 苏军原定于1945年1月20日发动攻势，但为了挽救西线的英美盟军的惨败，特提前于1月12日发动。

字),那个城里有一个里查特·汉涅中尉,是早已派在那儿担任同样任务的;汉涅在那儿装做一名波兰籍机工。上校又给了文克尔三个联络站,当作万一他要向西撤退的后路;讲完以后,上校就打发他走了。文克尔拼着命跑,赶到他奉命报到的那所屋子去。栖勃特少校刚刚爬上车子,好不情愿地停了下来喊道:"给他一架发报机!"——他喊完就立即开车走了。一个脸色阴沉沉的参谋部的司务长,指给文克尔看那随随便便放在地板上的十来架无线电发报机,叫他拣一架,开张收据。文克尔坐下来写收据。整栋建筑物给俄国炸弹的怒吼声震得摇动着。那司务长想了想说道:

"算了,你拿走好了,不用写收据啦。"

文克尔心乱地望着电报机,他怎么带走它呢?幸亏他发觉院落里有一部手推车。他把电报机和电池放在这张小车子上,由后边推着走,一直走到"二区-B"去。波恩上校已经走了。人们都在车子附近跑来跑去,任你问他们什么话也不搭理,终于霍斯中尉出现了,他是文克尔熟识的一个同事。

"你上哪儿去?"霍斯低声问道。

"上和恩扎尔兹去。我还拖着一只电报机一同走。"

"我到瓦忒高的格涅森①去。"接着,他又以更静悄悄的声音加上一句,"我们糟透了。你至少还很会讲波兰话,但是我的波兰话里却带着很重的萨克森口音……我告诉他说:我会讲波希米亚话……派我上波希米亚去好了。但是他早已吓得透不过气来……不声不响就把车子开走了,他妈的!我找不到一个可以和我商量商量的人。听说俄国人明儿就要上这儿来。哼,我们走吧。克拉夫特有部车子在下一个村子里等着我们。"

他们走进屋子,从一大堆乱糟糟抛在那儿的东西里面挑选了平民衣服换上。文克尔用条毛毯包住他的电报机。他们离开了村子。被打垮了的正规军的残余部队正沿着公路行动着,好比一条流不尽的河流。车子揿起一片沙嘎的喇叭声,催逼着那些脸色阴沉、拖着沉重步子的士兵们让开路来。

兵士们把文克尔和霍斯看作波兰人。有一个上士甚至以枪毙威吓他们,命令他们离开公路。

---

① 在德人改名前,格涅森原名波兹南斯契金那和苇尼兹诺。

"间谍,"上士喃喃地说,"我给你们颜色看!"

文克尔真给吓坏了。他们一定引起了人家的疑心啦。如果兵士们把那部手推小车一搜,抄出发报机——他们俩立即就会给枪毙,不容分辩。

路上没有管理交通的人员,偶尔有一两个军官想维持一下秩序,但是谁也不理睬他。沟里堆满了被弃的车辆和枪炮。再往前一点有一个炸弹坑,坑里散乱地堆放着书籍——显然是一家逃亡的宣传公司的财产;宣教会①和天主教的祷告文,还有士兵的月份牌等。其中有一本书是打开的,里面有一张泥污的元首照片:正瞪起狂野的眼睛凝视着过路的人们。文克尔转过头去。

士兵们气愤地望着一部一部卡车开过,上边装着家具、地毯、棕树、花木等等——这些东西都是那些往西逃的——省主委啦,区主委啦,区副主委等等纳粹大亨的。有十来部卡车装满着一大套桃花心木的家具,大概是属于一位省长的,有人还说是属于波兰总督汉斯·法兰克的。雕刻精美的碗碟柜,工艺精巧的桌子和衣柜,都慢慢儿给盖上了湿雪。嘎嘎叫的大白鹅从椅桌下探出头来。

总部特务处那块农场上本是最神圣的禁地,要是有人随便闯进去,立即就会给枪决,现在可有一群人在那儿——军粮部职员啦,士兵啦,还有一些歇斯底里的、醉酒的女人。一个军事妓院正在撤退中。

"克拉夫特不至于走了吧?"霍斯说,吓得脸孔铁青。

幸亏克拉夫特还没有走。在这一片骚动中,只有他一个人还保持着镇静的仪表。他站在房间的壁炉跟前,正在焚烧周围那大堆大堆的文件。他向化装的军官们点点头说:

"我就送你们走。俄国人快来了。"

他挑针打眼地打量了他们一眼,对他们的服装提了些意见,另外又劝告霍斯不要挺起胸膛。

"记住:你现在是平民了。"

霍斯诉苦说,自己的波兰话讲得不行,于是克拉夫特耸耸肩,凶狠狠地回答道:"那没有法子想。命令是派你上格涅森去。我不能取消命令,所有的负

---

① 宣教会是基督教的一种流派,以宣传福音为主,有别于比较注重仪式的英国国教。

责人都走光了。"歇了一会儿,他又重复说了一遍,"俄国人快来了。"

"照你想,不久就可以拦住他们吗?"霍斯说。克拉夫特瞪起他那眨也不眨一下的、苍白的眼睛,盯了他好久:

"命令必须执行。……我们的人刚刚在阿尔登地区打败美国人①,料想不到俄国人突然要发动攻势。集中了空前的火力兵力……据我个人的猜想,本以为两星期后才要发动的。我们所得的情报原是这样讲的。布尔什维克进攻了,显然是要挽救那些狼狈的美军……"他把最后一批档案扔在火里,问道:"你们手边的钱够不够?为了以防万一,把这也带去吧。"

他分给他们每人一包马克和波兰币,然后想了一下,又说:

"也许这货币已经不值钱了。这儿还给你们一些俄国卢布。虽然是伪造的,但是造得很巧妙,很难辨别出来。"

就在这当儿,有一部灰色的大客车开到屋前来了。车子拼命按着喇叭催促克拉夫特上车。克拉夫特穿上衣服,于是他们一块儿走出去。

车子里坐有几个平民装束的人,文克尔一个都不认得。另外有两个穿军装的军士,带着轻机枪。大车里装满了各式各样封好的箱子。那辆装着发报机的手推车简直无法装上大车,但是文克尔坚决不肯放弃,最后还是把手推车硬塞进去,于是汽车开了。

天黑了下来。路上传来喧闹声和刺耳的尖叫声。

午夜的时候,他们开过库特诺城,一个"平民"跟克拉夫特咬了咬耳朵,便下了车。到了科罗城,又有一个人下了车。他们渡过了发塔河。渡口挤满了人和车辆。他们得等待两个钟头。到了科宁城,他们又放下一个特务,然后车子便朝北开了。他们整天开车。沿路都是撤退的军队和难民。家家户户的德国人,正沿着路边的沟渠流荡着。他们的车子在某一段路上追上了那辆装运法兰克博士的桃花心木家具和白鹅的卡车。

车子在和恩扎尔兹不远的地方停下来的时候,早已经是夜晚了。现在轮到文克尔下车了。克拉夫特建议他放弃一切军事证件,毁灭一切德文书信,并

---

① 1944年底,德军在西方战场突破英美盟军的战线,置英美军队于极严重的困境,苏军履行同盟义务,在波兰发动新攻势。

且要他把过去生活上的一切蛛丝马迹都消灭掉。文克尔连忙搜索了一下自己的口袋,说他一切都安排好了。霍斯跟他握握手。他的手又热又发抖。文克尔跳下了车。他那部手推车也跟着卸下车来。卡车立即就开了,不久就消失在路的拐弯处。文克尔站了一会儿,然后慢慢地推着手推车,朝和恩扎尔兹(或者不如说是因诺夫洛克罗夫)的方向走。从今以后,文克尔不得不以波兰原名称呼这座城市了。

他又害怕又拿不定主意。这些日子里依靠波兰人是危险的。但是,又没有别的办法可想。路上有好些德国人和波兰人,有的也推着跟他差不多一式一样的手推车,因此他并不显得触目,他想到这一点便稍微安了心。一队一队的德国兵也在走动,但是他不能够请求他们的保护,因为他现在只是一个华沙的地产商人,姓名叫做夫拉蒂斯拉夫·华列夫斯基。城郊的汽油站旁边有一个美丽舒服的饭馆,可是他也不能走进去,因为门口挂有"非德国人请勿进入"的牌子。

他苦笑了一下想道:俄国人不久就要到,就要把我们从德国人的压迫下解放出来。

街道上空无一人。文克尔很容易地找到了他所要找的那栋石头屋子,楼下是一个杂货铺。他敲了敲那上了闩的百叶窗,等待人家来开。没有人来。

文克尔又望望那块店招牌——是的,就是这所屋子。招牌上写着"马塔斯如夫斯基杂货铺"。他又敲敲店窗,这次敲得更响,更坚决。最后有一个男人的声音从大门那边远远传来,用波兰话问道:

"先生,有什么事?"

文克尔根据指示回答说,他有封信要交给马塔斯如夫斯基先生,是华沙的查勃鲁多夫斯基先生叫他捎来的。大门轻轻地开了,文克尔把小车推了进去。

马塔斯如夫斯基原来是个矮个子,相当肥胖,又爱讲话。他对于时局的变化表示非常惊慌,对于"夫拉蒂斯拉夫·华列夫斯基先生"的光临,并不特别乐意。他一听到街上有点儿声响,他那一根根竖起的灰色的小胡子便颤抖起来,他的上唇向上一翘,露出了尖尖的小牙齿,同时他那胖胖的右手往上一扬,当作一种警告,在这种时刻,他叫人想起一只野鼠在谷场上发现有人来了,慌张了。

但是街上的声响一停止,马塔斯如夫斯基立即又喋喋讲个不休,讲他的家庭和他那位在伦敦的弟兄,讲的时候还夹杂着一些怨言,埋怨德军力量的薄弱、他那无法实现的期望以及俄国人的少不了要来到。

"嗳——哟,"他说,"事情转变得多么不如人意……最后会弄成什么样的结局呢,先生?"

但是他一听说文克尔有苏联币(文克尔当然没告诉他说钞票是伪造的),可真高兴极了。他把这个德国人安顿在阁楼上的一个小房间里。他们把发报机放在阁楼里,跟一堆麻布袋、木桶和旧箱子放在一起。

文克尔——华列夫斯基以华沙一个难民的身份被介绍给马塔斯如夫斯基太太。这位太太是个瘦瘦的老妇人,有点风骚,关于华沙的情况以及俄军的进展,他知道的固然得全告诉她,不知道的也得胡扯一通。屋主人竭力设法叫自己老婆赶快回到卧房睡觉;老婆一走,他就跟文克尔大谈其所自夸的"政治信条"。

"我是个波兰人,"他说,"当然啦,先生,有好多叫我不愉快的事情……哼……都是德国先生们做的。德国政策,先生……哼……华列夫斯基,可不是个很聪明的政策。我的接待你,并不是因为我爱你们,而是出于最高的政治原则,因为,先生,共产主义是上帝降下的灾祸刑罚。我完全坦白告诉你吧……我的政治见解跟卡拉佐瓦军队是一致的,我很荣幸地能属于这支军队。我收听'斯威特'无线电台,完全同意索孙高夫斯基将军的政策……我很坦白地告诉你,先生……哼……华列夫斯基,很坦白地告诉你。我不是个波兰流氓,噢,不是!我有个兄弟在伦敦,在某个政府部门里做事。噢,不是,先生,我的兄弟并不是马塔斯如夫斯基公使,公使是位非常高尚的人物……噢,不是的!马塔斯如夫斯基公使先生——他不过恰巧跟我同姓罢了。"

文克尔发觉马塔斯如夫斯基的喋喋不休非常讨厌,但是不听也不行。这波兰人那种侮辱性的坦白,在前几天是绝对不可能,从这里也可以看到德国人的威信扫地。文克尔几乎忍不住要跟他口角起来。但是现在不是时候。他皱着眉头坐在一边,甚至勉强装做很感兴趣的样子听着这位波兰"政治家"的讲话。文克尔一边勉强自己夫听主人的啰嗦,一方面在想着自己的心事,只要军队能够掘壕退守布洛姆堡波茨南北勒斯劳防线(即奥德河的防线),那么一切就都有了挽救的希望……而且他也想到:多丢脸……就这样逃跑!好像是一群羊……

他上楼回到小房间去,不久便睡着了。

天亮的时候,他给一阵急促的耳语声吵醒了。他看到马塔斯如夫斯基。这个波兰人的手里飘扬着一面大红旗。

"俄国人进城了,"他低声说,"起来,先生,起来帮帮我!"

"这么快吗?不可能的……"文克尔吃惊地说。

"不可能的!"马塔斯如夫斯基生气地把他的话学了一遍,"你们还自称为战士……起来……帮帮我,先生!"

他打开了那扇小窗子。一阵冷风冲进房来,把桌上的台布和日历牌都刮到了地上。马塔斯如夫斯基紧贴着一把椅子,把红旗钉在阁楼窗下的一条突出的横梁上。他那铁锤的声音在空寂的街道上大声地震响着。马塔斯如夫斯基爬下椅子,沉闷地叹了口气。

那面红旗飘扬在屋顶上了。

十二

那天早上,文克尔上城里各处溜达溜达。他相当明确了这次进攻的雄厚的兵力。坦克和一级重炮川流不息地开过去。

况且,用不到大心理学家,就可以从步兵们饱经风霜的、晒黑了的脸上,看到真正的战斗精神,真正的有素养的军人气派。既不是排成密集的队形来行军,也不走鹅步,既不吹喇叭也不擂鼓,外表上没有什么漂亮,也不摆出征服者的架子。士兵们镇静地前进着,表面上不慌不忙,正像一些要去做自己所熟识的事的人们一样。他们好奇地望望招牌,也偷偷地向美丽的波兰女人笑笑。或许他们也想休息休息,跟姑娘们聊聊,谈谈爱情,但是他们什么地方都不停下来;他们走了又走,往西走。文克尔不禁打了个冷战,因为他觉得世界上没有一种力量能够拦住他们。

有一个部队带着一面展开的旗子走过。

文克尔看见这旗上有镰刀和铁锤,还有五角星——这是共产党的徽号,或者如德国人所说的,是"马克思主义者"的徽号。他一向以为凡是共产党就必然是违法乱纪的。这也难怪他。自从一九三三年起,"共产党"这个名词便变成了一个可恼的、提不得的名词。竟会让共党逍遥法外!文克尔不能理解这个概念,正好比有人对他说:"月球上的人已经到了柏林。"但是他们的确来了!共产党逍遥法外!不但逍遥法外,而且还武装了起来,强大无敌,他们到了日耳曼帝国的大门口啦!

中午的时候,文克尔精疲力竭地回了家。他又麻木又饥饿。马塔斯如夫斯基迎接他时不声不响,只是意味深长地咳了一声嗽。不久便有人敲门,于是他们面前便站着一个年轻的高个子,臂上戴着红白二色的臂章①。这人招呼了一下马塔斯如夫斯基和这位"华沙来的难民"——是屋主人把文克尔这么介绍给他的——并且通知他们说,一小时内要在广场上召开一次全城居民大会。

马塔斯如夫斯基鞠着躬,把一只肥肥的手搭在背心上,感谢那位青年人的

---

① 红白二色,即现在波兰人民共和国国旗颜色。

通知，并且向他保证，他马塔斯如夫斯基本人和他家里人，一定参加大会，庆祝故乡因诺洛克罗夫从恶毒的德国侵略者铁蹄下解放出来这一件伟大而令人愉快的大事。

他这么说的时候，一面还恶意地望了望文克尔。

文克尔跟马塔斯如夫斯基去开会。

广场上已经聚集着一群兴高采烈的人们。到处有红白二色的旗子和纯红的旗子。市政厅的阳台上站着几位苏联和波兰军官。

一个年轻的然而头发完全灰白了的女人正在讲话，她是刚刚从一个德国集中营里放出来的。她所讲的经过的确很可怕。群众越来越显得灾祸当头似的沉默着，文克尔站着动也不敢动一下。当那个女人讲完话的时候，一部汽车和一部装甲运兵车开进广场来，大声地按着喇叭。运兵车上站着头戴钢盔的苏联兵，手里拿着轻机枪。一位年老的俄国将军下了车。将军由两个俄国军官和一个波兰军官陪着走进市政府，立刻出现在阳台上。

大会的主席是个波兰人，立刻请求他讲话。"西佐克雷罗夫"这名字在波兰人是陌生的，德国间谍可对它非常熟识。

将军开始讲话。他那又清楚又洪亮的声音，在这些古老的房屋之间回荡着。他庆贺波兰人从德国人的奴役下解放出来，并且向波兰居民保证说，苏联军队将会对他们加以友谊的支持和协助。

群众听了将军的话，发出震天的大欢呼。文克尔发觉有人在热烈地拥抱他，吻他。他发觉自己被一个波兰老人拥抱住了，接着又是一个年轻的波兰女人在抱他，吻遍了他整个脸蛋儿。各色各样的帽子在天空中飞舞。

文克尔给弄得头晕目眩，心里又沉闷，几乎无法从群众中脱身。他一回到马塔斯如夫斯基家里，便静悄悄地走上阁楼。阁楼里是安静的、黑暗的，带有尘土和老鼠的气味。文克尔点上灯，开始狂热地调整他那发报机的周波率。现在他可以发报了，就说城里有许多俄国军队，西佐克雷罗夫将军也在这里，可以叫他们派些飞机来——那么，因诺洛克罗夫城的一切，包括马塔斯如夫斯基在内，都将烟消云散了！

他开始轻轻地敲着电钥，呼唤"该撒和夫"。"以太"中有了谈话声、唱歌声和音乐。不久他那段波长上开始有人讲话了……但是讲的是俄文。有人一个劲儿地数着:"一、二、三、四、五……"接着又说道,"凡尼亚,正在调整波长率。"

"该撒和夫"并没有反响。

文克尔开始寻找别的波长。从德国人的片断谈话中,他听出军队正在混乱中撤退。有人向另外一个人呼救。"我被包围了!"另外一个电台喊道。"该死!"第三个电台呼喝道。

文克尔整夜坐在发报机旁边,一连坐了四个夜晚,终于发现这是白费气力。他那部电力很弱的发报机只能抵达一百公里以内的距离。显然德国军队已经走出——不如说逃跑出——发报机所能抵达的距离了。

到了早上,文克尔下楼去。他打开马塔斯如夫斯基家的门,看见里边有两个俄国军官,他本来差一点给吓跑了,幸亏控制住了自己。这两位军官原来只是暂住在这里的。军官们跟屋主人以及"华沙难民"有礼貌地谈了一会儿以后,便坐下来下棋。文克尔瞪着眼盯着他们,他们的目光集中在棋盘上,两人都很年轻,前额又高又宽,眼睛镇静聪明。不,他们不像征服者,他们既不嚷,也不吹,也不是高高在上、盛气凌人。

他问他们对于战局前途的看法。他们的眼睛同时从棋盘上抬起来,细心地听了一下他们不十分懂的波兰话,然后,其中的一个军官回答道:

"再过几个月就打完了。"

"今年年底行不行?""华列夫斯基"问道。

"当然行。"俄国人回答,好像对于这个问题的提出有点惊奇。

"华列夫斯基"打定主意在这一个问题上表示怀疑一下。他说德国人还很强大。马塔斯如夫斯基向他投射着凶狠警告的目光,立即向"军官先生们"保证说,德国人的虚弱是看得很明显的。

但是俄国人反而同意"华列夫斯基"的话。

"他们有兵力,而且有相当强的兵力,"军官中的一个说,"只是我们比他们还要强,而且德国人士气低落。"

"怎么说?""华列夫斯基"问道。他听不懂最后几个字。

"士气低落。"俄国人重复了一遍,一面把一只拳头从肩上往下一摔,做了一个富有表情的姿势。

文克尔离开了房间。马塔斯如夫斯基跳起身,跟他走出去。他低声说:

"你发疯了,先生……你说什么话啊!你要把我们毁了的!"

"住嘴,你这老糊涂!"文克尔嘘着他,一面回到房间里去。

他怎么办呢?想法子溜回但泽的老家吗?他的亲戚一定撤退到威丁堡,找伊立契叔叔去了。带着发报机往前线去?那太荒唐了:俄国人的反间谍工作者准会逮住他的。

他终于下定了决心——到泗宾去找里查特·汉涅。汉涅中尉走得早一点,那时候不慌不忙。也许他的发报机电力强一点,也许另外有别的联系的办法。文克尔有点认识这个中尉,尽管总部里的秘密工作人员是不可以来往过密的。

他又下楼去。马塔斯如夫斯基正在自己店里。这位"索孙高斯基将军的拥护者"决心开店复业,表示欢迎俄国人的来到,表示他对新波兰政府的忠诚。他穿上了防水布工作裤,正在一桶桶的咸鱼和一箱箱的火油之间慢条斯理地走着。他的老婆坐在一边,以惊人的高价出卖面粉和腊肠。

"我走啦,先生。"文克尔说。

马塔斯如夫斯基瞪起一对惊慌的、莫明其妙的眼睛望着文克尔。文克尔大声说话,叫顾客们也听见。

"我的心想念着华沙……也许我可以在那儿找到一两位亲人……"

马塔斯如夫斯基赶快在围裙上擦擦手,跟着文克尔走到后边房间里去,那里边堆满着布袋和桶子。文克尔说他打算把发报机留在这儿,到另外一个城市去办点事儿,他可能回来。他请求马塔斯如夫斯基给他一些路上吃的食物。文克尔的话越讲下去,马塔斯如夫斯基的脸就越亮起来。他心里是那么高兴,送给了文克尔一大包食品——一块白面包、腊肠、一整块荷兰奶酪,甚至还有一瓶伏特加酒。

那天夜晚,文克尔静悄悄地打开大门,走了出去,推着手推车往前走。他不久就走上了公路。正在下湿雪。他时常碰见一队一队的波兰人,都是从各个集中营、各个德国农场和工厂回到故乡来的。有好些人还带着家眷。小孩子们睡在父母的怀抱里。一片车辆和自行车的辗轧声。即使到了晚上,这条公路还没有安静下来。一些沟渠附近的矮树林里有人在低语,在哭泣,在谈话。

风刮得树木沙沙的响。文克尔往前走,什么也不去想。他脑子里浮起的一连串念头,都是阴沉的,忧郁的。什么德国的伟大啦,德国的使命啦,德国的无敌于天下啦——一切都是虚张声势。他往哪儿走呢?退隐吧——他想,想的时候竟用起了报纸的闲谈栏上那种夸大的字眼。现在大概有好几百万德国人,都在转着这"退隐"的念头吧,他过了一会儿又想道。无论如何,他算得上什么大人物呢?他从前一向只想到他本人。有人告诉过他说,只有等到德国征服了整个欧洲,建立起了新秩序的时候,才可能有繁荣的生活。新秩序的建立将会保证德国人的权势和优越。但是权势和优越又是什么呢?文克尔想道。正像从前《传道书》的作者所想过的:只是尘与土,转眼成空①……

文克尔经过了长途跋涉以后,觉得累乏了,于是便离开公路,折进一片树林,靠在他那小车子上打盹。不久他觉得附近有人。果真有几个人,站在不远的一棵大树下面。一共有三个。都穿着很不合身的平民服装,满脸胡须。这三个人都瞪起眼睛凝视着这个带着小车子的人。

"你那儿有什么东西?"其中一个用德文嘎声地说。他的德语带有那么典型的斯瓦比亚土音(斯瓦比亚在德国南部),弄得文克尔吃惊地跳起身来。

他立即发觉这些人原来都是穿上了平民服装的、化装过的德国士兵,现在正在设法突出俄军的包围,回到德军的阵地去。虽说他没有权利暴露自己的身份,但是看到了这些同胞,他心里太高兴了,因此就故意忽略了禁例,喊道:

"我也是德国人!"

于是三个人里面有一个人闷声不响地用一只拳头戳着他的胸膛,另外一个人把他从小车子跟前推开,然后他们开始搜查他的东西,一边抓住一件一件的东西,一边不眨一眼地守望着公路,他们终于找到食物了。

"你们在干什么啊!"文克尔埋怨起来了,"我是德国人……我的家在但泽市……我是个中尉……我们都是……我也在突围……"

他们闷声不响地把车子推走,一下子就消失在树林里了。文克尔站起身,沿着公路一拐一拐地走。说来奇怪,现在没有小车,赶路反而更艰难了。小车

---

① 《传道书》是《旧约圣经》的一部分,相传是犹太国所罗门王所著。主要内容是,离开了上帝,人生是如何空虚云云。

子多少使他的旅程有了目标；推着车子走就仿佛是一件重要的任务，可以使他不会有悲哀的想法。文克尔烦闷地哼了一声，几乎要哭出来。

当他碰上一群苏联兵（显然是电讯兵）在营火上烧粥时，已经是早晨了。他们招呼他，其中有一个还微微带着笑容问他：

"你冷吗？你是什么人啊？"

"波兰人，"文克尔回答道，声音几乎叫人听不见，"夫拉蒂斯拉夫·华列夫斯基。华沙人。"

"你是干什么的？"另外一个问道，"工人，农民，还是知识分子？"

文克尔回想起镰刀和铁锤，便决定不说自己是地产经纪人；他懂得共产党人是不大重视"地产"的。

"玛拉莎（油漆匠或画家）。"文克尔答道。为了更好地说明自己的身份起见，他抬起右手在空中挥来挥去，好像手里拿着一把刷子似的。

"油漆匠！"第三个兵士欣喜地说，他是个健壮的高个儿，生着一头淡黄色的头发。他们管他叫"司务长同志"，大概就是他们的头目儿。

"听见没有，伙伴们？他好像是个油漆匠。吃一点吧，油漆匠？坐下！"

文克尔坐下来吃着滚热的肉和粥。

"我的叔父是个油漆匠，是个有名的工人。住在伏洛格达。听见过伏洛格达这个城没有？"

"没有！"文克尔回答道。

"哎哟，真不应该！"司务长开玩笑地埋怨道，"从来没听见过伏洛格达！好的，你现在可知道了！好一个了不起的城市啊！千万别忘了！你应该知道俄国城镇，因为来救你们的人就是从那些地方来的……你头脑里全是柏林、巴黎、伦敦……这些城市你是知道的吧？"

"知道的。"文克尔说。

"瞧你，"爱交朋友的司务长接下去说，"现在你可知道科斯特罗马、伏洛格达啦……一提就知道！"

"科斯特罗马，伏洛格达！"文克尔重复说了一遍。

大家都笑起来了。

"你现在上哪儿去？"士兵们中间有一个人问道。

文克尔解释说,他是去投奔他妹妹的。他妹妹住在比高斯兹,她在那边有家,有房子。他自己的房子已经给毁了,全家都给炸死了。

"无家可归啦,"一个士兵摇着头说,在这以前,他本来是一直闷声不响的,"现在有多少人无家可归啊?"

文克尔站起来,脱下帽子,向俄国人鞠了个躬,便大踏步走了。

当天晚上他到了泗宾。

十三

虽然时间晚了,汽车修理场还在工作。马达在那间大砖屋里轰隆隆响着。波兰工人和苏联士兵进进出出,显然这工场正在修理苏联的军用车。

一看到那些士兵,文克尔便不敢进去。

他坐在黑暗院落里的一堆砖石上等候。不久马达声停止了,工人们一个个从那照亮的长方形的门口走出来。文克尔仔细地凝视着每个走出来的人,生怕错过了汉涅。他终于看到一个细长的汉子,穿着工装裤,那人的声音给他辨别出来了。那人正在兴奋地跟另外一个人谈话。文克尔的心开始跳动起来了,好像见到了最要好的朋友似的,虽然事实上他跟汉涅并不大熟悉。

文克尔追上了他,用一种发抖的声调说道:

"汉涅……"

汉涅站住了,好像脚生了根。

"你是谁?"他用德文低声说。

文克尔报了姓名。

他们不声不响地沿着黑暗的街道走。

"这边走。"汉涅说,一面走向一栋两层楼的屋子的大门口。

汉涅的沉默忽然叫文克尔惊惶起来。自从在树林里碰到他那三位同胞以后,文克尔对德国人团结友爱的信心已经大大动摇了。

不久汉涅在一道门前站住,用钥匙开了门,于是两个人走了进去。文克尔进门看到的第一件东西是一只帆布囊,放在一只椅子上,里边塞满东西,快要胀开的样子。

汉涅往床上一坐,问道:

"怎么样?"

文克尔仔细看着汉涅的脸,打量着、判断着这张脸。他对这个人可以说什么话,又不可以说什么话呢?可以不可以把一切和盘托出,然后请教那人的意见?不,即使在现在这样的情况下,文克尔还不敢讲老实话。

汉涅同时也在仔细观察文克尔。这个中尉上这儿来干什么呀?谁派他来的？是不是人家派他来试探他的？汉涅早已决心离开岗位，离开泗宾，朝东面逃。总部难道已经得到了风声吗？他惊慌地望望那只收拾好的、准备带着跑的帆布囊。

文克尔截断了他这样的目光，以尽可能镇静的声音问道：

"你预备走了吗，汉涅？"

"他们果真发觉了，卑鄙的猪猡！"汉涅中尉想道："第二步他一定就会问我的发报机在哪儿……。"

苏联人一到，汉涅便把发报机拆散，丢在井里啦。

"我不准备到什么地方去，"他恶狠狠地回答，"你怎么以为我要走呢？……并不是每个人都会当逃兵的。"

他们疑问地对看着。汉涅想："他们知道我要上哪儿去吗？"一面怀恨地望着文克尔。文克尔也惊惶地想道："他为什么提起逃兵这种字眼？"

"现在当逃兵，"文克尔抢着说，"特别可耻……祖国在危急存亡之秋……四面八方都是敌人。我们必须比从前更加倍努力拥护元首。"

"狗腿子。"汉涅想道。可是他嘴上却说："我个人对于胜利是没有怀疑的，暂时的挫折决不会叫我们心灰意冷。"

木头人，党卫军的渣滓——文克尔想道。如果他突然唱起《霍斯特·卫塞尔》①来，我也不会觉得稀奇。文克尔说：

"那么很好……你的发报机呢？"

他们带着厌恶和畏惧的心情彼此瞪着眼睛。汉涅终于很傲慢地说：

"就在附近一个地方……现在我弄点东西给你吃吧。你大概饿了吧。"

"我怎么办呢？我有什么地方可以去呢？"文克尔想，"我干吗要跟这个傻走狗搞在一起？这家伙到现在还是一点儿不识时务！"

他们俩坐在桌子上不声不响地咀嚼着食物。一会儿，汉涅跳起来说：

"哦，忘了，文克尔，我还有甜酒哩。"

他从帆布囊里拉出一只瓶子，文克尔高兴地喝着酒，开始昏昏欲睡，汉涅

---

① 霍斯特·卫塞尔(Horst Wessel，1903—1930)本是一个臭名昭彰的党卫军，死后，纳粹将其生前所作的一首歌定为党歌，歌名《霍斯特·卫塞尔》。

殷勤地把床让给他睡，自己躺在长沙发上。

天亮的时候，文克尔醒了过来，觉得冷。汉涅不见了，他的大衣和帆布囊也不在房间里了。等了半个钟头，文克尔穿上衣服，害怕地东张西望，然后也走出屋子。

文克尔就这样开始了漂泊生涯。

他从一个村子流浪到另外一个村子，越走越挨近前线；他的漂泊全没有计划，只是要抵达德国。这是他唯一的想法。

天冷。他在一座空屋子里找到一条女人的头巾，他拿起来包在头上，再戴上帽子。他照照镜子，觉得很满意，因为这副可怜的傻相不会引起别人疑心。

文克尔现在所经过的许多地区都是从前希特勒下令驱逐全部波兰人出境的地方。这片地方于是就给了德国的移民，或者说，交给了他们明目张胆所称为的"殖民者"。现在这些殖民者都跟着德军往西逃亡了。村庄里没有了人烟。文克尔走进荒凉的屋子，在厨房的架子上和地下室里乱翻，翻到什么就吃什么。在一个村落里，他甚至还藏下了一些食物。原来是他看到一只半野半家的猪，他追了快一个钟头才追上它，他抓到了它，用一把从空屋子里找到的菜刀宰了它——他把一片片又湿又滑的猪肉塞在口袋里。

前线已经移到远远的西方了。俄军的供应队在公路上川流不息。为了安全，文克尔这个肮脏的、满面胡须的流浪汉，便跟着一家回到本来居住地的波兰人混在一起。尽管长途步行艰苦重重，尽管天气坏，这些波兰人仍然兴高采烈，轻松愉快。同时另外有一批由红军解放了的人——俄国人、乌克兰人、波兰人、捷克人、塞尔维亚人等等——迎着他们走来。大家一碰面，便欢欢喜喜地喊叫，交换消息。

一路紧张，热闹，愉快。

跟文克尔混在一起的那一家波兰人相当怕文克尔，怀疑他有点神经病。于是文克尔将错就错，时时喃喃自语，而且沉闷地叹着气。这家波兰人本来大概想和他分开，但是他有一次故意暗示说，他曾在玛伊达纳克集中营里待过一年半。于是他们很同情他，开始照顾他，给他最好的东西吃，大女儿雅魏加甚至邀请他到他们在勺特齐兹的老家去疗养疗养。

这家姓马松基也维茨的波兰人的家长在铁路上当扳闸员。一九四一年，他被迫离开他一生所住的地方,流放到"总督的故乡"①。现在姓马松基也维茨的一家人又重返故土了,他们快快乐乐,充满着希望。他们为人和蔼安静。

有一天大清早,他们距离旅程的目的地不远了,树林里突然闯出一大队武装的德国兵,还有一个军官带头。

路上顿时混乱起来。一切都停顿了。

"俄国人离开这里远吗?"军官简短地问问这些目瞪口呆的波兰人。

波兰人没做声。文克尔站在那儿不动一下,然后赶快走上前去,对德国兵说:

"有一个俄国货车队刚刚走过。往右拐弯去了。"

叫文克尔惊奇的是,这一队德国兵立刻就朝着他所指的方向走了。文克尔犹豫了一下,便立刻跟着德国人走,对马松基也维茨一家人看也没看一眼。这家波兰人也非常惊奇,想不到这个曾经当过"玛伊达纳克的囚犯"的人竟会这么多嘴,而且讲得那么好一口德国话。

这些德国兵显然是缺乏食物或军火,因此他们要去拦劫那货车队。文克尔决心向那军官暴露身份,好跟着这一队人数相当多的德国兵一同回到德国去,那就用不着独个儿走啦。

不到五分钟,德国兵走进了一座小树林,看见一长列载着干草和箱子的马车队。年纪比较大的苏联兵在车边走着,手里拿着长长的马缰。他们一共有十来个人。

"上尉,"文克尔说,他把几天来恍恍惚惚痴痴呆呆的神情一股脑儿扔了,"我是集团军总部的一个军官……"

那军官莫明其妙地看着他。忽然间文克尔看见这军官和那些士兵都举起了双手,朝着那些赶着运货马车的人走去。苏联人也觉察到这些德国人走近了,于是停住了车。

文克尔站在路中央发抖,动也不动一下。他刚刚要溜到森林里去,突然有一个苏联兵对他喝道:

"嘿,你过来!"

---

① 大概指波兰总督德人法朗克的故乡。

文克尔走近一点。

"告诉他们上公路去,那儿有管理站。他们可以在那儿投降。我们没有空。"

文克尔赶快把这几句话翻译给一个德国兵听,翻译完了就连忙溜进路边的矮树林。

经过了几天狼狈疲乏的流浪,文克尔走进了一座大森林。森林的空地上伸展着一大片水泥防御工事和交通壕。交通壕里堆满了砍下来的木材和生锈的铁丝网。

森林里很安静。夜晚来临了,是一个月夜,而且相当暖和。松树在掩蔽壕上、碉堡上和战壕上沙沙地响。这些旧的防御工事显然没人要防守了,因此里面才充满着一股烂草的腐朽气味,还有融雪和潮气……

文克尔弯下身来钻进一个黑暗的掩蔽壕,那是用几块木板马马虎虎搭成的。里面虽然潮湿,但是很暖和。文克尔头靠着一个炮眼下的墙壁,昏沉沉地睡着了。

黎明的时候他醒过来,冷得直发抖。他发烧了。

他好容易才爬出掩蔽壕,在森林里流浪着,碰到更多更多的防御工事。突然间他明白了:他现在原来到了德国人大吹其牛皮的什么"东长城"啦。他们曾妄想利用它来拦阻俄国军队进入德国的心脏地带。这长城纵深好几公里。长城上松树在沙沙地响,把湿雪洒在水泥防御工事上。可怜德国人连在这儿作战的机会也不曾有过呢!他们逃都来不及——逃奔奥德河,逃奔柏林。

文克尔跌跌撞撞地走过了森林。

他不久便走进了一个德国村庄,他在一栋摆着很多时钟的屋子里遇见了鲁宾佐夫。这个德国的前间谍分子,先弄明确了苏联人已经走了,然后便又往床上一倒,脸埋在枕头里。

十四

鲁宾佐夫走出了那栋摆满了时钟的屋子,便搭上了一部路过的车子去找师长。师长正在不耐烦地等着他回来。师长急于知道,军委有没有讲起他和他这一师,如果讲起过,讲的又是什么。

塔拉斯·彼得罗维奇·谢里达常常假装做对于上司的意见满不在乎。因为他是个军人,不是为了获得上级的表扬而作战的。但是这只是一种稍微含蓄的姿态,因为,高级将领对他本人和他这一师的评价,他实在是经常关心着的,而且带着吃醋的患得患失的心理。

政治部主任普洛特尼柯夫上校常常取笑师长的这个弱点。

普洛特尼柯夫在战前本是个平民。他从赤色教授学院毕业以后,曾担任过古班一个机器拖拉机站的政治部主任,后来又得了哲学硕士的学位,上哈科夫大学教辩证唯物论。虽然有了这些经历,也许正因为有了这些经历,他为人非常质朴。

普洛特尼柯夫于一九四二年被派为谢里达少将的政治部主任。少将一听说人家派来一个从来没上过火线的"哲学家",心里并不特别高兴。

但是他所碰到的人并不是他所料想的那种书呆子,而是一个有见地的政治工作者,一个上好的宣传家,能够以简单明了的语言解释最困难的问题。少将这才认识到自己看错人了。除此以外,他不久又发现上校很勇敢,而且是一种愉快的勇敢,一点也不勉强。少将是个彻底的战斗员,对他说来,勇敢并不是件无足轻重的品质。

普洛特尼柯夫自从战争开始以来便研究战争的技术,就像他研究别的一切事物那样有系统。他用清晰的笔迹,把《野战手册》大段大段地摘录下来,掌握了空军、炮队和坦克部队战略上以及技术上的各种可能性。至于真正的政治工作方面,谢里达总是钦佩地说他简直是个"神通"。

这两位工人出身的人,一个当上了将军,一个做了学者,他们处得相当好,工作上也合作得很好。这并不妨碍"地位上的下级"时常校正"学问上的下级"——他们俩单独在一起的时候,有时候老是说说笑笑地用这两种名称互相称呼。问题是这样的:"学问上的下级"谢里达少将常常犯本位主义的毛病,不是想法子拉别个师里的好医生、好军官,或是好的军需官,便是把别人已经俘获的战俘占为己有,他的部下如果犯了什么错误,他一定严厉地痛骂一顿,但一定是私下做,不愿意"家丑外扬"。

全师的人都爱戴谢里达少将。他的下属老是愉快地谈起他对别人的了解,他在任何情况下的非凡的勇敢,他那粗率而辛辣的个性,甚至谈起他那弯曲上翘的小黑胡子;他本人对于这撮小胡子相当喜爱。

"什么事情缠住了鲁宾佐夫呢?"少将问,一面看了看手表。

"啊,急坏了吧!"普洛特尼柯夫狡黠地问。

"是的。"少将承认道。

维茄在隔壁房间里忙着收拾一只打开的小皮箱。她准备动身到第二梯队去。她很不情愿去。像一般参谋人员一样,她对于后方有点瞧不起,虽说这一师的后方阵地相当靠近前线。少将给她两个选择:住到师部的报馆里去,或是上后勤总部去,跟军粮少校西斯塔科娃住在一起。

维茄考虑了一会儿以后,还是选择了报馆。战地通讯员毕竟总比军粮书记有趣一点吧。而且报馆里那个排字工人兼印刷部主任的同志,是位很好的女人,从前当过狙击兵。她们决定生活在一起。

维茄热烈请求留在师部里,可是请求无效。塔拉斯·彼得罗维奇执行起上级的命令来总是特别严格。他不能够忽略军事委员的直接命令,虽说他明知西佐克雷罗夫将军对于这个命令的执行不会核查的。

谢里达提高了声音,又一次严厉地质问维茄:

"快准备好了吧?"

"马上准备好了。"

鲁宾佐夫终于来了。

"我们要去攻打斯乃得睦尔啦,"他立即透露出了这个重要消息,"照军事委员的推想,德国人一定会很好地守住这座城。它是'东长城'的一个要塞。"

师长连忙召集参谋长和炮兵队指挥员,又跟师团联系了一下,又打了电话给各个团。一句话,这种时机里照例应有的公务上的忙碌都开始了,这叫每位军官心里都感到高兴。师团证实这一师的任务已经变更,它所进攻的段落已经往左面移动，往斯乃得睦尔移动。一个钟头以后，师团送来同样的书面命令。团长们，还有附属于这一师的各个部队的指挥员们，都到齐了。

附属于这一师的部队，计有一个反坦克炮团，一个原来隶属于最高统帅部后备军的炮兵团，一个近卫军迫击炮团，还有一个自动推进炮团。这些部队的指挥员们都拥有几十门摧毁力极大的大炮，有洋洋大观的火力。但是他们的为人都是那么安静、镇定、彬彬有礼。师长望了望他们，心里估量了一下这批火药气息的人们中间每一个人可能起的作用：这个中校有多少门大炮，那个少校有多少门，总加起来，这些人每一分钟可以打几发炮。

少将把这些兵力分配给各个团，把"卡秋莎"留下来给自己使用，又留下了自动推进炮团，作为反坦克部队的后备部队，分配好了以后，少将便站起来。大家都跟着站起来。

"同志们，我实在抱歉得很，"少将说，"诸位现在给绊住在斯乃得睦尔，而别的部队都往柏林挺进了。但是你又有什么法子想呢？希特勒不把军队从奥德河上撤回去保卫首都，反而把武装力量封锁在各个城镇。波茨南·北勒斯劳，现在又加上斯乃得睦尔……好吧，那么我们的任务就是早日毁掉这个要塞，越快越好。祝诸位成功！"

维茄跟着鲁宾佐夫溜到侦察兵那儿去。她在路上对他说，昨天夜里收到梅歇尔斯基那组人的一个无线电报，那边情况很好，好像他还捉到了一个俘虏。

维茄特别喜爱近卫军少校，她喜欢他那愉快的蓝眼睛，他的勇敢，他的足智多谋，特别喜爱他那引人入胜的"故事"，原来她老是把鲁宾佐夫向师长所作的报告叫做故事。他时常谈起德国人，谈起他们复杂的调遣和居心所在，报告中还穿插着德军各个师的稀奇古怪的番号，以及俘虏们的那些古里古怪的姓名。有一个师的番号叫做"死人头"，对于她的印象特别深。

"现在在哪儿？"维茄问。

"在匈牙利。"近卫军少校心不在焉地回答。

侦察兵住的小房子里很寂静。每当侦察兵里面有一部分人到敌人的后方活动去了的时候，这里的侦察兵总是这个样子的。士兵们聚集在一个大房间里，不声不响地听隔壁房间里门后边的闷住气的声音和尖锐的吱吱声。那儿正在进行着侦察工作中最为人推崇的职务——跟那些在敌人后方活动的侦察队通无线电。

侦察兵们惊恐起来了。梅歇尔斯基在三点四十五分的时候第一次打了个无线电来,答应在八点零分再与师部发报机联系。现在八点钟已经过了,但是"溪流"(梅歇尔斯基的呼号)并没有回音。

侦察兵一看鲁宾佐夫进来,便松了口气,就好像鲁宾佐夫有办法叫梅歇尔斯基打无线电来似的。

梅歇尔斯基一直拖到中午才有回音。服罗宁戴着耳机坐在那儿听,忽然兴奋得脸红了。

"他在讲话吗?"鲁宾佐夫问道。

"'溪流'!'溪流'!"服罗宁喊道,狂喜地点着头,"这是'海'!我听你听得清清楚楚……"

鲁宾佐夫赶快往发报机旁边一坐,一听就听出是梅歇尔斯基的声音。上尉报告说,德国人正沿着公路走向斯乃得睦尔("八一二"据点)。有一个中型炮队、二十部坦克和两营步兵走过了。沿着库多河,城南的战壕里都是步兵。

"'溪流'!'溪流'!这是'海'!"鲁宾佐夫说,"你已经执行了你的任务。往第十六区去,在右上角等我们。别忘了信号。"

"第十六区右上角"是个潮湿多沼的大树林,在斯乃得睦尔东北八公里开外。

"好,就算完啦。"服罗宁高兴地喊道。

"事情可还没有完哩,"鲁宾佐夫担心地说,"我们必须通知一下炮队和各个团……他们可能把梅歇尔斯基那组人当作德国兵,在黑暗和混乱中把他们杀害了。我们上师部去啦!"

可是师部已经不在村子里了,师长下令把它往西移动了。鲁宾佐夫开车去追上它。

十五

师部设在一栋两层楼的邮局里。里边的一切十分混乱。地板上和柜台上零乱地摊满了印戳、封皮纸、文卷、整捆整捆的信札、一长联一长联印有希特勒和兴登堡肖像的邮票,还有一堆一堆的铜币。

翻译官阿甘涅斯扬在电话交换机旁边闲荡着,把插座插在插销里,开玩笑地呼喊用户:

"喂!喂!"

但是电话没有回响,因为主人早已经走了。

最有兴趣的是一捆一捆的新报纸。其中还有昨天出版的《国家观察报》。昨天的柏林报纸!报纸还带着油墨气味,报上载着戈贝尔和李依最近的嗥叫,简直像是他们刚刚亲口讲出来的。

例如第一版的文章就是戈贝尔两天以前才撰写的。在这以前,在每个士兵的头脑里,戈贝尔并不是作为一个活生生的人而存在的,而是作为纳粹党的荒谬绝伦和背信弃义的抽象的化身而存在的,可是现在他却变成一个可以捉摸的、具体的敌人了。

绝望的嗥叫已经不是出于德国战俘,而是直接来自的原始资料。在鲁宾佐夫看来,好像连希特勒本人都快要双手一摔,喊出"希特勒完蛋!"这句名言了。

在这当儿,有一队新的战俘给押进来了,阿甘涅斯扬开始在楼上一间房间里一个逃亡了的前邮政局长的卧室里,侦讯他们。大多数战俘都没有什么新鲜的事可讲,他们属于一支强大的部队,番号叫做"维斯杜拉",由新军长亨利希·希姆莱①指挥,现在这支军队差不多完全给打垮了。

在战争的过程中,阿甘涅斯扬对于战俘已经完全厌烦了,除非是碰上一个来自德国步兵七十三师的俘虏。他一遇上这种俘虏,立即精神抖擞,侧目斜视,有说有笑——他可以跟这种战俘讲个整天!

第七十三师是阿甘涅斯扬癖好所在的一个师,是他特别感兴趣又特别憎

---

① 纳粹特务头目。

恨的对象。他只要一听说有第七十三师的俘虏,便立即赶去盘问,甚至牺牲睡觉也可以,尽管他是喜爱睡眠的。

一九四二年四月,阿甘涅斯扬响应号召参军当通译员,在俄国南部克里米亚半岛的克尔其城附近一个步枪师里工作。他还没有领到军装,德寇就已经在大批飞机的协助下进入了克里米亚①。

虽说现在已经事隔三年,他一想起那些日子来,乌黑的眼睛里就要冒出怒火。

当时成千成万的人,拥挤在海峡上一块细长的地带上。天空给德国飞机遮黑了,下面的海滩变成了一个黑色的炸弹坑,不断地受到轰炸。但是大自然仍然照常运转。美妙的夏天开始了。喷着白沫的碎浪激打着海滩。德国炸弹到处在爆炸,海鸥们把它当作暴风雨,就像在暴风雨中那样地啼叫着。

一次难忘的渡海开始了。苏军利用小船、大船、木桶以及临时搭成的木筏,赶着抢渡到那人人爱慕的高加索的海岸上去。

德国人逼得太近的时候,连他们的喊叫声也可以听见,于是我们的士兵便回转身和敌人去拼命,等不及命令啦。这一下可吓退了德国人。于是我们的士兵又回到蔚蓝海滨的原来的阵地,等候着轮到他们乘船渡海。等到轮到他们的时候,德寇的"蓉克-87"式俯冲轰炸机又成群出现在蓝空里。

就在这时候,有人给阿甘涅斯扬带来了第一个战俘。他是个高个子的德国人,态度轻蔑傲慢。他看到军官们中间站着这么一个平民,身穿泥污的蓝色西装,斜挂着一根绸领带,下巴颏上的胡须已经好几天没有刮过,居然能用最纯粹最标准的文言德文来审讯他,不禁使他愕然。

阿甘涅斯扬对于德国语文掌握得那么好,战俘觉得惊奇,因此答话时也就相当敬重。那个战俘属于步兵第七十三师,并且夸口说,就是他们这一师迅速突破俄国前线,逼得俄军退到海峡边沿的。

"还是委托我,"他说,"向我们司令部报告一下,就说你们同意投降吧。荣誉的投降。你们的英勇,已经够叫我们惊奇的了。"

这个半醉的希特勒匪徒,竟然扮演做慈悲的天使与和平的使者啦。

---

① 当时英美不肯开辟第二战场,法西斯统帅部就利用机会,倾其全力进攻东方。

阿甘涅斯扬气得直发抖,便动手解开自己身旁一位上尉身上的皮手枪套——因为当时他自己还没领到手枪哩。但是,虽说他心里想开枪打死那家伙,结果只不过大声地吆喝了他一顿,喉咙底里还发出一阵叫人听不懂的咒骂——这一阵他讲的是他自己的本国话,亚美尼亚话。

一九四四年底,阿甘涅斯扬碰上第七十三师。这师兵当时正参加华沙北面的防御战,防御的是布格、那勒甫、维斯杜拉三条河之间的地区。鲁宾佐夫一向以为他这位翻译官为人温厚、懒惰、忧郁,想不到他竟大大地变了。只有热切的仇恨才能够这么样改变一个人。

阿甘涅斯扬收到第一个战俘的时候,先是把那个战俘打量了好一会儿,然后露出一口不整齐的、给土烟丝熏黄了的牙齿,恶意地微笑着。

"四二年你在哪儿?"

"开头我在克尔其……"战俘开始说,但是一看到翻译官那扭曲的脸,他全身便突然发抖。

人们把俘虏带走以后,阿甘涅斯扬又恢复了常态:和蔼可亲,又有点古怪。到这时候他才把他和德国第七十三步兵师结识的经过告诉了鲁宾佐夫。

"我损失了多么好的一套西装!挺好的一根领带!"他叹道,好像这就是主要的损失似的。"我爬在一只桶上渡海,我的衣服给一个浪头冲走啦……也许现在还在海面上漂浮着呢。"

鲁宾佐夫对于这段可怕的遭遇的滑稽结局,并没有笑。

"好的,我们再等一会儿,"他说,"照我个人对于战局的理解,你那七十三师在几天之内就要完蛋了。"

第七十三师果真在华沙附近被击溃了。士兵四散奔逃,丢下了武器,整个炮兵团给俘获了。阿甘涅斯扬好几次碰上这一师的俘虏。阿甘涅斯扬虽然觉得他那次在克尔其所受的耻辱现在已完全报复了,但是他一遇见七十三师的人,总是盘问得又长又仔细,对于敌人战败的每一个细节,都问得津津有味,同时又把有关这一营的团长、营长,甚至连他个人所知道的每一位的最后一点一滴的情报,都硬逼了出来。提起第七十三师,他什么都知道!

现在,出人意料的是,这一师又有两个士兵出现在他面前了。他开始盘问他们,像往常那么恶意地冷笑着,时时穿插一些使战俘们吃惊的细节。

战俘中有一个人是个细长的德国青年，一头乱蓬蓬的姜黄色头发。翻译官问他怎么被俘的，他说，当他和他的一个同伴正躲在远处一个领主的家里，预备换上平民服装逃回家去的时候，一个俄国兵就逮住了他们。

"问问他的家在哪儿。"鲁宾佐夫说。阿甘涅斯扬问他，得到的回答是：

"斯乃得睦尔。"

鲁宾佐夫一怔。多么好的运气！阿甘涅斯扬根本不把那个德国人的答话当作一回事，真叫鲁宾佐夫觉得奇怪。但是当然啦，翻译官的任务终止的地方正是侦察人员的工作开始的地方。

鲁宾佐夫把旁边的德国人送到战俘集合的地点，又借着翻译官的协助，开始把那些生长在斯乃得睦尔的德国人详详细细地盘问了好久。

战俘们供给了下列的情报：

斯乃得睦尔城，波兰文叫做皮拉，位于库多河上。经过这城计有"一六〇号国家公路"，接通波罗的海和科尔堡，还有"一四〇号国家公路"，接通斯坦丁和汉诺威省的律伯克，再稍稍往西去便是"第一号国家公路"——通往柏林以及后边的马德堡、布朗士外格、多特芒、厄森、杜塞尔多夫和亚亨。

那个一头乱蓬蓬姜黄色头发的德国人，原来是个司机，他特别称赞最后这一条国家公路。

"这条路，"他沾沾自喜地详细说道，好像一个承包商把造好的一条路指给主人看似的，"柏油敷得很好，而且保养得非常仔细。它会带你到柏林，一直进到柏林市中心区的亚力山大广场。从斯乃得睦尔到柏林，恰巧是整整二百四十公里。开起车子来一口气三个钟头就赶到了。"

鲁宾佐夫听到德国人讲出这段殷勤话，不禁笑了起来。这个德国司机感到自己好像身在故乡，眼睛便开始滴溜溜直滚，带着向导人的那种钦佩的腔调接下去说：

"一号公路是德国最长的一条公路，而且除了超级公路以外，它是保养得最好的一条……它伸展到很远很远的地方，一直到比利时的边境。"

"一共多长呢？"

"八百多公里。"

鲁宾佐夫纵声大笑。他是从那么远的远东来的，这短短儿一点距离简直是开玩笑。从一个边疆到另外一个边疆总共只不过八百公里！他想起那黑龙江区的距离：几千公里只当做一箭之地。他又想起昨天从那位坦克部队将军那儿听到的"绿色街道",长达四千公里哩。

"好啦好啦,还是搞正经事吧,"他终于说,"叫他们来谈谈斯乃得睦尔的情况。"战俘们开始谈起来了。

这城的东南二面,环绕着一条狭狭的森林带,叫做"斯达特福斯特"。是的,他们也知道旧堡垒的所在地。最大的一个堡垒在城东约十五公里。城南五公里又有一个堡垒,叫做"华尔德"。堡垒与堡垒之间还有那水泥做的旧机枪哨。这些机枪哨都没有人照管,长满了花草。孩子们常常在里面玩耍,因为边疆线毕竟早已移到东面去了啊！森林里全是湖沼和溪流,流到库多河去。

战俘们把他们所知道的情况细心地填写在一张表上,把每个方面都解释得详详细细。

至于城的本身,是个普通的城,有兵营、锯木厂,还有一座普鲁士王腓力得烈克的纪念像,还有几家制绳工厂和一些古老的教堂。一个战俘住在城中心的兴登堡广场,另外一个住在西郊的柏林路。他们在城里都有亲戚,姓名如下……。

"我懂了,"鲁宾佐夫说,"问问他们那条河,那条河怎么样？我们非强渡这条河不可啊。"

库多河并不宽大,但是相当深,原是涅兹河的一条支流。这条河环绕着城的东南,分成两个不相等的部分,小一点的往东流,大一点的往西流。那是一条平静的河,河底是沙,河岸倾斜。城里有游泳池,还有租船的船库……。

"好的,好的。"鲁宾佐夫咧嘴笑了。

有个德国人说：

"也许邮局里有这个城的地图。斯乃得睦尔毕竟是这一区的中心点啊。"

果真找着了一张地图,于是邮局的局长室里展开了狂热的工作。一个地形专家和一个绘图人开始为各团复制地图。阿甘涅斯扬把街道、广场、工业和公共建筑物的名字译成俄文。

鲁宾佐夫心满意足,亲切地想起那个不知名的俄国兵,多亏他在一座遥远的领主府邸里抓到了这两个斯乃得睦尔籍的德国兵。

十六

一个钟头以后,军侦察处处长马里雪夫上校打电话来了。

上校一听见鲁宾佐夫有斯乃得睦尔的详细地图,便吩咐他给那些即将进攻该城的各个师各送一份。鲁宾佐夫上总部去了解,究竟哪几师要攻打这座城,这几个师驻扎在哪儿。他了解到沃罗比岳夫上校那一师,准备从东面进攻斯乃得睦尔。谢里达这一师奉命从北面绕过该城,进占西郊阵地。

值班的军官对他说,沃罗比岳夫那一师人已经在城东跟敌军干起来了。事实上已经听得见遥远的大炮声,望得见地平线上的火光。

这么一来,鲁宾佐夫和塔娘就给这座围城隔开了。那又算得上什么呢?在一个侦察人员的充溢着爱的心里,那不过是件芝麻大的事!

但是马里雪夫上校命令他送地图给邻近这一师,可又给他造成了一个机会,让他在占领斯乃得睦尔以前可以见见塔娘。鲁宾佐夫亲自送地图给沃罗比岳夫上校,这件事究竟不能说有什么不对。不过他总觉得送地图这差使,有什么地方不大说得过去,因为:如果塔娘不在那一师,他也不会想到亲自送地图去。他可能派安东尤克去或是另外派一个人送去就算了。

谢里达将军很高兴,因为他的侦察兵比沃罗比岳夫的侦察兵抢先了一步,而且现在还在帮他们的忙。

"替我向沃罗比岳夫问好。"谢里达说,一面咧嘴笑着,摸着他那小胡子,"问问他有没有什么别的事需要帮忙。叫他只消稍许坚定一点地盯牢德国人,我们就可以把城占领啦!……"

鲁宾佐夫吩咐备马上鞍,又从手提箱里取出一顶"和平时代"的礼帽①,帽上有紫色的帽带。他戴上帽子,由齐比岳夫陪着,骑上他那匹黑色的"飞鹰",往斯乃得睦尔疾驰而去。骑马者不久就折入一条小路,走进一座大树林。鲁宾佐夫想起了塔娘,想起了只要有她在这儿,他耽搁在斯乃得睦尔的困恼就会减轻了——当时其他各师各军,正追随着那些摧毁德国防御工事的坦克阵形

---

① 指军人盛装检阅时的军帽,有别于作战时的钢盔或便帽。

往西推进,步步逼近柏林。

沃罗比岳夫这一师以骁勇善攻而闻名全军。它建军的核心原是一些边防部队,而它的军官,全是出身于边防军①,士兵们都以这一点为荣耀。它是一个坚强的、经过考验的师,防守起来那么顽强,进攻起来又那么迅速。沃罗比岳夫本人原是边防军中肃清反革命委员会的旧人员,当时真舍不得脱下边防的制服和那顶翠绿顶的制服帽。

沃罗比岳夫把这张画有城镇和炮台的地图研究了老大一会儿。他早就在等待这张地图啦:因为军队里的消息是传得很快的。

"好,谢谢你,"他说,"这东西不坏,要叫谢里达好好守牢西郊,由我和我的边防军从这儿进攻去……"

鲁宾佐夫微笑起来:他自己的师长讲的也是这些话啊!

接着他就去看他的同事。齐比岳夫跟在后边,手里提着马勒,牵着马走。鲁宾佐夫向侦察兵问起他们的医务营在什么地方。他推说牙痛,一面说一面蹙起面孔,装做痛的样子。

"我们自己的医务营在远远的后边呢。"他解释道。

少校一边笑自己的巧妙,避开齐比岳夫的视线,一边往医务营疾驰而去。齐比岳夫像往常那般不动声色:他已经习惯于不多问闲话,只是跟在上司身边赶马前进,好像形影相随一样。

医务营设在一个大村子里,村子掩映在斯乃得睦尔城外那一狭条森林里。他轻松愉快地、同时也有点发窘地(他看也不看齐比岳夫那方向)向一位路过的看护问起医务营的塔嘉娜·符拉基米罗夫娜·柯尔佐娃上尉在什么地方。看护一看见这么一位笑嘻嘻的、蓝眼睛的少校骑在一匹美丽的黑色骏马上,便带着几分风情答起话来,话里面显然夹杂着好奇心:"她刚刚走了没有好久……要转达什么话吗?"

接着,她又恶意地加了一句,那不知道是她存心中伤另外一位女人呢,还是善意地警告这位漂亮的骑者。她说:

"夜晚她时常出去。"

---

① 1920年,边防军中增加了红军中的精选部队,如夏伯阳师。

"哦。"鲁宾佐夫机械地说,脸上还是微笑着。

"有车子来接她……"

"哦。"鲁宾佐夫重复了一遍,但是脸上的笑容消失了,他勒住马缰,弄得黑马儿的两条前腿竖了起来。

他对那个惊骇的看护点点头,又朝方才来的方向疾驰而去。齐比岳夫跟在后边跑,但是不久便落在后边了。

鲁宾佐夫等到稍微镇定下来的时候,才收缰勒马,拍拍马颈,大声问道:

"至于你——老朋友,怎么又能怪你呢?"

"……朋友……怪……"森林里起了回声。

"这是个德国回声,讲的可还是俄文。"鲁宾佐夫喃喃自语道,又微笑了起来。

西面传来一阵大炮的轰隆声。马儿一听见这些熟悉的、不愉快的声响,便竖起耳朵,奔腾前进。天开始纷纷下雪了,或者说,开始下雨了,又潮湿,又惹人讨厌。

鲁宾佐夫不久就跑到那条为人们大吹大擂的"第一号国家公路"上去,苏联军队正沿着这条公路粼粼前进。一个重炮团走过了,它的所有的车辆都在揿喇叭。多少反坦克炮蹦蹦跳跳地过去了,接着是一旅工兵,带着可以折叠起来的浮桥。接着好些卡车紧紧地拖着近卫军的迫击炮慢慢地走着。车上的人们怜恤地望着那些在大路的另外一边走着的遍身潮湿、精疲力尽的步兵,大家都感觉到,这几师奉命留下来围攻斯乃得睦尔的士兵呀,命运对他们真太残酷啦。

一位炮兵少校驾着车子停在鲁宾佐夫面前。

"怎么啦,你们停顿在斯乃得睦尔?照我想,你们多的是麻烦呢。"

后来他一看到步兵少校那张阴沉沮丧的脸,便以为自己的话恰巧道破了对方不能上柏林去的心事,于是赶快结束了谈话,声调里甚至有点惭愧:

"但是说不定我们也会给绊住在奥德河上……"

人家那么样要安慰鲁宾佐夫,可是鲁宾佐夫甚至笑都没有笑一下。一会儿,炮兵少校驾着车走了,鲁宾佐夫也去寻找自己的师。他看到尼古尔斯基中尉正朝着他走来,遍身又湿又脏,中尉率领了一些电讯兵去架设师部的电话

线,他一看到鲁宾佐夫,立即向他报告消息:

"你知道吗,近卫军少校同志,我们要攻打斯乃得睦尔啦……"

"我知道,"鲁宾佐夫回答,"师部在哪儿?"

"你跟着电话线走好啦,一直就会走到师部。"

"梅歇尔斯基回来了没有?"

"回来啦,还带来一些俘虏。"

鲁宾佐夫骑着马,不久便来到一个村庄,他在村子里一条街上骤然勒住马。因为他看见一栋屋子——其实形状不像屋子,只是一座砖头砌的大仓房,比较像汽车间,门也是汽车间那种分成两扇的阔门。门上有一扇小窗。三道有倒钩的铁丝围绕着这屋子的周围,铁丝是用来代替围篱的,而且远远地绕到邻近的地面上去。铁丝钉牢在坚固的橡树桩上,在桩与桩之间交叉缠绕着,沿着这奇特的围篱,每隔一二公尺屹立着一座矮矮方方的木亭,亭子顶是三角形的。

那围绕有铁丝网和木亭的大院子里堆满了垃圾和纸屑。这一切——没有窗子的灰色屋子、院落里的生锈的铁丝网和警亭——看起来又可恶又可怕。

鲁宾佐夫下了马,把缰辔递给了齐比岳夫,慢慢儿走进屋子。水门汀地板上铺着稻草。地上的草是一排排摆着的,草上还保留着人体所留下的印迹。墙壁上刻有俄文和乌克兰文的题词,是那些被俘虏的人们心底里倾吐出来的话,充满着失望,又充满着希望。

不,这并不是集中营,这只不过是俄国战俘和奴隶住的地方。他们被赶到这里来,上村子的田野里去干活,而且在红军刚刚要来到的前夕,又匆匆给赶走了。这并不是玛伊达纳克集中营,只是一个普通的营场,专为"东方工人"而设的。

最可怕的是,这座围着铁丝网和警亭的灰屋子,跟村子里其他的房屋是并排的。它的右首也是一栋房屋,但是没有围上铁丝网——只不过是一栋简单的、漆白的小屋子,院落里有只公鸡在喔喔啼。左首是一座灰白的木屋子,窗上挂着窗幔。村民果真逃光了。但是几天以前,他们的确还在这里。嘿,村民们曾在铁丝网旁边的地面上,平平静静地栽种过白菜和萝卜。它的对面也是一些房子——村民们的简单的住宅。

鲁宾佐夫走出仓房,跳上马,不久便来到了侦察兵住的地方,他脱下了那顶"和平时期"的缀着紫带子的礼帽,气愤地把它往手提箱里一塞,摔下大衣,戴上一顶战时的帽子,穿上一件棉茄克,束紧皮带,又在衣袋里放上一支手枪。然后他望了望院子里那些在他面前站好了队的侦察兵们,说:

"现在,伙伴们,我们攻占斯乃得睦尔去! 仗还在打下去。我老是东奔西走——一会儿上军部,一会儿找师长,一会儿又上天知道的地方去!"

在这当儿,阿甘涅斯扬侦讯了梅歇尔斯基所俘获来的几个战俘。战俘中没有一个从第七十三师来的人,但是他仍旧盘问得十分仔细,因为鲁宾佐夫已经吩咐过他,务必探听斯乃得睦尔要塞中的敌军情况——究竟有哪些部队,是什么番号。

最宝贵的情报是由一个肮脏的大个子供出来的。这家伙原来是一个德国炮台营营长的勤务。据他的供词,城里的部队计有:勃罗姆堡骑兵训练学校、海军第二十三支队、两个炮台机枪营、一团保安团之类的部队、十营民兵,还有一个坦克队。

这战俘每讲一句就要呻吟一声,叹一口气,挥一挥手——这个堕落的德国人,对于一切都失掉了信心,对于每件事物都是挥一挥手就算了事。

"哦,是的,"他说,"希姆莱是来过的!"说到希姆莱,他也是挥挥手,仿佛说,"'希姆莱在这儿又有什么办法呢?'——是的,五天以前他还在这儿任命了党卫军的中校勒姆林捷尔为本城防御部队的总指挥,"——德国人又挥了挥手,"勒姆林捷尔在这儿到底又有什么办法呢?"

阿甘涅斯扬于是问了一句早已成为陈腔烂调的话:"你们为什么还要抵抗下去?"

那个德国人叹了口气说:"命令总是命令……"他又挥了挥手,但是这一次挥手的对象是他自己和他的同伴们,他们虽说都明明知道再打下去毫无意义,可是还是被纳粹强迫着打下去。

鲁宾佐夫吩咐安东尤克把这一切详情报告给师长和马里雪夫,他自己去找前哨阵地的侦察兵去了。

敌军在东面——在这次大战中,这是第二次了。第一次是在莫斯科附近,当时鲁宾佐夫正从敌人的包围圈中突破出来。鲁宾佐夫一记起那次包围,便又想起了塔娘。

"你结婚了没有?"他问司务长服罗宁。服罗宁恰巧在他旁边沉默地走着。

"没有,"服罗宁咧着嘴笑了,"没有空啊,等我们占领了柏林,我一回家就结婚。"

"原来是那么急的啊!"鲁宾佐夫开玩笑地说,"你有没有心上人啦?"

"嗳,当然有啦!"服罗宁回答道,"谁没有心上人?我回到家里,当然得打听一下她在那边过得怎么样……对啦……我在那边也有一个侦察兵哩,"他狡猾地眨眨眼睛,"我的妹妹在同一个工厂里当钳工……关于我的卡嘉,我妹妹把她所知道的都在信里告诉我……例如卡嘉身体好不好,跟谁在一起等,总而言之,她把什么都告诉我啦。"

"但是这太可怕了,"鲁宾佐夫冷酷地说,"别人可能随随便便说她的坏话,你就立刻相信吗?"

"干吗要立刻相信?"服罗宁回答道,他对于少校的气愤觉得有点奇怪,"只有傻瓜才会立刻相信的……"他歇了一下,然后正正经经地说,"我的卡嘉是个好姑娘……我信任她……你有没有心上人呢?"

鲁宾佐夫朝自己左首那位沉默的齐比岳夫瞥了一眼,然后说:

"我没有。"

有颗地雷在不远的地方爆炸了。鲁宾佐夫说:

"喂,这一下你明白了吧?想老婆还太早呢。"

他们走进一个村庄,村庄的边上有一座孤零零的塔。这塔为什么建筑在这里?是一种装饰品?是一种古迹?也许从前一度是个钟楼?——不管怎么样,鲁宾佐夫很快就注意到它的优点,立即决定把它做师长的瞭望哨。他爬上螺旋梯,从望远镜中望出去。他眼前展开了一个给笼罩在茫茫的蓝色湿雾里的城镇。屋顶上铺着潮湿的红瓦,右首是一个车站,左首是个大工厂,有好些不冒烟的烟囱。鲁宾佐夫派了一个侦察兵去向师部作报告,自己跟其余的人继续前进。他们走过了一些挖战壕的士兵,走过一个炮兵的新阵地、架在凹地里的迫击炮,还有一些热气腾腾的战地厨房。到处有士兵在忙来忙去,想使自己舒服一点。他们一面生起营火来,一边咒骂这个绊住他们往柏林挺进的城镇,虽然三个星期以来没有间断的攻势已经使他们异常疲乏了。

现在这情况和堑壕战相当相像,自从发动总攻势以来,他们差不多把堑壕战忘了。侦察兵们沿着交通壕走,一会儿跨过一个睡着的士兵,一会儿跳过一堆土——那是战壕未完工的部分。

鲁宾佐夫沿着前线走,跟连长和排长们谈谈,又跟士兵们——主要是机枪手和狙击兵——谈谈,此外又跟团的侦察兵、工兵和炮队侦察员谈话,仔细问起他们所注意到的一切。他把所得到的情报记录在一张地图上,同时又把所观察到的东西作了一个草图。他把每一件事尽可能做得细心些。各团在黎明的时候就要投入进攻,因此他必须尽可能地彻底了解一下德军防守体系的一般性质,德军火力点和障碍工事的所在地。并且,他还得忘掉塔娘,其实他早已受到良心的驱使,把她忘了。的确,他听指挥员们讲话的时候,有时果真也发现自己还在想那位"老相识"。在这种时候,他就要狠狠地皱起眉头来想起西佐克雷罗夫将军。军事委员那严峻镇静的脸深刻地印在他心上,鼓舞他干下去,叫他把心思都集中在工作上。

他沿着师的前线走,从南到北,于是斯乃得睦尔城的地图上逐渐填满了各种记号,标志出德军的大炮、坦克、机枪哨、铁丝网和埋有地雷的区域。

然后他又不得不想起塔娘来。因为他在一个掩蔽壕里,就在一个机枪哨的门口,跟一个人撞个满怀。那人原是他的旅伴——正是那部有名的马车的"主人"卓珂夫上尉。

十七

卓珂夫上尉看到这个"整洁"的少校现在竟然穿上棉茄克,皮带上挂着两颗手榴弹,率领着师部的侦察兵在走,觉得非常稀奇。叫他更惊奇的是,他发现这个少校原来就是那位著名的、英勇的、无往不利的鲁宾佐夫,现在在师部里担任侦察官。关于他,士兵们讲得太多了。

卓珂夫觉得窘,鲁宾佐夫也觉得窘,但是窘的原因完全不一样:原来全世界都好像在有意跟他作对,叫他想起柯尔佐娃来!他皱皱眉头说:

"我们又碰见啦!好的,请把你们所看到的德军阵地的情形告诉我……"

卓珂夫用简单的几句话回答了他。他在一张地图上指出他和他的士兵们所发觉的敌人火力的排列布置——那就是鲁宾佐夫复制出来的一张地图,少校发现它竟会传到步枪连连长手里来了,感到相当满意。

当鲁宾佐夫把卓珂夫的情报转载到他自己的地图上来的时候,上尉注视了近卫军少校一下。一个端正的侧影,一个稍为往上翘的鼻子,那张很好看的嘴唇,现在紧紧地抿拢着,还有那明朗的高额和黄色的头发。卓珂夫心里起了一种类似嫉妒的情绪——但是他所嫉妒的并不是鲁宾佐夫的盛名,而是嫉妒他那完全没有任何炫耀虚饰的、光明磊落的心地,这种心境你可以很清楚地感觉到。

鲁宾佐夫卷起地图来说:

"我们走吧,看看我们还能观察到什么!"

有一个侦察兵安静而坚持地说:

"你该睡一下啦,近卫军少校同志。你接连多少夜没睡觉啦。"

"讲得对!"另外一个支持他,"由我们守望去好了。"

"我睡过了。"鲁宾佐夫反驳道。

"什么时候睡的?"第一个侦察兵问,"我们好像没有看到……"

"从军部回来的路上我睡过了,"鲁宾佐夫说,说过以后就涨红了脸,因为他想起眼前就有卓珂夫可以做证人,证明前天夜里他是跟塔娘在一起守夜的。于是他赶快补充了一句,"在车子里打过盹的……"

"你并没有睡啊,近卫军少校同志。"控诉的是一个方脸的侦察兵。

"别啰嗦了,齐比岳夫,"鲁宾佐夫打断了他的话,"我们走吧。你来不来?"他问卓珂夫。

卓珂夫跟侦察兵们一同走出去。雨夹着雪迎面扑来——士兵们管它叫"法西斯雨"。战壕横过一个山冈。他们都在山冈的东面停住脚。

"这是个好地方。"卓珂夫说。鲁宾佐夫拿起望远镜望了一望,稍稍带着责备的口吻对卓珂夫说:

"你的战壕挖得离德国人太远了……"

有些士兵坐在战壕里。他们在谈话。鲁宾佐夫听着。一个留着黑黑的小胡子的上士显然正在作一次政治演讲。他站在一挺机枪后面,一边望着战壕前面那一片灰蒙蒙的雾,一边讲着话,时时回过头来望望那些留神地听他讲话的士兵们。

"……原来希特勒自称为社会主义者,但是,他对于大老板们碰都不碰一下。关于这一点,我们当然明白啦:法西斯分子本就是资本家的走狗。但是希特勒干吗又自称为社会主义者呢?因为社会主义是一种正当的进步思想,是一种深入到工人们血肉里的东西;工人们不能放弃它。一个工人如果没有受到欺骗的话,就不会跟着希特勒走。事实上,德国的工人们……他们……让这匪徒欺骗了。"他歇了一下,然后痛心地说,"我是个矿工,哼,德国也有矿工。我老是这么想:德国的矿工们怎么会让这么可怕的事情发生呢?他们怎么会攻打我们——攻打俄国的矿工呢?他们怎么会给那些制造飞机——蓉克机——轰炸我们故乡煤矿的飞机工厂去挖煤呢?——我一辈子在那个煤矿里工作,工人就是那煤矿的主人。德国矿工怎么会这样受欺骗呢?我必须说,我真想不通:一个矿工,会这么受人家的愚弄!"他歇了一下,然后凶狠狠地说,"我只是拿矿工作为一个例来讲。我的意思是指任何一个工人。现在,当然啦,我们必须让他们看看苏维埃工人阶级的觉悟,我们必须了解'为什么'和'怎么会',免得笼笼统统,憎恨所有的德国人——我们要分别哪些人是骗人的,哪些人是受骗的……斯大林同志常常教导我们说……"

"是你的人吧?"鲁宾佐夫轻悄悄地问卓珂夫,一边赞许地点点头。

卓珂夫回答说:"党组织员斯里文科。"

"他讲得对,"鲁宾佐夫说,一面狡诈地眨眨眼睛,"这家伙聪明。不像别的一些人。"

卓珂夫脸红了:鲁宾佐夫所指的,他完全明白。这位侦察人员显然还记得新近一次会晤的经过呢(指卓珂夫于苏军进入德境时,曾一度主张杀光德国人来出气。详见第二章)。

这当儿,斯里文科突然停住了讲话,沉默下来。然后他喊道:

"看,德国人在动啦!"

可以看到一个个德国兵的小小的身影正沿着铁路的路堤跑着。

"通知炮队!"鲁宾佐夫说。

卓珂夫赶快上他的掩蔽壕去打电话。我们的炮队和德军的炮队差不多是同时开炮的。炮战经过了十分钟之久。德国炮弹在稍稍偏左的地方爆炸,但是距离很近。

"躺下!"鲁宾佐夫说。他自己可还在侦察。

他正在根据火光、炮声和爆炸力来估计敌人的大炮的位置和口径。在这一方面,没人比得过鲁宾佐夫,连炮兵们还得时常请教他。他边看边听,安静地对自己说:

"是的……七十五厘米……好家伙……又有一门同样口径的在车站和停车场之间……好啊。噢噢,好大的声响啊!至少是一百五十厘米的……等一等!……这是……躺下来,伙伴们!"

他弯下身来。一声可怕的尖叫,接着便是一颗炮弹在战壕后面爆炸了。离卓珂夫的掩蔽壕不远的地方,有一棵孤零零的接骨木,喀嚓一声,炸得粉碎。弹片和木片在四处飞啸。鲁宾佐夫朝四下一看,看到了连长。卓珂夫正站在高冈上抽烟,头和肩膀都暴露在战壕外面。他脸上还是那种满不在乎的表情,就好像坐在马车里的时候一样。鲁宾佐夫半讥诮半赞许他笑了一下,心想:"这个神气活现的家伙!但是不管你怎么说,他总算是胆量大的!"

"身子往下弯一点,"他说,"干吗冒不必要的险?"

卓珂夫听从了他的话。

炮战突然终止了,正如方才开始得一样突然。

"走吧,"鲁宾佐夫转向侦察兵说,"我们必须把这里的局势报告师长。"他跟卓珂夫友好地提了握手告别。接着又说了一遍,"还有你们那位党组织员,他是个很好的人!一个真正的共产党员……"

侦察兵不久便走得看不见了,卓珂夫还在战壕里站了一会儿。他忽然喜欢起鲁宾佐夫来了。

卓珂夫为人勇敢,他自己也知道这一点,不过他也不会不觉察到鲁宾佐夫的勇敢比他更纯洁。

鲁宾佐夫并不夸耀自己的勇敢无畏。他站在战壕里并不是显本领给别人看,而是为了做他职务上应该做的事。卓珂夫注意到侦察兵对于鲁宾佐夫的爱戴。第二连的士兵们对于卓珂夫也是敬重的,但是在他们对他的态度中,并没有近卫军少校的手下人所表现出来的那种热诚和近乎盲目的信仰。

就像一般很年轻的人一样,卓珂夫对于自己所喜爱的人总想模仿模仿。但是他立刻控制住了自己。这种情绪似乎是可耻的。

少校回到师部去的时候,一路上所想念的并不是卓珂夫,而是从卓珂夫身上想起了前天的会晤——看来那是他跟塔娘最后一次的会晤了。

十八

看护对鲁宾佐夫所讲的那一番话里面,显然带有恶意,这并不是偶然的。医务营的人们,起先都喜欢这位新大夫,但是近来可在指责她了。

一个多月来,师团里一位军官,西蒙·西蒙诺维奇·克拉西柯夫上校,对于塔娘特别献殷勤。他的年纪比她大一倍,外表上看起来很是出类拔萃。他的严谨的作风和个人勇敢,闻名于师团的各个师里,谁都知道他有个成年的女儿,年龄与塔娘已经差不多了。

要是塔娘的同事们对塔娘很冷淡的话,那么,她们大概也没有把这件事看得有什么大不了。但是她们一向喜欢塔娘,因此感觉失望。塔娘有个最要好的朋友玛丽亚·伊凡诺夫娜·列夫柯耶娃,现任医院排排长。她是个高个子,生着一双斜眼睛,爱说话,头发淡黑色,颧骨像鞑靼人,乳房挺突。她特别感到愤慨。不过她对于男人,一般总是特别猜疑,因此她对于那些和官兵们交朋友的护士,总是少不了要责备。

"你以为只是逢场作戏吗?"她说,"告诉你吧,打仗也好,不打仗也好,这事反正没有两样!你以为人家不知道吗?你以为你一回家去就可以开始过新的生活吗?没有这回事!世界是个小小的地方,啊,姑娘们,相信我!"

医务营的姑娘们是否听从她的劝告,那可没人知道,至于塔娘呢,当面就跟玛霞(即玛丽亚的昵称)说明自己不愿意听别人的教训,她对于玛霞的愤慨的斥责,只是微微地一笑置之。

这一笑就解除了玛霞的武装。塔娘的笑会叫大多数敌对的人心平气和,因为她的笑里面包含着那么多的仁爱。她的笑会立刻改变每个人对她的整个看法。她严肃冷峻的时候,乌黑的眉心之间就显出一条垂直的凹痕。多少人认为她太刻板,不可亲近,性格古怪。但是只要她一笑,大家立刻看得出这女人的心非常温柔、真诚、和蔼。

伤员不晓得她的姓名,就管她叫"那个笑起来和蔼可亲的女医生"。

塔娘上军部医务处去开医务会议以前,玛霞又一次想跟她作一次真心的谈话。

她连门也没有敲就走进塔娘的房间,在门边站了一会儿,双手在大衣袋里摸索什么,仿佛可以从那儿摸索出话来似的,那副样子真同她平常不一样。一会儿,她莽撞地拥抱着塔娘,甚至还带着一点儿哭意。

　　玛霞的眼泪叫塔娘生气了。她不高兴地说:

　　"你为什么要为我哭啊?你干吗站在那儿假装不做声,脸上带着一种恶意的笑?不管怎么说,是谁委托你来保护我的?西蒙·西蒙诺维奇是个很和蔼、很好的人……"

　　"和蔼!这种和蔼的男人,我们是知道的!"玛霞喊道。

　　"你脑子里在胡思乱想些什么啊!"塔娘笑起来了,"为了叫你安心起见,我来告诉你吧,西蒙·西蒙诺维奇不过把我看作一个好同志罢了。"

　　"请你不要笑,"玛霞用手挡住眼睛,挡住塔娘的笑,"你什么想法啊?他要把你过继做女儿?他是在可怜一个孤儿吗?好,随你的便吧……显然你很得意,有个上校来追求你!他对大家都是冷酷的,独独对你温柔体贴,教你开汽车……我可要呕出来啦!"

　　她走出去,生气地把门儿砰的一声关上了。

　　塔娘喜欢克拉西柯夫。她的确很得意,因为有这么一个富有生活经验的男人,把她当做朋友看待,和蔼地对待她,也许甚至还爱她。她时常听见人家谈起他的勇敢,这一点也大大地吸引了她。话虽这么说,可是克拉西柯夫每次谈话的时候,只要想掺进一点儿抒情的意味,塔娘总是相当坚决地把他的话岔开,一笑置之。

　　塔娘开完了医务会议回来,由于有了一次身心轻快的马车旅行,又意外地遇到了鲁宾佐夫,心境特别轻松。她就带着这种心境去找医务营营长卢特柯夫斯基上尉。正在谈话的时候,克拉西柯夫打电话来了。卢特柯夫斯基把听筒递给她。

　　"回来啦,"克拉西柯夫高兴地说,"路上好吗?"

　　"很好,"塔娘回答,"我是在波兰离开自己的部队的,现在回来的时候,部队已经在德国了。你知道我怎么抵达德国的?你怎么也猜不出?乘马车来的!一部真正的轿车,是属于一个伯爵的。"

　　"我们什么时候可以见见面?"克拉西柯夫问,"也许还是你上我这儿来吧?

好吗?我派个人来接你……你今天没事吧?开着车子玩玩吧……"

她同意了,接着就上炊事房去吃饭。

饭已经开过了,医生们都走了,厨子是个眼睛乌黑的乌克兰小姑娘,她给塔娘端来第二道菜,就站在她身旁,把一双黑黑的手交叉地放在胸前。

"原来战事不久就要结束了。"她说,"你到过什默林卡吗,塔娘·符拉基米罗夫娜?"

她每次总是以这奇特的方式称呼塔娘——既喊她亲热的小名,又加上规规矩矩的父姓。塔娘喜欢这种称呼。

"没去过,"塔娘回答,"为什么呢?"

"我是什默林卡人!"炊事员困窘地笑了一下,仿佛提起了什么神圣的事似的。

"你想回家吧?"塔娘猜想道。

"是的。"

塔娘说:

"我的故乡可全毁了。犹克诺夫。那是一个小城镇,大抵你听也没听见过吧!"

"为什么没听见过?我当然听见过的。新闻处的公报上就提到过它。"

塔娘离开了饭堂。车子早在等着她了。天在下雪。雪花落在汽车的光滑的车身上,慢慢地融化了。司机正坐在打湿的遮风屏后面打盹。塔娘打开车门,在他身边坐下,他一惊,接着便招呼她,问她说:

"你要开车吗,塔嘉娜·符拉基米罗夫娜?"

"不,你自己开吧。"

塔娘看着路边光秃秃的树木,一面心不在焉地微笑着,一面想起了鲁宾佐夫,想起了她和他的两次相遇。但是一想起今天分别的经过,塔娘就不笑了。鲁宾佐夫跟她话别的时候有一种说不出来的冷淡态度。他看到他那一师的一些车辆匆匆要开走,仿佛他就非搭乘那些车子不可似的……

在师团司令部所在地的那个村落里,克拉西柯夫有一栋小住宅,屋前是一道铁围墙。窗口有一只黄鹦鹉,在一只大笼子里鼓拍着翅膀,还是从前的屋主人留下来的。塔娘一走进去,鹦鹉便以一种尖声尖气的声调招呼她:

"再会!"

西蒙·西蒙诺维奇不在家。但是不久他便打电话回来了。往常克拉西柯夫讲起话来总是又果断又大声,而且大笑。这次他却急促促地低语道:

"塔娘,对不起……西佐克雷罗夫将军突然到了……"

"好的,我等一等好啦!"塔娘说。

"不——不,"克拉西柯夫吞吞吐吐地说,"不用啦,要相当长的时间……"接着他又用坚决的、一本正经的声调补充了一句,仿佛他是在跟参谋人员讲话似的,"摆在面前的是一次复杂的战役。我们必须动手准备起来。你也得告诉你们那边的人准备好,再会。"

"再会!"鹦鹉尖叫道。

塔娘带着一种说不出的激恼乘着车子走了。西蒙·西蒙诺维奇并没有得罪她,但是他讲语的声调中,有一种意味使她不喜欢。也许是克拉西柯夫怕军事委员吧,就是这一点激恼了她。

塔娘猜得不错。克拉西柯夫果真有点害怕西佐克雷罗夫。谁都知道,这位将军待人有严格的标准,什么错误都逃不过他的眼睛,况且,西佐克雷罗夫对于"战场上的恋爱"看不顺眼。将军每一次见到克拉西柯夫,必定要问候他的妻子和女儿。

也许他是故意这么问问吧?也许他已经听到克拉西柯夫的狂恋了吧?这也是很可能的。将军手下的军官们都常常觉得稀奇,想不到将军对他们的生活和工作了解得那么清楚。

西佐克雷罗夫上师团司令部来,只作了一次短暂的探访。他是奉最高统帅的命令,为着一件极迫切的任务来找坦克部队的。陪他来的还有一位坦克部队的将军,是刚到前线来的一个装甲部队的指挥员。师团司令和他的助手恰巧上军部去了,因此军委便跟克拉西柯夫谈了一刻钟。

西佐克雷罗夫对于克拉西柯夫并没有什么坏的意见。他看重他的干劲、勇敢和组织能力。军委当然感觉到,克拉西柯夫不能够独立思考。但在另外一方面,他对于每一个命令都执行得非常准确。

这种机械的效率常常激恼了西佐克雷罗夫。他每逢召集会议或是下命令的时候,总是希望别人提出反对的意见——根据实际的理由提出反对意见,或是根据个人经验提出修正意见。每逢争论的场合,他便生气勃勃,热烈争辩,从各个角度考虑了问题以后,最后才下结论。

将军坐在克拉西柯夫的对面,板着一副严峻的、叫人看不透究竟的脸。他听了克拉西柯夫的报告,便指示他如何改进师团后方阵形的工作,此外又警告他说,进入了德国国境就会发生许多新的问题。"凡是违反军纪的,"他说,"必须予以最严厉的处罚。"

"是,将军同志。"西蒙·西蒙诺维奇回答。

西佐克雷罗夫从低垂的眉头下面望望他。克拉西柯夫立即就同意了他的话,完全不加考虑,这一点叫他不高兴。他接下去说:

"德国人把我们祖国搞得那么一团糟,现在要约束我们的士兵的确不太容易。你怎么想呢?"

"我同意你的看法,将军同志。"

"但是我们非这么做不可。关于这事情,必须有耐性地、详尽地说明给他们听,必须采取惩戒及其他步骤,必要时甚至可以开军事法庭。我们粉碎了法西斯主义以后,要让德国人民有机会创造一个新的民主共和国,集中力量向顽强的财阀政治发动斗争。其实,财阀政治不光光只限于德国。并不是所有的德国人都是我们的敌人。我们必须教我们的士兵学会辨别好人和坏人。"

"是的,将军同志。"克拉西柯夫说。

"但是,"将军不满地说,把头转向窗口,"我们必须给德国人一个彻底的教训,使得他们的后代好好儿记住:千万别跟俄罗斯打仗,特别是别跟苏维埃俄罗斯打仗。"

"我明白了,将军同志。"

"你明白了什么?"将军猝然问道。

克拉西柯夫慌了张。然后西佐克雷罗夫肯定地说:

"你的任务就是:注意别让你师团里有违犯军纪的事发生,尽管我们的士兵们急于报仇的心是情有可原的。"

沉默了一会儿,将军问道:"家里写信来讲些什么?你太太和女儿都好吗?"

"很好。"

将军站了起来。

"要我陪你吗?"

"不必。"

克拉西柯夫把将军送上车以后,便立正站着,一直等到车子和装甲运兵车都给夜色吞没了为止。

塔娘的事叫西蒙·西蒙诺维奇感到一点儿良心上的刺痛。虽然他很想和她见面,可是不敢打电话到医务营去。

十九

经过了第二天的行军以后,医务营便驻扎在一个坐落在森林里的村落里,隐藏在斯乃得睦尔森林地带的深处。他们在早上就搭起了帐篷。负责配药的同志一边埋怨,一边打开药箱。

黎明的时候,塔娘洗好了脸,穿上袍子,走进帐篷。卢特柯夫斯基站在下一个交叉路口,有些老头儿和老太婆,正围绕着他,用德文在喃喃地讲些什么。他们好像在打听是否可以在这村落里住下去,虽然事实上并没有人赶他们走。

塔娘看到他们,觉得惊奇。

她并不是天真到这个地步,以为在德国碰不到年老的平民。但是在这四年的可怕的岁月中,她心里对于德国人已经积累了那么多仇恨,使她简直不能承认德国人还有什么思想感情,还有什么其他的人性。光是"德国人"这个名词就叫她想起烧光的城镇和村庄,苏联人就是被迫住在那些村庄的地底下的;那又使她想起了那些扫射妇女、儿童、轰炸病院列车的黑色飞机,最后又使她想起自己的丈夫——她的丈夫就死在俄罗斯那条大河边(指伏尔加河)的一个无名的小山上哟。

她冷冷地望着那些年老的、哭哭啼啼的男男女女。她觉得他们的眼泪是无耻的。他们自己叫人家流了那么多眼泪,现在还敢哭哩!

叫她惊奇的是,和她的故乡犹克诺夫一样,德意志也生长着同样的菩提树和橡树。好像这里居然也住着一般的老年男女,他们也有一般的皱纹、一般的眼泪,这一点也叫她觉得惊奇。只有他们那种叫人听不懂的奇异的谈话证实了她的仇恨。单凭这一点,就证明他们还是德国人。

不过他们到底还是人。塔娘终于可怜他们了:他们看上去着实苦恼,好像在抑制着自己的畏惧,好像正在用那给雷声震聋了的耳朵,听着一个已经变成凶恶敌对的世界上的一切。

有一个高个子的、秃头的老头儿,手里拿着一顶给捏皱了的帽子,啼啼哭哭地用俄文对塔娘说:

"同志……同志……"

"同志"这个字他从哪儿学来的？也许一九一八年他曾经结交过俄国的革命军人吧？听到一个陌生的德国人的下陷的嘴巴里说出本国语言的一个字，的确叫人怪不愉快的。除了奴颜婢膝和恐惧以外，"同志"这字眼是不是还有旁的含义？

"你们想到我们是你们的同志，已经太迟了。"塔娘想。

第一批伤员开始来到了。

从受伤的性质就可以断定战斗的性质。这次进攻的是一个坚强的要塞，是敌人早就准备好了的一条防线。伤员们极大多数是腿部和手臂负了重伤——被地雷炸伤了。

伤员们一看到塔娘，立刻就安静了下来。在一个年轻美丽的女人面前呻吟叫喊，那真太不像男人了。她不太年轻吗？那些年龄较大、经验较为丰富的人这么想到。她穿起白袍子来，显得比她的二十五岁的真年龄还要年轻，因此起初他们还当她是个看护呢。但是，不，这是个医生。看护们忙着侍候她，她只消讲一言半语，飞个眼色，就可以叫别人懂得她的命令。还有，她那灰眼睛里有一种镇定如意的神情，只有技术熟练的人才具有这种表情。伤员们信赖地望着她，有的甚至竭力露出笑容，在寻觅着同情和赞许。

她说：

"好汉子！这才是个军人！这么年轻，这样一个优秀的人！"

或是说：

"你虽然年龄这么大，还是这样一个了不起的人！"

有时候她话多起来，那是施行最困难的手术的时候。"怎么，疼吗，亲爱的？"她会这么问，甚至有一点点卖俏。

"别看你的伤口。没有什么好看的……反正你又懂得什么治伤方面的事呢？伤口看起来又大又可怕，其实只是擦伤罢了。"

伤员源源而来，血污的药签好像就在她眼前摇摇欲动。看护们一向是兴致勃勃的、愉快的，现在就在塔娘身旁小心地、静悄悄地走动。

在分类帐篷的伤员中间，塔娘偶然看到一张好像很熟悉的脸。她回到手术桌边去的时候，老是想起：那张脸好像是在哪儿见过的呀，但是怎么想也想不起来。

他们抬进一个肚子上受了伤的人,然后又抬进一个给烧伤了脸的炮兵。她戴着外科医生的白口罩,正在用她那戴着手套的熟练的手指在开刀,她那对灰色的大眼睛又坚定又镇静地照耀着这一个小小的世界——这个小世界里尽是血、呻吟和叹息。

大夫和看护老是来请教她,要求她帮助。于是她便慢慢地踱到隔壁那张桌子边去,或者只是远远地侧一侧头,留神地看看那个伤口,接着或者点点头,或是摇摇头,安安静静地说句什么,然后回到自己的手术台去。

有时候玛霞跑进房间来。她爱怜地望望塔娘,随即又回到房间里去说:

"她将来一定是个顶呱呱的医生!当然啦,只要男人们别把她搞糊涂了!……"

她去找了卢特柯夫斯基来,在他耳朵旁边大声说:

"务必叫她吃点东西。她从清早忙到现在,只喝过一杯茶!你要把她累死啦!"

两点钟左右,克拉西柯夫乘着车子来了。

"哼,消息怎么样?"他问卢特柯夫斯基。

卢特柯夫斯基报告了一下伤员的数目——多少人已经医治过,多少人还没医治。

"你们什么时候把他们送到后方去?"

"今天傍晚,上校同志。"

克拉西柯夫走进手术帐篷。他从来没有见过塔娘工作时的情况。起先他只注意到她穿着白袍子,束着腰带,显得更苗条。上校注视着她那准确而有把握的动作,听听她那镇静的声音,便对她充满了深深的敬意,说起来也怪,不但对她有敬意,还对自己有了敬意。他兴奋地想道:我并没有挑错……一位呱呱叫的女人……他望望她的后脑袋,望望她那白帽子底下隐隐约约露出来的软发,望了许久以后,便静悄悄地溜走了。

他们把一个士兵抬到塔娘的手术桌上来,这士兵的脸对她仿佛是熟悉的。她用钳子解开他右臂上的绷带,发觉那只手必须割掉,因为已经给炸烂了。

"没有关系,"塔娘说,"你忍一忍。免不了有点儿疼,我要洗净你的伤口。没有关系,黑眼睛的。"

"我是……"他低语道。

到这时候她才认出了他。原来就是那个"马车夫"。她记起了他坐在赶车座上那种优雅的风度,于是她的心猛跳起来。看护觉察到她脸上突然苍白了,于是说:

"塔嘉娜·符拉基米罗夫娜,你得休息休息啦。"

"是的,也许。"塔娘同意道,一边想起了鲁宾佐夫。但愿他不至于遭遇到什么意外,她想。她抑制住了她那暂时的软弱,开始动手术。"马车夫"给注射了麻醉剂以后就睡着了,用一种不稳定的声调计算道:

"二十一……二十二……二十三……"

手术动过以后,玛霞静悄悄地溜到帐篷里来。她表面上装得很气愤,内心里却隐藏着钦佩和同情:

"请你立刻就去睡。现在只剩下几个伤员了。我们没有你也行啦。"

塔娘听从了她的话,洗了手,脱下血污的罩袍,披上大衣,走出帐篷。天黑了。凛冽的寒风绕着屋子嗥叫。她沿着街道走,什么也不想,一直走到村口,听见了后边卢特柯夫斯基的喊声,神志才恢复过来。卢特柯夫斯基喊道:

"塔嘉娜·符拉基米罗夫娜,上床去睡觉吧。"

她折回去,恳切地说:

"我等一会儿就回来。让我透口气。"

她转向医院排的屋子走去。连过道上也听得见哼叫声和低沉的人声。值班的护士们站了起来,向塔娘报告伤员们的病况,有哪几个最难受。

塔娘慢慢地沿着病床走,听听病人们的谈话。

"德国人还在抵抗呢。"一个伤员说,一面用左手在卷土烟草。他的右手已经受伤,用绷带包扎起来。他坐在床上。他的脸色很镇静,他的声音也是镇静的,"现在没人抵挡得住我们了。"

"到了他的本国,他还在逃,"第二个伤员说,"现在他可往哪里逃?逃到美国人背后去躲起来吗?"

第三个伤员在哼。这个人是躺在床上的。这人也想发言,他连喘带哼地说:"你如果稍微想一想,就发觉法西斯分子还是跟美国人能够处得好一点……物以类聚。"

最远的一张床上躺着那个"马车夫"。他非常苍白。他对塔娘说,他的名字叫做卡里斯特拉特·伊夫格拉伏维奇。这么长、这么堂皇的一个名字,跟他那年轻的脸,完全不相配。

"难道你不认得我吗?"她问。

其实当天早上他就认出了她,只是以为不便提醒她。

"我们当时怎么也想不到现在这次见面,"他安静地说,歇了一会儿又难为情地问道,"我的手怎么样?我在军队里当工兵,在和平时期我是当木匠的。叫我少了一只手可不行。"

"你会好起来的。"她说,避免了正面的回答。

伤员们仍旧像往常那般呻吟哼叫,但是塔娘注意到一件新鲜的东西。伤员们从前都是带着一定的满足心情,感谢上帝保佑他们只受了点伤而没有死亡,但是现在,他们都有了一种悲苦的情绪,因为他们不能一直作战到战争结束啦。这儿离柏林只有一箭之地,他们竟突然给绊倒了。

大炮在远处轰隆轰隆地响。伤员们带着做梦般虚幻的心情听着,好像老年人在倾听青年人艰难困苦的黄金时代的故事。

二十

谢里达将军四面八方都受到攻击。师团司令和军长差不多每一个钟头都打电话来,问他估计攻占斯乃得睦尔还要多久。其他各师都已经迫近奥德河,但是谢里达还攻占不下这个可怜的"小窟窿"。

斯乃得睦尔从前是个名副其实的要塞,现在军长故意轻蔑地管它叫"小窟窿"。军长讲起话来,甚至带有恶意地劝谢里达读读关于巷战的普通小册子,特别要读一些论述斯大林格勒的巷战是如何歼灭被围的德军之类的小册子。

"是的。"谢里达回答,脸气得通红。

谢里达将军指挥作战的地点就是近卫军少校鲁宾佐夫选择做瞭望哨的那个塔。那个塔屹立在村落的边沿上,距离斯乃得睦尔有半公里。从塔上用望远镜,可以相当清楚地看到城,看到给炮弹炸坏的房屋之间的德军阵地、防寨以及郊区街道上的路寨、一座大桥、一道铁路的路堤、堤上设置着好些机关枪哨。

左首看得到一家"海鹅工厂"的建筑物。这工厂是德军防御体系的枢纽。那儿架着机枪,有许多手持反坦克炮的士兵们在防守。坦克时时从这些建筑物的后边爬出来。它们开了几炮就不见了,等一会儿又在另外一个地方出现。

鲁宾佐夫在瞭望哨上,跟师长在一起。这里配备有通常应该有的参谋官员、炮兵人员和电讯兵。里面还供应着用热水瓶装的食物和莫斯科的报纸。莫斯科的报纸是七八天以前的,鲁宾佐夫又想起了昨天的柏林报纸,不禁笑了起来——啊,这个军赶了那么长的一大段路啦!

像往常一样,谢里达将军一到瞭望哨,便非常烦躁:有时候他照照望远镜,有时候斥骂一下电讯兵,怪他们收音不行,时常中断,有时他亲自校正炮火的射程。现在他坐在一张地图跟前,就在那个塔的拱形窗口。

战局的进展可以用公尺来计算。德军差不多在不断地反攻。围城的第二天,有一架孤零零的德国飞机到城的上空丢传单。鲁宾佐夫找到一张,拿给将军。传单上印有命令,命令驻防军死守到底,"不要把柏林的钥匙交给布尔什维克"。

传单末了还大吹其牛,以哥德体大字印了这样几个意气洋洋的字:"会有坦克来援助你们的。"

"真无耻！"将军痛骂起来，"什么坦克？哪儿来的坦克？哦！全是撒谎！"

歇了一会儿，普洛特尼柯夫说：

"等一等，我们必须叫斯乃得睦尔这些傻瓜睁开眼睛来。我来试试看。"他转向鲁宾佐夫，"找两个俘虏来——你知道，找两个比较明白事理的来。"

到了晚上，政治部的人员拖着一架扩音器到前方阵地去。阿甘涅斯扬跟他们一起去。加林少校起草了一个对斯乃得睦尔驻防军的宣言，阿甘涅斯扬费了很久时间，辛辛苦苦把它译成德文。终于一切都准备好了。

当天晚上，鲁宾佐夫在前方阵地那个营的战壕里找到了那些广播人员。阿甘涅斯扬正在预讲他的译文。两个战俘拿着铅笔，在加林的作战笔记簿上写下他们的演讲词。阿甘涅斯扬把这些讲词翻译给加林听，随后又跟德国人讨论了一些细节。据鲁宾佐夫说，这两位德国人表现出了"完美的创造性"。他们提了好些意见，"使得它更有效果"。

阿甘涅斯扬开始讲话。

德文一播讲出去，战场上顿时一片寂静。机关枪停止了射击。连火箭炮也默默无声。

一直到战俘讲起话来，德军才又动起来。附近开始震响着迫击炮弹喧闹的爆炸声。接着又来了一阵速射炮的炮声，为的是要淹没战俘所讲的一切话，不让人听见。

然而，战俘毕竟利用了炮火的间歇时间，把话讲完了。

鲁宾佐夫奉命到切特维雷柯夫中校那一团的瞭望哨去。师长已经到了那边，检查他们有没有做好明天早上进攻的准备工作。

除了谢里达将军和团长切特维雷柯夫以外，瞭望哨上还有团副米加耶夫少校，和师部炮兵队指挥员西齐赫中校。后者是个肥胖的大块头。

将军问团长，是否已经把他的士兵带到更挨近敌人的地点，以便缩短明天冲锋的距离。团长说，已经这么做了。

"我们走吧！"师长说。

他们静悄悄地朝前哨走：将军带头，后边跟着团长、西齐赫和鲁宾佐夫，勤务兵们做殿后。团副米加耶夫遵照将军的命令，留守团部。

将军在第一营的瞭望哨停下。它是一条窄窄的狭壕,在一个矮矮的小丘上,里边铺着草。营长是个相貌笨拙的、瘦瘦的少校,并没有觉察到他上司的来到。他边用望远镜在望着那慢慢儿模糊起来的房屋的轮廓,一面对着话筒嚷道:

"你看见右首红建筑物旁边那所白房子吗?那房子的地下室里有挺机枪。炸掉它……它就在那儿,那混蛋。炸掉它,我求求你,我以兄弟的名义求你……"

少校终于觉察到师长了,他赶忙放下话筒,跳起身,报告说:

"将军同志,第一营正在进攻斯乃得睦尔要塞。营长维谢恰柯夫少校打报告。"

"要塞,要塞……"师长咆哮道,"这是哪一种要塞啊?这肮脏的小窟窿。你为什么不前进!"

维谢恰柯夫开始说明,但是师长好像听都不听。他从营长那儿拿过望远镜来,望望敌军的防线。营长不说话。一片紧张的沉默。不远的地方有挺机枪呱喇喇地响着。

将军放下了望远镜,轻轻地跳上胸墙,跨过去,慢慢地往前走。他们走到一块小小的凹地,上面灌木丛生。将军说:

"待在这里。我先上那所小屋子去,你们随后跟来——但是一次只来一个人。"

"你干吗要走得那么远?"西齐赫说,"要是给师团司令知道了,那就麻烦啦。"

"没有关系,如果你不告诉他,他就不会知道。"师长回答道。

"脱下你的高顶帽吧,将军同志。"鲁宾佐夫劝告道。

将军不理睬,从容不迫地走过那片通到小屋子去的空地。那所小屋子里驻扎着某一连的连部,屋上弹痕累累。连长正在一个火炉的掩蔽处写什么。

"别客气。"将军看到中尉要站起来,便这样说,"你的兵呢?他们为什么不前进?"

中尉在一张地图上指出他这一连的士兵的阵地,但是将军不耐烦地说:

"别给我看这一套。我们又不是在军部里。来吧。"

"这里的炮火相当厉害。"中尉为将军的安全担忧。但是将军早已经慢慢走开了,中尉也只好跟着走。

两个输送火药的士兵走过,低低地俯着身子,后面拖着子弹箱。他们一看到将军,立即站得笔挺。

"稍息!"将军说,"你们属于哪一连?"

"第一连!"运送军火的士兵这么回答。

"你们的人呢?"

"就在那边,在坟地里。"

"地方选得好!"将军咧嘴笑了。

子弹在他们四周呼啸着。天黑下来。将军由中尉和输送军火的士兵们陪着,走到第一连。兵士们在浅壕里,有的坐着,有的躺着,背朝着大风。

"你们为什么背朝着德国人?"将军问。

士兵们认出是师长来了,赶快站起来。

"躺下。"将军说。他听听子弹的呼啸声,然后问道,"德国人远不远?或者你们从背后看不见吧?"

"他们就在附近……正在用一挺机枪扫射我们。"

"近到什么程度?"

"一百公尺。"

"好,我们去看看吧。"

将军和士兵们排成单行往前走。他们在浓黑的夜色中走了二百公尺左右。夜风扑面。将军听了一下。

"你们也许就在这儿挖壕吧,"他说,"照我想,德国人现在的确在二百公尺以外……"他转向一个士兵说,"原来他们在乱放机枪,是吗?"

那个士兵没话回答。

切特维雷柯夫、西齐赫、鲁宾佐夫、营长、连长等,都静悄悄走近来。将军看也不看他们,掉转身往后走。军官们闷声不响地跟着。德国人的机枪又喀喇喇响起来了:敌人显然觉察到黑暗中有人在行动,也许甚至听到了他们的谈话声。

将军走到了营的瞭望哨,说:

"明儿天亮的时候,你们这一团要攻打那个工厂。我们要以全师的大炮支持你们。这'海鹅工厂'是战局的关键。必须不惜任何代价攻打下来。掩护炮火要继续三十分钟工夫。或者——为了出其不意,攻其不备——炮轰三十三分钟吧。你呢,"他朝着鲁宾佐夫点点头,"必须组织侦察工作。德军的火力体系必须给侦察出来——准确地给侦察出来。"

他们离开了营的瞭望哨。

将军坚决不肯在团部里吃晚饭。他转向切特维雷柯夫和米加耶夫,苦笑地说:

"你们管这叫做工作!你们还报告我说,炮火厉害。哦,多出奇的事!原来步兵不能往前推动了。那么要步兵干什么啊?步兵必须有人领导,有人指挥。或者你们都忘了吧?也许步兵自己会动的吧,推一下,又等着瞧瞧?"

到了师的瞭望哨,将军让西齐赫和鲁宾佐夫先走进去,然后随手把窄门牢牢地带上,转向那位炮兵官员说:

"你知道吧,士兵们的态度也是对的。战争快完了,人人都想活下去啊,炮兵大爷!人人都想回到故乡,把几枚勋章挂出来夸耀一下,建立幸福生活。现在再往机枪的前边冲可没有意义了。而且是不必要的。这一点你明白不明白?那是不——必——要的!我们需要人……你以为步兵什么都忍受得了吗?没有这回事。你给他们炮火,你打掉那些德国机枪,步兵就会行动。你怎么说啊?你们当炮兵的,反正不必上前哨;你是行伍出身,一步一步升上来的吧?是吗?我警告你:明天必须有真正的炮火,要准确,打得中,营长不必打电话来要求炮火……炮队的指挥员要站在前哨,跟连长们在一起,你明白吗?而你要跟切特维雷柯夫在一起!你记得军事委员讲过的话吗?占领德国必须像占领大卢加一样,必须经过战斗!"

西齐赫跳出师长的小壕,脸涨得红红,满头大汗,跑去下命令。鲁宾佐夫吩咐齐比岳夫套马,以便骑到切特维雷柯夫那一团那儿去。

现在剩下将军一个人了。他坐下来看地图的时候,的确觉得少了什么人。后来才发觉原来是少了维茄。她现在已经住到第二梯队去了。要不要打电话给她?但是时间已经很晚,他不想吵醒她了。

十分钟以后,维茄打电话来了。从她的声调里,将军感觉得到她也有同样的需要。没有父亲,她也感到孤寂。但是这女孩儿并没有明说出来。她正确地把爸爸称做"三十五号同志",还询问局势怎样,目标二十七号(海鹅工厂)是否已经占领。将军心里又怜又爱,好不难受。她需要一个母亲呢,他想。

火箭炮在城的上空爆炸了,已经可以听到机关枪的咯喇咯喇声。夜寒风劲。

将军想起第一连的士兵们,忧郁地笑了笑。他们每个人大抵都有些复杂的私人问题,但是在这大战的前夕,这一切问题都成为次要的了。现在人生的主要问题是:他们跟柏林还隔着二百四十公里,而其他师团正在朝着奥德河且战且进。

那天深夜,克拉西柯夫上校来探访将军。他研究了一下明天作战的计划,然后以担心的声调问道:

"你们要攻下工厂吗?"

"我们盼望可以攻下。"师长说。

"沃罗比岳夫打得不错,"克拉西柯夫相当狡诈地对他说,"也许你可以叫师团的炮队帮帮忙吧!"

"不必,"将军生气地回答,"还是帮帮沃罗比岳夫去吧。"

克拉西柯夫不久被召到师团司令部去,于是将军又是单独一个人了。

黎明,谢里达离开小壕,走出去看了看军官们。他用望远镜细心地望了好一会儿,然后说:"就在那儿……那个'窟窿'。"他掉过头来四面一看,发觉大伙儿都站着,他说:"坐下,你们这些懒汉,总是喜欢停止工作跳起身来……"

沉默了一会儿以后,他问道:"西齐赫在哪儿?啊哈,跟切特维雷柯夫在一起……"他看了看表说,"哼,时间到啦。"

廿一

鲁宾佐夫跟他的侦察兵躺在一片荆棘丛生的洼地上,望望那些有围垣的小房屋,望望右首那些砖头和碎铁的乱堆,以及那些从烟雾中耸立出来的巨大的工厂建筑物。左首有一列步兵隐隐约约地躲在灌木丛中。梅歇尔斯基和服罗宁蹲在近卫军少校旁边。

侦察兵们好像半醒半睡着。他们穿着泥污的披风,又湿又闷,不声不响,看起来那么笨拙,昏昏欲睡,不能够敏捷地行动和思想。

少校望望他们,生气地皱起眉头来。他本人兴奋得要命。他非常急于攻下斯乃得睦尔,早日跟上其他各师,向西进兵,攻克柏林。

正六点的时候,大炮轰隆隆响了。城里的房子起了火。工厂建筑物之间起了一条条烟柱和灰柱,耸入天空。步兵开始冲锋。子弹飕飕飞过。脸色苍白的医务营的勤务员们抬着担架在洼地上走动着。

鲁宾佐夫看看表。到了三十三分钟的时候,起了一阵熟悉的、欢乐的声音,士兵们个个都爱听它——近卫军的迫击炮"喀秋莎"的口吃似的、震天动地的轰炸,鼓舞了士兵的勇气,使他们有了一种百战不挠的感觉。

这就是进攻的信号。

侦察兵们很快就恢复了生气。他们的沉沉欲睡的状态顿时消失了。他们把披风摔在一边,穿着轻便的棉茄克站了起来。他们的带子上装满了手榴弹,使他们有了猛虎跨步的雄姿,这真是十足侦察人员的气派啦。

鲁宾佐夫深深地叹了口气,咧嘴笑着。"走吧。"他说。

侦察兵差不多立即消失在灌木丛中。他们的后边爬着两个电讯兵,提着电话机和电线圈。线圈给吱吱轧轧地解开了。电线在烂泥上扭来扭去,进进退退地往前爬,一忽儿拉紧,一忽儿往前突跃,拨开了灌木的湿枝。

左面起了一阵"乌啦"的喝彩声,但是在风的怒号和机枪的喀啦声中,喝彩声相当微弱。

鲁宾佐夫留神地望着我们的阵线。小小的人影往前直跑,跌在泥土里,又爬起来再跑。不久,这些人影又出现了,可是已经落在砖堆的后边。德国人醒了，以迫击炮和大炮向我们的阵地开火。但是我们的人已经走出了射程。

鲁宾佐夫现在已经把注意力转向电话线。它停止了作用，躺在地上，麻木不能动弹，就好像死了似的。

"我向前去，"鲁宾佐夫不耐烦地对梅歇尔斯基说，"我们的团一占领最近一栋工厂建筑物，你们就赶到抽水屋那儿去。服罗宁和我在那儿等着。"

鲁宾佐夫开始跟着电线走。他只带了齐比岳夫一个人。

一个战场，如果你从远处望过去，就好像一条枪火弹林，光秃秃的，而且有致命的危险。但是你一上战场，你就看出它原来有变化无穷的景色，有房屋、有仓房、有树木、有道路、有小径、有沟。有时候沉寂，而且时间相当长久，人们在讲话，有时甚至还在笑，虽然笑得很少。

他们往前走了。齐比岳夫那张方脸上的一对细小的尖眼睛就在鲁宾佐夫的肩膀边溜转着，好像就粘在上面似的。鲁宾佐夫有时因为听见炮弹声，在地面上平躺了一会儿，而齐比岳夫的脸好像也就在那儿，就贴在他的左肩旁边。

不是由于战斗越来越激烈，便是由于鲁宾佐夫和齐比岳夫进入了一个战斗特别热烈的地段，于是连前进都有困难了。整个大地都在爆炸。

路旁的沟里有六个伤兵坐着谈话。

"德国鬼子还在抵抗。"其中一个庄严地说。

第二个说：

"一定是在依靠上帝。这地方到处有教堂，好比我们在古班到处有装置着起卸机的谷仓。"

第三个年纪大一点，他说：

"什么上帝？希特勒就是他们的上帝。这些傻瓜，还向他祷告呢。"

第四个在讲一件事情的经过：

"昨天有个将军上我们这一连来。他亲自领导我们去进攻。他自个儿挺着身子往前走，命令我们匍匐下来。他说，没有了将军，上级可以重新派一个来，可是没有了士兵，连新将军也就打不成仗了……"

距离抽水屋不远的地方，在一个新的炸弹坑旁边，躺着那两个提着电话机的电讯兵。两人都死了。齐比岳夫拾起话机和线圈。

到了抽水屋那里，鲁宾佐夫见到了服罗宁那一组的侦察兵。他们说，服罗宁已往前进，叫他们守在这里。他们一直在等那两个带着电话机的电讯兵，白白等了许久。

"他们死啦。"鲁宾佐夫说。

他爬上水塔去观战。距离最近的那些工厂建筑物已被我军占领。后方有新的士兵开往前来。显然是切特维雷柯夫已经把第三营投入了战斗。德军在工厂大厦的后面集合。他们是沿着交通壕爬到大厦那儿去的。有四辆坦克出现在大厦附近那条笔直的长道上。鲁宾佐夫把敌军集合的所在地以电话通知师部。几分钟以后，他满意地看到我们的大炮开始轰炸德国坦克和步兵。有一辆坦克烧起来了。

德国人不久就觉察到苏联侦察人员在抽水屋上的地位是有利的。炮弹开始在四周爆炸。抽水屋震动了——摇摇欲坠。鲁宾佐夫扑倒在水门汀地板上，然后勉强爬了起来，立刻便发现了敌人。原来是一门自动推进炮，正在朝水塔开炮。他看见那长长的炮身突出于房屋的废墟之间。

"自动推进炮在柏林街的转角上！"他对着电话机喊道。

一分钟以后，一颗炮弹接着一颗炮弹落在那自动推进炮附近，爆炸了。鲁宾佐夫揩掉热烫的前额上的汗水，衷心感谢这位肥胖的西齐赫中校，同时也谢谢师长，多亏他昨天把炮兵人员好好儿训斥了一顿，果然发生了效力。

四面沉静下来了。战斗已经往前推进。梅歇尔斯基和他的手下人来到的时候，鲁宾佐夫便带着齐比岳夫、米特罗金和电话机，继续前进了。梅歇尔斯基有另外一架电话机。

齐比岳夫的脸又在鲁宾佐夫的左肩边溜转着了。他们走了三百公尺左右，又抵达了战争的中心，酣战正在工厂建筑物之间进行着。连齐比岳夫也每分钟都在低语道：

"蹲下，近卫军少校同志。"

"你既然还记得我的全衔，那么我们还可以往前跑。"鲁宾佐夫想道，边想边趁着机枪迸射的间歇时间，从一个掩蔽物跑到另外一个掩蔽物。不久便非爬不可了。他们正在往一栋四层的住宅大楼爬，因为楼上的窗口便于瞭望。他们终于走到门廊上了。鲁宾佐夫吃力地喘息着，用一只手把门推开。门内是个大房间，有架子，有宽大的柜台，原来是个店铺。在那打碎的窗口上，坐着一个德国兵,他的头在流血。他已经死了,他本来靠在窗槛上,因此就仿佛是坐在那儿似的。他身旁放着一堆木柄的手榴弹,一支来复枪。鲁宾佐夫拾起几颗手榴弹,米特罗金和齐比岳夫也拾起几颗。

他们走上楼梯,走进四楼上一个公寓。鲁宾佐夫往窗外一望,高兴得咧开了嘴:德军的整个防御工事都了如指掌。他赶快装上话机,打电话。梅歇尔斯基立即从抽水屋那儿有了回音。

"发报:有一队步兵在左边工厂的办公室里……德军正沿着柏林街,躺在一条交通沟里……死了没有?没有,他们正集合在那儿预备反扑……我就待在这里,六十五号目标。头等瞭望哨!派人到我这儿来……"

线断了。

"米特罗金,"鲁宾佐夫说,"赶回去赶修电线,把人们带到这儿来。"

米特罗金走了,大约过了五分钟,线又通了。

"四部坦克,"鲁宾佐夫赶快对话机喊道,"正沿着横街开来。还有三部从城中心开来,沿着习朋纳街开驶。现在它们开到与大厦并排的地方了……告诉将军:他必须向各段落同时发动攻击……只有这个办法,你明白吗?同时进攻!他们从旁的地段调军队来……"

线又断了。

鲁宾佐夫从话机上抬起头来,觉察到他的勤务员的举动有点奇怪。勤务员对着窗外专注地凝视着,太专注了。

鲁宾佐夫也往下望,望到一行列一行列的德国兵正在跑近来。机枪狂热地响成一片。大炮乱轰。一切都汇合成一片齐声的、残酷的怒吼。德国兵涌到与这房子平头的地方了,在房子四周川流不息,接着再往前跑。

战斗的闹声好像移得更远了。

"我们的人在撤退。"齐比岳夫说。

听得见楼下有德国兵的声音,然后声音又静止了。

"没有关系,"鲁宾佐夫说,"我们走得出去,"接着又含糊地补充了一句,"米特罗金会告诉……"

几分钟以前的兴奋从鲁宾佐夫身上消失了。他必须慎重冷静。他走到门口去听一听。安安静静。他又回到窗口。外边在下小雪。这楼旁的附近有个砖石砌的加油站，挂着一块大招牌："介壳（即英商亚细亚汽油公司的招牌）"。院落的末端有些旧汽车，停放在木台上。

约莫一百个德国兵走过加油站，他们兴奋地交谈着，带着相当自信的神气走着，并没有低头弯腰。

"没有关系，"鲁宾佐夫说，"我们走得出去。"

"我们等天黑了就溜回去。"齐比岳夫说。

鲁宾佐夫反驳道：

"我们的人今天夜里就上这儿来。我们不要离开这地方。天一黑我们就抢修电线，开始校正炮火的射击位置。"他笑了笑，又补充说，"哦，师长一定会骂我不该冒失前进！"

"嘘……嘘……"齐比岳夫叱道。

楼梯上响起了脚步声，脚步声在四楼上停住。在这寂静的空楼房中，齐比岳夫听见德国人在谈话。

"这些糖你打哪儿弄来的？"

"就在楼下那家店铺里。"

"那儿有个尸首啊。"

"是的。"

"只要他们没发觉到电线……"齐比岳夫低语道。

"他们会以为是他们自己的电线……"鲁宾佐夫回答。

脚步声和谈话声消逝了。

现在能够做的只有一件事：等待到天黑。鲁宾佐夫又从窗口察看起来。德军的防御体系越来越明显了。德军的死守，全靠隐秘而巧妙地调动坦克和步兵。在这个地区内，我军进攻的劲头还没完全消失，德军就开始沿着交通壕跑起来——街上全是交错的交通壕——往南面跑，跑到另外一个受到威胁的地区。坦克也在房屋的掩护下往那儿赶。

时间过得太慢，叫人耐不住了。齐比岳夫毫不动弹地坐在地板上，双手抱住膝盖。

我们的炮弹又在房屋附近爆炸了——起先是在右面，接着是在左面。虽然大炮差不多不断在轰，鲁宾佐夫却打盹睡着了，全没有觉察到。

德军显然断定,俄军又要向这地区进攻了,因此这围城的四面八方都有兵士往这儿赶,坦克也开始集合起来。

鲁宾佐夫睁开眼来,不耐烦地望望这一切。作为一个侦察兵,他生平从没找到过像现在这么好的一个位置。不过他又什么也做不成。

外边又沉静了下来。天一黑就得想办法。现在有三种可能性:突围回到苏军的阵地;抢修电线,待在这里校正炮火的射击;否则干脆什么都不做,静待我军来到。鲁宾佐夫打消了第三个办法。考虑了一会儿,他决定走第二条路。

天终于黑下来了。这两个侦察兵越来越留神、紧张。他们默默相对,一直到他们的脸消褪成为模模糊糊的一团。于是两人都在逐渐浓黑的夜色中站起来。鲁宾佐夫说:

"修好电线就回来,如果找不到另外一头,也要回来。"

齐比岳夫走了。天越来越黑。鲁宾佐夫抑制着自己暂时不去摸那话机。他慢慢儿数到五百。最后,他拿起话机来。没有声响,没有一点儿动静。齐比岳夫没有回来。什么地方有挺机枪响起来了。接着,不远的地方又有了轻机枪的迸射声。接着又是一片寂静。

鲁宾佐夫站起身,手提电线,开始静悄悄地走下楼梯。电线在他手里慢慢地滑过去。

鲁宾佐夫走过那敞开的店门,走上了街。就在这当儿,不远的地方响起了轻机枪两次长久的迸射,接着是一颗手榴弹的震耳欲聋的爆炸声和德国人的喊叫声——跟着又是一声嚷叫。只有齐比岳夫才会发出那嚷叫声,虽说不像他的声音,而是另外一种不相同的声音,不像人的声音。他嚷出来的只有一个字——在那德军尸体累累的贫民街上喊出一个俄文字:

"走开……"

鲁宾佐夫动弹不得。他的脑子可相当清楚地开动了起来。齐比岳夫为什么对德国人嚷"走开"呢?鲁宾佐夫认识到齐比岳夫不是对德国兵喊,而是对他喊。他大声喊,让楼顶上的鲁宾佐夫听得见。这一声叫嚷中并没有恐惧,只有无畏的勇敢,只有一个最后的、压倒一切的愿望:盼望鲁宾佐夫会听见。

轻机枪开始疯狂地响了起来,仿佛是受了惊。一门炮连开十响,火箭在天上爆炸,照得像白天那么明亮。"我不能上前线去,准会送命的。"鲁宾佐夫跳到一边,跑过楼房的拐角,爬过汽油站,冲进院落,躲在一部车子里。他在那儿坐了一分钟,等到一连串的火箭都落下来,于是一跃而下,赶到围墙边,跳了过去。四周都有德国兵的喊叫声。又有十来个火箭炮弹打上天空,照亮了一切。他沿着街道跑,跳过一道交通沟,又是一道,又跳过第三道,从反坦克障碍物的"龙齿"之间爬了过去,像猫一般跳过一个防寨,然后滚到一个门口,打开门,爬进一个小院落,院落里尽是些光秃秃的花坛和树木。到这儿他才透了口气,同时也第一次发觉到他右腿上中了弹。但是他还没感觉到痛。

他往前走,不久便走到一栋半毁的大屋子的空墙下。他从铁栏杆下面爬过去,在又冷又有刺的灌木丛中摸索前进,一直走到了后门。这里安安静静,可以听见水沟里潺潺的水声。火箭炮在远处爆炸。他开始走上楼梯,他右脚上的长靴浸遍了血。

廿二

米特罗金刚刚传达少校的命令,说是要派人上六十五号目标去,梅歇尔斯基上尉便觉察到我们的人正从工厂中央的那些建筑物里面撤退出来。约莫过了二十分钟以后,真相便大白了。原来是鲁宾佐夫和他的勤务跟自己的军队断了联系。梅歇尔斯基咬紧牙关,无可奈何地朝四周望了一下。侦察兵们沉默着。米特罗金开始详详细细地讲起近卫军少校说过什么话,他们如何在德国人的铺子里拿到手榴弹。

梅歇尔斯基惊奇地望着这个上士:米特罗金怎么会这么镇静地发言,好像讲述普普通通的职务似的?侦察兵们开始问他种种问题,他答得头头是道,而且详详细细。

他们怎么会这么镇静,这么冷酷无情——梅歇尔斯基想道,觉得自己随时都要哭出来。

"那房间的窗子朝东北开的,"米特罗金说,"地点倒是好地点:什么东西都看得清清楚楚。你只消在那儿架起一挺机枪,就会大有收获。近卫军少校包管没事。他经历过比这还要糟糕的处境……他会在那儿待到明天。当然,如果可以开开炮,叫德国人不能挨近那座楼房,也是个好主意。"

米特罗金的最后一句话提醒了梅歇尔斯基:这位亲身经历过多少子弹和地雷的少校,难道果真要死在这个德国小窟窿里?

"好,我们找炮队去,看看他们怎么说!"他叫喊道。

他们跑去找炮队的观察员。炮兵营营长指定了一个整个的炮兵中队去开炮,封锁六十五号目标的入口。炮兵营长对于事情的经过感到很沮丧。他跟鲁宾佐夫很熟,但是可没有梅歇尔斯基和米特罗金那么乐观。

"经验当然是件宝贵的东西,"他摇着头说,"但是,好多有经验的人,可不也是给打死了吗?"

司务长服罗宁从抽水屋打电话来。他押着俘虏抵达那儿。他说,师长命令梅歇尔斯基去汇报。

梅歇尔斯基赶到师长的瞭望哨去。

将军听完了上尉的汇报以后,只是这么说:

"好吧,你可以走啦。"

"但是近卫军少校怎么办呢,将军同志?也许侦察连可以试一试……"

将军严厉地打断他:

"我不许那么做!"

将军看到梅歇尔斯基恳求的神色,便掉开头冷冷地说:

"把十来个侦察兵往坟墓里送可不是个好办法。你可以走啦。"

他对于鲁宾佐夫一字不提。

梅歇尔斯基离开师长的时候,真不愉快,甚至生气了。到了楼下,米特罗金投给他一瞥紧张的眼色,他只是挥挥手。

梅歇尔斯基走了以后,将军独自坐了一会儿,然后命令开车上前线瞭望哨(抽水屋)去。他走上木梯。侦察兵们跳起身来,将军专注地看看他们。这些人脸色阴郁,衣服全湿透了。安东尤克也在那儿。

"望远镜!"将军说。

他们把望远镜递给他。他边望边安静地问,也没有指明向谁发问:

"那座房子在哪儿?"

米特罗金说给他听。将军对"那房子"望了许久,然后说:

"你们怎么着啦?把你们的头儿都搞丢了?今夜出去,把他弄回来。"

"有几个逃兵。"安东尤克说。

将军没搭腔,开始下楼梯。他刚刚走下两级,又停住脚,掉转身问道:

"他在电话里说了什么?"

"他对我说:'告诉将军向各个段落同时进攻。'他对我讲这句话讲得很坚持,甚至重复了几次。接着线就断了。"

将军走上车子,车子就停在附近一个洼地上。他回到师部,问普洛特尼柯夫在哪儿。在政治部。将军打电话过去:

"鲁宾佐夫……"

"我知道啦!"普洛特尼柯夫用疲乏的声音说。

将军放下话筒,想起了维茄。维茄很喜欢鲁宾佐夫。

当天晚上很迟的时候,首长们集合在师部里。他们围桌而坐,等待命令。

最后到的是西齐赫中校。他在墙边站着。

将军把明天的作战任务发出指令以后,便说:

"炮队工作得很好。"

西齐赫用舌头舔舔枯燥的嘴唇,到了这时候他才坐下。将军说:

"还有侦察……工作得也很好。"

到会的安东尤克散会走开的时候,心里相当别扭。他们大家都在为鲁宾佐夫担心,而且,虽然没人讲出来,安东尤克感觉到将军对待鲁宾佐夫和对待他略有差别。安东尤克当然也为鲁宾佐夫担忧。因为近卫军少校毕竟为人公正,又是一位优秀的侦察人员——虽然没受过特别训练。安东尤克也承认自己曾经从鲁宾佐夫那儿学习到好些东西。少校了解最复杂的战局,并且善于把正确而重要的事与不正确不重要的事区别开来。

鲁宾佐夫要是上莫斯科去了,那么今天还是活着的。

阿甘涅斯扬躺在床上,但是和他的惯例恰恰相反,他并没有睡着。连里调来的新勤务上等兵卡白鲁柯夫,正在角落里忙碌着,时时刻刻忧愁地望望鲁宾佐夫的手提箱。

阿甘涅斯扬从那半合半张的眼皮下看着安东尤克走进来。少校已经摆出那种简慢的、盛气凌人的派头,这派头是阿甘涅斯扬看惯了的。

事实上,阿甘涅斯扬对于安东尤克的态度没有什么可以抱怨的。安东尤克很尊重翻译官的知识,只是偶尔相当粗暴地责备他那"平民式的懒散"。现在他却以极端敌对的态度来看待安东尤克。但是正因为他懒,又不喜欢使他自己的生活弄得更复杂(他自以为已经够复杂了),所以他并没有当面把安东尤克整一下。

要不然,他会这么说:"别神气活现,好家伙!头目还轮不到你啦,你一辈子只能当副手!你这种大肆夸耀的作风太露骨了,你老是想往上爬……别神气,司令部会另外派人来当头儿呢!"

他静悄悄地,以阿美尼亚文咒骂,哭了起来。没有鲁宾佐夫就简直叫人活不下去。他向自己保证,要做得像鲁宾佐夫一样诚实、正直、整齐、仁爱、不厌倦。

"当然,要我这么做是很困难的,"他咬着牙齿自言自语地说——"但是我要努力做到……而且以后我要入党……"

黎明的时候,侦察兵回来了。他们那些沾满了烂泥的靴子在地板上留下了肮脏的印子。他们往椅子上一坐,由梅歇尔斯基向安东尤克报告夜来的军事行动。

他们溜过去相当容易,一直爬近了那栋楼房。他们没法进去,因为里面全是德国兵。在回来的路上,有人朝他们开火。塞尔其彦柯受了伤。

"这情形必须报告师长!"安东尤克说。

"他已经知道了。"

"从哪儿知道的?"

"他跟普洛特尼柯夫上校一同到了抽水屋,一直在那儿等到我们回来。"梅歇尔斯基沉默着,然后把声音降低到近似耳语的声调说:

"当我们爬到那栋小白屋那儿的时候,你知道,那房子就是通到工厂办公室的,我们清楚地听见了一声叫喊。照我想,那是齐比岳夫的喊声。"

"当然是齐比岳夫。"服罗宁说,一面朝窗外望着。

"这没有疑问。"米特罗金证实道,用土烟丝细心地卷起一支大烟卷。

梅歇尔斯基说:

"他喊'走开'或是'走'。他是对谁喊叫呢?他看不见我们的呀。"

"他在威胁德国人吧,"米特罗金提醒说,"滚回去,你妈的……"

"他在提醒少校。"服罗宁说。

侦察兵里面有一个人低声细说道:

"那么一喊,德国人就大惊小怪起来了。我们在那儿躺了约莫一个半钟头,他们才安静下来。在那段时间内,他们时时把火箭放到上空,时时射击。"

电话响了。安东尤克拿起听筒。是第二梯队打来的。出乎意料之外,他听到的是师长女儿那种孩子气的声调。她问他们找到鲁宾佐夫没有。

他回答说,他们没有找到,等她还有没有什么别的话要说。

"我的话完啦!"她终于说,下意识地模仿师长打电话的声调。但是,她抑制不住,痛哭起来了。

廿三

塔娘一听说鲁宾佐夫曾到医务营来看她,她便那么公开地表示出自己的愉快,弄得那个传话的小看护有点儿窘了。

"一个老相识,"塔娘高兴地说,"前天我们偶然又碰见了。"

来的不是别人,准是鲁宾佐夫,因为从那看护所形容的一番话里面,一猜就猜着了。看护说那人肩膀宽大,蓝眼睛,是个"美好的少校"。

然而从那女看护的忸怩不安的神情看来,从少校立刻就走的事实看来,塔娘猜出那场会话一定不像她所理想的那么美满。她仔细地看看那姑娘,便伤心地走开了。当然,就像一般人通常遇到这种场合一样,她也开始安慰自己说,这么一来也好,如果他一下子就相信别人的闲言闲语,那么还是少跟他来往的好。

话虽然这么讲,塔娘好几次发现自己在等待什么人。到末了她得承认,她是在盼望鲁宾佐夫再来看她。

在这段时间中,激烈的战斗已经开始,整个医务营忙得手足失措。然而在一次手术与另一次手术的间歇之间,当那看护正在料理手术器械的时候,塔娘竟用一种连她自己也觉得有点惊奇的冷淡声调问道:

"少校为什么不等一等?"

看护勉强装得随随便便地说:

"我告诉他,说你走开了……他立即赶马就跑,一句话也没说。他只是把马儿转过身来就跑啦。他的勤务员也追在他后面走了。"

塔娘在亮处检查了一针筒血浆,用更冷淡的声调问道:

"他连我上哪儿去都不问一声吗?"

看护知道塔嘉娜·符拉基米罗夫娜最关心的就是这一点,本想含含糊糊地回答,叫这个孤芳自赏的家伙吃吃苦头。但是忽然间又可怜起她来,于是便和蔼地说:

"他没问什么……我也没对他说什么,我向你保证。"

村子里开来了许多卡车,预备把伤员们送到后方去。塔娘上医院排去,同玛霞一块儿去检查受伤最厉害的伤员,看他们是否经得起运输。她也去望望卡里斯特拉特·伊夫格拉伏维奇。

"现在你也要走啦!"她说。

她们检查伤员的时候,勤务员开始一个一个抬他们出去。塔娘跑到她自己的房间,从自己的军官级配给品中拿出一包糖果来,给"马车夫"路上吃。他忸怩地不肯接受,到末了才接受下来说:

"好的,多谢,上尉同志。我永远忘不了你。"

门儿老是有人开进开出,因此房间里很冷。

塔娘说:

"你还记得和我们一同乘马车的那个少校吗?他昨天还上这医务营来的……"

卡里斯特拉特·伊夫格拉伏维奇觉得很有面子,因为主任医师竟坐在他身旁,当着众伤员的面,跟他以平辈身份谈话。他问道:

"哼,近卫军少校好吗?他是个好人,为人质朴,可又样样事儿都懂得。他的德文讲得多漂亮,不是吗?他好吗?"

"他好,"塔娘说,于是开始起劲地谈到鲁宾佐夫,仿佛她刚刚见了他,跟他长谈了一阵似的,"他如果再上这儿来,我一定告诉他,说你上这儿来过……。"

"他会来吗?""马车夫"问道,接着,他自己答道,"当然他会来的……不然你就去看他……叫他高兴高兴。"

塔娘脸红了,问卡里斯特拉特·伊夫格拉伏维奇是否需要什么。他要求给他一支铅笔,"必须在路上练习一下,练习用左手写字"。她给了他一支铅笔。

一个医务勤务员扶着他朝一部大卡车走去。车辆一一开走了,但是塔娘还站在那儿,她悲哀地想起鲁宾佐夫不会再来了。而且,现在卡里斯特拉特·伊夫格拉伏维奇一走,她跟鲁宾佐夫最后的联系也打断啦。

伤员们给送到后方去了以后,玛霞找到卢特柯夫斯基,生气地说:

"你看见柯尔佐娃没有?看到她真叫你难受,她站都站不住啦!你给她休息几个钟头吧,太不像话了!"

第二天,卢特柯夫斯基命令塔娘休息一下。大家都说,看上去她真太疲劳了。

塔娘一发觉自己"闲着",便整个早上在村子里闲荡,不晓得怎么做才好。后来,她想起了"马车夫"的劝告。为什么不果真去看看鲁宾佐夫?她想。不,她不愿意替自己辩护,对于他的猜疑,她不愿意有片言只字的解释。她上哪儿去,她看什么人,这毕竟是她自己的事啊。她只不过听说他上医务营来过,恰巧她不在家,因此现在特地回看他一次。

塔娘一做出这个决定,便突然愉快起来,觉得非常果敢自负。

她披上外衣,又为了装装样子起见,还在皮带上挂上了一支手枪。然后她走出医务营,穿过森林往公路上走。路上碰到一位有趣的司机搭载了她。那车子上载的是"一二三"——所谓"一二三",就是司机对炮弹的称呼。

到了师部,她开始了一场谨慎的谈话,问了问附近几个师的位置。作战部主任高高兴兴地把战局说明给她听。

"这是我们进攻的地方,"他用一只肥胖的手指划过地图,"这儿是谢里达……这儿是……"其余的话她就不大留心听,虽然中校在详详细细地给她说明前线局势的发展。她记住谢里达的师部是在哪一个村子里,便打算告辞了;但是电讯部主任把她留住了,说是他的受伤的右腿上有个地方作疼,要她看一看。于是别的病人也一个个赶来了,弄得塔娘一直忙到中午。

她终于离开了那个村子。她喊住一部属于谢里达将军的车子,她运气好:那部车子恰巧是上师部去的。塔娘在村庄的街道中央跳下了车。在一栋屋子前,停着一部"埃姆卡"牌轿车,司机正在那打开的车盖上忙着。塔娘走到那个司机跟前。

"请告诉我,"她说,"你们的侦察兵住在哪儿?"

"你是打哪儿来的?"司机问。

她不晓得怎么回答才好,恰巧这时候屋子里走出一个高个子的将军,留着黑黑的小胡子,头戴一顶高顶帽。谢里达将军看见这么一个披着件德国斗篷式的长雨衣的青年女人,感到相当惊讶。

"你来见我的吗?"他问。

"我在找你们的侦察部门,"她说,后来又大胆地正视着他说,"我要见近卫军少校鲁宾佐夫。"

"那么,请进来!"将军歇了片刻说。

她跟他走进屋子。他们走过一条短短的走廊,走廊的窗槛上坐着一个士兵,一见他们来到,便跳起身来。他们走进一个大房间。里面没有人。桌上放着一架战地电话机。

将军停住脚:

"近卫军少校鲁宾佐夫?"他又问了一遍,接着又歇了片刻,补充了一句,"请坐。"她还是站着。

"请坐!"他严峻地重复了一遍,伸手往桌上他那地图套里掏,仿佛可以从那里面掏出近卫军少校鲁宾佐夫来似的。

将军那种奇特而专注的眼色,使得她茫然不知所措。她觉得有解释一下的必要。

"近卫军少校和我是老相识,"她坐在椅子的边缘上说,"自从四一年便相识了。我们在莫斯科附近一同突围的。鲁宾佐夫同志新近上医务营来看过我,我现在来看他,可以说是一次回拜。不用麻烦你,我自己找得到侦察部门的。请原谅我耽搁了你的时间。"

塔娘不了解这位殷勤的将军为什么老是那么沉默着。当她解释她上这儿来的原因的时候,她的眼睛望着那地图套,后来终于抬起头来,碰上了将军的视线。她忽然看到将军的目光里有那么一种说不出的神情,这叫她呆住了。将军那一双聪明而机警的眼睛里有一种奇怪而悲哀的神色。

将军说:

"鲁宾佐夫显然已经牺牲了。就在昨天。"

电话铃响了,但是将军并没拿起听筒,让它响了又响。

"我真难受!"她说。

她兀自坐在那儿,虽说她明知走的时间到了,坐在那儿耽搁将军的时间是毫无意义的。但是她既没有站起来的力气,也不想做任何事,连从椅子上站起来也不想。整个屋子里都是寂静的,只有电话铃响了又响。

她终于站起身来告别了,走了出去。

走到街上,她遍身神经抽痛,牙齿开始嘎嘎地抖个不住;当她走过村子里那些跑来跑去的军官们跟前的时候,她禁不住打冷战。她想找个地方独个儿坐一坐,但是所有的屋子里大概都有人。

然后她的目光落到一座奇奇怪怪的仓房上,仓房前面有一个围着铁丝网的院子。那仓房又黑暗又安静。她走进去,在那铺着干草的地板上坐下。

她的牙齿抖得更厉害了。

别让歇斯底里发作呀,她对自己说。她抬起头来,看见墙上有黑炭和白粉涂写的俄国字。

"我们永远离开不了这里。再会吧,我的故乡伏林!"一副题辞这么讲。"亲爱的母亲……"有人这么样开头写,但是其余的字就读不出来了。墙上有好些不同的笔迹,好多次写到"斯大林"。

几千人民无穷无尽的苦难和盼望,通过这些题词,以非常强大的力量感动了塔娘。这些题词使她的心灵受到创伤,同时又得到慰藉。她走出去,沿着街道慢慢地走,好像小孩子一般悲痛啜泣,谁也不理睬,也不去理会那过路人们的惊奇的脸庞。

廿四

鲁宾佐夫挣扎着爬上两组梯阶以后,就听见下面有人声,男的女的都有。他更快地往前爬,打开一道门,发现自己是在一条黑暗的通廊上,于是又打开一道门。他的面前是一条街。这就是说,这是一个普通的房间,里面有张长沙发,一张书桌,小衣柜、碗柜、椅子等等,甚至壁上还挂着图画。但是再往前去就是街道,还有一棵孤零零的树,对面的街上是一栋给打毁了的高房子。

这房间的前面并没有墙。碎砖和一层厚厚的灰尘遮盖着地板和家具。鲁宾佐夫爬进这所怪住宅,好像戏子踏上舞台一样。

房间本身差不多没受损坏。前墙的倒塌并不是由于直接中了弹,而是给炸弹震坏了的。

从对街的屋子里,飘来使人作呕的尸首的臭味。火箭炮的遥远的闪光时时照亮着断垣残壁、墙壁纸的图案、书台上德国老年男女的照片以及那挂在墙上的一张裸体女人画。

鲁宾佐夫爬到房间的边缘,向街上望去。他是在第一层楼上。他看得见地下室的窗子,窗口堆着沙包。对街那栋炸毁的房子有一堵石墙,石墙的残余的一边贴着一张鞋店的大广告,广告上画着一条穿着鞋子的女人大腿。鞋店的名字是"火蛇"。那房子的内部,现在变成了一个大瓦砾堆,堆在这石头墙架的里面,一直堆到二层楼上。二层楼上还突出着一些烂床架的床脚。

一条战壕沿着整条街伸展着。他看得见对面屋子的院落里有两条交通壕,通向海鹅工厂的大厦——鲁宾佐夫认得出这建筑物,因为它屋顶上矗立着一个高高的钟塔。从这同一个钟塔,他明确了自己的所在地:原来是在横街上。柏林街在他的左首。拐弯上有两根铁的灯柱,灯已经给打烂了。

两条街道上都是空无一人。他时时听得见不远的地方有些德国人走过的擦擦的步伐声。

鲁宾佐夫决定脱下靴子来包扎伤口,但是靴子脱不下来:一切都跟血冻结在一起了。靴子非割破不行。

鲁宾佐夫跛着脚走到碗柜边。里边挂有男人的衣着——茄克和领带。他拿了一条领带来扎腿,扎成止血器的样子,同时又拿了一件大衣披在肩上取暖。然后他就躺在沙发上。这一天的事情都在他眼前一幕幕映过。真难叫人相信啊:短短的一天之内,发生了这么多事件,今儿早晨他还坐在一片长满了灌木的洼地上呢,还有梅歇尔斯基和服罗宁坐在他身旁。刚刚在几个钟头以前,齐比岳夫那个方方的脸还就在他的左肩旁溜转。现在齐比岳夫已经没有了,而且永远没有了。

一个小黑影在他眼前一闪而过。原来是一只发狂的猫正沿着排水管一闪而下,瞪起眼睛盯住鲁宾佐夫的脸,它仿佛也理解人性似的,一边盯一边往下走。

鲁宾佐夫非常想喝水。他想道:这住宅里一定有个厨房。他费了好大的劲,才勉强挣扎起身子,拖着他那只受伤的腿往走廊上爬。他还是想不起他在什么时候中了弹。

走廊上相当黑暗。鲁宾佐夫擦着了一根火柴。火柴的黄色火焰照亮了黑暗的墙壁、盒子、挂在衣架上的一顶缎子大礼帽,还有一柄整整齐齐地挂在一颗挂钉上发亮的洋伞的伞柄。

前门的右首还有第三道门,是一扇小门。他推了一下,推不开。他更用力地推了一下,推开了一点儿。里面果真是厨房,但是全是碎泥烂石。半壁天花板已经垂下来,露出弯曲的铁桁。地板上张开一个大黑洞。从敞开的洞口传来低低的人声。

他静悄悄地爬到窟窿边望下去。有人坐在地下室里。点着一盏油灯。一个鼻子长长、头顶光秃的瘦子,半躺在一只摇椅里。一个戴眼镜的德国妇人躺在一张小床上。她身旁有好几个孩子睡在包裹上和枕头上。

鲁宾佐夫极端谨慎地走动着,细心地把这个厨房巡视了一遭。碗柜里有罐子,罐子边上还沾着一些剩下来的果酱和调味酱。鲁宾佐夫在碗柜附近摸到了一个水龙头。自来水早已经断了,但是水龙头里和附近水管里还贮着一些水,不过水里都掺杂着泥沙,这里的一切都掺杂着泥沙、砖灰和灰泥的气味。

鲁宾佐夫回到那个摆着沙发的房间里躺下,不知怎么又想起了自己的故乡,自己的出生地伏洛查耶夫卡村。他还记得那座名山伊云-高兰,他曾在这座山的附近度过了童年。

山上有个他读过书的学校,此外又有座石像,雕刻的是一个人举着一面旗子。从远远的松林地带,从卑湿的山坡上和生长着树木的沼泽上,从四面八方都看得见这个拿旗子的石人。这石像也是他童年时代第一个清楚的记忆。

鲁宾佐夫看惯了这座石像的容貌以及它那永远大踏步往前走的雄姿,正因为看得太惯,反而仿佛完全没察觉到它。但是这座雕像,这个纪念远东一场光荣战役的纪念碑,一定是深深地渗透了他的心灵,否则他现在和那些地区相隔有一万二千公里之远,中间还隔着一条战线,一道把原来的一切生活都隔开了的战线,他就不会忽然想起那个兀立在远山上的举着旗子的人了。

这是梦,还是现实呢?

在那座黑色的小房子里,坐着他那满脸皱纹的母亲;眼睛的四周是仁爱的皱纹,嘴边布满着悲哀的皱纹。她披着一条大围巾,扣在下巴颏下面。那个穿着软皮平底靴在院子里无声无息地走来走去的人,就是他的父亲。他在附近国营森林农场当队长,从前打过游击,打过猎。塞尔盖是鲁宾佐夫家里最小的孩子,因此他父亲时常带他到松林带去。老幼两人,一个头发灰白,一个头发金黄,一块儿漫游于荒野里,在那儿布置陷阱捕浣熊,开枪打野鸡。

鲁宾佐夫这家人给远东产生了樵夫、猎人、采掘金矿的人、驾木筏的人,革命以后,又产生了黑龙江船队的船长、边疆守卫军、工匠,甚至还有一位人民委员。由于父亲曾经为了保卫苏联的远东而跟日本人打过仗,由于他们这一族人散布在一个大区域的各个城乡里,由于族人中还有一位在莫斯科当人民委员,于是鲁宾佐夫从小对于周围的世界就有了主人翁的感觉。

不管学校里、森林农场里,或是区里,或是全世界上,发生了任何事故,他都会深深感动,仿佛是他个人的私事似的。某人有了不诚实的行为,集体农庄的没有收割的麦子给秋雨浸烂了,法西斯分子在德国的暴行,黑人在美国遭受私刑,都引起他深刻的愤慨,引起他有一种热烈的欲望,盼望立即锄奸除暴,重建公理,而且要越快越好。

……夜过得真慢,慢得可怕。他的头发晕,脑子里震响着一个持久不歇的、拖长的嚷叫声。将军当然以为他这位侦察官已经死了。没有这回事啊,塔拉斯·彼得罗维奇!你以为杀死鲁宾佐夫是这么容易的吗?

鲁宾佐夫对于这些念头,淡淡地笑了一笑。梅歇尔斯基是否听见了他电话中最后几句话？必须从各个段落同时发动进攻。他是否明白这些话的重要性？

鲁宾佐夫的意识中又泛起种种印象。侦察兵的一张张脸、受伤的士兵、死了的电讯兵，最后是齐比岳夫的脸——这是他最后看到的活生生的人脸。与其说看到他的脸，不如说听到他的嚷声吧。这个嚷声老是在他耳朵里响着，好像一张唱片转到了一个坏了的地方，不断地重复着同一个调子。

时时有火箭炮的闪光，微弱地照亮了这个房间。有人在人行道上囊囊地走。不远的地方有人在哭。有人用嘎里呱啦的德文在喊什么……

早上，我们的大炮一轰起来，鲁宾佐夫便忘记了痛和口渴。炮弹在工厂大厦附近和习明纳街上爆炸。习明纳街上有栋房子倒下来了，喷溅着烂泥碎石和火焰的舌头。

德国兵沿着对街的交通壕跑。战壕经过石墙的底下，因此从石墙的空隙里看得见士兵们屡次出现。

一个军官走进了战壕。他很激动。士兵们每逢炮弹爆炸便停住脚，扑倒在地面上。

接着沉默了片刻。聚精会神地倾听着这片寂静，但是不久又放炮了，一声闷雷似的响声，一声炮弹的呼啸，接着是一阵遥远的爆炸声。德军在用大炮还击了，随后是一片马达的轰隆声。一部德国坦克在屋外停住，差不多就停在鲁宾佐夫的身边。这坦克一炮接着一炮地开着，好像唯恐来不及似的。墙壁上装在暗红色框架里的那些裸体女人，现在一震动，都掉在地板上了。

德军的炮火体系越来越明显了。在交叉路口，跟鲁宾佐夫隔着两栋房屋的地方，有一挺机枪，显然是一挺大口径的机枪，它正在发狂似的扫射。另外一挺在习明纳街街角的那栋房子上射击。坦克车采用了平常巷战的战术。它开了几炮就躲在习明纳街上那栋红房子后面掩蔽着。

鲁宾佐夫宁可现在牺牲半生光阴，去换取一架电话机或是一架发报机。

一队德国兵出现在街上，大约有六十个人。他们都是些年纪较大的人和年轻小伙子，袖子上戴着红黑色臂章，穿着平民衣服，但是都带着步枪。步枪的型式不一，样样货色都有。这些人的身材也大不相同，看起来好像是一堵用长短不一的木板随便搭起来的可笑的篱墙。他们兴奋地嘎嘎叫着，好像是沼泽里的鸭子一样。

那个带头大踏步走的军官，忽然转过身去面对着他的杂牌军，他咬着牙齿叽叽地说了些什么，于是他们唱起歌来。这支歌子唱得不成调，那一片凄凄惨惨啼啼哭哭的最高音里，老年人的声音和孩子们的声音都齐备了，还夹杂着颤抖的最低音。天啊，这像一支什么歌啊！叫你听起来毛发倒竖。至于歌词，又非常像战歌。那就是著名的霍斯特·卫塞尔歌，是在慕尼黑的啤酒窟里编撰出来的。

我们的炮又轰了起来，德国人于是不听吩咐，各自争先恐后，抢着跳进战壕。

鲁宾佐夫自以为听见了远处的"乌啦"声。德国机枪在狂乱地射击，另外又有一挺机枪开始从柏林街上射击，德国兵又沿着坑道跑起来了，他们从其他地区跑到大厦那儿去集合。三辆坦克从红房子后面开出去，迫不及待地射出霰弹。

沉寂了片刻。鲁宾佐夫发起烧来了。冷冷的太阳挂在他的头顶上。

一小队军官从一条横街上出来了。带头大踏步走的是个高个儿的党卫军，穿的是黑制服，戴的是黑帽子和黑眼镜。他以坚定的步伐大踏步走着，其余的人隔着一小段距离跟着他。

又有一小队人迎着他们走来。有几个士兵拿着步枪，押着两个没有武装的士兵。

那个戴黑眼镜的党卫军在第二队人面前站住，嚷叫了一些什么。被捕的士兵中有一个是胖子，年纪比较大，没戴帽子，连忙跪了下来。第二个是个约莫十五岁的少年，个儿很高，开始哭了起来。他的脸上沾满了血污。

他们把这两个人拖到十字路口，那儿起了一片喧闹的声音。路口的铁灯柱旁边放着桌子和梯子。

党卫军一挥手，那两个被吊的人便在灯柱上晃着，他们两条腿都是被绑住了的。接着，一个士兵在那被吊杀的孩子下边的一张桌子旁边坐了下来，用自来水笔在一张白纸上写着什么。他的手发抖。另外一个士兵笨重地爬到桌子上，把写好的告示贴在被吊杀的孩子的胸口。然后他把桌子搬到第二根灯柱边去，又把同样的告示贴在那胖子的胸膛上。接着，大家徘徊了一会儿便走了。不久有些德国男女从地下室爬了出来。他们走到被吊死的人的跟前站住,读了一下告示,便不声不响地走散了。

又是夜晚来临了,摆在面前的是一个睡不着的、充满着期待的夜晚。

鲁宾佐夫第一次想到——谁知道魔鬼会怎么样摆布他啊——说不定这一下逃不出这个斯乃得睦尔了。但是想到这里,他便控制住了自己。我们的人明天一定会来。大概师团司令、军长和朱可夫元帅[①]早已在恼怒地质问:"难道你们对于斯乃得睦尔还要再拖下去吗?"

在整个一片浩大无边的战场上、战线上,斯乃得睦尔不管是怎么渺不足道,但是在斯大林的地图上一定也有它的小地位。这伟大的领袖,这最高统帅,在跟方面军司令员以及军事委员谈论到更更重要的事情的时候,很可能也会偶然问起:

"你们对于斯乃得睦尔的围攻怎么样啦?"

夜过去了。又是早晨。四周差不多完全寂静了,鲁宾佐夫倾听着,希望听到外面有什么可喜的声响,可是听不到。我们的炮队是沉默的。街上的交通频繁起来了。德国人觉得不必再低下头来走路了,他们在大声说话,仿佛他们的最糟糕的日子已经过去了。

---

① 苏联著名元帅,在反法西斯战争中任中路总司令,率领大军直捣柏林。

廿五

傍晚的时候,德国的五十二型蓉克运输机开始出现在斯乃得睡尔的上空。德国人从地窖和拱廊底下爬出来,挥着手帕表示欢迎。飞机在城上打圈子,放下十来顶降落伞,白的红的都有。降落伞越飘越低,在阵阵寒风中扑扑响动着。降落伞上都绑有箱子,显然是投给围城的军火和食品。

外边很安静,甚至机枪也不响了。鲁宾佐夫发烧发得打哆嗦了,心中涌上了一个怪念头:要是我们的人今天夜里放弃围城,可怎么办呢?不晓得什么缘故,他想起了最近看到的一张瘦瘦的、没有刮胡子的脸。这人的名字好像是许瓦勃。对啦,埃尔默特·许瓦勃,第二十五步兵师的上士。当人们审问他的时候,他以一种低低的、发狂的声音说:

"在那黑暗的煤矿的竖坑里,有件秘密武器正在制造中,那件武器一定可以救德意志。"

"胡说!"鲁宾佐夫大声说。

为了惩罚自己一时的软弱,他决定夜里爬到这建筑物的更高的地方去。一个侦察兵可不能够静躲在贫民巷里,既不看看四周所发生的事,也不了解四周所发生的事。

他数了一下手榴弹。一共有四颗。他的手枪里还有七发子弹。好在必要的时候他可以用一颗手榴弹炸死自己。他选择了一颗手榴弹替自己留下来。这手榴弹有个特别记号,因为它的木柄上原来突出着一根枝条。枝条现在虽然全磨光了,但是还留下一个棕黄色的结,使人想起这致命的武器的柄原来是一棵绿叶成荫的树。他把这颗手榴弹拣了出来,在自己口袋里放好。

天一黑,鲁宾佐夫就从沙发上滑下来,肩上披上那件德国人的大衣,往外爬。走进走廊,他便从挂钉上取下那把雨伞,当作拐杖用。听了一回迷糊不清的闹声以后,他打开大厅的门。外边又静,又暗,又湿。他慢慢地爬上楼梯——与其说是出于谨慎,不如说是出于疼痛和衰弱。

到了三楼,鲁宾佐夫就看见头顶上的夜空,因为半壁楼板已经被一颗炸弹炸掉了。楼梯上的梯级也有些给炸掉了,但是上面和周围还吊着铁桁,铁桁上还贴附着大块大块的残墙破壁。他抓住一根铁桁爬上去,吃力地爬过了这个障碍。

整个四层楼在轧轧响,在呻吟。一间没有墙壁的房间里还留着几件家具:一张圈手椅,一部孩车。一支火箭的闪光照亮了一个穿蓝袍子的洋囡囡,她的小辫子吊在檐板上。

走廊的尽头有一扇敞开的门,通向一个阳台。鲁宾佐夫走到阳台上,看到一个避火的铁梯。从这儿到屋顶,还有扎扎实实的两公尺。鲁宾佐夫开始向上爬,用那差不多麻木了的手抓紧那潮湿的铁梯。

屋顶没遭受破坏。再往前走是一个黑黑的大洞。有风。鲁宾佐夫在烟囱边站直身子,想看看或是听听什么。但是四周全是一片沉默。他盼望至少可以听见一声曳光弹的迸发,或是一声枪响也好。可是什么声息都没有。

鲁宾佐夫坐下来等待黎明。他脚踏下去,铁皮有点往下弯,使他想起了自己童年时代老是喜欢爬上屋顶,愉快地敲打铁皮,要把自己练成一个侦察兵或是游击队员,他老是以一个烟囱为掩护,然后从烟囱后面慢慢爬出来……

鲁宾佐夫坐着等待黎明。一分钟一分钟过得非常慢。月亮有一度从云朵后面露出脸来,立刻又消失了。潮湿的雪在降落。什么地方有一堵墙倒塌了一部分。倒塌声沿着那没有生气的、半毁坏的后街震响着,又在远处消失了。鲁宾佐夫静静地坐着,什么也不去想,只是等候着。天越来越冷。楼下的什么地方有人咳得很厉害。接着,天空稍微变得苍白,漆黑的夜色落到黑暗的后街上;于是后街上越发黑暗,天空的其他地方好像在褪色,而建筑物也越来越看得清楚了。在东方的地平线上,在塔娘那边森林的后面,出现了一长片深浓的橘黄色的光线。西方还隐藏在黑暗中,但是在东方,这橘黄色的长条越来越大,越明亮,越黄,越带有温暖的意味,逐渐失掉了它那阴暗的色彩。

太阳开始照耀着一座座德国教堂的尖塔。

鲁宾佐夫静坐着,等待西方亮起来。西面的地平线也开始慢慢儿明朗起来了。

鲁宾佐夫站起身。这是他第一次从敌军阵线后面这么高的一个地点,观看苏军阵线。战壕伸展在一个矮矮的山坡上。在那些远远的工厂的厂房间,人们像蚂蚁一般赶来赶去。鲁宾佐夫辨别不出那些人的脸,连衣服也辨不出,但是他立即感觉到那些人是俄国人。他看见那间抽水屋已经给德国炮弹打坏了，但是在朝阳的光线下，他好像看到有一架望远镜的闪光。

鲁宾佐夫在发高热，他那条受伤的腿又好像在痛得颤跳了。但是他忘了这些。他给另外一种力量，一种更伟大的力量所掌握支配了。他已经不是唯一的一个走失在敌军中的人。他想起了自己的人民，人民的领袖，领袖所锻炼出来的无敌于天下的部队，他感到又喜欢又骄傲，以至于发抖。鲁宾佐夫在发热的半昏迷状态下，觉得自己好像并不是在一座毁坏的德国房子的屋顶上，而是在故乡附近一座遥远的山上，他本人就是那举着旗子往前迈进的石像。

苏联士兵们徒手拖着大炮，硬要把这些炮拖到工厂的建筑物那儿去。从上面望下去，这些兵好像着了魔似的，仿佛有人画了符咒，叫他们对于死亡没有一点儿忌讳似的。但是德国人的机枪和炮火越来越激烈了，现在我们的士兵们倒下去了，只不过倒下了又爬起来。并不是所有倒下去的都爬了起来，但是鲁宾佐夫从上面可没有看见这种情形。他们看上去好像黑点子似的，一忽儿在这儿，一忽儿在那儿，往前跑，坚决地往前爬，顽强地坚持前进，一下子不见了，接着又从炮弹坑和砖堆后面钻出来，消失在房屋里，又在最想不到的时刻从最想不到的地方一跃而出。

吊死了人的那几根灯柱倒塌了，因为中了一颗炮弹。

在这一片战斗声中——在反坦克炮的嗥叫声、爆炸声、建筑物的倒塌声，以及迫击炮的呛咳中——可以听到一挺机枪的疯狂的轧轧声，那在鲁宾佐夫耳朵里听起来特别近，特别尖锐。这挺大口径的机枪，就是昨天鲁宾佐夫觉察到的那一挺，架在十字路口的地下室里，距离他所站的房子约有二百公尺远。

鲁宾佐夫照他刚才爬上屋顶那样地爬下了屋顶。屋子里现在还是黑暗的，他觉得自己好像是在一个深深的地牢里，四周全是猛烈的暴风雨。

鲁宾佐夫把帽子塞在口袋，裹穿上德国人的大衣，扣好纽扣，挂着雨伞走下楼梯，走进院落。

一个年轻的姑娘，肩上背着一包东西，打他面前跑过。她跟他讲了些什么，但是他只管走下去。姑娘不见了。

他往前走，一面拐一面咬牙根，爬过一道围墙，走进另外一个院落，里面有些德国兵正在忙来忙去,其中大多数都是老头儿。他从他们身旁走过。又有人觉察到他拐脚拐得厉害,于是问了他一句什么。他闷声不响地走过这些德国兵跟前,当着他们的面再爬过一道围墙,撑着雨伞爬过去,仍旧咬着牙根。

机枪就在院子里。

院子和街道之间隔着一道围栅,沿围栅挖着一条战壕。有一条交通壕从战壕通到院子,到了院子里便向左面拐弯,通到小花园为止。有两个德国兵正站在交通壕里。他们拖着一箱东西,显然是子弹,他们现在停下来休息。这个拐着脚、大衣扣到脖子上、没戴帽子、一头蓬松黄发的人,他的脸上有种什么表情吸引了他们的注意力。他们专注地望着他。他走过他们身边,一刻儿都没有停下来,一直等到德国士兵们落在他后头,他才理会到,从他那大衣缝里,他们看得见他那苏军的制服裤。于是他勉强自己走得慢一些。

他板着一张麻木的脸,沿着院落慢慢地走,颈背上被德国兵一眼眼望得发冷。不,他们并没有觉察到什么。

幸亏就在这当儿,炮弹开始在四周爆炸了。每个人都赶快找掩护物,接着,士兵们跑起来了:显然是俄国军队逼近了。只有这个黄发蓬松的人慢慢地走过院落,朝着屋子打开的后门走。

少校走进屋子的时候,注意到他前面有一组台阶通到上面,另外一组台阶向左通到下面。再过去一点,左首有一道门通地下室。地下室那儿,那挺机枪正在喘吁吁地打个不休。从天花板上撒下了泥灰。

鲁宾佐夫打开门,关好,靠在门柱上透了口气,叫他那受伤的腿休息一下。然后他朝那半黑暗里望着。在后面地下室的窗口上衬托出了两个士兵和一挺机枪的剪影。鲁宾佐夫沿着墙根往右面走,靠右墙上休息一下,然后停下来准备好手榴弹。机枪喀喇喀喇地响。地下室有点震动了。

鲁宾佐夫丢出手榴弹,身子往地下扑倒。手榴弹的爆炸震动了整个屋子,把鲁宾佐夫掷到一边,震聋了他的耳朵。一分钟以后,他苏醒了过来,准备好第二颗手榴弹,往窗口爬。德国兵正在十字路口冲来冲去,拼命乱逃。他往他们中间丢了一颗手榴弹,接着又丢了一颗,后来又想一想,又从口袋里掏出最后那颗有记号的往街上丢去,丢在逃跑的德国人群中……

当卓珂夫上尉跟第二连一同突破柏林街那一带房屋的后院时,看到这些手榴弹的爆炸,心里妒忌地想起,又有人抢在他前头冲进城了。然而他还是利用这意外的援助,直往前冲。第二连占领了十字路口又往前进,往邻近那条街推进。

士兵们在一间屋子的地下室里发现了师部侦察官鲁宾佐夫少校。他已经失踪三天了。他受了伤,身体很衰弱。他身边躺着两个死了的德国人和一挺毁坏了的德国机枪。

他们弄来了担架。

"养养好啊,"卓珂夫向他告别道,"看到你还活着,真叫我高兴!"

这座城的争夺战又拖了四十八小时。到第二天晚上,战火才减弱下去。一小队德国运输机出现了,丢下载有奶油和奶酪的降落伞,士兵们皆大欢喜。

那天晚上天气转变得出奇地温暖。在兴登堡广场上,他们跟那从南边攻进城来的一师人会师了。

这一师兵从一座大教堂后面走出来,卓珂夫认出其中有个士兵就是那个留着姜黄色小胡子的西伯利亚人,是他马车上的同伴。姜黄胡子也立即认出上尉,敬了个礼。

"还活着吗?"卓珂夫问。

"当然啦,"姜黄胡子回答,边笑边揩着流汗的额头,"现在我们要死可太迟了。我们还要上柏林去吧?"

"柏林可以等一等。先把斯乃得睦尔打下来再说。"

"斯乃得母尔[①]?斯乃得母尔可以说是已经给占领了……"

他跟上他那一师人,在断垣残壁之间消失了。

---

① 西伯利亚人把斯乃得睦尔误念为斯乃得母尔。

第二部　白旗

一

　　一座座寂静的德国城市和乡村，都扯起了白旗来迎接俄罗斯军队。白旗飘荡在窗口上、阳台上和屋檐上，没精打采地悬挂在雨雪里，在黑黝黝的夜色里如鬼影般闪着光。德国还并没有投降，可是每一家德国人都自动投降了，好像为了怕遭受到报复，好像在说："你们对待纳粹爱怎么样就怎么样吧，只要别碰我……"

　　他们愈向西走，德国的道路就愈变得有生气。

　　苏联军队遇到了成群结队的波兰人、意大利人、挪威人、塞尔维亚人、法国人、保加利亚人、克鲁地亚人、荷兰人、比利时人、捷克人、罗马尼亚人、丹麦人、斯洛伐克人、希腊人和斯拉夫人。

　　男人、女人和孩子们，老头儿和老婆子，男孩儿和小姑娘，携带着脚踏车和担架、帆布背包和手提皮箱，一个个向前走。在他们的大衣上和没有佩戴肩章的、奇奇怪怪的制服上，在茄克上和雨衣上，在各种服装和罩衫上，缝缀着世界各国的国旗。人们一面赶路，一面以各色各样的语言在歌唱、叫喊、谈天，他们赶路的方向各不相同，目的地却只有一个：回家。

　　他们在老远的地方一看见我们的部队或者听到我们的红星坦克的怒吼，捷克人就会叫："我是捷克人！"法国人就会叫出"法国人！"——所有其他的人们，也都各人用各人本国的语言宣布自己的国籍，一方面表示友好，另一方面作为护身符。

　　连到意大利人、匈牙利人和罗马尼亚人，他们最近还是希特勒的同盟军，也都宣布他们国家对我们的归顺，虽然宣布得并不愉快，而是带着负罪的心情，然而却宣布得很迫切。欧洲为它自己的获得自由而感到欣喜了，它并且很自豪：苏联军队赶来解放它啦，沿着德国的条条大路像洪水一般浩浩荡荡地开来啦。

　　但是就在这时候，在拐弯的地方，出现了一群人，扯着一面红旗。

　　这原来是一群俄罗斯人。有的是以前的战俘，撑着丁字杖；有的是女人和孩子，有的是来自斯摩棱斯克、卡可夫和克拉斯诺达的年轻小伙子，有的是在下巴下面系着白围巾的姑娘。

一切都停止了。士兵们围住了他们,跟着是拥抱和接吻,眼泪也流出来了。一个年轻的女交通指挥员,她的小旗子掉了下来,站着动也不动一下,腮颊上润湿了。

接着发出一连串迫不及待的探问:谁是从斯摩棱斯克来的,谁是从泼尔塔洼来的,谁是从顿河上来的。同一个地方来的人都相互自我介绍,其中有些人几乎是亲戚,是"二表"。这些俄罗斯人,离开祖国那么长久了,都禁不住惊奇地用手指摸弄着士兵和官长们的肩章;小孩子们恋恋不舍地抚摸着苏联轻机枪的枪筒,姑娘们给那些士兵们的愉快的眼光望得红了脸,脸上泛起了难为情的红晕。

再说,世界上真是无奇不有啊!一个年纪较大的中士从一辆拖着一尊大炮的卡车上跳下来。就在那一眨眼的工夫里,一位年轻的金发姑娘向他身边奔来,好像她等待着的就是这一幕。整个炮兵团都停住了,好像在地上生了根走不动了,大家围绕着这一对彼此拥抱着的父女,喝起一片打雷似的"乌啦"。

在这一群人附近,有另外一位姑娘在步行着:黑黑的皮肤,很漂亮,肩上披一条白围巾,她正用乌克兰话一声声不断地说道:

"多么幸运!我的爸爸不也在这儿吗?"

她沿着这一列队伍走着,把炮兵和步兵们的脸都一张张仔细打量,一面不住地问道:

"我爸爸也在这儿吗?"

"难道你不要找个丈夫吗?"卡车上有一个年轻的声音问道,接着就有一张笑嘻嘻的红润的脸蛋儿从油布车篷下面探露出来,那张脸上生着一只带雀斑的玲珑剔透的鼻子,一只嬉皮笑脸的丑角的鼻子。

交通完全阻塞起来了。

这当儿,一辆车子开到十字路口来了。后边跟着一辆装甲运兵车,一位将军下了车,他在人群中挤出一条路来,走到交通指挥员跟前,严厉地说:

"你不应该忘了你自己的任务。"

许多军官都认识这位将军。那是军委会的委员。大家都静了下来。西佐克雷罗夫转过身来,对那些获得了解放的人们说:

"别挡住军队,同志们,他们还有多少事等着要做。各个部队的指挥员们,上我这儿来!"

步兵和炮兵指挥员们都跑到军委跟前来。他给了他们一顿严厉的指责,怪他们不应该纵容这种混乱现象。

"炮兵团团长在哪儿?"他问。

有人跑去找炮兵团团长了。将军站到一旁,让军官们去恢复秩序。

发出了大声的命令:

"立正!"

"回到你们的车子上去!"

一切都慢慢地动起来了。只有那一对父女仍旧留在路中央。父亲无可奈何地把女儿轻轻推往一旁,悄悄地跟她说了些什么,同时又焦急地望望将军。

"团队干吗停住不动?"西佐克雷罗夫向那位迎面跑过来的炮兵团团长问道。

"这是我的过错,将军同志。"

"我知道这是你的错,"将军冷冷地斥责道,"你不光是耽搁了你们自己,而且造成了交通阻塞的现象。这样的指挥员真是毫无用处!"

有些将领们开着车子到了,他们都是打这条公路行军的各个联队的指挥官。将领们想给军委做一个汇报,但是西佐克雷罗夫就偏偏不听他们的。他走到那个站在路当中的年纪较大的中士和他的女儿跟前,说:

"怎么啦,幸运吗,士兵?可是战争还得有些时候才能结束呢。"

中士连忙把手举到帽边,一面又朝着女儿瞥了一眼,然后才爬上卡车。这样,那只玲珑剔透的鼻子便一下子消失在油布篷下面了。

十字路口的人走空了,走空得正是时候。天空中出现了德国轰炸机。不错,它们一共也只投了两颗炸弹就被苏联战斗机赶走了。

军委转过身来对将领们和政工人员说:

"目前最重要的是速率问题。我们一定要按照日程表办事。遣返人员应该走大路的两旁,免得妨碍行军。各部队政治部门应该负责做好遣返人员的工作,而且要召开各种会议。但是,这一切工作的进行,都不得阻挠向奥德河的进军。"

军委的车子开走以后,军官们和将领们站着商量了一会儿,不瞒你说,大家都摇摇头:"噢,他真严格!你就休想瞒得过他!"

西佐克雷罗夫将军到了兰得斯堡,便打电话给那位负责遣返部门的上校。上校乘飞机赶来了。他并不是走进将军房间的,而是奔进将军房间的。他的容光焕发的脸上显得那么骄傲和快乐——他竟会有那么大的幸运,担当了这样一件富有历史意义的任务:遣送解放了的苏联人民回家。

军委说:

"我曾经问过一些遣返人员,问他们上哪儿去。不幸得很,他们对于自己的集合地点并不是全都知道的。有些人还没有领到分配给他们的口粮。然而,你们的军官、供应和运输工具,都是足够的啊。"西佐克雷罗夫有点儿轻蔑地望了望上校,提高嗓子说,"上校,你们的军官太伤感了。对不起,我简直要说:伤感到愚痴的地步了。在这种情形之下,士兵们也自然就会流露出他们的感情来;苏联人民应当乐于完成自己的伟大任务,那是很自然的事。然而,对于布尔什维克的首脑人物来说,根本没有什么可伤感的;我们必须完成党交给我们的任务。你们必得把工作好好儿组织一下,使那些从集中营里解放出来的人们可以吃饱肚子,可以满意,并能使他们确信不久就可以回到家里。而且,你们应该那么做——要做得使他们不会妨碍行军,要迅速消灭战争的灾祸就全靠这一点。"

上校立正在军委面前,感到气恼了,不由得想道,这个人一定是铁石心肠。

西佐克雷罗夫继续驱车前去。他看到沿路行进的部队和一群群被解放了的人们,内心里就不由自主地泛起了一股感情的波动,为了抑制这股波动,他于是像往常一样,想起多方面的、各种各样的要料理的事务。的确,他老是摆脱不了那么多心思。

西佐克雷罗夫原来是个毕生和党分不开的人,苏联军队在共产党领导之下把全世界从法西斯手里解放了出来,他对这一点感到高兴。他认为这是很自然的,正如世界各国的共产党员都在游击运动中起带头作用是一样的。共产主义是一种解放全世界的力量。主要的是,苏联人民在完成任务上、在道义的纯洁性上——由于生活在一个自由国度里而养成的一切优良品质上,都得给别人树立一个榜样。

爱人民吗？对的。然而应该是一种积极的爱，而且得具有明确的目标。就说向罪恶斗争吧，也必须是由国家指挥的、由强大的党领导的斗争，因为在这方面，正如历史教训所已经肯定的：满腔好意并无济于事。只有铁的军事和政治组织才能在这方面有所成就。

虽然将军对于他自己所发出的命令、训令和严重警告，并不曾听到部下有什么意见，然而他却猜想得到，这一点使他感到伤心。那个碰到自己亲生女儿的中士，还有各个部队的将领们：他们会讲他一些什么坏话呢——他对这点并不是漠不关心。但是他不能因此就动摇起来。他们不了解，也不可能了解他所了解的事。

前线的目前情况是这样的：最高统帅所布置的任务完成了——坦克部队已经向奥德河突破，强渡了那条河，并且配合着近卫军步兵的前哨部队，夺取了西岸的好几个小的桥头堡。德军不断开来大批生力军抗拒奥德河西岸的我军。目前的主要任务就是坚守阵地，并扩大桥头堡。因此，加速调遣军队就会起决定性的作用。

西佐克雷罗夫昨天晚上去拜访了方面军司令员，因为司令员刚刚得到了有关奥德河情况的最重要的消息。他们沉默地坐在一起，等待着这些现在还很模糊的、不完全的汇报得到证实。庞大的司令部里没有一点儿声息。最后，砰的一下响亮的关门声和一片热烈的问话打破了这寂静：

"司令员在哪儿？"

"进来！"司令员喊了一声，打开了门。

参谋长和作战部一位军官一块儿来了，后者是乘了一架特快战斗机由奥德河上飞来的。那军官随身带来了唯一的一张珍贵的地图，图上有临时匆忙注明的我军各部队的阵地位置。

桥头堡还存在！奥德河上仍然有一条摇摆的、蜿蜒的带状物，可是桥头堡还存在。

就像一贯遇到这样的情形一样，情报不断地越来越多：联络官、无线电、电话和电报传来愈来愈多的细节。

司令员被斯大林叫到电话机跟前去。

最高统帅听完了汇报以后，便下命令说：桥头堡一定要扩大，并须加以空军掩护,把它好好儿巩固起来。事先没有准备就向柏林挺进显然是不妥当的,你得记住,我军右翼暴露在外面,会给敌人相当有利的条件。最高统帅把最后几句话特别强调了一下。

在问话中,斯大林曾问到对斯乃得睦尔的包围攻势进行得怎样了,司令员汇报说,两三天以内战役就可以结束了。

这就是前线的目前形势。

第二天,西佐克雷罗夫乘车往奥德河去。

二

　　数不尽的阿尔特—、克莱恩—、格鲁斯—、奥泊尔、纽得尔—白尔格、—道尔夫、—斯退德、—华尔德、—霍森、—霍夫和—奥斯闪电似的过去了①。经过了一座座瓦屋顶的小城市,总少不了看到腓力德烈克二世、威廉一世、俾斯麦或者是勃兰登堡选帝侯的纪念碑,他们不是"大帝"就是"铁血宰相",或者是"盖世无双"。差不多每一个城市里都竖立着一八一三②、一八六六③、一八七〇—七一④,或一九一四——八年(第一次世界大战的年份)的士兵纪念碑,都是由"感恩难忘的祖国"或"感激不尽的公民"竖立起来的。

　　虽然这些纪念碑是不久才竖起来的,然而却装饰着许许多多富有浪漫意味的中世纪里的东西:生锈的宝剑、盾牌和纹章。石柱的上方飞翔着生铁铸成的苍鹰。

　　没有一块纪念碑是给诗人或音乐家竖立的。对于外界说来,德国曾经一度是哥德、贝多芬和丢勒⑤的祖国,但是这儿国内却由腓力德烈克、俾斯麦和毛奇等来统治。那些在马恩河战役⑥里打了败仗的人们居然也获得了纪念碑和桂冠,而且被当作胜利者庆祝着。

　　西佐克雷罗夫将军带着深切的兴趣打量着周围的环境,并且为整个德国沉思默想着。

　　当然,要根据浮光掠影的印象给德国确立出一个明确的概念,那是很困难的。将军时时刻刻都在旅行。有时候为着公务停留一阵子,一忽儿在一个部队里,一忽儿在野战飞机场里。此外,他知道这个国家的"精神"重心还在很远

---

① 以上一连串名字都是德国地名的开头或结尾,可以意译做新旧大小的堡、村庄等。
② 1813年,普鲁士进行民族独立战争,联合盟军击败拿破仑于莱比锡。
③ 1866年,普鲁士击败奥国,俗称萨多瓦战役。
④ 1870—1871年,德军击败法军于色当,攻陷巴黎。
⑤ 丢勒(Albhrecht Durer,1471—1528),德国画家与版画家,系文艺复兴时代德国最伟大的艺术家,他的最有名的版画题为《骑士、死亡和魔鬼》。
⑥ 1914年9月6日至12日,德军在这儿被英法联军所击败,福煦将军因而成名。

的地方——在奥德河的那边,在易北河流域或莱茵河流域;蓉克贵族党的德国版图远达奥德河之东,那样的一个国家历代以来只给祖国培养出了顽固分子和军人。

然而,有一件事可以看得很清楚:这一带的居民,这些空屋的主人,这些厚厚家庭照片册上的人们看上去勤劳、有纪律、相当爱掉书袋——就是这些人被残酷的、贪得无厌的希特勒匪徒利用来变成了可怕的武器。

这样伟大的一个国家怎么会弄成这样糟的局面呢?它的历史发展的路线突然打了个旋转,就好像一团丑恶可怕的水涡似的,当然,英美贷款就好像一阵金雨,在这个漩涡中不是没有起兴风作浪的作用。

花言巧语哪、歇斯底里的叫喊哪、政客的煽动哪、天花乱坠的保证哪——在这些东西的一阵迷雾后面,德国人就无法看出这样一个无容置辩的真理了:看不出希特勒并不是要把德国从《凡尔赛强定和约》中拯救出来,而是要把德国资本家和地主,从德国工人和农民手里"救"出来。他们所以没有认识到这一点,就是因为社会民主党的堕落的领导人都是乱发空言,而且多年来一直在放纵着他们那贪得无厌的最恶劣的本能,于是他们的警惕性给麻痹了。

希特勒终于打垮了工人运动,把德国人民的精力转用到另外一方面去了——用来和欧洲敌对。

当然,西佐克雷罗夫记得那些被投入监狱和集中营的最优秀的德国人;但是一想到德国工人并没有站起来承受这严格的考验,他就不甘心。这种想法使西佐克雷罗夫大感痛苦,你甚至可以这样说:这种想法伤害了他这个老布尔什维克的自尊心。他爱工人阶级,而且热烈地相信他们的伟大的前途。像所有的共产党员一样,他是列宁和斯大林用这样一种精神教养起来的——对于世界各国的工人阶级都得有神圣的尊崇。不过,人们在这里可得面对事实了。人们得想到将来。

德国的被打垮必须变成德国工人阶级的胜利,一种打垮反动思想和自私自利思想的胜利。

西佐克雷罗夫本来就养成了一种习惯,喜欢把自己所有的看法都说给妻子和儿子听。可惜他的儿子已经去世了。说到头来,儿子牺牲的目的和汉堡工人爱恩斯脱·台尔曼牺牲的目的是同样的。德国工人了解这一点吗,他们究竟会了解这一点吗？他们会了解的，他们必须了解。

将军也无法写信给自己的太太。他知道应该把儿子牺牲的消息告诉她，但是他一直把这件事耽搁着、迟延着。他就是害怕。他觉得她受不了这个悲痛。虽然他现在自己心里在说，世界上苦痛的母亲多着呢，她们仍旧活下去了，可是他一面又伤心地想道：不，"她"受不了。

顷刻间，方面军司令员特地派来一个军官送给他重要消息，于是西佐克雷罗夫的愁思给分散了。

是的，斯大林的警告是千真万确的、及时的。许多极端重要的事件，毫无疑问地正发生在沿波罗的海海岸到奥德河东面的一片宽阔的条形地段，这一个地段我军还没占领，而向斯温蒙德和斯退丁窜逃的德军正在往那地段撤退。德国军队正在往那儿集中呢。

无线电碟报部门已经侦察出斯塔茄尔德-斯退丁区有将近三十个新的司令部。空军也汇报说，敌方的坦克和步兵也正在以相当强大的兵力由柏林附近向东北移动。派往史里兹附近进行侦察的一个坦克营受到了番号不明的德国坦克部队的袭击。

还有：据莫斯科消息，英国海军情报部也发出了一个相当恐慌的警报，说是北面有危险。而且列出了一个庞大的数字：根据他们说，有一千五百辆坦克集中在海岸上。

西佐克雷罗夫对盟军这一番出人意料的、多此一举的殷勤大感惊奇，接着他就认识到：原来是他们对苏联在奥德河西岸所筑的桥头堡感到忧虑了。显然，他们满以为苏联指挥部会给所谓北面的威胁吓倒，把部队调往东岸，从而丧失掉直接向柏林挺进的机会。英国人和美国人——不从盟军威信着想，而是为着另外一个远大的目的——迫切希望由他们自己来攻陷敌人的首都。

司令员并且传达说，他已经下令将部队调往北面，而且打算亲自到那儿走一趟。就在这时候，最高统帅部发出指示，叫我们坚持奥德河桥头堡的扩大和巩固工作，并得继续军事行动，以便摄取奥德河上的库斯特林和弗朗克福两个要塞。

西佐克雷罗夫决定继续赶到奥德河上去，因为将来进攻柏林的命运就决定在那儿呢。

在离开以前,他召集了反间谍部门的各负责人讲话。他告诉他们说,在他考察临近前线一带地方的期间,他曾看到一群群东逛西荡的德国本地居民。

家家户户都在搬动,带着家常用的袋子和行李什物,打村庄小路走着。在目前的情况下,这本来是极其自然的。

将军在他们中间也碰见了一些德国青年。他们穿的是平民服装,然而,即使是一个毫无经验的人,也可以一眼就看出他们的军人风度。

"在这些人中间,"将军说,"可能就有战犯和地道的间谍。德军司令部仍旧存在,我们毫无理由指望它停止活动。"

反间谍部门的军官们向将军汇报说,已经采取了适当的措施。事实上,他们已经在西凡林、兰得斯堡、哥尼克须瓦尔德和纽马克的哥尼斯堡(一个小镇,为了使它和普鲁士的哥尼斯堡有所区别,所以才这样叫它)逮捕了好多装扮做平民的军官。还有,在一所乡村住屋里逮捕了两个德国间谍,他们提供了重要的情报。从西里西亚逃出来的一个效忠希特勒的重要工业家——"赫尔曼·戈林"公司分公司的一个负责人,还有一群其他的人,其中有退职司令员、副司令员和地方党团领袖,都被拘留了。所有这些人都希望赶到那些正向西面挺进的美国人那儿去。

"他们好像以为我们的美国盟军会保护他们呢!"反间谍部门的一个上校说。

将军望着他,满有表情地摇着头,说:

"不幸得很,他们这么想,的确有所根据呢……"

将军和反间谍部门的军官们谈过话之后,便乘着车子到一座营场里,那儿有许许多多由我们的军队解放出来的盟国被俘虏的空军人员。

营场位于一个工厂区里,那里面都是二层楼的瓦房。将军在隔得相当远的地方就听到一片闹嚷嚷的歌唱和叫喊,叫人听上去简直不相信会有那样的情形。

营场里是一片狂欢。英美空军人员彼此搂抱着在街头东逛西荡,大声地叫喊、喧嚷。

他们的快乐完全是合乎情理的。德国人正打算把他们装上大卡车再往前面运,运到西方去,这时候恰巧有一辆孤单单的苏联坦克冲了进来。开头,他们连看也没有看出那是一辆苏联坦克。

坦克开近的时候,美国人拔腿就跑,以为是德国人乘着撤退之前来把他们干掉呢。

那辆坦克静静地停了一会儿,好像要用它的庞大的炮筒吸一口气似的,然后它朝着德国卫兵堆里直穿过去。然后它又倒开了一下,轰隆隆响了一会儿,向着一栋屋子冲过去——德国人正恐惧地躲藏在那儿呢;它向那栋屋子猛攻,就像一个拳击师对准着人的下巴颏狠狠地打出一拳似的,然后它调过头来,向那停在路上准备装运战俘的两部大卡车放了两炮,便开走了。

美国人和英国人,追它可追得白费力气了,他们大声地喊出感激的话,要把那些呱呱叫的好汉从那辆钢骨巨物上拖下来,那些好汉可救了二百个被囚禁着的航空员啦,救得那么出人意料,那么镇定,那么愉快。后来才发觉,原来这些好汉还有别的任务要完成。他们用轮带击毁了德寇的一尊高射炮,然后就消失在路的拐弯处了。

当苏联军队开到的时候,英、美空军人员向全体来到营场里的苏联军官坚决提出要求,要他们调查出坐在那一辆坦克里的究竟是什么人。真可笑极了,英、美人竟认为救出两百个盎格鲁-撒克逊人差不多是这次大战中最大的一次胜利呢。

苏联军官们挥挥手把这个问题撇开:

"噢,得啦,那有什么了不起!"

航空员们得到消息说,已经为他们准备好几架"道格拉斯"式飞机,不久就有人送他们到机场上去。

当将军来到的时候,英美人立正,向他敬礼——敬礼的方式各有不同:美国人把右掌朝着前额随便挪一挪,英国人痴呆呆地挥动着臂膀,掌心朝外,举到帽檐。

西佐克雷罗夫下了车,和那些排着队迎接他的盟国军官们一一握手,并且通过翻译官问他们是否需要什么东西。

一个身材高大的英国人——雷金那德·谭格莱爵士,皇家空军上校,回答了他的话。

他们不需要任何东西,他们感谢苏军司令部对他们的友谊的关怀和同志般的真诚对待。但是他们有一个要求:如果可能的话,他们希望打个电报给他们家里,就说他们平安无恙。将军同意了,提议把全体在场的人的名单和官阶列一份表交给他的副官。这些名单都将用电报打到莫斯科去,打给英美军事代表团。

一个戴眼镜的美国少校提出另外一个要求:他能否暂时不给送走?嗯,在这样的时刻退伍,可真丢脸呀!如果将军不反对,他愿意暂时在苏联军队里服务,以便与美国人在奥德河上会师,那时候就可以回到自己队伍里去了。

"在奥德河上?"将军问,"奥德河上没有美军。那儿只有德国人。我们大概会和美国人在易北河上会师吧。"

"那就是说,你们要攻下柏林吗?"另一个少校问,那是一个英国人。

将军目光炯炯地望着他,用一个单音节的字回答了他:

"对。"

谈话进行得很客气、很安静,但是,盟军军官们中间突然发生了骚扰。那些稍微喝醉了点的中士和尉官们本来是成群结队走在上校和少校们后面的,这会儿突然冲上前来,推开了他们的上级,围住了将军,狂热地握着将军的手和站在他身旁的苏联军官们的手。空气里响彻了愉快的呼唤和叫嚷:

"谢谢,朋友们!"

"俄罗斯万岁!"

雷金那德·谭格莱上校大不以为然地晃着头,但立刻又开始满有礼貌地笑了起来,而且笑得相当带有优越感的意味,好像人们平常在笑孩子们的顽皮似的。当他发现将军在注意着他的时候,他甚至笑得更开朗了。最后,他完全笑逐颜开了,这时候,他看到那些沿着大路开动的军队正在挥着手,祝贺被解放了的盟国军官们。只可惜他多生了两只耳朵,使他无法笑得再开朗一些。

苏联兵士像无尽流的江河似的沿着大路滚滚而来。从他们脸上那种和蔼可亲、友情深切的表情里,谭格莱意味到他们对自己的力量有自信。苏联军队行军起来不慌不忙,可又那么坚强,有信心;他们用平静的、略带机智的目光打量着四周的一切。他们的帽子给风吹得啪啪响。

谭格莱记起了英国高级军官们在多少次谈话中都以为等到这次仗打完了,俄国便会耗尽元气了。他想,看样子不会那样呢,他突然感到一阵痛楚的不安:他们已经打进欧洲这么远了……

他的笑容开始收缩起来。

这时候将军开始微笑了。原来他那严峻的脸,微笑起来可以传达少许恶意,同时又传达出了极大的谅解。那个英国人开始感到有点不舒服。

这时候,派去装运盟国空军到飞机场的几部公共汽车开来了,而西佐克雷罗夫也就乘着车子继续向前去。

三

攻下斯乃得睦尔城之后而在该地休息的那批部队，现在由于北战区局势的发展，又奉命进军了。

团部参谋长米加耶夫少校晚上从师部赶来了，召集营连长以及炮队队长来宣读命令。

营连长沉着地坐在房间里的安乐椅里面，在笔记簿上和地图上记录下一切必要的东西，并不发问，因为他们是习惯于纪律性的。这间房间以前是斯乃得睦尔一家银行的董事室，现在是团部所在地。米加耶夫发出进军的指示，而且照他自己一贯的习惯，每说完一句话都要来这么一句口头禅："情况就是这样的。"然后他相当阴沉地问道：

"有疑问吗？"

"都明白了。"第二营营长代表大家回答道。

只有那位新任的上尉——第二连连长——在那边的角落里发出孩子般的、沉闷的声音。那谈不上提出问题，而是严峻地叙述事实：

"那么，并不是向柏林进军啦。"

米加耶夫激动了一下。那正是他自己苦苦思索着的一个问题呀。

"正是这样，"米加耶夫说，"并不是向柏林进军。情况就是这样的。"

这完全是给斯乃得睦尔害了呀，军官们想道，不由得把这个城市恶狠狠地骂了一通。

早晨，第一营由兴登堡广场——本城的一个中心广场——出发；士兵们断断续续地歌唱着。德国孩子们在窗口和门口张大了眼睛瞪视着。

维谢恰柯夫骑着马走在全营的前头。连长们也骑着马跟在疏疏朗朗的连队前头。步兵后面是营部的迫击炮，擦得雪亮，看上去好像不准备打仗的样子。机关枪——即使架在枪架上，枪筒朝后——看上去怪吓人的。接着是一行列货车开过，格拉莎骑着马走在大家后面，她的绯红的脸蛋儿光彩焕发，对整个世界亲切地微笑着。

士兵们本来指望着会有一次长时期的休息，然而现在对于这次出乎意料的行军仍然很高兴。当他们听到了有关这次行军的一些消息时,也苦痛地摇摇头:啊,不是上柏林去!他们仔细望着一座座村庄和小城市,望着瓦屋顶,望着篱笆和围墙,那上面的白旗正在大风中哗啦啦地飘。

士兵们一面沿着大路行军,一面从容不迫地谈着话,彼此严肃地交换着对于德国的观感。

连部司务长戈登诺夫,战前在一个集体农庄当大队长,是个世代相传的农民,他的兴趣当然主要在农业方面。他抓起一把德国泥土从指缝间筛出去,又以他的熟练的眼光对农民们的小块小块的土地和地主们的辽阔的田野扫视了一下,而且,每逢他们在农村里宿营的时候,他还仔细打量着一家家的院落和外屋。

"他们的生活真是天差地远啊,"他说,一面搔着那头发给剪得短短的后脑壳,"这儿每一个地主平均有两千公顷地,而村子里其他的农民一共只有五百公顷。真他妈的成什么话!"他轻蔑地哼了一下鼻子,又静悄悄向前走了一会儿;大家都看出他是想起了在那遥远的故乡阿尔泰的列宁道路集体农庄了,戈登诺夫曾经有多少次和士兵弟兄们谈起那个集体农庄。"他们应该来向我们学习学习,"他骄傲地说,然后又突然记起了自己目前的任务,用打雷般的声音嚷着,"别掉队!……振作起来!彼邱金,别落后!……"

党组织员斯里文科果真是遇到事情总爱归纳概括,他这种习惯相当根深蒂固了呢,他说:

"他们老是埋怨说:没有足够的土地……甚至为了抢一些土地而不惜同我们打仗!……可是他们大可以跟他们的贵族去争夺土地呢:那样付出的代价一定会便宜得多,而且也有些意义!"

卓珂夫骑在肥大的马上摇晃着,爱听不听地听着士兵们的谈话,一面在想着自己的事儿。

米加耶夫少校刚刚骑着马告诉他说,他,卓珂夫,已经被推荐为斯乃得睦尔战役的红旗勋章获得人。原来这位连长是第一个率领全连冲进这城的,而且占领了海鹅工厂大楼和横街。

卓珂夫的骄傲的心里涨溢起一股兴奋的情绪,但是他什么也没有说出口。

米加耶夫瞪着眼睛问道:

"你有什么意见?"

"什么意见也没有。"卓珂夫回答。

年轻的冒失鬼!米加耶夫想。他很希望卓珂夫发表一点意见。他的心为连长疼痛着,特别是因为他看一看卓珂夫的经历表就了解了他的一生。

但是卓珂夫相当阴沉地望着米加耶夫,闭口不响。

"好吧,赶上连队吧。"米加耶夫不耐烦地说。

"是。"卓珂夫回答道,碰了碰马鞍。

不过,他一赶上了自己的部下,就快乐地想到最近颁发的那颗缀着红白绶带的、光荣的勋章。可是他立刻控制住了自己:别松懈!

他竭力抑制住情感,想道:"我们是由于鲁宾佐夫的帮助才能那么快就打下了横街的。他用手榴弹干掉了那些德国人……"

他带着深切的同情记起了鲁宾佐夫。他受了重伤吗?他会回到师里来吗?

士兵们尊敬地望着卓珂夫。甚至连那位一向带着疑惧的心理看待这位新任连长的斯里文科,现在也断定连长是个顶呱呱的家伙,尽管连长脾气有些古怪。政治上稍微嫌落后一点,斯里文科想。斯里文科特别不赞成卓珂夫仍然保存着自己那辆有名的马车。的确,那辆马车总是单独跟在后面,在团队后面的什么地方,不让高级将领看到。

在斯乃得睦尔的争夺战中,连长表现出了难能可贵的冷静,感服了士兵弟兄们。他好像具有着什么对抗子弹的魔力似的,正如他有一次在营盘里所告诉大家的一样,他整个的姿态就好像一个在童年时代给涂上了魔术膏的人一样。他相当阴沉地望着他的士兵弟兄们说,只有他的脚后跟没有给涂上魔术膏,因为在他小时候,母亲常常抓住他的脚后跟,这是他唯一刀枪能入的地方。

"你现在扯到别人身上去了,"舍米格拉夫笑道,"那是阿溪里斯①的脚后跟呀。"

---

① 阿溪里斯(Achilles)系特洛伊战争中最勇敢的希腊英雄。幼年时代,母亲把他全身浸入冥河中,因此全身刀枪不入,只有脚后跟被抓在母亲手里,没有被浸到,因此终于被巴里斯(Paris)射中脚后跟而死。

"那么就别问吧。"卓珂夫说。

刮起了一阵强劲的北风,士兵们都低下了头走。他们的大衣和帽子都给吹得啪啪地响,盖在车辆上的防水布也大声地哗啦啦响着。潮雪落在迫击炮的炮身上。风在路旁的树林里咆哮,在田野上低低地扫荡着,猛烈地扯着挂在阳台上和窗口上表示投降的白布片。

行军的第四天,连部停驻在一片大庄园上。一堵粉刷得厚厚的石头墙后面,屹立着一座有阁楼的老式房子,墙头垂挂着一棵棵大树的光秃秃的枝桠。四壁攀满了常春藤,绕成各种美丽的花样,像冬天里窗户上的窗花一样。

连司务长戈登诺夫让部队宿营地弄好之后,便照常浏览着一间间外屋。噢,马厩和牛棚都是"第一流的",不亚于他故乡阿尔泰的集体农庄。不过,这儿的一切财产都属于一个人,对于这一点,戈登诺夫又轻蔑地喷了下鼻子。

他对那位党组织员说:

"他们常常谈到德国文化……可是,既然是个别人富贵荣华,大多数人一贫如洗,这也管叫文化吗?"

在院落里,在涂着灰泥的许多外屋当中,停着一辆麦昔迪斯-班士牌卡车;车子的散热器上已经装上了普通的木辕,是用来驾两匹马的。戈登诺夫叫全体士兵们都来欣赏这种装置。

士兵们放声大笑,想到德国居然汽油也用光了,想到连地主们也得用"马力汽油"开车,感到很高兴。

就在这辆希特勒时代的德国马车旁边,戈登诺夫让卓珂夫那辆威廉皇帝时代的古色古香的马车停了下来;对于开晚饭问题作了一些指示以后,他便去走访附近一带农民的院落。在一家家院落里,那些吓慌了的德国人用讨好的笑容接待着他。戈登诺夫因为在德文方面只认识"哈尔特"(halt——意谓"停住")与"卡拍特"(kaput——意谓"完蛋,死亡"),便没有和他们谈话,只不过像一个游历家似的浏览了几个堆满牛粪的农民院落。院落狭小荒凉。观察的结果使他大为满意,他摇摇头,吼道:

"什么都明白了!"

连司务长回到庄园上发现一个名叫彼邱金的士兵不见了,于是他脸上愉快的笑容消失了。他发觉中午在松涅堡那个小镇上作一次较长的休息时,彼邱金就掉队了。连司务长很担心。他得向连长汇报有一个士兵失踪啦。

"把他找回来!"卓珂夫说。

戈登诺夫特派了舍米格拉夫到松涅堡去。天黑的时候,大家都睡觉了,舍米格拉夫终于带着彼邱金回来了。

"你上哪儿去啦?"连司务长问道,他也学会了卓珂夫简洁明了的说话方式了呢。

彼邱金,一个年纪较大、矮矮胖胖的人,他是从卡卢加①地区来的,现在站在司务长面前眨着蓝色的小眼睛。

"睡着了,司务长同志,"他说,"醒来的时候,我不知道该上哪儿去。因此只有等着您派人来接我。"

当连长来的时候,彼邱金把同样的话向连长说了一遍,另外又加上一句:

"谢谢您派人来接我……"

他说得很谦虚,可又很狡诈。他明明不是在说老实话。

"哪儿的话,"卓珂夫说,"下次我们可要派一颗子弹来接你了。"

他走了,让彼邱金去仔细思量这一个威胁。

彼邱金搔搔自己的稀薄而略带红色的头发,害怕地对舍米格拉夫低声说:"你怎么想法?他要枪毙我!他原来是那样的人……"

庄园上一切都寂静了。彼邱金在院子里荡来荡去,然后走回屋子,仔细瞧着那些睡熟了的士兵们的脸。他们都睡熟了。但是,在那间塞满了书架的房间里,他看见斯里文科躺在一张很大的长沙发上,抽着一大卷土烟,烟卷的火光在影影绰绰的黑暗里照亮了这位上士的沉思的脸。彼邱金跷起脚走到党组织员跟前,静静地站了一会儿,终于说:

"瞧我弄到了什么东西。"

他跑出去,又立刻拿着一个包裹走回来。他一面解开包裹上的带子,一面狡诈地笑着,笑得像一个谋叛者似的:

"瞧,费奥多·安得里契,"他用低微而颤抖的声音说,"瞧瞧这只旧背包,看我弄到了什么东西。"

---

① 卡卢加地区在保卫莫斯科(1941年)大战中曾产生重大作用。

包裹里放着几卷小牛皮。

"你要这玩意儿做什么用?"斯里文科冷冷地说,一面在想着自己的事。

"对一个士兵说来,这是没有用处的,你的话说得对,费奥多·安得里契,但是对一个农民说来,可真有用处呢。现在战争快结束了。好极了!这些小牛皮在卡卢加扎扎实实要值三千卢布呢。德国人把什么都抢走了,把什么都偷走了,可不是吗?有些人可还像革命以前一样,穿着级木①鞋子走来走去呢。唔,你瞧!"

斯里文科摇摇头:

"丢掉,你一定得丢掉……你可不能用两块牛皮为每一个人做双鞋子呀!"

"干吗要管每一个人?"彼邱金说,他伤心了,"每一个人干我什么事?足够我自己用了!我一家有六口呀,费奥多·安得里契。"

"家里?"斯里文科望着彼邱金,但一句话也没有说。

但是彼邱金却无法住嘴。

"这是正当的。这是从德国人手里得来的一种赔偿。如果你要知道原委的话,我的意见就是这样。"

斯里文科笑了笑便转过身去。或许他是去睡觉吧。不管怎么样吧,彼邱金想跟他再谈下去,然而他再也不理会了。

彼邱金走开去,躺在隔壁房间里自己的床上,可就是睡不着。

眼看到这么多空房子、店铺,眼看到德国人临逃的时候丢下这么多财产无人管,他起了贪心了。他一想起自己那间给毁了的木头小屋,简直要哭了出来。他想把他所看到的东西统统带回去:木板呀,砖头呀,椅子呀,陶器呀,马呀,牛呀。他梦想着一辆像公共汽车那么大的大马车。啊,要是他们能发给每个士兵一辆马车和两匹马,都好呀!他从这边翻身到那边,他的眼前出现了一辆马车,车子里的东西直堆到车顶上。瞧,车子隆隆地向他故乡的村子里滚去,孩子们用一声声愉快的叫喊来迎接它。

当然,他在思想上针对着斯里文科的话而替自己辩护,他尊重斯里文科,替每个人做鞋子是件好事……可是我是个渺小的人……不是一个党组织员!

---

① 系一种菩提树属植物,可做席子或绳索。

房间的四壁都挂着装在镀金框子里的照片。那一张张陌生面孔的隐约的轮廓朝下俯看着彼邱金。

大门口的哨兵不断地走来走去。楼下一个老妇人慢吞吞地走来走去。除了哨兵以外,这整个地方只有两个人没有睡:彼邱金和这屋子里年老的主妇。

主妇陷入了一阵经久不息的、近似疯狂的恐惧。她所以没有带着儿子一起逃,不是由于时间上来不及,就是由于不愿意逃。或许她认为不会有人来伤害一个老太婆吧。

现在,这位门第高贵的普鲁士贵族的女后嗣,坐在佣人们的小房间里,一听到有声音就发抖,以为随时都会死在一个胡子长长的布尔什维克的手里。尽管四下已完全寂静,壁上的花毡并没有改变图案,椅臂上"司芬克士"①像的铜头仍然以同样静穆温宁的表情张望着,这老妇人还是感到自己遭受到了一个新的、不可理解的、敌对的、可怕的世界的威胁,在那个世界里,根本就容纳不了她,容纳不了她所习惯的事物。

她不仅把苏军的来到看作一支战胜者的队伍的来到,而且把它看做世界末日的来到——这个世界就是她过了一生的那个世界啊。

什么人也不来理睬她,这更增加了老妇人的恐惧。

天亮的时候,房门才大开了,门槛上出现了一个穿军服的高个儿的俄罗斯女人。来的是一个女人,而不是她料想中的须发长长的布尔什维克,这简直把老妇人吓得晕了过去。她仔细瞧着这位女"政委"的亮亮的大眼睛,然后用两片没活气儿的嘴唇低低地作了一次祷告。

格拉莎是和营部理发师一同来的,她太忙了,来不及研究这老妇人恐惧的缘由。她命令她把澡堂烧起来给士兵们洗澡。但是事实上,村子里根本没有澡堂:德国人通常都在水盆和水槽里洗澡的。格拉莎吃惊地哼了一声。她命令烧热水。老妇人心想,只有出现奇迹,才会使她死里逃生啦,她跑上前去执行命令。

---

① 希腊神话中狮身女首而有翼的妖怪。

四

连长卓珂夫走下楼来。

格拉莎告诉他说,团部要在这儿驻扎一些时候,因为师部在等待补充的兵士。

院子里是一片愉快的骚动:理发呀,配发肥皂和干净衬衣呀。格拉莎给士兵们下了最严格的命令:以后他们睡觉只能穿衬衣,外面衣服必须脱掉。

"这种生活已经过够了,"格拉莎生气地说,"你们在掩蔽壕里和战壕里那么睡已经睡够了!现在是重新好好儿生活的时候了!"

那个年老的主妇穿一件有褶边的黑色长袍,在院落里一间单独的大厨房里大惊小怪地忙碌。她在一只大瓦炉周围走来走去,那儿正用桶烧着水。跟她在一起的是两个佣人——两个头发梳得高高的、年轻的德国女人,她们正一眼眼斜瞟着士兵们。

卓珂夫看到连队现在是由格拉莎指挥着,便回到楼上自己住的地方去了,他才不愿意受一个女人的节制呢,哪怕是在卫生问题上也好。

他匆匆瞥了一下装在镶金框子里的照片,便在窗口坐下。他突然想到这个穿黑袍子的古老的女人可能是个地主。他想到这里,不由得睁大了眼睛。

一个货真价实的地主!稀奇!难道这个穿黑衣服的老妇人就是这附近所有的财产、所有的土地、所有的森林和草地的所有者吗?

卓珂夫现在可带着特别的兴趣望着那盖满了雪的、灰暗暗的田野边上的森林。说来很奇怪,这一簇普通的小白杨,一簇和其他树林一样的林子,竟会属于一个人,而这个人就是一个老太婆。

他又走到院子里去。格拉莎已经乘着车子到第三连去了。士兵们已经在洗澡了。他听到他们的笑声和澡盆里扑腾扑腾的水声。理发师正在走廊上给士兵们理发。他已经把会客室里一面大镜子拿来竖在这儿,这一来倒真像一个理发铺子了呢。那两个佣人把一桶桶热水和冷水往屋里送。

那个穿着黑色长袍的地主还是站在火炉旁边。她的黄澄澄的、浮肿的脸上被水蒸气蒸湿了。

他妈的,她不过是个极平凡的老太婆!一个讨厌的老东西有什么大不了!

这时候,有一个高个儿老头,强留住了卓珂夫。那人两腿细长,穿着长统羊毛袜,袜子从裤脚管一直罩到膝盖上,头戴一顶绿帽子,帽子上飘动着一簇淡绿色的羽毛。他原来就是这片庄园上的经管人。

他对卓珂夫鞠了个躬,几乎每隔一分钟就要问一次:

"达尔夫意赫,赫尔奥勃斯脱?"①

"奥勃斯脱"——这个字是"上校"的意思——卓珂夫想,他在拍马屁呢,这个不要脸的老东西!……

卓珂夫继续望着那老太婆。是的,她真是个讨厌的老东西。身强力壮的伟大的德国人民怎么受得了这个佝腰驼背的胖妖婆发号施令呢。可是德国人民竟也容忍过希特勒……

或许得把她当作一个阶级清洗掉吧,卓珂夫想。他决定要弄清楚党组织员对这个问题怎么看法。斯里文科已经洗过澡到院子里去了。卓珂夫把他请来坐在自己身旁的那条长凳上;沉默了一会儿以后,他含含糊糊地说:

"你瞧,这个女地主……"

"是的。"斯里文科回答道,冷淡地望了望厨房门口那个老太婆的身影。

跟着他就注意到连长脸上沉思的表情,他明白了:卓珂夫虽然是个连长,但究竟还是个小孩子——他生平还是第一次看见地主呢!

斯里文科放声大笑起来:

"那么怎样呢?把她送到她俄国亲戚那儿去,这主意不算坏吧?"

"好。"卓珂夫说着就从椅子上站起来,或许是去发布必要的命令吧。

不过斯里文科照旧坐着。

"不值得那样做。"他说,他好像觉得懒洋洋的;他接着又用更坚决的语气重复说了一遍:

"不值得那样做!"

"土地应该分给农民。"卓珂夫一半带着疑问的口气说。

"一切都得等到时机成熟,"斯里文科说,一面狡猾地用乌克兰语补充了一

---

① 德文,意谓:"允许我吗,上校先生?"

句,"一个连队用不着关心这些问题,连长同志。"

这句话刺伤了卓珂夫,使他重新记起了自己不过是个连长。虽然他内心里同意这位党组织员的意见,认为社会改革不是一个步枪连连长所关心得了的问题,可是他还是蹙着眉头。

斯里文科看到连长眼睛里在冒火,便站起来警戒他说:

"我去问问政治部,让他们去决定……"

卓珂夫很了解斯里文科的暗示。他又在长凳子上坐了下来。

司务长走到他们跟前来了,全身洗得干干净净,光光闪闪。当他发觉到那个穿黑衣服的女人就是本地地主的时候,他甚至比卓珂夫还要惊讶。老实说,他也同意连长的意见——遇到这种情况就是采取紧急措施。

"噢,老妖婆!"司务长吼道,他的洪亮的声音响遍了整个院子,使得那三个德国女人都恐惧地朝四下望望。

"她应该被剥夺财产。"

但是,党组织员却设法让他看清事理。司务长让步了,对连长说:

"唔,不管怎么说,叫她给我们弄些早餐来吃吧!"

"那她总办得到,"卓珂夫说,又朝斯里文科瞟了一眼说,"她剥削别人剥削得够了。"

正在这时候,舍米格拉夫在窗口大叫,说是营部里叫连长去一次。一匹马给装上了鞍辔,卓珂夫便出发到邻近一个村里去,而戈登诺夫却去同老太婆谈判早饭问题去了。

吃过饭以后,兵士们开始唱起歌来。窗户敞开着,歌声响遍了全村。他们唱的歌有悲伤的,也有激昂的,充满着对自己故乡的渴念。

士兵们一面唱着这些从童年时代就熟悉的歌曲,一面立刻开始感觉到,这支歌的气息与他们现在的这个所在地的气息之间存在着多么强烈的对照啊。他们带着一种说不出的心情听着这熟悉的曲调,好像他们对这支歌是漠不相关的,好像是静悄悄坐在屋子里的德国人,以德国人的观点,来倾听俄国歌曲的奔放的旋律。士兵们既然仿佛是从旁观者的立场来听自己唱歌,于是发觉歌声里含着一种从来不曾注意到的、完全新鲜的媚劲和力量。

钟声儿叮当叮当……

舍米格拉夫开始唱道,重新对这些字句感到惊奇和快乐。天啊,多么优美的字句啊!他想。

司务长戈登诺夫忘记了自己身为司务长的尊严,也以深沉的男低音跟着大伙儿一起唱起来了。他听着,被这支歌的轻快的曲调深深感动着,记起了故乡的集体农庄、茫无边际的稻田和阿尔泰的稠密的森林,他感到骄傲:他身在这儿,大家都在听他唱。

窗口,可怜的彼邱金以他的柔和细小的男高音给别人帮腔。

> 我记起了那些逝去的夜晚,——

果戈贝雷采以一种东方式的表情唱着,相当粗犷,拖长音节地唱着,有几节唱得出人意料的柔和。

虽然这些歌曲是纯粹俄罗斯风味的,然而使他想起了可爱的格鲁吉亚,想起了故乡卡赫夏和阿拉然河堤上的绿油油的葡萄树。他恶意地把发烧的眼睛里的微蓝的眼白眨了一下,一面提高了嗓子,使那些坐在屋子里的人们都听得见:

> 我记起了那些逝去的夜晚,
> 那故乡的亲切的田野和森林,
> 在早已干涸了的眼睛里,
> 掉下了一滴泪,像一颗星。

斯里文科感到伤心,神不知鬼不觉地走到院子里去了。哨兵站在门口,羡慕地听着那些歌手们。

斯里文科走到大路上。大路绕过这儿,这么早就没有行人了,他倚靠在石头墙上,吸着一卷土烟。

不远的地方,有几个人聚集在墙边。他们站在那儿,一面听俄国歌曲,一面彼此聊天。斯里文科看到了他们,便走近前来问道:

"你们在干什么?"

一个青年人,穿一件旧的毛织运动衫,戴一顶蓝色法兰绒便帽,耳套下垂着,从伙伴们中间走出来,以一种带有懦怯味儿的愉快心情说起话来——他说的差不多是俄文,但口音里带着一种奇异的、非俄国的意味:

"我是个捷克人。捷克人。"

斯里文科伸出手来,这一下使那个捷克人感到有光彩,使劲地握住那只手,握得斯里文科笑起来了。当斯里文科笑的时候,每一个人立刻都看出了他是个善良的人。人们把这位苏联军士围了起来,握他的手,热情地拍他的肩膀。

从这个捷克人的一番解释里,斯里文科弄明白了:这些人,地主冯·包古男爵夫人的长工,是赶来感谢俄国人给他们的解放。他们中间有荷兰人、法国人、比利时人,有一个丹麦人,还有他自己——"捷克人,捷克人!"

他同时发觉了:从昨天起,男爵夫人就开始让他们吃得饱了。今儿吃早饭还有鸡蛋,他们在这儿过了这么多年啦,这还是第一次呢。但是,冯·包古男爵夫人给长工们破费几个鸡蛋,却要劳驾全部苏联军队开到德国国土上来。

"世界上只有俄国军队,没有别的军队!"那个捷克人把一个法国人所说的一句高兴的话翻译了一遍。

"这儿有俄国长工吗?"斯里文科问。

捷克人欢快地说:

"没有!没有俄国人。"

那个生气蓬勃的捷克人,冻得发青了,可是很兴奋,愉快地谈到一切,甚至谈到一年以前他在一个德国集中营里度过的一段时间。他心头充满了快乐,那种快乐甚至把最悲伤的记忆都冲淡了。

他们告诉斯里文科说,这儿曾经有过俄国长工,可是大约在十天以前,当第一批俄国坦克出现在这一带的时候,他们就离开了。但并不是所有的俄国长工都离开了。有一个姑娘就没有能活着看到自己同胞的来到。她在去年年底死了,他们把她葬在离这儿不远的地方。

"那个俄罗斯姑娘……哭了又哭……终于死了。"捷克人就是这样谈到那个姑娘的。

一片深沉的沉寂。每个人都在等着要听一听斯里文科会说些什么。他给弄得很伤心，粗鲁地说：

"进来谈吧。"

大家高高兴兴地成群走进院子。但是当这些长工看到那个穿着黑衣服站在窗口的老太婆时，大家都变得懦怯了，放慢了脚步，只有斯里文科看到这情形就鼓舞他们说：

"跟我来，别害怕。"

他直愣愣地望着那个老太婆，目光中充满了那么深刻的憎恨，直使得她发抖，接着她就不见了。

士兵们围着这些解放了的长工，和他们起劲地攀谈起来，多半是用目光和手势来代替语言的。司务长戈登诺夫挺直身子，显出他是个魁伟的巨汉，直向那两个德国女佣人大声吆喝，命令她们给长工们吃饭。

"他们要吃什么，"他说，"就得给他们吃什么！明白吗？"

但是他觉得这还不够。他并且命令老太婆也到桌子跟前来侍候。她以缓慢的小步从厨房走到桌子跟前，接着又回到厨房里去，用她那抖抖索索的、肥大的双手把一盆盆菜端上来。

斯里文科和那个捷克人一块儿走到院子后头去了。他在这儿静静地站了一会儿，便问道：

"她生前是怎样一个人？……那个俄国姑娘？……"

捷克人说，那个姑娘曾在这儿当过牧猪奴，她是在乌克兰生长的。

"乌克兰人？"斯里文科又问了一遍，一面动手把土烟草卷一支烟卷。

"正是。"捷克人回答道。

斯里文科在长凳子上坐了下来，同时请捷克人也在他身旁坐下，然后说道：

"要抽支烟吗？"

烟草！长工们压根儿就没有烟草可抽，那恐怕比挨饿还要难受吧。斯里文科把一只大的绸烟袋里的烟草倒了一半在捷克人的手掌上。

是的，那个姑娘是乌克兰人——黑黑的皮肤，黑黑的头发，还留着长长的辫子。就在那边的那条长凳子上，在猪圈附近，她生前总是在黄昏时候就坐在那儿哭，一直要哭到男爵夫人或者是经管人沃格特先生发觉她为止。男爵夫人总是拍着巴掌,大发脾气地说:"唉,我的天啊,那个人又闲坐在那儿不干活了!"而且经管人还要惊奇地说:"他们干吗要哭呢?"

"她留着长长的辫子吗?"斯里文科问。

"是呀。"捷克人说。

她是一九四二年同另外一些人一块儿来到这儿的。他们的气色都很不好。

"我明白,"斯里文科说,最后,他沙嘎地问道,"她叫什么名字?"

她的名字不叫嘉丽亚,却叫做玛丽亚。

捷克人走到桌子跟前,可是斯里文科依旧坐在猪圈旁边的那条长凳上,伤心地用双手捧住头。那个姑娘并不是他的嘉丽亚,可是,难道德国就只有这一个庄园吗?就只有这一个俄国人的坟墓吗?

士兵们喧闹起来了。

年轻小伙子围绕着一个年轻苗条的荷兰姑娘,她的金色的头发亮得刺目,差不多是红色的,一直散披到肩上。

她长得很美丽。她那乌黑的长睫毛下面的一双明亮的蓝眼睛哪,对士兵们投射出一瞥瞥卖弄风情的目光,简直叫士兵们乐得心醉了。不幸的是,这位荷兰姑娘把她自己的丈夫引了出来——一个沉静的、毫无生气的荷兰人;这一下可叫果戈贝雷采扫了兴,他本来已经给大大地打动了心呢。

"怎么啦?"彼邱金看到果戈贝雷采的沮丧的神色,不由得笑了,"是个有主儿的娘儿吗,哎?可是你却别失去机会啊……"

"唔,不,"果戈贝雷采回答道;他垂头丧气,"一个荷兰男人,是我们的盟友呢,你明白吧!……"

彼邱金大胆地打量着女人们,特别是一位已过了青春的法国女人——"年龄正对劲儿"——他不停地跟她们谈话,任意根据俄文方式变更着一些德文的字尾:

"太太,你现在该觉得舒服些了吧。"

女人们都高高兴兴的。她们看到了那几个德国女人的一瞥瞥妒羡的目光,于是一面恶意地笑了起来,一面望着包古夫人沉重地拖着脚步从厨房里走到桌子跟前,又从桌子跟前走回厨房。她们不懂得一个俄国字,多么遗憾!

但是那个美丽的金发姑娘玛格丽特会唱一支歌,那是她从庄园上的女朋友们那儿学来的。她用柔和的声调唱出这支歌,用她的大胆的蓝眼睛活泼地瞟着士兵们,一点儿也不害臊。她的俄文发音糟糕透了:

> 阿明正乘着也色小停,
> 阿地包庇的情人!

这些字应该是这样的:"我们正乘着一艘小艇,我的宝贝的情人!"士兵们都哄然大笑了。

五

卓珂夫到了营部,知道自己是被召集到这儿来开会的——一种通常的临时会议,为的是讨论行军纪律和这方面需要加以提防的缺点。

大家都觉察到营长的脸色那么阴沉。虽然他说的都是些普通事情——部队的配备呀,枪炮的清洗和加油呀,等等——可是看上去他同时还在想着一些别的事情呢;他老是停一阵又犹豫不决一阵,他的口吃——一九四一年给炮弹震动成这个样子的——今天特别显著。

会开过以后,格拉莎进来了。她请连长们去吃便饭,而且竭力露出笑容,说:

"这是我们最后一次在一起吃东西了,亲爱的朋友们……"

真的,那天上午已经接到上级一个命令,叫把格拉莎交给师部医务官,"听候分配其他职务"。

这个命令的来到,对维谢恰柯夫和格拉莎都是件完全意料不到的事。已经做完了调查研究工作的加林少校就向他们提出过好多次保证,说是一切都很顺利,不会有人来拆散他们的。

突然间来了这道命令。

维谢恰柯夫是怕羞的,他既不愿意,也不知道该怎么样去同上级谈论他自己的私事。不过,由于格拉莎的坚持要求,他还是打了个电话给副团长。可是,副团长兼团参谋长米加耶夫少校相当干脆地回答他说,命令既然下了,就没有什么好说的了。

于是格拉莎打电话给师部的加林少校。少校很慌乱,说他无能为力,因为命令是师团下的。师团!对维谢恰柯夫和格拉莎说来,师团是一个高不可攀的峰顶,差不多高出云霄之上。他们一想到他们的"私事",他们的平凡的名字,居然会在师团里展开讨论,就感到惶恐。

他们都就座了;平常,格拉莎殷勤待客的桌上本有一股活泼的生气,今天却没有了。谈话是寂静的,而且谈的都是些题外的事情。

维谢恰柯夫沉默着,只不过时时刻刻地对格拉莎瞥一眼,文不对题地说:

"唔，别在意，别在意……"

已经预备好一辆马车，营长的传令兵把格拉莎的行李放到车上。格拉莎吻了吻几个连长、副营长、副官、传令兵以及营部里所有的士兵们。她根据俄罗斯风俗，在他们每个人的双颊上接连吻了三次，然后坐上车子。

军官们站在石阶上，沉默地望着。马车夫猛拉了一下马缰，维谢恰柯夫跟在车旁走着。

格拉莎说：

"鞋刷和鞋油在背包的左边一个口袋里。塞辽夏知道的。梳子在你的外套口袋里，你记着就把它摆在那儿，经常归还原处。你有一打左右的手绢，每隔一天得换一块新的。你的旧长筒靴正在修理，今天就可以修好，去拿来穿上，把脚上穿的一双送去修理，右脚跟坏得一塌糊涂了呢。新任助理医生一来，你就把消炎片和酒精交给他——这些药品都藏在手提箱里。"

当马车在小山后面转过弯去，当村庄看不见的时候，车夫勒住了马，格拉莎下了车，眼泪直流，拥抱着维谢恰柯夫。

他们俩还是不舍得别离，在马车后面走了一阵子，车夫坐在车上，也亏他想得周到，把背朝着他们，眼睛直盯盯地看着马尾巴。

卓珂夫往回走了。马儿在潮湿的柏油路上慢慢儿走着。风儿在那覆盖着一堆堆白雪的田野上猛烈地吹着。路上相当荒凉。偶然有车辆开过。一辆车子停了下来，车子后面有三个人跳到大路上来。车子开走了，但是那三个人依旧站在原来的地方，抽着烟，然后不慌不忙地走到卓珂夫跟前来。

"连长！"其中有一个人嚷道。

卓珂夫勒住了马。他的面前站着一个笑容满面的、熟悉的侦察人员——梅歇尔斯基上尉：身材高大、挺直、很诚恳，而且，像往常一样，特别有礼貌。

"见到你真叫我高兴，"梅歇尔斯基说，"你就驻扎在这儿一带吗？"

"是的，在附近一个村庄里，"卓珂夫指着庄园的方向说，然后他问道，"师部要停驻好久吗？"

"谁也不知道呢，"梅歇尔斯基说，"我们正往医务营去。我们的近卫军少校在那儿。"梅歇尔斯基好像突然记起了什么事情似的，大叫道，"连长同志！是你救了他！跟我们一块儿去吧，他会很高兴的呢。有一天他问起过你的。"

卓珂夫硬邦邦地说：

"我并没有救他，说不定倒是他救了我。是他从敌后袭击德国人的。"

"噢，那好极了！"梅歇尔斯基说，"噢，对不起！我忘了给你们介绍啦……这位是阿甘涅斯扬，我们的翻译官。这位是服罗宁司务长……这是卓珂夫上尉……"

卓珂夫让马儿掉过头来，跟着这些侦察人员一起走。他们不久便走上了一条小路。远远就可以看见村庄里红色的砖屋顶和那少不了的教堂尖塔。接着便出现了一簇簇洁白的医院帐篷，篷顶上袅袅地缭绕着从铁炉子里冒出来的烟。

看到这些帐篷，卓珂夫心里就涨溢起一股尊敬的感觉，凡是受过伤的战士都会有这种感觉的。医务营经常给人们留下了最温暖的记忆。一个受了伤的人从战火中给送到这儿来，立刻就给安放在一幅干干净净的被单上，换上了洁净的麻纱衣服，喝一杯伏特加，然后就有柔和的手来替你包扎，用柔软的棉花给你揩掉凝固的血，用清水使你的发烧的前额阴凉。人们在这儿所经历的一切跟在战争中所经历的一切比较一下，就显出了那么显著的对比，会叫你感到那么大大地松了口气，因此以后一看到医院的帐幕就会觉得深深的感激。

卓珂夫连忙下了马，牵着马鞍走。到处有穿着白罩袍的女人的身影跑来跑去。护士们讨人喜欢地笑着，打侦察员身旁跑过，顺便告诉他们说：

"少校一大早就在盼望着你们了！"

"今儿早上刚替少校换过包扎！"

梅歇尔斯基停立在一座帐幕旁边。

"近卫军少校在这儿！"他对卓珂夫说。

卓珂夫把马儿拴在最近的一座篱笆上，然后跟着侦察员们走进帐幕。一个腮儿红红的年轻护士看见他们，就递给他们医院长衫，然后把他们领到帆布帐子后面去。

鲁宾佐夫正坐在床上。他消瘦了点儿，脸色严肃。

他一认出了卓珂夫，便说：

"喂！出乎意料的贵客来啦。"

大家都坐在床边的椅子上。梅歇尔斯基走出去，到布帐后面找那个护士去了,他非常有分寸地低声询问近卫军少校的健康状况。从前梅歇尔斯基家里有了病人去请医生来时,她的母亲便是这么做的。梅歇尔斯基不知不觉地仿效着自己母亲的样子,那么静悄悄地、特别细心地询问少校的伤口怎么样了,连极细微的地方都问到了。

阿甘涅斯扬把最近几期《真理报》和《红星报》交给鲁宾佐夫。服罗宁小心地望了望四周,甚至透过帽檐看看近旁有没有医生,然后把一瓶酒塞到鲁宾佐夫的枕头下面去。

"喂,别那样!"鲁宾佐夫抗议道,"你干吗要隐瞒?我们现在就把它喝了吧!"

少校是独个儿躺在帐幕里的。没有别的伤员。上级留鲁宾佐夫在医务营里养病,虽然通常并没有这种情形。师长发觉他的伤口是一个轻伤以后,他就不放他的侦察员走了:因为,如果让他给送进后方医院,将来他出院的时候,就可能给调配到另外一个师里,而将军很器重他,不愿把他放走。

当梅歇尔斯基跟着那个护士一起走回来的时候,服罗宁在护士耳边轻轻说了句话。她摇摇头,但是立刻就走出去了。当她再走回来的时候,她也朝四下望望,恐怕有医生在监视着,因为她手里拿着几只杯子。

大伙儿都静静地坐着喝酒,让肉体和精神都好好休息一阵,前线上归来的人们每当发觉自己可以暂时不打仗的时候,通常都是这样的。

木柴在爆响着。护士蹲在火炉跟前,时时刻刻把干松木丢进火里。空气是安静的、舒适的、温暖的。

突然,油布抖动了一下,一个穿着没有肩章的大衣的姑娘跑进了帐幕。她脸色苍白,大大的眼睛,一头亮光光的黑头发,剪得像一个男孩子似的。

"德国军队集中在马都—赛区的斯塔加尔德。"她仓仓皇皇脱口而出地说。然后她光用嘴唇淡淡地笑了笑,跟每一个人握握手,再走到那个生疏人卓珂夫跟前,直截了当地自我介绍了一下:维茄。

卓珂夫看出她就是师长的女儿。他还是第一次和她见面呢。

维茄刚刚从父亲那儿来,给鲁宾佐夫带来了一些消息,她尽力把这些消息一条条记得清清楚楚。她交给少校一张纸,那就是最高统帅下的命令,褒奖那攻下了斯乃得尔睦的部队。

"爹爹很高兴，"她说，"斯大林亲自写信来说，斯乃得睦尔是波美拉尼亚东部德军防线的一个有力据点……而从前军长却说：一个小窟窿罢了！……"

鲁宾佐夫笑了。维茄放低了声音问道：

"你知道有谁给你道贺吗？"她胜利地望了望在座的人，庄重地宣布说，"西佐克雷罗夫中将！他亲自道贺。向你和我道贺！……"

她伤心地补充说："他的儿子牺牲了。"

维茄不作声了，坐在火炉旁边的护士身旁。鲁宾佐夫解释说：

"我曾有一次同这位军委一同到坦克师去，是他要去，我给他当向导……"

他转过身来对卓珂夫说："你一定记得……我们赶上了你那辆马车的。"近卫军少校皱皱眉头，犹豫不决地说，"你把那辆马车带在身边呢，还是把它丢了？"

卓珂夫垂下了眼睛，含糊其辞地说：

"我现在骑马了。"

"你这才对啦，"鲁宾佐夫说，"马车对任何人都没好处。"他苦笑了一下。

侦察们不由得注意到少校今天很有心思，甚至很阴沉。他们认为这是由于齐比岳夫阵亡了的缘故。但是另外还有一个原因。昨天，在进行检查时，鲁宾佐夫同一个主管外科医生穆希金上尉谈过话。穆希金凑巧提起另外一个医务营的外科医生柯尔佐娃，说她是个很有才干、很有希望的青年医生。他谈起她所完成的一件极复杂的腹部手术。

虽然鲁宾佐夫没有问到任何问题，只不过使谈话不至于冷场，然而穆希金却顺口说出柯尔佐娃和师团里一位首长谈恋爱。

"同谁啊？"鲁宾佐夫脸孔涨得通红。

"同克拉西柯夫。"

居然会是克拉西柯夫，不知是什么道理，这一点特别刺伤了鲁宾佐夫。他见过那位上校好几次。克拉西柯夫是个年纪大、很粗暴、坚持己见的军官，虽说他既勇敢，又精力充沛。少校立刻感觉到自己是一向讨厌克拉西柯夫的，虽然事实上并不是这样。

为了不想到这件事，鲁宾佐夫转过身来对梅歇尔斯基说：

"沙夏，读点什么给我们听听吧。我的心情不大好，就想听点儿诗。"

梅歇尔斯基窘起来了。

"可是近卫军少校啊!"他说,"这是我们该走的时候了……"他从椅子里站起来,可是鲁宾佐夫拦住了他。

卓珂夫大吃一惊。原来他会写诗!他想到这里,不由得产生了敬意!阿甘涅斯扬本来是躲在角落里生闷气的,这时候也第一个说起话来,附和着鲁宾佐夫的要求。维茄也答起腔来说:

"请你读吧,大伙儿都要求你读啊。"

"我来读'焦尔金'①吧,"梅歇尔斯基说,"有几章已经在《红军战士》上发表过。"

这使得大家都高兴起来了。焦尔金,那么一个聪明、勇敢的士兵,一个万能的人,大家爱戴的人,只要一提起他的名字,就差不多可以使每个士兵的脸上浮起愉快、机智甚至是骄傲的笑容,每个士兵都好像觉得自己就是诗人描画华西里·焦尔金所运用的模特儿。

梅歇尔斯基开始朗诵了,一下子,大家都被那些热情而纯朴的诗行里的无法模仿的、谈话似的声调迷住了。

> 大伙儿公认,人的一生总得干点事情,
> 服务就是劳动,士兵也得劳动。
> 熄灯号响了——他睡得安静。
> 起床号响了——他就爬起身向前进。
> 打起仗来——这士兵就拼命。
> 如果要搏斗,他打得狠。
> 号角响了:前进!……他向前冲。
> 命令下来了:他就去死,牺牲了性命。
> ……

---

① 指特伐尔陀夫斯基的长诗《华西里·焦尔金》,作于1941—1945年。诗的主旨是呈现出俄罗斯士兵的概括的现实主义的形象。焦尔金是一个普通士兵,他身上体现出了那种构成苏维埃军队的不可战胜的品质,因此成为苏联军队中最受爱戴的形象之一。

我们的英雄现在还活着,很健康,
可是他身上决没有什么魔术
可以挡得住那该死的弹片,
或者是一颗伤害人命的子弹,
那玩意儿,或许像任何一颗
盲目飞过的流弹一样,要找到
一个目标——他就偏偏碰上了,兄弟。
风儿那么猛,刮得你刺痛,
生命只不过一片萧瑟的树叶,
每天,每小时,子弹飕飕响,
谁也不敢说,谁也说不准
会发生什么样的事情。

服罗宁大声地叹了口气,请求再读一些。梅歇尔斯基读了几首在士兵们中间流行的诗,例如西蒙诺夫的《等待着我吧》等等。将近结束的时候,鲁宾佐夫说:

"读一点你自己写的东西吧,沙夏。你知道吧,读那首描写侦察员的。"

梅歇尔斯基立刻变得脸色严肃起来了。想了一会儿,他开始用平静的声音朗诵起来了,根本不像先前那么大声和热诚了:

在严肃庄重的寂静中,
他们打从受苦的祖国的
一条条小径和大道上走了,
母亲的慈祥的手用悲伤的
语言写给他们一封封信,
但是那些信从不曾收到过。
侦察员一去就没有再回来,
垂下头的枞树为他们悲痛,
春天的流水正在为他们哽咽,

> 为了他们,亲爱的人们不再作声,
> 在那黎明前的朦胧的天空里,
> 仍然亮闪闪地燃烧着一颗血红的星。

他们喜欢这首诗。

"好像一本书里所写的一样。"服罗宁说。

鲁宾佐夫爱怜地望着梅歇尔斯基,感到为他担忧,至于梅歇尔斯基自己呢,给别人一赞美,反而窘起来了。鲁宾佐夫打定主意:"从今以后,我怎么样也不把这小伙子派到别处去了……如果我牺牲了,那是没有什么了不起的。可是他是一个诗人。或许战争结束以后他就会成名,他可能会写出优美的作品来。"

"你们这些忙人,"鲁宾佐夫说,"你们根本就没有动动脑筋的时间……可是我却躺在这张床上,什么事情也没有得做。我一天天老是在动脑筋。到现在,连我们自己还不知道我们究竟做了些什么,不知我们的力量成熟到什么程度了。你们知道吧,我羡慕梅歇尔斯基:他会写诗!但是,如果你把一些动听的话说给人们听,而话里面却没有韵律,人们就会生气,或者大笑。你们想去拥抱大家,但多少有些别扭。我就想拥抱这儿的一位小护士,只可惜我害怕她会以为我别有用意。"

那位护士听到这几句话,脸上涨得血红,一溜烟跑出了帐幕。

"看样子,好像她倒并不反对让人抱一抱呢!"服罗宁司务长笑了。

维茄听到这句笑话,勉强微笑了一下;照她看来,这句笑话说得不大合适。她是一直在留心地听着鲁宾佐夫说话的。

鲁宾佐夫本就不善于畅谈心中的感触,这一下给弄窘了,便把话题转到军队问题上来。他问阿甘涅斯扬那本德文的《反坦克炮使用法指南》是否还保存着。撤退的德军丢弃了大量像这一类的特型反坦克炮弹,但并不是我们的全体士兵都会运用。

"那本手册,"少校说,"应该给译成俄文,叫师部印刷所去翻印出来,分散给士兵们……叫他们学习学习,用起来就方便了。"

阿甘涅斯扬和梅歇尔斯基保证把鲁宾佐夫的建议报告给师长。

不知什么道理,卓珂夫不想走了。少校周围的气氛充满着一种特别的安宁、善意和友谊。

然而,这应该是走的时候了。

"你们的营驻扎在哪儿?"鲁宾佐夫问。

"不远,"卓珂夫说,"我们就驻在一个地主的庄园里。一个有钱的老妖婆!到处都挂着图画。"

那位一直沉默着的翻译官,突然一下子怎么着哪!他跳起来,抓住卓珂夫的手,叫道:

"图画?什么图画?

对于这个麻烦问题,卓珂夫回答不出来。

"什么图画!"卓珂夫说,"我不知道是什么图画。各色各样的都有。"

"在哪儿?我今天一定要去看你。"

他们对这位艺术批评家的兴奋都忍不住好笑。

卓珂夫说:

"那么来吧。我们就驻扎在下一个村庄里。这儿就望得见。那就是教堂的塔尖。"

卓珂夫走出了帐幕,解开了马,跳上鞍,朝着自己的连队奔驰而去。

六

卓珂夫走近庄园就听见士兵们的哄笑和女人们的欢乐的声音。

他蹙了蹙眉头,鞭打着马,踢踢踏踏地驰过那个给吓慌了的哨兵面前,在院子当中突兀地停下来。

连队的值班士兵果戈贝雷采,从那个美丽的荷兰姑娘跟前跳开了,好像给烫了一下似的那么尖着嗓子大叫:

"立正!"

笑声立刻消逝了。每个人都站了起来。那几位宾客受到了一点儿惊吓,也跳了起来。

卓珂夫没有下马,径向司务长问道:

"在闹些什么呀?"

戈登诺夫满不在乎,连忙解释道:

"这些人并不是德国人,上尉同志。他们都是法国人和荷兰人……他们都是在这里打长工的。他们都是我们自己人,那就是说,都是劳动人民,上尉同志。他们都在法西斯手里吃过苦头的。"

"稍息!"

卓珂夫跳下马,走进屋去。在一个房间里,斯里文科和那个地主老太婆正面对面坐着。斯里文科的安乐椅旁边站着一个年轻人,穿一件破旧的毛织运动衫,戴一顶蓝色的便帽,卓珂夫不认识他。要不是看到那个老太婆吓得面如土色,你简直会以为他们在作友谊性的会谈呢。

斯里文科看到上尉,便站了起来。

"我在同这个地主进行政治性谈话,"他咧嘴笑着说,"真有趣极了!我问她说,她怎么可以用农奴,那是不人道的。她回答说:'天啊,什么农奴不农奴!人们干活,是为了要活下去,要挣钱,你知道吧。'然后我又问她,由这位同志当翻译——他是个捷克人,我们说的话和他们说的话,他句句都懂:'如果那些人是被强迫着去干活的,是从别的国家给驱逐到这儿来的,那怎么样呢?'你晓得这个老妖婆怎么回答我?'他们会饿死的,'她说,'那边的工厂已经停工了,那边破坏得一塌糊涂,简直就没法种庄稼……'我又问她:'工厂怎么会停工的?怎么会有破坏的?'哦,是他们自己干的,猪胚!"

斯里文科挥挥手把话中断了。

这时候,门砰地开了:许多外国长工成群走进来。带头的就是那个美丽的荷兰姑娘,她的碧蓝的眼睛闪亮着。她向卓珂夫伸出手,说了几句话,脸蛋儿红红,显然很兴奋。

那捷克人翻译道:玛格丽特代表全体外国人和他们的家属向上尉以及英勇的苏联军队致谢。

卓珂夫握了握她的小手,不知道怎么回答才好。

在这儿,在这间堆满着书架子的、黑黝黝的大房间里,他觉得自己好像被摆在全世界人的面前展览着。他得说几句够分量的话,当然不是诗,但得说点儿带有诗意的东西。这个年轻的荷兰姑娘,还有站在她身后的那些人,他们怎么会知道他不过是个上尉,而且在司令部里并不太重要呢。在他们眼睛里看来,他是伟大的、无可指责的、在他的后面就屹立着整个苏维埃军队。

他说:

"我们就是为了这一点才上这儿来的。"

他想逃回自己房间里去,可是逃不出去。外国人把上尉紧紧地围住了。

捷克人把他们一个个介绍给卓珂夫,卓珂夫感到很惊奇:这些人都叫着那么些奇奇怪怪的、罗曼蒂克的名字,他只有在小说中见到过,可是他们的样子都几乎像俄国人,像最普通的人。有个法国人的名字叫什么"达塔仰"①,但是他不过是个穿着破褂子的、脸色苍白的温静青年。

他们问起是否可以马上回国,应该怎么组织:他们应该等到苏联当局来了以后再说呢,还是就可以出发?而且,他们要求了解一下,是否需要苏联司令部发给护照,如果需要,他们就迫切地要求。

一个名叫罗斯的荷兰人,要求上尉先生准确地说明一下,战争究竟什么时候可以结束。一个名叫玛尔高·梅丽爱的法国女人要了解一下,他们是否可以要求德国人供给交通工具,而且——是否可以通过无线电或其他方式和巴

---

① 系大仲马名著《三剑客》中的主人公。

黎方面联络一下,"上尉先生"是否可以为这件事下道命令。

每提出一个新问题,卓珂夫就越发心乱。他不知道他是否可以回答他们说,他不过是个步枪连连长。但是不管怎么说吧,他总是他们的合法的保护人呀。他们相信他有能力帮助他们,他不可以,也决不应该毁了他们的信心。说不定在这个时刻,他自己也觉得是全权全能的吧。

他的回答是:等一等吧,等待指示吧。等到时机成熟,当苏联司令部认为必要的时候,就会有指示下来的。

他很满意于自己的回答。

一个从斯特拉斯堡来的法国人加东纳先生代表他的全体同志向上尉先生致谢,然后又问到斯大林大元帅的健康,并且说,当地被解放了的长工小组以及他本人——加东纳先生,要向斯大林问安。

他们居然以为卓珂夫和斯大林那么亲近,卓珂夫想到这一点的时候,脑子里根本没有想到好笑。不,相反地,上尉的心里充满了一阵从来不曾体验过的温暖。他说:

"最高统帅身体很好。他的部队已经开进德国这一点当然叫他很高兴。你们的问候一定要转达到的,"他停了一下,然后又补充了一句,为的是把话儿说得更确切些,"要是有机会的话。"

那好像一个新闻记者招待会。卓珂夫深深地吸了口气。玛格丽特高兴地望着他。那个地主照旧坐在安乐椅里,动也不敢动一下。

就在这当儿,斯里文科对卓珂夫咬咬耳朵说,长工们穿得太苦,女人们只有木屐可穿。

卓珂夫严肃地望着那个老太婆,说:

"给他们衣服和鞋子穿。"

捷克人乐意地把那句话翻译了。老太婆慌忙站起身来,从衣袋里拿出一大把钥匙,慢条斯理地走到门口去。

高高兴兴的女人们跟着她到衣橱里去挑选衣服和鞋子。卓珂夫派了司务长戈登诺夫跟着她们一起去,免得卓珂夫所谓的这些"人民的敌人"会拿烂东西欺骗外国人。

这些女人挑选了一大堆衣服和鞋子,跑回自己房间去,有说有笑。她们还得把这些衣服鞋子改做一下,使它们至少合于一九三九年的式样。

啊,她们谈得多么起劲啊!是的,俄国人真是好汉,他们懂得女人离开了家有这么漫长的五年了,回起家来需要穿戴些什么!

男人们停在后面跟上尉谈着,但是就在这时候,可以听到街上有一片震耳欲聋的车辆的喇叭声。用松树枝伪装着的苏联重炮正慢慢儿从村子里开过。大家都走出去看重炮了。

就只剩下卓珂夫单独一个人了。他在这间大会客室里慢慢儿走来走去,房间里挂满了鹿角,那是领主打猎打来的虚荣的猎获物。再走过去一点儿,挂满了装在镜框里的画幅。卓珂夫感到骄傲,这一次可不是光为自己感到骄傲,而是为全体——为士兵们、为鲁宾佐夫少校、为梅歇尔斯基上尉、为每一个人感到骄傲。这种感觉对于卓珂夫是新奇的,他把全副注意力都集中在这种感觉上面。

窗口传来车辆的喇叭声、金属的银铛声、愉快的话声和打招呼的叫喊声。

突然,门开了,玛格丽特走进房间。她唧唧哝哝地说了几句话,指着她自己的黑色新高跟鞋——她显然是感谢上尉呢。

他们俩面对面站着。

她长得美丽,自己也知道这一点。他也长得俊,自己可不知道。她就是她那样儿,挑逗地对他微笑着。他却觉得身为一个伟大的部队和人民的代表,要尽量显得严肃和难接近。

她用小手指点点下颏,说着波兰话:

"玛格丽特……你呢?"

他懂得了,就答道:"华西里·马克西莫维奇。"

她听不懂那么长的一个名字,扬起了眉毛。

"华西里!"他说。为了简洁,他决定省略掉父名。

"华西尔,华西尔,"她不知怎么笑起来了,好像很高兴似的。

他们默默无言地站了一会儿,接着大家都觉得不大自在;谁也不晓得为什么。"或许她要问我什么吧?"——卓珂夫想,尽量不让自己对这位姑娘望得太仔细了。"或许上尉很忙,我什么话也没有得说,白白耽搁了他吧?"——玛格丽特想。

她羞怯地说了些什么,等待着回答,但是他并没有回答,只因为他什么也没有听懂。于是她行了个屈膝礼便走到门口去。卓珂夫惊奇地张大着眼睛,因为他只在书本里读到过屈膝礼。

她在门口静静地站了一会儿,然后跑到她的女朋友们跟前去,告诉她们说,这位上尉是个多么可爱而又不可理解的人,他的名字就叫做华西尔。

玛格丽特生长在扎安坦姆——阿姆斯特丹西北的一个小城。那个城就在海岸上,靠近一个古老的堤坝,充满着海鸥和鱼类的咸味道。它曾一度给叫做沙阿坦姆。一六九七年八月,沙皇兼莫斯科大公爵——彼得大帝,曾上那儿去过。直到今天,仍然竖立着一块彼得大帝的纪念碑,俄国沙皇当年住了短短几天的那所瓦顶的屋子也仍然存在着。小城附近的一个锯木厂被命名为德·格鲁特伏斯特(大公爵),为了纪念彼得的光临。

玛格丽特平常一想到那遥远的俄罗斯,就看到了那个奇异的伟人的形象,他的庞大的身影当年曾一度走过她的故乡扎安坦姆的静静的横街。甚至德国和苏联的战争在她看来也是一件遥远的、半荒唐的事,对她和她的祖国同胞们没有直接关系。当然,被奴役的荷兰人民是带着喜悦的心情听到德国人在俄国被打败的消息的:他们恨德国人正如他们的祖先在静默的威廉①时代恨西班牙人一样。但是他们看不出这些事和他们自己的命运之间存在着什么直接关系。

突然间这些事闯进他们的生活里来了。东面的疆界事实上并不太遥远,并不太像玛格丽特·瑞恩所以为的那样,在另外一个星球上——她本是扎安坦姆一个十八岁的姑娘,完全是在牧师的讲道、黄色小报的捏造是非,和廉价影片的罗曼史中长大的。

这些苏联人啊——就是他们解放了玛格丽特和她的同胞们的啊。多亏他们,她才不久就可以看到母亲、故乡的小城和海岸了。

她对苏联人真是说不尽的感激。在三年流浪的日子里,她第一次感觉到自己受到了一个强大的、友谊的力量的保护。那力量就体现在那个小个儿、身材结实、灰色眼睛的上尉身上。

---

① 即荷兰国王威廉第一(1533—1584),曾领导荷兰人民独立,摆脱西班牙统治。

玛格丽特着了魔似的望着他,而且特别感到高兴的是:他不太高,只比她高一点儿,而且说来荒唐,他可不像那位叫她一看见了就会给吓倒的彼得。

在上尉面前,她感到安全了,再也不怕那年老的冯·包谷男爵夫人、经管人以及各色各样的法庭、议员、首领、长官和领袖了——这些丑家伙凑成一班古怪而可怕的歌舞队,现在已经消失了,就像天一亮时群魅立刻消失了一样。

七

阿甘涅斯扬第二天早晨到了庄园上来。他预料到摆在面前的快乐,便特别加快了脚步走,把几步并作一步走。

他好像回到了他所放弃的那份工作上去了,当初放弃的时候不知怎么却不感到苦痛和为难——他好像回到战前当陈列馆向导的那份工作上去了——那并不是一个特别显著的职位。阿甘涅斯扬带着一阵强烈的欣喜,认识到自己内心里又掀起了本来那一股半被遗忘了的、对以往的、遥远的生活的感触——那时候生活在一片色彩鲜艳的油画里,他体会到那种生活的无比高尚的本质。在战前,学校学生、工人和红军战士都无数次地远道赶来,参观他所工作的那个陈列馆。

阿甘涅斯扬喜欢给红军战士们解释画幅,但是在那些日子里,对他说来,画幅倒比那些优秀、严肃、对艺术尊崇备至的人,来得更亲密,更易于理解。人们发觉到那些没有生命的画幅里竟会蕴藏着那么多思想,那么多微妙的东西,就毫不掩饰地表示惊奇。他们完全相信人类的进步是按照曲线形向上递升的,因此他们就带着不信任的心情,听阿甘涅斯扬谈起古代大师们的失传的奥妙以及他们在色彩和构图上的无可超越的成就。在战争的年代里,他可不是在陈列馆里看到那些陈列馆的参观者了,而是看到这些人在实地考察生活,而且走到军事岗位上来了。

他们到底是对样样事物都感兴趣的人,渴望着去掌握和了解样样事情。强烈的求知欲是他们的性格里最优秀的特点之一。他们也爱这位讲解员,因为他"什么都懂得"。他们爱听他讲艺术家们的故事,而且最爱听有关里昂纳多·达·芬奇的故事,对他们这批从实用着眼的人们说来,他们最尊崇达·芬奇的数学和技术天才。

士兵们对什么都大感兴趣,这一个事实使阿甘涅斯扬感到高兴和鼓舞,他开头还以为军队生活毫无意义,只有壕沟、枪炮阵地、讨厌的德国战俘、悲惨的多风之夜和龌龊的掩蔽壕呢。可是士兵们都比他智慧精明。他到后来才弄明白的那件事,他们早就明白了:一切美好的东西都在前头,前头有的是人生,他们的战斗就是为了这一点啊。

现在他又会看到几张图画了,他带着一股重新鼓舞起来的力量感觉到,艺术根本不是和前线生活上的重重患难隔阂着的,根本不是和他周围这些官兵们的命运隔阂着的。说到头来,图画只构成半个陈列馆。另外的半个是陈列馆的参观人。

阿甘涅斯扬由卓珂夫和一位留着黑色小胡子、看上去像一个连队党组织员的上士陪伴着,慢慢儿走进会客室,那儿,在数不清的鹿角的下面,挂着一幅幅图画。

这儿有几幅非常好的临摹的画:里昂纳多·达·芬奇的《蒙娜·丽莎》;鲁本斯①画的、原画收藏在维也纳的《维纳丝》;收藏在列宁格勒的《派塞司与安得罗密达》,佐佐纳画的;收藏在德莱斯顿的《维纳丝》。这些画幅的旁边挂着各个德国艺术家画的风景画和静物画。

阿甘涅斯扬好像遇见了老朋友似的那么高兴。他了解每幅画的渊源底细。他本来的那一股困倦和冷淡到哪儿去啦!安东尤克看见这位翻译官变成了那么一个有活力的、笑容满面的人,看上去比原来要年轻了好几岁,简直不认识他了。

斯里文科不愿意错过这样一个给他的战士们提高文化水平的好机会,于是把全部没有担任日常工作的人员都召集到会客室里来。

阿甘涅斯扬身边围满了士兵,他开始解释一张张图画的意象和构图,那种庄严沉重的声调是专业的博物馆向导人员所特有的。

好像现在并没有在进行战争,好像并没有血腥的战役仍然等待在士兵们的前头,他们那么聚精会神在听人解释五世纪以前的意大利画幅——虽然在今天看来意大利并不太远。

阿甘涅斯扬站到吉奥康多身边的时候,灵感更增长了,他喜不自禁地、无限钟情地望着她:

"一五〇三年春天,里昂纳多给一位显赫的弗罗棱斯市民法朗齐斯哥·第·巴托隆米欧·得尔·吉奥康多的第二个太太蒙娜·丽莎画了一幅肖像。

---

① 鲁本斯(Peter Paul Rubens 1577—1640)——法兰德斯派大画家。

要不是多亏这位大师的手笔,谁到现在还记得这个人和他的太太呢?蒙娜·丽莎于一四七九年生于那帕尔斯,十六岁结婚。瞧她那么安详自在地坐在安乐椅里,肘子搁在椅臂上。请看看她的脸孔吧。仔细瞧瞧。

"这是什么样的一张脸孔啊?为什么人们会为了这张脸孔而写文章、谈论和争辩了将近五百年呢?吉奥康多的脸部表情是丰富的。有人说——表示淑静;另外有人说——表示温柔;还有人说——表示羞怯与隐秘的欲望的混合。第四种人说是表示自尊,甚至是傲慢。甚至还有些批评家认为那张脸孔的表情是代表讽刺、反抗,甚至是残忍!那可爱的笑容里蕴藏着神秘意义,这谁都知道了。这些解释中哪一个最正确呢?或许全都正确。在这位弗罗棱斯女人的转瞬即逝的微笑里,艺术家成功地表现出了一个女人的多方面的性格——淑静和热情,温柔和残忍……"

阿甘涅斯扬抹了抹额角,胜利地打量着士兵们一张张严肃的脸孔。他已经说出了要点:画布上的那个女人对他们不仅仅是一幅画,而是一桩事件,一个问题。他们密切注意地仔细看着她。

"在我们镇上,"一个士兵不慌不忙地说,"人们在战前开设了一个陈列馆。里面收藏了许多画。这一幅也有。这是一幅名画。老是有不少人围着看。"

"那幅《蒙娜·丽莎》,"舍米格拉夫说,"当我有一次游览的时候,我曾在莫斯科看见过。他们正在谈到它在一个陈列馆里被偷窃的经过呢。"

"是呀,"阿甘涅斯扬肯定道,"一九一一年原画在巴黎一个陈列馆里失窃了,两年以后才在弗罗棱斯发现。"

一个年纪较大的、矮矮的、头发红红的士兵突然问道:

"这样的一幅画要值多少钱呀?"

士兵们都嘘他,叫他别问;阿甘涅斯扬生气地咳嗽着,但是还是回答道:

"很多。不下五十万。"

那个士兵张大了嘴,然后断定他们是在逗他,便轻蔑地说:

"是德国马克吗,呃?"

阿甘涅斯扬气得脸白了。他开始激动地向彼邱金表示,五十万或许还不是准确的数目,那幅画或许要值一百万。是以金子计算,而不是以马克计算!

这时候彼邱金真的相信了。他沉思地站在那个交叉着手臂的、微笑的女人的对面,不以为然地摇摇头,好像对人类的愚蠢感到惊奇。大家都早就走过去看别的画幅了,只有彼邱金继续站在蒙娜·丽莎身旁。

士兵们都非常喜爱佐佐内和鲁本斯画的女人。

"那才是个美人!"司务长戈登诺夫叫道,他已经进来听了一会儿了。

阿甘涅斯扬快活得红了脸,好像是他本人受到了赞扬似的。

"这一切都属于这个地主,"斯里文科说,"只有她能够鉴赏这些画,老妖婆!"

阿甘涅斯扬突然记起了自己在什么地方,记起了自己现在所鉴赏的画幅原来是一个德国地主的私人财产。

"的确,多蠢啊!"他咕哝道。

卓珂夫邀请阿甘涅斯扬去吃中饭。

饭餐正在预备,这位翻译官决定乘这时间浏览一下整个场所。他走进隔壁房间,一看是间图书室,于是大翻其书。希特勒匪徒的书一本也没有了:大概是他们乘机会毁了吧。另一方面,桌子上却以特别显著的位置放满了德文本的陀思妥也夫斯基和果戈理的作品,还有一小本海涅的作品,是从橱里拿出来"庆贺"苏联人的光临的。冯·包谷夫人变得"正确"起来了呢。

阿甘涅斯扬走下楼,看见一个金发的年轻姑娘在慢慢儿登上宽大的楼梯间去。姑娘看到这位不认识的军官,便停住了,斜倚着栏杆,望着他,相当羞怯,同时又相当大胆。

陪着这位翻译官一起的斯里文科,把自己所知道的关于玛格丽特的情形,告诉了阿甘涅斯扬。

阿甘涅斯扬除了鉴赏画幅上的美人以外,也能鉴赏真实的美人。他快活地望望玛格丽特,然后同她攀谈。玛格丽特感到又愉快又惊奇:这个黑黑的军官怎么会说那么好的一口德国话呀。

阿甘涅斯扬听说这姑娘是荷兰人,便开始向她问起法兰德斯画派的图画以及荷兰人陈列馆的命运。但是她对于这个问题的认识是模糊的。她丝毫不显得难为情地承认了这一点。说到头来,她才十六岁就离开了荷兰。

卓珂夫在楼门口出现了。

"中饭准备好了。"他说。

阿甘涅斯扬叫卓珂夫请玛格丽特来一起吃。

"对,请她来吧!"卓珂夫干脆地说。他很高兴。他自己才不敢这样做呢。

玛格丽特坐在卓珂夫和阿甘涅斯扬中间,想到能够与两位苏联军官同餐,简直骄傲得满面红光。他对于阿甘涅斯扬的问题回答得很流利、很详尽,而且时时刻刻要求他把他同华西尔上尉所讲的话翻译给她听。她的上尉既不懂荷兰文,又不懂德文,多么可惜啊。

一九四二年,玛格丽特跟另外几个青年人被派到德国来,暂在收获季节帮忙一下,或者说,当他们征集这些青年的时候,口头上是这样答应的。瞧她就在这儿,差不多已经在异国的土地上过了三年啦。德国人公开承认他们对待荷兰人比对待其他国家的人好得多,因为,根据他们的说法,荷兰人是属于日耳曼人种。荷兰人可以自由自在地在大街上走来走去,可以接近德国居民。

他们不像俄国人和波兰人那样背上给缝上了丢脸的布块。他们可以收受家信,可以写回信。

然而,那到底是丢人的、可怕的。他们过的是飘荡无定、给强迫着当劳工的日子,从一个营场给赶到另一个营场,从一个省给赶到另一个省。

玛格丽特走遍了半个德国,在哈滋山山麓下一家地下飞机厂里干活,在斯退丁包装弹药,把屠林根大庄园上的收获物运进来。

她是去年到这个地方来的。

这三年来,她有什么东西没有见过呢,这个漂流的俊姑娘!她有什么不懂得呢!世界上有的是专横的男人、无耻的女人、野蛮的工头和残忍的大老板。

她坐过监牢。

有一次,飞机厂的工人们要求行政上把他们的住宅区修理一下。外国工人们都住在木头棚里,棚顶上漏水。那地方又到处是大老鼠。于是带头要求的人们就此被逮捕了,其中就有玛格丽特和她的朋友安娘——个从斯摩棱斯克来的俄国姑娘。

安娘没有出狱。她在反复审讯中受到了可怕的拷打。不过玛格丽特挨打并没有挨得太厉害,这或许是由于她的日耳曼血统的缘故吧。那是一个恐怖时期。

阿甘涅斯扬非常注意地听着。从玛格丽特的话听来(其实,与其说从她的话听来,还不如说是从她的声调听来),他体会到一种激愤的讥嘲的意味,对人民的不信任,对人民的忠诚与正派作风的不信任。或许是她给糟蹋得太厉害了,因此对什么事都一点儿也不介意了吧。但是,或许那只不过是一种自卫的姿态,是三年来受尽屈辱而又不得不勉强生存下去的结果,是挨受流浪汉生活——在一架大的捕鼠机里面讨生活的结果。

玛格丽特把她自己的每一件事都告诉了他们以后,便反过来向他们大肆诘问。她需要知道战后将会是怎样的情况。他们会把希特勒绞死吗?

苏联是不是真的没有地主,而且一般说来也没有富人。是不是苏联每一个人都是共产党员?华西尔上尉是不是个共产党员?苏联人民是否结婚?因为报纸上说,苏联没有结婚,只有同居。

阿甘涅斯扬勃然大怒,他说,报纸上说的是荒唐的谣言,他们要造谣,就是因为苏联实在没有地主,没有富翁。于是玛格丽特要知道阿甘涅斯扬结过婚没有。他说他已经结过婚,并且把他太太的照片拿给玛格丽特看。

玛格丽特对这个穿着皮大衣的、大眼睛的美丽女人的照片看了好一会。

"你有一位漂亮的太太!"她静静地说。停了一会儿,她又问华西尔上尉结过婚没有。

阿甘涅斯扬把她的问题翻译给卓珂夫听。

"没有。"卓珂夫说。

玛格丽特明白了,脸红了,连忙又问:

"在苏联,天气真的老是那么寒冷?"

阿甘涅斯扬放声大笑。

然后他开始解释苏联究竟是怎样的情形——南方生长着柠檬和橘子,在极北的地方,在北冰洋海岸上,天气实在冷。中部是欧洲的一般气候。阿甘涅斯扬谈到苏联,话就越发流畅了。他带着一种感情洋溢而颤抖的声音,开始描述祖国的美丽。他向这位姑娘谈起高加索的积雪的丛山、谈起列宁格勒和莫斯科的又长又直的林荫大道、谈起富裕的集体农庄和辽阔无边的田野。

她非常仔细地听着。有时候还要问一声:"真的吗?""真像那样吗?"而且时时刻刻都好像在自言自语地说:"我回国去一定要告诉家里的人。"

她问她是否可以到苏联去。"那边真好呢!"她补充道。

阿甘涅斯扬想了一下,回答说,在每个人的国家里,都必须像俄国人那么革命一下。

"你们那位留着小胡子的上士也就是这样告诉我们的,"姑娘说,不懂得他们怎么会那么样异口同声,"是马立克翻译给我们听的。他是我们当中的一个捷克人,他懂得俄文。"

她刚刚要站起来走,但又突然在门口停住了,用她那长长的睫毛遮盖住自己的蓝色眼睛,羞答答地、显得很激动地说:

"我刚刚告诉你的同志们说,我已经有了丈夫了。但是他根本不是我的丈夫,不过是一个马特里赫特人,名叫威廉·哈尔特。我刚才所以那样说,原是为了免得让士兵们找我麻烦……我并没有结婚。"

玛格丽特说完就奔出了房间。

"可怜的姑娘!"阿甘涅斯扬说。他把姑娘的最后几句话翻译给卓珂夫听,然后沉思地说,"可以把她画一幅画——'被公牛诱拐了的欧罗巴'[①]……但是,这匹公牛可不应该像艺术家经常画的那样白皙和漂亮,而是应该消瘦、污秽、狂暴、讨厌,像法西斯一样。"

不过,卓珂夫对于神话的题材不感兴趣。阿甘涅斯扬走了以后,卓珂夫依旧坐在桌边,脑子里充满了一片对自己、对整个世界的说不出所以然而又有重大意义的思想。

[①] "被公牛诱拐了的欧罗巴":按希腊神话,欧罗巴(Enropa)是腓尼基国王阿圭诺(Agenor)的女儿,大神宙斯恋上了她。宙斯显形成一只美丽的公牛,混杂在阿圭诺的牛群之间,欧罗巴抚弄着它,骑在它背上,于是宙斯就把她拐骗走了。这里是比喻的说法,欧罗巴指欧洲,公牛指法西斯强盗,这个画题的寓意就是说,从这个姑娘身上,我们可以看出希特勒把整个欧洲糟蹋成什么样子了。

八

上校沃罗比岳夫的一师部队赶在师团里其他各师的前头进入战斗了。第一批到达医务营的伤员们报告了德国坦克部队的持久而又顽强的进攻情况。

立刻就出现了德国的轰炸机,并且在医务营所驻扎的那个村庄里丢下几颗炸弹。

通常的前线生活又开始了,充满了惊恐。

深夜,师部的一辆汽车开到村里来,带来了命令,叫主管外科医生到师长的瞭望哨去报到。乘着车子来的那位军官不停地催促塔娘,但是他并不说明是怎么回事。他只叫她把手术上所用的一切东西都随身带去。

他们乘着车子走了。车子经过了几个被毁坏的村庄,然后转弯开上一条狭窄的小径,在一片田野里的冻了冰的小丘上颠簸起来。整个地方是一片咆哮和呻吟。可以听出机关枪就在附近射击。

在一个小小的洼地里,在一个长满了小枞树的低低的山坡上,汽车停住了;军官跳下来,扶着塔娘下车,说:

"我们得步行了。"

他们开始走上山坡。前面和右面都有炮弹在叫啸。塔娘立刻看到一条新挖的战壕一直通到山坡顶上。

"走这条路吧,请!"军官做了个手势,好像在戏院里请她进包厢似的。

她沿着战壕往前走。既潮湿,又泥泞。这条战壕把她引到一个覆盖着木块的掩蔽壕的入口。

在这间半明半暗的小屋里,人们都坐在地上和墙壁的洞口上。有一个人用非常粗厉的声音在打电话。

"这就是那位医生吗?"黑暗里传来一个声音。

"是。"

一扇小木门开了。

"进来,柯尔佐娃。"塔娘听得出是师长的声音。

隔板后面的一张小桌子上点着一支蜡烛。凭着它的幽暗的光线,塔娘看得出是沃罗比岳夫躺在沙发上。

他伸出一只粗大的白臂膀,袖管儿卷得高高的,他镇静地说:

"嘘,别告诉任何人!否则他们就要嚷起来,叫我到后方去。不过是个小小的轻伤。瞧。"

伤口事实上并不是怎么小小的。一颗德国子弹,虽然是一颗已经消失了弹力的子弹,显然已经打进臂膀上柔软的肌肉组织里,就在胳臂肘下面。

"你得进医务营!"塔娘断然地说。

"我不愿意走出瞭望哨到外面任何地方去。"

"你一定得去,上校同志。"

"我不去。我的师正在战斗。德寇正在拼命逼近。你却只顾说:'去,去!'"

"要是您不听我的话,我就马上报告师团司令和军长,让他们来命令你去。"

沃罗比岳夫用生气的声调说:

"我不允许你告诉他们。在我的师里,我就是司令员。"

"受伤以前是那样,"塔娘反驳道,"只要你手臂上中了一颗子弹,我就可以指挥您了。"

"可是我不让你离开这儿。"

"不,您一定要让我去的。我还得去医治很多伤员,可不止您一个人呢。"

沃罗比岳夫恳求地说:

"柯尔佐娃,亲爱的!我求求你!发发慈悲吧……我怎么能够待在医务营里呢!我真不能去呀!就在这儿动动手术吧。"

他悄悄地加一句:"师里伤亡惨重……"

塔娘犹豫了下,然后叫拿水来给她洗手。

大家开始在她身旁奔忙起来。塔娘拿出器械,开始动手术。师长不发出一点儿声息或哼叫。电话响了。军长叫沃罗比岳夫。他用没有受伤的一只手拿起听筒,苦痛地退缩了一下,假装出高兴的声调告诉军长:

"是的。一定。任务一定会完成。我正在把后备军投进去。一切包管顺利。我会把他们打回去的。"

手术动好,包扎好了以后,上校脸色苍白,出汗,躺回到枕头上去,带着孩子气的自尊心说:

"我们是坚韧的,我们的确坚韧!是守卫边疆出身的!谢谢你,塔纳其卡(塔娘的昵称)!当心,别向任何人透露出一言半语!……我们一打垮纳粹,我就上你那儿去换绷带。嘿!给我好好儿照料着医生!"他对隔壁房间里的一个人叫道,"把她带进交通壕去……这儿可没有人给她动手术呀!"

塔娘走的时候,听见他在叫军官们:

"现在来干正经事!沙伏尔耶夫打得怎么样啦?"

塔娘高高兴兴地回到医务营去。她受到前线上的气氛的激动,完全忘了自己的悲伤。

到了医务营,她听说克拉西柯夫最近到那儿去过,问起过她。他听说她去向不明,而且还没有回来,于是他感到很扫兴,尽管他竭力掩饰着。

他第二天又来了。塔娘正弄完了一次日常手术。她看到他就感到高兴,立刻向他问起前线的情况。

他并没有回答她的问题,这跟他的平常习惯是大相违背的。他大衣也不脱,就尽朝她脸上仔细地瞧,终于说道:

"对不起,塔嘉娜·符拉基米罗夫娜,我是一个大兵,我为人喜欢爽爽快快。我听说在斯乃得睦尔有位少校来看过你,于是你就整天不见了。昨儿晚上你也不在。当然,我没有权利责问你,不过……我很苦痛。我自己连想也不曾想到……要不就是你又要发笑了吗?"

她并没有笑,可是也没有回答他。

于是他突然要求她做他的太太,他在房间里踱来踱去,说他没有她就不能生活,要求她同昨天她去见面的那个人断绝关系。

在回答他这个问题的时候,她忍不住大笑;他气愤地嚷道:

"你又笑了!"

他看来很不快活,很烦恼。

塔娘被感动了。她没有想象到西蒙·西蒙诺维奇那么爱她,没有想象到爱情会把这一个经常自信、能够自制的人改变得这么厉害。

她对他深深地感到抱歉,可是她不会说些口是心非的话,只是说:

"我不能告诉你我昨天上哪儿去了。我自己说过的话要守信用。无论如何,那不是为了私事。而且那位少校……那位少校不会再来了。他怎么样也不会来了。他死了。"

有人叫她到动手术的帐篷里去,她便立即走开了。

九

虽然塔娘对于西蒙·西蒙诺维奇的求婚一个字也没回答,可是在他看来,一切都决定了。这一点使他高兴,但是同时他又感到害怕,有点儿后悔自己不该凭一时的冲动就提出求婚。他想到自己的妻子和女儿就不免惊吓了一下,虽说是想到她们而感到惊吓,但主要的还是想到西佐克雷罗夫将军对这整个事件的看法而感到惊吓。

他和塔娘谈过这番话之后,尽管有所顾虑和害怕,可是他却比以前更坚持要求和她多约会。犹豫不决的心情沉重地压着他。当然,最好是根本把她忘了,可是他办不到。

不过塔娘却根本没想到西蒙·西蒙诺维奇的脑子里在想些什么,她在电话里还是热切地和他谈话,总是答应去看他,怎奈医务营的工作把她耽搁下来了。

她终于有空去了。

塔娘驾驶着汽车,瞥着那些飞驰而过的一座座德国村落。篱笆上和屋檐下的白旗在风中飘动着。天气已经相当暖和,空气里有浓烈的春天气息。

师团司令部驻扎在一座小镇上。士兵们和解放了的战俘在街上逛来逛去。塔娘的车子不久便撇开了人群,折进一条静静的小街。

"我们到了。"司机指着一垛石头墙说,墙后面可以看到一座小花园和一幢带有两个小楼塔的屋子。

塔娘把车子开到大门口。传令兵听到车子的喧嚷声,便走到台阶上来。

"上校马上就来,"他说,"他叫你等一等他。"

塔娘走进屋子,脱下了大衣,在写字桌跟前坐了下来,桌子上放着克拉西柯夫的野战袋和望远镜。几张用打字机打的正式报告也放在桌上。塔娘闲着没事做,便开始读那些报告。

报告里面都是些调查资料,是关于某营营长维谢恰柯夫·伊里亚·彼得洛维奇少校和医务处司务长卡罗特陈柯娃·格拉菲辣·彼得洛夫娜的事。这一对男女像夫妇似的住在营里,违犯了军规。

主持这次调查的那位军官汇报说,伊·彼·维谢恰柯夫是本师最优秀的营长之一,曾经得过三次勋章,受过四次伤;工人出身,一九三八年入党,履历上没有一点儿污点,战争爆发的第一天就入了伍,早年曾参加过哈林·戈尔战役与芬兰战役。少校说他已经和格·彼·卡罗特陈柯娃相爱起来,而且希望在伟大的卫国战争结束以后和她同居。参与过意见的党员们都证实维谢恰柯夫和卡罗特陈柯娃是一对互敬互爱并且以同志友谊相处的典型人物。格·彼·卡罗特陈柯娃不是党员,一九四二年应征入伍,曾受过伤,得过红星勋章,并且得过一次战功奖章。尽管上级曾经屡次提出调她到医务营或团部救护站当一个一级医务工作者,担任点危险性较少的工作,可是她都断然拒绝了,整个战争时期都消度在营里,在前线上。她曾经受过团部九次表扬,为的是她对于营部医务工作的处理上起了模范作用。

结论:未便调离卡罗特陈柯娃。

塔娘读完了这篇妙事的报道以后,不由得笑了,但是笑容接着便消失了,她变得忧郁起来。

窗外响起了汽车的喇叭声和人们的说话声。有一个人跟着克拉西柯夫一块儿走进来,于是塔娘走到隔壁一间房间去,因为她不愿意碰见上校的同事。她坐在窗前的一张椅子上,窗口朝着花园,花园里铺满了肮脏的潮雪,她禁不住偷听着克拉西柯夫和另一位上校的对话——那另一位上校就是师团政治处处长温格洛夫,塔娘辨别得出他的声音。

克拉西柯夫问:

"上校,你看过这篇关于维谢恰柯夫的报告吗?荒谬!瞧瞧结论吧!"

温格洛夫平静地说:

"我知道……普洛特尼柯夫告诉过我这件事。他们都是好人,打仗打得很好,把那份档案给我,我来仔细瞧瞧。"

"可是你得同意一点,"克拉西柯夫说,"这件事不能让它拖下去了。那不会有什么好处。他们是在前线上相逢的!……以前我也曾听见过这种友谊!那必须加以制止,以便给别人树立榜样,特别是结过婚的人。至于其中的道德因素多么重要,那可用不着我向你解释了。"

然后他们谈到部队行军问题。最后,温格洛夫站起身来告辞。谈话声变

得微弱了。一辆车子的引擎在怒吼。引擎静止了。可以听到西蒙·西蒙诺维奇的沉重的脚步声。他正在房间里走来走去,轻轻地叫着:

"塔娘,塔娘,你在哪儿呀?"

她正坐在黑暗里,不想回答。她不想看到克拉西柯夫的脸孔。

接着门开了,他出现在门槛上,大大的身个儿,显然很自得其乐。他走进黑暗的房间,没看到塔娘,继续轻轻地叫着:

"塔娘,塔娘,你在哪儿?"

他没有听到回答,便继续摸索着向门口走去,打开了门,站着朝黑里瞧,笑着,说:

"啊,你真会戏弄人,塔娘……你在哪儿呀,塔娘?"

塔娘不作声。等到克拉西柯夫消失在隔壁房间以后,她站起身,走进灯光明亮的书房里——野战袋、望远镜和打字机打的报告就是放在那儿的。一会儿,克拉西柯夫从一个房间里走回来,格格地笑着。

他看到塔娘眼睛里有一股冷淡的神色,大吃一惊。弄清楚了她气愤的原因之后,他便在心里咒骂自己,并且开始提出借口。

"干吗要把这两件事相比呢?"他问,一面竭力掩饰着自己的慌乱,"那只不过是把一个优秀的营长从一个女人的麻烦中拯救出来的问题罢了!"

她说:

"不用找借口了。你对于这两个人的意见可能是完全公正的。问题是,你自己的言论应该运用在你自己身上。不可能有双重道德:某个人适用一重道德,另外的人就适用另外一重。"

当她扣上大衣,系上腰带的时候,他无可奈何地、沉默地张望着。他看出塔娘真的要走了,便厉声地说:

"不许你到任何地方去。"

他走近到她跟前。可是她并不害怕,而且出人意料地笑着,说:

"当心。我会写信给西佐克雷罗夫的。"

不用说,克拉西柯夫立刻退到窗口,当他转过身来的时候,她已经不在房间里了。

塔娘走到院子里。司机座上是空着的。发火机的钥匙插在锁孔里。她稍许犹豫了一会儿,便在驾驶轮旁边坐了下来,踏着自动开动器。

车子开起来好像很黑暗,最后塔娘才记起了忘记开头灯。她心里烦乱的程度远非她自己所能够认识到的。她按了按电钮,路上便亮起来了。车子在这个小镇上的黑黝黝的街道上颠簸着。

接着她听到身后有一阵轻微的窸窣声:原来是司机在后面的位子上睡觉。那好极了,可以叫他开车回去啦。

塔娘突然笑起来了,原来是记起了,刚才她一提到军委就给克拉西柯夫造成了怎样的印象啊。可是,那实在不是件可笑的事。塔娘变得很伤悲。

说到头来,克拉西柯夫才不光光是一个仁爱的普通朋友呢:他在她的生活里占据着一个很重要的地位。在一切艰苦患难中,在继续不断的工作的刻苦中,她总是会想起她有一个朋友——西蒙·西蒙诺维奇,一个心心相印的、可靠的、有爱情的朋友。

她怎么会那么看错了人!她感到很孤单。

在这当儿,路上的交通拥挤起来了。成群的黑影向汽车迎面涌来。雨落在士兵们的帽子上。帽子哗啦啦飘,长筒皮靴咔嗒嗒响,汽车的头灯一会儿照在一辆货车上,一会儿照在一门向上翘起的高射炮的炮身上,一会儿照在一枝反坦克枪的长长的枪嘴上,一会儿又照在某一个人的平静的脸上。说不定她立刻就可以看到那张躺在手术台上的脸孔了吧。那时候塔娘就不是一个普通女人,而要变成一个对战士们不可缺少的人——一个外科医生啦。

司机醒了,睡意朦胧地问道:

"是你吗,塔嘉娜·符拉基米罗夫娜?"

"是。"

"我睡着了吗?"

"睡着了。我们就到了,你把车子开回去吧。"

十

格拉莎大感痛苦的是:师部里的医官交给她一份书面命令,叫她到师团医务处处长那儿去报到。那就是说,她不仅调出了原来的营,而且根本就是调出了原来的师。

师部医务官在生病,对整个事件感到厌倦,管自拱着背坐在椅子里,准备听她哭,听她骂。他身个儿小,有点儿怕这位魁伟的女人。但是并没有发生什么事情。格拉莎读完了命令之后只不过叹了口气,接着便带着可怜的神情,凝神地望了望他,又问了一些关于师团所在地和怎么样上那儿去这一类的通常问题,然后她便走了。

除了那由于和维谢恰柯夫的别离而引起的悲伤以外,她情绪上还另外有一个痛苦的包袱。格拉莎自己也不知道究竟是怎么回事。但接着便认识到这是她第二天没有工作了;她不习惯于闲散,因此感到苦闷。

当她在等待一辆顺道的车子带她到师团司令部去的当儿,她看见一个包扎着头的士兵在路上走,于是她向他叫道:

"怎么啦,亲爱的?受伤了吗?"

"不是,"那个士兵不大乐意地回答道,"疔疮。扣仑扣洛西斯。"

"伏朗库洛西斯①!"格拉莎纠正道。

绷带已经滑开了,格拉莎相当吃力地劝这个士兵让她把他的头重新包扎一下。她把这件工作做得相当快,相当熟练,使那个士兵禁不住对她软化了。

他们一同爬上一部汽车,这一段路程在格拉莎的不知不觉中就过去了。她给她的旅伴提供了一大堆关于医药方面的意见,问起他的家属和家庭。当那个士兵一遍遍说起一些伤心的事件时——譬如兄弟的死亡和儿子的疾病——她就要摇头,并且大声地叹息。当他谈起一些愉快的事情时——譬如有一次在白海上捕到了大量的鱼或者是他儿子的恢复健康——她就要笑,愉快地点着头,问道:

---

① 系医学名词,意谓疔疮或疖疮。

"真的吗？正是那样吗？好极了！"

他原来是个北方人，是白海海滨的人，说着一口当地的奇怪的方言，使他的所有的伙伴们都感到稀奇。

格拉莎在师团里待了两天，便被派到另一个师的医务营里去工作，她立刻就上那儿去了。

真遗憾，那个从白海来的人不再和她在一起了。他到某一个目的地去了，就是他上前线去的路上的一个目的地。格拉莎的新的伴侣是一个年青的中尉，一边面颊上包扎着。他老是把手伸到面颊上，悲伤地诅咒着自己。

格拉莎从背囊里取出一小瓶酒精，浸了一块棉花绒，放在中尉的发痛的牙齿上。她甚至给他喝了一点儿酒精。为了进一步安慰他，她告诉他说，她自己的牙齿也常常痛（事实上不是这样），没有其他病痛比这更难受的了。

中尉所喝的火酒使得同车的士兵们打开了话匣子。每个人都认为自己有责任把自己的病痛说给这位好心肠的格拉莎听，而且把自己对于牙痛的看法说给她听。

"只有生起小孩子来才痛得更难受些，"格拉莎说，虽然她自己根本就没有孩子。"可是，既是这样，你就无法补救。那是我们女人家的苦命，你无法拒绝它，也无从摆脱它——生下了孩子然后又去埋葬他们。"

她被自己的话深深感动了，又记起了她的维谢恰柯夫，好像她生下了他，现在又正在埋葬他一样。

到了医务营，她被派到一个外科连里当护士。她去向主管医生报到。

格拉莎不禁一怔，那个主管医生原来是个年轻的女人；苗条、细长、美丽，带一点儿苍白和凄然的神情。她的制服外套那么称身，看上去不像一件普通外套，而像一件雅致的出客外套。可惜缺少了一件银狐。好一件时式的衣服啊！格拉莎想。主管医生只有一对灰色的大眼睛里的那股表情显得那么有力、严肃，那或许就足以说明她到底还有些儿才干，格拉莎看到这一点就感到相当满意。

她的名字叫塔嘉娜·符拉其米罗夫娜·柯尔佐娃。

塔娘听说新来的这位护士名叫格拉菲辣·彼得洛夫娜·柯罗特陈柯娃，不由得惊奇地望着格拉莎，然后站起身来，在房间里走来走去，最后问道：

"你以前在哪儿工作的?"

格拉莎开始告诉她,可是塔娘却望着她的紫红色的小嘴和双手。她的手又小又肥,可是样子非常好看,而且,最要紧的是——表现出了一种说不出的和蔼可亲。

你原来是个这样好的女人,塔娘想。她记起了克拉西柯夫对这个女人的看法。原来他就是要从她手里"救出"那个营长。

当然,人不可以貌相。

"唔,你有丰富的经验。你可以着手工作。"塔娘冷冷地说。

塔娘始终注意这位新来的护士。格拉莎原来很会说话,而且也很有趣。她可以接连几夜不睡觉,为每一个人担忧,随时准备着代替任何人工作,一个人可以抵得上两个男人。

"比起我们从前在营里做的事,这是算不上什么的!"她常常骄傲地说。

和爱人分离了,她从来没发过一句怨言。或许这对于她反正都是一样吧?或许大伙儿对她的爱——医务队里大伙儿都爱她呢——足以代替维谢恰柯夫的爱吧?

只有一次,塔娘深夜回帐篷时,发现她在哭。

"什么人惹你生气了吗?"塔娘问。

格拉莎站起来,用两只手背擦干了眼泪,说:

"不。谁会惹我生气呢?女人有时候总得哭一哭的,不哭就没有了生命的意义。特别是对于我这样一个魁伟的、大块头的女人。如果我不哭哭,不晓得要发生什么事哩。"

当她说这几句话的时候,她完全恢复常态了,甚至笑了。塔娘的心弦被触动了。

"你感到寂寞吗?"

"是的,我是寂寞的。"格拉莎回答道。

最后一个字里的"O"字发的是开口音(格拉莎是穆勒姆镇上的人,那儿读起"O"字来总是那个样子),语气里的确表现出了深深的寂寞。

沉默了一会儿以后,她说:

"现在有谁不寂寞呢?我的丈夫至少还活着……可是别人的……还有你

的……塔嘉娜·符拉基米洛夫娜……我听说……你的丈夫牺牲了……"

塔娘一贯能够自制,但是这片刻之间,她突然想把她和鲁宾佐夫的相遇以及他的牺牲完全告诉格拉莎。但是格拉莎突然涨红了脸说:

"我抱歉我出言不慎。我要走了。"

塔娘听出了话里有话,深深地被刺伤了,皱起眉头,一声不响。格拉莎心慌意乱地咕哝着说了几句借口的话,便走出了帐篷。

塔娘伤心地摇着头。她想,这个大个儿的女人真是多么幸福,多么仁慈:她爱别人,被别人爱着,她和丈夫的离居生涯马上就要结束了——跟着战争一起结束。

十一

彼邱金在院子里走来走去,恍恍惚惚,高高兴兴。连里的司务长戈登诺夫注意到这一点,问道:

"你为什么这样高兴,彼邱金?"

"我并不高兴。我只不过……"彼邱金答道。他相当害怕。

他竭力装出一副严肃的样子,可是笑容却偏偏要出现在他的稀疏的淡黄色的胡子上和他的烟气熏人的、狡猾的嘴唇上。

我干吗要这样荡来荡去呢——他想。接着他就发现自己在寻找斯里文科。彼邱金近来经常有一种冲动——要把一切情况告诉斯里文科,然后疑疑惑惑地笑一笑,听听斯里文科怎么说。最后,他找到了这位党组织员。

黄昏已经迫近了。斯里文科刚刚从团政治部开完党组织员会议回来,会议的目的是讨论即将到来的战役。

他带回来了许多小册子、报纸和许多"单张战报"的空白格式。在回来的路上,他碰到一大群喜气洋洋的回国去的苏联人。

虽然他的女儿不在里面,斯里文科还是很高兴。他的嘴唇接吻接痛了,他的双手也给握得痛了起来。其中有两个姑娘是从伏罗希洛夫城的一个矿区来的。现在,解放以后,她们只要求一件事:参加军队。这两个姑娘个儿高高,身材结实,皮肤黑黑,叫他想起了嘉丽亚的女朋友们,她们过去经常上嘉丽亚那儿去预备功课和读诗。

斯里文科回到连里就向司务长去报到,然后回到自己的屋子里。彼邱金在楼梯上碰到他。既然这两个军人彼此都笑容满面,都有话要谈,便在窗口上坐了下来。斯里文科先说话,因为彼邱金坚决要后说:他认为自己的事儿更重要一些。

但是斯里文科所谈起的关于一群解放了的苏联人的事,激起了对方的感情。

"等着要做的工作可多着呢!"斯里文科说,一面沉思地捻着他的小胡子,"敌人毁坏了我们的城市,烧毁了我们的村庄。我们必须立刻把许多事情处理好,给人们找出一些衣服和鞋子……"

"唔——是的,"彼邱金咕哝道,"人民已经受够了苦……哦,别急,什么事都会弄好的!"

他用小拳头捶着自己的胸脯,把背囊取下来放在斯里文科面前。

"喂,你瞧!"

"又是小牛皮吗?"

"哦,不是!小牛皮我已经摔掉了。"彼邱金自满地说。

"真的!"斯里文科惊奇起来,"你真的把它摔掉了吗?"

彼邱金洋洋得意地望着斯里文科,一面打开背囊。背囊里放着一只只白色小盒子,盒子里是一些圆柱形的小东西,像铅笔里面的铅条似的。

"打火机里面用的火石。"斯里文科说,他给弄得摸不着头脑了。

彼邱金爱抚备至地把打火石从一只手里倒在另一只手里,一面说:

"你瞧!还没有数清楚。我数过的盒子上都给划上了一个十字。其余的都没有数过。"

彼邱金抬起头来望了望斯里文科的严肃的面孔,忽然脱口而出地说:"你干吗尽那样瞧着我?你知道,我们村子里被德国人侵占以后,会弄成什么样子了吗?火柴也没有了!人民连取火的东西也没有了,只有'喀秋莎'大炮。注意我所说的话!这样的一块打火石可以买上五个卢布。"

"哼,你是个无赖!"斯里文科说,既感到惊奇,又感到愤怒。

彼邱金并没有生气,只不过笑了笑,就好像大人笑孩子的无知似的。

斯里文科难受地、责备地说:"整个世界都给打垮了,死人要重新从坟墓里爬起来,你却要拿着打火石去卖五个卢布一粒?价钱你已经决定了,可不是吗?说不定批发要便宜点儿吧?你这个守财奴!我不要看见你!"斯里文科猛地站起身来,最后并且说:"你且去投投机看吧!我们以前把这种人消灭掉的,今后还要这样做!"

彼邱金勃然大怒,双手抓起那"旧背囊",跑出了房间,但是走到门槛上就停住了,转过身来对着斯里文科,静悄悄地问道:

"你不会告诉连长的吧?"

"等一会儿,"斯里文科沉默了一会儿以后,回答道,"你干吗跑到我这儿来谈这些打火石?向党组织员汇报吗?或许你是要向我探听一下,这样做对不对吧?"

"或许是如此。"彼邱金带着阴沉而逃避的语气回答道。

斯里文科大笑了一声。

"你搞错啦,彼邱金!"他走近彼邱金说,"我们已经建造起了这么些大炮、坦克、飞机,装备了这样的一支部队,给他们穿衣服、穿鞋子,供给农民拖拉机,我们打垮了那侵吞了全欧洲的德国人,我们差不多快打到柏林了——而你却担心着你的火柴?你想在这上面发财吗?你这个笨蛋!好,把你的打火石都背着走吧!你得立刻把它抛掉!不过,据我看来,我得告诉你这一点:当别的人们都穷苦的时候,我自己决不愿意发洋财。我从来不曾这样做过,今后也不会这样做。我知道偏偏就会有人要这样做。要是你要那样,你就去试试看吧。可是我办不到!"

彼邱金离开斯里文科的时候,脸色很阴沉。他脸上的笑容消失了。斯里文科的话刺痛了他,而且刺痛得远远地超过了他的料想。他神经紧张地咳嗽着,对自己咕哝着说:"我不该告诉他!这一下可弄得我大大不安了!"

院子里,连长在窗口叫他。彼邱金恐惧地站在那个地方不动。可是不,连长一点儿也不知道他缺席的原因。他说:

"你怎么没有擦枪?枪脏了,又没有擦油。"卓珂夫停顿了一下,然后又喋喋不休地说下去,一个字一个字吃力地说着,"一个苏联战士既然代表着一支解放世界的军队,在纪律上就得做每一个人的模范。你可以走了,彼邱金。"

彼邱金松了口气,便走去擦枪。

卓珂夫从窗口望出去,看见了玛格丽特。

她正站在士兵们当中,凭着手势和迷人的笑容起劲地向他们解释着一些什么事情。她看到卓珂夫,也对他微笑着。

他向她随便点了点头,便离开了窗口。

他对她很拘束,这一点使玛格丽特很惊奇。士兵们看见她的丈夫(果戈贝雷采把他取了个绰号,叫做"荷兰乳酪")来了,都窘住了,但是连长毕竟知道她并没有丈夫啊。

对这个欧洲姑娘说来,这位俄国军官的冷淡是不可理解的,因为她是一个战时的流浪者,她已经长时期地像一颗尘埃似的,在占领区、战争和集中营生活的黑旋风里旋转着,已经习惯于带着浓厚的玩世不恭的气息去看待一切事物。

她的那位朋友,那位和她同名字的三十三岁的法国女人玛尔高·梅丽爱,对她说:

"你已经不习惯于做人的自尊了,就是这么回事。这位讨人喜爱的上尉呀,他不过是尊重你罢了。士兵总是士兵,可是在这里,你知道,他们是那样尊敬我们,这的确是叫人惊奇!"她意味深长地笑了笑,"有时候甚至太尊敬了!"

不管究竟是不是那样,玛格丽特的生活从此变得幸福够味了。虽然已经在着手组织一个个的旅行团,但这位姑娘却一心希望同这位苏联上尉一同离开。他会把她带到他的美妙的国家去。虽然回国的日程和路程正在讨论着,她总觉得自己比别人回国要迟得多。那个捷克人马列克正在教她俄文,她已经学会了二十个字,她想马上用来叫上尉吃惊一下。

这是怎样一种从来不曾听到过的幸福啊——在两星期以前,他们在这一带地方只能够静悄悄地、提心吊胆地走一走,生怕被德国居民看见了,今天却可以自由自在地、随意跑来跑去!看到从柏林疏散出来的数不清的市民们,竟然对他们投出巴结的眼光,那叫人多么愉快啊。可是在以前呀,他们是一贯以轻视的态度对待外国人的,就好像这些外国人都是劣等民族似的。

天气一天天暖起来了。村庄里的道路上几乎真的吹起了微微的春风。人们的奔忙、大路上的喧嚣、村庄屋子上的白旗——这一切都好像在举行着一次普天同庆的婚宴,人们好像都喝得醉醺醺的,愉快兴奋,而且很亲切。

黄昏时候,天下雨了,立刻就变成了一场真正的倾盆大雨。玛格丽特本来是和她的女朋友们坐在一起缝东西的,这时候便奔到大街上去。温暖的春雨把大颗大颗的水滴打在她脸上。

几年来,玛格丽特第一次感觉到自己是一位年轻的姑娘。她跑来跑去,蹦跳着,把那些记住了的俄文一遍遍大声念着。

她在院子里和几个苏联人在谈话,有一个皮肤黑黑的士兵老是对她投来一瞥瞥热情的目光,于是她和他调了一会儿情,便走上楼去,到"她"的上尉那儿去了。

她发现他在男爵夫人的逃亡儿子的那间书房里。上尉背朝门坐着,正在翻阅着一本薄薄的小书。她在那儿站了一会儿,动也不动一下,然后羞怯地咳了声嗽。他转过身,站起来。

桌上正点着一盏大大的灯。空气是安静的,舒适的。

她微笑了。他也微笑了。她变得越来越胆大了,竟往他身边更走近一些,然后——就在那种着莫名其妙的方式下——他们出人意料地吻了起来,那么快,带着新雨①的气息。

在隔壁那间有人值班的房间里,电话大声地、不停地响着。卓珂夫神志清醒了,轻柔地推开了姑娘,走了出去。

是维谢恰柯夫下来的命令,叫这个连警备起来,立刻上路,派一辆卡车来装火药。

卓珂夫放下听筒,走回房间。玛格丽特安静地坐在窗槛上。他从她身边走过,走进会客室,走过其他几间空房间,来到了卫兵室(这在以前是一间闺房),给戈登诺夫下了必要的命令。

玛格丽特坐在窗槛上,头发是潮湿的,心情是快活的,望着雨,望着那愈来愈深沉的夜色,在等待着。

士兵们从枪架上取下步枪和轻机枪,赶快察看了一下,便到院子里排队去了。他们在这里听到遥远的北面响起了一片轰隆隆的炮声。

战争在继续进行。彼邱金正在一棵树下忙着拴背囊带子。舍米格拉夫在给连长的马装上鞍鞯。黑暗里开始亮起来了烟卷的火光。

士兵们看到了男爵夫人。她站在那儿伸长着她那有气无力的肥脖子,听着远处的炮声。那老太婆觉察到自己受到了注意,便走往一旁,不见了。

哨兵打开了大门。门悲伤地发出格吱格吱的响声。火药车跃进了黑夜。

那批以前的长工们成群结队地到院子里来了。他们听到炮声隆隆,看到苏联士兵在静悄悄地站队,显然要出发的样子,都吃了一惊。

---

① 译作"新雨",字面上与原文贴切,跟刚刚下过雨的事实也相符合,而且中文里"旧雨""新雨"可以作"老朋友""新朋友"讲,用来描写这对异国男女一见钟情的场面,可谓一种巧合。

"全连,立正!"戈登诺夫下命令,声音叫人耳聋。

卓珂夫走出了屋子。他穿着一件大衣,系着一根野战皮带。舍米格拉夫把马儿牵出了马厩。

"连长同志,"戈登诺夫把脚跟咔嚓一下并拢来,报告道,"全连已经进入警备状态,全部人数都已集中。没有病号。果戈贝雷采中士已经遵照你的命令去取火药。"

卓珂夫慢慢儿走过队伍跟前。远处又响起了大炮声。

"稍息!"卓珂夫说。然后他转过身来,对那些站在大门口的外国人说,"看牢那个地主。要是她敢乱动一下,你们就可以把她当作一个阶级消灭掉。这是我准许的。"他又补充说,"你们用不着怕。你们都是这儿的全权主人了。"

那个捷克人激动地问道:他们是否可以请求发给枪支,跟苏联士兵一起走。

卓珂夫干脆地回答道:

"不行。"

司务长戈登诺夫命令道:

"彼邱金,驾好马车。"

卓珂夫直截了当地说:

"不用啦。把它留下来吧。"

"是!"戈登诺夫大声嚷道,他原来是为了掩饰自己的惊奇,故意大叫一声的。

这时候,玛格丽特出现在门槛上了。她不声不响地走到卓珂夫跟前。他在黑暗里看不清她的面孔,只看到她的整个身影;她的衣服在风里扑动着,她的蓬乱头发说明了她的哀痛。

"别害怕,"他用微微颤抖的声音说,"我们会回来的。"

捷克人把这句话的译文轻声地说给她听。她好像没有听见。她把手伸到上尉跟前。

他窘住了,下命令道:

"开步走!"

一个小小的纵队在大门口消失了。雨敲打在鹅卵石铺成的院落里。司务长站在那儿,提着马鞍。突然,玛格丽特根本不顾四周的人群和同志们,飞奔到卓珂夫跟前,吻着他,而且拼命在记忆里搜索那些刚刚学会还不大熟悉的字眼,说:

"我蔼尼。①"

上尉愕然吃惊,一句话没说,赶快跳上马鞍。立刻,他被黑暗吞噬了,但是,在寂静的夜色中,他那马蹄的得得声很久还可以听见。

---

① 系译音,是玛格丽特刚学俄文,读音不准的缘故,正确的应该是"我爱你"。

十二

夜已经很深了,谢里达将军乘着车子到大路上去迎候自己的一师部队。他要在战斗以前亲自看看他们。在进军中他总是那样的。看到自己的人马不是地图上一个个红色小圆圈和箭头,而是一群活生生的人,在行进,谈天,抽着土烟,他就感到无比的高兴。

他认为这样做对于他自己,对于士兵们,都是有用的。行军令、遵守饮酒规则、士兵们的行为,甚至光光是他们的脸色——这些,对于他这样的一个老战士说来,都是很重要的。在进军的节奏中,他体味到即将到来的战争的节奏以及全师对于这次战争的准备。

士兵们也弄惯了:行起军来总是会在大路上的某个地方碰到这位将军。他会在队伍里跑来跑去,和某些士兵讲句笑话,有些时候又会把某一个人狠狠地责备一顿。他们喜爱他的纯朴的作风,喜爱他那高大挺直的身材,和那慈父般的声调。他们体会到他对他们的爱护和关怀。或许他们走过了就会把他忘了吧,然而他在他们的心里永远有一个地位。他们对于他的战斗经验具有信心。

全师部队没有预料到会在这样下雨的黑夜里遇见他。事实上,将军本来就是犹豫不决了一下才上那儿去的,特别是因为他身体不大好。

但是最后他决定去了。他认识到激烈的战役就在前头,他感到担心。他考虑到官兵们已经弄惯了一种想法——以为德国人在这次战争中一定会给打垮的,他考虑到他们好久没有打过结实的仗了,因此可能一开头就会手忙脚乱。

"美国军队是在开跳舞会,而不是在打仗!"塔拉斯·彼得罗维奇沉闷地摇摇头说,"在西战线上,德国人并不在好好儿打仗,整师整师地投降,让出了许多城市……总之,他们不久就要把艾森豪威尔变成拿破仑了……事情是够显明的——希特勒究竟怕谁!唔,横竖我们知道我们的目标是正确的——如果是必须的话,我们就打仗!"

将军知道这场战争一定是艰巨的。虽然他所指挥的只有一师人,而且对整个战线上的情况也不熟悉,可是他是这样推测的:就德国人方面讲,从北面往南面袭击绵长的苏联交通线是有利的。显然,他的一师人,像其他许多师一样,正奉到命令去消灭这种危险①。

师部里有些人觉得不大满意的是,这个师被调到北方去,而不是给调到朝柏林的方向去。将军是个老军伍,口头上故意表示,在他看来,反正都是一样:他们不得不作战,至于在什么地方作战,那就得由上级决定了!

将军由中校西齐赫陪伴着,于深夜十一点驱车出发。

半个钟头以后,普洛特尼柯夫和他在一起了,普洛特尼柯夫已经把政治部里的人送下团去鼓舞士气。他理解到将军的忧虑,自己也很担心。

师长和政治部主任,让他们的车子停在三条大路交叉处的一棵老树下面,他们俩并肩站着,这在战争以来可以说是成千次了。

部队以密密层层的纵队形沿着潮湿的柏油路行进着。部队前头那些步行或骑马的军官们,看到了这两位首长,便机警地朝四下望望,回过头来对队伍喊道:

"打起精神来,伙伴们,将军来会见我们了。"

他们一面走过,一面把手举到帽檐上,报告道:

"第五连遵照路线……报告……"

"第二机枪连遵照指定路线……报告……"

"反坦克连遵照……报告……"

部队的名称和行列都消失在黑夜里,消失在车辆的嘎啦嘎啦声中,消失在人的脚步声和马蹄的杂乱的踢踏声中。

至于团长们,他们都跳下了马,向将军报告,同将军待在一起,直待到他们自己的部队走过了为止。马匹由传令兵看管着,鞍辔在黑暗里叮叮当当响。每有一团部队开过的时候,那一团的团长便跃上潮湿的马鞍,消失在黑暗里,追他的先头部队去了。

将军大声地、特别显得愉快地,对那些驰驱而过的军官们说:

---

① 这一师算是助攻部队,聚集在主攻部队的两翼,与主攻部队同时展开进攻,以消灭敌人的反扑,并保证突击部队可能迅速突破敌人防御。

"喂,你好吗？一切都顺利吗？"

他常常走到士兵们面前问道：

"脚痛吗？你的轻机枪怎么样啊？能打吗？你们干吗不把机关枪遮盖起来？把皮带系紧吧。你们可不是去闹着玩儿的呢,你们知道,你们是去打仗的啊。"

将军看到黑夜和大雨使得士兵们意气消沉了,便问道：

"你们干吗不抽烟？现在可不是一九四一年了,那时候我们还在怕德国人呢。现在,时候不同了……"

士兵们脸上亮起了快乐的光彩,纵队向前开拔,队伍里香烟头红闪闪的。全师人马开过去越多,将军的脸色便越开朗。

"老练的战士！"他说,一面退回到路旁,普洛特尼柯夫和西齐赫正站在那儿。"这是一支优秀的部队！你可以取消你的政治部啦,巴伐尔·伊凡诺维奇……他们自己什么都懂得。他们行起军来就好像是去上工似的。这是斯大林的队伍啊,亲爱的同志！"

最后是炮兵团隆隆地开过。安东尤克乘着一辆溅满泥污的车子来了,他已经到了第一梯队的各个师里去搜集了敌人的情报。将军命令他随后跟来,到那个他指定作为司令部的村庄里去。

车辆立刻赶上了师部纵队。将军和普洛特尼柯夫又瞥着那在黑暗里走过的一张张熟悉的面孔、那工兵的黑黑的小胡子、一挺没有架好的机关枪的枪身、一位营长的白马,还有切特维雷柯夫那顶古班式皮帽。

普洛特尼柯夫决定和某个营待在一起,但是师长已经追上了全师人马,立刻从大路上拐过弯来,向那个村庄奔去。像其他的许多德国村庄一样,这座村庄也点缀在一片白旗里,现在这些白旗都在雨里沮丧地低垂着。

那些料理宿营地的士兵经沿路插上了木牌,木牌上标明着 C（这是师长名字的第一个字母）。留给将军住的那间屋子的门口站着一个哨兵。电讯兵把电线沿路拖来,长筒皮鞋踩在潮地上吱喇吱喇地响。

在屋子里的一张桌子上,中尉尼古尔斯基正在和两个电讯兵忙着装电话。一个无线电接线生在调准发报机。

"你来汇报。"将军命令安东尤克,在桌旁坐下,并没有脱掉高顶皮帽,一面机警地听着远处隆隆的炮声。

当安东尤克从皮包里取地图的时候,将军向尼古尔斯基问道:

"这只电话机能接通哪些部门?"

"与各团部还没有电话联系,因为他们还在行军。"尼古尔斯基说,行了个礼。

"这一点我知道,"将军咧嘴笑着说,"能接通哪些部门?"

"师团司令部,后勤司令部和医务营。"

"各团部正在收电。"无线电接线生说,他刚刚调整好了发报机。

安东尤克汇报说,在诺加尔特、斯塔尔加尔德和马都湖上,德军已经调集了海军陆战队第一师、"坦纳克"师团、纳粹党卫军"兰格马克"和"诺得兰"两个师,另外还有些番号不明的坦克部队。德军正以大量的坦克部队及步兵进行袭击。

将军把侦察情报记录在一张地图上,把反坦克部队以及直属于他的自动推进炮队的指挥员召集了来。他们立刻都聚集到一起来。将军一直延迟着没有开会,因为普洛特尼柯夫有一些事要和指挥员们谈,将军要等一等他。但是普洛特尼柯夫还没有来,他照理应该早就来到了呀。

于是将军决定开会,不等他了。他指派炮兵到开炮的阵地上去,并且指示他们于明儿早晨进行侦察。就在这时候,无线电上来了汇报,汇报内容是关于行军进程的情况。有一个团已经到达了自己的作战地区,其他几个团也快到达了。

指挥员们告别了,乘着车子走了。

普洛特尼柯夫深夜才到达,脸色苍白,神情错乱,而且很烦恼。他命令每一个人,包括无线电接线生和传令兵在内,都离开这个房间。他的声音异常尖锐。

只剩下他独个儿跟将军在一起了,他说:

"披上你的外套吧,塔拉斯·彼得罗维奇。我们得去看看我们的人干了些什么。我从来不曾想到我活在世上会看到这样的一件事,塔拉斯·彼得罗维奇。"

将军太了解普洛特尼柯夫了,因此不管这是发生了什么事情,他绝不会怀疑到它的重要性。他问也不问一声，连忙披上外套，两个人乘着车子走了。

在离开师部大约十公里的一个村庄上，普洛特尼柯夫命令停车。那是一个大村庄，中央有一个池塘。池边有几个人在站着抽烟。

他们一看到车子，便把香烟丢进池塘，走到将军跟前。他们都是师部里反间谍部门的军官。将军静悄悄地跟着他们。

在一幢长形的、一层楼的屋子里，躺满了德国人的死尸，屋顶上悬挂着一面垂头丧气的白旗。那是一家六口的尸体。他们给谋杀得好不残忍啊。尸体的近旁，有一顶红军式样的便帽浸在血泊里。

担任反谍报工作的军官们报告情况如下：

傍晚的时候，有三个苏联士兵走进了这所屋子，这是农民汉斯·克鲁吉尔的一所屋子。他们都喝了酒，又是吵嚷，又是谩骂。

"村子里就只有他们三个士兵吗？"将军问。

不，隔壁一所屋子里就驻扎着一排电讯兵。班长乌拉基金中士曾经亲眼看到这三个士兵的。他看到他们那种不顾体面的行为，感到忿怒，当时便走进屋子，叫他们安静一点。

一会儿，这些电讯兵布置了一个岗哨以后，便上床睡觉了。半夜的时候，站岗的士兵伊伯拉基莫夫听到隔壁屋子里有刺耳的哀叫和呐喊声。他叫醒了乌拉基金中士。等到他们走进屋子，士兵们已不在屋里，只有这些被谋杀了的德国人躺在地上。

现在正在缉捕凶手。所有的部队都已经得到了通报。案件正在进行密切调查中。

"谁会相信这种事！"普洛特尼柯夫说，"居然是我们的士兵……杀害孩子们……谁会相信这样的事……"他一遍遍说着，摇着头。

将军一直闷闷不乐地沉默着。在回去的路上，谁都没有说一句话。

大清早，当各团进入战斗的时候，将军在离开瞭望哨以前接到了一份密码电报，上面有西佐克雷罗夫的签名。

将军微微不安地朝普洛特尼柯夫瞥了一眼，拿起那份电报。

叫他们俩都感到惊讶的是——他们并没有受到责备。一般说来，这份电报是相当稀奇的。它叙述了那一家德国人被谋害的情形，并指示全体师长彻底保卫后方,并指示他们需要考虑到一件事:在我们军队后方的大路上来来往往的人民群众中,可能就有希特勒匪帮的战犯和各种可疑的人物混杂在内。

必须承认,塔拉斯·彼得罗维奇开头并不曾想到这份指令和那一家德国人被谋杀的案件之间有什么关系。

可是事实却真的有了关系。

十三

　　康拉德·文克尔和一群平民杂在一起漂泊着,关于这些平民,西佐克雷罗夫曾经警告他手下的反谍报部门的军官和师长们加以注意。

　　跟文克尔在一起的是几家德国居民,他们过去曾一度接管过被放逐的波兰人的田地房产。其中也有波美拉尼亚的居民,他们早就接到希特勒统治当局的命令,离乡背井,东飘西荡。他们慢慢儿漂荡着,好像一堆树叶被风吹卷着一样。他们不知道该在哪儿住下来,该怎么办才好,只顾像机器似的往前走,把全身所剩下来的力气都一股脑儿用来使两条腿单调地移动着。走路好像已经变成了他们生活中唯一的一件事了。

　　有的人往西面跋涉行走,因为那边的什么地方有他们的亲戚朋友。还有的人是为了逃避波兰人的报仇——波兰人已经回到了自己的土地上,本来呢,那些土地从好久好久以前就是属于他们的了。还有些人所以逃跑,只不过因为看见大家都在逃跑,就怕自己留下来掉了单。还有少数人所以要离开,只不过因为谁也没有叫他们留下来。

　　在路上,他们遇到了成群成群的德国人,都是受到希特勒的命令撤退的,不久就被苏联军队追上了,现在正在回家去。

　　那是一个悲惨的大漩涡:汇合着各色各样的命运、被毁灭了的希望和悔之已晚的心情。

　　在这一家家老头儿、老太婆、失去了爹娘的孩子和失去了孩子的爹娘们中间,混杂着不少化装为平民的军人。他们混在里面,并不是因为他们想要突破到他们自己人那边去,也不是梦想着重新拿起那早已自甘丢弃了的武装。他们原来是希望当战争结束的时候,能够离家更近一些。

　　这些人都是一小群一小群的,主要都在晚上赶路,免得碰到苏联部队,免得碰到那些从德国人的羁绊下给解放出来了的人们;他们慢慢儿沉重地走着,往西面走着。有时候他们在黑暗里彼此意外地碰到了,吃惊地停住,然后在相互的恐惧中,认识到彼此都是碰上了自己人。于是他们走得靠拢一些,低声地交谈着,彼此问道:

"从哪儿来?"

"上哪儿去?"

"这条路安全吗?"

"消息怎么样啦?"

"你们一伙人里面有医生吗?"

"干吗?"

"一个孩子病了。"

"沃登堡有一个俄国医院。上那儿去看吧。"

"请教俄国人吗?"

"是的……我的孩子就是带到那儿去看的。"

"他们肯吗……"

"肯……他们治好了他……"

"俄国人?"

"是呀。"

然后他们各走各的路。人们沉默地往前走,一脑子塞满了悲伤的思想,但是他们口头上讲的却只是些最紧要的字眼——道路、皮鞋、食粮。只有一个大个儿的老头儿时时刻刻都在叽里咕噜:

"上帝的惩罚!……惩罚狂妄!……惩罚流血!……"

文克尔正在往兰得斯堡去,往他的第二个联络站去,那是波恩指派给他的一层寓所。第一个联络站在斯乃得睦尔,但是那座城市已经被苏军包围了。

文克尔到兰得斯堡去并不是为了想继续进行间谍活动。他只不过要去找一个熟人,打听些消息。或者说不定是因为一个人没有个目标就活不下去,而兰得斯堡的那层寓所就类似一个目标吧。

只不过一个月以前,波恩上校才把各个联络站的地址告诉了他,但是在文克尔看来,好像从那次以后,已经过了多少年、多少世纪啦。当初毕恭毕敬站着听首长讲话的那个文克尔,现在可完全变了个人啦。

文克尔现在一面往兰得斯堡走,一面害怕他们又要强迫他干什么差事。

他不愿为他们做任何事情了。说到头来,他并不是一个德国国民,而是但泽自由市的一个公民,这个市是有它自己的宪法和国际地位的。文克尔再也不承认德国侵吞但泽的行为了!

纳粹当权以前,在他的故乡,日子过得多么安静和称心!文克尔曾经在码头上当过海关职员。当时他并不十分满意于自己的职业,可是现在呀,一想起那些贴在货物包上的一张张黄色的签条,就感到莫大的亲切。

他在衣袖上扎一条白带子——那是他的和平的愿望的标志——一路走着、杂在那些在衣袖上扎着同样的白带子的德国人里面。

他们通常一直走到天明。到上午,人群就散开了。每家人家都在一棵树下面安顿下来,忙东忙西,做饭呀、吃饭呀,低声地聊天呀。孩子们走到邻近的村庄里去,通常总是带着面包、脂肪和罐头食品回来:苏联军队才不是小气鬼,他们慷慨地给孩子们吃的。

老头儿们也进村去讨烟草,然后一面享用着强烈的苏联土烟,一面喘气和咳嗽。

年轻小伙子们和家长们都在森林里迷来迷去,寻找"猎物"。在森林里迷了路的山羊和母牛都被看做猎物。它们被捉住,被用刀子杀死、剥皮,然后它们的肉被放在营火上烤,引起那些没有口福的人大为羡慕。孩子们和老年人总是跟着这些"猎人"走来走去,朝着那残余的兽肉扑过去,一点一滴都要撕个干净,连骨头也要撕下来,然后高兴地叽里咕噜,在那微弱的营火上做起自己的早饭来。

他们只有走路是在一起,别的事都是各人干各人的。他们吃的东西从来不分给别人。每个人都只想到自己的未来。在共同的患难中,谁也不为自己的邻人操心。

到晚上,他们重新聚在一起,讨论一下应该打哪条路走,然后就继续赶路。有一个出生在兰得斯堡的退伍伍长,对附近一带很熟悉。他率领着这群人。

像前几夜一样,他们打树林里走,因为大路上全是苏联军队,而且还有大群大群的外国人。德国逃亡者怕外国人比怕苏联军队更厉害。

一轮朦胧的月亮在照耀着。他们的脚踩在潮粘粘的松针上,轻轻地嘎扎嘎扎响着。他们急急前进,走过了一些柏油工厂、荒凉的锯木厂和猎舍。不久以后,他们绕过了一个大湖。天亮的时候,他们突然走到森林的尽头了。在这些流亡者的面前,展现着一个大村庄,村庄的南端有工厂的烟囱。

他们停住了。他们从树林后面朝着那没有人的村庄望了一会儿。然后他们在枞树下面坐了一会儿,在树林里逛着,吃东西、睡觉、叹气、找"猎物"。晚上,他们继续往前走。

这些德国人穿过乌加尔顿村南面那条大路的时候,听到了谈笑声。在树丛下面,在大路的一边,有几个人在搭棚过夜,像吉普赛人似的。

一个愉快的声音用法文向这些德国人叫道:

"这儿经过的是什么国家?"

原来是一个年轻的法国女人斜倚着一棵树站着,嘴里叼一支香烟,她还没有听到回答,便朝着这些隐隐约约的人影张望,然后又突然吐掉烟卷,带着一脸孔非常厌恶的表情,用德国话说:

"噢——噢,第三帝国!……"一会儿以后,又嚷道,"格鲁贝尔①万岁!"

有人在吹口哨,吹得叫人耳聋。跟着这一声呼哨,这些德国人慌忙跨过大路,沿着一片犁过的田野走着,又格外加快了脚步,在树林里躲藏起来。他们还是听到有人在后面用一种既滑稽又一本正经的声调说:

"扎剌图士特剌如是逃②。"

"上帝的惩罚。"文克尔身旁的那个高个儿的老头儿咕哝了一声。

到了兰得斯堡,文克尔就撇开了别人,着手去找他自己的联络站。

他费了好大的劲,才找到了他要找的那所三层楼的房子。用一根长旗杆扯着一大块白布,于是这所屋子完全笼罩在静悄悄的黑暗里了。

文克尔打开前门听了一下,然后走到二层楼去。很暗。他擦着了一根火柴,立刻看到一块整洁的白板:

牙医卡尔·韦纳尔

文克尔按门铃。不响。文克尔敲门。没有人答应。文克尔推门。门并没有锁。文克尔走进去,再擦着了一根火柴。这层楼上的一切都翻了个身。地板上摊放着许多杂物和破碎的陶器。补牙齿用的那张椅子上所镀的一层镍,放射出一片光亮。

文克尔把门儿推得半开,走进隔壁房间,吓了一跳,往后直退。那儿有什

---

① 希特勒的真姓名。
② 德国反动哲学家尼采的超人学说影响纳粹主义至巨。尼采曾著有《扎剌图士特剌如是说》(*Also sprack Zarat-buestra*)一书,这里是讽刺的意思。

么东西在动。房间又大又寂静。文克尔紧张地等了一会儿,便决定重新到那间房间里仔细看看。他用颤抖的手擦着了一根火柴。

在那边的一个角落里,躺着一条圣·北那德的大种狗①。它在动着,可是站不起来,只是沉重地呼吸着。那条老狗快死啦。

文克尔立刻走出了房间,随手关上门,走出这一层楼,回到楼梯口。他正打算永远离开这所屋子,这时候突然听到黑暗里有一个女人的声音:

"你是来找韦纳尔先生的吗?"

"是的。"文克尔说。

"你是他的亲戚吗?"

"是他太太的亲戚。"

"你的名字叫作卡尔·威斯纳尔吗?"

"不是。"

"你是从西利西亚来的吗?"

"不是。"

那女人问完了这一番话以后,擦着了一根火柴,朝文克尔仔细打量了一番,直等到那根火柴烧完为止,然后说道:

"进来吧。"

文克尔走进韦纳尔屋子对面的一间寓所里。那女人很苍老,一头灰白的头发很不整洁,她把一张椅子移到他跟前,自己走到帐屏后面去,在一盏油灯下面预备什么东西。

"那么你是希尔黛·韦纳尔太太的亲戚吗?"她在帐屏后面问道,不等他回答,她又继续说下去,"那么,要是你哪一天碰到希尔黛太太,就说克莱纳珥太太问候她。她认识我的,我们是邻居,谢谢天老爷。告诉她说韦纳尔先生是星期五走的,就是俄国人到的前一天。他是晚上走的。并且告诉她说,他本来要把他的寓所交给我照管,但是我自己的心思已经够烦的了,于是我坚决拒绝了他。坚决。告诉她这一点吧。要是她有一天回来了,发现她有些东西在一楼穆勒尔太太和采尔维茨太太那儿,发现她的长筒袜穿在三楼嫩芝太太的膝骨

---

① 圣·北那德是瑞士的一个医院,那里出产一种大种狗,能于风雪中救人。

外曲的大腿上,叫她可别怪我……。在这样的时候,我实在没有责任去照管别人的东西。这就是我要告诉希尔黛太太的话。据我知道,她已经撤退到斯坦丁去了……"老女人从帐屏后面走出来,手里拿着油灯,把灯放在桌子上,然后动手用一块毛巾揩几只碟子,一面问:

"你正赶往哪儿去呀?"

"我不知道。"文克尔说。

老女人把盆子撞得丁零当啷大响,突然发脾气说:

"你不知道?! 开头叫全世界跟我们作对,把一切都毁了,然后又是'我不知道!'……天啊,瞧他们弄成什么样子了啊! 年轻人在战争中给打烂了,城市给毁了……要是我碰到你们的随便哪一个头目,我准把他直接扭送给俄国人去! ……不管他显得怎么样可怜,我也不会同情他。"她用锐利的目光朝文克尔瞥了一下,便讲完了。

"我可不是一个纳粹分子。"文克尔咕哝说。

老女人冷笑地噘起嘴唇,说:

"现在谁也不是纳粹分子了! 韦纳尔先生临逃以前上我这儿来过——完全是为了他自己房子的事——他也说过:'我不是一个纳粹分子'……那时候连俄国人还没有进城,他就不再是一个纳粹分子了。'我是被迫的',他对我说……。那时候根本还没有看见过一个俄国人。他也要求我照顾他的狗……。那条母狗可不是个纳粹分子,那是千真万确的……可是没有东西给它吃啦。"

天渐渐亮了。曙光从那纸糊的防空窗叶里透进来。一个阴暗而带有雨意的早晨凄凉地探进屋内。

文克尔说:

"我能不能睡在你这儿,克莱纳玎太太,睡到傍晚? 到傍晚我就走……"

"睡,睡!"老女人开始凶狠地发怨言了,"我但愿一觉睡着了不醒过来,看不见这一切!"她用一个猛烈的动作打开通往隔壁房间的门,说,"你可以睡在那儿。只不过,如果不介意的话,请别睡那张床! 说不定从斯大林格勒一路来,你就不曾洗过一次澡吧。"

文克尔在地板上躺下,尽管疲倦,却过了好久才睡着。他不断地想象着:这老太婆已经动身往俄国司令部去告发他了。

十四

傍晚的时候,文克尔离开了克莱纳玎太太的家,走到大街上。苏联军队正从本城经过。天正在下大雨,可是空气很温暖,带着春天的气息。文克尔慢慢儿走着,躲在屋子的黑影里走。

他不久发现自己走出了城。附近左右的各条大路上有车辆咔嗒咔嗒开驶的声音,还可以听到不均匀的、杂沓的脚步声。

文克尔赶忙跑进不远的一座林子里躲起来。当他走到树林里的时候,他走得更慢了。他听到一块洼地里有低低的声音。如果人们在低声说话,那就表示他们说的是德国话。事实上的确有一群德国男女栖息在那儿。他们听到文克尔的脚步声,就完全停止了谈话。接着,他们看到他衣袖上那一块白的地方,看到他既小心又胆怯,便看出了他也是一个德国人。

他们既然听说文克尔是从兰得斯堡来的,于是问他那边的情形怎么样,他有没有碰到成群结队的外国人?那个城市毁坏得严重吗?

文克尔回答了他们以后,便反过来问他们:这里有没有人要到纽马克的哥尼斯堡去?没有,没有人要去,但是有人要到梭尔丁和巴德·雄弗里埃司去,那就在到哥尼斯堡去的路上。

"离开哥尼斯堡远吗?"文克尔问。

"七十公里。"

"俄国人是不是已经到了那儿,还是……"

"他们到了那边啦。到处是俄国人……。"

"我们的人都离开很远了吗?"

"我们的人?"

"军队?……"

"是的,我们的人。军队。"

"很远……"

"离开得非常远。"

文克尔参加到和他同路的人一伙里。

有个女人一路哭。她走在后头,轻声地啜泣着。

像平常一样,他们沉重地走着,一直走到天亮。

黎明时分,他们在这个地区分散开来,吃饭和睡觉。

文克尔从衣袋里掏出一只面包,坐在一棵树下啃着。天气是潮湿的,可又是温暖的。邻近的一棵树下也有一个德国人在坐着嚼东西。天越来越亮了。文克尔睡了又醒过来,醒了又睡。

邻近那棵树下面的一个人还在睡。

文克尔的目光漫无目标地打量着森林、一条条平滑的小径、一棵棵树。树木发散出一股松脂的气味。最后,他望了望邻近那位熟睡的伙伴;那个人的脸孔——长长的,没有毛,长着粉刺——看上去很熟悉呀。

文克尔身旁那个人穿着一件肮脏破旧的大衣。他挂着一根骨柄手杖。他脚上穿的是破烂的长筒靴。他一只手紧握着自己的背囊。

"霍斯!"文克尔到底认出了他,又是高兴,又是惊奇。

文克尔爬到他跟前,仔细地望着他,而且很有自信地嚷道:

"霍斯!"

霍斯醒过来了,恐惧地望着文克尔,可是不认识他。文克尔笑了——五个星期以来的第一次笑啊。"霍斯!"他说,"喂,霍斯!是我,霍斯。我是文克尔……"

霍斯惊奇得喘不过气来。他们相互拥抱着,然后并排坐着,文克尔连忙一桩桩叙述起自己的不幸来。他谈得很坦白,绝对地坦白,同那一次与汉涅在一块儿的情形才不一样呢。

"什么都遭了殃,这是事实,"他最后说道,"什么都完蛋啦。你现在得自己逃命要紧。"

"嘘!……"霍斯说,一面朝四下望了望,"别作声……"

"有什么可怕的?"文克尔反驳道,"统统去他妈的把子吧!"但是他最后一句话说得比较轻。

"别作声!"霍斯又说了一遍,"住嘴!"霍斯把身子移到文克尔跟前:"你最好把这些想法摆在自己肚子里不说出来,否则……你打哪儿来?"

"从兰得斯堡来。到韦纳尔家里去过一次。"

"他早就溜了。"

"人家正是这样告诉我的。你近况怎么样?"

霍斯咧嘴笑着说:

"我仍然在为祖国服务……我们这儿产生了一个新的领导人。或许你听说过他吧?"霍斯的声调降得更低了,"弗利兹·布尔凯……一个纳粹党卫军,营级干部。"他沉默了一会儿,然后开始把上个月所遭遇到的每一件事都叙述出来,"我在格尼埃茨诺只待了两天,刚刚打算要走,有一个伙伴,一个德国人,突然把我的行踪向苏军司令部告发了。于是我一路装作一个生长在苏台德区的捷克人……甚至和一批捷克人混在一起,要求夹在他们中间一块儿混过去,但是我喝醉了酒,也不知道漏出了什么话,险些儿连性命都送掉。到了伯雷颠斯坦,这位布尔凯抓牢我不放。现在我就在这一带地方像条狗似的东奔西跑,把有关俄国人的情报带回去给首长……情况就是如此!……"他望望四周,立刻又向文克尔咬咬耳朵说,"这个布尔凯——他是个可怕的人!……一个杀人的凶手。注意!一句表示态度的话也不要说!……"

"但是我们可以走开呀,"文克尔说,"我们是武装部队的军官,不是纳粹党卫军……"

霍斯摇摇头说:

"这位布尔凯——你知道怎么……? 他说,不久的将来,我们就要同英国人与美国人讲和了,然后我们就可以集中我们所有的部队来打俄国人……柏林方面对这件事抱着很大的希望呢。"

他们都不作声了。一会儿,文克尔又问:

"克拉夫特在哪儿呀?"

"克拉夫特?"霍斯挥挥手,"在波茨南用手枪自杀了。"

他们又不作声了。

"你有烟草吗?"霍斯问。

"没有。"

"他做得对,"霍斯说——说的是克拉夫特,"我也想这样,可惜勇气不够。"

霍斯专心一致地望着文克尔。

"我几乎不认识你啦。你变得很厉害。你打算怎么办?"

"不知道。"

"上哪儿去?"

"上纽马克的哥尼斯堡去,去找一个联络站。"

"原有的联络站的地址都取消了。俄国人的反间谍部门抓到了我们的大批伙伴。"

"我们该怎么办呢?"

"你不想跟我一起上梭尔丁去吗?"

"去投靠布尔凯那家伙吗?"

"还有什么别的地方好去?"

傍晚时分,这些德国人又聚集了起来,继续赶路。文克尔乖乖儿跟着霍斯。

黎明前,他们到达了梭尔丁。霍斯把文克尔带到这个城市的西郊去。他们尽傍着后院走。他们翻过了一堵堵矮墙和篱笆。最后,他们走到了一条荒凉的边街,这条街上的每一幢屋子都埋葬在废墟里了。

霍斯朝四下望了望,便一溜烟跳进一扇地下室的窗口。文克尔一声不响地跟着他。进了地下室,他们走到一扇门口,这扇门后面还另外有一扇门,一会儿工夫,他们俩就走上了一条长长的、潮湿的过道,里面充满着霉味儿和老鼠味儿。

他们走了一大截路。最后,他们走进了一间四方形的地窖。每样东西都发散出强烈的酒味。四周堆满了大酒桶。有一只桶上点着一盏油灯。两个男人垫了些干草睡在地上。第三个人把灯芯草拨好,一面低声地向霍斯问了些什么。霍斯安慰他说:

"是,是……"

他们俩继续向前走,又走过了一条潮湿、阴暗的过道,打开一扇大铁门,走进另一个大酒窖,里面塞满了一桶桶的酒。这儿的光线明亮了,点着一盏小电灯。电灯线从许多酒桶上拉过,然而灯的本身却从一只大酒桶上吊下来,照亮着那些坐在桌上的人们的头顶。

霍斯让文克尔待在门口,自己走到那张摆满了高脚酒杯的桌子跟前,对在座的一个人弯下身来,低低地说了些什么。

跟霍斯谈话的那个人长得很瘦小,生着一张老鼠似的尖面孔。他大声地说:

"文克尔!请进来!"

文克尔向前走来。在座的第二个人好像睡着了,头搁在双手上。杯盘狼藉中安放着那么一颗丑陋的大头颅,还秃了那么圆圆的一块。

"坐下。"那个老鼠脸孔的人说。

文克尔坐下。

"又来了一位国防军的军官吗?"那个秃顶的头颅突然问道。

"是的。"老鼠面孔的那个人回答道。

"我是康拉德·文克尔上尉。"文克尔自我介绍道。

那个头颅又在桌子上靠了一会儿,然后才直起身来。一对锐利的小眼睛直盯着文克尔脸上瞧。他那一颗头颅埋藏在一对肉乎乎的肥大的肩膀里,简直看不见脖子。

那人朝文克尔望了一会儿以后,忽然放声大笑。

"啊哈……瞧他,玛克斯!"他嚷道,"多好看!你这条围巾打哪儿弄来的?是绸子的吧,我相信!真像一位太太!哈—哈—哈!请坐到桌子上来,文克尔太太!吃吧,喝酒吧,然后就去睡觉,哈—哈—哈!……"

这一阵打趣爆发得突然,消逝得也突然。

"坐下,"他阴沉地说,虽然事实上文克尔已经坐下了,"怎么?你觉得不舒服吗?你不舒服,你实在不舒服,"他自问自答;歇了片刻,他又说,"我们不久就会熟悉的。我是弗利兹·布尔凯。听到过这个名字吗?这位是玛克思·迪埃林,我的助手……要是俄国人不阻挡他,他本是前程远大的,哈—哈—哈!嘿,文克尔,你打算干什么?"

文克尔咕哝了一声,说是必须到他自己的司令部去报到。

"司令部!"布尔凯假笑说,"什么司令部?你可以归从到我的司令部来……要不,或许像你这样一位国防军的军官,不适合投到纳粹党卫军司令部来吗?双方共同合作,由纳粹党卫军来领导一下行吗?或许你认为国防军更适合你一些吧?例如像冯·卫茨尔班或贝克这些上流将军就是这样,你还记得他们的下场吗?听着,瞧这双手,"他把一双红色的、毛茸茸的大手放在桌子上,手上戴满了戒指,"这双手曾把班尼托·墨索里尼从英国人那儿抢救了出来。懂得吗?你瞧瞧弗利兹·布尔凯的本领!我是个杀人的凶手,在巴黎,我同司徒泼纳吉尔合作杀人,在俄国——同科赫合作。我也同斯特拉塞尔合作,如果你记得他们的话……喝吧!你干吗等着呢?这儿有足够的酒,可以喝到胜利为止!"

文克尔喝了一盅酒,头脑开始旋转起来了。他低垂着眼睛,恐惧地望着这个纳粹党卫军。后者又替他斟了一杯。文克尔把这一杯也喝了。他希望喝醉。

布尔凯歇了一会儿,说:

"别害怕,你跟我在一起不会吃亏的!一个有名的巴黎算命者丽谷太太告诉我说,我要当了将军才死。现在离我当将军的日子还有一段距离呢,因此我还得继续活下去……现在我已经来到这儿的俄国后方做工作,姑且就这样说吧!……在俄国的后方,在德国的领土上!从来没有想到会有这样的事!……我看到的是什么呢?我看到德国人撒粪撒在裤裆里,这就是我所看到的这个国家的壮健的力量到哪儿去了啊?我看不到他们……我们就好像在外国一样。我们每走一步路都害怕会有普鲁士人出卖我们……"他眼睛里忽然充了血丝,充满着憎恨,他继续说下去,"说起来,在这样的时代里,他们派我到俄国的后方来工作……是一件流血的勾当,你看多奇怪,弗里兹·布尔凯!……我们信任你,弗里兹·布尔凯。那正是你的拿手好戏。唔,我们要挺身一战!弗里兹·布尔凯——为国社党的理想而干着下贱工作。他不是个女人气的男子,不是个外交家,不是个演说家,而是个工作者。我要把他们都宰了!……你,文克尔,我也要把你宰了!"他突然停住了,"我不是只求外表特别整洁漂亮的国防军军官!我要拉掉你的臂膀,插几根火柴上去代替,懂得吗?解掉你的头巾,你这个马屁股!快!把国社党的思想给他硬装进去硬塞进去,塞得他闷不过气来!……喝吧,文克尔!"

文克尔连忙解下头巾,又大口喝了一杯酒,这一下完全喝醉了。他觉得自己越来越喜爱布尔凯了……

"这才算个人!"他咕哝道,醉后的热情几乎叫他哭出来了,"果——果——果断!真——真——真实!……"他带着一脸孔奴隶般虔诚的表情,仔细看着这个纳粹党卫军的沉滞的眼睛。

现在,他看起周围的一切东西来,都好像透过了一层雾似的。迪埃林不见了,接着又回来了,走到布尔凯跟前,对他咬了咬耳朵。布尔凯站起身来,以犹豫不决的脚步走到地窖的进口处。

霍斯对文克尔低声说:

"他就是那样的人!……"

"好——好——好,"文克尔口吃地说,"好——好——好极了……把他们统统宰了!……"

突然,他起了一个可怕的幻觉:从地窖的敞开的门口,有一个俄国兵朝他慢慢儿走来!文克尔惊得往后一退,摇摇头,可是幻觉并没有消失。文克尔从座位上跳起来,退缩到酒桶跟前去。那个穿着苏联制服的人瞥了文克尔一下,便走到桌子跟前,大口地喝了一杯酒,说着一口地道的德国话:

"我要睡觉去了,长官……。这是我睡觉的时候了。"

他很快就消失在酒桶后面,原来那边还有一扇小门,是以前文克尔所没有注意到的。

"这是什么人?"文克尔咕噜了一声。

"住嘴!"布尔凯静悄悄地说,"让他睡觉去,醉鬼!"

霍斯扶着跌跌撞撞的文克尔,把他带出了房间,好容易才使他在地窖角落里的一堆干草上躺了下来。

"唔——唔——唔,算得上一个真正的人!"文克尔含含糊糊地说。

十五

是文克尔在这个纳粹党卫军的间谍窝里梦见了一个苏联兵呢,还是果真有一个苏联兵?

文克尔早上醒过来的时候,颇以为那是一场梦。当时文克尔喝过了酒,躺到干草上去的时候,脑子快要炸裂了,根本就说不准昨儿晚上所经历的许多事情当中,哪些是梦,哪些是事实。

他的四周放满了大桶大桶的酒,从酒桶中间发出微弱的、闪闪烁烁的灯光。

显然,与霍斯的相会以及与布尔凯的谈话都是事实。他现在清醒了,文克尔可不再对那个纳粹党卫军那么样热切了。他想:"我又找上了苦差事,挣扎不脱身了。要是俄国人把我和布尔凯一块儿逮捕起来,那么,我可不光光是一个战俘啦!……"

酒桶后面传来低沉的声音:

"北面正在进行一次大规模的战争。"

"是的,你可以听到隆隆的炮声。"

"我们的部队已经投入了大量坦克。"

有人轻轻地问:

"你看见……彼得了吗?"

"嘘!"另外一个人岔断了他。

接着,他说得那么低,使文克尔什么也听不见,只听见一些孤立的字,听到"彼得"这个名字老是被一遍遍提起。可是文克尔连偷听也不想去偷听。他的头快炸裂了。闻到一股酸酒的气味。

酒桶后面有了脚步声,霍斯在说话了:

"文克尔,你在哪儿?"

霍斯出现在酒桶中间,准备要走了。他背上背着一个包袱。他的外套上缝上了一些杂色的破布。

"今天我要扮作一个捷克人啦。"他指着衣服上的破布片说。文克尔跟着霍斯一起走到过道的尽头。

"你可知道我该做什么吗?"文克尔问。

"你将会给派出去到处侦察,像我一样……嘿,你昨天那副样子真够人瞧的!……"

"我现在不大习惯喝酒了。"沉默了一会儿以后,文克尔问道,"怎么回事啊,是我在做梦呢?还是……"

霍斯立刻岔断了他的话:

"得了,别问了吧……我什么也不知道。下流勾当。柏林方面派下来的特别任务……再见。"

他们俩并肩站了一会儿。他们俩不想分离。说到头来,他们俩是老相识啊——从那个美妙的时代起,或者说,照现在看来是那么美妙的一个时代,那时候他们俩都在司令部服务,军队驻在维斯杜拉河上,生活显得好像还有点儿意义。

文克尔回到地窖里。立刻,他被迪埃林叫到桌子跟前去。他被派给了一份相当简单的工作,作为开始。文克尔得和一个叫亨采的人步行到十五里外的立普涅车站去,探访一个铁路员工,要记住那个员工所说的一切,把这份情报带回来。

"你得在傍晚的时候去,"迪埃林说,"你得记着,要百分之百地完成任务,上午就得赶回来。长官下了命令,警告你别想……逃跑……我们到处都有眼线,记住这一点。"

傍晚时分,文克尔离开了地窖。

亨采原来是一个二十五岁的年轻小伙子。他没有上过前线:他的父亲总算设法通过了老朋友尤里士·斯特莱赫尔的帮助,使儿子没有服兵役。直到最近,亨采还在汉诺威省的一个州里当"青年团首领"。当民兵队组织好了的时候,他以充满着爱国热情的言论使自己出了名,因此,在一个晴朗的日子里,事先没有得到一点讯息——他甚至没有来得及告诉他父亲一声——就给调到这儿来担任特别机密的任务了。那是苏联军队开来的前一个星期。

他是和布尔凯一起来的,并且被认为是最可靠的工作人员之一。不过,他并不满意自己的工作:这份差事很危险,而且,老实说,几乎毫无意义。他把这种情况坦白地告诉了文克尔。不错,他们正在这一带搜集有关苏联军队的调动和集中的情报。可是每当提出应该派飞机来的时候,飞机却不飞来……需要炸药的时候,却没有炸药。他们连烟草也无法供应我们……我们最后一次抽烟是在什么时候呀……。总而言之,柏林方面把事情弄成一团糟!……

亨采谈起布尔凯就肃然起敬,并且有点儿害怕。

"要是所有的德国人都像弗里兹一样,"亨采说(他用教名称呼那个纳粹党卫军,想在文克尔面前炫耀一下跟他的亲密),"情况就不会太糟了……。杀个把人,刺某人一刀,或者打他一顿——对他根本不算一回事!……他甚至打迪埃林的耳光,"亨采不怀好意地说,同时摸了摸自己的面颊,"他是奥托·斯考尔青涅的伙伴!什么事情他都插进一手!他们说,元首本人也很熟悉他;布尔凯曾经一度当过元首的私人保镖。一个伟大的人啊!"

他们俩慢吞吞地在那柔软而潮湿的松针上走着。

"这儿我们的人很多吗?"文克尔问。

"很多?!大概一共五十个间谍……其余的都逃往他们能逃的地方去了。"

亏你还当间谍哩!文克尔蔑视地想道。碎嘴子!

"你认识彼得吗?"文克尔打定主意问了。

亨采低声说:

"见过他一次……'彼得'本是个绰号。可是又没有人知道他究竟是谁。他也是个了不起的人……那是一个特别团体……他们都懂得俄文,都穿着俄国制服伪装起来,进行工作。我听到过一些关于他们的事。"

他们弄好了一个露营地。亨采拿出了两瓶酒。他们有吃有喝。亨采说:

"他们杀害掉队的单身俄国士兵,而且……"亨采把嘴巴凑近文克尔的耳朵,"不仅仅是俄国人……但愿你当心,别把我告诉你的事情说给别人听……是的,是的,信不信由你……还有德国妇女和孩子……"

文克尔张大着眼睛。

"为什么?"他问。

"特别任务,"亨采炫耀地说,他非常高兴:居然能够叫一个职业侦探吃惊。"为宣传部制造极好的资料……你知道吧,舆论——那是件重要的事……"

他们继续向前走。四下很静。只有远远的北面有隆隆的炮声,并且时常有一长条一长条的探照灯的光亮扫过天空。

"在离开这儿不远的地方,我们曾经设备好了一个升降场,"亨采说,"飞机可没有来过一次。我几乎等不及它们来到这儿了呢……说不定爸爸会设法让我调到别的工作岗位上去。我在等待命令,可是命令还是不下来。"

他们不久便走近立普涅村了。村庄在铁路线上,在两个湖之间。文克尔和亨采在铁路堤的阴影里走着。满载着大炮和坦克的列车正停在铁路上。这些东西一定是在运往前线的路上被苏联人缴获了。货车上的武器还不曾放射过一颗子弹呢。苏联哨兵在货车附近踱来踱去,手里持着轻机关枪,随时提防着。

亨采和文克尔小心地跨过铁路,向着不远的湖走去。湖畔,在一个磨坊的附近,立着一所小屋。他们走进小屋。屋主人是在铁路上干活的一个当地居民,对他们并不怎么客气,甚至连坐也没有请他们坐,立刻紧紧地关上了门,便马上向他们报道消息:到皮里兹去的路上有好多俄国卡车、好多坦克、好多步兵。俄国人最近还在附近建筑了一个飞机场,机场上的飞机不下五十架,都是双引擎的。昨儿上午,俄国士兵曾在温得尔湖里洗过澡……是这样。尽管天气冷。俄国人正在检查铁路。据说他们要让铁路立刻通车。

屋主人为什么这样惶惶不安,马上有了解释。亨采正趴在长沙发上,表示想在那儿休息一两个钟头,那人劝他赶快走,因为昨天他已经向苏军司令部把自己的国社党党员的身份登记了……

亨采跳了起来,好像被刺痛了一下似的。

"你干吗要那么做?"他问。

"苏军司令部的命令,"屋主人垂头丧气地说,"我不能不理睬,反正邻居都会告发的。"

亨采和文克尔匆匆忙忙离开了这个铁路员工的家。

他们绕过一个湖,又一个湖,穿过树林,朝着卓伦村前去。原来是亨采要到那个村子里去完成一件任务。或许那位到什么地方去办理一件重要事情的迪埃林会在那儿等他们吧。

村庄东头的那间农舍里没有一个人。门没有锁,他们走了进去。亨采吃惊地喘着气:

"他们都上哪儿去啦？"

他们俩走到院子里，正打算要走，这时候院子里石头地窖的一扇小门开了，出现的不是别人，正是弗利兹·布尔凯本人。

"谁啊？"他问。

"是我们，亨采和文克尔。"亨采胆怯地回答道。

屋主人夫妇跟着布尔凯走出了地窖。他们静悄悄地打这两个密探身边走过，消失在屋子里。亨采和文克尔立正站着，等待着听"长官"向他们讲话。布尔凯在地窖附近的一段木头上笨重地坐下，抱怨说：

"瞧这里。我们已经被人破获。我的臂膀上受了伤……。你们站在这儿干吗？"他歇了一会儿便继续说下去，"坐下。让我们想想该怎么办。玛克思已经死了。彼得死了。列别和另外四个人被捕了。有人出卖了我们……"

布尔凯站起身来，跌跌撞撞地走向地窖。亨采和文克尔跟在他后面走。地窖里是潮湿的，充满着烂白菜的臭气。可是主人们却创造了某种程度的舒适：角落里放着一张小桌子和一张安乐椅子。点着一盏灯。布尔凯的影子在地窖的圆顶上可怕地晃动着。

"我们必须马上离开，"布尔凯说，"或许俄国人已经知道我们所有的集合地点了。"

他们沉默地坐着。布尔凯不断地察看着自己那只扎着绷带的手腕。

"糟透了。"他说。

他害怕败血症、气疽。他对于自己的健康很敏感。

这再不是从前的那位布尔凯了，文克尔很快就注意到这一点。他相当沉默，经常提到迪埃林，他显然非常宠爱迪埃林。他没有细谈俄国人查获酒窖的事。显然是有人出卖了他们，否则就是俄国人自己追踪到了他们。枪击进行了半个钟头之久。布尔凯和另外两个人逃脱了，他们朝着外边一起猛冲出去，但是彼此在黑暗里走散了。一架无线电台和许多重要文件都落到了俄国人手里。他们必须逃走。

"得请一个医生来，"布尔凯说，"否则就会中毒！"

亨采站起来说：

"别担心，长官，我去找医生来。"

"上哪儿去找?"布尔凯疑心地问,眼睛凝神地盯在亨采身上。

"在立普涅村里,我认识一个人,是个外科医生的助手,就在火车站附近。我快去快来。只不过我要把包袱放在这儿,重得背不动呢。"

亨采从肩上卸下包袱,这一来便叫布尔凯安了心。

就只剩下布尔凯和文克尔了,布尔凯闭着眼睛,静静地坐了好一会儿。半个钟头之后,他睁开眼睛问道:

"亨采还没有回来吗?"

"没有。还早着呢。"

布尔凯又阖上了眼睛。文克尔吹熄了灯,躺在角落里的地面上,背靠在一堆甜菜上。他立刻就睡着了。布尔凯叫醒了他,问道:

"你在这儿吗,文克尔?"

"在。"

"亨采回来了吗?"

"没有!"

沉默。文克尔又睡着了。过了一些时候,他开始恐怖得发抖。一只肉乎乎、汗淋淋的大手摸着他的面孔。文克尔对那只手记得太清楚了。

"怎么啦,长官?"他用颤抖的声音问道。

"亨采还没有来吗?"布尔凯问。

"没有。"

"你干吗吹熄了灯?你也想逃跑吗?"

"不,我睡着了。"

布尔凯的手往下摸,抓住文克尔的大衣领,把他轻轻地提得离开了地面。

"我们走吧,"布尔凯说,"别发愁,你跟布尔凯在一起不会吃亏的。只要不传染病毒!你不了解布尔凯!但是你得设法了解他。迪埃林死了,你成了我的朋友。你是个好人,文克尔。我答应给你一颗铁十字勋章,一等到我们完成了任务就给你。我们会完成任务的,别担心。你听不见吗?那是炮声!那是我们的人在进攻!我们迎上他们去……"

文克尔跟着布尔凯走。他们走出了村庄,文克尔便停住了,从衣袋里掏出头巾,围在头上,把帽子拉下些。

"这一来好得多了。"他咕哝着。

布尔凯没有说什么。他们朝树林深处走,朝北面走,那儿炮火正在沉闷地怒吼着。

天亮的时候,他们坐在草地上休息,突然看到苏联兵打森林小径朝他们笔直走来。

苏联兵带着一卷卷电线,把它解开,系在树枝上。他们由一位黑黑的、细长的年轻军官带领着。他们看到这两个身穿平民服装的人坐在草地上,便停了下来。

布尔凯站起身来。他脸色苍白。可是文克尔却经历过许许多多的事,那是布尔凯想也不曾想到过的;他大胆地朝那些俄国兵走去,一面说:

"夫拉其斯拉夫·华列夫斯基……和潘①……"他向着布尔凯点点头,"潘·马塔斯如夫斯基……波尔斯卡②,波尔斯卡……回国……回华沙……"

那位中尉对他们点了点头,便继续向前走。布尔凯深深地吸了口气。他的脸上慢慢儿恢复了血色。

"聪明的伙伴,文克尔!"他咕噜了一声。

他们看到远处有一座荒凉的柏油工厂,便决定在那儿停下来等待。

"我们的人马上就会到这儿了,"布尔凯说着,便躺在柏油工厂的大木棚里睡觉,"我们的人会突破的。这是一次重要的战役,文克尔,非常重要。大量的坦克。元首还没有撒粪撒在裤裆里。别急,文克尔!"

---

① 系波兰文,意谓先生。
② 系波兰文,意谓波兰。

十六

尼古尔斯基中尉太匆忙了,否则他一定会注意到这位"潘·马塔斯如夫斯基"的吓慌了的面孔。

他不得不匆忙。全师刚刚进入战斗。在这些密布着斯退丁有钱人的美丽别墅的森林和湖谷里,正在进行着一场猛烈的战争。

在军队里,没有比电讯兵更消息灵通的人了。

作为一切电话和无线电通话的见证人——无言而无形的见证人——一个电讯兵会知道一些有关本部队的最宝贵的秘密。

尼古尔斯基听着电话里的对话,注意到形势一小时比一小时来得复杂。

那天上午有一团人报告说,他们受到了德寇一次四十辆坦克的袭击;十分钟以后,又有一个团报告说,他们正在击退六十辆坦克的袭击,他们的阵地正受到德寇的六筒迫击炮轰击。阿甘涅斯扬正在向参谋长报告从那些新捉来的战俘口中探听出来的消息——这些战俘都是属于顿尼茨海军大将的陆战队第一师。防空哨不断地报告敌机的侵袭,详详细细地指出敌方轰炸机的数目和机型。

军部侦察处处长马里雪夫上校到师部来了,在不断地打电话给各个团。师团司令部和军部的值班军官们在不断地提问题,发命令,叫喊,一直叫到嗓子发哑。

新的呼号越来越多了——那是新添的炮兵部队。通过几公里长的电线,尼古尔斯基可以听到整个师和敌人进行搏斗的沉重的呼吸声;通过电线,传来了师长的低沉的、听来很镇静的声音。所有的司令部,所有的转播站,以及整个电讯网都听到这个声音。听着的人们都屏住了呼吸,对那些要求继续通话的人们嘘着:

"别响,三十五号在说话!"

"住嘴!三十五号分机占了线!"

"三十五号在打电话!"

当尼古尔斯基在自己的掩蔽壕里听着这些通话的时候,地面正被附近的炮弹和炸弹爆炸得震动着。立刻就和切特维雷柯夫那一团失去了联系,那一团人是处在一个艰险的阵地里。

再过一会儿,尼古尔斯基听到师长直接和他自己讲话的声音,大吃一惊。

"尼古尔斯基,怎么接不通切特维雷柯夫?"

"线断了,三十五号同志。我正派电讯兵去抢修。"

"你自己去检查一下吧。我要你负责接通切特维雷柯夫。"

尼古尔斯基和一小队电讯兵出去弄电线。

那是一个黑暗多云的早晨。电线通过一片潮湿的、犁过的田野,然后,沿着一条大路架设着。到处有汩汩淙淙的春潮,他们常常要涉过一条条的河川,涉过齐腰的大水。河流和潮沼淹没了地势低的田地。

这条电话线上的第一个转播站就在一个村口,在一座瓦屋顶的白屋子里。这儿的一切都是好好的,和师部以及第二转播站都照常有联系。一个胖胖的德国女人请电讯兵们吃咖啡,一面咕哝着说,那不是真正的咖啡,是橡子咖啡。照她的意见,德国这一次打仗就是为了真正的咖啡;咖啡是生长在非洲的,但是那儿的德国殖民地给人家夺去了。

尼古尔斯基继续向前走,走到第二转播站。

这儿,每一个钟头都会断线,可怜的电讯兵们老是跑来跑去修理;他们几乎累透了。

德国炮弹落在一片淹了水的草地上,那儿正建立着我们的炮兵阵地。

村庄里有一个炮兵司令部。附近有一门大炮在轰击,一切都被震动着。受了惊吓的牛群冲撞着门口,大声地哞哞叫着。

第三转播站已经没有了。一颗德国炮弹落到了这个转播站所在地的仓库里。两个电讯兵都受了伤,电线嵌到木头里去了。尼古尔斯基和他手下人设法找着了电线的两头,把它接拢起来。他们把伤员们送到一辆路过这里到后方去运军火的卡车上。

尼古尔斯基留了两个电讯兵在这个转播站上,又把断线的原因告诉了电讯连,便到团部去了。

团部的交通站设在一所大屋子的地窖里,在一大堆酒桶和旧酒瓶中间。团本部在隔壁一个地窖里。

尼古尔斯基一拿起电话筒,就听到师长的声音:

"别当它一回事!别当它一回事!你所谓德寇已经突破,是什么意思?立刻恢复战局!立刻反攻!"沉寂了一会儿以后,将军问道,"'霹雳'通话了吗?"

"通话了,三十五号同志。"尼古尔斯基插嘴说。

"你是谁?"

"尼古尔斯基中尉。"

"你在哪儿说话?"

"在'霹雳'这儿。"

"已经在那儿啦?好伙伴!叫切特维雷柯夫听电话。"

师长和团长的对话说明了形势更来得复杂了。德寇把更多的坦克投入了战斗。

在"海鸥"战区,他们已经突破了两公里的距程。

"松树"部队——直属于切特维雷柯夫的反坦克炮团的一个营——的指挥员插进来说:

"对不起,将军同志。'松树'部队指挥员汇报。已经以十二辆坦克打退了一次进犯。两部坦克烧毁了。四门炮失去了战斗效能。我看到树林圈里有大批德国坦克在进行布置。"

"坚持下去,"将军说,"'棕榈'就来援助你了。"

"到底来啦!""松树"插嘴[①]道,显然是急于看到"棕榈"。

"棕榈"是一个自动推进炮团。

电讯兵们喝着酒,从酒桶里蘸着酒浸润前额。团参谋长——"苏联英雄"米加耶夫少校——常常到地窖里来,他脸色苍黑而可怕。他们给了他一杯"莫歇尔"酒和一些土烟——他自己的土烟不知道丢在什么地方了。

"当心别喝醉!"当他要回到自己地窖里去时,警告电讯兵们说。

尼古尔斯基想到可以回师部去,可是他又觉得:当目前战局正向不利的方面急转直下的时候,是不应该离开前线的。但是过了一个钟头以后,根本就不可能回去了:切特维雷柯夫的一团人完全给包围了。

[①] "插嘴"原文为"顶嘴"。

尼古尔斯基走进去看米加耶夫。切特维雷柯夫正在那儿；他刚刚离开瞭望哨。德寇已经逼近那个瞭望哨，并且已经以轻机枪对它进行扫射。

团长站在地窖中央：那么魁伟的一个人，长着那么两条膝头向外曲的、强壮的腿，戴一顶红顶儿的古班皮帽，手拿一根马鞭儿。

"你们有手榴弹吗？"他问。

"有。"米加耶夫答。

"有多少？"

"二十颗普通手榴弹，五颗反坦克弹。"

"叫希求金再拿一百颗来。让每个人都用手榴弹武装起来。叫闲着的电讯兵、侦察兵、全体司机、密码人员与绘图人员——所有的人都得在这所屋子的四周掘战壕。就动起来吧。我上第二营去。"

切特维雷柯夫用马鞭抽了一下自己的皮靴，便走到门口去。他的后颈被汗水沾湿着。

他们送来了手榴弹。米加耶夫拿起两颗反坦克弹放在身旁的桌子上。然后他发出保卫团部的命令，开始以电话与"紫罗兰"取得联系，但是"紫罗兰"不声不响。

"断线！"米加耶夫放下听筒，看到尼古尔斯基拿着一颗手榴弹茫无目标地站在地窖中央，便对他说，"中尉，我的军官们都不知到什么地方有事去了。请你上第一营去一趟，看看那边的情况怎么样，并且把命令传达给他们。"

"什么命令？"

"什么命令？"米加耶夫回答道，"通常的命令。坚持到最后一兵一卒。就是坚守斯大林格勒时一样的命令。就这样吧。"

"我可以把大衣交给你吗？"尼古尔斯基问。

米加耶夫张大着眼睛，然后笑了笑：

"当然，你可以交给我！丢下大衣就跑吧，你这个怪物！"

尼古尔斯基生气了。

"怪物，"他生气地咕哝了一声，一面大踏步朝东北方走去，第一营正在那儿作战，"为什么怪？我不明白。他自己倒是个怪物呢！……"

几个炮兵军官坐在一条战壕里，战壕就在那条两旁栽着树木的大路旁边。

他们用望远镜瞧着那铁路线消失在丛山中的地方。有些坦克在一座低低的栈道后面慢慢儿转动着,轮带卷起大滩大滩的水,隆隆地滚过那崎岖的道路。

那些人真的是德寇吗?尼古尔斯基想。

一个炮兵上尉朝着电话筒粗嘎地叫道:

"准备!"

尼古尔斯基正走开的时候,听到了命令:"开炮!"接着便是叫人耳聋的轰隆隆的响声。那些坦克是德国人的坦克——炮弹开始在它们周围爆发起来。

这个营的指挥哨是设在一个交通壕里的,这条壕从前线战壕一直拉到一座树林。尼古尔斯基跳进了壕,立刻看到了政治部的加林少校。

少校正闭着眼睛躺在那里。尼古尔斯基担忧地问道:

"他怎么啦,受伤了吗?"

"不,只不过给撞倒了一下,睡着了。"有人回答道。

加林醒过来了,看出是尼古尔斯基,感到非常高兴,向他提出一连串问题:

"师长怎么样?他知道这儿的情况吗?你见到普洛特尼柯夫上校没有?那边一切都顺利吗?有人受伤或牺牲吗?师团方面了解目前形势吗?"

营长走到他跟前。他是个身材高大、脸色阴沉、样子难看的少校,名字叫维谢恰柯夫。

不知什么道理,加林一看到他就心乱起来了,惭愧地咳嗽着。至于维谢恰柯夫,他并没有朝着这个政治部的人望一眼。他听到尼古尔斯基报告说,已经派了一个传讯兵送了个讯息给米加耶夫。电话线已经修理好了。他们一定会坚持到底。

左面响起了几声炮。尼古尔斯基突地把头往下一低,维谢恰柯夫投给他一瞥略带轻蔑的目光,说:

"那是我们自己的反坦克团在开炮。"

"一辆坦克在焚烧了!"一个瞭望人员从战壕里说。

维谢恰柯夫把望远镜举到眼睛跟前,然后抓起电话听筒,用一种出人意料的大声叫道:

"你不看见吗,坦克又来啦!"于是他走到前线战壕那里嚷道,"反坦克炮,开火!"

尼古尔斯基连忙跟在营长后面。维谢恰柯夫正站在战壕里,站在一个身材相当矮的、灰色眼睛的青年上尉身边。他们俩都在抽烟。

"德国人正在用穿甲弹。"上尉说。

"难道他们没有爆裂弹吗?"维谢恰柯夫思索地说。

他们沉静的声音里,并不带有怎么样的严厉意味,却在尼古尔斯基身上起了一种清醒的作用。这儿比团部或师部都沉静得多。这种沉静是由于形势明朗化的结果——德国人已经可以看得见了。他们没有什么了不起了:德国人加上德国坦克。

中尉一共只打过六个月的仗,这才是第一次上火线。他看到这里每样事物都那么单纯,真给弄得惊讶了。事实上,这是一个小小的战壕,士兵们都坐在里面。有一个人躺在那儿快死了,吃力地说着一些什么。整个军队的这一部大机器都靠着这些士兵在工作:司令部、炮兵、工兵、供应、无线电和电话。这一切都在工作,以便使那些穿着泥污的大衣坐在战壕里的人们可以前进。

尼古尔斯基不必要多想这个主题了:因为出现了德国轰炸机。士兵们带着好奇和利己主义交织的心情注视它们往哪儿飞,一心盼望着它们会飞走。但是,不,他们的战壕和他们的身体,正成了这五十四架轰隆隆的、黑色"蓉克"机的目标。一连串"炸人炸弹"带着尖锐的响声冲下来;一想到苦痛和死亡,人们的心就停止了一下跳动。

维谢恰柯夫和上尉仍旧站在战壕里,冷酷地不理会轰炸,机智地不去留意一个个躺下来的士兵们。轰炸过了以后,上尉以铿锵而年轻的声音喊道:"全连准备!"

加林少校出现了,手里拿着手枪。

尼古尔斯基记起了自己也有一把手枪,于是从枪套里把它拔了出来。他听到一个稍老的、胡须黑黑的上士在一旁对加林少校说:

"你在这儿干吗,少校同志?到营部里去吧,难道我们非有你不可吗?"

尼古尔斯基没有听到加林的回答。

士兵们开火了。他们的开火在尼古尔斯基听来是聒耳的、不能叫人信服的。不过,德国人的看法可就两样了。有人说德国人已经按兵不动了,躺下了。

卓珂夫上尉对尼古尔斯基蹙着眉头说：

"谁能在四百公尺距离之外使用手枪啊？去把那边那个受伤的人的步枪拿过来。"

尼古尔斯基把那个伤兵的步枪拿了过来，站在胸墙旁边开始射击。他每打一枪，内心里总会涨溢起一股非常自信的感觉。他并不知道他的子弹是否打中了目标。可是，像那儿所有像他的人一样，他知道自己会战斗到死为止，就像那些坚守斯大林格勒的战士们一样，一步也不退却。

这次战斗，在电话上和司令部的文件上就是这样措辞的：打退进犯，并使敌方遭受惨重损失。

站在尼古尔斯基身旁的年轻上尉点起一支香烟，握在他手里的那根火柴并没有颤抖。

"开火够啦，"他说，"德国人已经退了回去。你没看见吗？"

尼古尔斯基并没有看见。他什么也没有看见。他只想继续不断地开火、开火。

十七

一开头，人们不明白师政治部主任普洛特尼柯夫上校怎么会上这儿来，竟然会在前线的战壕里。他在士兵们身旁站了一会儿，用望远镜望着德国人，然后问卓珂夫：

"唔，上尉，你怎么样？我们坚持得下去吗？"

"我们行。"卓珂夫答。

"那么，干吗这么不快活的样子呢？"上校笑了，"如果我们坚持得下去，你就应该高兴起来……"

他又对着望远镜望，然后问道："士兵们吃过早饭了吗？"

"还没有。"卓珂夫说。

"为什么没有？可耻！你的司务长上哪儿去了？"

吓慌了的戈登诺夫赶快往野战厨房那树林里跑。

"带点儿伏特加来！"普洛特尼柯夫在他后面嚷道。

他在士兵们中间走来走去，然后下命令说：趁着现在还安静的时候，把壕沟再挖深些。最后，斯里文科问道：

"你怎么到这儿来的，上校同志？"

普洛特尼柯夫笑了笑。

"硬钻过来的，正如你所看见的！……有什么办法呢？只好爬啦！……而且你们并没有真正被围困得水泄不通，那不过说起来是这样罢了：被围困了……德国人认为是他们，并不是你们……"

"你可能给德国人俘房呢。"斯里文科责备地说。

"我是由侦察兵保护着上这儿来的。"

的确，梅歇尔斯基上尉和师部里的侦察兵也在这儿。梅歇尔斯基向卓珂夫打了个招呼，便走到上校跟前，说：

"加林少校在这儿，在邻近一个连里面。好像尼古尔斯基也在。"

"这就是师部给你们的援兵啊，"上校咧嘴笑了，"你们还埋怨人不够！"

加林也沿着战壕跑到上校跟前来。他极端诧异和惊奇。

"你在这儿干吗?"他叫道。

"得啦,得啦!"上校突然气恼了,"每个人都要教训我,要救我的命!你们这批官长们最好赶快拿起铲子,帮着士兵们把战壕挖深些,别等到德国人重新响起炮火来……"

站在梅歇尔斯基身旁的卓珂夫静静地说:

"政治部主任真有胆量!"

"他一向是那样的。"梅歇尔斯基说。

当梅歇尔斯基来到的时候,卓珂夫开始以一种新的观点来看待这儿所进行的一切事情——对于一个步枪连连长说来,都是些那么平凡的事情。卓珂夫想,那个人回去时可能写一写这里的事物,于是他周围的一切事物就都有了一种新的、更浓烈的色彩了;它已经成为未来的诗的主题了。卓珂夫的声音变得更坚决,他的命令变得更明确、更简捷。卓珂夫甚至记下了周围的自然环境——胸墙上的嫩草、流向阵地左面的翻腾泛滥的河流。

不过,梅歇尔斯基没有时间写诗。他已经把它忘了。德国人又在准备进犯了。隐藏在树林圈里的坦克的咔嗒咔嗒声愈来愈响。显然援兵已经到了那儿。

戈登诺夫和别的司务长们把早饭和伏特加送进战壕。形势乐观了起来。彼邱金甚至朝着那些躺在森林圈边缘的德国人吆喝道:

"举起手来——上咱们这儿来吃早饭!"

开心作乐的时间并不长久。战斗又开始了。躲藏在森林里的坦克们把穿甲弹像阵雨似的射到战壕里来。接着是德国人的高速炮从森林某个地方射击起来。德军黑苍苍的身影又重新站了起来,向前挺进。他们后面出现了一列坦克,一共是三十二辆。它们与步兵并排走,赶过步兵,慢慢地,笨重地,向战壕逼近来。

每个人都死板板地动也不动一下,铁片咔的一声落在食盆里。

"有谁还没喝到酒的?"戈登诺夫嚷道,把一瓶伏特加高高地举起在头顶之上。一颗子弹嗖的一声掠过。

上等兵舍米格拉夫还没喝到酒。但是他已经端起一挺轻机枪,不想喝什么酒了。他把伏特加给了彼邱金,彼邱金一饮而尽,咂咂嘴唇,不慌不忙地站起来,走到那支放在胸墙的步枪跟前。

多么了不起的伙伴们呀!普洛特尼柯夫想,一面松了口气。

"唔,伙伴们,"他说,"大家都倚靠着步兵呢!"

一颗炮弹嗖的一声向他们飞来,就好像一列以全速开驶着的特别快车一样。于是战壕给笼罩在烟雾里了。

一个脸色苍白的通讯员低蹲着身子,送来一箱弹药,略带口吃地问道:

"普洛特尼柯夫上校在哪儿?师长在无线电上叫他。"

上校弯下身来,沿着交通壕走过去。

"二十五号在收听。"普洛特尼柯夫说,把头钻进发报机旁边的潮土里。

"我简直找不着你,"耳机里响着师长的遥远的声音,带着一声叫人听得很清楚的舒畅的叹息,"你们怎么样啦?'鲁宾佐夫'们跟你在一起吗?"

将军已经弄惯了管侦察兵叫"鲁宾佐夫"们。

普洛特尼柯夫汇报了一下形势。将军没作声,然后以委婉的语调暗示说,全师将于中午时分发动进攻。

就在这时刻,德国飞机又出现了。

"我们正在遭受轰炸。"普洛特尼柯夫说。

"我明白,"将军回答道,"坚持到底。我们立刻就会把形势扭转过来的。伊凡诺夫战区的敌人正在往后退。瞧瞧那边的'喇叭手'把'黄瓜儿'使用得怎么样。"

普洛特尼柯夫走到炮兵们跟前去看看他们的炮弹够不够,没有听到师长最后的话。将军禁不住补充道:

"你干吗上那儿去,巴伐尔·伊凡诺维奇!……你是个文官啊!"

交通壕里积满了春水。炮兵阵地就在这条战壕后面的一座森林里,差不多就在它的边缘上。辎重车停在一块洼地里。大炮都已经给埋在泥土里,胡乱地遮盖上了一些枯树枝和绿色的伪装网。大炮旁边放着成堆的空炮弹壳。一阵辛臭的火药烟雾在四周回旋着。

黑苍苍、汗淋淋、怒冲冲的炮手们正忙着弄炮,时常对那个坐在树下调节火力的人报以一声简捷的叫嚷:

"好啊!"

上校跳进洼坑。炮兵队的军官们立刻走到他跟前来：

"可是您受伤了呀，上校同志。"他们中间的一个人说。

普洛特尼柯夫摸摸自己的腮帮子，腮帮子是潮湿的。显然，不是一块炮弹片，就是一块硬土擦伤了他啦。伤痕很轻。不过炮手们都要他到他们的掩蔽壕里去，给他敷上碘酒，盖上一块药棉。

目前的火药还够，可是他们得用得节省些。

"请注意，"普洛特尼柯夫说，"大家都倚靠着炮兵呢。"

他沿着交通壕走回去。现在情况变得安静些了。躺在战壕里的那个伤员动也不动一下。

"他死了。"有人说，一面用一顶帽子罩住死人的脸。

两个上尉站在胸墙跟前——卓珂夫和梅歇尔斯基。

"近卫军少校怎么样了？"卓珂夫问，"好一些了吗？"

"慢慢儿好起来了。可惜他不在这儿。跟他在一起，你就更拿得定主张了。他猜测敌人的计划猜测得很准确。"

敌机又出现了。

"我们只要能坚持到傍晚就好了。"卓珂夫说。

普洛特尼柯夫看了看表，禁不住咧嘴笑了：现在才上午十点钟呢。

"你受伤了！"加林担忧地说，看见了上校的腮帮子上有血；但是普洛特尼柯夫对他递了那样一个眼色，少校便突然把话打断。

维谢恰柯夫告诉他们说，已经决定在十一点钟进行总反攻。时间一分钟一分钟地在等待中慢慢儿消逝。

最后传来了熟悉的命令：

"向前冲啊！"

士兵们仍然站了一会儿。干吗没有一个人往外爬呢？斯里文科想；因为每个人都这样想，所以就没有一个人爬出去。子弹在头顶上嗖嗖地响得很厉害。

怎么没有一个人爬出去呢？斯里文科又在想了。一会儿他认识到是怎么回事了，不禁对自己笑了笑："原来他们正在等我呢。"

他用手指，痉挛地攀住胸墙跳过了一堆土，一直往前走。这一下每个人都爬出了战壕,不是在他以后,而是根本和他在同一个时间里,在同一秒钟里。

这意味着什么呢?或者是每一个士兵同时都在这样想:所有的人都在等我;或者是人们需要一定的时间去鼓舞自己面临死亡,或者归根结底是这样的:士兵们即使不看一看这位党组织员,也知道他就会前进的。反正他们全体都已经同时冲出了战壕。

右边传来一声低低的呻吟。有人倒下了,好像被斧子砍倒了一样,但是没有人朝那个方向望一眼。

"为了祖国,为了斯大林!"斯里文科用响亮、粗嘎的声音说。

士兵们沉重地喘着气,跌倒了又爬起来。他们的脚开始给粘在淤泥里了——那意思就是说,他们已经走到河里了。一会儿,水直淹到人们的膝头,淹到腰带……朝右边,在树林边缘,屹立着一座又大又美丽的别墅,屋顶上装着风信鸡。

"要是我这一仗打下来还能活命……"斯里文科想,但是他想象不出如果这一仗打下来能够活命的话,他一定要怎么样。没有时间去想呀。

就在炮弹开始在森林圈的边缘爆发的这一刹那间("咱们的炮,咱们的!"斯里文科高兴地觉察到了),便发生了变化,变化得叫人看不出。甚至叫你说不出在哪儿发生了变化,说不定是在空气中吧。现在向前冲也来得容易些了,"乌啦"的呼喊声变得更响亮了,它使人们有了一种从窒闷中解放出来了的感觉。

究竟是怎么回事呢?

德国人不开火了。为什么——斯里文科弄不明白。接着他便觉察到:现在那一长列向栈道左面爬过来的坦克并不是德国人的,而是我们的坦克。

迫击炮手们的肩上背着箱子,汗水直滴,赶上了步兵们。右边,反坦克枪的长长的枪身在反坦克人员的肩上平稳地摆动着。最后,在后面什么地方,引擎呼呼地转,大炮从树林中出现了。

那个可恨的森林圈,本来是一切祸事的根源,现在它却变成一座平常的、没有祸害的林子了。麻雀儿飞来飞去,松树下有一片深沉的阴暗。在那幢装置着风信鸡的别墅里,梅歇尔斯基俘虏了两个受伤的德国坦克手。他们属于"西里西亚"坦克师,是两小时以前刚刚从西面开来的。

树林后面躺着一个小小的村子和一个锯木厂。屋顶上已经在飘荡着白旗。有两个人走出来迎接士兵们——他们的皮肤是黑的,像尼格罗人的皮肤一样黑得发光,只不过颜色浅一些。他们穿的是破破烂烂的卡其布制服。

他们向前直走,一面开朗地笑着,一面喊出些听不懂的话,显然是表示高兴。同普洛特尼柯夫谈了两分钟的话以后,发现他们原来是被俘的英军,他们不是英国人而是印度人,是从斯退丁附近的一个营房里逃出来的。他们要求发给枪支,以便和苏联人并肩作战。

"凭我们自己就可以把这一仗打完了,"普洛特尼柯夫微笑了,"你们回去的路还很远吧……孟买?加尔各答?……"

"孟买!孟买!"其中一个人高兴地说。

"拉合尔!"另外一个人说。

士兵们惊讶地望着这些印度人。

司务长戈登诺夫对这些来自远方的宾客们优待了一番。他当然给他们尽量喝伏特加,因此他们走到团队后方去的时候都跌跌撞撞,快乐地笑着。

在这当儿,又跟德国人开始了一次新的战役,原来这批德国人受到苏联人一次打击以后,士气又重新恢复了。在一条新掘好的战壕上,又是枪弹嗖嗖,炮声隆隆了。士兵们困难地呼吸着,用帽子从河里和水沼里屌起水来喝。卓珂夫看了看表:还只下午一点钟呢。

十八

三月十二日深夜,当我们的部队向奥德河上的要塞库斯特林进行猛攻,并且终而获得西岸的桥头堡而加以巩固以后,西佐克雷罗夫向司令部询问奥德河下游的战事进展情况。

军侦察处处长马里雪夫上校早就已经访问过那几个在北面堵击德寇进犯的师,于是编了一份详细报告给军委会。从电讯中,从俘虏们供给的情报中,以及从他本人的亲自观察中,上校已经确定了一连串意义重大的事实。

首先,德国坦克和突击炮打的都是穿甲炮弹。用穿甲弹打步兵!这不是说明了他们太缺少碎片弹了吗?再说:德国人在用高射炮射击地面目标;这些炮都是从斯退丁,甚至从柏林区的防空阵地调来的。这说明德国人缺乏野战炮。最后,每一颗德国炮弹都是一九四五年制造的。这是一个杰出的发现:炮弹是从兵工厂直接运到前线来的;因此,军火库已经耗尽了。

虽然德国人不断把新的部队投入战斗,他们可没有创造出什么战绩。的确,我们有几个师是处在艰危的情况之下,伤亡相当重。不过,这一切与全面的战果比较起来,是算不上什么的。德国人想突破别洛露西亚第一方面军的后方的计划已经给打垮了。我们的部队在不断地反攻和消耗着德军的生力,已经开始逼近敌军,并逐渐向前推进,以一个半圆形包围了德军在奥德河下游的最后一个据点——阿尔特当。

所有这些事实都使西佐克雷罗夫有了一种稳妥和沉着的感觉。

卓珂夫和他的士兵们不了解全面形势。千千万万条生命都操纵在军委会手里,而操在士兵们手里的——只有他们自己的生命。西佐克雷罗夫掌握了来自千百个地方的详细情报。士兵们只了解自己眼前所看到的。

士兵们看到面前有一辆辆漆着白底黑十字章的德国坦克——就好像他们从前在顿河上、在诺伏高洛德、在西伐斯托波所看到的一样。

敌方的坦克数量仍旧很充分,可是从德军的调动看来,师长谢里达将军觉得敌军在打没有把握的仗,而且那种举棋不定的样子就足够造成任何进犯的失败。开头,德军不惜伤亡地拼命直冲,但是过了几天以后,一遇到顽强的抵抗，他们便开始疲乏了。苏军各个团开始稳步推进。

塔拉斯·彼得罗维奇安了心，便乘着车子从前线瞭望哨赶回师部去。他在那儿洗了个澡，脱了长靴，甚至打定主意睡一觉。可是政治部主任不让他睡觉。普洛特尼柯夫刚从前线回来，他看到将军手拿一张报纸躺在行军床上，不禁一怔。

"怎么，你要睡觉吗，塔拉斯·彼得罗维奇？"上校问。

"是的，一定要打个盹儿。我也想看看报。"

"怎么样？前线上……"

将军咧嘴一笑，不怀好意地说：

"我听说……你参加了进攻……可惜你是个上校，否则我们可以颁发给你一颗士兵的三等荣誉奖章。你干吗上那儿去，那儿没有你去就没有了人吗？要我告诉你干吗要去吗？原来是你对你自己的部下缺乏信心！"

普洛特尼柯夫哄然大笑。

"你难道不亲自上前线去吗？"

"我去。只是当必要的时候。"

"谁知道什么时候必要，什么时候不必要呢？"

塔拉斯·彼得罗维奇狡诈地眨眨眼睛：

"你必须有能力察觉到这一点！"他说。

正在这时刻，左翼的那个团在无线电叫师长。就在刚才的二十分钟里面，左翼已经发生了严重的变故。敌军已经把邻近的一个团推开，正向伊凡诺夫团的后方进攻。这个团已经组织了保卫周围阵地的防线，而且在吃力地打退那属于德寇同一个"西里西亚"坦克师的进犯。

而且，德寇已经突入团部所在地的那个村庄。参谋长正在一幢屋子里的无线电上讲话，而那幢屋子已经在德寇轻机枪的火力之下了。

塔拉斯·彼得罗维奇对普洛特尼柯夫斜瞟了一眼，扣好军衣，穿上长靴。然后他拿起电话听筒，叫"棕榈"部队的指挥员。

"叫你的部下准备作战，你自己上德洛茨朵夫去。我就上那边去。"

将军放下听筒，说：

"我上那边去。"

"你觉察到必要吗?"普洛特尼柯夫笑着问。

"我觉察到了!"将军生气地回答。

他走上汽车,开到一个湖跟前,后备步枪营就驻扎在那个湖的附近。那个营已经进入警备状态。士兵们已在湖边上排起队来。一个身强力壮的青年营长,没有穿大衣,宽阔的胸部戴着两颗红旗勋章,走过来迎接将军,一面像打雷似的叫:

"立正!……"

将军下了车,沿着营的队伍走着,目光锐利地瞪着大家的脸,然后说:

"同志们,我派你们去作战啦。我本不愿意动你们:你们是我的后备军。但是一旦我派你们去作战,那就说明实际上是必要的了。我要求你们作起战来,能不愧为本师长的后备兵。把德寇驱逐出这两个居民点,恢复原有的形势,帮助那形势不太顺利的邻师——总之,要取得胜利。这就是我对你们的要求,对你们的命令。不叫你们步行作战,要叫你们乘着自动推进炮去。"

现在可以听到一部引擎的怒吼。一辆车子越过草地驶近过来,车轮下面搅起大摊大摊的水。将军向它转过身来,等待着。最后汽车开到了,一位矮矮的、强壮的上校跳下来——那是自动推进炮团的团长。他伶俐地走到将军跟前,报告说,全团已集中在"六一·五高地"的一座森林内,排好队伍,准备开拔。

"这一营在一小时之内就会和你们在一起了。"将军说过以后,便转向士兵们。

上校走了以后,营长把一只粗大的手举到帽边,粗声喊道:"我可以接替下去吗?"

师长挥挥手。

"向右转!"营长下命令了。

脚在地面上嚓地一声并拢来。

"你干吗不穿大衣?"师长问营长,"你会着凉的!"

"我一生就没有害过病,将军同志!"营长叫得那么响,那么伶俐,好像他在发号施令似的,接着他又对士兵们下命令了,"开步走!"

全营走过将军跟前,立刻消失在路的拐弯处。

"唔,我们睡觉去好吗?"普洛特尼柯夫嘲笑地说。

"得啦,笑话归笑话。"将军把他挥到一旁去;他站了一会儿,在听着什么,然后上了车。

当他回到瞭望哨的时候,将军命令作战部在十八点零分的时候布置一次总攻击,与那营驾驶着自动推进炮的步兵,同时发动进攻。西齐赫中校接到一个命令:要组织一次二十分钟的炮火掩护。

普洛特尼柯夫到政治部去,告诉部下即将进攻,把政工人员派到他们各人的团里去。接着,上校对第二梯队的拖拉作风感到不满,便决定亲自到师部的后方去,组织军火的加速输运工作,这在目前是极端重要的。

他走了以后,将军上了车,出发到前线去。

车子开过一座座的德国村庄焦土废墟。将军记起了那些被夷为平地的白俄罗斯村庄。白俄罗斯方面军现在已经推进到波美拉尼亚的城墙上来,但它仍叫别洛露西亚方面军。这个名字可以提醒敌人:等待着侵略者的是什么样的一种命运。

一阵潮湿的大风从西北面吹来,将军记起了这儿离海很近了。他转过脸来对着和他同车的西齐赫中校,但是这位炮兵军官已经在利用这安静的时刻,睡着了。

将军看了看表:现在是十七点三十分。他斜看着司机,司机正直盯盯地望着前头。

"一阵海风。"师长说。

司机点点头,简捷地答:

"波罗的海。"

自动推进炮团所集中的那个森林里,现在是安静的。后备营的士兵们正坐在地上吃饭。和他们混合在一起的是穿着蓝色外套的炮手们。步兵请炮手们一块儿吃粥,可是他们谢绝了。

"空着肚子打仗好得多,"他们中间的一个说,"那会使你打得狠一些。"

侦察队来了,梅歇尔斯基在前头。接着是克拉西柯夫上校来了。他告诉将军说,他的右邻部队已经挺进了四公里,又说师团司令要求谢里达立即行动。

将军望着表：六点差二十分。

派给自动推进炮的工兵们来到了。伊凡诺夫在无线电上要求帮助。将军看看表：六点差十分。

"登上炮车！"命令下了，自动推进炮手们向他们自己的钢铁巨人奔去。

步兵们把汤匙往皮靴的边头一塞，把饭盒系在野战袋上。

"'木犀草'！'木犀草'！'木犀草'！"树林后面的什么地方有一个电话接线员叫道。

站在树林边缘的将军，通过望远镜凝望着那伸展在面前的一片平原，望着小河左岸一行行已经发青的灌木。再向左边去，他看见一座城，城里有两座教堂的高塔。炮火的黑烟旋转在城的上空。

炮响了，然后自动炮装满着士兵冲出了树林。开头，这些炮车在大路上一辆跟一辆走着，但是挨近了一座砖头工事的时候，它们便散了开来，边走边开炮。电讯兵跟在他们后面把电线一直拉过去，不久，将军和他的参谋长走到砖头工事跟前去，梅歇尔斯基和他的侦察兵们已经给他布置好一个瞭望哨。

将军踏上阶梯，走上阁楼。那儿已经装置了一架望远镜。大炮轰隆隆响个没停。最后是一片寂静，寂静中只听到自动推进炮的哑咳声，以及它们的干燥、尖锐的射击声。但是在右面的斜坡上，人们爬出战壕，向前直跑。风儿把一阵疏疏落落的"乌啦"声送到将军的耳朵里。

经过了漫长的三十分钟以后，第一批战报从各个团里来了。自动推进炮团奋力穿过德军前线，并且已经冲到敌人的后方去了。伊凡诺夫团已经在自动推进炮团的协助之下突围，并且占领了三个居民点。其他各团都进展得很顺利。

炮兵们走过瞭望哨，拖着炮，背着火药箱走过泥沼，又是叫喊，又是咒骂。

将军乘着车子继续往前走，师部立刻就开到了砖头工事的地方。服罗宁把他俘虏的一个德国军官带到阿甘涅斯扬这儿来。侦讯正要开始的当儿，普洛特尼柯夫上校从后方司令部回来了。他要亲自参加侦讯，于是把阿甘涅斯扬和那个俘虏喊去。

海军军官爱伯哈尔特舰长报告他们说，在阿尔特当，只有一支强大的掩护部队留守在桥头堡了。给打垮了的那几个师已经撤退到西岸去了。他们预备在西岸整编,然后布置防御阵地。

"要是他们办得到的话,他们就会那样做的。"舰长补充说,低垂着发红的眼帘,等待着下一个问题。

他已经丧失了自己的弟弟——弟弟是在昨天的战斗中受了伤,死在他怀抱里的。他的弟弟是一个海军兵曹长。他全家都是海员。德国的前途是在海上;自从第匹茨①以来,海员们就听到这样说过。当他们转到步兵里来的时候,海军总司令顿尼茨大将本人曾经来看过他们。那是三个星期以前发生在阿尔特当的事。大将在那个以他本人为命名的师的全体人员面前作了一次讲话,他说,德国的前途就决定在这块土地上。

这位海员的漂亮的脸孔气得颤抖了,从耳朵直颤抖到腮颊。

"在转业训练中,"他歇了一会儿说,"步兵教官不断地引俄国海员做例子,他们在西伐斯托波和列宁格勒的保卫战中,都变成了优秀的步兵……。在当时的紧迫情况下,拿俄国'海军步兵'的勇气来提醒我们一下,相当冒失。我们的海军不能,或者可以说是没有时间,转变成真正的步兵。三月一日,全部人数达一万四千人之多,现在剩下来的只有少得可怜的残兵了,一共只有四千个丧尽士气的官兵了。他这一师是'奥德河师团'的一部分,而这个师团又是由党卫军军长希姆莱指挥的'维斯杜拉集团军'的一部分。"

阿甘涅斯扬不禁注意到这位舰长都是用过去时态说到他自己旳师,他自己的师团以及希姆莱的集团军。

"德国现在一条河也没有啦,"上尉说,"连到给德国师团命名的河流都没有了。"接着他又咕哝道,"只剩下一条河了——列德河②。"阿甘涅斯扬把这些话翻译给普洛特尼柯夫上校听。

上校目光锐利地望着这位海军军官苍白的面孔,那个德国人注意到这种思索的,甚至在他看来是同情的目光,便突然说道:

"上校先生,把我收留到你们海军里来吧。我是潜水艇战的战略专家,而且经验丰富。我厌恶为歇斯底里的傻瓜们和冒险者们服务。"

---

① 第匹茨(1849—1930),德国海军大将,主张扩充海军。
② 系阴间河名,据传说,人一喝此河之水,即忘却生前事,或可译为"死河""忘河"。

上校笑着回答道：

"你不用再为他们服务了。但是，如果将来再有其他的冒险者出现，我奉劝你记取这几年来的教训和你自己现在所说的话。"他转向阿甘涅斯扬，"问问这个德国人，他是否愿意在扩音器上向他那些武装的伙伴们讲一次话。"

爱伯哈尔特立刻同意了。

晚上，他们把他带到前线去——前线现在已经在城郊的房屋之间了。舰长的声音在河滨的仓库里的码头建筑物间大声地震响着：

"我是爱伯哈尔特舰长——你们很多人都认识我。在我的上代，父亲和祖父都是德国海军，我敢说我自己也是个诚实的德国人。现在，以一个诚实的德国人的身份，我要求你们放下武器，不要为希特勒流血了。他不要脸，该死！他带领我们的祖国走向灭亡！"

这个德国人讲完了话以后，站在那儿就像僵死了似的，接着他的肩膀开始颤抖，陡地转过身走开去，由那些一声不响的侦察兵们扶着。

十九

士兵们向前进。他们的皮靴是濡湿的。他们都疲倦了,流汗,气恼。路的两旁停放着漆成黄色的大炮、弄坏了的脚踏车、汽车和"第则尔"①大货车。

晚上,卓珂夫和他的连队挺进到奥德河上的一个小镇。给打坏了的德国坦克停放在没有行人的街道上,丢弃下来的高射炮架设在十字路口。

苏联军队的来到对当地居民们是一件惊奇的事。昨天他们才在斯退丁的报纸上读到德军反攻得手的消息呢。

窗户上亮着灯光——看样子,斯退丁发电站也不知道这一个河岸区已经被苏军占领了呢。

河上,在靠近河边的地方,一艘海军小快艇在黑暗里噗噗地响着。沉重的皮靴踏在舱板上。船头闪烁着一盏灯。

卓珂夫从舍米格拉夫的肩上拿下一挺轻机枪,走到河堤上,不慌不忙地把枪架在一家报摊附近,打出一连串曳光弹和穿甲弹。斯里文科把一颗反坦克手榴弹丢到快艇上。一声爆炸,快艇烧起来,像一把火炬似的。听到叫喊和呻吟声。

爆炸声和开枪声传到另一只小船上以及河中央的一艘炮舰上。灯光闪耀在远处,闪耀在一片沉滞的黑暗里,枪声立刻传到了河那边。兵船茫无目标地向城里开火。同时可以听到轰隆隆的爆炸声;长射程海岸炮已经从斯退丁开火了。

尽管炮声隆隆,士兵们还是安定下来睡觉,但立刻就被惊醒了。他们必须向前冲,去截断那条联结着阿尔特当和南面渡口的路。团长切特维雷柯夫用两条膝头向外曲的强壮的腿在街上走着,打士兵们跟前经过,一面叫道:

"为什么我在前头,你们在后头?要我独个儿进攻吗,呃?"

士兵们跳起来,向前行进。他们行进复行进,又忘了休息和睡眠了。从一幢幢屋子跟前经过的时候,他们用羡慕的眼光朝着窗子里面望。窗子后面放

---

① 第则尔系指德国工业家第则尔所发明的一种柴油发动机。

着一张很大的双人床架,上面垫着软柔的羽毛褥子。

"不打紧,伙伴们,"斯里文科说,"等一等,我们立刻就可以睡觉了。"

"我要睡一个月,"果戈贝雷采说,"整整一个月!只要让我在丛山中盖上一件羊皮大衣睡一觉,叫我怎么样也可以!"

在行军中,时时刻刻竟偏偏会有人睡着了,睡着了的士兵会突然失去方向,像一个梦游魂似的,离开了队伍往一旁走,一直走到伙伴们把他叫回来为止。然后他醒过来,摇摇头,朝四下望望,匆匆忙忙地赶到大伙儿们中间去。

在阿尔特当附近,德军又发动了顽强的抵抗。从斯退丁不断有海岸炮兵队开炮过来。机枪从阁楼里扫射出来。士兵们躺下来,差不多全体立刻就睡着了,只有被派去站岗的哨兵是例外。

当我们炮兵布置好新的阵地时,当全师的炮火网在加强和扩大的时候,士兵们仍然在睡觉。一会儿,切特维雷柯夫又出现了,这一次他可不是单独一个人,克拉西柯夫上校跟他一起来了。

"你们干吗停下来?前进!"克拉西柯夫嚷道,一面亲自领导进攻。

士兵们站起来跑着,从一个掩蔽物跑到另一个掩蔽物,从一个土墩跑到另一个土墩,一直到突破了城的南郊。从阿尔特当到斯退丁的最后一个渡口,被德军的一列装甲车守卫着。在黑夜的降临中,只听得见炮火声。

街上停放着德寇的高射炮。卓珂夫命令士兵们把它们拖起来,把炮身转向开火的方向。士兵们流着汗,把它们转过身来,向前推。他们一共只开了三炮,因为炮弹用光了。

斯里文科正拿着一颗手榴弹向前爬,忽听得左面有彼邱金的吃力的喘息声。

"累乏了吗,彼邱金?"斯里文科问。

"没有关系,我们要坚持到底。"彼邱金喘着气说。

德军有一挺机枪在十字路口顽强地扫射着,使他们没有机会向前进。他们躺下了。接着,斯里文科就没听到自己身边彼邱金的吃力的喘息声了。他朝四下望望。彼邱金不在。斯里文科抬起眼睛。他的左面有一个大商铺,招牌板下面的窗户都给打烂了。

原来是爬到那边去塞他的"臭包袱"去了!斯里文科气愤地想。

一架自动推进炮慢慢儿开到街上,停立在十字路口,朝着大路拐弯的一所屋子轰击。德国机枪不响了。打雷般的炮击开始了。

"乌啦——啦——啦!"声音从四面八方响起,好像风声一般。

前面,一团火焰朝天空蔓延而上。德寇的装甲车在漆黑的河湾上熊熊地燃烧了起来。

斯里文科向前直冲。空气立刻寂静了下来。屋子里走出几个德国人,他们都高举着双手。

斯里文科揩掉额上的汗水,停下来,又想到了彼邱金。

"你没有看见彼邱金吗?"他问果戈贝雷采。

但是果戈贝雷采或别的任何人都没有看见彼邱金。斯里文科气愤地问:

"我知道他在哪儿……我现在就去找他。"

士兵们现在走起路来,并不觉得需要躬下身来了。城里慢慢儿开始充满了士兵。

斯里文科回到那家德国商店里,原来彼邱金就是消失在那家店铺里的。果然,彼邱金在那儿。他躺在柜台旁边,缩成一团,受伤了。斯里文科把他拖到街上,俯身问他:

"喂,你怎么啦?"

"那家伙打了我的胸口,"彼邱金说,"瞧这儿,"他哼了一声,咬紧牙关说,"你干吗那样望着我?我不会死的!我不是那种人。我是彼邱金。"

"怎么回事?"

"到这儿来……你且瞧瞧……那儿有一个德国人,轻机枪手,那个猪……"

斯里文科差一点儿骂出声来了,可是他忍住没作声,把彼邱金的包裹和皮带解了下来,解开他的大衣,拉起他的制服。伤口里渗出一些血。斯里文科撕开了自己的野战救急袋,用一块阴凉的棉花放在伤口上。

"等一会儿,"他说,"我去找个救护员来。"

漆黑的街道上全是士兵,但是他们中间却没有救护员。

"这儿有救护员吗?"斯里文科每遇到一群路过的士兵都要问一声。

终于找着了一个卫生员和几个担架员。他们跟着斯里文科走。

彼邱金脸朝下躺着。斯里文科小心地把他翻过身来,看到他已经死了。

彼邱金的面孔生平一向是带笑而狡诈的,现在可显得又凄凉又沉静了。

卫生员和担架员们走开了。

斯里文科仍然站在彼邱金身旁。他突然感到一阵极度的疲劳。炮火声停止了。多少兴奋的人们像一条流不完的河似的沿街走着,要去休息啦。车辆的头灯明亮地照在彼邱金的脸上和斯里文科的疲倦的阔背上。

电讯兵把电线架设在街道上和院子里。从屋顶上,从菜园里,或者就从人行道上,消息一步进一步地给传递到后方:阿尔特当给攻下了。

从现在起,希特勒在奥德河东岸没有一兵一卒了。费尽心机筹划出来的攻势给打垮了;布尔凯、文克尔和冯·包谷那个老太婆,以及那些留在我军后方旧德国的残余分子,都跟着一起垮了。

有一辆车子在斯里文科跟前停了下来。加林跳下了车。

"你能告诉我们,团部开往哪条路去了吗?"

他看出是斯里文科,便告诉他说,政治部立刻要召开一次各连部党组织员会议,他叫斯里文科准备一下,把他自己的党的工作做一个报告。加林看见地面上一个静止不动的躯体,便停顿了下来,同情地仔细瞧着彼邱金的脸,然后问道:

"什么?一个朋友?"

"不完全是个朋友,"斯里文科说,"我们在同一个连里战斗。我很替他难受。要求过好日子,但却不了解怎么样达到目的。他脑子里存在着许多旧思想。或许他自己就吃了这一点的苦。他是个执拗的人。"

加林开着车子走了,但是斯里文科仍旧站在那儿。我们得把他埋葬掉,他想。

拼命地找了一番,他才找着了自己的连。整个城里都是士兵、枪炮和汽车——我们自己的以及缴获来的。他所认识的一个营部电讯兵把他的连部所在地指给他看;连部就驻在河岸上的一个渔舍里。那儿四面都撒下了大渔网,什么东西都带着一股鱼味儿。

一片黑漆漆的天空笼罩在奥德河的黑水上,笼罩在那给炸毁了的桥梁上,笼罩在许多仓库的影影绰绰的轮廓上,不时被照明弹照亮了一下。

人们都很疲倦,但是还没有一个人睡觉。夜晚攻势所引起的兴奋还没有消退。这一连已经牺牲了三个人。每个人对于彼邱金的死讯都感到苦痛,尽管由于他的恶劣的性格使得许多人都很不喜欢他。

"他想骑在别人背上登天堂,"舍米格拉夫说,"个人主义者!……"

司务长说:

"干吗现在要记着他的坏处!"

果戈贝雷采说:

"他的作风很滑稽。噢,好一个滑稽家伙!……没有了他就显得沉闷了。"

斯里文科以极大的意志力,勉强着自己站了起来。

"我要走了,"他说,"我要去看看他们把他葬在哪儿。得写信给他家里。"

他走出小屋,立刻又重新走到了这个城的街道上。现在四围的车子和人少一点了,人们都给吸引到院子里和屋子里去了。

空中布满了闪电——究竟是天上的雷电,还是炮火,那可难说了。

斯里文科赶到正是时候。师部埋葬队的塌车正在搜集尸体。

埋葬队队长,一个四十五岁的少尉留着一撮拿破仑三世式的胡子,手里拿着一把火炬走着,在找寻尸体。

埋葬队的士兵们都是非战斗人员,都是些迟钝和上了年纪的人,干起活来的那种镇静的样子真叫人妒羡。他们有时候抽抽烟,那用土烟卷成的烟卷儿的亮着的一头,时常照亮着一张张留着上髭或下须的面孔,那种脸孔既不高兴,也不忧伤。

最后有两个人走到彼邱金跟前。

"什么,他是你的同乡吗?"他们中间的一个人向斯里文科问道。

"是!"斯里文科回答道。

"哪儿人?"

斯里文科不大情愿地回答道:

"他是卡卢加人,我是顿尼茨流域人。"

"你就这样叫做同乡吗?"一个人问。

"出了国,我们大家都是同乡。"第二个人冷酷地插进来说。

那个留着拿破仑三世式胡须的少尉发命令搬运尸体。一辆辆塌车在大路上慢慢儿滚动着。埋葬队队员们的黑影在车子旁边晃动着。

"那真有趣，"一个人说，"车站上有个中尉竟会发生这样的事。我走到他跟前，拿起他的腿，往肩上一背。是个很漂亮的中尉，也很年轻。他说：'是你吗，妈？'原来是活的呢。他说他是第一次参加真正的战斗；他正在回到队伍里去——他是师部里一个电讯兵——这位可怜的朋友就在路上坐下来睡着了，像一个死人一样。接连睡了七个钟头没有醒。说不定他在睡着了，别人却正在什么地方找他呢。我们险些儿把他活埋了。"

"正在梦到他的妈妈，"另外有个人伤感地说，"唔，当然，还是个孩子，哪怕是当上了中尉！"

"这一次我们有许多人牺牲了，"第三个人说，"这是一次激烈的战斗。"

"尽管如此，"刚才那个讲起某中尉被误认为牺牲了的人说，"在德国土地上会发生这种事，究竟是奇怪的呀，呃？"

"讲得对，"又一个人说，"我们该是丢下这可怕工作的时候了。"

"这是战事工作。"一个人冷淡地说。

天亮了。山岗上出现了寂静无声的人影。这是指派给师部作为公墓的一块地区。在地图上，这块地方叫做"四九·二高地"，在阿尔特当东南三公里。早一批收集起来的尸体已经躺在这儿了，他们的附近是一大堆步枪和轻机枪，还有一堆方尖形的木牌子，牌子上有红星。山岗就在大路的附近。这条大路通到兰得斯堡、波茨南、华沙、布雷斯特、明斯克和莫斯科。也有一条通到卡卢加的大路，那个犯错误的小兵季莫菲叶·特洛菲莫维奇·彼邱金就是沿着那条路来的，可不能回去了。

当他们埋葬彼邱金的时候，斯里文科静静地注视着。他为了某些没有说出的事而引起了一种郁闷的感觉，那种事是他早就应该向彼邱金说明的呀，现在却来不及了。

二十

打下了阿尔特当以后,克拉西柯夫就动身去看塔娘。他的野战袋里放着一封给妻子的信,要是必要的话,他可以把它交给塔娘自己。西蒙·西蒙诺维奇非常肯定:读了那封信以后,不管塔娘也好,旁的女人也好,在这个问题上都会件件同意的。

克拉西柯夫心境非常好。阿尔特当战役辉煌地结束了。据传说,师团现在要调到柏林前线去了。

西蒙·西蒙诺维奇仍然对夜来的进攻感到兴趣,甚至于有点儿以为:我们的部队所以能突入阿尔特当的南郊,几乎完全是由于他个人的参加发动。

医务营所驻扎的那个村庄里,只剩下两幢屋子了。并不是所有的帐篷都已经搭妥:原来正在开始动工的只有手术帐篷。伤员们在外面躺着或坐着,有的躺在担架上,有的坐在光秃秃的地面上。受了重伤的都给安排在那两幢屋子里。

克拉西柯夫跟一些士兵在谈话。他同他们说话时所用的语言是一种通行于某些高级军官之间的语言,那就是说,那种语言在字汇上和思想内容上都极端贫乏。他用一种慈祥的、保护人的腔调来代替讲话的内容。

"唔,伙伴们,现在怎么样?"

"唔,弟兄们,怎么样?"

"唔,朋友们,情况如何?"

士兵们厌恶这种腔调和言辞。但是为了尊敬上级——这是俄国士兵们的一种特点——伤员们不得不勉强着自己来适应克拉西柯夫的声调,并且用同样的方式回答他,不过多少带点儿粗暴罢了:

"不坏,上校同志……"

"坦克队从来不泄气!"

医生们来了,克拉西柯夫和他们谈到最近的战事,谈到打下了阿尔特当的重大意义,谈到那威胁着我军右翼的德寇联队的被歼灭。

"阿尔特当,"克拉西柯夫说,"拼死命抵抗着。我不得不亲自率领着一团人去进攻。"歇了一会儿,他突然问道,"柯尔佐娃在哪儿?"

"在手术帐篷里,正给伤员们动手术。"

"她马上就会有空吧?"

"就会有空的。"

"我等着吧。"

上校在村庄附近散了一趟步。他看到远处有一座树林和一个湖。大路上驶行着一长列看不到尽头的货车。那些解放了的外国人在车子旁边走着。由我们的部队在波罗的海海岸上所解放一些法国战俘,正乘着高大的农家马车往南面去,马车上驾着壮大有力的"碧图机"①。一面三色旗覆盖在这马车上。

那些人戴着扁圆帽、军用帽、垂边帽和布帽。克拉西柯夫对他们挥了挥手,便走回村庄。

伤员撤退已经开始了。救护车在街上排成长长的一行。救护人员抬着担架在到处奔忙。

克拉西柯夫看到自己车子的旁边有另一辆车子。那是一辆新车子,很漂亮,一辆俘获的、奥倍尔厂出的"海军上将"式车子。两个司机——他自己的司机和另一个司机——都在望着那辆车子,讨论着它的优点。

"谁来了?"克拉西柯夫问。

"沃罗比岳夫上校。"

"干什么?"

司机心慌乱了,脱口说道:

"来看柯尔佐娃。"

克拉西柯夫张大了眼睛。但是过了一会儿,一切都水落石出了。手术帐篷里走出了那位高大、愉快、微笑着的沃罗比岳夫和塔娘。师长的左手绑扎着,他那一顶边防军的绿帽子潇洒地扣在后脑壳上。

"受伤了吗?"克拉西柯夫问。

"是的,一点儿轻伤。"沃罗比岳夫回答道。

他的狡诈的灰色眼睛里含着笑意,他稍许带着嘲笑的意味望着克拉西柯

---

① 碧图机系俄罗斯运输马。

夫。否则就可能是克拉西柯夫的想象中认为他带了点儿嘲笑的意味。

"你什么时候受伤的?"克拉西柯夫问。

"不多一会以前。"

"怎么我们都没有听到呢?"

沃罗比岳夫咧着嘴笑:

"我命令不准任何人传出去。谢谢你,塔嘉娜·符拉基米罗夫娜,谢谢你的搭救,"他拿起塔娘的手吻了一下,"一只金手!两片金的嘴唇:什么也不泄漏出去。可惜的是,我不能吻这两片嘴唇——她到底是个部属!"他笑了,然后又问道,"你干吗在这儿?病了吗?"

"牙齿!"克拉西柯夫咕哝道。

"噢,牙齿!"沃罗比岳夫笑了。克拉西柯夫开始感到不舒服,但是师长立刻就扯到别的事情上去了,"我听说你昨儿率领了一营人参加进攻?"

"是的,确实如此。"克拉西柯夫漫不经心地说。

"你看到那辆车子吗?"沃罗比岳夫指着车子问,"是我的侦察兵俘获来的。它本是属于德军第九伞兵师师长顿纳凯将军的。车上装行李的隔板里甚至还有一部降落伞呢。显然是那位将军从车上降落出去,来不及用它了……"

沃罗比岳夫走了以后,克拉西柯夫第一次朝塔娘瞥了一眼。她穿着白袍,戴着白帽,显得很吸引人,一双明亮亮的大眼睛严肃而冷静地望着克拉西柯夫。

"你们驻扎在这儿什么地方?"克拉西柯夫问,"我得跟你谈谈。"

"还没有固定的地方,"塔娘说,"我们刚把东西卸下来,就开始有伤员来了。"

"我们去散散步吧。"克拉西柯夫建议道。

他们在村庄附近散步。

"当我要求你做我的妻子的时候,"他沉默了一会儿以后说,"我并不是开玩笑的。昨儿,在战斗中的时候,我又把每一件事都仔细想了一遍,把每一件事都弄明白了。"他打开了野战囊,抽出一封信来,"这是我给我妻子的一封信,我在信里告诉她说,我爱上了你,要同她断绝关系。我已经把过去的事一笔勾销了,塔娘,"他拿起她的手,紧握着,"我们马上就得调动,"他的声音变得严肃了,"要向柏林挺进……我们已经面临到这次大战的最后一次战役。这一切看来都是符合于……我们的私人幸福的。"塔娘不作声,他连忙接下去说,"讲到那个护士……我尊重你对待别人的善意,塔奴莎。当时我太急躁了。关于对那个女人的命令,已经撤销了。她现在又同那位营长在一起了。到现在已经有些时候了——有好几天了。"塔娘惊奇地望着他,可是一声不响。

克拉西柯夫把信塞在她的口袋里,慌乱地咕哝着说:

"我还有一件事要告诉你,塔奴莎嘿,说起来,那封信里并不是每一件事都是写得绝对真实的……信里说我从一九四一年遇到你的……信中又说,一九四一年我正受了伤,你替我动手术……我这样写法,为的是显得更妥当些,更好些……"

塔娘的面颊发烧。她的沉默已经使他开始烦恼了,这时候她却突然把信从口袋里掏出来,撕毁,丢在草上。

"够啦,"塔娘终于说话了。她摇着头,虽然没有怒意,但说话的声调里却带着痛心的惊讶和责备,"噢,你是个多么坏的人!多下贱!"

她就这样走回村里去了。

克拉西柯夫站着动也不动一下,一直站到看不见塔娘为止。然后他拾起了那些给撕成两半的信笺,塞进口袋,走到自己车子跟前。

克拉西柯夫离开了以后,医务营喧闹起来了,变得有生气了。不知怎么着,娘儿们都找清楚了事情的原委。李夫科耶娃跑进塔娘帐幕里,摇了好一会儿头,吻了吻塔娘,说:

"好姑娘,塔奴莎!我统统知道……"

塔娘凄凉地笑着。

"我相信你统统都知道!我们这医务营里一有了事,就休想隐瞒得住。"

玛霞很高兴。她老是有一种论调,主张男人应该"给剪掉翅膀",别叫他"太任性"。

"如果你让他们任性,"她一面像一个小姑娘似的握着塔娘的手,在村子近旁散步,一面说,"他们就会骑到你头上来。即使到了共产主义社会,同这些男人相处起来仍然多的是麻烦!"

格拉莎一直在忙于伤员的撤退工作,因此找不出一分钟的空闲跑来看看

塔娘。现在她却听说她自己已经在不知不觉中牵涉到塔娘和克拉西柯夫的决绝问题上来了。她非常诧异,叹了口气,号啕大哭,说:

"好极了……他正是活该!"

医务营的女人们——一群个性甜美、爱闹、善良、爱谈话的人们——看上去心情特别愉快,好像她们也跟塔娘一样,已经完成了一件重要的功绩。

她们不仅是因为塔娘使克拉西柯夫丢了脸而感到高兴,原来是一种更高贵的情绪获得胜利了——她们欢快,因为她们看到了人类性格的纯洁和坚强,对于良心绝不讨价还价。这些女人和姑娘做完了工作以后,便坐在石阶上,开始唱起俄罗斯歌曲来。她们歌唱着埃尔马克的死,歌唱着前线森林里拉手风琴的人,歌唱着辽阔的伏尔加河和那灰色的、古老的第聂伯河。

她们就这样紧坐在一起,坐到很晚,她们的女性的温柔的声调响彻了温暖的夜空,给那些在黑暗大路上走过的士兵的心头掀起一阵甜蜜的凄然之感——一种对祖国的渴念。

廿一

关于调动几个师到南面去的那种传说,证明了是很有根据的。

最高统帅部前几天就已经批准了这次调动,这以后,一切有关这次行军的文件都已经由方面军司令部订出来。行军路线和集中地点都在地图上标志好了。然后是电报和电话开始发出长串长串的数字、电讯、命令和询问。

方面军司令部派来的联络官,乘飞机和汽车来到了军部;其他的军官乘着车子或骑着马飞奔到师团司令部去;从师团再另外派人赶快骑马或步行到各师部去。

从最高统帅部到连部的过程中,命令越来越细微了。命令到达连部的时候,只不过是营长打来的一个电话:

"叫你的部下戒备起来。"

当行军命令到达师部的时候,连长卓珂夫正闲静地坐在奥德河上一间渔舍旁边的一堆渔网上。太阳出山了,但空气中仍然可以感到夜凉,树枝带着含苞未放的嫩芽儿敏感地颤抖着。奥德河稳静的河面上映出一条条红光。不远的地方传来一股逐渐熄灭的火的焦味。

附近有一个人动弹了一下,抬起了头。那是斯里文科。

"祝你早安。"他说。

卓珂夫点点头作为回答。

"师部的报纸上写了点儿有关我们的东西呢。"斯里文科说着,便递给卓珂夫一份报纸。

卓珂夫浏览着一篇文章,题目是这样的:"军官卓珂夫的部队一贯一马当先。"上尉的脸孔乐得发亮了。

他说:

"多亏伙伴们。还有党组织员,谢谢你的帮助哪。"

"我为苏联服务。"斯里文科按照条例说。

士兵们一个个醒来了,打着呵欠,舒舒服服地对太阳眨着眼睛。

"我梦见了我的太太。"有人说。

"所以你会那么样跳起来,好像给烫了一下似的。"

"我们俩坐在茶壶旁边,坐在花园里,"那个士兵继续说下去,"我们有了一个很好的花园。是的……我们坐在樱桃树下,用滚热的甜面包下茶。我的太太做甜面包做得太好了。到处是春光……还有太太……"

"很可能她自己就像一只甜面包。"有人笑着说。

"是的,有点儿像。"那个士兵衷心地表示同意说,而且带着满脸笑容。

"吹起床号啦!"司务长从很远的地方大声叫道,"你们这批伙伴要睡多久啊?……舍米格拉夫去料理早餐! 大家都得把枪支擦擦油,弄弄干净! 有朝气点儿吧! 昨儿我叫谁缝上皮带的呀? 针线都在我这里! 显得有朝气些吧!"

他的声音响彻了河上。

侦察队的瞭望员们从附近一个阁楼上高高兴兴地反驳说:

"你干吗使出那么大力气叫嚷,司务长? 你这副嗓子大可以上莫斯科大剧院去演唱啦!"

司务长脱掉军服和汗衫,走下河。他走到水边就脱下皮鞋,下了水,开始洗澡。他让水溅到头上、脖子上和上半身。

"当心别给冻坏了,司务长!"工兵们从隔壁小屋里嚷道。

司务长懒得去理睬他们。他穿上皮靴,把汗衫和军服穿在潮湿的身上,束着腰带,把军服的背部折成漂漂亮亮的几个小折,转过脸来对着士兵们重新叫了起来:

"有朝气些!"

一个电讯兵从小屋里走出来,对卓珂夫说:

"上尉同志,'紫罗兰'在叫你。"

卓珂夫不慌不忙地走进小屋,拿起电话听筒。维谢恰柯夫跟他讲话:

"卓珂夫! 叫全连戒备起来。过一会儿向我汇报。"

卓珂夫放下听筒,站在那儿想了几秒钟,然后向自个儿发问,不觉发出声音来了:

"现在我们要上哪儿去呀?"

他又站了一会儿,好像在等待着回答似的,然后走出去发布必要的命令。

连队里一些小事情由戈登诺夫去处理,卓珂夫本人动身到营部里去了。

屋子里和院落里都生气勃勃地充满着一片行军前的忙乱。电讯兵在绕电线，司机在试开引擎。

连长们以及有关的增援部队的指挥员们已经和维谢恰柯夫聚集在一起了。谁也不曾料想到这么一下就得踏上征途。维谢恰柯夫把自己从米加耶夫少校那儿听来的消息低声传述了一遍。

"他们说是开往柏林去。"

"原来他们到底少不了我们呀。"一个炮兵人员得意地笑了。

第一连连长问起士兵们将在哪儿吃饭。

维谢恰柯夫指着地图说：

"瞧，我们将要在这座林子里吃早饭。到那时候，营部的厨房就会到达那儿了。"他翻阅了一下各连的花名册，摇摇头说，"人不多啦。"

"他们会补充些人来的。"一个指挥员说。

他们都回到自己部队里去了。卓珂夫在后面逗留了一会儿，向营长问道：

"我们打哪条路走？"

维谢恰柯夫挥挥手：反正都是一样；可是卓珂夫偏偏又问了一遍：

"哪条路？"

维谢恰柯夫让他看了看路线图。

那差不多就是他们来的那条路，只不过稍稍偏西一点。再以后便是一座树林，树林里有一个集中地点，再以后怎么样，那就只有最高统帅部知道了。

卓珂夫不露声色地愉快了起来。他自己身边有人的时候，即使心里高兴起来也总是不露声色。

那些外国人知道，一个苏联军官讲过一句话就等于订下了契约：答应过他们会回去就会回去，卓珂夫这么想，未尝不是也想骗骗自己，想掩藏住盼望和玛格丽特见面的念头。

在回到连部去的路上，他想起了玛格丽特，不知怎么着，他好像觉得她就像从前一样坐在窗槛上，带着一头潮湿的头发在等待着他。

行军开始了：队伍从阿尔特当起，一直向南面伸展过去。车子的喇叭呼啦啦响着，马儿嘶叫着，钉上了钉子的皮靴沉重地踏在柏油马路上，帽子给风吹得张开着、扑动着。

卓珂夫骑着马慢慢儿走在连队前头。士兵们在他身后低声交谈着,原来他们是在回忆阿尔特当争夺战的细节、对德寇小汽艇的袭击以及彼邱金平常的一些言论。

路的两旁堆满了损坏的脚踏车,毁损了的德国枪炮,以及那些给打坏了的车辆。

时时会传来后面的人们的单调声音:

"靠右边走!……"

士兵们挤往右边走着,货车、枪炮和"喀秋莎"隆隆开过。

卓珂夫看见远处有几辆车子停在十字路口的一棵树下面。师长和政治部主任就在那些车辆附近走动。路旁还站着维茄,她正向走过的部队微笑着。

卓珂夫回头朝着自己的部下扫视了一下,轻轻地命令道:

"打起精神来。将军来迎接我们了!"他行了个军礼,边走边报告说,"第二步兵连遵照指定路线行进。连长卓珂夫报告。"

将军的高顶帽、普洛特尼柯夫上校的亲切的面孔、维茄的细瘦的身影,都飘浮过去了。

"稍息。"卓珂夫说。

过了一会儿,米加耶夫少校骑着那匹深棕色的母马来到他跟前。他在卓珂夫身旁不声不响地骑了一刹那,然后说道:

"你已被推荐为阿尔特当战役中头等'卫国战勋章'受奖人。一个月得了两次勋章。不坏吧,呃?"

"不坏,不算坏。"卓珂夫说。

"你的部下也有受到推荐的,他们中间有些人是追认。当心着把光荣保持下去,我们都指望着你呢。"

他望了望卓珂夫,等着他回答。最后,卓珂夫说:

"谢谢。我一定尽力做去。"

米加耶夫骑着马走了,他真高兴极了,自个儿机灵地笑着,想道:啊,你啊,你这年轻的冒失鬼呀!你也开口啦,你总算硬挤出了两句话来……他又朝卓珂夫打量了一下:可怜的家伙。

第三天一大早,部队走过了一条大路,距离玛格丽特·瑞恩所住的那个庄园的西面只有六公里了。卓珂夫不断担忧地望着地图,最后打定了主意。当然,那显然是违犯纪律的做法。卓珂夫,就干这最后一次吧,一面不安地朝四下看看自己的部下,注视着远处"苏联英雄"的那匹深棕色的母马。当他们在休息的时候,他把司务长叫到跟前来,说:

"我要离开两小时。要是他们问起……"

戈登诺夫含笑地安他的心说:

"包管没事。就说你饮马去了……"

这位司务长是个懂事的人。

卓珂夫催马加鞭,沿着村道飞驰而去。他立刻就走上了一条平行的路,另一个师正走过的那条路。一位上校,手给绷扎着,戴一顶边防军的绿帽子,站在一辆汽车旁边,看着自己的部队走过,正如谢里达将军所做的一样。架桥营走过了,接着是自动推进炮队。卓珂夫趁着交通暂停的一刹那,跳到路那边去,又沿着村道奔驰了。

树林里阴冷荒凉。但是在一条小径上,卓珂夫看到两个流浪者:一个是大个儿,秃顶;另一个瘦瘦的,头上围着一条女人的头巾,头巾上戴一顶黑色的垂边帽。他们俩显然是波兰人,横竖他们的衣领上都飘着红白丝带,戴头巾的那一个见到卓珂夫就鞠个躬,用波兰话说:

"谢谢你们的解放。"

那两个人朝着南面慢慢儿走去,卓珂夫继续向前奔驰。走到一座树林旁边,他看见了他所寻找的那个村庄就在前头。他踢着马儿。太阳升得相当高了,树木把淡淡的长影子投落在小草上。

那所大宅邸在冒着烟。那差不多快要烧到地面了。院子里,像从前一样,停放着那辆架着木辕的"麦塞迪士——班士"牌汽车。卓珂夫的马车不在那儿了。

卓珂夫走到那些外国人从前所住的一所木屋跟前。屋子里没有人。那些铺着用麻布袋做成的草荐的木床架还沿墙放着。玛格丽特和她的朋友——那位法国女人——所住的那个角落里,张贴着一张肮脏的石印品。

"走啦!"卓珂夫说。

他走出小屋,站在院子里。他望着这一幢曾经一度那么美丽的宅邸变成了烟雾腾腾的废墟,不由得想道:他们把它烧了是错误的啊。大可以做一间俱乐部或者是一间阅览室,一个图书馆呢。

他解了马,爬上马鞍,慢慢儿骑回头,去赶上自己的连队。在那由北朝南的一条大路上,有多少辆马车装运着许多叽里呱啦的外国人开过去,可惜不是她们。接着,空气变得很寂静,只听到远处什么地方有汽车的营营声。

"每个人都回国去了,"卓珂夫对自己的马儿说,马儿竖起了耳朵作为对他的回答,"我们也马上就要回国了,回到我们自己的地方。完成了我们的任务,解放了一切要求解放的人。把时局收拾收拾好。"

马儿用一只耳朵听着主人的话。卓珂夫好久没有感到孤独了——差不多在所有这些战争的岁月里都不曾感到孤独。现在他却非常孤独,而且不由得把心里的事说出了口来。马儿听着,扭着耳朵。

"是的,"卓珂夫说,"我们正是这样做的。关心每一个人……稍许再等待一下吧,我们一打垮德寇——那时候我们也就可以回国了。"

阳光变得更热了。空气是寂静的。卓珂夫看见不远的地方有一座村庄,一个小湖,于是他记起了戈登诺夫的话,决定真的来饮一下马。他下了马,把马儿牵到水边。

士兵们正坐在湖边。他们正在用大汤匙吃罐头肉——吃起来很有秩序,既不取得太多,也不取得太少——一面注意地听着一个姜黄色小胡子的西伯利亚人讲话,那人坐在他们当中,坐在一只德国炮弹箱上。

卓珂夫立刻认出那个说故事的人,就是从前和他一同乘过马车的那个人。

"……但是那个慕罗人伊里亚①继续驱马前进,"那个西伯利亚人说,一面咧着那张长着胡子的嘴对自己笑着,"快得就像一辆摩托车:一口气骑了三个钟头——一共跑了三百俄里!他看到那儿的一个土匪和那儿的一张床,便揪住那个土匪压在床上死打……他们说,床给打翻了,他抓起土匪丢进一个很深的地窖里去了。随后我们的伊里亚扭断了地窖上的锁,救出了四十位身强力壮的俄罗斯勇士。不过,伊里亚对他们说:'你们各走各的路吧,孩子们,走到

---

① 俄国英雄歌谣中的大英雄,他肩上集中着俄罗斯民族最高贵的品质。他是农民的儿子。

你们自己的地方去,你们该替慕罗人伊里亚向上帝祷告。要不是遇到我,你们现在都完蛋了!'唔,没有了。那是我的祖母告诉我的一个故事……"

接着有人发出一声大声的号令:

"归队!"

士兵们都跳了起来(不过并没有忘了把罐头里剩下来的最后一点食品刮干净),连忙拣出自己的步枪,跑过去排队。就在这时刻,姜黄胡子认出了卓珂夫,快乐地叫道:

"您好,上尉同志!认识我吗?"

"认识。"卓珂夫说。

"唔,上柏林吧?"

"上柏林去。"卓珂夫说。

士兵们动身走了。从北面,从波罗的海,风在士兵们后面吹刮着,他们的帽子在风里面扑动着。村庄里家家户户的窗户上都飘荡着白旗。

第三部 直捣柏林

一

春天来了,但是人们就像往常一般,太忙了,因此没有注意到它的来临。当然,士兵们对于春光的温暖感到高兴,但是,对他们说来,这温暖好像不是从太阳里发射出来的,而树木的发芽也不是得力于那涨溢在苏醒的大地里的四月的浆液(指春雨)。

士兵们一想到春天,一谈到春天,就联想起家庭和祖国。那些出身于集体农庄庄员的士兵们说:"那边已经在耕种了。"那些刚从孩子长大成人的士兵们说:"欧椋鸟(或名燕八哥,有模仿声调的能力)的笼子正在等待着它们的宾客呢。"

这里,在异国的土地上,没有春天。胜利快来到了,而且胜利会随着阳光和鸟儿们的愉快的歌声一齐到来,那看来又是极其自然的事。

这就是士兵们所感受到的奥德河上的春天,一九四五年的春天。

一座座花园里正在百花盛开,树林里夜莺在尽情地歌唱。白天,一片田园风味的寂静笼罩在奥德河上,沙雏低低地飞翔在沼泽上,雄鸡们在奥德河畔的各个村庄里喔喔啼着,懒洋洋地拍着翅膀。但一到晚上,到处都掀起了工作的热潮,工作是隐蔽的、辛勤的、机密的。异国的黑夜在叹息,在用纯粹的俄罗斯语言轻轻地诅咒着,好像伏尔加河上的舟子们一样在喘气:一忽儿是工兵们在工作,他们在制造大桥的零件,使大桥能够通行;一忽儿部队到达了,搭起临时帐篷,那些用树枝伪装着的、刚刚运到的、口径特别大的大炮正在起卸着一箱箱弹药。

夜莺的歌声被德国炮队的轰击声打断了。一门炮开火了,接着,另一门炮就附和起来,再接着是第三门。然后是一支小炮队——天知道给什么惊吓了——马上乱糟糟地轰响起来。立刻,几乎整个德国炮队都开火了。这叫人想起夜间某个荒山僻野的村子里群犬齐吠的情景:先是一条狗给吓了一跳,叫了起来,惹起另一条狗的回叫,接着整个村子都沸腾在狂热的、惊恐的狗叫声中。事后发现四周围是安静的,原来没什么可叫的,于是,这些狗就一条条不响了。又是春天的寂静的气氛笼罩着一切,原来夜莺并没有停止歌唱,它们仍然在颤唱。

天亮的时候,大河的潮湿的岸上,一切又会渐渐地寂静了。升起在遥远的俄罗斯平原上的太阳,发放出紫色的曙光,照耀在河上。麻雀儿醒来了。

但是,在这一片表面的寂静中,有一种惊惶不安的期待的感觉,因为在那隔着一条紫色河水的两个大营篷里,有一种不可抑制的兴奋紧张。

侦察员的工作时间到了,所有的眼睛和光学器械都对准着对岸,从塔里、从阁楼、从树顶、从掩蔽壕的窄缝、从稠密的丛林里,从所有的观察哨——前方观察哨、基地观察哨和紧急观察哨——侦察员、炮手和各级军官,以及各式各样的武器,都在守望着。侦察机从前线飞机场上起飞了,在大路和铁路的上空飞翔了很久,在侦察、在摄影。

梅歇尔斯基上尉和他的侦察员们在一座树林里筑起了一个瞭望哨,他们把三棵长在一起的松树用木板围起来,在接近树顶的地方搭起了一个台,台上摆着一张桌子,桌子旁边放着一张从一间屋子里搬来的舒适的旧靠背椅。树枝丛中架着一架望远镜,用松针掩蔽着,桌子上用铜图钉钉着一张侦察图,还放着一本记录簿。此外还有一架野战电话。从地面上通过斜陡的板梯,可以攀登到瞭望台。

瞭望台在一阵阵大风中摇晃着,一只鹳鸟用它那长在橘黄色嘴喙上面的圆湛湛的黑眼睛,好奇地盯着坐在可笑的"巢"里的野蛮的、半人半鹳的动物,这只鹳鸟是一两天以前在附近一棵被炮弹打过的松树里做起窝来的。一会儿,雌鹳鸟来了,两只鸟一起前前后后地飞着,嘎嘎地叫着,好奇地望着梅歇尔斯基和他的同志们,有时候用它们自己的方式,用鹳鸟的语言交谈着。当鹳鸟飞向西面的时候,侦察员们就在它们的后面叫着:

"千万别对德国兵乱叫,把我们的'巢'泄露出去。"

一天早晨,侦察员们听到灌木丛中有脚步声和一个愉快的人声:

"你们在哪里?亲爱的同志们!"

侦察员们向下一望,惊奇得呆住了:啊!原来是近卫军少校,于是,全体人员都像松鼠似的跳了下来,只有服罗宁仍然守在望远镜旁边。

安东尤克少校也同鲁宾佐夫一起来了,鲁宾佐夫仍然跛着脚,挂着一根拐杖。

他向侦察员们打过招呼以后,就吃力地爬上去,从望远镜望出去,仔细地察看着观察记录,不满意地说:

"离开德国兵相当远呢……你从这里什么也看不清楚,你们大可以把它筑得离河近一些呢。"

安东尤克站在树根前倾听着上面的谈话。

服罗宁犹豫地回答:

"当然,少校同志,我们可以……你瞧瞧吧!"

他把望远镜对准着河边的一个土墩。

安东尤克心里暗自诅咒,说到头来,很久以前他就向侦察员们问起过是否有一个更适合于架设瞭望台的地点,但是,当时就是这个服罗宁却回答说:

"你要更适合的,上哪儿去找?……这里地势是高的,那边统统是沼泽,沼泽。"

"我本来应该亲自上去看一看。"安东尤克对自己生气。

从上面传来近卫军少校的声音:

"那么好吧,我们在那边架设一个瞭望哨,万一德国兵在那边发现了我们,这一个便可以应一应急。"

鲁宾佐夫走下来,终于把消息传开了:

"几天之内,我们就要有一次突击,我们迫切地需要一个俘虏。"

他们在草地上坐下来,梅歇尔斯基说:

"他们在那边沼泽地上面的一个煤棚里筑起了一个据点,那是个顶有利的目标,我一直守望着他们。下午七点钟,德国人就划一条小船到那里,到第二天早晨六点钟就划回到他们的战壕去,他们经常是五个人,昨天却有八个人,他们从那里射起火箭炮。今天,他们中间的两个人在离开以前还洗了一次澡。他们的武装是一挺机关枪和几支步枪。"

梅歇尔斯基说完以后,鲁宾佐夫说:

"好极了,那么我们等着瞧吧!"他朝着四周的"鹳鸟"望了一下,一面放低了声音说道,"进攻……几天之内就开始了。"

侦察员都竖起了耳朵来倾听。

当然,他们全都知道进攻就要开始了,但是,有关准备工作的秘密,不仅瞒住了德国人,就是我们自己的官兵也给瞒住了,甚至师团和师的指挥员也得不到任何的真确消息。虽说将领们能够作大概的猜测,然而进攻的日期只有最高统帅本人知道。鲁宾佐夫对侦察员们所以会那么肯定地谈起进攻的事情,只不过因为他是从西佐克雷罗夫将军那里听到的。

原来鲁宾佐夫离开医务营以后,曾经在军部里度过一段时期,他曾一度投入一种紧张的生气蓬勃的生活,跟医务营寂静单调的生活,恰巧是个愉快的对照。他们把好多张地图指给他看,地图上都载明了由情报部所供给的资料:在奥德河那边,德军筑起了牢固的野战防御工事:一片密密层层的战壕网、外壕的内岸、反坦克壕网和敷雷区,所有这些都盖有水门汀的屋顶,而且绕着有刺铁丝网。据说,沿着柏林到前线的各条大路上,德国的步兵、汽车和环带牵引车移动的次数增加了——几乎无时不在移动。从前线到柏林的各条大路上挤满了来自"托得提"①的建筑工人们,还有一些工人营,和成千成万的当地老百姓。

马里雪夫上校向鲁宾佐夫详细地分析着目前形势,他们好久没有抓到"舌头"了,那是因为我们的部队和德军之间有一河之隔,其实有二河之隔:原来奥德河在它分支流入爱罗堤·奥德河的地方,就分成两条水道而流,于是,事实上就形成了两条平行的河,中间是一片被一条条很深的溪流隔成一段段的潮湿草地。然而,还是需要明确一下德军的集合的性质,因此,就需要抓一个"舌头"。

"你一回去,"马里雪夫急切地说,"马上着手抓一个俘虏,不惜任何代价。"

傍晚,当鲁宾佐夫正要离开的时候,侦察部门接到了一个电话,说是西佐克雷罗夫将军刚刚来到,要向鲁宾佐夫问一问他逗留在被围的斯乃得睦尔城时的情况。

将军非常注意地听着近卫军少校的叙说,老实说,他钦佩这位爽直而聪明的侦察员,他想:"要是他牺牲了,那多可惜,我不知道他父亲是否活着。"将军甚至想把这件事问一问他,但是他马上改变了主意,没有问他,只是说:

"你对我所说的一切,是十分有意义的,我好像在倾听着一个青年一代的共产党员的自白似的,我应当告诉你,在那种特殊情况中,你执行任务的坚毅

---

① 托得提组织——纳粹军队中的一种军事工程组织(原注)。

精神再一次着重地说明了,能够担当得起当前任务的斯大林一代的新的人们,已经走上了历史的舞台。这是在这次战争中考验过来的。"

鲁宾佐夫想不出话来回答,叫他怎么说才好呢!最好还是挨到西佐克雷罗夫跟前去,把心里所有的一切全告诉他:做一个苏联士兵,做一个为正义事业而战斗的战士,那是多么幸福。

要是鲁宾佐夫没有把这一切说出来,那并不是因为他没话可说,只因为他生长在工人家庭里,在那种环境中,长篇大论地说真心话是不受尊重的,在那种环境中,任何事情假使带有一丝伤感的气息,就被看做不正派,甚至是没有价值的。他们爱得很热烈,但是嘴上不说出来,他们的喜爱往往用热情的笑话表达出来,而不是用自白的方式。

鲁宾佐夫不自觉地深深叹了口气,或许那就是最好的回答吧。将军微笑着,站了起来说:

"你就要回到自己的部队去吗?"

"是的,将军同志,"鲁宾佐夫回答道,"我们正面临着一个复杂的问题——我们必须到奥德河那边活捉一个俘虏。"

"也许这是最后一次了吧,"西佐克雷罗夫说,"几天之内,大规模的进攻就要开始了,这是这次大战的最后一次了。我要求你小心点,不要听凭一时的情感冲动,不要把生命作不必要的冒险。"

鲁宾佐夫离开将军,走到外面,真正的温暖的春天傍晚的气息,使他愉快地怔了一下。

一辆车子在等着他。

鲁宾佐夫一路上沉默着,只是时时催促着过于小心的司机:

"快点,朋友,快点。"

鲁宾佐夫到了自己的师里,刚好师长下团访问去了,于是他没有等着见到他,就立刻同安东尤克出发到瞭望哨去。

二

鲁宾佐夫又一次着手干那全师在防守方面的日常工作了,这位侦察人员又遇到了一件伤脑筋的问题——抓一个俘虏的问题,抓一个"舌头"的问题。鲁宾佐夫走起路来或是骑起马来仍然感到吃力,所以他根本不离开瞭望哨。他同梅歇尔斯基和服罗宁一起坐在望远镜旁边,密切地望着河上和沼泽草地上的情况。

奥德河上漂流着各式各样的家具,显然,是从法兰克福或库斯特林漂来的,因为不久以前战斗还在那边进行着。鲁宾佐夫开始望着这些东西,而且注意到水流把它们冲到旁边,带到西岸去。

他变得沉思起来,皱着眉头,先是望望梅歇尔斯基,然后又看看服罗宁说:

"我们要试一试吗?"

他们不了解他。

"天一黑下来,我们就砍下一棵树,等天亮的时候,把它放下水,让它漂……然后我们留心看着。"

梅歇尔斯基和服罗宁没有弄懂他说话的用意,只是彼此对望着,不知道怎么办才好。鲁宾佐夫笑着说:

"你们真是一对宝货……"

傍晚的时候,那些住在离新的瞭望哨不远的掩蔽壕里的侦察兵们,遵照命令砍下一棵树。

天亮的时候,少校来看他们了。

"起床号响啦!"他叫道,一面靠在掩蔽壕入口的地方。

侦察兵们把树拖下河,鲁宾佐夫慢慢地走回瞭望哨去。

天越来越亮了,服罗宁来了,汇报说,那棵树已经在漂流。

"看着它。"鲁宾佐夫说,把望远镜戴在服罗宁的眼睛上。

二十二分钟以后,水流把那棵树带到西岸的沙洲上。它横在这一片沙洲上,又滑到河的中央,平平稳稳地漂到海上去。

那么,这就是上那边去的道路了。

现在，只剩下设法回来的问题，然而那却是顶困难的一环。当然，理想的突击是无声无息的突击。然而，在这种情况下，要作这样的指望是愚蠢的，特别是因为：万一失败了的话，就会引起致命的后果：假使侦察兵们被发现了，那么，他们就必须带着一个俘虏在炮火下从德军那里游过河来。鲁宾佐夫想了一下，决定放弃原来作一次无声无息的突击的打算，同时确定了这样的一个计划：侦察兵们可以抓住树枝树干，在这棵树的掩蔽下漂过去，但千万别使这棵树移动得太快，免得引起德军的注意。二十二分钟以后，他们就可以到达西岸了，他们可以从那里爬过一片矮矮的可又相当浓密的灌木丛，再爬过一个堤坝，突破到沼泽地上的那个小煤棚里。然后，炮兵队马上开始发火，包括迫击炮和各种类型的轻武器。炮火准对着德军的前线轰打，同时，侦察兵们就在煤棚里对付德军，抓他们一个，然后很快地回到河岸边。这时候，侦察兵们必须发出一枝绿色的火箭，紧接着，炮队就越发加强火力，以便把德军牵制十二分钟之久。在这十二分钟之内，侦察兵们必须带着俘虏重新游过河来。

最后，计划订出来了，向参谋长和师长汇报，他们批准了，并且同意最后一节里面所规定的用大炮和迫击炮轰击。现在，只存在突击的人选问题。而近卫军少校在这一点上犹豫不决。当他同侦察兵们一起坐在森林中，一起吃晚饭的时候，他静静地听着外面的漫谈。他知道他们在等待着他的命令。

要决定挑选哪些人组成这个队，可不那么容易。鲁宾佐夫从低垂着的眉毛下望着这些年轻的、黑黑的、白白的脸，他们彼此是那么不相同，但对他却都那么亲切。那是件危险的任务。在离开柏林差不多只有一百公里路的这个地方，在这战争快结束的当儿，那就特别不容易对他们中的任何一个人说出这样的话：

"你去！"

然而，任务还是必须完成，于是鲁宾佐夫说：

"服罗宁、米特罗金、沙伏尔耶夫、古希金、奥班纳森柯。"

他提名的这几个人，连眼睛也没有眨一下，他们只是把谈话停了一下——还没停止半秒钟——接着又继续他们刚才的谈话。

不久，鲁宾佐夫被师长叫了去。

"都准备好了吗？"他问道。

"准备好了,将军同志。"

"谁领队上那儿去?换句话说,谁领队游到那儿去?"

"服罗宁。"

将军煞费苦心地沉思了一会儿。

"不,"他说,"需要一个军官。任务是非常复杂的。还是派梅歇尔斯基去吧!"

鲁宾佐夫凝神地望着将军。

"我不想派他去。"他慢慢地说。

"舍不得吗?"

"舍不得。"

"那么你就舍得士兵们?"

鲁宾佐夫辩驳道:

"同样舍不得士兵们。但是,梅歇尔斯基是一个诗人……他会写诗。"

"诗人,诗人!"将军笑了,"假使他是一个诗人,他们早就会把他的诗发表在报纸上啦。"

鲁宾佐夫冷淡地说:"到时候自然会有成就的。"

"一个诗人,你说?"将军又问了一次,显得很沉思的样子。然后瞪起眼睛,笑着说,"哦,那么就这样吧。让他参加这次突击,否则他就没有东西可写了。必须有个军官带队。"将军肯定地结束了谈话。

"是的!"鲁宾佐夫严峻地说。

他把梅歇尔斯基叫来,同时把那些参加突击的人也叫了来,和他们一起坐上一部俘虏来的车子,出发到曼特尔湖去。

这个湖有两公里多长,在师部的后方。整个傍晚和半个夜晚,侦察兵们都在实习游泳,鲁宾佐夫坐在岸上,计算着他们的速度。他们配备齐全地游泳,带着轻机关枪,还有一个"俘虏",这个俘虏是由鲁宾佐夫的新的传令兵——年青的上等兵卡鲁柯夫——扮成的,这真叫他非常气愤。

当侦察兵们最后爬出水面,疲倦地坐在岸上的时候,服罗宁沉思地望着湖上说:

"但愿我们能够抓到一个比较像样的德国兵,能够明白几分事理的,而不是笨蛋,那就好了。"

第二天,突击以前,侦察兵们在奥德河里洗一洗军服,缝上了干净的领子。他们在瞭望哨附近的掩蔽壕里忙碌着,谈着一些琐碎的事情。鲁宾佐夫第一千次仔细地察看了地图。有时,他朝着左面的那个地段瞥了一眼,柏林就在那里,像一只大蜘蛛。

夜莺歌唱着、歌唱着,春天的星星在天上眨着眼儿。那一片紧张的寂静变得更寂静了,隆隆的大炮声只有更加衬托出寂静。

在前线上的这些黑夜里,周围发生的每一件事,显得那么平凡,那么熟悉。你只是偶尔会想到自己不是在一条普通被占领的河上,而是在奥德河上。

侦察兵们轻轻地谈着一件又一件事,讲了许多冗长而无味的故事。只是偶尔有人好像意外似的流露出这样的话:

"今天早上你看到大火吗?他们在轰炸柏林……"

"不知道希特勒是否在那里?还是已经逃走?"

他们一想到"柏林"同"这里"两个字之间本来存在着那么大的距离,而现在却变成同义字,就不禁要发笑。

他们轻轻地把老早准备好的那棵大赤杨树放下水。为了使树叶显得更浓密,他们又另外砍下一些嫩树枝,捆在上面。侦察兵们披上绿色大斗篷,完全消失在叶丛中了。

可以听到压低了的讲话声:

"准备好了吗?"

"好了。"

"祝你顺利,沙夏!"

"再见,少校同志!"

"让它走吧!"

这棵孤单的树向下游漂荡着,夹杂在一大团预先布置好的物件中间:木板呀、横梁呀、手推车呀、椅子呀,还有那一艘艘的破毁的小船。

三

鲁宾佐夫和所有其他的侦察员，都注意到今天晚上德军始终非常安静，简直不大射击，只是难得放放火箭。鲁宾佐夫有充分的理由对这种现象感到高兴。但是，他无法知道究竟是怎么回事。

事实是这样的，德军前方部队在等待一位非常重要的大人物的到达，然而，那人的名字到现在还没有人知道。士兵们开始把掩蔽壕铲扫干净，把衣服弄弄整洁，而且在理发、刮胡子。

柏林这一批客人的来到是十分意外的，甚至集团军司令赫因里采中将亦同样感到意外。这位刚刚到任的将军，非常垂头丧气。当初，在维斯杜拉河上，这集团军拥有很强大、很完整的正规军，却是由党卫军人员希姆莱指挥着——一个有名的刽子手，但是一位毫无用处的军事领袖。现在，军队被打垮了，各个师全是些没有受过训练的小伙子和民兵团里的老年人，在这情况下，他，一个正规军的将军，才被派来做指挥。

将军带着十分鄙视的心情，翻看着那位党卫军军长留下来夹在档案中的札记。上面都是一些关于占星术的谬论，引证了一些关于战术方面的材料，一直从第九世纪引证起，还有那么些愚蠢的比喻，自比为德王亨利一世，据传说，希姆莱就把他自己看做亨利的化身——这一切都使这位清醒的将军感到泄气。

当副官跑进来报告里宾特罗甫和卢森堡部长来了的时候，新到任的将军正是怀着这样的心情。

部长们大感惊奇怎么将军没有得到他们来到的通知。显然是柏林方面忘了打一个电报来。

"这是极度混乱中常有的现象。"冯·里宾特罗甫哼了一下鼻子。

原来他们是到前线来做动员的：给部队鼓舞士气。

将军心里想：部长们都有重要任务要干，一定很仓忙，于是他问他们要不要立刻到部队里去看一看。但是，他们显然并不仓忙。这一来，将军可突然明白了：部长先生们在柏林根本无事可做。根本无事可做！当然，将军无法知道冯·里宾特罗甫幕后的狂热活动。还有卢森堡呢？他仍然在当"东疆部"部长；在目前苏军兵临奥德河的局面下，还谈什么东疆，那才特别愚蠢，特别可笑。

将军报告部长们说，他已经尽力要把俄国人从奥德河西岸那个陷落的桥头堡上赶出去，可是白费气力。部长们听到这话，都不作声，感到很伤心。

然而，人们看见他们逍遥自在的样子，就好像小学生逃开了教师的管束似的。现在再留在元首的身边，留在那总理大厦地面下的防空壕里，实在是不可能的了。一会儿下命令，一会儿又取消。歇斯底里，对每个人的长篇大论的攻击，还有那长腿的女人勃朗（希特勒的情妇），什么事都要管。简直是颓废时代里的一场宫廷闹剧。人们都处在最沉闷的环境中。柏林城里挤满了从东面逃来的难民。人们睡在地下火车的坑道里。晚上，到处发生野蛮的谋杀抢劫事件。成群成帮的逃兵躲藏在废墟里。重要的官员们都不告而别，离开了首都，谁也不知道他们逃到哪儿去。

在这里，在指挥哨上，任何东西仍然显得井井有条。军官们来了又去了，命令都是以简洁的军事术语颁布下去的，擦亮的皮靴满有自信地踩在镶花地板上。地图是用五颜六色画出来的，上边点缀着许多小旗。

这里看上去还是完全有条不紊。

但是卢森堡嗜好神秘，有时候他把这种有条不紊的现象看做一场有节奏的舞蹈，就是由他身边那些穿着军服的幽灵表演的。他时时刻刻病态地耸着肩，拼命要把脑子里那些可怕的鬼影赶出去。

至于里宾特罗甫，他可一点也不神秘，他相当高兴；上前线去以前，他说：

"将军先生，你所采取的措施使我深深相信，柏林区的军队终于获得了一位真正的领导者，他能够在这儿，在奥德河上，在这一条德国命运所系的河上，完成最艰巨的任务……或许我并不怎样了解俄国人，但是我的同事卢森堡，他可非常了解俄国人，他可以肯定俄国人不会宽容我们的。至于说到英美人的胜利，"里宾特罗甫意味深长地停顿了一下，"我们大可以不当它一回事。无论如何，他们绝不会支持人民群众的争取所谓'社会正义'……相反的……是的，是的，恰恰相反！……"

将领们彻底明白了里宾特罗甫的话。西部前线以及意大利前线的部队已经调到奥德河上来。此所谓两害相较取其轻。

车子预备好了,每个部长各乘着一部车子去了,由一长列的党卫军和参谋人员陪着。卢森堡向巴德·沙罗出发,到第九军军部去,里宾特罗甫再朝北去,上古奥德河去——他想,那边有双重水的阻隔,一定会安静得多。

将军陪着冯·里宾特罗甫。

他们沉默地坐在车子里的大皮垫上,从司令部来的一位中校就坐在司机的旁边。部长的两个私人保镖——党卫军——硬邦邦地坐在折椅上。一辆装甲车开在部长车子的前头。

条条路上挤满了大卡车、坦克、步兵,都往奥德河开。四面都是骚动和忙乱("少不了的忙乱呀,"——部长想道,一面安了一下自己的心。)一列各式各样的车辆失去了方向,在拼命地转过身来开回去。参谋人员走下车来维持秩序。后来,部长的那一行人转上了一条小路,不久便在荷亭佐伦运河边停下来。他们得在这儿停上半个钟头。俄国轰炸机在轰炸渡口。河岸上的许多房子起火了。他们转了一个弯——因为桥已经给炸毁了。天黑了。在奥德河附近,他们遇见了一支向西去的队伍。士兵们步伐零乱,其中有几个连武器也没有。

将军煞住车子。从司令部来的那个中校跳下了车,跑到那个走在士兵们前头的司务长跟前问道:

"这是哪一个部队?"

"第六百降落,"司务长答道,一面望着自己的脚下,"俄国人在阿落得库斯特林钦地区打垮了我们,昨天我们奉到命令,要我们到莱青去增援。"

"你们怎么像一群羊似的懒散地走着?"中校生气地放低了声音说,一面朝着部长的车子瞥了一眼。

司务长不作声了。他的眼睛表现出一种黯然无光的冷淡。部长和将军都下了车。部长把问题重复了一遍。司务长作了同样的回答。但是,司务长冷淡地对待一切的态度,可叫将军受不了;他也不管这位外交家就在跟前,尽管一面咒骂,一面问道:

"你知道同你谈话的是谁吗?"

司务长慢慢地对部长抬起了眼睛,沉默地盯着那张苍白高傲的阔脸,脸上长着一对凹下的淡蓝而带灰色的眼睛。这冷冷的目光叫部长遍身发抖。司务长那么样地望着他,就好像望着一个没有生命的东西似的。司务长那一张脸呀,长着红红的、粗粗的胡子,脖子又脏又长满了泡,目光无神,这些,都给部长造下了一个悲惨的印象。里宾特罗甫陡地转过身来,走上车。

他好久不能镇定下来。天知道那是为什么,但是在他看来,他并不是望着一个陌生的德军司务长的脸,而是望着整个德军的脸。那是一张可怕的脸,在它那固执冷淡的表情中,不是隐藏着敌对与轻蔑吗?于是,贵宾的情绪显然变坏了。一路上,大家一声不响。

离开师团司令部所在地的那个村庄的不远的地方,里宾特罗甫看到了新奇的景象:三个强壮的党卫军嘴里咒骂着,照着手电筒,把一个穿着长外衣的高女人拖出森林来。

将军斜睨着部长。他不想停下车来调查这件事。但是,部长却命令司机停车。他打定主意在开会以前散散步。他由将领们和他的卫兵伴随着,走到党卫军跟前。他们住手了。一只手电筒照着将领们的制服上,照着部长的左边衣袖的阔臂章,臂章上有一颗卐。

"这女人做了什么啊?"里宾特罗甫问道。

一个党卫军跳起身立正着说:

"这不是一个女人,长……先生……"

"部长!"一个卫兵低声提醒他。

这位党卫军显得更加不自然,同时解释道:

"他是一个逃兵,部长先生……他化装成女人从前线逃出来……"

里宾特罗甫大吃一惊,脸红了,想讲点什么,但是什么也没说,又陡地转过身来,走向汽车。车子的飞驰使他镇静下来。他甚至以为他刚刚所看见的一幕可以作为他讲演的主题。他可以从卖国贼谈起,再把这个化装为女人的德国兵作为一个例子提出来——多么丢脸……这样一来,人们就会大笑,而且也很动听。

士兵们集合在斯托培城堡里,在一个点满了蜡烛的大厅里。部长到达的时候,他们全举起手来敬礼,同时齐声喊着:"嗨尔希特勒!"部长登上了台,没有经过介绍,就开始了他的演讲。他用一种平匀的声调讲着话,眼睛盯着摇晃在士兵们头上的许多黑影。

"士兵们!德国要求你们具有不可动摇的坚毅,"部长说,"当此国家危急存亡之秋,元首指望你们……"

他追溯到腓力德烈克大帝的时代,那时候普鲁士处境同样困难,单独对付着整个世界——然而,却终于担当过来了。他又讲起了俄国最近一次战役的经过。德军毕竟曾经逼近俄国首都,但是,俄国人,由于他们的顽强——是的,顽强——没有让敌人进入他们的首都,而现在……

部长朝着奥德河的方向伸手一扫,那个手势每个人都了解得清清楚楚。它表示出对目前局势的悲痛,以及对敌人的节节胜利的"慷慨"承认。

"这样的一个奇迹(指转败为胜的奇迹)会发生的,而且就发生在我们的身上,"他停了一下说,"要是我们部队里没有那些把自己可怜的生命看做比德国生存更重要的卖国贼和下流汉的话……"

接着,他口吃了一下。现在该讲到那个化装为女人的士兵,那个又可笑又可耻的插曲了。但是,在最后的一刹那,部长犹豫了。把这样的一种开小差方法告诉士兵们,那简直是轻率的,甚至是危险的。那样一来,士兵们都会去换上女人的衣服,从森林里和湖畔逍遥自在地逃走,使得柏林前线空无一人。突然间,他觉得好像千百双眼睛,都带着像司务长那样冷淡的神情望着他,冷淡地,带着没有完全掩藏得住的敌对和轻蔑。

他讲话的结尾是含糊而混乱的。他那有节奏的声调变成一种狂热的类似耳语的声调,这在里宾特罗甫是从来也没有过的。

"团结成一条铁的长城……德国的忠诚是我们的盾牌……那是腓力德烈克·巴巴罗萨的子孙们的责任。"

"我说了些什么?干吗又说起巴巴罗萨①?"部长心慌意乱地想道,"怎么会说溜了嘴。我是指腓力德烈克二世。"

不过,谁也没有注意到部长的疏忽。师长严肃地走上前来,跟他握握手,

---

① 德王腓力德烈克第一(1152—1190)的绰号,意谓红胡子。曾五次出征意大利,终于失败。但据传说,他仍旧睡在凯夫霍瑟山间的一个洞穴里,四面围绕着他的伙伴们,他的红胡子生长在一张石头桌子的周围,等到国家需要的时候会召唤他。

大声地说：

"我代表全师感谢你，部长先生！我请求你把我们庄严的保证——我们一定坚持到最后的一兵一卒——转告元首。"

这句话显然很动听，大厅里都震响着一声声的叫喊："万岁！"

里宾特罗甫带着得意的心情离开了城堡。但是，部长是不是鼓舞了士兵们，那可不知道，不过，士兵们却无疑地鼓舞了部长。他和蔼地同意了和师长一起吃晚饭，然而有一个条件：晚饭的准备工作必须由部长自己的厨子监督。将领们尊敬地望着部长。你一眼就可以看出他是一位地道的绅士，不是像李依之类的暴发户，李依大概在两星期前到前线来访问过。

晚饭以前，部长出去检查防御工事。他看到那些盖着木板又布满着炮眼的交通战壕、装甲顶、牢固的掩蔽壕和埋在地下的坦克车，使他大为感动。

师长邀请他去看看雨果·文克尔中尉，那是一个有名的军官，他得过铁十字奖章，随后又得过橡叶奖章。里宾特罗甫并不大想去，但是，最后还是同意了。

他们走进了中尉的掩蔽壕。这位出色的军官正坐在桌前，很快地在写些什么东西。桌子上点着一盏油灯。他望也不望一下，就粗鲁地对宾客们叫道：

"关门！"

里宾特罗甫听到这一声叫喊，笑了一笑，走近桌子；从白纸上所写的那一篇潦草的字迹里，首先跃入他的眼帘的字眼是：

"遗嘱。"

里宾特罗甫尖刻地问道：

"你知道你在写些什么吗？可怜的家伙。"

中尉跳了起来，一看到部长和他的随从，就拱起肩膀，好像挨了打似的。

"现在就想写遗嘱那还太早，"部长说道，立刻，他控制住自己，脸色苍白地冷笑着，"对部下说来那是一个坏例子。胜利是必然的，你应当拿这点来教育士兵们！"

部长离开了掩蔽壕，慢慢地沿着战壕走着。然后，他停下来，开始望着东边。可以听到河那边有一阵阵沉闷的隆隆声，好像整个平原和平原上的湖沼、森林，都在静静地动着，深深地呼吸着，好像准备着跳动。遥远的探照灯的光芒横过夜空。

"这位中尉到底不是那么笨。"里宾特罗甫喃喃地说,神经质地颤抖着。

他记起了一九三九年拜访莫斯科时的情景。那时候他从车窗里望着俄国人正一群群地在他们自己的首都逛来逛去,他们都那么和平安详。而现在,他却从奥德河上的一条战壕里望着他们。

在俄国,人们一定都非常恨他。要是俄国士兵们知道他,冯·里宾特罗甫,和他们离得那么近,的确,就在这里,在奥德河上,那他们将会怎样反应呢?

他战栗着:沉重的爆炸声在左面响起来了。爆炸声越来越响了。将领们开始发愁,打电话给他们的部队。起先,他们说俄国炮队正在射击德军各阵地。但是半小时以后,才弄明白原来俄国人刚刚从一个前哨上绑去了一个德军;显然他们是用大炮和迫击炮掩护他们的侦察兵的撤退的。

"怎么,绑去啦?"部长迷惑地问,"那是什么意思?"

将领们一声不响,赫因里采安他的心说:

"那是战争中常有的事,部长先生,你丝毫没有办法。"

里宾特罗甫在战壕里疾走着,走到后方去。所有这些堡垒、掩蔽壕的牢固的顶、机关枪网、有刺铁丝网,在他看来,再也不是可靠的保障了。

他几乎跑起来。

不惜任何代价,和美国人讲和吧!他狂热地想道。不惜任何代价!……要不然就太晚了。

为什么美国佬进军这么慢?——里宾特罗甫气愤地想道,渴望地望着漆黑的夜色。他的面前放射着他自己的手电筒的光圈。他的后面响起了将领们的急促的脚步声,他们不好意思落在部长的后面。

士兵们沿着战壕跑着。德国炮队猛烈地开火,打在东岸静静的树林里,可惜为时已晚。

但是,梅歇尔斯基上尉和他的侦察兵们已经把"舌头"拖向战壕。他们遍身湿透,可是心里很高兴。回来又是顺水,急流把他们带下足足一公里,但是,计划的其他部分可进行得太顺利了。

那天晚上,德军的岗哨上变成两个兵,而不是五个了。侦察兵们掀起了一大片喧杂声,但是甚至在德国前线上也没有多少德国兵。后来才发现,原来他们中的绝大多数都到斯托培城堡听部长讲话去了。

四

被俘虏的中士,弗里兹·阿尔缪特原来是一个明白事理的、消息灵通的家伙。他意识到自己永远再不会有打仗的日子了,对这点,他公开表示高兴,于是他自愿地把他所知道的一切全部说出来。他知道得很多,因为最近他当了团部的书记。

的确,他过了很久才苏醒过来。他本来已经给打晕了,他们塞住他的嘴巴拖着他过河来的时候,他又咽下了许多水。侦察兵们并没有及时地注意到这点,当他们把这个中士嘴里所塞的东西拉出来的时候,他几乎奄奄一息了。对于这个高大的德国兵的生命,或许没有一个人——甚至他的妻子,或且他的母亲都不例外——会像鲁宾佐夫和梅歇尔斯基那样担忧,那样关心。他们给他做人工呼吸,再用"伏特加"在他身上摩擦。

"哦,弗里兹,弗里兹!"他们恳切地叹息道。

许多步兵、炮兵、电讯兵和工兵都带着忧虑的脸色接连不断地向掩蔽壕窥探:

"嘿,弗里兹怎么样了?"

最后,他恢复了知觉,于是,他们带他到师部去。

他们走过一座很大的树林,但是,那里现在再不是一座树林了,而是变成了一个大规模的木匠和铁匠的工场地。这里,人们在闪闪的月光下忙碌地工作着。工兵营正在制造桥梁的零件。成千的人带着锯子和斧头在许多砍倒的大树周围,在差不多已经完工的桥梁地段附近,拥来挤去。

铁匠们站在油布遮盖着的火炉旁边,从他们自己制造的熔炉里,锤出成千的锔子、钉子和钩子。工程师们——上校和少校们——沿着一条条平行的小路走着,就像真正的监工和工头们一样。

许多筑桥的人们、木匠和铁匠,一看到那些浑身透湿、披着伪装的斗篷的侦察兵们护送着这个德国兵,他们暂时都停下了工作。其实,在战争的日子里,他们不止一次看见过俘虏,然而,看到一个由侦察兵直接从战壕里拖出来的德国兵,对他们大多数人说来,那还是第一次。这个德国兵是新鲜的,而且正像一个工兵所说的——"还是热的"。

侦察兵们给建筑桥梁的人们望得脸红了。到了师部里,人们也以好奇的目光望着他们。每个人都祝贺着这些浑身湿透的、笑嘻嘻的士兵们,连那个德国兵也全心全意地和他们一块儿赞扬,带着欣赏者的态度用德文说:

"哦,那真做得好极了,没有一点儿漏洞!"

阿甘涅斯扬站在小屋的门槛上,相当冷酷地打量着这个兴高采烈的德国兵,他对这些事是有经验的,于是说:

"好吧,那个人会把一切都说出来!……全记下来就苦啦。"

弗里兹·阿尔缪特果真知道得很多。原来"许维特"师团是在奥德河的对岸。它取了这个名字,是因为它在许维特城整编成队的。这个师团是由保安队、党卫军、后勤部队、后备军、警察和工人营等临时凑成的。向南去有三个营——"波茨坦"营、"勃兰腾堡"营和"斯潘朵"营——已经在那里驻防。

这个中士最近曾经到过乌莱青城。这个城的四周都筑起了坚强的野战防御工事。那里,是第六〇六特务师师部的所在地,这个师刚从法国开到。在那里,他还看到一个党卫军坦克师的师部。许多载着步兵的卡车不停地穿过城里向前线开。他知道乌莱青城的东南面的阵地,是由第三〇九"柏林"步兵师防守的。

弗里兹·阿尔缪特还说了些关于柏林情况的有趣的细节。他听说,在威廉街的政府大厦里,特别在盖世太保机构里,他们都在烧档案,因此,整个街道只见纸灰飞扬。第二营营长的兄弟,参谋总部的一个名叫培克的少校,突然死了,营长是从官方得到这个消息的。但是,不到一星期,营长突然从"死者"那里收到一张纸条:少校写道,他的死只是"象征性的",他到"西班"去了。营长在生日的那一天,把这一张纸条的事脱口而出地说给了部下的军官们听,于是,这秘密连书记们也知道了。显然,这种死法并不限于他一个人,这是一种"柏林的死法"。

"西班"的涵义只可能解释成"西班牙"。

鲁宾佐夫立刻把所有这些消息,包括有关奥德河上的工程堡垒和防御工事的情报,报告给师团司令部和军部的马里雪夫上校。然后,他和梅歇尔斯基带着口供记录去找谢里达将军。

在将军那里,他看到了许多人,其中有克拉西柯夫上校。

当近卫军少校把那个俘虏所供给的情报向将军汇报的时候,他一直望着克拉西柯夫,带着不自觉的厌恶的情绪细看着上校高大的、漂亮的、稍嫌松垂的脸。脸上刮过胡子以后,粉擦得厚厚的。鲁宾佐夫想道,那眼睛叫人毛发悚然,但是他的正义感很快地提醒了他:"呀!我气恼些什么呢?他又做错了什么事呢?"

近卫军少校汇报完了以后,便沉默着,等待着其他的命令。

"你做得很好,"塔拉斯·彼得罗维奇说,"那个德国兵大有用处。这次突击组织得非常好。你们的确学会战斗了,伙伴们!"

他真恨不得拥抱这两个穿着绿色伪装斗篷的年轻人,但是,他不愿意在外人面前流露出自己的感情,于是他又同那些来视察这个师的军官们攀谈了起来。

在这些来自师团司令部和军部的军官们当中,有政治工作者、工程师、防御工事的视察者、炮兵人员和供应人员。那是一个人数很多的委员会——在严密防御的当儿来整顿部队的一个委员会。党政工作、战斗的准备——每一件事,小至骑兵的每一匹马,都必须经过这委员会细心研究,然后把结论汇报给军事委员会。

梅歇尔斯基低声地对少校说:

"怎么样?你说立刻就要开始进攻了!……"

"不要急,沙夏。"鲁宾佐夫也低声地回答,"要是委员会来视察防御工事!——那就说明进攻的时候快到啦。这几乎已经成了一条规律。看看师长那样子。"

是的,显然师长也知道这条"规律"。他点点头,同意了某些情况,有礼貌地辩论了一下,对自己喃喃自语,但是他的眼睛一直微笑着。

这些军官们——委员会的成员——坐着车子上各团部去视察时,师长对侦察兵们说:

"感谢你们,朋友们!你给一个老年人带来了快乐。我要推荐你们全体为得奖候选人,而且要推荐你——鲁宾佐夫——获得'亚历山大·涅甫斯基奖章'。"

当侦察兵们正要离开的时候,门开了,一个又流汗又肮脏的少尉走进房间。他是一个联络官。他的来到常常意味着重要的变化。

他递给将军一个密封的大信封。将军连忙拆开,很快地看了一遍内容,他的脸色突然变得严肃起来。

"军官同志们,"他说,"我们的师奉命渡河到桥头堡那边去。"他转向坐在桌前的参谋长说:"着手干起来吧!同时通知委员们,他们可以回去了。他们可以上柏林去检查工作。"

鲁宾佐夫和梅歇尔斯基奔回他们自己的部队去。

弗里兹·阿尔缪特还没有给押到师团去,他正在吃早饭。当鲁宾佐夫走进来的时候,他跳了起来,立正着,同时——啊,恶劣——照他自己的习惯举起手来,叫道:

"嗨尔!……"①

他好容易才没有把希特勒这个词说出口来,他立刻觉察到他自己在瞎喊些什么。他脸色苍白了,一会儿又红了,敲着自己的手:"这只笨手!"又打自己的嘴,"这张笨嘴!"显然,他害怕他们一下子就把他杀掉。侦察兵们理解到他的处境的可笑,不禁放声大笑。

鲁宾佐夫也笑了,说道:

"赶快把他送走。没有他,我们已经够忙了。"

他们把弗里兹·阿尔缪特送到师团去。他很高兴:幸亏他们扭住他的脖子把他从战争中拖了出来;他从卡车后面向侦察兵们挥了好一会儿手。

当侦察兵们从少校那里知道本师就要转移阵地的时候,他们相当烦恼。当然,从桥头堡可以对柏林发动主要攻击。话虽然这么说,叫他们刚刚经过了这样一次机灵而巧妙的突击,就突然地打起背包,马上就走,那多少有点儿叫人气恼。

"唉,"米特罗金叹着气,"我们替'别人'完成了任务。"

这个"别人",第二天到达了。

原来有一师人要来这里替换谢里达将军的师,这个"别人"就是代表那个

---

① 原为德文 Heil,意谓"万岁",纳粹德国时代多用于"嗨尔希特勒"一口号中。

师的侦察队的。他是个机灵而活泼的上尉。

近卫军少校把所有从那位被俘的中士那里得来的情报指给他看。当然,上尉看到这个地区的侦察工作做得非常好,感到非常高兴。

"你们的师离这里远吗?"鲁宾佐夫问道。

"明天到达这里,跟我们方面军所有的部队一样。"

"方面军?"鲁宾佐夫竖起了耳朵。

"别洛露西亚第二方面军,"上尉说,"我们消灭了敌人的东普鲁士兵团①,现在整个方面军正开到这里来。"

这是个重要的消息,近卫军少校理解到它的重大意义。

别洛露西亚第二方面军(罗科索夫斯基元帅的部队)的各个师正开到奥德河上。他们奉命进攻别洛露西亚第一方面军(朱可夫元帅的部队)以北的敌军,用他们的左翼来掩护那攻打柏林的各军的右翼。

在乌克兰第一方面军(考涅夫元帅的部队)将要在别洛露西亚第一方面军的南面发动攻势,以便迟些时候以一部分兵力从南面攻打柏林;当然,鲁宾佐夫并不知道这一点。

三个方面军就这样紧紧地捏成一个拳头,准备直捣柏林,结束战争。

傍晚的时候,少校奉命到桥头堡去,收集有关敌军在新地区的情报。

他的传令兵卡勃鲁柯夫上等兵很快地把马匹装上了马鞍。传令兵是个能干人,他执行起任务来,又积极又机灵,但是从来没有听到近卫军少校表扬过他一句;原来鲁宾佐夫一心惦记着齐比岳夫。

---

① 当时德军退守东普鲁士,有三四十个师,苏军用两个方面军的兵力,把德军兵团分割而为三,逐一歼灭。

五

他们以慢步的速度骑着马,因为鲁宾佐夫腿还在痛。少校那匹乌黑的马儿奥里曼,一直想跑得快,可是,看到主人今天竟改变了主意,不禁相当惊奇。

他们不久便骑到一座大森林里,名叫"鲁采吉里凯森林",是根据林子西面的一个小城的名字而命名的。这是一座普通的德国森林,里面种着一行行笔直的松树和杉树,甚至标志着号码,在这没有月亮的夜晚看起来,好像是荒野的,走不通的。一阵怒风在树丛中咕哝着一些荒谬的话儿,它像一个侦探似的紧跟着这些骑马的人们。

在黑暗中,人们时常可以看到大卡车、装甲运兵车、大炮和坦克,它们都遮盖着松树枝,躲在森林的小道上紧张地期待着。

显然,他们也是在这儿准备着渡到桥头堡去的。

他们愈走近奥德河,炮火密集的吼声就愈来愈响。炮声最初是遥远而沉闷的,立刻就变成一阵持久不断的嗥叫,淹没了风声,淹没了人们脑子里的一切思想,叫你只想到死的危险。但是不管这个死的念头叫人多难受,却不能叫森林中的任何人停止前进,哪怕停止一分钟也不行。炮声轰响得更凶猛了,接着停止一会儿,但隔不到五分钟,又更威猛地发作起来了。

不久,这阵嗥叫混杂着一片引擎的怒吼声——这是德国轰炸机的断断续续的、沉闷的怒吼声。接着,照明弹亮闪闪的光线闪过夜空,探照灯亮了,高射炮弹爆炸了——一会儿在这里响,一会儿在那里响。好几声震耳欲聋的爆炸震撼着大地,于是照明弹的亮光又升到天空,慢慢地,好像依依不舍地欣赏着自己的美丽的光彩。

森林突然走到尽头了。接着,在路的两旁现出了房屋。然后那条路又折进一条村子的街道。人们到现在才充分认识到在森林里是多么安全:人们或许愿意在森林边缘停留一两分钟,欣赏一下这安全境界里的最后一个转瞬即逝的痕迹。但是人们必须前进,进到河那边喧声震天的炮火里,进到奥德河那边炮声隆隆的黎明中。

人们愈走近河边,世界就愈变得吓人。在西岸一片火光里,在破晓的怯生生的光辉中,鲁宾佐夫看到了有那么一块地方——士兵们正在那儿创造着神秘的,或许是不朽的传奇。这就是一座横跨着奥德河和桥头堡的有名的桥梁。他们管它叫"死亡的桥梁"和"胜利的桥梁"、"柏林的桥梁"和"地狱的桥梁"、"工兵们效命之地"和"希特勒完蛋之地"。

这座桥架设在河边的森林里,建筑它的人们就是工兵,就是那些住在掩蔽壕里和沿河房屋的地下室里的苏联工人们。德国人非常了解这座桥的重要性,它是在一个晴朗的夜里突然出现在奥德河上的灰白的浪潮上的。他们日日夜夜都在用师团和师的长射程炮轰击它,并且不断地用他们的重型、中型、轻型的轰炸机来轰炸它。

德军的炮弹降落在四周,打断了桥桩,把木梁打烂在水里,每一次工兵们都加以抢修,大无畏地沿着坚固的桥背爬着,尽管有人牺牲,但是工作绝不中断。这的确是一座不朽的桥梁,但是造桥的人们都是不能免死的凡人。

整个河岸上都是炸弹坑和壕沟。这里矗立着一些高射炮,四周挤满了高射炮师的士兵们。打桩的人们所用的第则尔引擎、大卷大卷弯弯曲曲的铁索、绞盘和拖车都硬塞在战壕里。在另外一些填好了一半泥土的战壕里,士兵们正在吃早饭。

一片混杂的味道——焚烧、死了的马匹、新刨的木板、烟味儿、油味儿——叫你麻木,叫你打颤。

在大桥的左边和右边,另外有两座轻便的浮桥。人们得在天亮以前把这两座浮桥拆掉,把它们藏在河岸上的草木中,等到晚上又重新把它们放下水。巨索格吱格吱叫。有一个部队在一个小棚子里等待着渡河。年轻的士兵们在焦急地倾听着那一片已经降临的可怕的寂静。

桥头堡有两个军官,当每一个人走上桥时,他们就提醒说:

"赶紧!快!尽可能快!"

桥上木板大约有六公尺宽,没有栏杆,两边有铁链。渡口有士兵们站在那儿值班,虽然天色已经够亮,他们手里还是拿着没有熄灭的手电筒,他们也在催促着那些步行或乘车渡河的人们:"快,孩子们,炮轰随时都会开始!"

这些人不得不老是待在这儿,守着这个可怕的岗位,他们却对别人那么关心,这真叫鲁宾佐夫感动。

在这座木桥上，人们可以透过朝雾一忽儿看到一匹死马的轮廓，一忽儿看到一辆毁坏了的车子的骨架——这些都是德国人最后一次突击的遗迹。奥里克这匹马儿对人的尸体是一向漠不关心的，这忽儿看到一匹死马，却恐怖地竖起了前腿。

站在这座桥上，和你面面相对的就是死亡，你也无法钻进地洞——钻进士兵们的经常藏身之处——你会觉得这世界是大大不同了，甚至觉得它叫你不可忍受。在这儿，连那最顽强、最坚韧的老兵，也会失去幽默感的。

在桥的正当中，脚步的轻轻的摩擦声混合着车轮的咯吱声和摩托车车胎的嘶嘶声，这一片声响给一阵愈来愈大的怒吼声淹没了。桥的左面，有几颗炮弹落在水里爆炸了。黑黑的浪头耸得比桥还高，把所有的人都卷在浪花和泡沫里。桥震动了。一声令人厌恶的尖叫划破了颤动的空气。奥里克开始跳动起来，拼命地往水下直奔。鲁宾佐夫好不容易才勒住了它，然后望了望卡勃鲁柯夫。卡勃鲁柯夫坐在马鞍上——小身个儿，紧张、苍白——眼睁睁地望着少校。鲁宾佐夫尽量对他笑着。其实并没有多大的笑意。

"坚持下去！"鲁宾佐夫说。

"是的！"卡勃鲁柯夫用颤抖的声音叫道。

人们前进了，尽量地加快速度。突然，一辆卡车急匆匆地开到左面去，和另外一辆撞个正着。一颗炮弹落在河里，就落在附近，激起一泓有力的喷泉，淹没了众人。人们向两旁和后面冲过去，因为前进的路被两部撞坏了的卡车挡住了。一个受伤的人尖叫着。接着响起了一声激怒的、指挥若定的声音：

"镇定！"

桥中央站着两个将领。鲁宾佐夫看到其中一个就是西佐克雷罗夫。另外那个——一个衰弱、苍白、没有修脸、貌不惊人的少将，由于没有睡觉，眼睛变红了——他就是渡口的建设者和负责人。

"把卡车推到水里去！"军委命令道。

士兵们冲上前去执行命令。一位少校本来坐在撞坏了的卡车的司机间里，他走到将军面前，敬了个礼，恳求地说：

"将军同志，卡车里装有供给近卫军装迫击炮用的炮弹。"

西佐克雷罗夫没有回答。他望着士兵们在那两部卡车周围忙得团团转。

少校仍旧站在那儿,手还是放在帽檐上致敬。西佐克雷罗夫突然猛转过身来向他问道:

"你干吗不去帮忙?"

少校连忙放下了手,拼命地把他的卡车推到桥边去。两部卡车同时落在水里,于是人、马车、卡车都飞快地前进了。

西佐克雷罗夫说:

"快点,可别慌!"

炮弹的鸣啸,一声、两声、三声,打断了西佐克雷罗夫的话,可是他继续说下去。在炮弹的噪叫和爆炸声中,虽然谁也听不见他的话,可是每个人都望着将军,将军继续说下去。最后,炮弹在河里爆炸了,就在不远的地方,士兵们仍然听见那同样平静的声音:

"……保持你们的距离,别啼啼哭哭的。明白吗?"

"明白了!"士兵们亲切地嚷道,他们真高兴极了:这几颗炮弹又没有打中他们。

西佐克雷罗夫转向渡口负责人说:

"你,将军同志,不要自由主义,对不起——不管什么东西挡着路,都把它推到水里去!"

"是的,军委同志,"工兵将领说,接着又小声地补充着说,"我非要你到我的掩蔽壕去不可。这里不安全。昨天晚上有一个上校给打死了,是某旅的政治部主任。是的,我坚持要你去。"

"你以为炮弹对政工人员才是危险的吗?"

他们慢慢地走到河堤上,就在这儿,西佐克雷罗夫认出了鲁宾佐夫骑马而过。将军向他打过招呼以后,说:

"他们对我说起过你的俘虏。是个有用的德国人。有关德军部队的情报方面,他给我们作了重要的更正。代我问候谢里达和他的女儿。我盼望她是在第二梯队里吧?"

"是的,将军同志。"鲁宾佐夫回答道,立刻恢复了他那一贯有名的头脑冷静。

一阵烟雾弥漫在渡口。烟雾愈来愈浓,把这座有名的桥梁笼罩在密密层层的雾霭里;当德国轰炸机临近的时候,河上就给蒙上了一阵烟幕。高射炮开始吼叫了,不久就有苏联战斗机的怒吼。在云霄高处的什么地方,已经开始了一场空战。

但是,鲁宾佐夫已经到了坚实的地面上,到了桥头堡的地面上。

六

那一片伸展在鲁宾佐夫面前的郊野,使他想起了奥尔沙附近什么地方的前线。光秃秃的地面上被子弹打成一条条沟,泥土被炮弹打得翻了过来,只有地面上无数条沟渠——德文叫做"格拉奔"——还是完好无恙,那些沟渠原是用来保护低地,免得受得奥德河河水的泛滥。这儿大量的果树都已经被打裂成碎片,苹果花儿像洁白的鸭绒似的,在弹坑边缘上纷纷飘零。给击毁了的水磨突出在一条条"格拉奔"的岸堤上。

在一个水磨的地窖里,鲁宾佐夫找到了某团的一个侦察官,这一团即将和谢里达将军的师调防。军官和鲁宾佐夫谈起了他们对面的敌军。敌军原来就是最近从西线火速调派到这儿来的那个"六〇六特务师",俘虏弗里兹·阿尔缪特所提到的也就是这个师。

那个军官的苍白的、没有修过的脸,以及整个团部的一般气氛,使鲁宾佐夫深深理解到:在这儿的桥头堡上,这些战士得熬受怎样的艰苦啊。将近两个月以来,德军不停地用坦克和步兵向他们进犯,射击他们,轰炸他们,可是却没有能力把他们打退一步。这个团已经失去它的参谋长、第一副参谋长,以及电讯和炮兵部门的若干军官:他们不是牺牲了就是负了伤。这位侦察军官曾经暂时代理参谋长和副参谋长的职务,代理了一个很长的时期,一直到最后派来了新军官为止。团长虽然负了伤,却仍旧参加战斗,睡在行军床上用电话指挥着全团。

在这整个下半天里,少校都在注视着前方战壕里的德军,把自己亲眼看到的情况和那位侦察官所供给他的、标明在地图上的情况,比较一下。

德军前哨阵地与我们的战地之间的距离,大约是七十公尺到两百公尺。虽说鲁宾佐夫在战争中对敌人的设防地区已经见识得够多了,可是他从来没有见到过这么多战壕,这么多有刺铁丝网和挖掘了的地面。德军的防御工事中都布满了机关枪哨。在这一片低低的、灰暗的平原上,差不多没有一码土地不在炮火的威胁之下。

天黑的时候,少校离开了战壕,在水磨后面的一片洼地里找到了卡勃鲁柯夫和一些马匹。他等待那通常的炮轰过了以后，就骑着马儿上东岸去。

在东岸的森林里，师长和几个参谋人员已经拣了一个荒凉的柏油工厂住了下来。塔拉斯·彼得罗维奇显得又粗暴、又忧烦。他是一个钟头以前和军长开过会以后上这儿来的。

全师在行进中，先头部队不久就可以到达这儿。军官们接二连三地往外跑，跑到那条森林路上去，看看先头部队是不是开到了。

将军把鲁宾佐夫带给他的那张地图仔细看了一番。

"唔，"他说，"这个工事可不能小看，不管你怎么说都好。这才是一场值得死啃死干的战役。"他望着鲁宾佐夫，皱皱眉头，说，"你奔波得太多了！当心当心你那条腿吧！你待在我身边，让安东尤克去跑吧！"

安东尤克不久就乘着一辆参谋部的车子来了。鲁宾佐夫叫安东尤克拟出侦察计划，他自己决定去睡一睡。但是两个钟头以后，当安东尤克把计划交给鲁宾佐夫的时候，鲁宾佐夫大不以为然，这真叫他好不愉快啊。

"这是怎么回事？"他问他的助手，"难道你以为我们要准备防守一年吗？局势既然已经这么明朗化了，你到底要一个'舌头'干吗呀？难道就是为了叫战士们送死吗？你得拟订一个准备突破、准备追击敌人的侦察计划。这一点得好好儿注意，因为你得照顾城市里进行侦察工作的条件，在那么大、那么巨大、那么庞大无比的一个柏林城进行侦察工作，明白了吗？"

"到现在为止，还没有发动攻势的命令呀。"安东尤克绷着脸答道。

"马上就会有命令的，"鲁宾佐夫反驳道，"而且命令会突然一下子就来到的。那时候我们的处境就尴尬了。"沉默了一会儿，他又补充说，"还是让我自己来拟订侦察计划吧。"

在这一段时间里，各个团都纷纷开到了。他们在黑暗中，在这座大森林里，分别找到了预先给他们安排好的阵地驻扎下来，和那些先到的部队愉快地挤在一起。

嘈杂声静止了。全师沉闷地睡着了。只有在师长的参谋和政治部所在地的那家柏油工厂里，人们通宵不睡，在忙着看地图、看图表、颁布命令。一会儿以后，这儿也寂静下来了。

黎明时分，鲁宾佐夫拟好了侦察计划以后，便朝着隔壁师长所住的那间房间里仔细瞧了一下。将军在桌子上睡着了,电话听筒放在耳边。鲁宾佐夫笑了笑,决定违背一下命令,去看看那些侦察兵——他们的宿营地离这儿不远,在一丛松树下面。侦察兵们也睡着了。

梅歇尔斯基在近旁坐着,在写东西。

"写诗吗,沙夏?"鲁宾佐夫问。

梅歇尔斯基脸红了,回答道:

"不是,写一份申请书,要求发手榴弹。"

"那也是好的!"少校笑了。

服罗宁来了,向上尉报告道:

"米特罗金的子弹夹需要换一换了。西蒙诺夫和奥班纳森柯没有刀子用。加西青的伪装帽破了,得补一补,或者是发一顶新的给他。"

鲁宾佐夫把大伙儿叫醒了,又把安东尤克找了来,当着他的面布置了"柏林战役期间"的任务。

参谋们走出了柏油工厂。他们出发到桥头堡去接收那个战区。一会儿,树林里又寂静了,从远处看去,人们会以为那里面只住着鸟雀和松鼠呢。

士兵们坐在树林里的湖畔。他们在一面洗澡,一面轻轻地交谈着。早饭吃的是应急干粮;上级命令不要燃起营火,不要在厨房里生火,以免把部队暴露给敌人。政治工作人员在跟士兵们谈话,树上挂着一张张欧洲地图。

白天过得那么慢,没有个尽头似的。最后,天开始黑下来了。士兵们集合起来。林子里响起轻轻的发命令的声音。各个营不慌不忙地沿着黑暗的途径走向河边。大炮的隆隆声移近了。他们在树林旁边停了一个半钟头左右。他们在静听着,要听听河上发生了什么事情。河上是一片嘈杂声。

午夜十二点钟的时候,集中在树林里的各个师开始由三座桥同时渡河。当士兵们静静地渡河时,躲藏在树林里的我们的几个炮兵人员第一次开炮了;原来这个炮兵队早就奉命要打哑德军的炮兵队。天亮的时候,轮到谢里达将军的那一师人渡河。德国轰炸机狠命地袭击。高射炮在怒吼。苏联战斗机出现了,于是那人声喁喁、步声沓沓的黑暗桥梁的上空开始了空战,开始了一场与地面完全隔离的、非常可怕的空战。

但是这种隔离只不过是表面上的。

鲁宾佐夫坐在师长车子里的发报机旁边,把发报机一开,恰巧在我方飞行人员的波长上听到飞行员们在谈话:

"柯斯佳,你的尾巴后有一架'麦塞尔'……"

"左边,左边,凡尼亚……追它吧,这些蓉克机!"

这些看不见的"柯斯佳"和"凡尼亚"正在掩护着步兵。两架德国飞机猛撞下来,拖着两道熊熊的火焰,接着奥德河渡口左面的河水把它们吞没了。不到一秒钟工夫,着了火的那架飞机的火焰照亮了士兵们的苍白的面孔,照亮了那些沿着左面的浮桥走着的马儿们的黑黑的、飘动着的鬣毛。

接着,师长和鲁宾佐夫也都渡过了河。鲁宾佐夫陪着将军到瞭望哨去,到他昨天去过的那个水磨那儿去。普洛特尼柯夫也到了那儿。他走遍了所有的团,还得回到东岸去:那边政治部里正在召开连部党组织员会议呢。

"你也来啦。"他对鲁宾佐夫说,"你可以把敌军情况向党组织员们说一说。士兵们可能以为敌人是软弱的,得把他们这种想法打消,这样做是很有用处的。让他们知道希特勒从西线调了好几师人到这儿来,让他们知道德军的防御实力。他们的防御是很强的呢!"普洛特尼柯夫摇了摇头。

师长板着脸说:

"你老是不放过我的侦察员!瞧,他差不多路都不能走哩!……好吧,这一次让你去吧,可是这是最后一次啦。"

谢里达和鲁宾佐夫去送普洛特尼柯夫上车。一片雾蒙蒙的晨光笼罩在桥头堡上。机枪嘎喇喇响。苹果花儿的香气和附近大火的焦味混作一团。

有一个团的团部就驻扎在瞭望哨附近的一个掩蔽壕里。它的附近是另一个团部,再过去是第三个团部,那是属于邻近一个师的。离开他们二十公尺的地方,有两个营部驻扎在同一个地方。从各个团营部这样拥挤的情形看来,人们就可以理会到步兵的战斗队形是排得很紧密的。

到处都晃动着士兵们的黑黑的影子。

鲁宾佐夫到少校米加耶夫的那个团部里去。少校见到师部的这位侦察官员,感到很高兴,向他提出了一连串的问题:

"攻势什么时候会开始?他们已经指派给我们一个地段了吗?我们是直接上柏林去吧,还是上北面去?"

鲁宾佐夫把他所知道的告诉了米加耶夫,事实上他也不知道什么;然后他问道:

"卓珂夫少尉是在你们团里的吧?"看到米加耶夫带着疑问的目光,便解释说,"你明白吧,把我从斯乃得睦尔的陷坑中救出来的就是他呀……一个了不起的伙伴!"

米加耶夫不作声,然后说道:

"我们本来想把他提拔做营长,可是又有些顾虑。他是个疯疯癫癫的家伙。原来是这样的……不过,他最近可大大改变了,把他的马车也留在阿尔特当附近什么地方了……"

"好吧,让那辆马车休息一下吧,"鲁宾佐夫凄然地笑了,"我自己就乘过一次……"

于是米加耶夫记起来了:

"我想,卓珂夫就在附近什么地方……去领取补充的新兵。"

七

卓珂夫就在附近。他正和司务长戈登诺夫在一座低低的山岗下面的一条河沟旁边整编新军,准备把他们整编好了以后就编进连队,调到前哨地区去。

"师部里来了一个少校找你,"他们告诉他说,"他在参谋长那儿。"

"他们有什么事?"卓珂夫说。

他一走进团部所在地的那个地窖,就看见鲁宾佐夫和米加耶夫,于是把手举到帽檐上,报告道:

"卓珂夫上尉奉命来到。"

"并不是命令,"鲁宾佐夫说,"我不过要看看你罢了。要是你不介意的话,我来把娱乐和工作任务结合起来吧:让我们一块儿从你的瞭望哨上瞭望一会儿。"

卓珂夫窘起来了,放下了手,说:

"请。"

于是他们俩在一队新兵的前头走着。司务长戈登诺夫坐在装运食品的车子上,走在最后头。卡勃鲁柯夫在小车旁边走着。他们走过那一片潮湿的洼地,那块地已经被炮弹打得四分五裂,上面布满着被毁了的小屋、牛棚、水磨。

鲁宾佐夫是一向很机敏的,他注意到卓珂夫显得比较成熟一些,更消瘦一些,眼睛变得稍微温和一些了。

卓珂夫从眼角里望着这位跛脚的侦察人员。昨儿当一些印刷品(德国反坦克炮使用法说明书)来到连里的时候,卓珂夫还想到他的呢。他知道那些印刷品的工作是由这位近卫军少校负责的。

我不知道他和那个女医生还有来往没有——卓珂夫想。为了某种理由,他希望这位近卫军少校和她有来往。

新兵们在他们后面低声交谈着。戈登诺夫的马车轮子吱嘎吱嘎响着。

"我听说你把那辆马车丢在什么地方啦?"鲁宾佐夫问道。

"在阿尔特当附近。"

"你这件事做得对。那不是一种合适的运输工具……"

"是的。"

"米加耶夫跟我讲起你……"鲁宾佐夫刚刚开口,卓珂夫就立刻蹙起眉头,把话题岔开了。

"我听说你抓到了一个俘虏。"

"是的,"少校便把弗里兹·阿尔缪特的事告诉他,并且说那个德国人多么好笑,竟然以希特勒式的敬礼来招呼他。

卓珂夫惊奇地摇摇头,说:

"他们还得受到当头痛击才是呢。"

"这不过是早一天迟一天的问题。"鲁宾佐夫笑了。

卓珂夫要去看看营长,营长正带着自己的参谋驻扎在一个旧牛棚的断垣残壁里。鲁宾佐夫在路上等着他。

维谢恰柯夫问连长——他那一连里给补充了多少人。

"六十五名。"卓珂夫回答道。

维谢恰柯夫在野战笔记簿上记下了数字。他不断地抽烟。本来格拉莎已经叫他戒了烟,可是现在格拉莎不在身边,于是他又一支接一支地抽了起来。

他经常接到格拉莎的信,但是照他的意见,这些信的笔调过于愉快了。格拉莎信里说,她身体很好,一切都叫她满意,大家也都对她满意,主管医生对待她特别好。

格拉莎所以要这样写,为的是叫维谢恰柯夫安心,不要记挂她,可是效果恰恰相反:维谢恰柯夫认定格拉莎想也不想回到营里来了。当然,医务营里比较安静些,相处在一起的男人也都比他有趣些——都是些医生。他们既聪明又清洁,格拉莎就爱清洁。她经常讲起"主管医生",那些话特别使他疑心。

现在他对于格拉莎想得比较少了:原来他已经给卷入了最后一次大战役前夕的那种普遍的热潮里。

补充的兵员已经到达了营里。军官们和传令兵们从团部里纷纷跑来。他们都狂热地激动着。

卓珂夫告别了维谢恰柯夫,和鲁宾佐夫一起继续往前哨地区进发。

在连指挥站所在地的那个掩蔽壕里,有四个中尉坐在无线电周围听音乐。他们是新来的军官——一个是卓珂夫的连副,另外三个是排长。他们看见这位陌生的少校，都站了起来。

鲁宾佐夫听了听音乐，问道：

"这是哪一个电台？"

"柏林。"一个中尉回答道。

鲁宾佐夫给引起了兴趣：

"非常有趣！我们已经注意到柏林在开始不断地播送贝多芬、巴哈、舒贝尔特的音乐，以及歌德和席勒的诗歌……法西斯歌曲和进行曲几乎完全不听见他们播送了。照我们侦察人员看来，这里面一定大有文章。希特勒还记得德国的文化传统。要做它的继承人。或许他以为这么一来，我们如果想绞死他这样一个冒牌承继人，就会觉得棘手！"

中尉们不觉一怔：他们可不曾想到，这样轻柔的钢琴乐还隐含着这样重要的政治意义。他们觉得听听这位侦察官员的话很有趣——他们在自己的偏僻的连里，就很少看到"城里人"，那就是说，很少看到师部的军官。不过，补充的兵员必须接收过来，派到各个排里去，于是军官们走出了掩蔽壕。鲁宾佐夫和卓珂夫沿着交通壕走向前哨战壕。德军的迫击炮就在不远的地方射击，有时候大炮怒吼着——一句话，那是前哨地区的早晨所经常有的一种"宁静"。在那远远的西面，地平线上一片闪光。柏林在燃烧中。

"你们带有野战镜吗？"鲁宾佐夫问。

有人立刻伸出手来，手里拿着望远镜。鲁宾佐夫朝四下望望。卡勃鲁柯夫站在他身边。望远镜是鲁宾佐夫自己的。

"瞧那边的布雷区，就在你前面，"鲁宾佐夫沉默了一会儿以后说，"那个村子就是德军的据点。工事筑得很坚固。"

"离柏林六十俄里，"卓珂夫说；为了某种理由，他用的是旧俄的长度标准，而不用公里计算。一会儿，他又突然问道，"那个战俘告诉过你希特勒在哪儿吗？"

"显然还在柏林，"鲁宾佐夫回答道，一面仍然在瞭望着，"戈贝尔也在那儿，他确定是在那儿，但是还不知道希姆莱、戈林和里宾特洛甫在哪儿。"

沉默了一刹那以后，卓珂夫低声问道：

"你没有柏林的地图吧？有没有一张多余下来的？给我？"

"有好几张呢。昨儿我送了两张给两位团长。我可以给你一张——看过去的交情,你明白吧。"

卓珂夫乏味地说:

"谢谢。要是你办得到的话,请你把那张地图交给我的党组织员斯里文科上士吧,他现在正在师政治部参加党组织员会议。"

"好极了!我今儿就要去跟他们做一个敌情报告,我会找到斯里文科,把地图交给他。"

过了一会儿,卓珂夫又问道:

"地图是怎么样标志的?用的是德文呢,还是俄文?"

"俄文。"

"目标都标明了吗?"

"什么目标?"

稍许歇了一会儿,卓珂夫连忙回答道:

"国会大厦和政府机关大厦。"

鲁宾佐夫放下了望远镜,只光光用眼睛微笑了一下。

"什么都写得明明白白的。要是你愿意的话,我可以用红铅笔把那些大厦画出来。但是目前且请你把那片布雷区和那些在侧面射击的机枪在你的地图上记下来……"

他们都沉默了,但是,在沉默中,他们忽然想到自己现在在什么地方,摆在他们前头的任务是什么。所有私人的问题,他们都给丢在脑后了,对于自己心爱的女人的深深的渴念,以及那些真实的和幻想的丢脸的事所给带来的苦痛,还有那些没有实现的希望,都给忘记了。目前形势的严重的意义深深地打动了他们,他们用更加智慧的目光彼此相望着。为了这一个时刻而从过去活到现在,的确是值得的啊!过去忍受了那么多的悲伤和艰苦,就为的是此刻能够站在这块地方,站在柏林近郊的战壕里,体会到自己是那庞大然而还没有释放出来的一个无比威力的一部分,是祖国,俄罗斯,苏维埃社会主义共和国联盟的一部分,这是值得的啊!

他们俩都想干点儿什么。一定有一些需要注意的事情,还有一些需要计划的事情。鲁宾佐夫想道:我又得去同侦察员们谈谈了,得叫阿甘涅斯扬设法问问当地居民,我得了解一下基层部队的指挥员们是否得到了有关敌人的情报;或许我们得包围柏林,那么攻打斯乃得睦尔的经验或许是有用的——那种经验得给总结起来。卓珂夫正在想到同新兵们去谈谈,把目前形势讲给他们听,想到去弄些擦枪油,检查一下机枪,改进与炮兵队之间的关系。

那些以新兵的身份而来到的人们正徘徊在战壕里。他们瞪着眼越过胸墙望着德军的阵地,轻声地交谈着,一想到离开柏林这么近,真还不大习惯呢。

"不得了!……"一个阔肩的新兵说。

另一个沉思地说:

"唔,战争把我们带到了一个偏僻的地方来了,正如柏林那么遥远!离家至少有四千多公里啦!"

"你是打哪儿来的?"有人问道。

"我是打伏尔加来的。"那个士兵回答道。

鲁宾佐夫微笑着,停下来听听有没有人大笑起来。没有人笑。他说了声再会,便到瞭望哨去了。

八

党组织员会议是上午开始的,大约是在夜渡和部队集合在森林里的三小时后。从各个连、各个炮队赶来的人都集中在一所猎舍里,那本是属于一个富裕的德国资产阶级的。离师部所在地的那座柏油工厂不远。加林少校一一接见他们,点过了名。

党组织员们是列队进来的,配备齐全,头戴钢盔,带着轻机枪或步枪,甚至还有带着调羹的。

党组织员们都是些普通的士兵和上士。但是,一个不留神的旁观者可以从他们的富有自信心的举动里,从他们明朗而宁静的目光里,看出一些与普通士兵不同的特点。他们是步兵和炮兵中的精华。你不会看错他们的:这些人不习惯于发号施令,他们只会理解,只会解释。虽然他们和所有别的士兵们一样,并不享有任何特权,但是他们觉得自己肩上负着更重的责任:他们是布尔什维克党的代表人物——或许他们算不上职权很大的党的领导人物,但他们毕竟是领导人物。好好儿作战对他们说来还是不够的,而且在必要的时候,他们要牺牲生命——他们要把坚强的战斗意志灌注给同志们。他们是整个军队组织的神经末梢,虽然他们的职务初看上去没什么了不起,可是,万一有懦弱而不称职的人担任起了这个职务,他是干不长久的。在连队里,一个人是不是适合党组织员的工作,几乎一下子就可以看出来的:在炮火下面,在经久不断的极度的危险中,人们常常几乎没有足够的力量对自己负责——只有极少数人能够鼓励大家,对大家负责。现在聚集在这座猎舍里的就是这些少数人。

普洛特尼柯夫上校开始按照程序开会了,他先把目前国际形势作了一个报告,接着由加林把党的工作和党组织员的任务作了一次谈话。一直到晚上才散会。党组织员们分头去看看自己的部队,那些部队都正在纷纷开始渡奥德河。早上,他们又回到了猎舍。

第二天的工作开始了。

党组织员们向自己的同志讲话,谈着自己在工作上的经验。普洛特尼柯夫把最有趣的事情记在野战笔记簿上。

接着，师部的侦察官鲁宾佐夫把敌方的目前情况讲给党组织员们听，强调地指出士兵们中间所流行的某些言论——说什么当前的战役不会有什么大不了——是有毒害的。

的确，希特勒匪徒的高级指挥部恐慌得了不得：希姆莱已经给解除了集团军司令的职务，但是，这并不足以表示法西斯已经放下了武器。

少校谈起德军正在疯狂地建筑防御工事，正在把强大的部队调到奥德河来，特别是六〇六特务师和纳粹党卫军摩托化"元首"师。

党组织员们细心地把每一句话记在拍纸簿上和笔记本上。普洛特尼柯夫突然挺直着身子：他听到一辆汽车发出一连串的喇叭声，后边跟有一辆装甲运兵车，两部车子都在猎舍跟前停下了。

普洛特尼柯夫站了起来。大门推开了，西佐克雷罗夫将军出现在门槛上。他扫视了一下这个集会。每一个党组织员所坐的椅子和长凳子旁边都放着轻机枪、步枪和卡宾枪。

将军招呼着大伙儿。

"您好，将军同志！"士兵们响亮地嚷着回答。

大伙儿都坐下，将军开始讲话。

这位军委看见了斯里文科的凝神的目光，看到这位上士的目光里含着那么一股深刻的了解和机敏，于是继续望着他，好像他是光光同他一个人说话似的。

"我们的即将来到的胜利，"西佐克雷罗夫说，"极其明确地证实了苏维埃制度的强大。它证明了正义而进步的事业是不可征服的。妄想阻挠我们国家建立新生活的敌人是很多的。他们毫不犹豫地使用任何武器和任何卑鄙手段，来对付我们的国家。他们在我们的四周围建立了'卫生封锁线'，每一步都有他们的埋伏，想陷害我们。最后，就在我们现在所在的这个国家里，他们粉碎了工人阶级组织，而在一九四一年六月二十二日，这些歹徒蜂拥到我们的和平的领土上来。"

"别以为法西斯主义光光是德国帝国主义的产物。一般说来，法西斯主义是资本主义的最近的产物，是人民大众向共产主义迈进的时候给资本主义所引起的恐惧。法西斯主义是腐朽的资本主义的战斗部队，是它的最后一次垂死的挣扎。"

"我们的胜利证明了:世界上有一支强大的、不可征服的、真正的武力,一支足以对抗压迫和暴政的武力。那不仅仅是一个正义的思想,而且是一支真正的武力!"

"这支武力是党创建的,是列宁和斯大林的党——培养了我们和教育了我们的那个党所创建的。光荣属于党!"

"共产主义的思想已经变成了我们的血肉的一部分。它已经争得了它自己的根据地——土地、矿藏、工厂和实验室。苏维埃大厦已经耸立在六分之一的地球上。你我都是这幢大厦的主人。我们对这幢大厦管理得很好吗?是的,我们管理得很好,因为,如果不是那样的话,我们就不会在这儿了。这幢大厦坚固吗?它结实吗?是的,它既坚固又结实,否则我们就不能够通过这么猛烈的一次次战役打到法西斯首都来了。"

"共产主义已经变成了一支强大的力量,现在我们有各种理由可以相信,它必将在全世界获得胜利。"

"……我们毋庸掩饰这样的一个事实——那些思想辉煌的人们对于俄罗斯伟大前途的预言已经实现了,在目前,一切最进步的人都是以俄罗斯语言,以列宁和斯大林、普希金、别林斯基和托尔斯泰的语言说话……"

"……胜利以后,共产主义的建设必将以十倍的力量继续搞下去。我们的国体的优越性将重新使全世界震惊。你们和我,党的小学生,斯大林的战士,就是这个事业的保证……"

军委做了个手势,制止住那刚开始的喝彩声,然后总结道:

"让我告诉你们一件军事机密。明天就开始攻打柏林。"

这几句话掀起了一阵暴风雨。全场响彻了热情的呼喊。士兵们粗硬的手狂热地鼓着掌。那些或许明天就得牺牲的人们,欢迎着这个战斗命令,把它看做最崇高的智慧和最崇高的意义的表现。

普洛特尼柯夫上校用热情洋溢的声音说:

"由于攻势即将展开,会议就此结束。"

西佐克雷罗夫对士兵们望了几分钟,他们都已经排好了队。

"最后一次战役开始了,"他说,"明天你们将会听到一片密集的炮火声;在战争的历史上，从来没有过类似这样的情形。在斯大林的命令之下，从来不曾听到过的大批武器和配备都已经给集中到这儿来了。"他握了握普洛特尼科夫的手，"祝你胜利。你今天就会接到军委会给部队的布告。好吧，有没有别的事？"然后他又说了一遍，"祝你胜利。"

他朝他自己的车子走去。他的私人卫兵们连忙跳上装甲运兵车。两部车子立刻消失在森林里。

九

鲁宾佐夫几乎忘了对卓珂夫的诺言。军委走了以后,少校才记起了放在自己野战袋里的那张柏林地图。

他去找斯里文科上士,自从斯乃得睦尔战役的那些时日以来,他就把斯里文科的面孔记得很熟悉。

在那片刻之间,斯里文科在等待着师部党委会开会。原来他连里的三个士兵——戈登诺夫、舍米格拉夫和果戈贝雷采——今天要被批准入党了。

他们三个人已经来了,正坐在一棵枞树的浓密的树荫下。他们身边坐着别的连的一些士兵,也都是为了同样的目的上这儿来的。

三个人都深深地给感动了。

西佐克雷罗夫将军的来到增加了他们的顾虑:这军委大概不至于出席他们的入党大会吧?他们所以心乱,原是因为他们不习惯于当着大伙儿的面讲话,然而在这种场合下却必须报告自己的经历,或许还得回答政治问题——斯里文科早就提醒他们这一点了。

看来很奇怪,舍米格拉夫在连里一贯被认为最会讲话的人,而且对政治问题了解得最透彻,然而这一次他却是最心乱的一个。但是果戈贝雷采也很心乱,特别是因为连那位机敏的、大无畏的司务长也疑疑惑惑地咳着嗽,一会儿站起来,一会儿又重新坐下去。他突然想到请他们吃罐头肉,但是他自己一点儿不吃,虽然他一贯是个大食客。

最后,斯里文科来了,告诉他们立刻就要开会。

就在这儿,在枞树旁边,鲁宾佐夫找到了这位党组织员。他交给他一张按照万分之一比例尺画的柏林地图,叫他交给卓珂夫。

要是在别的时候,鲁宾佐夫一定会乐于同这位懂事的、聪明的上士谈谈,何况他是那么喜欢他呢。可是现在没有谈话的时间,少校连忙赶回到普洛特尼柯夫那儿去,后者正在等他一块儿尽快地回到桥头堡去。

斯里文科带着这三位同志走向猎舍,党委们已经集中在那儿了。

很幸运,他们对于军委的顾虑原来是没有根据的:将军已经走了。陌生的军官们围桌而坐。

一共有五个军官:一个少校,四个上尉。

主持会议的少校生着一双和蔼的眼睛,眼睛的四周围有皱纹,但是那双眼睛也相当锐利,甚至带点儿嘲弄的意味。

斯里文科几乎和他的同志们一样心乱。他已经给他们作了一个长时期的、从容不迫的入党准备。在战事安定的时间里,他把党纲以及斯大林的言论和命令读给他们听,对他们进行彻底的考验,带着友谊性的而又经常性的关心注意着他们。正如他自己所说的,他有一种"热望",要把全连的人都变成共产党员。的确,新兵的来到打乱了他的计划,可是他服从军事需要。

无论如何,党委会的召开对他也是一个严正的考验。他很高兴就在今天,就在进攻的前夕,他的三个同志要加入布尔什维克党啦。说到头来,一个党组织员在前线的条件下搞工作,总是会受到重重特别困难的限制。那可比不得在矿场里,说起矿场,斯里文科也在那儿当过一个班里的党组织员。那儿的人都是长期的、固定的,可是这儿……

他记起了那两个伊凡诺夫——一个是士兵,另一个是中士,在向华沙进军以前,这两个人原是他培养入党的对象。他们俩都是好汉,可惜都在那次突破中牺牲了。

斯里文科听见少校的声音,便不由得竖起耳朵:

"其次是——上等兵舍米格拉夫。"

舍米格拉夫走进来。

他的自传那么简单得叫人感动,使得在场的人都显露出同情的笑容。

"我生于一九二四年,"他说,"我的父亲是都拉镇一个机工。一九三九年我读完了七年制学校,出了学校就进工厂当机工。一九四四年响应号召加入红军。一九三九年参加共青团。"

他尽力想补充一点材料,可是一点儿别的东西也记不起了。他的纪念章——两颗勋章——已经在问题表中提出,问题表早就读过了;这两颗勋章现在就挂在他的胸前。它们不是那种没有标明颁发原因的勋章。勋章上白底红字,写得明明白白:勇敢勋章。

大家向舍米格拉夫提出了几个问题,他回答得很正确、很完满,叫斯里文科很满意。

接着,舍米格拉夫有了心思。他曾经犯过一次军纪上的过失,不知道是否值得说出来。去年他把自己的防毒面具弄丢了。那时候士兵们正在给自己掘掩蔽壕,他把防毒面具挂在一棵树桩上。它就此不见了。不错,当天晚上他们就投入了战斗,大伙儿都把那个防毒面具忘了,但是他却设法重新弄了一个来——他是从一个死人的身上取下来的。事情实在做得不大正当。

谁也不曾把这件事看作犯罪行为,舍米格拉夫也从来不曾感到良心上的不安,可是,在这儿,在这间坐满了党员的房间里,在主席的严密的目光之下,去年丢落防毒面具的事,在舍米格拉夫看来,可并不那么无足轻重,而是非常交待不过去的。此外,在他看来,这些同志们,特别是主席,会猜到——甚至很清楚地知道——他的过错,因此他们才那样目光锐利地打量着他。

他脸红了,一直红到耳根,把这件事说了出来。

"唔,好吧,舍米格拉夫同志,"主席说,"你出去一会儿。"

舍米格拉夫走了出去,用一种不自然的声音对果戈贝雷采说:

"进去,他们叫你。"

他让自己在草地上坐下,非常苦恼,断定自己不会被批准入党了。

果戈贝雷采走进房间去。斯里文科鼓励地对他点点头。

主席望着果戈贝雷采,望着他那戴满了奖章和勋章的宽阔的胸部,感到很奇怪:这些临死无惧的人们,英雄们,不折不扣的英雄们,当着他的面——当着一个党委书记,一个又瘦又矮的非军人的面,怎么倒会那样着慌。

他们的着慌特别使少校感到高兴:那说明了这些人对自己的良心有责任感,而且觉悟到这是他们取得最崇高称号——做一个当代的先进分子的称号——的考验。少校想道:那倒很好——他们会觉得自己尽管够资格当一个英雄,当一个优秀的士兵,当一个熟练的指挥员,但不足以说明你就够资格做一个先进分子、做一个人民的领导者。而且,归根结底地说,人们能够了解到,你要入党,你就必须是同志们中间最优秀的分子;人们了解到,能够被批准入党,就说明大家都一致承认了你的优秀的品质,这一点是非常好的。

少校仔细瞧着果戈贝雷采的目光炯炯的眼睛,听着这位平常一点不害羞,而且那么大胆,有生气的人,这会儿回答起问题来却那么羞怯、沉静,于是少校的脑子里涌起了这些想法。这位经手处理过多少复杂的党的工作的党委书记想道,要党内没有一个人玷污共产党员的称号,这件事是多么重要啊——对于这位勇敢的格鲁吉亚人是重要的,对千百万像他一样的人也是重要的。

最后,他们把司务长戈登诺夫叫了进来。作为一个习惯于发号施令的人,他这一回的举止更大胆了。他报告了他的一生的经历,也就是阿尔泰州列宁道路集体农庄上一个庄员的经历。戈登诺夫曾经在集体农庄上当过队长,他的队是农庄上一个杰出的队,而且是全区最好的队之一。

这一切都是好的,但是这位戈登诺夫,这位狡诈的家伙,在他当司务长的期间,稍许有点儿对不起他自己的良心:说来惭愧,他有时候竟会谎报连里的人数,欺骗军需官,以便得到更多的供应。当然,他认为党委们不知道这件事。他不像舍米格拉夫那么单纯,虽然他发觉党委书记的锐利的目光,多少有点儿使他慌乱。他甚至内心里承认应该把自己的过错说出来,但是他又不愿意坍台。

因此他决定不说出来,只是心里向党委书记保证以后绝不会有这样的事情发生,而且他自己以为,戈登诺夫的保证的确是靠得住的保证。

在进攻的前夕,还有其他许多在经历、性格和面貌上都完全不相同的人,走到党委书记这儿来。在这些人中间,有一个人是犯了严重错误的,这种错误要是给人知道了的话,他就永远不可能入党。但是这个人想道:谁会发觉呢?我害怕谁呢?

不过,当这个人看见坐在这儿的这些沉静的人们,听见了那笼罩着整个房间的紧张的沉默以及主席的沉着的声音,他突然清楚地认识到:事情会给人晓得的,即使现在不晓得,一年、两年以后也会晓得,迟早会给人晓得的。他遍身大汗,回答着一个个的问题,但是他心里巴不得走开,走到外面去,走到黑暗里的什么地方去,远远地离开这明亮的灯光。

最后,斯里文科来到了他自己同志们的跟前,疲乏地说:

"喂,伙伴们,恭喜恭喜。"

"怎么,也批准了我吗?"舍米格拉夫立刻精神饱满起来了。

"三个都准了。"

"我们什么时候可以领到党证?"

"噢嗬,你们忘了规定啦!"斯里文科笑了,"你们还得经过好长一段时期,才可以领到党证呢。你们可以领到一份候补党员证。今儿晚上他们就会从政治部给拿来。我们回家去吧!"他想了想,便放低声音补充说,"既然你们现在都是共产党员了,我可以告诉你们一件军事机密:明儿就要开始进攻。"

这些新的共产党员回"家"去了,回到前线去了,很高兴,可又异常威严。

德军炮队在向渡口大肆暴威。他们得在河岸上的一条狭壕里等待到炮火停止。一颗炮弹打中了桥梁,工兵们就乘着熊熊的火光,同火焰搏斗着。水很大,火立刻就熄灭了。紧急救护队慌忙带着斧子和木板走到缺口处。人们像蚂蚁一般聚在桥下,乘着木筏和小船来添送木材。

七个给打死的人被架上担架从渡口抬回去,担架上盖着防雨斗篷。斯里文科和其他几个人取下帽子致敬,叹了口气,走到桥边去。

就在这时刻,一个矮胖的中将,由两个军官陪伴着,轻快地走到木头小桥跟前来。士兵们恭恭敬敬地对他敬礼,停下来给他让路。

"这渡口的负责人在哪儿?"中将大声问道。

站在附近的工兵军官们连忙开始询问,有一个人跑进左边一条狭壕里去,立刻就有一个矮矮瘦瘦、胡子未剃的少将跑出来。他把一只细弱的手举到帽檐上,自我介绍道:

"我是渡口负责人,工兵少将却依金。"

中将问候了他,对他说:

"我得同你谈谈。"

"有什么要我效劳的地方吗?"渡口长官问道,根本不带一点儿军人风度。

但是中将并没有作声,渡口长官理解到他不作声的用意,便挥挥手叫他放心:"这儿没有外人,他们都是工兵军官。"

于是中将说:

"元帅①已经下令,要把炮兵在最短期间以内调到对岸去。"

"他们已经用电话通知我了。有多少门大炮?"

"一万六千门。"

---

① 这里的元帅,大概是方面军的司令员,可能是指朱可夫。

歇了一会儿,却依金将军慢慢儿问道:

"你刚才是说……"

"一万六千门。"中将重新说了一遍。

少将听到这么大一个数字,感到很高兴,说道:

"好极。好极。到我的掩蔽壕里去吧。把大炮的吨数告诉我,我好指定渡河的地点……。"

他们走开了,立刻就给吞没在夜的黑影里。

"你听见了吗?"斯里文科问。

他的心急促地跳着。

十

谢里达将军刚刚接到进攻的命令,正同他的参谋官员们以及炮兵人员们在前线上,在前哨战壕里。他正在核对侦察情报。他沿着师部的前线不慌不忙地从北面走到南面,打量着德寇的阵地,一面和附属各部队的指挥员们,决定联合进攻的任务以及采取协调行动的信号。

这个师的攻击面很狭小,各个部队都是紧密地聚集在一起的。这整个桥头堡呀,给塞满了部队,看上去就像是一根给压紧了的弹簧,准备弹到那隐蔽的、在那边黑暗里等待着的敌军阵地。

在回去的路上,将军在交通壕里碰到了加林少校。少校手里拿着几卷纸。

"你那边带来了什么?"将军问道。

"军委会的布告。"

将军从加林手里拿过来一张,他把一只手靠在交通壕的墙壁上,慢慢儿从头到尾读了一遍。然后他把这张纸放进衣袋,赶快向前走。

他一路上遇到的士兵和军官,手里都拿着一张张这样的纸。不远的地方,有一个人在大声读着布告,读得很吃力,几乎是一个音节一个音节地读:天开始黑下来了。

普洛特尼柯夫和鲁宾佐夫已经在瞭望哨上等待着将军。梅歇尔斯基、尼古尔斯基、炮兵人员和电讯兵都在那儿。有人正在凑着一盏临时做成的灯读这份布告。

将军走到普洛特尼柯夫跟前,拥抱他,吻他,跟他说:

"这一下,巴伐尔·伊凡诺维奇,亲爱的朋友,我们就此要结束这次战争了。"

他也拥抱了鲁宾佐夫,吻了他,然后问道:

"那位空军联络官来了吗?"

十分钟以后,那个空军人员来了。跟他同来的有两个人,这两人带着一架无线电。同大伙儿打过招呼之后,空军人员立刻和他自己的司令部联系。他带着懒洋洋的笑容问道:

"喂,你们那边怎么样?还有生气吗①?"

远处听着的那个人回答说,还有生气。

"谢谢上帝!"空军人员在"以太"上赞扬起上帝来了,"我已经到场了。我已经联系好。准备随时收听吧。"

一会儿,一位少校——党委书记——带来了当天会议议事录。政治部已经起草好了党的文件,而普洛特尼柯夫上校出发到前线上去送文件。电话滋啦啦响个不住。部队、后方派遣队、重炮队和医务营在向师长报告各个部门都已经准备就绪。

接着,一切都寂静了一会儿。师长本来在死死地望着自己面前的桌子上的一张地图,这会儿抬起了眼睛,看到坐在角落里的鲁宾佐夫。

突然,将军眨了眨眼睛,向鲁宾佐夫招着手。鲁宾佐夫走过来,将军问他道:

"你去看过她吗?"

只见少校目光发窘,将军便亲切地说:

"得啦,现在可别装腔啦!你以为我不知道吗?他却还要装腔呢!……我以前倒真的认为你脑子里想到的只有侦察工作。"

虽说鲁宾佐夫根本想不出将军用意何在,可是他却有点儿红了脸;将军注意到他的慌乱,很怪自己不该那么粗鲁直率。

"唔,得啦,得啦,"他说,"我抱歉,不该碰着你的痛处,以后我再不说了!可是我喜欢她。而且我人头很熟……我本想给你们撮合一下。但是一切在于你……我不再说了。"

"你在谈谁?"这位侦察人员问道,他真有点气恼了。

将军认识到鲁宾佐夫真的惊讶了,于是他自己也不由得吃了一惊。

"你是说你们还没有见过面吗?"

他把塔娘的来访告诉了鲁宾佐夫,可是没有说出名字,因为他不知道她叫什么名字。接着他就不作声了,想了一会儿,突然站起来叫道:

"亲爱的朋友,那个可怜的姑娘仍然以为你牺牲了呢!"他在自己的额上捶

---

① 指双方无线电的联络,这句子也可译为:"生活过得还好吗?"

一下,带着责备的意味说,"糟透!"

电话响了。将军拿起听筒。

"一百〇一号要跟你说话。"是一个很远的女人的声音。

将军赶忙望了望新的呼号表——原来为了进攻,呼号表已经换过了——立刻变得脸色严肃了起来:一百〇一号是方面军司令员。

师长向元帅报告说,一切都准备好了,一面重新逐一提起他自己的各个团和各个炮兵队。

将军一面在电话上讲话,一面偶尔望着那一声不响、心灰意懒的鲁宾佐夫,后者正沉思地站在那装置着望远镜的窗边。

将军笑了笑,放下听筒,说:

"当我把你的情况告诉她的时候,你要是看到她那张脸,才叫你难受呢!她变得那样苍白,我以为她要晕倒啦。你一有机会就应该去看看她。代我向她道歉一下,就说我嘴不稳,对我的侦察人员那么缺乏信任。"

鲁宾佐夫走出了地窖。天黑了,又温暖,又多风。附近仍旧有一只留在桥头堡上的勇敢的夜莺,正在尽情歌唱。

在地窖入口附近的黑暗中,有个人动弹了一下。

"是谁?"鲁宾佐夫问。

"是我。"

"噢,你?"鲁宾佐夫认出了卡勃鲁柯夫,"马匹在哪儿?"

"我把它们安顿在凹沟里了。"

"你应该睡觉去啦。你在这儿干吗?"

"要跟你一起!"卡勃鲁柯夫回答道。

这一声轻轻的回答窘住了少校。他凝神地望了望这位上等兵,问道:

"你是哪儿人?"

"乌里扬诺夫斯克人。"

"明天就开始进攻了,你知道吗?"

"我知道。"

"高兴吗?"

"高兴。"

"你还有父母吗?"

"有一个母亲。"

"父亲呢?"

"牺牲了。"

"爱人呢?"

卡勃鲁柯夫停了一会儿回答道:

"可以说有一个吧。"

鲁宾佐夫听着夜莺的歌唱,心下想道,那只夜莺应该趁着现在还能飞开的时候,从这儿飞开。

"侦察兵在哪儿?"

"在那边。"

"跟我来。"

他们沿着交通壕走,立刻就听到了侦察兵们的说话声。侦察兵们正坐在交通壕里一面抽烟,一面轻轻地聊天。

"但是在国内就没有人会猜测,"传来了米特罗金的声音,"我现在在哪儿……他们知道什么呢?大不了就是军邮号码。"

"听说明儿就要向柏林发动攻势,"那是古希金的声音,"他们即便猜上整整一个月也猜不出。他们现在都在睡觉、做梦。只有斯大林知道这样的军事机密。"

"斯大林没有睡着,"梅歇尔斯基说,"我肯定他正在想到我们。绝对肯定。"

"啊,我想不出究竟,"米特罗金说,"斯大林同志远在一九四一年就在无线电上广播,那时候他就说胜利一定是属于我们的……他是真的知道会那样呢,还是只不过鼓励鼓励我们?"

"他真的知道,"传来了服罗宁的声音,"他把什么事情都想出来了。他在什么方面都想出了办法:经济上也好,军事上也好。当然,那同时也是为了鼓舞我们。因为那时候我们还不知道呢!"

经过了一阵相当长的沉默之后,梅歇尔斯基说:

"在战争中,我时常想到他。当我们撤退的时刻,我的心为他痛楚着。我想见见他,哪怕见一分钟也是好的,我要当面告诉他不要难受,要告诉他,叫我们干什么都行,干什么都行……我梦见过他好几次。"

"我也是这样,"服罗宁插进来说,一面短促地、兴奋地笑了一下,用强有力的语调结束说,"当时谁曾想到我们会打到柏林?他可知道,只有他知道,没有另外一个人……"

鲁宾佐夫走近了一些,问梅歇尔斯基:

"侦察队都安置在阵地上了吗?"

"安置好了!"梅歇尔斯基说,一面站起身来。

"我劝你们到壕沟里去洗洗脚,"鲁宾佐夫说,"明天行军要走很多路呢。"

士兵们脱了鞋子,走到近旁那条河沟边去。沟旁架着许多大炮,都用树枝掩盖着。细长的炮筒和炮口清楚地衬托着天空。

鲁宾佐夫听到米特罗金在开玩笑地说:

"塞满了大炮!比人还多!你站也不敢站起来,因为要是那该死的东西开起火来,那么你的可怜的头颅……"

头顶上有德寇的飞机在高空中什么地方怒吼着。

"他们在散传单呢!"鲁宾佐夫听到梅歇尔斯基在叫。

梅歇尔斯基立刻从黑暗中冲了出来,手里拿着一张传单。

"是你吗,近卫军少校同志?"他问。

他把那张传单交给鲁宾佐夫。鲁宾佐夫在壕沟末端蹲了下来,擦着了一根火柴,放声大笑起来。

笑的人并不止他一个。那些传单使整个前方区响遍了一片哗然大笑。传单上说:"到我们这边来吧!"连那越过前线的投降口令都写得明明白白,"我们保证逃兵们生命安全,吃得好,有医药治疗。"

这都是一九四一年的传单,原来他们当时就准备了好几百万份呢!

现在这些剩余物品都倾销在奥德河上,倾销在离开德国首都六十公里的地方,时间是一九四五年四月十六日晚上。

我们的士兵们的笑声甚至传到了敌方,敌军不敢不防备万一,只得乱开机枪。

半个钟头以后,除了这张滑稽可笑的传单不算,梅歇尔斯基又发现了另外一张用德文印的。显然这是要投给德国人的,可惜距离没有计算准确,于是落到我们的阵地里来了。那是戈贝尔对第九军士兵的宣言。

"第九军的士兵们,"戈贝尔写道,"在访问了你们的司令官以后,我给柏林带来了一个信念:我们祖国的那条防止东方草原上的野兽侵入的国防线,已经由德国的最优秀的士兵们接下来防守了……"

鲁宾佐夫回到水磨里的瞭望哨上去。普洛特尼柯夫正视察各团回来,坐在那儿。师长仍然拱着身子在看地图,对自己咕哝着什么,时时刻刻望着手表。

普洛特尼柯夫上校读了戈贝尔的宣言以后,笑了笑,也望了望手表,顿时脸色变得严肃起来,对着将军、鲁宾佐夫、梅歇尔斯基、尼古尔斯基以及所有在场的人说:

"嘿,'东方草原上的野兽',我们三十分钟之内就开始。"

十一

早晨五点钟,隆隆地响起了炮轰声。它震撼了整个桥头堡。等你稍许听惯了这种怒吼之后,你就可以从这一片大混乱声中,辨别出重炮的低沉的声音——那是最高统帅部的后备炮队①。"喀秋莎"的火光闪过了天空。

无数的大炮、榴弹炮和迫击炮不慌不忙地、熟练地、持久不歇地怒吼着②。整个地区给笼罩在一片紫灰色的烟幕里。

士兵们直挺挺地立在战壕里,畏惧而沉默地听着那疯狂的怒吼。他们中间有些老战士曾经亲耳听到过斯大林格勒和库尔斯克的炮轰,但是和目前的万炮齐发比较起来,那是算不上什么的。

在炮轰停止以前,普洛特尼柯夫上校跑来看看左翼那一个团的士兵们,他们是奉了师长的命令担任主要攻击任务的。他命令他们把团旗扛到前面去。旗手是一个胸上挂了十来个勋章的中士,他爬到胸墙上去。他知道身后的人们都在注视着他自己,而在前面,或许又有个没有被炮弹打中的敌人正在瞄准着他,于是他紧张而笔挺地站着,既严肃又镇定,好像一座雕像。

普洛特尼柯夫上校跟在他后面爬上了胸墙。他脸上可没有一点儿严肃的表情。他神经紧张地走上走下,时时刻刻用手遮住眼睛,竭力要在面前的一片紫灰色的烟雾里辨别出一点儿什么。

他到这儿来是鼓动人们进攻的。当他沿着战壕走着,看见那鲜红的旗帜突出在浓烟的背景上时,他知道这就用不着对大伙儿讲话了。这些战士们都是打过几千里路的仗的;他们四年前就响应号召,为祖国战斗;他们都负过伤,挨过冷,受过热;他们踏遍了冰雪和沼泽——现在,他们的确不需要语言的鼓舞了。

一会儿,炮弹在更远的地方爆炸了,普洛特尼柯夫本就知道炮轰的规定时间,于是他认识到大炮现在是在进行纵深射击。他转过身来对着士兵们,用一

---

① 红军重炮由最高统帅部直接支配,以便集中使用及应急。
② 按当时苏军所使用的各种炮合计两万两千门。

种单纯的、实事求是的声调说：

"可以前进了吧？"

士兵们开步走。他们立刻就消失在团团的烟雾里了。只见军旗在烟雾中时隐时现。

普洛特尼柯夫回到瞭望哨上。这儿的气氛极端紧张，但是没有一个人大声说话。他们在等待着情况的发展。最后，将军命令尼古尔斯基接通了切特维雷柯夫的电话，然后用镇定的声音对着听筒说：

"汇报情况。"

"第一条战壕已经给打下了，"切特维雷柯夫的声音是嘶哑的，"我正在打第二条。"

将军又打电话给右翼的那个团。塞米扬诺夫上校汇报说：

"已经冲进第一条战壕。盖斯萧夫—梅林河沟仍然在抵抗。"

"完成你的任务！"师长说，"完成你的任务，听见了吗？"

十五分钟以后，将军又打电话给塞米扬诺夫，突然，他没有办法保持平静的声音了，于是大声叱道：

"干吗尽是噜苏？打下那个村庄！"

但是将军听清了塞米扬诺夫所要说的话以后，便掉转头来对着那个拱着背坐在他身边发电机跟前的空军军官，说：

"塞米扬诺夫！'鸟儿们'立刻就要起飞了。你得标明你的前哨地区呀。"

那个空军军官望着地图，一面咕哝着说：

"在哪一块方块上呀？啊哈！……我看见了！梅林！……"

他对着话筒说了一句，立刻便走出地窖去守望。不到几分钟工夫，天空中就出现了俯冲轰炸机①。空军军官满意地笑了笑，向飞机挥了挥手，便回到师长那儿去。

炸弹在不远的地方爆裂了。塞米扬诺夫打电话给师长说：

"我们在推进中。"

"芽儿"！……"芽儿"！……"芽儿"！……一个电话接线生嚷道。

---

① 苏联空军于一九四五年四月十七日飞行了一万七千次。

"琥珀"！……"琥珀"！……"琥珀"！……另一个嚷道。

"苍蝇"！……"苍蝇"！……"苍蝇"！……无线电接线生嚷道。

"这是'眼睛'！……这是'眼睛'！……这是'眼睛'！……"另一个咆哮道。

有一个电话接线生的脸上现出了喜色。

"将军同志，他们打下了梅林啦。"

"说话的是谁？"

"我不知道。"

将军又打电话给塞米扬诺夫。

"已经打下了半个村庄，"塞米扬诺夫汇报说，"但是侧面有一挺敌人的机枪，就在我们右边的那个部队所负责的一块地方。"

将军打电话给他的右邻。沃罗比岳夫上校的那一师正在右面进攻。

将军给那位师长打通了电话，亲切地说：

"我是谢里达。你怎么搞得这样糟？你的地区里有机枪在向我们的右边进行侧翼扫射！……这是叫人相当不愉快的啊，亲爱的邻居！……多少有点儿不够朋友啦！……"

沃罗比岳夫一听出了说话人的声音，他那遥远的语调便变得甜蜜了：

"可惜你的右翼落后了！就怪你的右翼不好，使我的左翼暴露在外面！……我正在遭受不少牺牲呢。你可以叫你那位塞米扬诺夫追上来吧。"

将军暴跳如雷，放下了听筒，吆喝道：

"叫切特维雷柯夫把他右面的一营人调到北面去援助塞米扬诺夫！"他又拿起电话筒，重新打电话给塞米扬诺夫。"塞米扬诺夫，"他说，"或许你累了吧？你不愿意指挥吗？好吧，我可以叫人代替你。"

"将军同志……"塞米扬诺夫说。

"我要另外派人来！"将军打断了他的话，"我想出了好几个优秀的战斗人员。塞米扬诺夫，完成你的任务！限你在十五分钟以内向我汇报你们已打下了村庄！我在右邻面前丢脸啦！"

隔了一刻钟，塞米扬诺夫汇报已经打下了那个倒霉的村庄。为了给自己辩护，他把那个村庄怎样塞满了装甲碉堡和埋在地下的坦克的情况说给将军听。

巡逻侦察队的通讯兵来了。

德军第一个阵地已经给打了下来。在某些地方,我们的部队已经挺进到铁路那儿,而且已经横跨在铁路上。但是铁路不过是第二个防御阵地的开始。那个用机枪网防卫着的高堤才是一个严重的障碍。

将军爬出了地窖,向奥德河的方向走去。那儿正停放着一辆辆坦克,都用树枝伪装着。

一个手拿黑色小山羊皮头盔的坦克中校正坐在河堤上抽烟。他看到将军便扔掉了香烟,用脚把它踏碎,站起身来。

将军相当缓慢地走近前来。他向那些坦克瞥了一眼,便在隔着一段路的地方站住了。中校走到他跟前来。这位坦克手的眼睛里闪着恶作剧的光芒。

"轮到我们了吗?"他问。

"大概是这样吧。"将军说。

中校戴上了头盔。

"果断地行动。"将军说,"有一排工兵在盖斯萧夫—梅林河沟东面等着你。他们会跟你们一块儿去的。"

中校扭好了头盔,说:

"我希望步兵不要落后。"

将军往回走。

一小群战俘走过。他们头晕目眩,疲乏不堪,只顾死死地望着地面上,简直不相信他们自己经历了这些情形以后,到现在还会活着。

一辆辆载着炮兵的卡车正向着他们开来,要开到河那边更靠近敌军的新的发炮阵地去。

烟雾中慢慢儿出现了负伤的人们。伤员们排成队走着,好像他们还在进攻一样。那些右臂没有受伤的人们,见到了将军,便向将军敬礼。

有一个人说:

"祝你获得最大的幸运,将军同志。"

另一个人笑着说:

"将军同志,你打到柏林的时候可要记着我们呀……或许你还记得我吧:

我是梅勃罗达,轻机枪手。我有一次同你一块儿进攻呢。"

将军记不起了,可是他说:

"我记得的。"

伤兵们慢慢儿向前走,立刻就看不见了。

将军回到瞭望哨的时候,鲁宾佐夫向他汇报说,敌军炮队正从包尔哈德车站月台上和艾克沃尔德村向我们射出密密层层的炮弹。包尔哈德南面的铁路已经给截断了,但是在另外的几个地区里面,敌人可把铁路守得很牢。

"坦克在哪儿?"师长问。

坦克部队的联络官说:

"就在出发线上。"

将军转过身来向空军官员说:

"替他们开开路吧,呃?"

"为什么不呢?"空军官员说。

他们俩都弯下身来看地图,看过地图以后,空军官员在发报机跟前坐下来,开始嚷道:

"苍蝇!""苍蝇!""苍蝇!"

将军打电话给师团司令,要求司令准许他改变瞭望哨的地址。

师团司令员批准了他。瞭望哨的工作人员步行着。车辆和马匹跟在后边。

鲁宾佐夫这一次挑选了一部风车,那部风车虽然损坏得很严重,但还是屹立着。经过了这一阵炮轰之后,只要是多少还保持着一点原形的东西,就会叫人大为吃惊。

"好一部坚韧的风车啊!"服罗宁说。

侦察兵把望远镜装置在原来风帆交叉的地方。现在没有风帆了,都裂成碎片掉落在地面上。烟雾稍许消退了一些,从望远镜里可以看到铁路的路堤。附近的炮火震动着风车,炮声本来已经低沉了一些,现在又大起来了。西齐赫中校把他的大肚子挤进风车的上梁中间,开始以电话下命令"靠拢炮筒"。

师长正对着望远镜窥视。那个空军联络官带着发报机和他手下的人员,都躺在一个炮坑附近的草地上。他时时刻刻向师长嚷着说:

"需要'鸟儿们'吗?"

"坦克出发了,"将军轻轻地说,同时转过脸来对尼古尔斯基说,"给我接通切特维雷柯夫。"

接电话的是米加耶夫,尼古尔斯基把听筒交给将军。

"米加耶夫,"师长说,"'盒子'现在就要经过你的地区了。紧紧地跟上他们。明白吗?紧紧地。"

他离开了望远镜,爬到一个坦克人员身边,那是坦克旅的一个代表。他望了望表,说:"现在是十点四十分。你的表呢?"

坦克人员的表也是一样。

"十一点钟开始进攻。我们先用俯冲轰炸机把敌人的队形整一整——然后你们参加进去。发报。"他对空军军官叫道,"打电报过去!对一对你们的表!十一点钟完成轰炸,不准迟一分钟,否则我们自己人就要挨炸了!替我接通切特维雷柯夫。"他又转向尼古尔斯基,接着便给那位团长下命令,叫他把前线用一个熟悉的信号标志起来——让飞机看得出。

另一架电话响了,说是德军正在向塞米扬诺夫的团进行反扑。

"别人都没有受到反扑,只有塞米扬诺夫!"将军发怒了。

塞米扬诺夫原来是受到了一营步兵和十辆坦克的反扑。

"完成你的任务!"师长一个音节一个音节地说。

"空中!"下面有人嚷道,同时就有二十架德国飞机临空了。

炸弹在不远的地方爆炸着。

"他们稍微苏醒啦,这些乌龟。"师长说。

高射炮在四面射击;架在附近一个洼地里的大口径的高射机关炮,发出一阵震耳欲聋的吼声。

"只要蓉克机不破坏了我们的坦克进攻①。"师长望着天空说。

一会儿,又是一队德国轰炸机出现了,但是就在同时,苏联战斗机也从浪花般的白云中钻出来了。天空里响遍了机枪的爆炸声和马达的嗡嗡声。

"野鸡"!"野鸡"!"野鸡"! 一个电话接线生嚷道。

---

① 苏军这一天有四千多辆坦克投入战斗。

"琥珀"！"琥珀"！"琥珀"！第二个嚷道。

急救员带着伤兵走过风车。

"把第三团投入战斗吗？"普洛特尼柯夫低声问道。

"还嫌早呢，"师长说，"我们要打下第二个阵地，那时候或许……"

由于飞机、步兵和坦克的联合作战的缘故，到中午的时候，第二个阵地和第三个阵地都给打下来了。太阳很热。人们都是遍身大汗。接连七小时的战斗叫他们累透了，但是附近好像并没有安静休息的迹象：前头，兜过那低低的山岗和窄窄的河沟，他们已经可以看到第二道防线，一道坚强的、有三条战壕的防线，还布置着雷田呢。

十一点钟的时候，塞米扬诺夫的团打电话来了。师长留神地听着，正打算说几句话回答他，但就在这一刹那，师团的电话响了，叫他们不惜任何代价打下第二道防线。

"是的。"师长说。歇了片刻，他补充道，"他们刚告诉我说，塞米扬诺夫受了致命的重创。"他听师团司令说了一会儿，然后挂上电话，站起身，戴起帽子，转过身来对普洛特尼柯夫说，"来，巴伐尔·伊凡诺维奇，让我们跟一个同志告别吧。我差不多整天呵斥他，呵斥一个快死的人哪！"

一颗泪珠滚下了师长的面颊；他生气地擦去了眼泪，大声地说：

"唔，前进！……电讯兵，接起线来。要保证管用。反正我们已经学会了战斗。"

十二

震撼着周围地区的炮火网的怒吼声惊醒了塔娘,她正睡在离开前线几公里的一所小屋里。

"格拉莎,亲爱的!"她开始喊醒睡在隔壁一张床上的那个护士,"进攻开始了!起来吧!"

格拉莎跳起来一听。接着,她突然把塔娘搂在她的强壮的臂膀里,抱着她,吻她,放了她一会儿,又重新抱着她。她们就这样半穿着衣服坐着,带着愉快而吃惊的眼睛听着那言语所不能形容的、几乎是叫人毛骨悚然的炮声。玛丽亚·尼古拉耶夫娜·列夫柯耶娃跑进房间的时候,看见她们就是这个样子的。

"穿起衣服来!穿起衣服来!"她开始唱起来了,唱的是"斗牛士"的调子①,"战斗开始了!向柏林进攻!"

她打开了窗户。

人们在村庄里跑来跑去。可以看到护士们的白罩衫。可以听到什么地方响起了卢特柯夫斯基的声音:"准备!各就各位!"那些闪烁着露珠的蔷薇花丛,有香气飘进了窗户。西方地平线笼罩在紫色的炮烟里。

大炮隆隆隆轰个不歇,空气颤抖着,玻璃窗震响着。天空中飞过了一批批一队队的苏联轰炸机和俯冲轰炸机,朝西飞,战斗机在它们周围回旋着,像鸟儿们一样自由自在。

那两个女人慌忙穿好了衣服,走到村口去,别的医生们、护士们和抬担架的人们已经集中在那儿了。

这儿,在菩提树下,塔娘看见了两部载货马车和一辆轿车。马儿们给解下了鞍具,拴在一起,正在吃着嫩草。货车附近有一个美丽如画的野营。地面上铺满了披肩和毯子,但是没有人在睡觉。那些胸前钉着小国旗的人们正站在那儿望着西边的地平线,彼此交谈着,口张目呆,惊喜交集:

---

① 疑指歌剧《卡门》的一段进行曲。

"噢—啦—啦！……"

"噢—哦！……"

孩子们特别高兴。这儿一共有四个孩子，三个女孩子和一个男孩子。他们都穿着破鞋子，眼睛喜悦地张得圆圆的，在成人们中间窜来跑去，用他们自己的语言叽叽呱呱地说着些什么。

差不多西欧全部国家的代表们都集中在这儿了。这隆隆的炮声正为他们清扫出回国的路。

格拉莎第一件事就是跑去拿了些糖果给孩子们。塔娘惊奇地望着那辆轿车，非常像卓珂夫那部马车，她和鲁宾佐夫也就是在那辆马车上碰见的。但是，当然啰，在德国的许多庄园上，马车可多着呢，而且那匹纹章鹿很可能也没有什么稀罕。

马车旁边站着一个美丽的、金头发的姑娘。她的蓝眼睛张大着，凝神地朝西方望着。姑娘终于大声叹息了一下，转过身来，正巧碰着塔娘的锐利的目光。然后她也细心地、挑剔地打量了塔娘一下，只有女人会那样彼此打量的——女人把对方总结了一下，相当冒昧地，而且多少带着得意的心情注意到对方的缺点。

她显然找不出塔娘的缺陷，只得微笑地承认那个女人的美。塔娘对她回笑了一下。她俩之间产生了一种相互的爱慕，姑娘用手指指着西边，带着羡慕的心情慢慢儿说：

"噢—哦！……"

塔娘同意地点点头，问道：

"你是哪儿人？"

"哪儿人？"显然这几个字在这位姑娘听起来很熟悉。

"涅得尔兰登（荷兰，读音稍有出入）。"她回答道。

"快啦。"塔娘说，同时向西方挥挥手。

姑娘开始快活地点着头，一遍遍重复着：

"达啦，达啦！……"

这当儿，格拉莎带着糖果来分配给孩子们。那个荷兰姑娘望着格拉莎，涨红了脸，走到格拉莎身边，用自己的语言说了些什么。格拉莎留神地听着，然

后无可奈何地摊开手臂,说:

"唔,究竟怎么回事呀?你能够说清楚吗……你究竟要什么,亲爱的?"

"华西尔上尉。"荷兰姑娘气呼呼地说。

可惜这个善良的、大个儿的俄罗斯女人不了解她的问题。玛格丽特并没有弄错:这个妇女就是那一次在包古庄园上看见的,她不是就夹在华西尔的士兵们中间吗?

玛格丽特打定主意:无论如何不离开格拉莎。只要这个女人在这儿,那么上尉还会远吗?她想。离开了格拉莎就等于永远找不着上尉。真遗憾,那个捷克人马列克昨儿就跟着一群同国的人回到南方的家乡去啦——要是他在这儿,不就可以原原本本向这个妇女解释怎么回事了吗?

格拉莎瞪着这姑娘的脸,摸摸她一头密密的软头发,同情地重新问了一遍:

"怎么回事啊,亲爱的?"

一个担架员跑上前来传达卢特柯夫斯基的命令,叫大家准备开拔。塔娘朝那辆马车瞥了最后一眼,又对这个迷人的荷兰姑娘友谊地点了点头,就回到村庄里去了。格拉莎把糖果分给了孩子们,便赶忙去追塔娘。玛格丽特跟她走了几步就停下来,又是叹气又是摇头。她望着这些俄国女人,一直等到看不见她们为止。

这些俄国女人啊,她们多么幸福!穿着美丽的制服,拿着手枪,是真正的人,不像她同她的朋友一样——一群没有办法的、可怜的难民。她相当妒羡地望着这可爱的俄罗斯姑娘的美丽的身影。然后她用一种想法来安慰自己:她自己穿起俄国制服来也会非常美丽吧。

这时候炮攻停止了。枪炮只不过偶尔射击着,一队队红星飞机几乎不停地向西方飞。

这些外国人开始拆了帐篷,慢慢儿跟在俄国军队的后面。只有玛格丽特可不那么容易离开,她还在指望着上尉就在附近什么地方呢。

卓珂夫的连离开了以后两个星期,这一批获得了解放的外国人也就离开包古庄园了。一天早上,有几个比利时人从邻近一个庄园赶来了。他们主张往南面走,因为北面正在发生猛烈的战争,并且还有个谣传,说是德国军队已经突破。当然,那个谣言是不值得相信的。那么多俄国军队,那么多俄国坦克和枪炮开到北面去啦!不过,小心的人们还是决定稍稍再往前走一走。再说,那幢大府邸有一天晚上着火啦。是谁放的火,没有一个人知道;或许是哥罗西亚人吧,因为前几天的一个晚上,他们从斯塔嘉德附近几个解放了的村庄里来,路过这儿的。紧接着失火事件之后而赶来的那些意大利人和斯洛伐克人也主张往南面走,虽说他们并没有想到德寇的进攻会胜利。

当长工们从男爵夫人——她已经失踪了,谁也不知道往哪儿去了——的马厩里取了马匹和载货马车走上大路的时候,他们立刻就被苏联部队追上了。原来这些苏联部队已在奥德河下游打败了德国人,从北面开下来。玛格丽特接连几夜睡不着觉,一直站在大路上,在成千成万的人们中间寻找着华西尔上尉。有时候玛尔高·梅里爱会来代替她一下,虽则她有点儿爱作弄玛格丽特的痴情。

在这大批的苏联人之间,很有几个人像上尉,那都是些年轻人,眼睛里有一股坚毅的神色,也是那么笔挺地、自信地骑在马上。但是什么地方也找不着她的上尉。

当她们到达这个村庄里的时候,玛格丽特和她的伙伴们早已经打算向南面进发。可惜现在苏联人的攻势已经开始了;他们谈论了一阵以后,便决定跟着苏联大军向西面去。

玛格丽特本来已经打消了找到上尉的希望,突然间又碰到了格拉莎。

格拉莎不懂她的话,这多少使她有点泄气,尽管如此,玛格丽特还是决定到村里去一次,在那些苏联驻军中找一找。到了村里,她就开始查看所有的后院,终于引起了一个巡逻哨兵的吆喝。她对哨兵甜蜜地笑着,煞有介事地指着自己胸前的荷兰国旗。他的脸色变得柔和了,可是,他仍旧客客气气地命令她走开。她走过了一辆辆大卡车,到了东郊,站在那儿死死地望着每一个路过的士兵。不,上尉和上尉的部队都不在这儿。

在回去的路上,她对那个哨兵友好地眨眨眼睛,继续向前走,走到她自己的伙伴们中间去。

"找着了他吗?"玛尔高问。

"没有。"玛格丽特伤心地摇摇头。

玛尔高严肃地说：

"那样也好。他可没有时间跟你厮混。仗还在打，小姐……。苏联人在全世界有那么多任务要完成呢。"

玛格丽特一直沮丧地沉默着。任务固然是任务，然而爱情也总是爱情。

"我怎么样也忘不了他！"她热情地说。

这时刻，一列卡车和大汽车开出了村庄。车上高高地堆满着帐篷和箱子。有一辆卡车上坐着那个美丽的苏联女人，她的身旁是另外一个胖胖的女人，在包古庄园上见过的。玛格丽特对她们挥挥手。她们也亲切地对她挥挥手。

一部部卡车飞驰而过，消失在路的拐弯处。

十三

这是美妙的春天,鸟儿们在尽情歌唱。医务营的卡车在公路上滚滚而过,追上了师的后勤部门的货车。女人们带着骄傲和敬畏的心情望着面前所发生的一切。

坦克从树林中轰隆隆开出来,急躁地卸除车上的伪装。肮脏的坦克手笔挺地站在敞开的炮塔里。从炮床上拆下来装在拖车上的重炮,滚滚地开上平滑的柏油路。

整个一部庞大的作战机器,本来是给掩藏在森林深处等待着的,现在一声怒吼,一股劲儿活动起来了。所有这一切,像比尔南森林移向顿西南涅堡垒一样①,都向柏林开拔,夹杂着马儿的喷息声、坦克履带的锒铛声、愉快的讥刺和开玩笑的咒骂声。

只有现在当树林子里撤空了的时候,才可能看出这一支集中在奥德河上的隐蔽力量多么庞大,他们早就准备着紧跟在那些乘胜追击的部队后面向前迈进。

"我的伊榴莎在那边怎么样呢?"一直安静的格拉莎现在也把她的忧惧讲给人家听了,"我敢打赌,前线上一定打得很吃紧!"

大批卡车积压在渡口。手执红旗的指挥交通的军官们,让那些要开到裂口那儿去扩大裂口的坦克部队先开过去。其他的车辆和部队都停在路旁。最后,坦克开完了,卡车继续向前开。

不久,医务营也慢慢儿开过了木板桥。人们甚至根本没想到他们现在所利用的这个渡口是怎么样的一个渡口。他们淡漠地望着桥梁,望着桥边上的

---

① 见莎士比亚悲剧《马克悲斯》。马克悲斯继篡苏格兰王位以后,又杀大将班柯。班柯阴魂时而出没,马克悲斯求助于三巫女,巫女说,凡是从女人胎里生出来的人都没有力量伤害马克悲斯;又说,除非比尔南森林移到了顿西南涅堡垒,马克悲斯是不会被消灭的。及后,贵族马克朵夫与班柯之子马尔考姆兴兵讨伐马克悲斯,经过比尔南森林时,每个士兵都折下一根树枝作为掩蔽,向顿西南涅出发,而马克朵夫是"从母亲胎里小产下来的",遂杀马克悲斯。

木栏,望着在渡口值班的工兵们。在他们看来,这一切只不过是一个粗拙的木板构造物。

傍晚,医务营停了下来,在奥德河对岸的一个村庄里露营,那个村庄在当天早上还算是德军的后方呢。伤员们立刻从各个团的救护站到来了,通常对伤员们的那种紧张的急救工作开始了——在别洛露西亚也好,在柏林附近也好,这种任务都是同样的。

在这儿动过了手术的伤员们立刻给送到后方医院去。医务营的医生不可能观察到毁坏的肌肉组织的治疗经过。这就限制了经验。因此塔娘梦想着战后可以进入一个大规模的外科医院。

但是正因为病人们待得不久,那么,一旦有一个给忘记了的病人(你根本不能全记得他们呀)给你寄来一封出乎意外的信来,说他已经恢复健康,或者正在恢复健康,他感谢第一只救了他的手——不管那是他主观的看法,还是客观上真的如此,——那会叫你感到非常愉快。

柏林战役开始以后的第二天,塔娘在奥德河的西岸收到了那个"马车夫"的一封信。

卡里斯特拉特·伊夫格拉伏维奇写道:

亲爱的塔嘉娜·符拉其米罗夫娜:

或许你现在正在继续往西进吧,而我呢,正坐在医院火车里往东开。车上的人们都很和蔼,服务得也不错。我们现在已到了伏罗涅希车站,因此我决定给你写这封信。开头,我觉得难受——怎么在这最后几次战役正在进行的当儿离开前线呢;但是现在我们已经看到了那些给德寇盘踞着的祖国城市,因此我们认识到这儿也有一个前线。在祖国,需要做的事多着呢,甚至连独臂的人也有事可做。有一个护士告诉我说,他们村里有个独臂铁匠,技术很高明。不错,他掉的是左臂,而我掉的却是一只右臂。护士告诉我这件事或许只不过是为了叫我别着急吧。但是,她说的也许是真话,因为,用一根大铁锤锤东西是一件轻易的工作,不比木工。做木工你得双手与头脑并用。那当然不是铁匠干得了的活儿。但是我认为我的一只左手还是有用处的。这儿的一切都给打烂了,毁灭了。人们仍然

有一部分像狼獾一样住在掩蔽壕里,在露天下用炉子烘制面包。不过,当然啰,他们都是些灵巧的人,已经盖起了一大堆棚房。你只要拿起一柄斧子,就可以亲自动手很快地搭好一所棚屋。我们全体伤员都一致诅咒法西斯:他们背信弃义的进攻给我们俄罗斯人带来了那么多悲伤,给我们苏维埃政府带来了那么多麻烦。据当地的医生们说,你替我动的手术动得很好,好像是只用两个手指头那么灵巧。谢谢。请原谅这封信,也许你接到我的信根本就不感兴趣。这封信不是我亲手写的,而是我的同志写的。他也是一个工兵,名叫阿留新,是一个中士。他问候你。我用左手写字很困难。我记起了我们那辆愉快的马车,然后又记起了你在医务营对人的关心和友谊,你在那儿真不愧为一个真正的苏维埃人,照应着我们红色陆海军的负伤的战士们。但愿快快打下柏林回国来吧。这儿需要人;土地并没有完全播种,孩子们身体很弱,因此医生也是需要的。顺便请你代问候近卫军少校鲁宾佐夫,我祝你幸福。

下士卡里斯特拉特·鲁卡维希尼柯夫谨上

塔娘被感动了,但是最后几行问候鲁宾佐夫的话给她引起了尖锐的苦痛。她忘不了那位侦察人员。她认为已经阵亡了的这个人的仪表、语言、风姿和笑容,对于她说来,就是苏维埃人的最美丽、最勇敢、最纯洁的品质的化身。

十四

军委对各个师作了一次进攻以前的检阅之后,便回到司令部来;五点半钟的时候他还得和一群军官们谈话呢。

他三点钟回到司令部。西佐克雷罗夫将军在翻阅白天里送来的许多公文,一面朝着墨水瓶旁边那只亮晃晃的大钢壳表望了一眼。最后,短针走近了五点,长针走近了十二点。

西佐克雷罗夫站起来,在房间里踱着步。就在这一刹那,在外边的前线上,在桥头堡上,炮队的进攻开始了。

这儿的司令部离开前线很远,因此很安静。附近有打字机的喀嚓喀嚓的声音。电话上的谈话声和人声从下面一层楼的敞开的窗口飘进来。

卫兵队在人行道上伶俐地走着。

卫队的班长走到岗哨亭跟前就停了下来,命令换班。新的哨兵站在旧的哨兵的身旁,然后转过身来,手里端着一支步枪,立正。原来的那个哨兵扛上枪,大踏步地从岗位上走开,紧跟在别的哨兵们的后头走去。卫兵队走到下一个哨岗去。士兵们穿的铁钉高筒靴的笨重的声音就逐渐消失在远处了。

这是早上五点钟。天空是清朗的,还没有发蓝,而是一片灰白色,大地给笼罩在一阵雾里。

西佐克雷罗夫站在窗口听着。他好像听到远处起了一片喧嚣声,好像远方的波涛拍岸的声音一样。但也许是风吧。

军委召集来的那批军官正在接待室里等待,在那柔软的大安乐椅里打盹。一会儿,有人说"开始了",于是大伙儿跳起身来,走到敞开着的窗口。窗外是雾蒙蒙的黎明。卫兵队在街上走。

军官们又坐了下来,可是不再打盹了;他们小声地、激动地交谈着。这些人是在一个星期以前,从战斗部队里特别调到司令部来的,填写各式各样的调查表格。

一位上校,西佐克雷罗夫的副官,开了门说:

"请进来!"

将军听到脚步声便转过身来，对军官们点点头，邀请大伙儿坐下。

谈话开始了，愈往下谈就愈使军官们惊奇。

军委提出来的问题是相当奇怪的。他对于他们每个人的教育程度和党工作的经验很感兴趣，问了他们许多有关德国历史的问题，他好像是在主持一种考试似的。他向一个中校问起俾斯麦以及德国的统一问题，中校不免有点发窘地回答道，他不赞成那个作为势力强大的蓉克地主代理人的俾斯麦，不过讲到统一问题，照他看来，那是一桩进步的事业。

将军小心地听着军官们说话，目光锐利地端详着他们的脸。军官们都难为情起来了，尽管他们都是重要的指挥员和政治工作者；其中有一个甚至是将官呢。他们虽然尊重军委，可是仍然禁不住气愤地问自己：在这个历史性的关头，他们怎么会从部队里和阵营里给调出来呢？目前还有什么事比战斗更重要？

六点钟的时候，副官走进来，向将军报告说：

"译员们到了。"

将军命令他把他们带进工作室来。

大约有二十来个少尉走进房间来，穿着崭新的制服，戴着和平时期的步兵帽子，帽子上系着紫色的带子。其中还有几个姑娘。

他们刚刚学习完毕，是从莫斯科直接飞来的。看到将军和他的军官们，他们都立正。敞开的窗口吹进清新的微风，姑娘们的贝雷帽下面露出来的金黄色的卷发在微风里愉快地飘动着。这批青年的来到使军委这间严肃的房间活泼了起来。

"同志们，"他说，"我挑选来的这些人——名单以后宣布——都要被任命为德国各城市、各州的司令官和副司令官。设立司令官的问题已经获得批准，你们就可以去就职。你们在这儿看到的许多译员都是要分配到各个司令官的办公处去的。人事部门会给你们挑选工作人员。你们的面前摆着许多新的任务，这和以前的战时任务是不相同的。你们的责任就是到各地来建立秩序与和平。要组织德国工人们食品的配发和供应问题。随着揭露和逮捕有现行活动的法西斯分子，你们同时得用各种方式鼓励德国人民的创造力，协助各民主党派的工作，促进职工会的恢复。根据我们苏联的传统，得首先注意孩子们的饲养问题。你们已经是半和平时期的军官了。战争由别人去结束啦。你们应该着手建立和平。"

他问他们还有没有疑问。一个中年少校要求解除他的新职务，把他送回部队里去。

"理由呢？"将军问道。

少校的额上流遍了汗珠。

"我害怕自己修养没到工夫，不会以人道对待德国人。"他住口了，观望了下军委将怎么回答他，可是西佐克雷罗夫一声不响，于是少校只得接下去解释说，"德国人杀了我的亲生儿子……"军委还是不作声，"我的独生子。我是列宁格勒人。我经历过那儿的每一件事情……。封锁……。涅夫斯基大道上堆满了尸体……"

少校住口了。空气那么寂静，可以听到一个女同志的叹息声。

军委用重浊的声音说：

"胸襟狭窄的说法！"

比刚才更寂静了，因为：老实说，在场的人中间没有一个人料想得到会有这样的回答，对于少校的拒绝担任新任务，大家一点不想加以批评。

"我们不能够，也不应该让任何人忘了法西斯的罪行。"军委接下去说，"我们也不会忽略德国人民应负的责任。但是我们不能把德国人民和法西斯主义混为一谈。你从斯大林的言论里就可以懂得这一点，你作为一个党员，而没有理会到党的指示必须服从，作为一个军人，而不想服从最高统帅的命令，这是不可容忍的。你把这个问题好好儿考虑一下，限于明天把你最后的决定通过我的副官向我汇报。"

电话响了。将军拿起听筒，听了一会儿，脸上光彩焕发，甚至笑了一下。当他笑的时候，他那坚毅的嘴边皱纹里就流露出一股和善的意味，那股和善本来是深深地隐藏着的呢。

"德军防御的第一线被突破了。"他放下听筒说，同时叫军官们解散。

剩下他独个儿了，将军心不在焉地望着桌子边缘，那儿正放着一封他刚才没有注意到的信。副官进来的时候，一定是把那封信不声不响地摆在那儿的。

还有别的一些人正等在接待室里，他们有的是将军召集来的，有的是为了自己的事来找将军的。这里面有人事部门的军官、军需官和政治工作者。将军一一接见他们。他时时刻刻要打电话给瞭望哨上的方面军司令员。司令员告诉他说,攻势发展得很顺利,可是德国人还在拼死命地顽抗。他们集中了大量的炮和大批的坦克。敌人的空军无时无刻不在袭击我们的战斗阵形以及离后方不远的部队。

在通电话的时候,将军的目光时而落到桌子边上的那封信上,接着,将军就会有这样的想法:"要是那封信不在这儿就好了……"

但是那封信的确在那儿,它强烈地要求他注意,和一个回答。

将军硬起心来拆开那封信。

他的太太写道:

  亲爱的,前几个星期我为安德留沙急死啦。他从前一直不经常写家信回来,现在连片纸只字也没有了。你也是没有音信,电话也不打给我。我知道你会对我生气,怪我为什么老是抱怨——请——原谅我。当然,我知道你在进军,没有空闲的时间写信。可是我是那样忧愁的哟,特别是这几天来。昨儿我打电话给国防部政委,见到了亚历山大·塞米扬诺维契——多亏他好心地派了一辆车子来接我。当然,那是一种愚蠢的精神失常的状态,但是我觉得他同我谈话相当奇怪。他根本不看我,他对于我的许多问题的回答即使不算文不对题,也至少是不得要领。我要求他允许我在他的办公室里打个电话给你,可是他答说,你在行军,因此目前不可能和你有电话联系。然后他叫了一些人进来——其中至少有十个人是将官——在我看来(别对我这老太婆的焦急生气吧),他是故意叫他们进来的,目的在使他自己可以借此不同我谈话。关于你所有的朋友,应该替他们说句公平话,他们从前倒是常常来看我,打电话给我,近来可不大露面了。

  我恳求你写信告诉我,安德留沙怎么样。我忧愁得相当憔悴了。

安娘

他多少得写几行字作为回信。但是脑子里一点思想也没有。又一次地,西佐克雷罗夫对自己说：这得好好儿想想，可不能随便写写，敷衍了事呀……

他伸手拿那份有关颁奖候选人的资料，他心不在焉地浏览了一下，读着步兵、坦克兵、炮兵和空军的立功事迹。在发奖名单的简略而常常不带感情的语句里，将军听到了战斗生活的脉搏的跳动声。第一批姓名使将军模模糊糊地想起了一群生疏人，这群人他好像什么时候看见过的，那一张张不同的面孔曾经闪现在前线的大路上、在漆黑的地堡里、在树叶茂密的掩蔽壕里。

常常有熟悉的名字出现。

克拉西柯夫。被推荐为"库图佐夫二级勋章"获得人，因为在阿尔特当战役中，"他亲自率领一营人进攻……"对于一个显要的参谋官说来，那是件不适合的工作。何必以指挥员的勋章来褒奖他呢。给他一颗"勇敢奖章"尽够了，不过要是他当时是个营长或连长的话，这才说得过去。再说，这件事全部发生在三月二十日，那时候战役大部分已经结束了，德寇在阿尔特当只剩下了一支掩护部队。

将军把这份资料摆在一旁，没有签字。

将军不能容忍个别高级指挥人员的毫无价值的、陈腐的习惯——不去从容不迫、指挥若定地掌握全面战役，却不必要地亲自跑上前线去。那可以说是一种任性的表现，不过以个人勇敢为掩饰罢了。它的根源不是战斗精神，而是没有能力领导，在某种情况下甚至是逃避最艰苦的、责任最重大的任务的表现。

西佐克雷罗夫近来对于克拉西柯夫的做法一般都不大满意。他隐隐约约地有一种不安的感觉，这种感觉起初是由一连串不相关联的印象拼凑起来的。他所了解的情况愈多，他就愈肯定克拉西柯夫已经开始以随便的态度对待自己的工作，忙于别的事情上去了——毫无问题，忙的是私事。

西佐克雷罗夫处理问题一向是考虑成熟以后再作出决定，因此他目前不作任何措施，只是留心注意。党里面本来就有一条老规矩：凡是被告，必须让他把自己的案情说给别人听听，目前军委不能处理这件事。而且，在这打胜仗的时刻，在这最后胜利的前夕，他不愿意牵涉到琐碎事情里面去。

我们暂时把那个问题搁一搁——将军这么决定。等到战争结束了再说。

四面非常寂静，将军觉得好像全世界都屏住了气听奥德河那边的炮火声。

他记起了昨天刚和他谈过话的那些士兵们和军官们。现在那些人正在猛攻德国人的防御工事。那些党组织员和其他成千成万的士兵们正在向柏林挺进,他们发出一声声胜利的呼喊:"为了祖国,为了斯大林!"斯大林已经为他们部署好了一切,使他们只要受到最低限度的伤亡就可以占领敌人的首都。他特别命令指挥员们不要爱惜火药,而要爱惜人,要利用他——最高统帅——指拨给攻打柏林的部队的全部军备去打垮德军的火力。

像所有战线上千千万万的别的人们一样,西佐克雷罗夫将军现在想起了斯大林。就在这刹那间,领袖和导师,在他伟大的一生中,完成了一件最伟大的勋业。

西佐克雷罗夫很了解斯大林的柏林战役计划。人家告诉过他,斯大林曾在克里姆林宫里的一次司令员会议上特别清晰详尽地解释过那个计划。为了执行那个计划,强大的部队在黑夜的掩护下调过来,炮队给调过来,航空部队飞到了新基地。新的坦克和自动推进炮轰隆隆爬出了有灯火管制的工场,新的卡车从自制自装的传送装置①上滚滚而来,给装上那些等待在宽敞的工厂院子里的运货卡车。纺织厂的女工们在用灰呢给战士们缝制大衣。后方已经训练好新兵,准备给那些向柏林挺进的师作补充。

成千成万的人都在不知不觉中为实现斯大林这最后一战的计划而努力(他们劳动的直接目的,给这样四个字掩蔽住了:"军事机密",因此他们自己不晓得)。

斯大林的冷静而机警的目光透射到每一个地方,透射到那准备工作方面的数不清的细节,透射到千百万人的伟大的劳动里。一架高速战斗机的设计、一门新的大炮的口径、一个步枪连的战略、前线司令员们的军事艺术、整个世界的政治局势,以至于士兵们的粮饷和烟草的供应——样样事情最高统帅都关心到了。

西佐克雷罗夫每有机会看到斯大林,总是体会到一种爱的感觉,一种感激和不由自主的惊奇的感觉。对于这位伟大导师的多才多艺、见解透辟、果断,谁能不惊奇呢?斯大林掌握了一种伟大的才能——他能从面临到的每一个新

---

① 系指机器或车辆由各种零件,经过一定程序,装配成整体的生产过程。

的问题里发现到许多为别人所想不到的新的方面；在最后关头，就是这些新的方面起了最重要、最决定性的作用。每当他把一个问题作一番铁面无情的分析时，什么东西就都会变得明确了，可以理解了，最混乱的问题也好像被一缕明亮的、温静的阳光照亮了。

你要做到斯大林那样是不可能的，但是，向他学习，拿他的教导和他的领导方式作为标准来考察你自己的每一个行动——那正是西佐克雷罗夫和其他的人们——党内大大小小的工作干部——所努力的方向。

夜晚的时候，西佐克雷罗夫驱车到瞭望哨上去，去找方面军司令员。他在那儿待了几天。在那一段时间里，一连串的事件发展得那么快，简直叫人不能相信。

步兵将领布塞所率领的德军第九军，趁着苏军的各个师向柏林挺进以前，且战且退。第九军包括党卫军第五高地步枪师团，由克莱霍斯特康上校领导；党卫军第十一坦克师团，由约克尔思上校领导，还有第五十六坦克师团和第一〇一师团。第一线计有十六师正规军，此外还有数不清的补充部队、公安部队、警察部队、工人队、工兵队和民兵队。德军的第一梯队受了惨重的伤亡，正在苏军的压力下节节撤退，因此，德军司令部为了支援第一梯队，便接二连三地把党卫军第二十三摩托化师、党卫军第十一摩托化师、"蒙凯堡"坦克师、"克马克"摩托化师、第一五六步兵师、第十八以及第二十五摩托化师，还有反坦克旅"希特勒青年团"，都投入了战斗。空军将领威默的空运部队第一训练师，也变成步兵，投入了战斗。综合起来，保证柏林的军队达五十万人之多。

苏军不断地向敌军的设防阵地冲击。

有那么多阵地！简直没有个完！德军把整个地区的地皮都掘遍了，到处布下地雷，搁起铁丝网。花儿盛开的苹果树也给拿来做了路上的防塞。

我军突破了第一防御地带的三个坚强的阵地以后，便到达了第二线——第二线是从乌莱青镇向南面和东南面扩展，经过堪纳尔斯道夫到西罗高地。这个地带无论在兵力和军火方面都超过了奥德河地区，它的根据地是建立在孚利德兰—斯特洛姆河和夸盆道夫运河上，最后是建立在防御巩固的西罗高地上。

我们的部队到了这儿,进攻的速度便慢了下来,这情形给报告到最高统帅部去了。

于是最高统帅执行计划的第二部。他命令那向南面挺进的乌克兰第一方面军调动一部分部队,转向德国首都的南门,作飞跃的进攻。斯大林同时命令别洛露西亚第二方面军进入战斗。这个方面军强渡了奥德河以后,击溃德军第三军,并且开始扩大挺进,掩护着北面的别洛露西亚第一方面军。

这位伟大战略家所设计出来的由三个方面军同时并进的战役,是伟大的,迅速的,变通如意的;它的规模愈来愈大,包括了德国三个行省的领土:梅格棱堡、勃兰登堡和萨克森,苏联军队就在这一片领土上像汹涌的江河似的浪花滚滚,怒吼,飞冲。

十五

大进攻的第三天,谢里达将军的师到达了乌莱青镇,那个镇已经被敌人变成一个要塞了。乌莱青要塞是德军第二防线上这个地段的楔石。

士兵们冒着德军的炮火夺取了小沃菁河以后,便遭遇到了从纽也尔运河西岸打过来的猛烈的炮火以及从左面的铁路堤上打过来的侧翼炮火。于是将军把第三团投入战斗。随着一阵短时间的掩护炮火之后,第三团便夺取了纽也尔运河,抓了二百个左右俘虏,俘虏了三十来门炮。但就在这时候,挺进就停滞住了。大炮和机关枪从阿尔特尔运河的西岸和北利斯朵夫附近一个坚固的防御点疯狂地打过来。从那看上去不太远的乌莱青镇南郊,隐藏在房屋里面的大炮用霰弹向士兵们打过来。

将军在电话上责骂团长不该迟延,然后和鲁宾佐夫亲自到团里来了。他们乘着一条木筏,渡过了纽也尔运河,登上了岸。整个河堤上都打遍了炮弹洞。德国人拼命扫射机关枪。

"躺下!"师长说。

鲁宾佐夫自从跟师长一起工作以来,第二次看见师长在炮火下躺下。一会儿,将军转过脸来对鲁宾佐夫说:

"我真是大惊小怪。那阵炮火实在是……"他住口了,"可是,也许是到了柏林的大门口反而怕死了吧……"

他一面说着,一面挣扎着抬起身子来,于是他们俩向团长的瞭望哨走去。到了那儿,将军命令鲁宾佐夫和炮兵观测员把德寇的火力点以及炮队的阵地看个清楚明白。侦察兵把必要的情报搜集来以后,将军便通过无线电和他自己的瞭望哨联系,报告了地图上方块的号数,叫派飞机来。

俯冲轰炸机来了,对北利斯朵夫进行空袭。空袭以后,德国人沉寂了一会儿,但是当我们的部队向前推进的时候,敌人的机关枪尽管在数目上比刚才少得多,可是又向我们射击了。显然德国人防御得很巩固。

将军决定等到天黑,以便组织一次夜袭。就在这一刹那,敌人突然停止了开火。

塔拉斯·彼得罗维奇不知怎么是好,朝望远镜里望着:苏联步兵正由南面向北利斯多夫涌来。原来邻近的一个师已经突破到前头去了。

"好,谢天谢地!"师长咕哝着说,一面抹去潮湿的额角上的汗水。

士兵们向前进,渡过了阿尔特尔运河,一刻儿也不停留,在乌莱青城的南郊进入了战斗。

城的四郊都筑起了坚固的防寨,而且密布着地雷。

大炮给拖来了,对准着德寇的堡垒有条不紊地轰击。

鲁宾佐夫跟他的侦察兵们在战壕里,和步兵夹杂在一起。晚上,他们带给他一个逃兵,那逃兵是刚刚出现在这个团的一个地区里的。无法了解他是怎样从雷田里走过来的;不过,他突然出现在我军的胸墙前,举起了双手,用不流利的俄语说:

"我投降。"

他是个年纪稍大、脸色严峻的德国人,是个下士。他镇定地,甚至带点儿好胜的声调解释说,他——威利·克劳斯,曾经指挥本城南郊的布雷工作。

他想了一会儿,然后补充说,他逃到苏军这边来,为的是带领苏军打一条安全的路走出雷田。

"流血流够啦!"他说。

鲁宾佐夫目光锐利地端详着这张严峻、坚毅的脸。他问这个德国人在动员以前是干什么的,又问他在希特勒当政以前属于哪一个党派。克劳斯原来是一个工人,一个铣床工人;他生长在柏林,一生都住在柏林。他无党无派,但是同情共产党。鲁宾佐夫叫阿甘涅斯扬进来和这个德国人谈了很久。

"当然很难说,但是看来他是个老实人。"阿甘涅斯扬最后向近卫军少校汇报说。

鲁宾佐夫把克劳斯留给阿甘涅斯扬和侦察兵们看管,自己去找师长,把自己和这个德国人谈话的经过详详细细地说给师长和普洛特尼柯夫听。克劳斯给人的印象是一个老实人,他希望避免无谓的流血,在那种环境里,这实在是一种很自然的人性的愿望。

"或许不值得冒险吧?"将军沉思地说。

普洛特尼柯夫笑了:

"你难道以为碰上了一个德国的苏珊宁①吗?"

"约翰·苏珊宁,"鲁宾佐夫笑着说,"不,这看来完全是两回事。让我来试试看吧,将军同志。"

将军说:

"好吧,试试看。派侦察兵和一个步枪连跟你去。随身带两三个工兵。和西齐赫商量一下以炮队支援。但是你得留意,随时注意你那位约翰……。"

鲁宾佐夫和炮兵队作了仔细的安排,并且找来了两名工兵以后,便回到前方地区。这儿是一片寂静和黑暗。只有从掩蔽壕里传出一缕黄色的微光,那个掩蔽壕本是士兵们老早掘在战壕附近的。这个掩蔽壕里有克劳斯、阿甘涅斯扬、侦察员,还有那位为了满足好奇心的团长。

鲁宾佐夫把师长的命令交给他,叫他派一个步枪连帮他完成任务。

"还得有一挺机枪,要是你有法子拨出一挺来的话。"鲁宾佐夫补充说。

团长被这位侦察人员的计划大大感动了,他说,他要派出一个最优秀的连。他走了以后,他派来的那个营长来了。营长是一个宽肩的大个儿,强健的胸上戴着两颗红旗勋章。

"德国人开始反正了。"他说,一面向克劳斯点点头。他告诉少校说,他已经催促过那个派去完成夜晚任务的连,那个连立刻就要来了。

"我本想跟你一块儿去的,"营长说,"可惜团长不许。"

炮兵队到了,鲁宾佐夫跟他们商量好开炮的信号:放射红、绿色火箭各一支。

早上两点钟的时候,一切都准备好了。

"克劳斯,"鲁宾佐夫说,一面站起身来,"你知道,要是你欺骗我们,将会怎么样?"

克劳斯站起来,听着阿甘涅斯扬把近卫军少校的话一个字一个字地翻译给他听,他说:

---

① 伊凡·苏珊宁系俄国爱国农民,被迫为波兰侵略军带路。他把波兰军队领到一座走不通的森林里,卒被波军所杀(1613年),波军亦覆灭于该林中。格林卡曾以此题材谱写成著名歌剧《伊凡·苏珊宁》。

"是的。"

他很紧张,可是又很镇定。

鲁宾佐夫拿了两颗手榴弹塞在保护色的斗篷下,从枪套里拔出手枪,于是他们走出了掩蔽壕。

满天的星星。侦察兵和步枪连的士兵们拱着背坐在战壕里。

上尉连长向鲁宾佐夫报告说,他那个连准备好了。

"把你们的包裹、饭盒和其他一切都留在这儿,"鲁宾佐夫命令道,"你们现在是侦察兵,不是步兵。"

士兵们都服从地把行李丢在战壕里。

鲁宾佐夫解释了一下行军的先后秩序。那个德国人走在最前头——所有的眼睛都注意着他;其次是鲁宾佐夫,然后是侦察兵排成单行跟在他后面,再以后是步枪连。司务长服罗宁,鲁宾佐夫的代理人,做殿军。他的命令必须当作少校的命令一样服从。火箭一亮,他们都得躺下来,一直要静静地躺着,等待接到下一步的命令为止。

克劳斯询问地望着鲁宾佐夫。少校点点头。

他们出发了。开头,他们顺着大路走,一会儿便向左转,进入了灌木丛。

"别掉队!"鲁宾佐夫对身后的米特罗金说。米特罗金把这句话传到后面去:

"别掉队!"

机关枪的轮子轻轻地吱嘎吱嘎响着。

克劳斯转过身来对着鲁宾佐夫,又指着地面。鲁宾佐夫明白了:四面都是一块块几乎看不见的黑块——地雷。

克劳斯放慢了脚步。接着他站住了一会儿,又坚决地向前走,走向一个和天空衬托得清清楚楚的工厂烟囱。机关枪嘎啦啦响,曳光弹的光亮横过天空。

克劳斯突然向右转,一面用德文说:

"别响!"

"别响!"鲁宾佐夫对米特罗金说,米特罗金向后传:

"别响!"

他们走过了一片马铃薯地,克劳斯时而停下来,弯下身;为了看得更清楚些,他又从地平面望着弗兰克福郊外的房子。接着火箭飞上天空,人们都躺了下来。鲁宾佐夫抬起头,望着那些躺着的人们。一片绿荫荫的光亮照在他们身上。他们像一块块灰色的泥土。不过鲁宾佐夫倒觉得惊奇——怎么德国人根本没觉察到什么呢。显然,敌人太自信了,以为雷田通不过;他们以为要是晚上有人敢冒险到那儿去,地雷的爆炸就会立刻消灭闯进来的人。

照明弹熄灭以后,他们继续向前走。

接着,克劳斯又停下来,拱起身子,开始在地面上寻找什么东西。

"蹲下!"鲁宾佐夫低声说。

"蹲下!"米特罗金低声传过去。

马铃薯地走到尽头了,再过去是长遍了深深的软草的菜园。克劳斯沿着这块地的边缘上爬着,在寻找什么东西。鲁宾佐夫紧紧地跟在后面。

克劳斯在找什么东西,可是找不着。他在小心地摸着草。最后,他轻轻地说:

"这里!"

他在摸索一条差不多长遍了青草的小径。

鲁宾佐夫说:

"来吧。"

米特罗金向后面传达:

"来吧。"

"爬着走。"鲁宾佐夫说。

米特罗金向后面传达:

"爬着走。"

又是一片火箭飞上天空。显然,这一次德国人觉察到什么了。一挺机关枪开火了。然而又有一颗火箭炮迸射了。有什么东西爆炸了。有一声呻吟。鲁宾佐夫从军服里掏出火箭手枪朝空射击。红色的火箭在他们的上空高高地滚转着。他又放了一枪,这一次是绿色的。差不多就在同时,我们的炮队开火了,鲁宾佐夫大声喊道:

"前进!"

他的声音是粗砺的。他又同样喊了一遍,沿着小径向前直跑,拖着克劳斯一块儿跑。在他们面前,枪弹激鸣,火光闪亮。一幢房子着火了,接着是另一幢。士兵们在后面吃力地喘着气。你可以听到服罗宁在轻轻地一遍遍说:

"前进,伙伴们,前进!"

侦察兵习惯了夜间作战,和步枪连士兵不一样,因此比较镇静。步枪人员已经有些神经质,于是一声声叫喊着给自己打气。

他们乘着火箭的光亮走过菜园,克劳斯在这里轻松地大声说:

"到尽头了!"

雷田走到尽头了。全连散开来排成一线,一齐前进,边走边用轻机枪和步枪不协调地射击着。

他们冲进了第一批房子。四下很亮,这一次可不是给德国火箭照亮的了——放射火箭的人显然是牺牲了或者是逃了——这一次是我们的炮队所放射出的炮火照亮的。侦察兵和克劳斯赶快向后跑。克劳斯现在不再受到监视了,好像已经变成了侦察兵中间的一个。

一连跟着一连,沿着克劳斯所指出的那条小路,跑过雷田。

黎明的时候,总攻击开始了。邻近的一个师从北面进城。这儿那儿,在和那些隐藏在屋子里的德军展开了短暂的搏斗。鲁宾佐夫和侦察兵们突破菜园和果树园,向北面节节挺进。战争的喧嚣声渐渐地隔得远了,随后就静下来了。什么地方传来卡车的喇叭声和粗嘎的人声。

侦察兵爬过了一堵篱墙,来到了一个小园子里,那里面栽满了花儿盛开的果树。他们在一个小凉亭里坐下来休息,就在这片刻间,鲁宾佐夫看到了一个小土墩,就好像他的故乡黑龙江那地方的农村里的一个小贮藏室一样。土墩里有什么东西在动,接着有一扇小木门开了。侦察兵们抓起手榴弹正准备摔出去。这时出现了一个乱蓬蓬的头,接着是一个雀斑脸的小伙子,腋下夹着一只小猫,爬到园子里来。他朝四面望了一下,甚至好像用他的狮子鼻嗅了一下空气,看看炮火是不是真的停息了,然后他用德语尖声叫道:

"完全平静了!……"

这个小孩非常像一个从贮藏室里爬出来的苏联孩子!他没有看到侦察兵。一个老头儿和一个年轻女人跟着他爬出了那地洞。他们走向屋子,接着,一看到了苏联兵,便惊惧地往后退。

"完全平静了。"鲁宾佐夫重复了一遍。

是的,到处都安静了,德国人已经停止了抵抗。

市民们胆怯地从窗口向外窥望;最后,他们开始慢慢儿一个个走上街。他们向苏军投射出胆怯的目光。他们慢慢儿走近政治工作人员贴在墙壁上的苏联传单。

传单上面引证了斯大林的话:"希特勒之徒时来时去,但是德意志国家、德意志人民,却永远存在。"

即使现在,经过这样的大变乱之后,德国人仍然低声重复着这句话的前半句,一面恐惧地朝四面望望,生怕有个街长①站在附近:

"希特勒之徒时来时去……"

苏联人的野战厨房正在大街上冒着烟。浸浴在水蒸气里的厨子们在分配着大桶大桶的稀饭。孩子们对于新的情况,比成人们理解得快,他们第一批走近这些厨房,厨师们便把浓厚的稀饭也分给他们一份。一会儿,成群的孩子都带着盆子和小锅子排立在厨房跟前了。

一个牧师走过,神经紧张地向四面望着;三天以前,他还在教堂里讲解这样一条经文:"……这样,大卫用机弦甩石,胜了那非利士人,打死了他②。"牧师这里所谓机弦甩石,指的是法西斯在前几天里不厌其烦地大力宣传的一种秘密武器。

现在,这个牧师已经去拜会过苏军管理区的司令官,得到了允许,星期日可以开堂做礼拜。当他去见司令官的时候,他的太太哭哭啼啼地送他走。他自己也觉得好像是一个殉道者为了基督的理想而去赴死似的。不过,却没有轮到他佩戴殉道者的花圈。司令官是个特别客气的苏联军官,还请他喝了茶呢。

是的,他得另外找一段经文,一段性质完全不同的经文来做礼拜啦。或许最好是这样的经文吧;"……我的百姓走离了正路,好像是迷路的羊。他们的

---

① 街长是纳粹统治人民的组织,类似保甲长。
② 见《旧约·撒母耳记上》第17章第50节。这里的非利士人,就是巨汉歌利亚。

牧者欺骗了他们,把他们领到山间去①。"

但是,苏联军队休息了一阵以后,又往西方挺进。他们走上公路的时候,看到一件奇异的事。在一群德国战俘中间,站着师部侦察官鲁宾佐夫少校。他正紧握着一个德国人的手,那个德国人穿一身破烂的绿色军服,和别的人一样肮脏,没有修脸。叫他们吃惊的是,一辆车子停了下来,政治部主任下了车,也走到那个德国人身边去跟他握手,握得很紧,而且富有友谊的意味。德国人轻轻地说了句什么,激动地笑着,当然,要不是他那一身可恨的绿制服,他可非常像一个正派人呢。

---

① 《旧约·耶利米书》第50章第6节。这里的山间是指有猛虎野兽的荒山。

十六

军队突破了防塞坚固的地区,来到了一个防御较弱的地方,他们的全部生活规程在一眨眼之间就改变了。当神经紧张到极点的时候,当死亡潜藏在每一条悲惨的水流和每一丛阴暗的树林里的时候,生活在不断的紧张中,现在都给战斗的愉快代替了:乘胜去追击那些给打垮了的或者是被孤立了的敌人的部队。

这地段里只剩下斯台因贝克尔·海台这一片庞杂的森林是最后一个防塞区了,德军在这儿进行着有组织的抵抗。卓珂夫一连的士兵们在这儿俘虏了许多人,这些俘虏原来都是柏林的警察部队。警察的抵抗说不上怎么顽强。显然他们是更习惯于对付那些手无寸铁的敌人吧。当自动推进炮团突破了他们的战阵以后,他们便开始大批大批地投降。

城市和乡村来得更多了,最后,他们转入了一个居民地区,居民地区里有的是各色各样的地名。当司令部报告北尔瑙、布克、卓北尔尼克、林德堡和勃兰克登堡等地方被占领的时候,士兵们总是把这些地区看做一个整个的大居民区,而且以为这儿已经是柏林了。

愈来愈看出是临近柏林了。到处伸展着高压电桥塔的电线。拱桥和桥梁、郊外的火车站月台、仓库的巨大场子、水塔、"柏林式"酒店、大都市厂商和报纸的广告——每样东西都标志出快到这座大城了。每一个地方——在屋子上、在路旁的围墙上、在圆的贮藏栈和仓库四周的篱墙上、在桥上和火车上,甚至就在柏油路上——都有新漆的字儿在闪闪发光:字有大小,有黑白相间的,有红绿二色的,都是用哥特活字体或是拉丁字体油漆出来的:

"柏林永远属于德国!"(希特勒最后的口号)

这几个字听起来像符咒一般:想叫苏联人不要进柏林呢。这几个字里面震响着恐惧和绝望的愤怒。要是士兵们有时间注意到这几个大字,一定会觉得很可笑的。

德国人用树木、铁轨寨、肚子朝天的大汽车以及反坦克用的粗木头阻塞着街道。架设在花园里和庭院里的迫击炮朝十字路口乱打。反坦克炮手们待在地窖里,向坦克和自动推进炮射击。

卓珂夫上尉的连里有迫击炮、反坦克炮和三辆坦克。光是一个步枪连就有那么多支援武器,这足以说明,在最后进攻的日子里,我们的军备多么充裕!

"只要给我们轰炸机,"上等兵舍米格拉夫高兴地说,"你就看不出我们和整整的一军人有什么分别啦!"

卓珂夫的臂膀上被一片手榴弹的裂片稍许打伤了一点,他可还是保持他那镇定的神情。他的臂膀上吊着一根肮脏的、折叠起来的绷带。他肩上扛着一挺轻机枪,由他亲自来当机枪手:原来是机枪手被打死了,卓珂夫不愿意削弱连里的火力。

在那些短窄而梗塞的街道上,坦克和自动推进炮受到地窖里的敌方反坦克人员的袭击,损失惨重。卓珂夫跟坦克手们商量了一阵以后,便决定采取下列的战术:坦克手应该朝着那些驻有敌军机枪手和轻机枪手的阁楼和楼房开炮。士兵们得负责解除地窖里和各个房子底层的反坦克炮手——德军反坦克兵——的武装。

这种战略成功了。

一条街道接着一条街道落到我们手里。在每个十字路口,士兵们和工兵们在坦克和炮队的火力的掩护下,清除瓦砾和防寨;然后是坦克用一阵旋风似的火力爆炸了楼上的房子,一面向前推进,而步兵们呢,贴紧着房子,把手榴弹扔进地窖,从侧面朝十字路口凶狠狠地射击。

现在没有一个人睡觉。接接连连的几个白天和黑夜变成了一个时间的整体。夜晚也是通明透亮的,因为起火的房子和火箭照明弹的闪光照耀的缘故。白天里由于烟雾腾腾,反而显得黑暗。

每逢有一幢坚固的多层的大楼里进行顽强的抵抗时,卓珂夫就亲自跑到那些从后面赶上来的炮兵部队那儿去。于是炮兵继续向前挺进,在步兵和坦克的炮火的掩护下,把大炮拖到屋子跟前,朝着墙壁噼噼啪啪射击,就好像大型的手枪瞄准着石头怪物的心脏一样。

卓珂夫的士兵们和坦克人员相处得很友好。在短暂的安静时刻里,他们一块儿吃饭,大伙儿谈谈生活情况,交换交换对德国的印象。必须指出:战场上这种战斗的同志关系,在取得进攻的胜利上是起了不小的作用的。

在以前，坦克和自动推进炮对于步兵只不过是多添了一只重要的臂膀，是战斗中有力的助手。但是现在，士兵们认识了这些钢铁机车上的自家人，对他们就觉得特别温暖。斯里文科和他的同志们知道，当他们对付德国反坦克炮手时，他们，撇开别的不说，也就保全了一个德米特里·彼得罗维奇，或者米加——一个来自斯维尔特洛夫斯克的沉默寡言的少年，还保全了他那位从莫斯科来的炮塔手巴伏刘沙的生命——巴伏刘沙是一个滑稽机智的人。这是一次真正齐心合力的战役啊！

尽管仗打得那么热烈，卓珂夫上尉的脑子里还在转着这个念头。最后，他决定把这一点告诉斯里文科。卓珂夫设法把这位上士喊到一旁去，指给他看柏林地图，地图上用红色铅笔标志出了威廉街上的国会大厦和许多政府办公大楼。

"这正是我们要去的地方，"他说，"最好是能够俘虏希特勒本人……说起来，当然，我并不知道……但是要争取第一批打进柏林。"

斯里文科笑了。

"那好极了！"他终于说道，"可是谁知道我们打哪一条路走呢。那是一个大城市……"

卓珂夫同意他的意见，可是又开始辩论说，他们大概会朝着那个方向笔直往前进，而且说，不妨先准备起一面红旗，准备一面胜利的旗帜去插在国会大厦屋顶上。

以后几天里所发生的许多事，证明了斯里文科的话是对的。这个团占领了一连串的郊区以后，便突然来到了一个湖沼密布的乡区。柏林早走过了，只有炮队——这儿，那儿，在每一个地方，在洼地里，在公路上，在树林边缘——好像只有炮队在和柏林作战。

大炮正射击着卓珂夫所梦想的那些目标：射击着一○五和一五三目标。

一○五目标是德国的国会大厦，一五三目标是总理大厦。

炮兵人员狂热地激动着，骄傲地望着路过的步兵，步兵的武器射程太短了，抵不上炮兵。

一个高个儿的士兵（其实他站在庞大的大炮面前才像一个小娃娃呢！）在操纵着好些杠杆，每发一炮以前都要大叫：

"给戈贝尔那张烂嘴巴再来一拳!"

另一个没有胡须、看上去还像个孩子的士兵,在自得其乐地用粉笔在炮弹上题上各色各样异想天开的话:"亲爱的小尼尔送给在地狱里的希特勒。"

炮兵队的发号施令现在听起来特别带有胜利的意味:

"全营瞄准国会大厦连射六发,开火!"

"瞄准法西斯窝巢,方位角四十七度二十分,大炮视距二十五,连射四发,开火!"

卓珂夫看着炮兵们怎样忙着装火炮,拿起亮晃晃的炮弹塞进后膛。他差不多羡慕这些炮弹——它们会在几秒钟以内,炸毁法西斯主义最后据点的一堵墙或者什么的。

不久,他们连走过炮兵阵地的机会都没有了。行军途径严格地限制着一直往西去,经过柏林附近的一些名胜地。这是命令。卓珂夫不知道怎么办才好。

四月二十二日的晌晚时分,打垮了德军的一个掩护队以后,这个连就来到了一条河边。

维谢恰柯夫命令大家准备渡河。士兵们把靴子和军便服脱下来捆成一束。

有几个炮兵来到了河边。

"你们要支持我们的吧?"舍米格拉夫问。

"支持的,伙伴们,别害怕。"一个炮兵说。

"我们不怕!"舍米格拉夫骄傲地说,尽管事实上对于这条要游泳过去的又黑又冷的河,他的确有点儿怕。

卓珂夫也得同全连一块儿游过河,可是他还是像平常一样地穿着衣服和靴子。他的小牛皮靴咯吱咯吱响着。他认为一个军官要卸除军装是不可能的,他只把共青团团员证和身份证从军衣里拿了出来,又脱了帽子,把证件塞在帽子里。然后他放下了帽子上的皮带,把它系在下巴颏下面,免得它掉下来。

士兵们坐在河堤上,伸着两条腿在水里晃来晃去。

"别抽烟!"司务长警告说。

河堤上不久出现了一群人。卓珂夫看见这些人里面有师长,便马上站了起来。

跟着师长一起的是鲁宾佐夫、米加耶夫和其他几个军官。他们沉默地朝对岸望了一会儿。那边又寂静又黑暗,看不见德国人的踪影。

卓珂夫听到师长在指示炮兵以炮火掩护渡河的问题。然后,将军走近步兵一些,从黑暗中望着士兵们的朦胧的身影,一面问道:

"步兵准备好了吗?"

"准备好了,将军同志!"卓珂夫急忙回答道。

上尉利用了适当的时机走到鲁宾佐夫跟前。

"我们往哪儿去?"卓珂夫低声问道,"我们事实上已经把柏林丢在后面了。"

近卫军少校笑着说:

"无法可想。"

强渡了哈伏尔河以后,这个师就要转向南面,经过柏林的西郊,开往波茨坦。

邻近几个师都担任着类似的任务——把柏林和西面隔绝起来。

因此,执行斯大林的柏林战役计划第三部分的责任就落到这些人的肩上来了,那就是说:当朱可夫将军的"斯大林格勒近卫军"和库茨涅佐夫将军以及伯尔查林将军的部队从正面攻取柏林的时候,这些部队得负责包围柏林。

卓珂夫对于这次包围和攻取柏林的战役规模之大,不禁大为惊叹。在这个宏伟的总任务面前,他不得不承认自己那渺小的、野心勃勃的计划根本无足重轻。

二十三点钟的时候,大炮开火了,士兵们听得这一声信号便慢慢儿滑到水里去。水是冷冷的,黑黑的,而且显得很浓厚,看样子,你可以用一把刀子把它切成许多黑色的长条。

河底在他们的脚下退缩到深处去了,人们游水了,用一只手抓住木板、木筏、桶和其他可以抓得住的东西,另一只手用来划水。岸上有什么东西烧起来了,立刻照亮了这些浮在水面上的头颅。

果然不出所料,德军那边的河岸上在开机关枪了。

"快点儿!"斯里文科催促着手下的人。

子弹飕飕地打进水里,一碰到水面就发出轻轻的咝咝声。

附近有人在哼。斯里文科抓住那人的臂膀,拖过来,可是那人吞咽着水,叽叽咕咕讲着些什么,乱抓住斯里文科的肩头。结果斯里文科给他拖到水下面去。当他这么做的时候,他本能地闭上了眼睛,但是一到了水下,他又张开了眼睛。他注意到河面上变得非常明亮,大概是给火光照亮的。

斯里文科挣扎着向前游,用脚踢了一阵,又沉到水里,但是他的脚碰到了河底,就在这时刻,他觉得有一只强壮的手抓住他不放。

"活着吗?"他听到上尉的声音,但是他没有办法回话,因为他正张大着嘴,呼吸着这甜蜜的、叫人振作精神的夜间空气。

一阵机枪子弹射击在水面上,把水面撕裂了,简直像撕布一样。士兵们跑开。

斯里文科拖着这个受伤的人跟着自己一起。河流变得更浅了。我方河岸上的机枪变得更响了。

潮湿的沙草。斯里文科扑倒在河岸上,一面用无力的声音嚷着:

"乌啦!"

就在同时,他开了手机枪,他身边的人们也跟着开。上尉在附近什么地方开轻机枪。两支火箭先后射入天空,天空变亮了,斯里文科现在可以朝四下看看了:究竟是谁受了伤伏在他身边,甚至死在他身边呢。但是他不敢朝四面望,只是继续不断地射击、射击,时而有气无力地嚷着"乌啦",自己也简直不知道干吗要这样。

人们一躺下来,就连忙穿起了靴子,把潮衣服披在潮湿的身上。然后上尉下令"前进"。在一片喀喇喇的枪声中,斯里文科竭力要辨别出第二挺轻机枪的声音——舍米格拉夫一向在开那挺机枪——但是他听不见。

斯里文科不断向前爬,爬到敌人机关枪开火的地方去。接着机枪声静止了,后面传来刚过了河的几个新的排队的叫喊声。果戈贝雷采爬到斯里文科跟前。他们并排静悄悄地躺着。接着是那位通常沉静的司务长也参加到他们一块儿来了。三个人躺在一起,不说话,不回头看河岸——舍米格拉夫正僵冷地躺在那儿呢。

十七

强渡了哈伏尔河以后,鲁宾佐夫决定和侦察兵骑马前进。在这样的情况下,这种形式的侦察是最方便的,因为骑兵不像汽车,不需要走公路,它可以以足够的速度前进,而且还有最重要的一点——它不会引起闹声。

早上,鲁宾佐夫命令卡勃鲁柯夫架上马鞍,然后他和梅歇尔斯基一块儿骑马出发,走在队伍前头。

在柏林西面,谁也不曾料想到会看到苏联人。

乡村和四郊是宁静的,纵然这种宁静已经受到了打扰。阳光充足明媚,光线照射在屋子上和篱墙上,残酷无情的光线到处照射在希特勒最后的符咒上:"柏林永远属于德国!"

侦察兵慢慢儿驰骋着,密切地倾听着四周所发生的一切。从东面,那就是说从柏林——是的,够奇怪的,柏林位于东面——传来了遥远的炮弹炸裂声。

他们走进一座树林的深处。几乎听不出马蹄的嘚嘚声。在不远的地方,他们看到一个老人,肩上背着一捆柴。他对骑马的人们瞥了一眼,但是立刻又垂下了眼睛,显然并没有认出他们是苏联人。

不久,树林变得稀疏了,鲁宾佐夫看到一个长满了草的场子,上面停放着许多黑色的飞机,排成一行,飞机上都漆着白色的十字章。一共有三十八架。都是蓉克八十七型的俯冲轰炸机,它对于每一个苏联士兵都是熟悉的。人们成群地围绕在飞机周围。他们都相当镇定。显然,他们认为苏联人还隔得很远,哈伏尔河是一块可靠的盾牌。

侦察兵们回到树林里,鲁宾佐夫派了一个士兵回到师里报告一个消息——尼特尔·纽恩多夫飞机场上有了飞机。近卫军少校本人和其他的侦察兵,则骑马向西到雄瓦得村去,那是师长命令他们进行侦察的一个村庄。他们在村庄附近下了马,把马匹交给卡勃鲁柯夫管理,他们继续向前步行。

像柏林以西的任何地方一样,这儿又寂静又荒凉。好像村子里什么东西都死亡了。人们偶尔才听到绵羊的咩咩声和懒洋洋的狗吠声。在村庄北面的边界上,在大路的右面,屹立着一座教堂,教堂周围是一座花园。侦察兵们走进花园，走近那堵沿路筑起的围墙。他们蹲下来躲在围墙的砖头墙脚后面，透过铁栏杆守望着。

有两个孩子在隔壁一所房子的门口窥望。他们走到角落里，站在那儿，好像在倾听着柏林的炮火。一会儿他们就走开了。

村里没有部队。

侦察兵从原路回到自己的马匹那里，穿过森林，继续向西南面驱驰而去。给太阳晒热了的树脂发出甜美的气味。他们愈走近公路，鲁宾佐夫就让马儿走得愈慢。最后他拉住马缰，听着。听到大路上传来一片杂沓的脚步声。鲁宾佐夫跳下了马，把马缰交给一个手下人。鲁宾佐夫用不着向四下张望——他知道别的人会很好地跟着他下马步行，留下某一个人看守马匹——就向大路走去，躺在大路旁边的矮林里。

大路伸展在他面前——辽阔，空无一人。但是过了一会儿，路的拐弯处出现了三个骑着脚踏车的德国兵，都带着轻机枪。接着出现了大批的人，披着奇形怪状的衣服，衣服上有纹条，好像被垫的套子似的。这群混乱的人由许多带着轻机枪的士兵们押送着。

俘虏和卫兵都走得很慢，都是低垂着头。

鲁宾佐夫和梅歇尔斯基彼此对望着，鲁宾佐夫从梅歇尔斯基的眼睛里看出一种无声的要求，甚至可以说是一种强求：行动！

"他们不是罪犯！"梅歇尔斯基凶狠狠地低声说，"他们不会把罪犯带到西面去的。卫兵们倒是罪犯！"

鲁宾佐夫点点头，低声说道：

"我们立刻就可以看出分晓的！……"

事情发展得很快。司务长服罗宁朝着一个和大路平行的方向走着，带着自恃的气概，甚至有点儿懒洋洋地爬出了矮林，走到那一行人前面的几个骑脚踏车的人跟前去，尽量挺直着身子，相当随便地放射着轻机枪。后面同时喀喇喇响起了好几挺轻机枪声。犯人们散开了，一会儿又跑拢来聚在一块儿，惊奇地望着四周围的情景。那些穿着绿色的伪装外套、帽子上有红星的人们在树林里静悄悄、轻妙妙地疾跑着，用一种叫人听不懂的语言发出尖锐的呼喊。

最后，他们都赶到了大路上来——他们都是高个儿，身材结实，皮肤给太阳晒得黑黑的,像四面的树木一样碧绿,看上去就好像是树林里的动物一样。

那些穿着囚犯服装的人们还不曾来得及想一下就发觉自己进入了一片绿叶密茂的树林,和苏联侦察兵搞在一起了。这儿还有马匹在咬着嘴勒子。这儿是自由的,多阳光的,温暖的,你大可以扔掉犯人的号衣,或许还可以披上绿色的伪装——瞧那些侦察兵们穿上了绿色伪装,真像是春之神的使者呢。

鲁宾佐夫派了两个侦察兵伴送这些解放了的犯人到师部去。又让那些解除了武装的卫兵们跟他们一块儿给押回去,押送他们的卫兵就是刚才的俘虏。那些卫兵对这一次突然的调换职务只得闷声不响地乖乖儿服从。

但是鲁宾佐夫和侦察兵们仍旧骑着马向南面去。他们像刚才一样静悄悄驱驰着,好像根本没有发生什么事儿似的,只有梅歇尔斯基的脸上露出了沉思的、快活的笑容。

法肯哈根的北郊以步枪和迫击炮来迎接这一小队人。

"终于恢复了正常的情况啦!"鲁宾佐夫低声说,一面跳下了马。

马匹被带进森林,侦察兵们爬进了一座阁楼,对法肯哈根的敌军活动作了半小时的侦察。在地图上记下了火力点以后,鲁宾佐夫就下令退守到森林里去。他们飞快地跑回到森林里。在森林里,他们赶着马匹往后疾驰。他们不久就遇到了师里的前哨部队,于是把法肯哈根敌军的抵抗情况告诉了前哨部队。

在雄瓦德村附近的一座树林的边缘,鲁宾佐夫看到师长的车子,还有几个参谋在车子周围忙着。将军自己坐在草地上,正在用无线电和各个团讲话。

"他原来在这儿!"师长招呼他的侦察员,"你真叫我羡慕。在柏林西面的德军后方骑着马儿溜荡溜荡真太有意思了。让我们听听你的汇报吧!"

师长听完了鲁宾佐夫的报告,说道:

"刚刚接到朱可夫元帅的命令,叫我们在傍晚的时候跨越'东—西公路'。瞧,就是这一条,看见了吗?"他指着地图,"顺便祝贺你,你救了好几个重要的反法西斯战士。他们要求和你见面——顺道上政治部去吧。巴伐尔·伊凡诺维奇在那儿和他们谈话。"

鲁宾佐夫到村子里去了。侦察队救出来的那几个人正聚集在政治部所驻扎的那幢房子的院落里。士兵们和师部伙食团来的女侍者们正在搬动桌子,在桌子上铺上干净桌布。

普洛特尼柯夫、阿甘涅斯扬和政治部的军官们正坐在这些被解放了的人们的身边,在和他们谈话。然后他们邀请大伙儿就座。师部里的厨子拿出了全副烹调本领,要让这些外国人长久记住苏联人的殷勤好客。

当鲁宾佐夫来到的时候,这些被解放了的人们站了起来,连连不断地向他表示感激。于是他们重新就座。他们让普洛特尼柯夫和鲁宾佐夫之间坐上一位软弱的老人,老人留着一撮灰白的小胡子,还长着一头硬邦邦的灰白头发。眼泪淌在他那枯皱的面颊上。

那人名叫其德茫·艾诺,是一位法国议员,是个具有世界声誉的人,做过好几任法兰西共和国的部长。但是从一九四一年以来,他几次三番被关进监牢和集中营里憔悴下去,几乎把自己过去崇高的地位忘了。他消瘦得太厉害。

不过,现在看到苏联军官那么敬重他,喝了过量的酒,他立刻又恢复了本来的面目,重新具有了一个富有经验的国会议员的自信的仪表。他说话的声音那么高,说得那么快,简直使得不大精通法文的阿甘涅斯扬来不及翻译。

"你们已经走上了世界舞台,"艾诺举起手臂说,"唔,那是自然的,十分自然的。白熊打垮了黑熊。"(艾诺在这里指的是柏林的市徽:一片银白的素地上有一只黑熊,还有两只鹰——黑鹰代表普鲁士,红鹰代表勃兰登堡。)"是的,白熊打死了黑熊,这是料想得到的。我常常打从我的心底里相信你们的力量,尽管我一贯就不公开表示我自己的信念……。你们和法国是欧洲安全的保障,你们和法国!"他擦掉一颗泪珠,叫道,"可爱的法国啊!"

普洛特尼柯夫上校带着一种同情和说不出所以然的激恼的情绪望着艾诺:干吗这个老头儿刚刚得到解放就那么大声地、夸大地大演其讲,甚至带着满脸的恩人气派拍拍鲁宾佐夫的肩膀,就好像他给了上校一个很大的恩惠,允许少校救了他似的呢!这些夸大的谈话,这些陈腐的、"象征的"比喻,究竟是什么用意呢?但是普洛特尼柯夫接着又想到:在这样的时候挑剔别人的缺点是不大好的。这老人经过了几年的受不了的生活以后,说话稍许夸张一点儿又有什么关系呢!愿他幸运吧,普洛特尼柯夫想,一面对着这个法国议员温和地笑着。

上校转过脸来望着自己的左邻,脸上就明亮起来——这个年老的、消瘦的老头儿啊,灰白的头发,背有点儿驼。这个人不大说话,只回答别人的问话,而且都是简单地回一声就算数。他懂得俄文,甚至说得也不坏——原来集中营里很多囚犯预见到事物的发展路线,都从俄国战俘那儿学习了俄文。

这个人的脸有时候神经质地扭曲着,他知道自己的这个弱点,老是有气无力地笑着,好像要求人家原谅他在牢狱里所养成的这种习惯。

他名叫弗朗茨·艾华尔德,是德国共产党的中央委员,是党的一个杰出的地下工作者和宣传员。他一弄清了普洛特尼柯夫上校是政治部主任,便把真实姓名告诉了他。本来连艾华尔德的集中营和监狱里的同志们都不晓得他的真实姓名。他们听到他是什么人的时候,都非常惊奇。在集中营里,大家都只知道他是吉尔哈特·许尔采。

盖世太保特务人员远在一九三七年就逮捕了他,可是他们没有发觉他的真实姓名,——他是被当作共产党的"职员"在威丁区一家可疑的公寓里被逮捕的,经过就是这样。的确,盖世太保开头怀疑他究竟是不是他所冒充的那种人。有一个最热心的审问者在他身上花费了好长一段时间。用尽了各种可能的威逼的办法,可是没有效果。于是艾华尔德仍旧是吉尔哈特·许尔采。

在集中营里,他建立了一个广泛的地下组织。他和外面取得了联系,探听世界上的一切动态,散发着有关苏—德前线上各项大事件的手抄传单。地下组织里有很多成员,除了五个人——两个德国人,一个被俘的苏联军官,一个法国人,一个捷克共产党员——以外,谁也不曾怀疑到那个在集中营的卫队里担任书记工作的"许尔采老头儿"就是这个组织的领导人。

最近,艾华尔德差不多天天在等待着红军的来到,于是计划着一次囚犯的暴动,设法收集了大量的手枪、手榴弹,甚至还有几挺轻机枪,这些武器都是拆成零件弄到集中营来的。但是出乎意料,这个集中营忽然奉命把一大批犯人,主要是共产党员,移渡到斯潘朵城堡去。艾华尔德在这座古老阴沉的堡垒里消度了两个星期。这天一大早他们又从那儿给押送到西北面去——他们是步行去的,因为监狱里没有汽油。

现在他可坐在这儿啦,又苍白又沉静,起了深深的皱纹的额上挂着大滴大滴的汗珠,人虽然疲倦,却很快乐。

他向普洛特尼柯夫问起苏军在柏林北面所发动的攻势进展如何。这个问题他特别关心,因为被杀害的德共领袖爱恩斯特·台尔曼的妻子和女儿都给关在劳文斯勃罗克集中营里。

鲁宾佐夫望着所有这些消瘦衰弱的人们——德国的反法西斯战士们——鲁宾佐夫感到高兴,只要知道他们还存在就叫他高兴。他们活着,他们在战斗。希姆莱的警察没有消灭得了他们,国家主义的狂热没有毒化得了他们,法西斯军队的节节胜利也没有叫他们灰心。

普洛特尼柯夫举起酒杯,建议来一次干杯:

"为德国干杯!我们喝吧,同志们,为你们所代表的德国干杯。"

弗朗茨·艾华尔德连忙站起来说:

"为我们的解放者干杯!为苏联干杯!为斯大林同志干杯!"

十八

"东—西"公路——这是柏林与西方联络的最重要的一条干线——上正在进行着一场猛烈的战争。敌人躲在砖头兵营里拼命地抵抗,这些砖头兵营都位于拉及尔·朵别里茨军事区的石狮和铁鹰群中。

鲁宾佐夫和阿甘涅斯扬离开了政治部,赶忙去找师长,师长正在朵别里茨北面的一座低低的山冈上指挥进攻。这条公路在望远镜里看得清清楚楚——一条宽大的柏油干线,路的两边都是一些小小的、人烟稠密的城市。

午夜的时候,各个团突进了拉及尔·朵别里茨。

梅歇尔斯基从那儿打电话来。

"敌人在窜退中,"他说,"抓住了一个俘虏。"

米特罗金的这个俘虏是从一条干壕底的沟渠里"冲洗"出来的。他们立刻把他送到近卫军少校那儿去。这"舌头"是米特罗金本人带来的,米特罗金的整个脸都给抓破了:原来那个"舌头"拼命回手,边回手边哭。

米特罗金困窘地咳了一下嗽,他有点儿难为情呢。原来这个俘虏只不过是个十六岁的小娃儿。士兵们见到他都哄然大笑。

鲁宾佐夫笑了。那个"舌头"的样子真滑稽。一件军装穿在他身上直垂到膝盖,就好像是穿在稻草人身上似的。再加上那么大一双皮鞋,那么大一顶野战帽,可真完全像个稻草人啦。

侦察兵们给他取了个"娃娃"的绰号。"娃娃"说,几天以前,柏林的"希特勒青年团"组织曾经在柏林某一个森林里的竞技场上聚过一次会。会上有一个声音沙嘎的独臂男人——"全国青年团主席"阿克思曼向他们讲了话。他说,他们得担负起保卫柏林西郊的任务,因为俄国人已经从那个方向突破过来了。

于是那些青年就在那儿给武装了起来,穿上了军装,有些人给派到哈伏尔河那边的斯潘朵和皮恰尔斯多夫去。但是今天上午有两营人开到拉及尔·朵别里茨来。

当鲁宾佐夫和这"娃娃"谈话的时候,服罗宁司务长突然走到他跟前来,一双锐利的眼睛盯在"娃娃"脸上,伸出手来,把"娃娃"胸前左边的许多皱褶摸平。鲁宾佐夫在这些皱褶中看到一颗铁十字奖章,不禁一惊。"娃娃"脸红了,恐惧地望着少校。

米特罗金装出一副正经气派,这个俘虏毕竟不是一个乳臭未干的小娃娃,因此抓了他来并不是件丢脸的事。

鲁宾佐夫笑了。

"你怎么得到它的?"他问。娃娃说,他三天以前在柏林东郊用反坦克炮炸毁了一辆苏联坦克,因此得了一颗铁十字奖章。

"你这个婊子养的小杂种!"鲁宾佐夫摇摇头,又问这个垂头丧气的娃娃是谁给他铁十字奖章的。鲁宾佐夫听到回答以后,更为吃惊了:这娃娃一面发抖,一面结结巴巴地说,铁十字奖章是元首送给他的。

"哪一个元首?"鲁宾佐夫问。

"希特勒。"娃娃喃喃地说,声音几乎叫人听不见。

他说,在那次战役中,他曾经意外地炸毁了一辆坦克,经过那次战役之后,他被召集到营部去,乘上一辆汽车,经过柏林郊外的一条条堆满了瓦砾堆的街道,来到市中心区。他本人一向住在卫默尔斯道夫,有好长一段时期没有到过柏林市中心区。那儿的一切都变成了废墟,夜间走动起来非常可怕。他还没来得及弄清楚是怎么回事,就发现自己跟其他几个人到了总理大厦的门口了。他跟着几个党卫军走下去,走过一条条挤满了党卫军的长长的走廊,来到了一个小房间。这个房间里站着一位将军,然后一扇门开了,希特勒本人走了进来。希特勒咕哝了几句叫人听不清的话——至少是娃娃没有听懂元首所说的话——便把铁十字奖章别在娃娃的胸上。娃娃记不清楚当时的细节了;他只觉察到元首替他别上十字奖章的时候,手在发抖。一会儿,党卫军们把这个娃娃带进过道里,一路上催促他说:

"快点儿,快点儿!别耽搁!"

他走出了地下室,走到服斯街,但是送他来的那辆汽车开走了,四下一个人也没有,因为俄国人在轰炸这座城,于是娃娃不得不步行回到营里去,徒步走遍了整个柏林。

少校咧嘴一笑,望着这个受了惊吓的小娃儿,原来他在三天以前还亲眼见过希特勒呢。

以前，这位师部侦察官得从俘虏们身上榨取情报，探听德国司令部或团部在哪儿，而现在，这些日子过去了。现在他们所操心的是德军的参谋本部、希特勒的司令部和希特勒本人。

十九

关于希特勒的踪迹,不仅鲁宾佐夫感到兴趣,全世界都在留心。也许连那些住在非洲的小山村里的爱西屋皮亚人也在问这个问题:希特勒怎么啦?他现在在哪儿呢?

在柏林战役中,苏军士兵难于想象希特勒本人就在两三公里以外,他这个坏蛋啊:全世界的母亲都用他的名字来吓唬自己的孩子,这个人的整个容貌——一簇头发吊在前额上,鹰钩鼻子,眼睛下面长着肉囊,驼背——激起全世界激烈的仇恨和无限的憎恶。

但是希特勒本人果真住在柏林,住在新建的国会大厦地下的防空洞里。

这座巨大雄厚的建筑物是依照"第三帝国"①的风格建筑的,又笨又丑恶,占据了整条街道。从威廉广场起,沿着整条服斯街,一直到赫尔曼-戈林街。

苏联军队攻占柏林的时期,希特勒的这个防空洞里正在演着一出滑稽可笑的悲剧。这里所谓悲剧,事实上就是一帮流氓土匪呻吟待毙的景象:我们与其把他们那种样子说成"惨遭失败",还不如说他们"人赃当场被捕获"。

对于这批匪帮的"当场捉获",差不多人人都有把握。他们能逃的都逃开了首都。远在四月中旬,里宾特洛甫就失踪了。希姆莱借口上西方去料理一些事情,便朝西去了,更靠近了他那神秘的祖先"亨利一世"②的坟墓。当然他也通过他的大夫革哈特,怂恿希特勒离开柏林。戈林也溜走了,从此没听到他的讯息。

伊立克·科赫平平安安地逃出了东普鲁士,跑到柏林,见了元首,但是一看风头不对,他便失踪了,谁也不知道他的下落。事实上,谁都想也没想起他,因为他究竟只是个小角色罢了。谁也没想起罗勃·李依,他也往西逃了。也没有人想起东疆部部长卢森堡,他打定主意不跟他治下的东方籍居民见见面,便悄悄溜走了。最高统帅部的将军刻特尔和佐德,海军大将顿尼茨,倒是奉了

---

① 第三帝国系指希特勒于1933年篡夺政权后的纳粹政体。
② 德皇名,919—936。希姆莱曾自比为此皇的化身。

希特勒的命令离开柏林，到旁的地方搜罗兵力来救京都。

跟希特勒留在柏林的匪帮头目，只有戈贝尔和鲍尔曼两个人了。他们还在指望着可以在柏林城外拦阻住俄军呢。戈贝尔本来吓得要命，现在一变而为听天由命，漠不关心了。他已经为他本人和家里人准备好了毒药针，老是在地下室里接连坐上好几个钟头，每分钟惊跳一下，好像小兔子一般。

至于希特勒本人的所作所为，那简直像一只给激怒了的困兽。

十二年来，他差不多一直走运，那许多次极大的成功，起初连他自己也不明白。于是他养成了一种妄自尊大狂。他十分相信他本人的天才和绝对没错误。

他怀着一种神秘的信仰——自以为无所不能，所以一直到了最后关头，他还在指望着发生某种奇迹，照着他的利益，立刻把局势转危为安。

这种疯狂，对于他四周那些精选的党卫军和纳粹人员，起了一定的催眠作用，因为这些人员对于无条件的服从，已经有了二十年的训练。局势虽然绝望——他们还不知道绝望到什么程度哩——他们有时还是要受到希特勒那种白痴式的迷信病的传染，相信什么超自然的神迹。

这种浅薄得不能再浅薄的互相欺骗，给国会大厦的地下室生活里，染上了一种歇斯底里的色彩。那是一种频繁不断的歇斯底里，在那些肥肥胖胖的，吃得太多的党卫军猪猡之间，显得特别滑稽可笑。

有时候在安静的夜晚，希特勒就会感觉到人生、历史和时间都在那防空洞的八公尺厚的水门汀屋顶上什么地方过去了，而他却必须坐在这儿，非常非常安静地坐在这儿，然后一切就会好转起来，人生、时间，一过去就消灭了，但是他，希特勒，会重新出现于地面上，看到地面上的一切恢复原来的样子：俄国人回到俄国，美军英军已从大陆被驱逐出去。你只消坐着等，蒙过了时间。

有时候有人建议他走出防空洞，离开柏林，上另外一个地方去继续斗争，他就连忙回答道："不！"

他怕走到白昼的阳光底下来，因为在他心灵的深处，他知道一切都完了，他本人也完了。但是，地下室里又黑暗又安静；你尽可以坐着等，欺蒙时间。

炮弹和炸弹的爆炸声，虽然在地下听不大见，但是这种声响使他不得不回到现实里，他的希望于是有了更具体的形态，现在与其说它是神秘的，不如说它是病人临床的胡想:他必须在这儿坐下去,让地面上的美军同苏军去火拼,自相残杀,好比德国稗史上爱特塞尔王①和勃艮第王公手底下的战士一般。等到他们互相消灭以后,他,希特勒,就回到地面上去称霸全世界了。

在地下防空洞的通廊上,有时候有大老鼠出现。它们不知怎么会钻到那里边去的,因为地板上全铺了砖,老鼠照理无法钻入。

希特勒喜欢老鼠,自从他初次在慕尼黑叛变而被捕入狱以来,他就和老鼠做起朋友来。他还以这一点为荣耀,把自己比作神话中的吹箫者②,一吹箫老鼠都跟着走。

有一夜,据传报,俄国人已经在强渡退道运河,希特勒在一时惊慌之下,恨不得立即变成一只老鼠。后来他又惶恐地想起,他既然具有这么伟大的意志力,很可能要变成一只老鼠就立刻变成一只老鼠。于是他连忙低语道:"只是暂时变一变,顶多变它一两个星期。"

在他这最后的几天里,他常常想起他的敌人从前曾如何预言过他的最后一定要失败,如今看来,这些预言可真是言不虚发呀。他又一次体验到他初次会见兴登堡的那几分钟的丢脸的情景:当时兴登堡老元帅竟不肯把执政大权移交给他呢。他又想起鲁登多夫:当年在慕尼黑共谋叛变的时候,这人竟然摆起将军架子,以不大掩饰的轻蔑来对待一个暂时的盟友——一个上等兵。这些老头儿如果还活着,一定会这么说:"对啦!我们当时的疑惧,果然不错。"

他于是咬紧牙齿,对于世界充满着愤怒,对于敌人和朋友,不管活的死的,都充满着憎恨,甚至于想到俾士麦和拿破仑如果活着,一定会狠狠地批评他,这个想法也使他异常难受。

一想起俄国人打胜仗,希特勒就气得发疯。他于是跳起身,就在他的领土里(现在已经缩小成一个耗子洞了)迅速地走来走去。他开始乱骂痛哭,为着他军队的失败,他把所有的人恫吓和责骂遍了。

---

① 爱特塞尔为四五世纪时蹂躏欧洲的匈奴王,以残暴使人畏惧。他利用勃艮第王公的内讧,进而席卷西欧。勃艮第当时独立为王国,到十五世纪才归并于法国,以酒闻名于世。

② 相传十三世纪时,普鲁士的哈姆林有鼠成灾,由一个吹箫者吹箫带走。第二年,吹箫者又到这城来吹箫,把所有的儿童都拐走了。

他不愿意去了解他的兵士为什么阻搁不住红军的突破挺进！他希特勒宣布为要塞的那些城镇，怎么竟会投降？为什么波茨南、斯乃得睦尔、库斯特林、维也纳——都投降呢？

他咒骂他所有的将领，所有的士兵，甚至把他的党卫军——把那些忠心耿耿的肥肥胖胖的家伙——也骂了一通。在这种时刻，他对全体德国人民都深恶痛绝。

到了晚上，将军们挟着装地图的皮包，静悄悄走进来。他敌意地斜睨着地图。他逐渐恨起地图来了：因为这些肮脏的、擦擦响的纸张上有那么些红色箭头标志着俄军的突破。他一边盯着这些地图，一边想道，要不是有你们这些倒霉的东西，一切还不至于那么坏，那么惹人厌恶，那么耻辱。但是红色箭头越来越逼近京都，像一把把刀子似的把那些他一度称为"我的军队"的各个师和师团切得四分五裂——现在他对将领们讲起来，可又把德军称为"你们的军队"了。

将军们一声不响。但是布尔什维克的军队是无法抵挡的，他们越来越迫近了。而且这些军队不是一般普通军队，而是布尔什维克军队，是某种意识形态的体现者——希特勒深切痛恨的就是这种意识形态，他一辈子都在跟它斗争。

只要有一丁点儿战胜的迹象，他立即精神抖擞；他立即摆脱了他的麻痹，把他两眼之间的皮肤皱成一条吓人的皱纹，他的头迅速左摆右抖着，仿佛准备好要拍照似的（他的拍照专家亨利契·霍夫曼早就逃走了）。然后发号施令，一发出去又立即取消。接着又颁发新的命令。

他的决定被人们不加思考地接受下来。最古怪的是，他对于大局的实际情况，似乎全糊涂了。他还假装着玩弄什么深奥的战略，其实他只是一个好杀的人，一个驼背的小矮鬼，在玩弄一些士兵。这些士兵倒在流着真正的、温暖的血。

比方说，德国第十六、第十八军的师团已经被赶到海边，他可不允许它们从波罗的海海岸撤退，原因是害怕瑞典向德国宣战。

"为什么呢？"参谋人员们之间彼此窃窃私语，"瑞典为什么要参战？"

"如果瑞典人果真参战，"一旁的参谋人员喃喃地说，"那又有什么大不了呢?"

元首对这问题知道得比较清楚一点,另外一批人就这么安慰自己,因为这已经弄成习惯了,但是,就连他们,也在灯光昏迷的走廊上的暗影中,静悄悄地表示惊奇,绝望地做着手势。

这些人对于白天的阳光都已经不习惯了,他们中间没有一个人了解实在的情况,大家都以为元首的消息最灵通。况且他们有话也不敢哼出声来,因为希特勒的周围经常有人左拥右护,不是忠诚的扈从,便是希特勒精选的党卫军,一个一个都是肥头大耳。

当苏军距离柏林只有一箭之地的时候,将领们建议把第九军的右翼部队,那些在奥德河上作战的部队,调回来增援京都的卫戍军。希特勒不许这么做。他说,在几天之内,他就要发动反攻,把俄军打到奥德河的对岸去。

"反攻?"参谋官员们在地下室黑暗的角落里,绝望地抓着头发,低声说着。

对于他阿道尔夫·希特勒本人说来,这一切事情发生的原因,只在于他不能够集中意志于一个念头:他必须,必须,必须得到胜利。一个人只要把心思集中在这个念头上,把这念头百分之百地灌注到自个儿的全身,那么全世界的一切就循规蹈矩了。

于是他便走到他的卧房里去,驼背耸肩地坐在一只椅子上,双手抽搐地紧抓着椅臂,瞪起眼睛凝视着墙壁。

但是有件东西老是在他脑子里和他的四周直转,好像是一只恼人的苍蝇,它营营地飞过而消失了,分散了他的注意力。出来打扰他的,是一个强大独立的意志,把他一切计划和打算都粉碎了。这个意志推进了俄国坦克的突击前哨,使它们狂风暴雨似地席卷了德国的城乡,又好像扫垃圾似地击退了德军的精选部队,以轻蔑的冷淡来蔑视这个留着俗吏式小胡须的、坐在柏林围城的八尺厚的水泥屋顶下的驼背鬼。

二十

四月二十二日早上，希特勒的私人侍卫长——党卫军旅级干部满克，被一个卫兵喊到防空洞的入口处去。

有两个破破烂烂的瘦汉子站在门廊上。其中一个，一只手臂用一块肮脏的绷布包扎了起来，一看到党卫军的旅长，便欢喜地喊道：

"满克先生！……终于找到了！……"

满克是个大块头，长长的手臂，他盯着那个陌生的人，打量了他一下。接着，那旅长的水汪汪的眼睛里闪起一种惊异的神色，他犹豫地说：

"你是布尔凯吧？"

布尔凯悲哀地晃着他的秃头，回答说：

"我的一部分。我身上的脂肪都掉在奥德河的对岸了。"

哦！对啦！他们是打哪儿来的……满克听说过，布尔凯在东方负有特别使命呢。

"跟你来的是谁啊？"他问。

"我手下的一个人，"布尔凯说，"叫做文克尔。你放心，满克先生，他是忠心人。"

顺便提一提，"忠心人"和布尔凯本人都被党卫军搜查了一下身体，不过这是普通规矩，没有什么叫你不愉快的。然后他们俩就跟着满克走上灯光昏迷的通廊。通廊上铺着黄砖，好像是地下火车的车站。通廊的墙上装着大的铁门，有些门上还有字："元首办公厅""扎伤站""指挥哨"等等。

到处都有提着手机枪的党卫军。

满克在一道门前站住，用肩膀推开它。里面是个比较小的房间，天花板低低的，放着两张桌子，房间靠后的墙边，有四个床位，分成两排，好像是牢监里的铺位。那两张上铺有人睡着。

这两个从奥德河对岸来的逃亡者，首先注意到的是放在一张桌子上的几瓶酒和一堆三明治。满克不声不响地指着椅子，又同样不声不响地朝着那张放有食物的桌子上点点头。布尔凯狼吞虎咽地吃了一些三明治，喝了几口酒以后,便把自己的经历告诉了党卫军的旅长。东方的间谍组织垮了以后,他跟文克尔就朝北走,盼望德军可以从那儿突围。大家都知道那次突围并没有成功,于是他们俩只好假装成波兰人,朝南走。他们在森林里度过了一段很长的时间,又困苦又饥饿。到了上星期——他记不得哪一天了,因为在流浪中已经把时日忘掉了——他们游过奥德河。他们刚刚游过来就给俄军发现了,到河这边时差一点丧了命。他们上岸的地方是许威特城。他们从那儿起,一忽儿步行,一忽儿搭乘路过的卡车,差一点又落在敌人手里——原来波兰部队正在那一带进兵。他们再装波兰人可不行了,因此他们只得躲在森林里,慢慢儿朝着西南方走。

布尔凯讲完自己的经历以后,便向那个沉默的旅长问道:

"局势怎么样啊?"

满克朝文克尔瞟了一眼,开始在布尔凯耳旁急遽地低语了些什么。电话响了,于是满克走出去。布尔凯沉默地坐了一会儿,然后说:

"局势不好,"接着又回头望望那些睡着的人,悄悄地补充了一句,"我们上这儿来失策了……但是……喝酒吧,文克尔。"

不久满克回来了,有几个党卫军军官跟着他一同来。他们招呼布尔凯——他差不多个个都认得——于是布尔凯把自己的经历重讲了一遍。

文克尔畏惧地望着这些党卫军。他们个个都长得像重量级拳击手。况且,他又知道,他们全是元首贴身的亲信,因此在文克尔的眼睛里,他们有了一种神秘可畏的色彩。

文克尔很想睡,那以后所发生的事,好像在雾里一般。他们领他和布尔凯到一个地方,给他们俩换上军装。他们又领他们俩沿着黑暗的走廊走。但终于发现自己是在一个大房间里,里边差不多全是双层卧铺。

文克尔一倒下来,睡意就消失了。他虽则疲乏,还是好久睡不着,因为他心里老是在惦记几天来的事情。他觉得自己好像仍旧在奥德河黑黝黝的河水里游泳,四周有子弹的呼啸声和打进水里边去的炸裂声。然后他又记起了来到柏林附近的时候心里多么快活,一进城又感觉多么惊异。文克尔自从一九四二年以后就没有上柏林来过,想不到这几年来,这座城遭遇到了可怕的变化。它差不多全给毁了,到处是断垣残壁,居民张着吓昏的眼睛,没有一个人好好儿走路,大家都是躲在房屋的阴影里跑着。苏军开始用长射程的大炮轰城了。文克尔和布尔凯好几次都不得不躲进防空洞或是地下火车站。他们一声不响地听着柏林市民们的会话,会话是那么放肆(简直是在宣传布尔什维克主义),弄得布尔凯捏紧拳头,眼睛充血。但是他抑制住自己,只是从他的浓眉下憎恨地盯着京都的住民,喃喃地说:

"你们都得给吊起来……"

但是现在,连那个钢铁意志的布尔凯,谈起国家社会主义来,也不特别起劲了。他甚至对于领袖作了些不尊敬的评论,有一次(的确,这次是在奥德河的那对岸啊)他甚至怀疑元首的军事才能。

他不再答应以"铁十字章"给文克尔了。

在柏林东北郊区的一个防空洞里,就在白湖的附近,京都的居民公开谈论到投降的不可避免。

"是住手的时候了,"一个穿皮茄克的高个儿说,看他的模样儿好像是一个电气工人或是司机,"再抵抗没意思了。"

妇女们热烈支持他的意见。这个防空洞里恰巧有三个苏联姑娘,是被德军流放到这儿来的。她们板着阴郁的脸,三个人坐在一起,跟旁人隔开一点。她们沉默地望着德国人。人们对这三位苏联姑娘,招待得特别殷勤,弄得布尔凯又捏紧了拳头。人们送给她们吃的,有个妇人甚至给了她们一条毛毡:原来姑娘们衣服穿得太少,加上防空洞的墙壁又在滴水。布尔凯对自己哼了句什么。

不久有几个党卫军和希特勒青年团的十个孱弱的团员走了进来——青年团员们穿着军服,可是衣服穿在他们那营养不足的身体上,显得太大了。他们一进来,地下室里就静默下来。但是当大炮的轰击声停止了而那些党卫军和少年们往出口走去的时候,寂静中响起了一个妇女的低低的声音,那妇女清清楚楚地说:

"杀害小孩子的凶手!"

文克尔敢打赌说,党卫军一定听到了这一声叫喊的。但是他们装做没有听见,反而走得快一点。

布尔凯和文克尔慢慢地朝市中心区走,沿着长长的格赖斯华特尔街一直走,经过那完全给毁坏了的亚历山大广场,走到许普列河边,走过库佛斯坦桥,然后又渡过库斐格拉本运河。到了这地方,他们在横街上流荡了好久,因为这些小街已经毁得认不清了。到末了,他们进防空洞躲苏联飞机的两次空袭,最后终算抵达了威廉广场。

元首掌握政权以前所住的"凯撒霍夫"旅馆——这事情对于每个德国学童,都已经如雷贯耳,背得烂熟的——漆黑的窗户张大着嘴巴,窗后边是一堆堆的垃圾和破破烂烂的床架。

花园里装置着高射炮,它们都隐藏在腓力德烈克二世的手下将军们的石像旁边浓密的树荫下面。这两位旅客沿着花园旁边走,看到了新的总理大厦。

文克尔躺在阿道夫·希特勒私人卫队的地下兵营里的一张硬床上,想起,要是他从前有机会遇到了希特勒最亲信的人,那就准会官运亨通了。但是现在,他可不像这儿的党卫军——他们已经给地下生活弄得萎靡不振,谁也不知道他们在盼望些什么——因为他几星期以来见识得太多了,对于希特勒政体还有救的可能性,他甚至不存一点儿指望了。

过了一会儿,文克尔睡着了,差不多接连睡了二十个钟头。他给猛烈的震动惊醒了。他跳起来。俄国炮弹就落在附近什么地方。

在隔壁房间里,党卫军正在喝杜松子酒。显然有什么严重的事情发生了;因为党卫军在兴奋地大声交谈着。布尔凯出现了,他说明了一切。大批大批的坦克突然出现于柏林南面的郊外,谁也不知道它们从哪儿来的。地面部队的参谋总部连忙放弃了他们在佐森小城附近的地下大本营,移到这儿的防空洞里来了。

柏林东面和北面郊区,也已经发生了战斗,都已经打到城边上来了。

布尔凯现在帮助党卫军旅长满克组织"阿道夫·希特勒志愿军"。这志愿军的任务就是,万一俄军突破其他防御地段的时候,可以保卫总理大厦。

布尔凯穿着新制服,看起来差不多就像从前在梭尔丁的时候那么"英姿焕发"。正如他相当快意地告诉文克尔的,他昨天还亲自从希特勒本人那儿得到了"党卫军团长"的头衔。但是文克尔现在已经很熟悉这个党卫军,所以也觉察到他那对小眼睛里有一种受到了围捕的神情。

布尔凯说文克尔将要"荣任"(布尔凯说到这一点不禁咧嘴一笑)志愿军的

一个连长。

目前文克尔闲坐着没事做。随后地面部队参谋长,步兵将军克列勃斯,突然把他喊去了。

"参谋部"就设在两间小小的斗室里,外边是同样厚厚的钢门,跟防空洞里其他斗室完全一样。

在一张圈手椅上,坐着一个又矮又胖的将军,脸上肌肉松弛,胡子也没有刮。这就是克列勃斯。在他身旁,在电话机旁边,有三个军官在写东西。

克列勃斯一听说防空洞里有间谍刚从东方回来,便决定问问他。他问文克尔,苏军会不会从斯退丁的南面进攻。

文克尔答说,大概会的。在奥德河上聚集着许多军队,还有更多更多的军队都正在打从各条大路逼近奥德河。他甚至在那儿听到了坦克的辚辚声。坦克的数量一定很多。克列勃斯听得心里乱纷纷,显然完全不感到兴趣。

一个党卫军走进来说:

"将军先生,元首喊你。"

将军扣好制服,走出去。

隔壁桌子上的军官们在不断打电话。从他们的会话中,文克尔认识到局势更坏了。苏联骑马的侦察兵已出现在"东—西"军事公路上了。苏联侦察兵的一个摩托化支队已经突进了革拉多。

"他们切断我们的后路了。"军官中有一个人说。

另外一个军官在打另外一只电话,为的是打听柏林的局势。

有关苏军在柏林进展的情报,参谋总部都是用相当新颖的方法收到的。一个军官翻柏林的电话簿,拨了一个号码,说:

"缪勒尔太太?对不起……你是住在斯退礼兹的吧?请你告诉我,俄军是否已经到了你们那边。"

电话的那一头答道:

"没有到,他们还没有到,但是人们都说他们已经逼近——已经到了退道运河。我的邻居克兰尼契太太从色当街回来,她的婆婆住在那儿……俄军已经到了那边。谁在讲话啊?"

军官放下话筒。他又不好意思告诉缪勒尔太太说,是参谋总部打电话来。

他随即把克兰尼契太太的情报记录在地图上,再去找另外一区的一个适当的电话号码,原来总部对那一区很感兴趣。

普兰茨劳尔堡区的一个电话上有一个男人的声音答道:

"喂!"

军官问了自己要问的话,便突然放下话筒,仿佛给火烫了似的。

"是俄国人。"他低声说。

"你为什么那么害怕呢?"另外一个军官咧着嘴笑,"他们又不能在电话上开枪打你。"

不久将军回来了。他不是单独来的:跟他来的还有另一位将军,也是个胖子,但是个儿很高。两个人的脸都是苍白的。

"哼,怎么办呢?"克列勃斯把双手一摊,"你告诉他吧,布多夫……"

布多夫不作声。

"我们现在好比掉在一口大锅子里,"克列勃斯说,"所有的路都给切断了……"

到了晚上,有情报传来,说是俄军已经在斯退丁南面发动进攻。俄军已经在一条宽阔的前线上强渡了奥德河,俄军的坦克部队已经推进了好几十公里。

同一天晚上,文克尔初次听见"汶克"这名字。在蒂尔加顿的地下本部里(这就是布尔凯带文克尔去的地方),文克尔听到了一个惊慌的问句在一遍遍给重复着:

"汶克有没有消息?"

廿一

在马德堡附近指挥第十二预备军的装甲部队将军汶克,接到希特勒的命令,将他自己的阵地让给美军,以便从速率军回救京都。整个总理大厦里,想的和谈的全是汶克。从来没有一位将军像汶克这么受人爱戴推崇,而在这以前,他本是默默无闻,谁也没有听见过他。

甚至希特勒本人也充满着希望。他的脚步坚定些了,眼睛里有了一种光闪。"我"这个代名词,又成了他谈话中主要的品词:"我不能够放弃我的京都","我已决定留在这里","我要救欧洲"。

他又打电话找将领们了,打无线电报给雷赫林、法兰斯堡和柏耳苔斯加顿、刻特尔和佐德、顿尼茨和希姆莱。

有一天早上,戈林有音讯了。这位国家元帅打来一个无线电报,建议希特勒把最高的政权交给他戈林,因为希特勒本人已经没有指挥的能力了。

希特勒看了这电报以后,痛哭起来,倒在床上发了一大阵疯狂的歇斯底里,当他最后安静一点儿的时候,便立即用无线电下令逮捕戈林,命令里说,如果希特勒不幸去世,这国家元帅必须立即绞杀。

希特勒当天又得到情报,说是希姆莱已擅自和英美开始进行投降谈判,这对他真是最后一重打击。

希特勒立刻变得沮丧了,要不是还指望着汶克,他早就自杀了;只要汶克一到,俄军被赶回奥德河的彼岸,他希特勒就立即把这些卖国贼统统处死刑——立即把他们处以又慢又可怕的死刑。

这个卑鄙的家伙,一想起会有人活得比他长久,他心灵上的创伤便加深了。他极想付出重大代价,使一切同归于尽;他一想起他死了以后,世界上还有人活着,便觉得受不了。

就在遭受这些惊人的打击以后的第二天,汶克终于打来了一个电报。第十二军已经抵达许威楼湖畔的一个叫做斐赫的地方,那地方在波茨坦的南面。

希特勒一接到这消息,尽管克列勃斯和布多夫曾把第十二军兵力衰弱的情况向他提醒过,他还是喜气扬扬,对于将来具有了完全的、不可动摇的信心。

他回到卧房里,一心想着应该怎么酬报汶克。也许他可以把总理大厦所在地的这条服斯街改名为汶克街吧?但是服斯是什么啊?这个名字他只能迷迷糊糊地记得,怎么也想不出它所代表的是什么东西或者什么人。他望望书架上的百科全书,但是"服"字卷又不在那儿。

党卫军在走廊上到处跑着,一面问道:

"谁是服斯?"

有人记得在学校时代碰到过这个名字,但是也只有迷迷糊糊的印象。他们决定还是问问戈贝尔吧。戈贝尔心慌意乱了,来看元首。他的脸是苍白的,他比从前更瘦了。他那一头没有梳的头发结成一簇,竖了起来。那宽阔的嘴巴抿紧着:原来是俄军的来到把他这张滔滔不绝的口堵住了。

"服斯?"他惊奇地问,"啊,服斯!荷马的作品的翻译者……对啦对啦,约翰·亨利希·服斯……"

戈贝尔走了以后,希特勒又考虑该怎么表扬汶克。

他对自己坚持地说,这是个很重要的问题,很重要。必须立刻决定下来。

不,不能触犯荷马的作品的译者。不能贬黜文化——那种做法现在不行啦。

对啦!他有办法了。贴隔壁一条街——赫尔曼戈林街!从前这条街叫做康尼格累茨——是纪念普鲁士军队在康尼格累茨打败了奥军的。现在路名得改了。那只肥猪,那个纸老虎的国家元帅,连名字都不许他留下来!

希特勒决定授给汶克以国家元帅的官衔。后来他又想引用一种新的头衔——"国家的拯救者"——但是他又踌躇了一下:这对于汶克恐怕太过火了,而且会分散人们的注意力,使人们不重视这些……对啦对啦,使人们不重视在这艰难的时刻里留守在柏林的别的人们啦?!

也许"国家英雄"的称号更适当一些吧。

苏联大炮猛轰着总理大厦一带地方,一直震动到防空壕的底下。样样东西都抖动起来。泥灰从天花板上掉下来。通风器对着地下室输进来的不是空气,而是砂砾和辛辣的灰尘。和城里的交通断绝了。苏军已经抵达威廉街。

"国家的拯救者"这称号也许更准确,汶克得到了这个称号也没有什么大害处。他究竟是军人,不是政客啊。

这勋章的图样如下：一个金质十字章，旁边绕有橡叶和桂叶，放在一根金锁链上。上边不用卐字党徽；这个可以讨好西方列强。恩赦一下活着的犹太人，给他们建立一个设备完全的住宅区。建立一个美欧经济所，共同开发东方地区的资源——性质类似从前的东印度公司，采用公私合营的经营方式，拥有全权和雄厚的资本。警察任务由德方担任，如果迫不得已，德法共同担任也行。美国则拥有控制权的股票。

他开始在一张纸上画着新的勋章图样——他把自己看做一个艺术家，可见名不虚传哩！

炮轰不久便停止了。苏联近卫军在距离总理大厦一公里外被拦阻了。

接着是参谋人员进来汇报。希特勒听了一下以后，终于命令第九军离开原来阵地，立即与汶克的部队会师。于是他又下了决定，"国家拯救者"的称号毕竟太大了，还是采用"国家英雄"吧。

不久有一个新的空军总司令到了——他的名字是雷透·冯·格莱姆将军，他代替了戈林的职位。希特勒提升他做国家元帅，命令他飞回去，组织空军支持汶克。

德国空军大元帅驾着一架"孚塞勒·斯多赫"飞机，从沙罗腾堡公路上起飞。柏林已经没有飞机场了；腾背霍夫已经给苏联近卫军占领了，而尼特尔·纽恩多夫，达尔告和加多，都已经落到苏联人手里了。

"不打紧，汶克不久就要到了。"党卫军在到处高兴地说。

"他已经到波茨坦了！"他们兴高采烈地说，"到波茨坦了！"

廿二

波茨坦城是在一个半岛上的东部——这半岛的形成相当奇怪,是由哈伏尔河和十二个湖凑成的。城南的界线是弯弯曲曲的哈伏尔河,朝西北方向流去。这个出奇的半岛的北面被一条运河贯穿着,运河从什连尼茨湖通到法兰湖。这条运河又接上另外一条运河,而另外一条运河又贯穿着克拉姆尼茨、兰尼茨和容芬诸湖。于是波茨坦的四周差不多都给一片连绵不断的水塞隔开了。

波茨坦城久已变成了普鲁士军队和官僚政治的象征了。它有一度是普鲁士王腓力德烈克——威廉一世的住处——这个王执政于十八世纪的上半叶。他的儿子腓力德烈克二世(通常称为腓力德烈克大帝),在这儿建筑了许多宫殿,都是模仿法国的凡尔赛宫造起来的。

这两个帝王都埋葬在这城里的要塞教堂里——这教堂是以钟声优美闻名于世的。

希特勒掌握政权以后,于一九三三年三月二十一日,特别站在这个要塞教堂里,站在普鲁士诸王的墓前,召开新的纳粹国会。他这么做,目的在强调旧的普鲁士军事官僚国家,现在由第三帝国继承了。

上面所说的这些掌故,是由普洛特尼柯夫上校告诉塔拉斯·彼得罗维奇的,为的是安慰一下将军的心,因为师长一心想参加攻克柏林的战役,不情愿打这可怜巴巴的小地方波茨坦。

谢里达一奉到进攻波茨坦的命令,便带着鲁宾佐夫和其他的军官驾车去侦察。侦察地点是一个叫做新法兰的村落,坐落两湖之间,风景如画。要渡到半岛去,这是最好的地点,因为连接法兰湖和兰尼茨湖的那条运河,相当狭窄。

但是德国人也很明白这一点。鲁宾佐夫望望运河对岸那个尼里茨村,又望望尼里茨西边的跑马场,发现了相当多的防御工事,同时又看到德国士兵和炮队在忙碌地移动。

他向师长汇报了这一切,又补充说,德军一定会在渡口狠狠地抵抗。

将军想了一会儿,然后皱起眉头来说:

"我们来愚弄他们一下。"

他吩咐参谋长只留下一营兵在这个地段,叫他们假装做要渡河的样子。

"叫他们越吵闹越好,"将军说,"他们可以砍砍树,朝天放枪。叫他们上河岸上乱搞,特别要叫他们大声喊叫……"

将军亲自给这一营的营长在这一点上作了充分的指示。

营长还是那位"生来就没害过病"的彪形大汉。他那宽阔的胸膛上,本来有两颗红旗勋章,现在又加了一颗。

"我们一定大闹一场,将军同志,你放心好啦!"营长大声嚷道。

将军笑了一笑:叫这个人大声喧闹,一定办得到!

傍晚的时候,各团兼程进军,急急赶过波茨坦森林,午夜的时候就集中在容芬湖滨,那就在波茨坦北郊外的正对面。一个水陆两用卡车的特别营赶来帮助这一师兵。维谢恰柯夫少校那营兵给装上了卡车。将军站在岸上观看士兵夜渡,同时又倾听着湖水轻轻的拍击声。西北那边起了一阵可怕的喧闹声和震天的枪炮声:就是那个彪形大汉的营长和他的部下在闹。

这儿完全是安静的——只有湖水的轻轻拍击声和引擎的沉闷的急转声。引擎的急转声在远处消退了。湖上什么也看不见。散漫零星的枪炮声终于传到将军的耳朵里。维谢恰柯夫那营兵显然是跟敌军干起来了,但将军现在没法帮助他。其他各营开始乘上浮桥船和筏子。它们一下水,湖水便从筏子边潺潺流走。人们急急忙忙地把反坦克炮装上折叠的划子。

将军仔细地听。可以听出引擎的急转声由湖的对岸折回来了——水陆两用卡车已在开回来了。对岸的炮火越来越激烈。

黑暗中终于亮起一些红色火箭,表示第一营已经夺到了一个据点。半个钟头以后,一大片绿色的火箭升入天空。又有两个营到达对岸了。

将军最担心的是炮队。到现在还没发射白色的火箭。最后白色的火箭射到了空中,于是将军说:

"我们也走吧。"

他走到水边,走上那艘正在等着他的浮桥船。

他们开走了。四周都有火箭,满天是绿星和红星,炮队在轰。

"终于开炮了!"将军低语道。

炮火的闪光一忽儿出现在这儿，一忽儿出现在那儿。德军的炮队也行动起来了。将军的浮桥船，同其他两条船一同搁了浅。搁浅的地点，离开干地还有相当距离，但是兵士们一跳就跳上了浅滩，巴扎巴扎地跑上了岸。

天亮的时候，城北郊外的桥头阵地已经有三公里深了。师长命令部下向该城推进。他本人上卡西连霍夫宫堡去，因为鲁宾佐夫已经在那儿的一个角楼上布置好了一个瞭望哨。

天越来越亮了。少校从角楼的窗口观看战局的进展。这一师兵正在一块密布着农场、别墅、温室、花园等的地面上挺进。它的左翼正沿着海里遮湖岸行动，不久便打下了公园里的许多建筑物，占领了大理石宫，由毛奇街冲进城。右翼这一团迅速往前一冲，把德军从普劳斯堡山上优越的阵地赶走，一口气占领了要塞医院和城北乌兰轻骑兵的兵营。这么一来，守卫波茨坦的德军便给这楔形阵势切成两段了。那彪形大汉的营长，利用敌军被钳制在城南的机会，采用了各种运输工具，让他这一营兵从北面渡河进攻。

敌军的防御完全给打垮了，到了下午一点钟，恰特维雷柯夫的那团兵已经进入市中心作战了。军队占领了威廉广场，强渡了运河以后，便冲进另外一个广场，那就是要塞教堂的所在地。

仗还在打下去，拥有反坦克炮的德军把房屋当作防塞，还在猛力反击。

晚上，炮火停止了，师长口述他那占领波茨坦的报告，叫人记录下来。普洛特尼柯夫上校决计驱车游城：他极想上普鲁士人的住宅区去看看历史古迹。他带着梅歇尔斯基一同去。他巡视了各个团以后，便派兵防守一切历史纪念物，特别是无愁宫和新宫。

波茨坦城的炮台是在哈伏尔河畔，现在炮台已经给毁了。在这炮台附近，就是那练兵广场，当年普鲁士兵曾一度拖着小辫子，踏着鹅步整队走过，受腓力德烈克王的检阅。他们开着车子沿着勃莱特街走，去看看要塞教堂。教堂里那只有名的钟现在已掉在地上，落在一些翻了身的鹅卵石上，因为受了一颗炸弹爆炸的震动。教堂里又寂静又黑暗。有个德国老头儿，戴着一顶高帽子，跟着普洛特尼柯夫和梅歇尔斯基走进去。他自动走上前来，把教堂里的古迹指给他们看，还说只要他们两位愿意，他可以带领他们参观全城。

普洛特尼柯夫刚刚要同意，附近什么地方忽然起了枪声和追击炮的轰击声。街上起了骚动。兵士们从屋子里跌跌冲冲地走出来集合。

上校和梅歇尔斯基焦急地对看了一下。他们立刻感觉到波茨坦现在不是一个各种历史古迹的中心所在地了——它立刻变成了一个军事目标，正由本师在附近作战的各个部队防守着。

他们上车赶到师部去。师部里也没有明确的消息。他们没碰上师长。师长在十分钟以前匆匆带着鲁宾佐夫和西齐赫中校朝南去了。南边传来激烈的机枪声，无疑是正式开火了。

普洛特尼柯夫和梅歇尔斯基立即去追师长。汽车追上了往同一方向赶的步兵和本师的炮队。

师长在野园车站指挥作战。他坐在一间展览亭似的大厅里，正在打电话。在一段短短的时间以内，这地方从外表上看上去就简直像那种看惯了的瞭望哨啦，甚至还带有瞭望哨的气息。

"啊，游客老爷们，"塔拉斯·彼得罗维奇一看见慌慌张张的普洛特尼柯夫，便咧嘴笑说，"普鲁士帝王的宫殿，你们全参观了没有？无耻的法西斯分子啊，他们根本就不给你时间去观摩文化……"

半小时以前，在波茨坦南面的给尔多村附近，有一队一队武装的德国兵出现，跟恰特维雷柯夫那个团的前哨干起来了。

当时没人知道——谢里达将军、鲁宾佐夫、卓珂夫都不知道——他们的行军路线恰巧挡住了希特勒的生路，原来这些德国军队，就是装甲部队将军汶克手下第十二军的先锋队伍，打算从给尔多突围去抢救希特勒。现在他们在我们各营士兵的重压之下，只得慢慢地往给尔多方向且战且退。

梅歇尔斯基一听说鲁宾佐夫带着侦察兵赶到前边去了，便立即也往前赶。

波茨坦南边那个大森林——或者不如说大公园吧——挤满了士兵。炮火声慢慢儿弱下去，接着又重新大起来。

梅歇尔斯基停在森林边缘。给尔多村的屋顶正在远处闪耀。一排一排的苏军慢慢儿穿过青翠的平原，朝着村子走。机枪猛烈地扫射。到处都有灰柱和烟柱升入天空，好像树木从地面上跳了起来似的。然后是爆炸声。这是德军被赶回给尔多以后，用迫击炮向平原轰击。

在森林空地里的一个小冈上，梅歇尔斯基看到了恰特维雷柯夫、米加耶夫和团部里其他的军官。恰特维雷柯夫叉开了他那两条向外弯曲的腿,正在用望远镜凝视着前面。

"第一第三营已经抵达村子外边。"掩蔽壕里有个电话接线生这么喊道。

米加耶夫告诉梅歇尔斯基说,鲁宾佐夫方才还在这里,现在又向前去了。

梅歇尔斯基对自己很生气,悔不该浪费时间去看波茨坦的古迹,因此弄得当人们需要他的时候,他却不在场。

"多么恶劣!"他喃喃地责备自己说。

他找到侦察兵的时候,战斗已经结束了。德国兵有的游泳,有的乘船,纷纷从哈伏尔河和许威楼湖逃走了。

近卫军少校站在哈伏尔河的河岸上,用望远镜望着对岸一个城,那城取了一个又怪又很有意思的名字:卡拔特①。卓珂夫和维谢恰柯夫少校站在一旁一声不响地抽烟。四周都有步兵和侦察兵在休息。

"他们跑得太早一点吧,"鲁宾佐夫沉思地说,一面放下了望远镜,"他们连迫击炮都丢下了……"

德军的溃败不久便叫人理解了。对岸传来许多引擎的断断续续的喧闹声,闹成一片。再过几分钟,卡拔特镇的直街上便有炮塔上插着红旗的坦克出现了。一部坦克一直开到河岸边,停在鲁宾佐夫、卓珂夫、维谢恰柯夫、梅歇尔斯基等人所站的地方的对面。

坦克人员显然已经发觉他们。坦克上的格子门开了,一个戴着头盔的人头探了出来。这位坦克人员开始细心地打量着对岸。

鲁宾佐夫合起双手放在口上,大声喊道:

"喂,你们那边的朋——友们!……"

"喂——喂!"

"你们打哪儿来的呀,朋——友们?"

"乌克兰第一方面军,朋——友!你们——们呢!?"

"别洛露西亚第一方面军。"鲁宾佐夫喊道。

那坦克人员招招手表示欢迎,然后大声朝这边喊道:

---

① "卡拔特"意思是"完蛋了"。

"我向你们敬礼——"

坦克一抖动,朝天开炮。一阵震耳欲聋的爆炸声在森林、河流和湖泊之间震荡着。

"柏林好比是囊中物了,"鲁宾佐夫说,"最好去告诉师长一声。"

汶克将军的第十二军往西南奔逃,把武器都丢了。不到几天,这一军就烟消云散了。

廿三

五一节早晨,鲁宾佐夫终于决定去看看塔娘。

那一天波茨坦的街道特别热闹。到处挂着红旗,士兵们开大会,宣读斯大林的五一文告,文告上的语句响遍了这个普鲁士的故都。

"红军在莫斯科和列宁格勒附近、格罗斯尼和斯大林格勒附近击退敌军进攻的那些艰苦的日子已经过去了,永远不会再回来了。"

"德国帝国主义所发动的世界大战,现在快要结束了。希特勒德国的崩溃,就在目前。希特勒匪帮的党棍子,幻想自己是世界的统治者,现在还不是落得一场空梦。"

斯大林这么号召他的士兵道:

"你们走出了祖国的国境,必须特别警惕!"

"继续保持苏联战士的荣誉和庄严!"

苏联司令官的办公室里站着一大排德国男女,他们是上这儿来向苏联当局缴出武器的。德国人规规矩矩地拿着他们的猎枪,拿得稍微离开自己的身子,免得有人怀疑他们不大情愿放下武器。

今天太阳照耀得特别明亮。

沃罗比岳夫上校那一师兵是在斯潘朵,于是鲁宾佐夫便朝那方向走,由他的勤务陪着。

渡过运河,鲁宾佐夫就给卷入了公路干线上那一片喧闹中。

又是有各种国籍的人民,在朝各个方向跋涉而行。又是有一队队被解放了的人民,骑着脚踏车,赶着小车子,或是徒步而行。

盟军的战俘们,现在已经得到释放,欢天喜地凑成一大群:法国的、比利时的、荷兰的和挪威的士兵,身上穿着被俘时穿的军服,现在已经破破烂烂了。

在乡村的大篷车上(车子很可能有公共汽车那么大),在那头发金黄的英国人中间,晃动着殖民地士兵的头巾,和苏格兰卫兵的花格子短裙。在那些从牢狱里放出来的美国空军的苍白的脸蛋中间,偶然也看得见黑人的黑脸。在这狂欢和举世平等的时刻,美国人并不避开汤姆叔叔的子孙①。恰恰相反,英美军人一看到苏军经过,便益发故意拥抱他们的黑人或印度战友,而这些有色人种,露出雪白的牙齿笑着,以为这种友谊也许是永远的吧。

在交叉路口有一个大村子,阿甘涅斯扬奉苏军政治部命令站在那儿,向盟军解释应当往哪一条路走。

阿甘涅斯扬的手,因为经过几千次的握手,已经软弱无力了。他肩章上所有的星(他的帽子上的星那就更不必说了),都全给刚刚释放的战俘们抢光了——美国人和英国人特别喜欢抢纪念品。有一个美国人,特别喜欢收集纪念品,差一点把阿甘涅斯扬的红星勋章也抢走了。

"你看见这个没有?"阿甘涅斯扬问,热烈地握着近卫军少校的手。"在这地方非请苏里柯夫或列宾②来不可。才气小点儿的人还不行哩!……你上哪儿去啊?……"

鲁宾佐夫含含糊糊应了一声,便匆匆和他告别了。

鲁宾佐夫越走近斯潘朵,心里便越发慌张。他们刚刚要走到这座城里,他慌张失措到差了点儿折了回去。他勒住马,望望卡勃鲁柯夫。

"我本想吩咐安东尤克……"鲁宾佐夫喃喃地说,至于他究竟有什么事没关照安东尤克,他可没说出来,原因很简单,因为他根本没有话要讲。

他终于放松了缰辔,他那匹奥里克便慢慢儿往前跑了。他们走到"东—西"军事公路,驱马进入斯潘朵的西郊。师部就设在这儿的一幢屋子里,在铁路附近。

在这里,柏林的炮击声听得清清楚楚。柏林的地平线全部卷在火焰中。苏军的飞机不断出现在空中,飞去轰炸德国京都的最后一些反抗的据点。

鲁宾佐夫在师部待了两个钟头。他仔细地研究了一下这一地段的战局,把获得的情报记录在一张地图上,以便向他的师长汇报。他拖了又拖,鼓不起勇气来向人问起医务营在哪儿。

沃罗比岳夫上校来帮助这位近卫军少校了。他一觉察到这侦察人员,

---

① 指黑人。汤姆叔叔系美国师陀夫人的名著《黑奴吁天录》里面的一个黑人主角。
② 二人均系俄国著名画家,他们的名画中也画战役。

就说：

"啊,是塔拉斯·彼得罗维奇派来的使者啊！唔,有什么消息吗?"

鲁宾佐夫告诉他波茨坦南边的德国师团,怎样想赶到柏林去救希特勒。

沃罗比岳夫觉得惊奇：

"原来他毕竟还在柏林哪？这混账王八蛋,现在可没处逃啦！"

"你怎么啦?"鲁宾佐夫问,注意到师长那只扎着绷带的胳臂。

"在阿尔特当附近受了伤。已经好起来了。我刚刚上法垦海根,作了最后一次的换药。"

鲁宾佐夫告别了,往法垦海根疾驰而去。在路上,他好几次看到许多军事路标上,都有一个红十字和这样的一些字句："卢特柯夫斯基部队。"原来他没有走错路。他赶到法垦海根的时候,天已经开始黑下来了。……

鲁宾佐夫在医务营的那些屋子附近勒住马,一跃而下,站了一会儿,然后对卡勃鲁柯夫说：

"在这儿等我。"

他朝着那间屋子走去,走到门口又犹豫了一下。最后,他坚决走上台阶,走进去。第一间房间里没有人。他敲门。门后有个女人的声音问道：

"谁啊?"

鲁宾佐夫答道：

"你可否告诉我,柯尔佐娃在哪儿?"

同一个声音安静地向另外一个人问道：

"你知道塔嘉娜·符拉基米罗夫娜在哪儿吗?"

鲁宾佐夫的前额涌出了汗珠。

"大概在手术间吧。"那人回答。

"不会的,"第一个声音说,"伤员们都治过了……她在她自己房间里吧。"

门微微开了,走出一个丰满的褐色女人,头发非常黑,眼睛有点儿斜。黄昏的微光从窗外透进来。鲁宾佐夫还是看得出她的脸形。她可看不清他,因为他是背着窗子站着的。她盯着他问道：

"你为什么非找柯尔佐娃不可？你不像个受伤的。"

她的声调并不太和气。

鲁宾佐夫说：

"不，我并没有受伤。我找她是为着别的事。"

"什么？"那女人突兀地问，"盲肠炎？脱肠？"

就在这时候，前门开了，有人走了进来，鲁宾佐夫清楚地感觉到来人就是塔娘。

那斜眼睛的女人说：

"这儿有人要找你。"

鲁宾佐夫转过身来。他看不见塔娘的脸，只看到她的黑影子在打开了门的门廊上。

他嗄声地说：

"是我啊，塔娘。你好啊。"

"谁？"塔娘问，微微地惊呆了。

一会儿，房间里突然亮了起来，因为另外一个女人从隔壁房间里拿了盏灯来。灯光照在塔娘的脸上，像纸那般白。

于是他们俩都走上街去。东面地平线上有个地方在火烧，有大炮的轰声，但是鲁宾佐夫和塔娘，什么也没听见，什么也没看见。随后一眉新月出现在天空，窄狭得好像一只黄指甲一般，他们俩觉察到月亮，于是停了下来。

"是你吗？"塔娘问，一面端详着他的脸，把这句话重复了好几遍，然后又说，"你还活着，我真快乐！现在大概你又要走了，你的事情是那么多……我就怕放你走，万一你又……我多么傻，我说——万一又……你还活着，这件事我到现在还不大相信。你当时是受了伤吧？"

她这些话说得又快又乱。

"我们找个黑暗的地方去吧！"她大胆地说，再也不拘泥什么仪节了，"我要吻你。"

他们走到最近一幢房子的后边，她伸出手臂拥抱他，吻他。

"我怎么喊你呢？"他们从屋后走出来的时候，她这么说，"我从来没喊过你的名字。从前在莫斯科附近，我喊你'中尉同志'，上一次我们在德国会见时，我喊你'少校同志'。那么，我现在喊你塞尔盖吧。你喊我塔娘……别说话。我就怕你说出不恰当的话来。我们的会见就是幸福——没有旁的。我们来想象一下吧:现在如果没有战争,你我二人在莫斯科大街上散步,那多好啊。噢,我多么想看看那些正常的儿童在泥塘里浮着玩具船,玩玩泥沙!……你知道,当我听到你牺牲了的消息,我怪我自己也要负一部分责任。人家在你面前讲我的坏话……是的,是的,我知道。我当时总以为是我伤了你的心,你才上了火线。当然喽,这想法太傻了,但是我当时的确是这么想的。"

货车慢慢儿开过去,士兵们不慌不忙地走过。人们在这进入和平的新时代,都高高兴兴地以朦胧的、梦想的眼睛看着这对爱人,诚心诚意地祝贺他们可以过一个欢乐和平的生活。

"我的勤务员领着马匹在等我哩。"鲁宾佐夫终于想起来了,于是他们便回到法垦海根去。

卡勃鲁柯夫和马匹还在那儿。

"现在我们喝点茶去吧,"塔娘说,"我们把马放在我那院子里,那儿有些棚子。"

卡勃鲁柯夫疑惑地望着近卫军少校,但是鲁宾佐夫并不看他,只是看着这女人。她走在前边,卡勃鲁柯夫领着马匹跟在后边。她停在一幢屋子附近,亲自打开大门说:

"这儿。这儿是我住的地方。"

她和鲁宾佐夫走进屋子里去。主妇出来迎接他们。这主妇是个德国老太婆,一张脸蛋儿长得很清秀,戴着眼镜。鲁宾佐夫觉得她很亲切,很殷勤好客。

塔娘跟她走进另外一个房间。随后塔娘又折回来,安排桌子,同时又带来军用麸皮面包和罐头肉。女主妇烧起茶来。塔娘的情感不知怎的感染了这位老太太,使她在桌旁忙个不休,急促地低声喃喃地说着什么。她走了以后,塔娘到院子里去喊卡勃鲁柯夫进来。他们都围桌而坐,但是只有卡勃鲁柯夫一个人在吃喝。鲁宾佐夫和塔娘面前都摆着一杯茶,但是两人既不喝又不吃,只是对看着。

有人敲门。一个女人的头探了进来。这个看护推说有事来找塔娘,但是塔娘和鲁宾佐夫都明白,她上这儿来是出于好奇。连她自己也知道人家明白她的心思。结果,她脸儿涨得通红,含含糊糊说了些什么,可是塔娘也听不出她的要求是什么。

这看护走了不久,又有一个女性突然探进头来。这个姑娘进来也有个借口。

卡勃鲁柯夫站起了身,谢谢主妇,说要去给马儿喝喝水喂喂草。塔娘也跳起身,说她去找女房东讨些干草。但是卡勃鲁柯夫回答说,他可以自己问她要去。塔娘说要把他领到放水的地方,但是卡勃鲁柯夫又说他自己找得到,于是便管自走了。塔娘坐下来,说什么女房东有些干草。塔娘的确亲自看见过那些草。

但是,鲁宾佐夫对一切——对她和他所遭遇的一切——都看得清清楚楚。他深入地了解每一个字每一个姿态的意义,不管是塔娘的或是别人的。他自己好像是个千里眼,能够准确地透视别人的心思。

一会儿又有了敲门声,又有个什么人进来,但是鲁宾佐夫全不在乎,他对于那人看都不看一眼,他只是惊奇地凝视着塔娘,因为她那双灰色的大眼睛里射出了那么奇特的光彩。

来人是格拉莎。她立即认出了少校,因为少校时常到营里来找营长维谢恰柯夫。她惭愧地说:

"嗳哟,塔嘉娜·符拉基米罗夫娜,请原谅,我真是个大傻瓜!我完全没想到近卫军少校是你的朋友。我明知道他并没有牺牲……我差不多对所有的看护们都讲了,近卫军少校怎样在德军的城里熬了三天,后来怎样帮助我们那一营兵前进……"她犹豫了一会儿,然后悄悄地问道:

"少校同志,你可知道我那位维谢恰柯夫怎么啦?他还活着吧?他根本不写信来,我也不晓得该怎么想……他已经忘掉了我。"

"他还活着,"鲁宾佐夫说,"我昨天还看见他的。活着,身体挺好。"

"唉,"格拉莎忧郁地说,"大概是抽烟抽得他昏头昏脑啦。"

"抽烟?没有注意到……相信我,我没注意到。要是我早知道的话,一定会给你留意的。"

"我在胡诌些什么啊!"鲁宾佐夫想道,"我脑子不行了……"

"他为什么要死抽烟?"塔娘问,"而且他并没有忘记你。他怎么会忘记呢!不不,那才怪啦!……"

她想(就像鲁宾佐夫方才所想的),她在说傻话。随后她发觉,她也得邀请格拉莎喝喝茶。

"坐下,格拉莎。"她说。

但是格拉莎谢绝了。

"我得走啦,"她悄悄地回答,"我还有好些事要做哩。"

当然,她手边并没有什么事要做。不过塔娘也不反驳,因为她现在除了鲁宾佐夫以外,什么人都不想看。

格拉莎走了,不一会儿,那个斜眼的褐色女郎也来了,方才待少校非常不客气的就是她哩。

甚至现在,她还是敌视地瞟了他一眼,有点挑衅似地问道:

"希望不至于打扰你们呢?"

"哪儿的话,哪儿的话!"塔娘小题大做地抢着说,"坐下,玛霞,让我给你们介绍一下。这位是我的一位老相识,鲁宾佐夫少校。这位是我的朋友,玛丽亚·伊凡诺夫娜,是医院排排长。"

"难道你就不上修道院啦?"玛霞问。

"不去啦,你自个儿去吧。"塔娘回答道。

"我猜中你今天不会去啦。"玛霞说,说话时加强了每个字的语气。

塔娘假装没有觉察到玛霞的责备的语气,向鲁宾佐夫解释说:

"这儿有个修道院和一个孤儿院。这里开始战斗的时候,沃罗比岳夫用卡车把孩子们载走了……。现在孩子们给运回来了,师长吩咐我们的军粮处以大米和面粉供给孤儿院……他们甚至送给他们几头乳牛。修女们非常惊奇,他们想不到布尔什维克对于儿童们有偏好……我们这些大夫也对孤儿院另眼看待,因为有好些孩子闹病——营养不足。哼,我们到那儿去,一共已经有五个夜晚了,给他们带葡萄糖去。"

鲁宾佐夫望着玛丽亚·伊凡诺夫娜紧皱眉头,不禁放声大笑,随即请求原谅说:

"原谅我,玛丽亚·伊凡诺夫娜,我想起你原来对于我的疾病非常关心。"

"哼,那又怎么啦!"玛丽亚·伊凡诺夫娜倔强地说,"是的,我是问过的,我是个大夫,有权利问你生什么病。还有——是的,我是用过'脱肠'这名词……是有这种病,一个大夫当然可以问哪。"

塔娘放声大笑起来,接着,出人意料,玛霞也大笑起来了。她连忙吻了一下塔娘,然后跑了出去。

又只剩下他们两个人了。塔娘用一种颤抖的声音说:

"你大概不久就要走了吧?"

鲁宾佐夫本可以待到明天才走,但是他不敢这么说出来。这要求太过分了。

他说:

"是的。如果你能够来,我请你上波茨坦来看看我。将军邀请你哪。你可以逛逛城市、宫殿和公园。很有趣的。"

她满有把握地望着他说:

"好的。你要我怎么我就怎么。"

"明儿早上就来。"

"好的,我来。"

"你怎么来法呢?"

"我会来的。"

他们走到街上去,桌上留着他们的茶,碰都没有碰过。

天上有星星在闪烁,因为柏林的大火光显得比较黯淡了。

卡勃鲁柯夫在台阶上抽烟。一听见他们的脚步声,他就动身准备行走。

"套马。"少校说。

卡勃鲁柯夫走去上马鞍,塔娘和鲁宾佐夫站在星星下面,紧紧地搂着。随后听得见马蹄的得得声和马勒的叮当声。卡勃鲁柯夫带着马匹走过来。

在回去的路上,鲁宾佐夫和他的勤务员都沉默着。少校在思想,她讲这些话多么怪:"你要我怎么我就怎么。"他想道,这些话把他俩永远联结在一起了,于是世界上的一切,现在在他看来都是轻易而简单的了。

马儿奔跑得快。时间已经是午夜以后,五月二日到来了[①]。

---

① 柏林会战于五月二日结束,在柏林地区的德军三十余万人,投降了苏军。

廿四

第二天，五月二日，塔娘不能够来，因为局势有了出人意料的重要发展。

五月二日夜里，有一大群德国兵，约莫有三万人，携带着自动推进炮和装甲运兵车，从柏林的威廉斯达特和皮恰尔斯多夫两个地区突围而出，朝柏林的西边奔逃。

鲁宾佐夫还没有抵达波茨坦，就开始有电报从加多和革拉丁打来，报告各条路上都挤满了大批大批的德国武装部队。

全师都进入了警备状态。只偶尔有手电筒的闪光照亮了黎明前一片深沉的黑暗，士兵们就在这种黑暗中上了卡车往北开，去拦阻那些从柏林通到西面的道路。

师部里电话铃声响个不停。关于那些逃亡的德军，详细的消息越来越多了。据说他们结成密集的纵队在走，只要能够避开城镇和乡村，他们就尽量避开。

鲁宾佐夫喊醒了那些睡在对面屋子里的侦察兵。他们迅速跳起身，捡起各人的轻机枪和手榴弹。已经有一部卡车在等待他们。他们跳上车，卡车立即朝北开。

天亮起来了。一个个村庄一闪而过。侦察兵的卡车开过一座临时桥梁，开到法兰去——有些工兵就在这座桥附近防守。到了这村子北面的一座山上，鲁宾佐夫就命令司机停车。侦察兵跳了下去，跟着少校走到附近一条公路上。

侦察兵不必久等。一纵队德国兵，至少有一千名，就在大路拐弯的地方出现了。他们前面有一门菲尔吉纳德型的突击炮①。纵队的后面又有同样的一门炮。这些自动推进炮上的黑十字，使鲁宾佐夫回想起了以往几年的战争的日子。

---

① 新型自动推进炮，重七十吨，鼻部装甲达二十公分厚。1943年夏，希特勒匪徒妄想以这新型炮和"虎式"坦克来进攻红军，结果运用新式秘密武器，仍然大败。

他注意地观看这个纵队,然后转向梅歇尔斯基说:

"向他们开一排枪。"

侦察兵开了一排枪。德国兵顿时混乱起来,在低地上四散而逃,连跑带爬。自动推进炮停了下来,朝附近的火车站开了三炮。

几分钟以后,一个炮队追上了鲁宾佐夫。炮兵们架起大炮,朝着那个躲藏着德国兵的村子开了几发炮。

一个士兵跑来通知少校说,再往东去一点,又有一个纵队出现了,约莫有一千人。

那个士兵指着一座树林,德国兵刚才就是退到那里面去的。鲁宾佐夫派服罗宁和两个侦察兵到那座树林里去,又派米特罗金带着三个侦察兵去窥探那个躲在村子里的德国纵队。

服罗宁不久便带着消息回来,说树林里其实只有约莫三百名德国兵。炮兵们扳起一门大炮,朝那树林开了两下。过了一会儿,德国兵开始狼狈逃遁。他们朝着各个方向乱跑,一面疯狂地指手画脚。

鲁宾佐夫等待米特罗金回来。米特罗金回来报告说,德国兵又在行动了,不过已经不是结成严密的队形,而是分成了几个小组。鲁宾佐夫吩咐部下跳上卡车,开回去找师长。

师长正在听军长讲话。军长从诺恩南边的瓦巧附近打电话来,据说那边也在跟逃亡的敌军纵队进行战斗。

师长跟军长谈了话以后,说:

"在战争结束以前,我们还得打打仗……还得牺牲一些人,还得流血。军长说这些人都是些不顾死活的家伙,害怕落在我们手里……他们知道一落在我们手里就糟啦!他们在投奔美军去。但是柏林的卫戍军正在投降中,那儿一切都完结了。"

鲁宾佐夫耸耸肩。

"我刚才看了看他们,他们不见得怎么大胆。照我想,我们应该派人带着白旗去找这些德军,建议他们投降……再把人往坟墓里送,太可惜了。"

将军打电话给政治部。普洛特尼柯夫同意近卫军少校的建议。

"这主意不错,"他说,"我们应该试一试看。"

部队里相当自发地掀起了这个"慈悲运动",这个避免不必要流血的愿望。这个运动立即得到了军事委员会的核准。差不多在所有的师里,凡是懂得一点点德文的都派出去劝德国人投降。

近卫军少校驾着一辆插白旗的铁甲车出发了。

他也派阿甘涅斯扬和梅歇尔斯基带着白旗上克洛斯格连尼克村去。他自己车子朝西北开。

在第一个村子里,他碰到了我们的一些后勤部队。他们刚刚经历了生平第一次跟德军的战斗,——不只是一场战斗,而是一场肉搏。他们中间有受伤的。

"我正在给师的面包房送面粉来,"一个胖子,穿着一件撕破的制服,手里拿着一支步枪,看样子很像个杀气腾腾的战斗员,他正在对少校说,"突然间,我看见了什么啊!德国兵在行动!我们就躺下来开枪。抢救了面粉。你不必打什么白旗去找他们,你得用'喀秋莎'去对待他们!"

鲁宾佐夫往前走,跨过公路,渡过巴雷茨—诺恩运河。那儿到处都是一片异常的兴奋。后方部队的士兵们一看见近卫军少校打着一面白旗,便把一大堆消息告诉他:

"就在那边,有一个纵队!"

"那座树林里有德军。"

"约莫有两百个人,就爬在堤岸后面。"

鲁宾佐夫将铁甲车停在树林附近,据士兵们说,那树林里有大批德国兵。

近卫军少校双手举着白旗,赶忙朝着树林子走。

他一面朝着树林深处走,一面开始清清楚楚地、大声地用德国话喊道:

"德国士兵们!红军司令……"

鲁宾佐夫还没有喊完,就有个黑影子从树林里扑出来。原来是个戴眼镜的细长的瘦子,胡子没有修,制服上戴着上等兵的袖章。

他往前走来,小心翼翼地望着鲁宾佐夫的脸。

鲁宾佐夫立即派他回树林去,向他说明:他要来投降,就必须把同伴一同带来。

不到十分钟,这个戴着眼镜的德国人便带来二十来个德国兵。鲁宾佐夫又把这些人派回去劝降。

"回去，"他用德国话在他们后面喊道，"带着别的人一起来。"

他的假定完全得到证实了。他们往树林里各处跑，远远地听见他们在喊叫别的人们，然后又坚持地、迅速地向那些人说了些什么。

终于有一大群人出现了，约莫有一百人。他们把武器丢在树林里。他们注意地、小心翼翼地瞪着这个苏联军官，就像方才第一个投降的、戴眼镜的德国兵一样。

鲁宾佐夫把这些俘虏带到一个有砖窑的大农场去。这农场的四周有围墙，围墙里有些高大的、古老的栗树。

铁甲车在俘虏后边慢慢地开，开到一块距离围墙不远的草地上，便停了下来。

农场里边有好些喧闹的声响。平民们，大多是妇女和孩童，从屋子里三三两两地跑出来，但是只是远远地张望他们，不敢挨近来。

鲁宾佐夫委派那个戴眼镜的当他们的头目。他比谁都兴奋，片刻不离开鲁宾佐夫。

少校由那戴眼镜的德国兵陪着，走去对那些妇女说，最好能拿些东西给她们的同胞们吃。

起初，妇女听不懂这个打着白旗的、爱好和平的苏联人在对他们说些什么，但是当鲁宾佐夫再讲了一遍以后，她们立即喧闹地讲起话来，各人奔向屋子和牛棚。不久，她们又出现了，送来一大块一大块面包，好些珐琅桶子，桶子都装满着牛乳。

这一下大大鼓舞了俘虏们。他们环绕着奶桶坐在草地上，开始把牛奶往他们的军用盒子里倒，他们现在终于发觉这些饭盒子比轻机枪更需要了。

他们也没忘记谢谢那个苏联军官，因为那个戴眼镜的德国兵告诉他们说，"组织"居民送牛乳给他们喝的就是这个军官。妇女和孩子们站在旁边，同情地看着俘虏们，又带着敬重的态度望着那个在俘虏们中间走动的苏联人。年轻的娘儿们甚至对他有卖弄风姿的倾向。

还有一片蔚蓝的春天的天空笼罩着这些高大的栗树、一块块的绿草地，这些德国男男女女的兴奋的脸；还有一颗太阳正在明亮愉快地照耀着，你就可以想象一下看,在塞尔盖·鲁宾佐夫眼前所展开的,是一幅多么欢快,多么富有意义的画图啊。

这当儿,那个戴眼镜的人,已经吃了一点东西,又自告奋勇地去找俘虏来。鲁宾佐夫命令他从第一批投降的"老兵"中,挑选出一些助手来。

少校邀请那些张着嘴站在四周看的孩童们也跑到树林里去劝说那些还躲在里边的德国兵,把和平和牛奶的讯息带给他们。儿童们一得到这个任务,当然快乐极了。他们找了一些长棍子,用白手帕绑在上边,高高地抬在头上,往树林里跑。

过了几分钟以后,一大群德国兵从树林里出来了,由一个肩上受了伤的中校带头。

中校走到鲁宾佐夫跟前,敬礼,解开手枪套,把手枪缴了过来。近卫军少校接过手枪,用德话半询问地说道:

"哼,和平啦?"

"谢谢上帝!"对方用德国话回答。

鲁宾佐夫派他当整个俘虏营的司令官,当时俘虏已经超出三百人了。时时有些个别的散兵出现。一个上尉荡了过来,接着是一个胸上挂着铁十字章的中尉。俘虏们坐在草地上,在清晨的阳光下幸福地眨着眼睛。

鲁宾佐夫开始心慌起来,因为俘虏差不多有五百名了。但是眼前看不到一个苏联兵,只有一个穿蓝色工作裤的下士——那是一个装甲车的司机。连这位司机都有些担心事,他跑到鲁宾佐夫的跟前来说:

"他们的人已经这么多……我们大可以有个卫队了。"

鲁宾佐夫思索了一会儿,建议道:

"你上车去,开到那个教堂给打坏了的村子里去。我看到我们的炮队在那儿。叫他们至少派十二个士兵来。"

装甲车轰隆轰隆开走了。留下鲁宾佐夫单独一个人。德国人不断地来。那个戴眼镜的上等兵和他的志愿兵们朝树林那边来回地走,每次都领回来一大批人。

鲁宾佐夫跟那个中校谈了一下。那个德国人告诉他说,希特勒——已经在前天,四月三十日,在总理大厦自尽了——至少已经有了这样的传闻。柏林已经投降，再抵抗下去是不可能的了。至于中校本人，原在指挥一个驻扎在格鲁因华森林的高射炮旅，他现在决心参加突围，因为他本是屠林根人，可以趁这个机会赶回家去。别的许多官兵们也是为着同样的目的，参加向西面的突围。中校当然也不得不同意鲁宾佐夫的意见，说是有很多德国人都要朝西走，因为他们盼望自己过去的罪行可以不受到惩罚。是的，中校在路上也碰到过好些恶名昭彰的党卫军，以及一些隶属于各种纳粹组织的文官。鲁宾佐夫问他说，这些人是不是以为美军不会惩罚他们，中校对这个问题感到相当慌乱，对着鲁宾佐夫皱起眉头，然后回答说，大概有许多人都是这么想法的。

天气越来越暖和。白云慢慢地飘过明亮的蓝天。

就在这当儿，树林里起了一阵轻机枪的迸射声，那个戴眼镜的上等兵出现了。他急急地走，差不多是在跑。他一走到鲁宾佐夫跟前，便连忙讲了些什么。他所讲的话鲁宾佐夫只听懂了这几个字：

差一点逃不了命。

鲁宾佐夫终于听懂了，原来在那离开森林边缘不远的地方，新到了一大批人，拿着轻机枪，不肯投降。上等兵劝他们投降，其中有一个人就拿起轻机枪来扫射。

鲁宾佐夫等待铁甲车回来。车子回来了，车上坐着几个手持步枪的苏联士兵。他叫他们留在这儿看守俘虏，自己举着那面白旗朝树林走。孩子们跟在他后面，和他隔着相当距离。孩子们都举着棍子，棍上的白手帕在欢快地飘荡着。

鲁宾佐夫知道德国人躲在树木后面，于是便大声地对着树木讲话，叫那些德军投降。

森林仍旧保持着一片带有敌对意味的沉默。鲁宾佐夫提高嗓子，又把他自己的建议重讲一遍，并且补充说，苏军司令不想多流血，因此才建议德国士兵投降。

又是一片沉默。只有风儿吹动树叶的声音。头盔、步枪、手枪，散遍了整个草地。

最后，左边的什么地方有两个德国人站起身，朝着鲁宾佐夫走来。他们走过他身边的时候都敬了礼，一面朝农场的方向走去。鲁宾佐夫往前走了三步。

他看到前面有一块洼地,再过去一点就是一所小木屋。德国人一定躲在那洼地里——侦察人员那敏感的耳朵不会欺骗他自己的。

然而并没有一个人走出来,一会儿,正当鲁宾佐夫决定折回农场去的时候,有个德国人从洼地里出现了。差不多就在他出现的同时,有人开了一枪,那个德国人倒了下去,好像给一把战斧劈倒了似的,接着是一阵短短的轰隆隆的迸射声。

少校吃惊地往后一跳,在最后一刹那中,他注意到绿色的树叶从那些比较低矮的枝干上纷纷掉落,他紧紧抓住自己的心口,身体跌倒在草地上。

廿五

在柏林投降的最后几天里，康拉德·文克尔跟着布尔凯住在蒂尔加顿的防空洞里。他正如住在那儿的别的许多人一样，以为只有汶克的到来，可以解救京都。他不知道，旁人也不知道，汶克那一军的兵力衰弱。谁也不知道，汶克来解救京都的传说，只是希特勒最后的非非之想罢了。

到了四月二十九日，汶克分明不能来啦。人们低语传说第十二军被阻于波茨坦的南面，正在那儿作激烈的防守战。至于第九军的部队，本来打算与汶克会师，现在已经被围于文第斯赫——巴克霍尔兹附近。

四月二十九日夜间，布尔凯上总理大厦去。他回来的时候显得阴郁沮丧。

全区都在轰隆隆的炮声中。苏军已经抵达国会大厦北面的许普列河①，强渡了兰华尔运河，同时从西面夺取了亚历山大广场，突破防线冲到仙乐斯广场，现在正在争夺皇帝的宫堡。

没有法子阻挡得住他们。他们钻进柏林的地下工程，出乎意料地在地下车站出现了，他们从断垣残壁之间穿过来，简直把大炮拖到了屋顶上。

"元首怎么想法啊？"文克尔低语道。

布尔凯喷了一下鼻子作为回答：

"他根本就不想哪。"

布尔凯从衣袋里掏出两小瓶针药，望了一下，他的眼睛就像这些小玻璃瓶子似的呆滞无光。

"这就是他们发给我们的！"布尔凯说，"这就是黑色兵团②的最后的避难所……"

他把针筒重新藏在衣袋里，咆哮道：

"完蛋啦！一切都完蛋啦！只要我抓得到那个该死的算命妇人，我一定把

---

① 希特勒曾命令打开这条河的水闸，以淹没距他住所不远的地下车站，同时也淹死了车站里数千德军伤员。

② 所谓黑色，或指"死亡"的军队，或指党卫军的黑制服。

她的肉一块一块割下来,这臭婊子!"

他低声告诉文克尔说,今天柏林的卫戍司令维特林将军,上总理大厦对希特勒说,继续抵抗下去是不能的了,建议他离开柏林。

"后来怎么样呢?"文克尔问。

"他拒绝了。当然啦,他的西洋镜给拆穿了。他根本就没地方可以去。将来历史记载起来,在京都翘辫子,总比在什么交叉路口漂亮一点……"

布尔凯感到绝望,他虽然在旁人跟前还装装样子,但是文克尔是他的亲信,他可不装了。

防空洞里像坟墓那么沉寂。大家喝着杜松子酒来麻醉自己,等待着死亡。

第二天三点钟的时候,有个党卫军团长级的军官爬到蒂尔加顿来,拿着一纸命令,要领取三百公升汽油到总理大厦去。他们开始从附近那一大堆车子和铁甲运兵车里倒出汽油来,装在箱子里。他们一共凑了一百六十公升。布尔凯跟那个团级党卫军交头接耳地谈了一会儿以后,便折回来对文克尔说:

"他们要焚烧元首的尸体……他已吃了毒药,要不然,现在正在服毒。我去看看。"

这一趟,布尔凯隔了好久还没回来。从服斯街回来的人们说,希特勒已经服了毒,当天晚上克列勃斯将军就要去找苏军谈判。

元首的死对谁也不发生影响。大家仍旧那么冷淡,满不在乎,蹲来蹲去,啃点什么,等候着下场。

一块黑色的烟云笼罩着柏林。国会大厦周围的炮火响个不停。无穷无尽的伤员从那儿给移到沙罗腾堡公路上去。苏军在向国会大厦冲锋,不久便有一面苏联红旗闪亮在大厦的玻璃圆顶上。蒂尔加顿区的德国人也看得见那面红旗。他们听到苏军的一阵雄壮的"乌啦"声。战斗在动物园里展开了,那儿也有了伤员。他们说,苏军在那儿俘获了五千名俘虏。德军在放下武器投降。守卫蒂尔加顿的队伍越来越少了。许多人都在夜幕的掩护下逃走了。

文克尔坐在防空洞里打盹。他并不担心会有什么遭遇。布尔凯那天深夜才回来。还有几个党卫军的军官跟着他一块儿来。

"完了。"布尔凯说。

第二天,当局宣布说,将要从柏林的森林里试图突围。维特林将军正在跟苏军举行投降谈判。戈贝尔已经服毒。鲍尔曼失踪了。午后,文克尔、布尔凯和其他一些党卫军官兵朝西出发。他们爬过断垣残壁,一想到苏军随时会出现在交叉路口,就害怕得直发抖,好容易才走过了沙罗腾堡。他们跨过了一段已经毁了的铁路线,终于抵达了柏林的公园,里边是一些荒凉的运动场和一些装上了木板的空亭。

大群大群的人聚集在国家竞技场附近,可是四下都安安静静。他们分成几组坐着,低声交谈。

布尔凯为人一向是极端活动的,现在却特地把自己的热情约束了起来保持安静,竖起他那有毛的大耳朵听着人们谈话。

从谈话中可以听出,这些披着绿色军大衣聚在这里的人们,可以分成三类。

第一类是"希特勒青年团"的少年和前线的士兵,他们奉命往西走,人家告诉他们说,德军还存在,在诺恩附近进行防御战,因此,突围去支持那支军队,是每个士兵的责任。

第二类的人比第一类多。这些人知道局势已经失望,德国已经给打垮。但是这些人的家都在易北河的对岸。他们都是巴伐利亚人、莱茵河西区的人、卫斯特法楞、什列斯威、赫斯以及西德其他地区的人。他们所要求的只有一桩事:回家,回故乡。

第三类是党卫军,纳粹的积极分子,各种党棍党官:大头目老早逃了。有一个时期,这些人跟从希特勒咒骂美国的财阀政治。但是现在,他们宁可给美军俘虏,不愿意给苏军俘虏,盼望美国佬对待他们会比较宽大——他们这种盼望也不是没有理由的。比起共产党来,资本家和财阀对他们适合得多了。

领导突围的是第三类人,一方面欺骗人,一方面唆使人。

布尔凯当然是属于第三类,不过他并不显露自己。他也怕美国人,不过不像他怕苏联人那么厉害。他良心上罪孽太多,上西方去逃难也逃不了。比如说法国人吧,一定还记得他从前在巴黎跟斯图那吉尔一块儿当刽子手。他曾在法国负责枪毙人质。他这双多毛的大手,现在这么泄气地放在有露水的湿草上,当初曾叫法国人流了多少血啊。

布尔凯颤抖了一下——当然不是因为寒冷。天气又暖和又平静。他肯付出很大很大的代价,跟这个垂头丧气的文克尔交换一下生平历史。文克尔现在就坐在他身旁,甚至能够打盹,真是活见鬼!

一会儿,布尔凯觉察到隔壁一棵树下有个人正在大发议论,四面聚着一些人,其中有两个人是布尔凯所认识的党卫军。这个高个子戴着一顶呢帽,一副金丝眼镜,留着一簇微微发白的、希特勒式的小胡子,竟然是平民装束,不禁叫布尔凯惊奇。这人夹杂在穿着军装的士兵们之间,显得富有和平意味。他讲话相当大声,甚至大有自恃的语气。

"美国人是个认真做事的民族。我永远不相信他们要毁灭我们,他们一定知道,我们是西方世界反抗布尔什维克主义的唯一的一道防线。我相信美国领袖们对于共产党的不喜爱,就像你和我一样。"

布尔凯从草地上笨重地爬起身,走去找他的党卫军老相识。

那个穿平民装的人问道:

"谁有火柴吗?我的打火机没汽油了。"他咯咯地笑了一声,"缺少战略原料,就是我们可怜的祖国的一件不幸。"

有人讨好地递给他一只打火机,布尔凯从袋里掏出一包香烟来——他衣服袋里塞满了香烟,是他从总理大厦地下室满克那儿弄来的。

"啊!你有香烟!"那个穿平民装的人喊道,"你真阔气!三天来我抽的尽是蹩脚烟草……谢谢你,这位……级……先生……"

有人提醒他说:

"团级党卫军布尔凯。"

"团级党卫军?"穿平民装的那个人又问,"哼,那么我们就说是中校先生吧。这个称号现在好听一些。"

"我不反对。"布尔凯冷酷地说。

"林特曼。"穿平民装的人自我介绍说。

"林特曼,"布尔凯重复了一遍,"我刚才就在想,我认得你,但是想不出你的大名来。"

奥托·林特曼是个大实业家,是好几家大行商大银行的常务董事。

"我见过你的,"布尔凯接下去说,"在贝许斯伽登①见过一次,在柏林见过

---

① 德国巴伐利亚一小邑,希特勒别墅的所在地。

好几次。当时我跟元首一起工作。后来,我在巴黎的时候……"

这些往事的回忆,并不引起林特曼的特别兴趣,他反而相当悲怆地打断了党卫军的话:"是的,中校先生,那是当年的事啦。现在全过去了。故元首是位伟大人物,只可惜……"他歇了一下,换了个话题,"我不记得新近还为了哪一件事听见过你的大名……"有人在黑暗中向林特曼的耳朵里叽咕了一些什么,于是他又说,"啊——啊!我记得了!……我记得了!……那是跟党卫军总长的经济资助方面的特别任务有关的事情……"

天逐渐黑下来了。在不远的黑暗中,夜莺们开始歌唱,林特曼叹息了一声,背诵一首诗的开头几行:

只要我是只小鸟……

终于发出了行进的号声。大家都站起来。布尔凯和文克尔跟着林特曼一起走。

布尔凯和林特曼情意相投,一见如故。布尔凯喜欢这实业家的仪态,他断定林特曼的自恃必定有实在的基础。林特曼是个有势力的人,他是靠了战事军火订货和征用犹太人财产而暴富的。他是布勒门公司、福凯—华尔夫以及路塞尔许哀姆的奥倍尔股份公司的常务董事。他在德国西部大概有重要的关系,因此布尔凯也许可以利用他一下。

至于林特曼,他已久仰这个魁伟、冷酷、红脸的党卫军。在目前的艰苦情况之下,布尔凯的强有力的拳头和轻机枪,可能对他有很大很大的帮助。

事出偶然,林特曼竟陷入了"柏林大铁锅"。四月十五日,他和他的秘书从巴伐利亚抵达柏林。苏军于第二天就开始发动攻势,当时林特曼虽然事多,也已经准备要走了,动身以前他曾经上总理大厦去过一趟。他发现元首原来还在柏林。这一点就叫他安了心,因为元首既然在柏林,他必定有充分的兵力可以抵御苏军的进击。有好些高级要人也向林特曼保证说,柏林在任何情况下绝不投降[①]。

---

① 当时在柏林城郊结集有德军五十万人,城内市街设有九道防线,所有的街道都筑有街垒,交叉路和广场都设有地雷和工事,地下室铁道都变成了防御工事。

希特勒的军事副官布多夫将军,还对林特曼低语说,京都如果投降的话,准向美军投降,也只肯向美军投降。

有了这些保证,林特曼便安心了,打了个电报给他的妻子说,他因事还得耽搁几天以后才飞回家。他包了一架飞机。其余的事也就不用说了。苏军在发动攻势的第五天就到了柏林。所有的飞机场都落在他们手里。至于林特曼之类的人指望快点儿来到的美军,还远着哩。

林特曼弄了一部车子,开出柏林往西走,但是到了拉及尔·朵勃里茨附近,碰上苏军出现在"东—西"军事公路上,苏军向车子开枪,于是他只好折回来。

现在林特曼所有的希望都寄托在一件事情上:赶到美军阵地去。在希特勒执政的前后,他曾经两度在美国住过一个长时期。他的美国朋友中,有亨利·福特的儿子爱特赛和通用汽车公司那些大亨,都是相当有势力的人物,总可以保住他不受迫害。林特曼本人,究竟并没有亲自参加党卫军的暴行啊。他是个实业家,假如他担任董事的那些公司工厂,是从事战事生产的,那么,从商人的立场来讲,是情有可原的。商业组织需要利润。的确,林特曼在希特勒执政以前,也在经济方面资助过希特勒,后来他也屡次效劳希特勒和希姆莱。但是这一切毕竟是相当自然的:希特勒的执政和他那导向战争的政策,给工商业带来了巨额利润,这一点,每个商人都会明白的。至于美国和其他各国那些煽动家,林特曼盼望他们不久便安静下来。

林特曼听到谣传,说是工商金融界有一千八百名战犯,他的名字也列在里面,他不免有点吃惊。但是他究竟还不是喀特·冯·希罗特男爵,不是克鲁拔·冯·波伦,也不是法本化学企业公司的枢密顾问许密茨,也不是亚诺德·累赫堡,也不是喀特·许密特——这些人才是希特勒直接和公开的帮凶。他不是政客,他唯一的兴趣就是利润。

奥托·林特曼梦想最后可以看到美军的花旗。一群群的人慢慢地走过森林。前面传来自动推进炮的怒吼声,在帮助突围的人们开路。

抵达皮恰尔斯多夫的时候,先锋部队和苏军交战起来了,德军的袭击虽说出于苏军的意料之外,乘苏军的不防备,但是苏军顽强防守,以致大队的德国人只好分成比较小的队伍,各自展开向西突破的艰苦工作。

廿六

从柏林突围出来的纵队,到处卷入了短暂的小战,于是人数越来越少,散成小队伍,绕过城乡,钻入森林沼泽,顽强地继续前进。

林特曼、布尔凯和文克尔的纵队,在西堡遭遇到顽强的抵抗。它的两支自动推进炮被苏军打毁了,于是只好分散成更小的队伍,从小涧、河谷、沼泽等地溜过去,以抵达那盼望中的西方目的地。

布尔凯发现自己当上了一个人数达三百的支队的队长。

在西堡的西边,他们碰上一支苏联的掩护部队,差一点吓得德国人逃跑了。但是他们立刻发现所谓掩护部队,原来只有二十个人。布尔凯阻止他手下人的逃跑,结队与路边的苏军死拼。苏军往后撤退。布尔凯冲赶过去,扬起他那双大手,抓住一个头上受伤的青年苏联士兵。战斗已经沉寂下去,但是布尔凯还是死命绞勒那个早已死去的苏联青年,挥动他那又大又红的拳头,不断捶打那青年的脸。

林特曼转过头去——他不忍看人流血——但是他对于他这个保镖的勇敢凶猛,心里却感到挺高兴。

穿过公路以后,他们又在树林山谷间找路前进。他们越朝西走,布尔凯就越来得胆壮。他带头大踏步走,又魁伟又凶恶,随便发生了什么事都不在乎的样子。

到了清晨,他们走上了一条铁道。大家都累透了,但是恐惧和往前突围的欲望支撑着他们前进。

他们游过一道运河。他们遍身湿透,肚子又饿,就这样走到了部拾夫·卡尔拔左夫村北面的一条公路上。附近一座小山上有个苏军炮队朝他们开炮。四面八方都有步枪朝着他们射击。他们好容易才逃出了这个陷阱,勉强挣扎着走到一个很安静的村子。有些穿军服的苏联姑娘正在洗衣服。这些姑娘一看见这些德国人,便跑到屋子里去。于是——屋子里就有了枪弹射出来。接着有两个俄国兵从一间屋子里走出来,朝着德国人走过来,嘴巴里喊叫着什么。他们显然是叫德国人投降。布尔凯开了一阵轻机枪作为回答。一个苏联人倒在地下,一个躲在掩蔽物后面。

布尔凯的行囊里有一坛酒,他自己不喝,反而请林特曼喝。董事先生本来支持不住了,喝了点酒精神才好些。

到了早上十点钟,林特曼简直走不动了。布尔凯宣布在森林里歇一歇。听得见四下都有兴奋的说话声。原来是早先躲在这森林里的德国人在彼此嚷叫,口角,开会。一会儿,儿童们打着白旗出现了,他们说,有一个苏联军官派他们来传达讯息,叫他们投降,投降对彼此都有利,谁也不会吃亏。大家都有东西吃,受伤的可以获得医治。投降的俘虏,已经有了牛奶喝。布尔凯对那些小孩大声吆喝,叫他们滚蛋,而且恫吓他们,说是要开枪把他们统统打死。孩子们给吓跑了。

然后出现了一个德国兵,他想劝他们投降。柏林已经投降,慕尼黑已经毫无抵抗地投降美军,一切抵抗都已经停止了。

布尔凯扳开手机枪扫射。一会儿又安静下来了。

林特曼休息了一会儿,布尔凯于是决定再往前走。他说:

"我们走吧,别发愁,我们准走得到。走啊,林特曼。你跟布尔凯在一起,担保没事。巴黎有个算命的,她说我当了将军才会死……如果你到过巴黎,你准知道这老太婆……我们只要能够抵达勃兰登堡西边那座森林……"

"你真是个地道的好汉,布尔凯。走。"林特曼说,装出一脸愉快的神情。

就在这时候,布尔凯从树木间注意到有个苏联军官,打着一面白旗。原来是个金发蓝眼的苏联军官。他的脸晒黑了,因此他的眼睛显得特别蓝。他正站在一块空地上,朝着树林的黑暗的地方直望。他左手握着一面白旗,阳光从树叶间泻下来,给他白旗上洒上金色的光点。

他说了几句话,歇了一歇。他后面出现了一些德国孩子,手里拿着长棍子,棍子上绑着白旗。他们踮着脚走路,又是好奇又是谨慎提防。

布尔凯的右边有两个德国人站了起来,朝那苏联人走去。他们的脚步在草丛中掀起一片轻轻的沙沙声。他们中间有一个人脚下踢到一个头盔,咔嗒一响。

血液慢慢地涌上布尔凯的脸,又慢慢地从林特曼的脸上消失了。忽然间,出人意料地,躺在他们身旁的那个人站了起来。布尔凯回头一看。文克尔正举起双手，朝那个苏联军官走去。他把轻机枪丢在草地上。

布尔凯尖叫一声，用左手撑起身来。文克尔瘦削的肩膀耸起在他的眼前。布尔凯举起轻机枪来射击。

文克尔扑倒在地上，布尔凯看都不看，只是咬牙切齿，对准苏联人、苏联的白旗以及站在远处的孩童扫射了一会儿。给子弹所打落的树叶慢慢地掉落在地上。

布尔凯抓住林特曼的胳臂，往树林深处跑。

他们穿过郊野狠命地跑，不久便看到哈伏尔河。他们从沼泽上那一片又密又高的灯心草穿过去，走到勃兰登堡附近一块潮湿的低地。他们到了这里，才气喘喘地坐下来休息。

林特曼立刻就睡着了，但是布尔凯睡不着。风在吹动着灯心草，布尔凯把风声当做了俄国人在往他跟前爬来，越爬越近，都是些蓝眼睛，皮肤晒得黑黑的，就像那个军官。他四周的人都在睡着，边睡边喃喃发出怨言，叹息，咒骂。

布尔凯的长手臂软弱无力地在自己的两腿之间摆动着。

过了一个钟头，他喊醒了林特曼和别人，说是继续往前走的时候到了。

林特曼呻吟道：

"你在说什么啊！我连站起来的力气都没有啦！"

"你愿意给俄国人逮住吗？"布尔凯问道，"好的，你就留在后面好了。我管我走啦。"

"走吧。"林特曼怨冤地说。

他们又出发了。四下安安静静。天上照耀着一弯新月，好像指甲一般。林特曼诉苦道：

"我们只要到了美军的阵地就行啦！"

"美军又有什么好呢！"布尔凯冷酷地说，"他们也是我们的敌人啊。"

这两句话激恼了林特曼，他开始迅速地讲道：

"你懂得个屁！你的脑子给你那元首和他那一帮党徒的谬论塞满了！他们把那些财阀和资本家在你面前胡诌一通！但是你可知道，是什么人叫元首掌握政权的，是什么人给他钱参加竞选运动的!？我们！我们！我们这些重工业家！"

"别响啦。"布尔凯说。

林特曼还是讲下去,不过声音放低了一些:

"我索性告诉你吧,说起元首的成功,得力于美国人金钱的资助很不少!哈啊,你觉得惊奇吗?戈贝尔博士是这么对你们讲的吗?如果你要知道的话,奥倍尔的那些厂就是属于美国通用汽车公司的!罗棱索无线电公司就是美国电话公司的分公司——假如你要知道真相的话!福凯-华尔夫有美国人的股子。是的,是的,国家元帅戈林派出轰炸美国人的那些飞机,其实也是美国人出钱造的啊!记住这个,财阀的敌人!金钱没有国籍,黄金不识国界。"

"别响啦。"布尔凯说。

"但是我们这可怜的祖国啊,"林特曼低声地继续说下去,"它还是有前途的……当然,它必须在一个更富有弹性的政权的保护之下!……元首是个伟人,可惜有许多事他都不了解!……毁了他的就是由于他缺乏弹性。他的内政政策是正确的,可惜外交政策是愚蠢的!……"

布尔凯和林特曼流浪到第三天,终于看到易北河就在前面了。目前这支大队伍只剩下十一个人了:三个党卫军,一个内政部的小官吏,一个"希特勒青年团"的头目,四个生长于屠林根和汉诺威的兵士。

布尔凯找到一条船,渡过了河。

他们看到不远的地方有个大村子。村子那边传来喧闹的人声和许多卡车的轰隆声。

村口停着几部"道奇"车,车子的减热器上插着美国旗。

布尔凯咳咳嗽,脸孔发紫,举起双手往前走。跟在他后面的人都这么做,只有林特曼,因为是平民,双手没有举起来。

美国士兵接待他们很怠慢,领着他们走过村子。有个美国兵甚至在布尔凯的脖子上敲了一下。美国兵,尤其是其中的一个黑人,憎恨地望着这些德国人。他们被带到一个部队的司令部,一个美国上尉简短地审问了他们一下。他的声音里显然带着敌视的意味。

上尉走出去以后,布尔凯愤怒地望望那仓皇失措的林特曼,但是没说什么。

深夜,他们从司令部被押到另外一座屋子。

有个美国军官——后来才知道是个上校——用一口很好的德国话对林特曼说,他看到他跟前有个平民,觉得惊奇。林特曼立即开始讲英语。上校请他坐下。他们俩畅谈了一下,那个美国人一边听林特曼讲话,一边思索地反复说道:

"是……是……"

上校时以他那又小又尖的眼睛,锐利地瞪着布尔凯和其余的人们。这些德国人穿得破破烂烂,没刮胡子,板着阴沉沉的脸,排成一排站在墙跟前。

这家伙是情报人员——布尔凯注视着那个美国人,一面板着脸这么想道。这美国人是个高高的瘦子,留着一簇黑色小胡子,一双手又瘦又多毛,他正在抽香烟。他的目光在布尔凯身上逗留了一会儿,咧嘴一笑,用德语问道:

"你们好!诸位先生?你们倒是从俄国人那边逃出来了啊,哼,你们运气真好!……"

他走出了房门。紧张的沉默支配了整个房间。上校带着另外一个军官走回来了,那个军官的胸膛上戴着好多勋章绶带。他是个比较矮的人,胖胖的,又那么兴致蓬勃,他老是擦着他那双小手,从桌子上捡起一份一份文件,看了一下又放回原处。然后他就开始在那些站在墙边的德国人跟前走来走去,一面跟林特曼开玩笑地说些什么。林特曼拘谨地笑了一下。

布尔凯完全不了解身边所发生的事,只顾渴慕地望望这个,望望那个,静待着人家来决定他的命运,同时他越来越惊惶了。那美国小个子忽然走到他跟前问道:

"党卫军?"

"不——不是。"布尔凯回答。

"我们知道,我们知道!"美国人狡猾而愉快地笑着,又折回桌子跟前。

以后的经过又迅速又突兀。林特曼站起身,有礼貌地鞠躬,于是德国人便离开了司令部。有个美国中士出现在他们面前,跟林特曼说了些什么便又不见了。德国人走进村口一幢屋子。里边散放着好些平民服装,林特曼连忙说:

"换衣服。"

实业家向布尔凯低声说,他,林特曼,被允许可以回家去——到慕尼黑附近的一座别墅去——在那儿等待美国当局的命令。

"你看怎么样？跟我来吧，"林特曼建议道，又静悄悄地补充说，"他们倒是怀着一肚子非常的好意待你，那么样的君子气度，真是完全出乎意料。这些人才是更聪明的人，做事认真，不是那种直喊直叫的……跟他们打交道真愉快，可不是吗？"

布尔凯狂热而匆忙地换了服装。他们终于离开了。布尔凯一边走，一边不时地向四下张望——他心底还在猜疑这只是一场恶意的玩笑，随时都会有人拦阻他。但是并没有人拦阻他。一切都是那么美好！

廿七

军事委员西佐克雷罗夫将军飞到波茨坦的时候，师里面的人还不知道鲁宾佐夫的遭遇。

柏林已经投降了。各处的德军都已停止抵抗，而柏林守备司令维特林将军也已率领他的部队向朱可夫将军投降。

西佐克雷罗夫将军巡视柏林的时候才听说我们军队在城西的活动。街道上挤满了德军的纵队，都是那些向西突围而没有成功的部队，有的被俘虏了，有的投降了。

谢里达将军把这一切经过报告了军委。师部刚刚接到向西调动，向易北河调动的命令。师长和他全师的士兵都欢喜得不得了。

士兵排成队伍。司机开动卡车。

临起飞以前西佐克雷罗夫问道：

"你的女儿好吗？"

"很好，"塔拉斯·彼得罗维奇答道，"她现在正在无愁宫浏览那些宫殿。"

西佐克雷罗夫忽然说道：

"你是否可以让你的女儿来跟我在一起。叫她看看柏林，她一定会感到兴趣的。"歇了片刻以后，他补充说，"我的妻子今天从莫斯科飞来，我想叫她见见你的女儿。"

师长立刻派车子去接维茄。

西佐克雷罗夫一面等待那女孩子，一面就在飞机场的绿色的草地上踱来踱去。

安娜·康斯坦丁诺夫娜已经知道她儿子的阵亡。五月一日夜晚，西佐克雷罗夫作了一个决定。他打了个电话到莫斯科。莫斯科总局的接线生把他接通到他自己家里。西佐克雷罗夫要讲的话都事先准备好了，第一步是向她致五一的祝贺词，但是一听见妻子的声音，他就说：

"是我啊，安娘。你得控制你自己一下。你应该知道一切，我把一切全告诉你！"

她立即明白了。她哭了以后就开口说：

"亲爱的，你自己别难受……我们得忍受一切！"

她说不下去了，他把听筒放在耳边，坐下来等待。他的手在发抖，另外一只电话响了，他连忙拿起那个听筒，把两只听筒都放在耳朵边，勉强自己去回答方面军司令：

"请你十分钟以后打电话来！我现在不能够答话。"

他放下听筒，继续握着另外一只话机。他终于说道：

"安娘！亲爱的！"

然后他听见啜泣声，他继续沉默着，想道，隔着几千公里，啜泣声还听得这么清清楚楚。"飞到这儿来，来找我，"他说，"请个假。至少请几天假。飞机由我来设法好了。"

他放下听筒，打电话给方面军司令。

"有什么新的情况吗？"他问，一面看看自己的手，手还在发抖。

司令说，德方参谋长步兵将军克列勃斯和两个军官——杜芬上校和赛弗特中校——刚刚来找朱可夫谈判。他们带来了一封戈贝尔签字的信，司令就把那封信在电话上念出来：

"我们要通知苏联军队最高统帅：下列事实，我们在对外宣布前首先通知你，苏联人民的领袖：今天，四月三十日十五点五十分，德国人民的元首阿道夫·希特勒已经自尽。"

"你怎么看法啊？"司令问道，"是真话呢，还是撒谎？"

西佐克雷罗夫说：

"很可能是真的。逃避责任，逃到另外一个世界去——他只有这最后一扇逃避之门了。就想从这扇门溜走。报告了最高统帅没有？"

"报告了。我们已经接到指示：谈判只有一个条件：无条件投降①。"

五月一日戈贝尔自杀。五月二日，柏林守卫军投降。

---

① 希特勒自杀后，新政府开始投降谈判，坚持要把德军所在地的那部分柏林的政权，保持在新政府手中。苏军的答复是无条件投降，结果法西斯匪徒，甚至把护送德方谈判代表的苏联军使都打死了。

西佐克雷罗夫飞到柏林,从柏林飞到斯潘朵,最后飞到波茨坦。到了这儿他才忽然想起,如果把那个可爱的姑娘——师长的女儿——维茄一同带去,倒是个好主意。他觉得这个无母的孤女在场,可以安慰安慰安娜·康斯坦丁诺夫娜做母亲的心。

维茄不久就到了。一听见人家喊她来的原因,她高兴极了。但是当她跑到军委跟前的时候,她觉得应该把自己的高兴藏在心里,于是她便忍住了微笑,有礼貌地说:

"多谢!我多么想上柏林去啊!"

飞机就停在不远的地方,在机场的青翠的升降场上展开着白色的大翅膀。

维茄轻快地爬上梯子,在一个软席上坐下。西佐克雷罗夫跟在她后边。引擎轰隆一响,飞机在草地上越跑越快,离开了地面。他们看见下面伸展着一方块一方块的绿色的田野和森林,还有那在阳光下闪耀着的公路,那一座座的小屋。在明亮的阳光下,飞机的黑影掠过地面,不久就急急地掠过城市的屋顶了。

军事委员的车子和卫队的装甲车,已在腾背霍夫机场等着他呢。

人们告诉将军说,弗朗茨·艾华尔德刚刚从纽科伦来,等着见他。

西佐克雷罗夫连忙走到屋子里去会见那个等待着他的德国共产党人。他们使劲地握手。两个都是中年人,头发都给人生的艰苦折磨成灰色了,他们彼此对看,两人都微笑着,带着友谊的温暖。

"不坏,你的气色一点儿也不坏!"西佐克雷罗夫说,"你还站得住,站得好好的……希特勒打不倒你!"

"他打不倒,"艾华尔德笑道,"我的骨头还是硬的……"

"你的骨头我知道了,你的心脏怎么样?"

艾华尔德挥挥手说:

"谈恋爱是不行啦,做事可很行……"

两人都大笑起来。虽然如此,西佐克雷罗夫清清楚楚地觉察到这个德国共产党人那苍白消瘦的仪表。艾华尔德立刻开始谈起他怎样在纽科伦找到了一些老朋友,也曾跟那儿的青年谈过话。

"自然,他们还没有觉悟,"他说,"还有许多地方他们还搞不清楚,不过要是你能够和他们一起工作……"

将军邀请艾华尔德逛一逛柏林的中心区。艾华尔德高高兴兴地同意了。他想上西门斯达特和威丁去——这是柏林的一个工厂区,有一度被称为"赤色的威丁"。那地方的每一寸土地艾华尔德都熟悉。他也盼望可以找到一些本来认得的人,重新发生党的联系。他必须跟工人们发生接触,跟他们谈谈,把局势说明给他们听。

他们出去找那在车子里等着的维茄,他们上了车,开走。

柏林好像是一个武装的大营盘。苏联军队、后备军、炮队、坦克部队,就在街上和广场上露营。人民在毁坏了的大建筑物里面仓皇地走来走去;马车慢慢地走过。用绳子系住的马儿在房屋残余的石头框架里嘶叫,把它们的头埋在一捆一捆的刍草里。

一张张饱经风霜的脸,皮肤黑黑,神情愉快,在笑着欢迎他们。交通管理员站在交叉路口,指挥交通。工兵和特勤队正在扫除碎石烂泥,清扫房屋入口处的地雷,拖走打毁的德国卡车和装甲运兵车,毁掉街垒。

艾华尔德已经有八年没上柏林来了。但是有一次,他从摩亚必牢狱被押到西方某处去的时候,曾经从牢车的窗口看见过柏林。那是在一九三九年。柏林到处挂着大幅的卐字旗;庆祝前一天希特勒占领了捷克京都布拉格。

现在到处飘扬的是红旗,夹杂着投降的白旗。说老实话,艾华尔德第一次看这个毁坏了的城市的时候,心中是带着相当的恶意的欢喜:这就是那个疯狂的、自负自夸的呆子和他那些帮凶们统治的结局!但是恶意的欢喜立即变成深度的同情。他同情那些在街上仓皇地东奔西走的挨饿的妇女;他同情那些苍白瘦削的儿童,儿童对于时局的进展非常感到兴趣;他同情那些战俘的凄凄凉凉的行列,他们沿着布吕协街排列,一直拖到南面去;他同情苦难中的全体人民。

艾华尔德的眼睛热烫得发烧。他的脸非常苍白。

他们沿着布吕协街开车到兰特威运河。河上的桥已经受到严重损坏,桥正中间给炸成了两段,但是工兵已经修好,车辆可以通行了。

在佳盟广场上,西佐克雷罗夫碰见了其他的将军们。接着又有一位将军开车到了。他跳下车,朝军事委员跟前走来。

"啊—哈,加列林!"西佐克雷罗夫说,"情况怎么样啊?"

"样样事都搞好了,将军同志!"加列林笑嘻嘻地用洪亮声音说道,"我已经准备好继续前进!……"他忽然慌乱失措起来,脸上的微笑也消失了,他怀疑地问道,"不晓得有什么命令没有?"

西佐克雷罗夫咯咯地笑了一下说:

"放心好啦,加列林。我不会拿你的汽油。"

他们沿着腓力德烈克街开车走。这条宽敞的大街完全给毁了,从街上的断垣残壁的巨洞间,可以看到其他各条街上的毁坏的屋子。

维茄在战争中也见识得多了,但是看到这么大规模的毁坏,不禁叫她吃惊。她同情地望着那些在废墟间漂流的人们,不知道他们有什么地方可以安身。然后她注意到坐在她身边的艾华尔德累得打盹了。维茄也以为他在打盹。这个德国人闭着眼睛坐着,嘴里喃喃地说些什么。

艾华尔德其实并没有睡。他只是忘记了有人在他身边。他因为长期受到单独的监禁,因此老是不知不觉地自个儿说出声音来。他咒骂希特勒匪帮,咒骂他们那种罪恶的、疯狂的做法,咒骂他们那种好战的、卑鄙的政策。他惋惜自己的年迈和心脏衰弱,惋惜自己头发灰白了,精力已经衰退了,没有了青年的蓬蓬勃勃的精神。要叫新德国独立起来,现在最急需的就是精力和青年精神哟。

接着,他振作了一下,睁开眼来,碰到西佐克雷罗夫的目光。将军会意地点点头说:

"不要紧,朋友!……你需要休息一下。你一定要休息一下。"

他们车子开到下菩提树街。这儿到处堆满了瓦砾和打坏了的德国军备,道路给阻塞了,使他们非下车步行不可。

右首那条街道的中央竖着一个大纪念牌。

"腓力德烈克。"艾华尔德说。

他们走到纪念牌那儿。这是牢胡①所雕刻的腓力德烈克二世的像。那个老家伙正骑在马上,瘦削而有点驼背,披着一件白鼬皮斗篷,戴着一顶三角帽,

---

① 德国十九世纪著名雕刻家。

沉思地往下凝视着废墟残砾、毁坏了的房屋的张开大嘴的窗子,以及数不尽战俘们的行列,那些战俘们曲曲折折地往东面许普列河排列着。

西佐克雷罗夫牵着维茄的手,摸着这女孩儿的小手,慢慢地往前走,让自己的大步跨得小些,配合维茄的小步。四下都有士兵走来走去,一看见这位高高的将军和女孩儿,他们便停下步来,惊奇地望望走在将军身旁的那个穿着平民装、一头灰发的德国人,又望望那些跟在后面的轻机枪的卫队,卫队带头的是一个整洁而严峻的中尉。

一度那么富丽堂皇的建筑物,现在只剩下可怕的残架,叫艾华尔德差不多认不出了。这儿本来是一所大学,那儿本来是个图书馆。戏院、饭馆、大使馆都变成了一堆灰色的瓦砾。它们的上面垂挂着长长的电线,现在都折断了,纠缠在一起。这儿是苏联大使馆的废墟。大使馆的职员们早在一九四一年六月底就回莫斯科去了,把那争论不下的问题交给红军去解决了。

艾华尔德指着远处说:

"勃兰登堡门。"

维茄放快了脚步。他们不久便走到了巴黎广场,于是这个著名的门,便壮丽地耸立在他们面前。

这个门是一座巨大的纪念碑,有六十多公尺宽,二十五公尺高。多利亚式①的柱子,把门分成五个拱形。门顶上雕刻着四匹奔驰的马,马的铜蹄闪闪发光。一匹马的马头上给一片弹片打了一个窟窿,一面红旗就插在这窟窿里。这面红旗衬托着那一片笼罩着全城的灰色的烟霭,红得像一个火球。

将军在拱门附近停住。维茄疑问地抬起眼睛来看,但是将军看的并不是这著名的门。他的目光集中在一辆辆开过去的苏军坦克上。

苏军的坦克上闪耀着红旗,一辆接一辆地开过勃兰登堡门,消失在沙罗腾堡大道的迷雾的远处。坦克不慌不忙地、沉思地往前开,仿佛要在那铺道大石板上留下巨轮的痕迹。

---

① 多利亚、伊奥尼亚、哥林多为希腊柱式中的三样式。多利亚式最古最简单,朴实严肃。多利斯是古希腊的地名。这一柱式的代表建筑物,是奥林比亚的里翁殿,柱上没有花叶装饰。

将军终于把目光从坦克上移转过来,慢慢地往前走。

他们走过了勃兰登堡门,向右转,朝着那巨大的国会大厦走。这大厦的玻璃屋顶上也飘扬着一面红旗——胜利的红旗。

在德国国会大厦的坚实的台阶上,士兵们正在吃饭。饭盒子上有水蒸气在上升。

忽然间,大伙儿都跳起身来。一个上校和几个军官,从国会大厦走出来。他们走到军事委员跟前,上校立正,规规矩矩地报告道:

"中将同志,本旅已占领国会大厦,把胜利的旗帜升了上去,挂在那里,现在他们正在休息。"

"把你们的英雄指给我们看,"西佐克雷罗夫说,"你们的好汉在哪儿啊?"

士兵们开始东奔西跑,听得见台阶上什么地方和这半毁的巨厦里有短促而尖锐的命令声,接着有几十个人——士兵和军官——向军委走来。他们走下宽大的台阶,抬起头来望望国会大厦那些雄伟的大柱子和厚厚的墙壁,仿佛在估量他们的英雄事业,不过现在这样考虑的是从军委的观点出发的。

这儿就是叶哥洛夫中士和堪塔利亚下士,就是这两位侦察兵爬上国会大厦的屋顶升起了红旗的。这旗子还飘扬在那七十多米的高空上。涅乌斯特列罗夫上尉、斯耶诺夫上士、中尉沙逊诺夫和加谢夫、中士伊凡诺夫、兵士沙巴诺夫和沙文柯夫,以及好些旁的人都来了。只有那些在进攻中阵亡的英雄不在场——他们已经埋葬在蒂尔加顿那些阴凉的林荫道中。

进攻国会大厦的英雄们走到将军的跟前来,安静地微笑着,尽管他们已经疲乏得要死。当西佐克雷罗夫跟他们谈话的时候,艾华尔德正在把这座冷酷的大建筑物说明给好奇的维茄听。它是五十年以前建筑的,模仿了意大利文艺复兴时期的建筑风格,当然啰,装潢方面又加上了普鲁士人的笨重和夸耀。

艾华尔德领着维茄到西边的入口,那儿有个六根柱子的大门廊,上边是个骑马的妇人——艾华尔德解释说这就是日耳曼尼亚①。在那些敞开的雄厚的

---

① 日耳曼民族标记的女像,可以说是一个民族国家的化身象征,好比不列颠女神代表不列颠帝国。

大门上,有个圣乔治①,他的脸像俾士麦,正在杀一条龙。

附近竖立着一块俾士麦的纪念碑。这个老"蓉克"②身穿一件胸甲骑兵的军服,手里拿着一把刀,从红色花岗石架上凶狠狠地俯视着维茄。

俾士麦的身后有一根高柱,耸起于稠密的花叶装饰间③。这根所谓"胜利的柱子"上饰有各式各样高低凸凹的浮雕,各种浮雕所表现的都是同一个主题:普鲁士的威武和胜利。从这根柱子朝南走,有一条走廊叫做"胜利走廊",两边全是雕像。这走廊上一共有三十二个纪念像,一边十六个。每座普鲁士贵族的雕像后面都有个半圆形大理石的座位,上面雕着两个胸像,这都是这贵族的战友,或者是他的挚友。许多雕像都给子弹和炮弹片打坏得很厉害。

艾华尔德耐性地告诉维茄有关每个普鲁士方伯、选帝侯、帝王等等的名字:"熊王"亚尔布累奇特呀,奥托一世呀,奥托二世呀,……这些雕像后面的椅子上坐着数不尽的公爵、侯爵、伯爵和城主、主教和大主教、武士和男爵、大师和院监、元帅和御前侍从、总长和参议员。

维茄已经走到古老的普鲁士中心地带,这儿充满着夸耀、好战、贪婪别人财物的气息。

士兵们慢慢地跟在维茄和艾华尔德后面,倾听艾华尔德的说明,彼此意味深长地对看着。有个士兵走近来说:

"我看见过戈贝尔。给烧成了骨灰啦。他甚至怕人死了以后尸首落在我们手里呢——他生前曾命令人们务必烧毁他的尸首。"

看了"胜利走廊"以后,维茄和艾华尔德回到军委那儿去。军委还在和官兵们畅谈着。

"将军同志,"有个士兵邀请西佐克雷罗夫说,"上国会大厦来看看我们吧。"

他们走上南边入口的台阶。这儿的一切都带着新近战斗所留下来的痕迹。拱门下面还冒着最近扑灭的火烟。什么地方还有东西在焚烧。到处有打

---

① 圣乔治大概是四世纪人,因屠龙(魔鬼)救人而成圣。
② 十九世纪中叶,普鲁士一种地主贵族党。
③ 把实在的或空想的植物的叶,当作建筑的装饰。古代的花叶装饰多取自其本国固有的植物,例如埃及采用棕叶和莲花,希腊罗马的多用莨苕、月桂、橄榄等。

毁的家具。墙壁和天花板上打遍了大洞。

士兵们领着将军参观那些大房间,从一个角落走到另外一个角落,边走边讲他们怎样跟那些在这里设有防寨的德军进行激烈战斗的。然后他们走过走廊,走进一间大厅,穿过一些半毁坏的、黑暗的接待室,走到了会议厅。

这是一个又高又宽敞的房间,上面是一个玻璃圆顶,屋顶的半边已经给打烂了,明亮的阳光射进来,照射着给弹片打裂了的橡木墙上,映照着弹痕累累的装饰品和徽章。

阿道夫·希特勒曾经在这个讲坛上发出滔滔的议论。

但是弗朗茨·艾华尔德可还记得好多跟这会议厅有关的别的事情。这些墙壁曾经听过奥古斯特·巴皁尔、卡尔·李卜克内西、克拉·蔡特金、威廉·皮克等人的激昂的演讲词,以及爱恩斯特·台尔曼那安静坚定的声音①。

一阵冷战使得艾华尔德的脸抽搐着。他抬起眼睛看将军,静悄悄地说:

"我该走啦。"

他们离开了国会大厦。将军看了看表。

"我祝你成功。"他说,一面跟艾华尔德握手。

艾华尔德走了。维茄看着他走,沉思地说:

"要是所有的德国人都像这个人这么好,我的妈一定还活着哩。"

西佐克雷罗夫温和地牵住她的手,慢慢走回下菩提树街去。车子在那儿等待他们。

---

① 这些人都是德国工人阶级的革命领轴,或已逝世,或已遭杀害,只有威廉·皮克现任民主德国总统。

廿八

这是一个多么明朗的不平凡的一天啊!

黎明的时候,塔娘就给枪声惊醒了。一会儿就有一个看护相当慌张地跑进来说,德军正在进攻医务营。

有一队武装的德国人——从柏林突围的德军的一部分——果真在法垦海根出现了。医务营非迎战不可。大夫啦,看护啦,医院的卫生员啦,联同附近一间兽医院的职员,还有师部的洗澡和洗衣部门的那些打杂的女人,都认真地合力抵抗,虽说她们的喊叫多于开枪,德国人还是后退了,消失了。

塔娘在开头几分钟的恐惧的时刻中,立即想起了鲁宾佐夫:他现在在哪儿呀?不知道他晚上会不会碰上敌军,如果他在这里的话,又多么好啊——他两下子就叫这些德军滚蛋了。

中午的时候,一切都平静了,于是塔娘准备上波茨坦去。她事先已经从德军遗弃在街道上的那些车子中间挑选好了一辆,卢特柯夫斯基已经准了她和格拉莎一天假。

许多人都劝她别去,因为路上还不平安,但是她可以为:失掉一个会见鲁宾佐夫的机会,那太不可想象了。

但是到了午后一点钟,上级来了命令,叫医务营准备开拔。师部已经移动,再往西去。

不管情愿不情愿,她只得不上波茨坦去了。当塔娘收拾行装的时候,那个生长于齐默林卡的小厨娘,跑了进来,兴奋得控制不住自己,她说:

"塔娘·符拉基米罗夫娜,有人在找你!一个骑马的。"

塔娘高兴极了,以为来人就是鲁宾佐夫。

她赶快上街去,看到远远地有一个骑马的人。不是鲁宾佐夫,而是那年轻的勤务。他的马满嘴喷着口沫。塔娘一看卡勃鲁柯夫的脸,自己的脸色就发白,问道:

"近卫军少校怎么啦?"

卡勃鲁柯夫说:

"他给法西斯分子打伤啦。"

"他的人呢?"塔娘问。

"我不晓得,"卡勃鲁柯夫回答。"人家大概把他抬到师部去了。他情形很坏。失去知觉。人家说他活不……"

卢特柯夫斯基和玛霞也走来了。

"我走啦!"塔娘说。

卢特柯夫斯基去找司机们。他们给车子加满了汽油。玛丽亚·伊凡诺夫娜跑去找格拉莎。格拉莎来了,已经准备好跟塔娘走。

"给我一张地图。"塔娘说。卢特柯夫斯基递了一张给她。

卡勃鲁柯夫等了一会儿,然后扬鞭抽马,疾驰而去。

塔娘坐下来开车,但是不晓得是电池用光了呢,还是塔娘自己太神经质——车子开不动了。后来还是医务营那些妇女在后面推,车子才开动了。

离开了法垦海根以后,塔娘把车子向南开,朝大路走。路上挤满了士兵。都在往西开。太阳明亮地照耀着。大家又热又愉快。笑声和笑语传到了塔娘耳朵里来。车子开得很慢。士兵们在车子旁边走,他们从车窗外面望进来,看见这两个女人,便向她们点点头表示欢迎,又大说笑话,什么丈夫啦,新郎啦,和将来的儿女呀。

"……我狠狠地朝他掷了一颗手榴弹!"车子旁边有一个人在用深沉的声音说些什么,但是他的话听不见了,代替他的是一个细小的声音,差不多像小孩子的声音一样:

"……你想想看——用手榴弹去炸鱼啊!"

这声音也落在后边了,接着是另外一个人,声音又宏亮又俏皮,他正在讲一个德国上校率领全旅官兵来投降的经过。

"我完啦,"塔娘想,她紧紧地抓住车盘,直到双手没有了血色,"我的生命完啦。这是我生命的终结。我的整个生命。再也没有旁的了!"

格拉莎沉默地坐在她的身旁,眼泪滚到了她的脸上,但是她老是扭开头,偷偷摸摸去揩擦。不过外面到处有人,她连哭的地方也找不着。

走过了大路,她们开上了一条行人比较少的路,到了这里,塔娘就把车子开得很快了。她在交叉路口刹住车,看了看地图。她向右拐弯。她们又进入

了行军队伍的喧闹声中。她们到了一个大村落。士兵们沿街走着,格拉莎忽然喊道:

"我们的!我们的师!"

她认出加林少校了。他正站在一幢屋子的台阶上。他手里拿着传单,正在发给士兵们。塔娘刹住车。格拉莎下了车,跑到加林那儿去说:

"你好啊,少校同志,是我啊,卡罗特陈柯娃!"

他立刻认出了她,觉得有点儿窘,因为在这位仁慈的、魁伟的女人跟前,他心里感到惭愧。

"啊,工作怎么样啊?"他问,"你现在在哪儿啊?"

格拉莎很想打听一下维谢恰柯夫的消息,但是她还是先问起鲁宾佐夫。

加林摇摇头。

"他打着一面白旗,以一个使者的身份去找他们。听说他已经牺牲了。我还没有上师部去。各个部队里有许多工作要做。是的……这不但是违反战争通例,根本是地道的法西斯主义!向他开枪的人没有给抓到,真可惜。那些人溜走了!我们抓得到他们的,你放心好啦!"

他机械地发了一张传单给格拉莎,便走开了。

格拉莎跑上去追他,问道:

"师部在哪儿呢?"

"已经移动了。我们正在朝易北河开动。师部大概在厄特津……朝西北走二十公里。"

格拉莎回到车上,把要去的地方告诉了塔娘。其余的她都没说。她们开车走了。格拉莎看了一下那张传单。原来是斯大林的命令,表扬攻克德国京都的部队。

"还谢谢我们呢。"格拉莎说。

塔娘说:

"大声念出来吧。"

格拉莎把命令读了出来。她慢慢儿念,把参加攻克柏林的各部队的将校名单清清楚楚地念了出来。她的声音逐渐低下去,以静悄悄的声音念完斯大林的一句名句,念的声音虽小,可是听上去却那么洪亮:

"为争取祖国的自由和独立而牺牲的英雄们永垂不朽!"

她们在一条运河的渡口刹住车,因为那儿本来就停有许多车子呢。塔娘坐在车盘旁边,动也不动一下,等待轮到她渡河。前面停着一部载重卡车,她就望着那卡车上的大花车胎。卡车发出沉闷的哼哼声。它的车轮前前后后地轻轻移动着。它们终于认真开动了。塔娘开着车跟在后面,接着,卡车的车轮又停了,塔娘也停下了车。她望着那些车胎,一直望得恨透它们。它们动都不动,引擎老是单调地哼哼响着。

车子终于开动了。她们过了桥,抵达运河的西岸。再往前走了两公里,塔娘注意到路左边有个山冈,山冈上站着一群人,站在一个新挖的坟墓旁边。

这也许是最靠西的苏联战坟吧。坟上竖着一块方尖形的木牌,上面有一颗红星。站在坟边的士兵们默默无声地脱下帽子。古树的桠枝在坟上晃着。塔娘把车子开近去,一下子刹住引擎。车子立即停住,仿佛永远停住了。塔娘下了车。她快步走着,一直走到了坟跟前才放慢了脚步。站在坟边的人们听见她的脚步声,便慢慢掉转头来看她。

她走上小冈,站了一会儿,然后一直往那墓牌走去。

木牌顶上是一颗红星,下面写有这样的几个字:

光荣归于英雄!
士兵塞尔盖·伊凡诺夫之墓
一九二五年生,一九四五年五月二日惨遭法西斯杀害。

塔娘把这块小小的墓志铭念了一会儿。她终于动了一下。格拉莎在喊她。

车子附近站着三个骑马的人。他们披着绿色的掩护袍,用锐利的眼睛望着这个从坟墩上慢慢走下来的女人。

这三个人当中有一个是青年,一对大眼睛认真严肃;第二个是个斜眼睛的汉子,脸上没有表情,皮肤现出砖块的颜色;第三个是个不安静的小个子,长着一张瘦瘦的笑脸。三个人都望着塔娘,好像在打量她,他们都有点儿惊奇,也许是表示赞许。

"活着啊!"格拉莎拼命地大声喊道,接着又在眼泪纵横中,比较安静地重新嚷了一遍,"活着啊!"

那个青年自我介绍说:"梅歇尔斯基上尉。"接着他又说,"近卫军少校就在附近,在那个村子里。"

在鲁宾佐夫躺着的那座屋子附近,塔娘碰到了穆希金大夫。他不了解她为什么上这儿来,还以为也许是有人请她来诊察的。于是他把这位侦察人员的详细情况,都说给塔娘听。原来鲁宾佐夫胸口中了一颗子弹,中弹的地方就在心脏下面一点儿;他的右腿上也给一颗子弹擦过。

"严重是严重的,"穆希金说,"但是并没有生命的危险。好在他体格强壮,受得了。他这个人呀,什么都受得了!"

鲁宾佐夫闭住眼睛躺着,塔娘走到他跟前去,连伤口也没有替他检查一下,就往他床边的地板上一坐,把自己的面颊紧贴在这位侦察人员那只静止不动的手上。她这种做法叫穆希金觉得惊奇。

一会儿,她抬起眼睛,看到一张熟悉的脸,但是她完全想不起来,她曾在哪儿见过这位年轻的上尉。后来她想起来了:这个上尉就是那部马车的"主人"——就是由于搭这部马车,她才碰上了鲁宾佐夫。

格拉莎本来是跟在塔娘后面走进来的,因此也看到了卓珂夫。她向他招招手,跟他一同走到街上去,终于打听出了她的维谢恰柯夫在哪儿。维谢恰柯夫就在隔壁村子里,于是格拉莎便往那面奔。

一会儿,鲁宾佐夫睁开了眼睛,看到了塔娘。

窗外有士兵们走过,他们的影子把房间遮黑了。鲁宾佐夫觉得自己好像在一列火车上,那些影子就是车窗外掠过的树影。"我现在已经在回家的路上了,"鲁宾佐夫想道,"在跟塔娘一同回去。啊,多么好啊!……"他在房间里朝她笑了笑,仿佛是在火车上一般,一忽儿亮,一忽儿暗。窗外有士兵们踏步走过,他自己却在享受着一辈子也忘不了的幸福:那心爱的女人的脸蛋儿哟,"我在回家"啦,那些胜利的苏联士兵们哟,正在往西去,又往西去,再往西去。

廿九

各个师直接往易北河开，一条条阳光普照的大路上，都挤满了军队。步兵、卡车、长筒大炮、扁鼻子的榴霰炮，结成一条流不尽的河流，直往西奔，沿路掀起一片辚辚声和呜呜的喇叭声。

时时传来一声声单调的叫喊："向右转前进！"交通管理员在交叉路口挥着旗子。士兵们的斗篷在一阵阵清风中，鼓动着，掀起了一片波浪。

士兵们自由自在地跨着大步往前走，仿佛战役刚刚开始一般。西伯利亚人、伏尔加人、乌拉尔人、莫斯科人、乌克兰人、斜眼睛的亚洲人，还有那些皮肤黑黑的高加索子弟们，正沿着德国的公路行军，纵队前面都飘扬着团旗——在打仗的时候，这些旗帜本来都放在灰色的旗套里，现在给解放出来了。

走过了一个步枪连，带头的是个灰眼睛的年轻上尉，骑着一匹大马。一个小胡子黑黑的上士从容不迫地走在这一连兵的前边，他那对眼睛既聪明又和蔼，殿后的是一个魁伟的司务长，脸孔晒得黑黑的，因此他那金黄色头发看起来就好像是白的啦。他的声音洪亮如雷，压倒了大路上一切的喧闹。

"加把劲！别落在后边！"

电讯兵们在路旁一直走，一路拉开他们的电线圈。走在他们前头的是一个细长的年轻中尉。他一忽儿停下来，一忽儿坐在草地上，对着只电话机喊道：

"这是尼古尔斯基！你们收得到吗？我又走啦！……"

一个浮桥营一闪而过。在这个营前头，有一部汽车，车子里坐着一位又小又老、貌不惊人的工兵将军。巨大的浮桥上绑着一些小船，这些船还是湿淋淋的，因为最近渡过一次河。工兵们很得意，好像在说：

"是否还要建筑一些渡口？有什么旁的地方需要搭一座桥？我们乐意效劳。只要斯大林下一个命令！"

炮队在往前走。炮兵们紧挨着大炮，或是从卡车的油布篷下面探出头来，跟步兵们开玩笑，高兴地喊道：

"满身灰尘的步兵！"

"敬礼，战争的皇后！"

从那油布篷下面,是否看得到那个忘不掉的、和蔼的红鼻子呢?

从德国京都通到西方的道路是很多的。但是条条路都挤满着人和车辆。

有一条路上,车如流水,车上装载着帐幕和医药品。高高坐在上面的是些甜蜜蜜、笑嘻嘻的女人,她们的头发给风吹得起了涟漪。那就是塔娘、格拉莎、玛丽亚·伊凡诺夫娜,从齐默林卡来的那位小厨娘,以及十来个旁的女人。

士兵们一看见这些妇女,立即就整了整衣装,挺起肩膀,而且,自然啰,各人都想起了自己的塔娘和格拉莎,她们都在那遥远的祖国啊。

谢里达将军和普洛特尼柯夫上校并肩站在一条路上,迎接他们那一师兵。一团一团走过了,骑着马穿着掩蔽色斗篷的侦察兵也一个个走过去了:梅歇尔斯基上尉,司务长服罗宁(他不久就要拿起和平时代的鞋匠的槌子了),还有米特罗金上士(他要回到铸造厂去了)。

忽然间将军竖起耳朵倾听。

"什么啊?又胡闹起来啦!又叫全师丢脸吗?"

拐弯的地方来了一部马车。一部地道的男爵轿车,漆成紫色。的确,这部封建车辆自从卷入了战争的漩涡以后,变得相当黯淡,又沾满了尘埃。车子稍稍往一边倾斜,车上的紫色和金色都给擦坏了,车后跟班站的台阶上放着一部孩车,车上的绞章——一个鹿头、宫堡的雉堞,武士的头盔和面甲——也溅满了泥土。

塔拉斯·彼得罗维奇立即心平气和下来:马车上没有兵,只有些外国人。车夫座上坐着一位美丽的、头发金黄的荷兰姑娘。在阳光的照耀下,她的头发亮闪闪,好像纯金一般。她对着苏联士兵们笑着,因为这些人是她的解放者。她一看见苏军的将领,显然感到害羞,车子往旁边一拐,不久便在一条小道上消失了。

"回家啦,"普洛特尼柯夫说,一面向她们招手,"一路平安,同志们。"

在路的左边,战俘们排成一条看不到尽头的行列,在往东走。德国男女从屋子里或是地下室里静悄悄地走出来。儿童们跑出来。普洛特尼柯夫望望他们,低声问道:

"这些德国人啊,不知道他们明白点儿事理没有?"

"他们怎么会不明白?"塔拉斯·彼得罗维奇咧嘴一笑,挥挥手指着路上走过的苏军,"瞧,谁都明白这个!……"

普洛特尼柯夫说:

"这是事实,不过,问题还不完全在这里。对于这次战争的经过,他们必须有一个更广泛更深入的了解!……唔,但愿他们能够识时务,明事理!"

机器脚踏车出现了,一闪而过。听得见后边有引擎的沉闷的吼叫声。两旁漆着红星的坦克慢慢儿往西走,车塔上飘扬着红旗。它们不慌不忙,车上的环带滚过柏油路的时候,多少带点儿悠闲的意味。

就在同时,天空中出现了飞机,大家都抬起头来望着那轰炸机、战斗机,以及俯冲轰炸机的整齐的队形。

但是,有部车子在路上出现了。车后坚定地跟着那部装甲运兵车,车上有挺重口径的机枪,枪口威胁地指向天空。一片寂静降临到大路上。官兵们都整了一下衣装。他们立刻认出了这部车子:里面坐的是军事委员;他可不喜欢开玩笑,他什么事都要有条有理。

西佐克雷罗夫将军从遮风板后面目不转睛地朝外面凝视着。有时候他心不在焉地扫视一下那些沿路步行的,或者是在树下休息的士兵们的脸,接着,他又把眼睛紧紧地盯着前面的道路,那条路真好像一条长得不见头的白带子,在阳光下闪耀着。

将军的车子追过了步兵、坦克和机械化部队以后,不久就开进了一个散漫零落的、长形的德国村庄。村庄的广场上竖立着一座花岗石的大石碑。将军的车子绕过纪念碑,爬上一座小山。他们的面前展开一条大河的光滑的河面。左边的一堆乱石里掩埋着一座给打坏了的桥梁。朝右去,河上飘着一艘孤帆。有一条小汽艇,在对岸附近冒着烟。

在这边附近的岸上,苏联士兵们在草上,在树底下,躺着或站着。不远的地方有个战地厨房正在冒烟。鸟儿们正在附近一座树林里歌唱。

但是叫将军惊奇的是那四周的寂静。

四面八方都是一大片沉默。士兵们惊奇地倾听着这片沉默。没有了机枪的喀喇喀喇声,没有了子弹的呼啸,也没有了地雷的爆炸。只有附近河边的沼泽上青蛙们正在起劲地阁阁阁鸣叫。

一只姜黄色的大猫,沿着村落最后的一幢房屋的檐板慢慢地走,它的尾巴竖了起来,好像一个烟囱。有好些鸟儿在歌唱。那儿有一只梅花雀在轻轻地啄。那儿有一只秧鸡在颤唱。那儿有一只鹬在呻吟。还有一种不知名的鸟儿的叫声,那大概是一种德国本地的鸟,怎么听也听不出是哪一种鸟。

在这当儿,对岸那条小汽艇已经解缆离岸了,一艘艘小船跟着渡过河来。将军等候着。汽艇越来越近了。甲板上的人在招手。军乐队咚咚咚响起来了。汽艇终于在陡峭的河岸下面消失了,接着有美国军人跑上坡来。

他们立刻发出嘹亮的欢呼:

"斯大林万岁!"

"苏联万岁!"

有一群军官朝军委走来,其中有一个将军。他们越来越近了。那美国将军身旁的两个军官走上前来。他们一个长得又高又瘦,留着一撮黑黑的小胡子,细长的双手长满了毛;另一位是个小个子,很愉快,身上挂着一大排奖章。

这个小个子讲得一口好俄文。他说:

"这位将军代表美国司令,在这战争胜利结束的时刻,向你祝贺。"

西佐克雷罗夫回答说,他盼望从现在起,盟军能够友好和谐地合作,共同建立一个爱好和平的民主德国,共同建立世界和平。美国人听了这几句话,立刻高高兴兴地点点头,翻译给美国将军听。美国将军说他完全同意。

那个双手长满了毛的美国人,和蔼地点点头。

旁边有些苏联兵正在跟美国兵谈话。自然啰,他们大部分是做做手势,话讲得比较少,但是总算交谈过了。

"波里耶多克①?"一个苏联兵问。

"波里耶多克,"一个美国兵重复道,张大着嘴笑,随后他用美国话意译道,"奥凯②!"

"奥凯。"苏联兵重复道,同样张大着嘴直笑。

一会儿,美国人走了,西佐克雷罗夫沿着河岸散步。

忽然间,将军的脚旁有什么东西在动,从一个新挖的小掩蔽壕里,爬出一个姜黄色小胡子的士兵。

那人跟将军撞个满怀,咳了声嗽,把自己的制服往下面拉拉好,立正。但

---

① 俄文:"一切都好吗?"
② 英文:"好"或"不错。"

是,一看到军委的眼睛里闪耀着一股温暖和蔼的神色,他就大大地挥了下手说:

"啊,将军同志,这儿的战争……都结束了吧?寂静,多么寂静啊!静得叫你耳朵难受!……"

将军说:

"是的,战争结束了。"

那个士兵站了一会儿,忽然他的眼睛里闪烁着两颗泪珠。泪珠滚下他的双颊,粘在他那红色的小胡子上。

"我干吗要哭呢?像个老傻瓜似的!"他说,好像连他自己也莫名其妙似的。

将军望望河上,咬住牙齿,想不出回答的话来。

"为死的人伤心,"士兵自己回答道,"同时也因为太快乐了。"

他朝着自己刚刚爬出来的战壕扫视了一下,说:"我因为弄习惯了,又挖了一条沟,一条个人的小掩蔽壕,可以说是以防万一。哼,我快要回西伯利亚了。我又要到故乡克拉斯诺耶尔斯基区的集体农庄上去了。我要跟我的爱人伐西丽莎·卡波夫娜一同去散步……你要想起什么来啊?比如说,我们走到平坦的地带,走到一个田野或是一个草原的露天空地上,在最初几天,说不定我也会为自己挖个战壕呢……"

士兵又倾听着那一片沉默,悄悄地说:

"谢谢斯大林。"

是的,要谢谢他,军事委员想道,一面望着易北河的亮闪闪的流水。感谢他的绝顶明智、钢铁般的坚韧、无比的坚决,和史无前例的远见。感谢他锻炼出来的党。感谢他所建立的军队。感谢他一手教导成这样高的水平的人民。

将军的心思又漂到了那遥远的祖国——全体战士所来自的那个祖国;他一想起来,他那严峻的心里就颤抖着热爱。那儿的土壤会出产充足的大麦、酒和棉花;地下有丰富的金属和煤矿。最主要的是,住在那儿的都是些不自私的、诚实的人民。将军觉得他好像听得见她①那安静平匀的呼吸声。她进到世界上来就意识到自己的雄伟的力量、爱好和平、强大无畏,她一方面是被压迫者的希望,一方面又是压迫者的畏惧。

---

① 指祖国。